Über den Autor

Universitätsprofessor Dr. K. Ingenkamp konnte auf ein umfangreiches wissenschaftliches Werk zurückblicken, bevor er als Frank Adam begann, Romane zu schreiben. Er hatte ein bekanntes pädagogisches Forschungsinstitut gegründet und geleitet. Als Autor hatte er elf Bücher verfaßt, von denen mehrere ins Englische, Russische und Griechische übersetzt wurden. Bei weiteren neunzehn Büchern war er Mitautor. Zwölf Tests sowie hundertfünfunddreißig Buch- und Zeitschriftenbeiträge rundeten sein wissenschaftliches Werk ab. 1991 wurde er emeritiert.

Im Ruhestand wollte er etwas Neues beginnen. Er griff auf die in der Jugend durch C. S. Forester angeregten marinehistorischen Neigungen zurück und arbeitete zunächst die vorliegende Roman- und Marineliteratur auf. Daraus entstand der Roman- und Flottenführer ›Hornblower, Bolitho & Co. Krieg unter Segeln in Roman und Geschichte‹ (Ullstein). Dann schrieb er die David-Winter-Serie, von der bis jetzt bei Bastei-Lübbe sechs Romane erschienen sind. 1998 veröffentlichte er das deutschsprachige Standardwerk ›Herrscherin der Meere. Die britische Flotte zur Zeit Nelsons‹ (Mittler und Sohn).

Auch in seinen Romanen verleugnet er den Wissenschaftler nicht. Jedes maritime und historische Detail soll stimmen. Daher studiert er nicht nur die Fachliteratur und die Berichte der Zeitzeugen, sondern besucht auch die Orte, zu denen David Winter hinsegelt, und erkundet die Landschaft und die hist

BASTEI LÜBBE FRANK ADAM IM TASCHENBUCH-PROGRAMM:

13 370 Der junge Seewolf
13 522 Die Bucht der sterbenden Schiffe
13 663 Segeln in Flammen
13 785 Die Bombay-Marine
13 892 Der Kapitän der Zarin
13 974 Verrat an Frankreichs Küsten
In Vorbereitung:
David Winter und der König von Haiti

Frank Adam

Verrat an Frankreichs Küsten

David Winters Abenteuer im Kampf gegen die Französische Revolution

BASTEI LÜBBE

BASTEI LÜBBE TASCHENBUCH
Band 13 974

Erste Auflage: Juni 1998
Zweite Auflage: Juli 1998

Lektorat: Rainer Delfs
Titelbild: Thomas Whitcombe (1752-1827)
Umschlaggestaltung: QuadroGrafik, Bensberg
Satz: KCS GmbH, Buchholz / Hamburg
Druck und Verarbeitung:
Brodard & Taupin, La Flèche, Frankreich
Printed in France
ISBN 3-404-13974-7

Inhalt

Vorwort

In diesem Band erzähle ich David Winters Abenteuer in den ersten Jahren des großen Krieges, der mit wenigen Monaten Unterbrechung von 1793 bis 1815 dauerte.

Die Französische Revolution von 1789 fand in England viele Sympathisanten, aber natürlich auch entschiedene Gegner. In dieser turbulenten Zeit erhält David Winter das Kommando über die Fregatte, auf der er seine Laufbahn als junger Bursche begonnen hatte, die legendäre *Shannon*. Er führt diese Fregatte in den Krieg gegen das Frankreich der Revolution.

Dies ist ein anderer Krieg, als ihn David Winter gegen Schweden erlebt hat. Er erfährt ihn an den Küsten Frankreichs als grausamen Bürgerkrieg der Revolutionäre gegen die Königstreuen, die auf Englands Hilfe hoffen. David Winters Erlebnisse zeigen die Gewissenskonflikte eines Kapitäns, der selbst die mörderischen Exzesse des Bürgerkrieges vor Augen sieht und den eine egoistische und kurzsichtige Machtpolitik der eigenen Regierung immer wieder an wirksamer Hilfe hindert.

Die Aufstände in der Vendée und in der Bretagne mit ihren Erfolgen und furchtbaren Niederlagen sind Geschichte, an die heute in der britischen Flotte nicht so gern erinnert wird, die David Winter aber als Augenzeuge miterlebt hat und unter denen er schrecklich litt. Auch die Versuche, von den britischen Kanalinseln aus durch Agenten und Waffen die Aufstände am Leben zu erhalten, sind vielfach belegt. Für die englische Politik gegenüber den Aufständischen trifft immer wieder die Charakteristik zu: zu wenig und zu spät. Diese halbherzige Politik gipfelt in dem Desaster der Landung bei Quiberon.

Verrat und Tod prägen die Erfahrungen David Winters in diesen Jahren, aber er erlebt auch herausragende Schiffskämpfe und gewinnt reiche Prisen, vor allem aber findet er Ehe- und Vaterglück mit der dänischen Baronesse Britta Jensen, die er als junges Mädchen in Kopenhagen (›Der Kapitän der Zarin‹) kennengelernt hatte.

Ich hoffe, daß ich dem Leser wieder ein historisch stimmiges Bild aus dieser ereignisreichen Zeit im Leben David Winters nacherzählen konnte.

Für Hilfe bei meinen Recherchen danke ich besonders Frau Dipl.-Bibl. S. Winkler von der Bibliothek der Universität Landau, Frau Hermes von der Bibliothek des Wehrgeschichtlichen Museums, Schloß Rastatt, sowie den Mitarbeiterinnen und Mitarbeitern der historischen Gesellschaften und Museen auf Guernsey und Jersey.

Wie immer hat Herr Chefredakteur Rainer Delfs auch diesen Band mit seiner Kompetenz und seiner nie ermüdenden Sorgfalt betreut. Ich bin ihm sehr zu Dank verpflichtet.

Frank Adam

Hinweise für den historisch interessierten Leser

Zur Information über Schiffe, Waffen und Besatzungen der britischen Flotte verweise ich auf mein neues Buch mit zahlreichen weiteren Literaturangaben:

Adam,.F.: Herrscherin der Meere. Die britische Flotte zur Zeit Nelsons. Hamburg: Mittler 1998

Über die britische Politik gegenüber den gegenrevolutionären Bewegungen in Frankreich orientiert umfassend und genau:

Wagner, M.: England und die französische Gegenrevolution 1789-1802. München: Oldenbourg 1994

Die kriegerischen Auseinandersetzungen in der Bretagne und ihre politischen Hintergründe beschreibt am detailliertesten:

Hutt, M.: Chouannerie and Counter-Revolution. Cambridge. University Press 1983, 2 Bände

Für die anschauliche Beschreibung der Kämpfe in der Vendée ist immer noch unentbehrlich:

Boguslawski, A. von: Der Krieg der Vendée gegen die Französische Republik 1793-1796. Berlin: Mittler 1894

Leben und Aktivitäten des Prinzen von Bouillon werden breit, aber leider nicht detailgenau dargestellt in:

Balleine, G.R.: The Tragedy of Philippe d'Auvergne. London: Phillimore 1973.

Populärwissenschaftlich und auch andere Agentenaktivitäten einbeziehend ist:

Hutt, M.: Spies in France 1793-1808. In: History Today, 1962, 12, S.158-167.

In dem oben genannten zweibändigen Werk von M. Hutt findet sich auch die genaueste und dem Forschungsstand entsprechende Darstellung der Kämpfe um Quiberon 1795. Einen umstrittenen Aspekt hat der Autor besonders herausgegriffen:

Hutt, M.: The British Governments responsibility for the divided command of the expedition to Quiberon. In: English Historical Review 1961, 76, S. 479-489.

Die französische Sicht der Landung beschreibt:

Barreau, J.: Quiberon 1795: Causes et responsabilités du désastre royaliste. In Revue Historique des Armées 1979, 1, S. 95-122.

Für die Kämpfe zur See ist immer noch unentbehrlich:

James, W.: The Naval History of Great Britain, Vol. I. Neuauflage London: Bentley 1886

Weniger ausführlich ist die Darstellung in dem sehr gut ausgestatteten Werk:

Meyer, J. und Acerra, M.: Segelschiffe im Pulverdampf. Bielefeld: Delius, Klasing & Co. 1996

Personenverzeichnis

Kapitän:	David Winter
Erster Leutnant:	Stephen Church Ab Herbst 1793: Paul O'Byrne Ab August 1794: James Neale
Zweiter Leutnant:	James Neale Ab August 1794: Richard Rossano
Dritter Leutnant:	Richard Rossano Ab August 1794: Henry Brenton
Leutnant der Seesoldaten:	Basil Scott
Schiffsarzt:	James Cotton
Master:	Perceval Ryland
Midshipmen:	Frank Penrose Ernest Henderson Jean Austin (gefallen im November 1793) Phillip Woodfine Charles Cox John Bentrow Gilbert Osgood Geoffrey Wilson
Schulmeister:	Reginald Ballaine
Zahlmeister:	Timothy Robins

Bootsmann:	Jonas Brown
Führer in der Vendée :	Marquis Charette de la Contrie, Graf Lejeune, Charles Stofflet, Sapinaud, La Rochejaquelein, d'Elbée
Führer der Chouannerie:	Georges Cadoudal, Joseph de Puisaye

Verzeichnis der Abbildungen:

Das Wetterleuchten der Revolution

(September 1792)

Der elegant gekleidete ältere Herr mit der weißgepuderten Perücke nickte nachdrücklich und führte die Hände so zusammen, daß sich die Spitzenmanschetten bewegten und der Applaus angedeutet wurde, gleichzeitig aber kein Geräusch die Konzentration störte.

Es war eine vornehme Versammlung, die sich in den Räumen der Royal Society in London zusammengefunden hatte, um einem Vortrag des Herzogs von Bourgoyne über die wahren Absichten der Umstürzler in Frankreich zu lauschen. Der Umsturz, die Rebellion, die Revolution, wie immer es einige nannten, hatte in diesem September 1792 viel von der ursprünglichen Sympathie verloren, mit der man sie anfangs in Britannien begrüßt hatte.

»Nicht Steuergerechtigkeit, nicht die Stärkung bürgerlicher Freiheiten und Rechte sind das Ziel dieser Umstürzler, meine Herren, sondern eine Diktatur gottloser Fanatiker, die nicht nur Frankreich, sondern ganz Europa unterwerfen wollen. Der Krieg gegen Österreich ist nur der erste Schritt.« Der Herzog, der mit Nachdruck in einem akzentgefärbtem, aber fehlerfreien Englisch gesprochen hatte, stärkte sich mit einem Schluck Wasser.

Etwa vierzig Herren lauschten seinen Worten. Die meisten waren älter, aber in der ersten Reihe saßen auch jüngere Männer, einer von ihnen recht wettergebräunt. Er hatte seine Blicke umherschweifen lassen und konzentrierte sie jetzt wieder auf den Redner.

»Wenn es noch eines Argumentes bedurft hätte, um die Naivität derjenigen bloßzustellen, die in diesem freien Lande von einer notwendigen Revolution sprachen, dann kann ich ihnen jetzt gleich drei anbieten: Erstens die Erstürmung des Königsschlosses und die Einkerkerung Seiner Majestät. Zweitens die Mordwelle, die der sogenannte Justizminister Danton jetzt ausgelöst hat und die mehr als zweitausend Unschuldige bedroht. Und drittens die Abschaffung des Königtums, die der sogenannte Nationalkonvent in Kürze beschließen wird, wie ich aus zuverlässiger Quelle erst gestern erfahren habe.«

Beeindruckt nickten mehrere der Zuhörer, aber da sprang plötzlich in der ersten Reihe ein junger Mann auf, schrie mit lauter Stimme: »Tyrannenknecht! Tod den Unterdrückern!« Er zog ein Messer aus dem Jackett und stürzte auf den Redner zu. Gleichzeitig wurde eine Saaltür mit lautem Krach aufgestoßen, und ein Trupp Männer stürmte herein, laut »Freiheit, Gleichheit, Brüderlichkeit« schreiend.

Das Chaos konnte kaum schlimmer sein. Der Redner starrte mit offenem Mund wie gelähmt auf den Attentäter. Die Zuhörer schrien vor Schreck. Einige wollten davonlaufen, aber der junge, wettergebräunte Mann aus der ersten Reihe war blitzschnell aufgesprungen, schnitt dem Attentäter den Weg zum Rednerpult ab, schlug ihm mit einem kräftigen Tritt die Beine weg, so daß er lang zu Boden stürzte, traf ihn, als er sich wieder aufrichten wollte, mit einem Schlag der Handkante am Halsansatz, lief weiter zum Rednerpult, griff zwei der Kristallvasen, die dort mit Blumen zur Ausschmückung standen, und schleuderte sie nacheinander in den anstürmenden Trupp hinein.

Sein Nachbar war ihm zu Hilfe geeilt und hatte seinen Stuhl ergriffen, den er abwehrbereit den Heranstürmenden entgegenstreckte. Der andere hatte noch zwei Kristallvasen geworfen und zwei der Angreifer dadurch ausgeschaltet, während andere, sich Blumenwasser aus den Augen wischend, wieder voranstürzten. Aber nun hatte der Verteidiger die Gipsbüste eines berühmten Physikers ergriffen, schleuderte sie ebenfalls den Angreifern entgegen, packte dann die Holzsäule, auf der die Büste gestanden hatte, und schwang sie wie ein Beidhandschwert über dem Kopf. Sein Kamerad stand mit erhobenem Stuhl neben ihm. Die Angreifer stutzten, und dann waren die Diener heran, die von dem Geschrei bei ihrem Geschwätz im Gesinderaum aufgeschreckt waren, und überwältigten die Angreifer.

Der Tumult hatte sich gelegt, die erregten Zuhörer hatten wieder Platz genommen, aber ihre aufgeregten Gespräche konnten erst gestoppt werden, als der Vorsitzende wieder und wieder die Glocke geschwungen hatte.

Sir Joseph Banks, Präsident der Royal Society, hob die Hände und sagte: »Meine Herren! Sie alle waren Zeugen eines unerhörten Vorfalls, mit dem die Freiheit des Wortes in diesen Räumen, die wie wenige andere dem freien Gedankenaustausch gewidmet sind, geknebelt werden sollte. Daß dieser verabscheuungswürdige Versuch gescheitert ist, daß unserem verehrten Gast nichts geschehen ist, danken wir vor allem zwei unerschrockenen Zuhörern.«

Er wandte sich nun an den Herrn, der den Stuhl geschwungen hatte: »Mylord, die meisten Anwesenden werden Sie kennen als Herzog von Chandos und einen der Lords der Admiralität, selbst bewährter Flottenoffizier, aber stellen Sie uns bitte Ihren Begleiter vor, damit wir ihm für sein schnelles und tatkräftiges Handeln danken können.«

Der Herzog von Chandos stand auf und sagte: »Herr Präsident, meine Herren, ich habe die Ehre, Ihnen Mr. David Winter vorzustellen, Kapitän der königlichen

Flotte, bewährt auf fast allen Ozeanen, geachtet von seinen Kameraden wegen seines unerschrockenen Mutes. Ich hoffe, daß es mir gelingt, ihm bald zu dem ersehnten Kommando zu verhelfen, damit er seine Geistesgegenwart und seine Tapferkeit wieder zum Wohle Englands einsetzen kann.«

Und nun war die Versammlung nicht nur vornehm, sondern begeistert. Man klatschte laut, rief »Bravo!«, und David Winter verbeugte sich. Wer in seiner Nähe stand, konnte sehen, wie er unter seiner Bräune errötet war. Der Herzog von Bourgoyne und Sir Joseph traten auf ihn zu und schüttelten ihm herzlich die Hand. Als der Beifall langsam verebbte, sollte der Vortrag fortgesetzt werden, aber der Redner war doch zu erregt, so daß er schnell zum Ende kam und die Versammlung sich nun zu den Büfetts mit den Getränken und den Zigarren begeben konnte.

Der Herzog von Chandos legte David Winter den Arm auf die Schulter und sagte: »Welch ein Glück, daß Sie immer noch so schnell und entschlossen handeln, David. Sir Joseph und der Franzose haben beide das Ohr des Königs. Nun wird man mir in der Admiralität nicht mehr andere Kandidaten entgegenhalten können, wenn ich Ihnen das Kommando verschaffen will. Nun sind Sie dran!«

David nickte, aber dann war er denen ausgeliefert, die sich um ihn drängten, ihm die Hände schüttelten und ihn beglückwünschten. Unter ihnen war auch Baron Jensen, dänischer Gesandter am Königshof und Vater von Britta, die David in den letzten Monaten und Wochen kaum aus dem Kopf ging. Baron Jensen faßte ihn um und sagte zu den Umstehenden: »Ich bin stolz, daß Kapitän Winter neben anderen Orden auch die dänische Medaille für Rettung aus Lebensgefahr trägt.« Und zu David fügte er hinzu: »Was werden sich meine Familie und die meines Schwagers freuen, wieder so Erfreuliches von Ihnen zu hören.«

Als David ein wenig Abstand gewinnen konnte, überlegte er, was wohl Baronesse Britta Jensen zu dem Vorfall sagen würde. Würde sie die höflich neutrale Haltung, die sie ihm gegenüber immer an den Tag legte, doch einmal aufgeben und echte Anteilnahme, echtes Interesse zeigen? Sie hatte ihn zuerst in Kopenhagen, im Haus der Nielsens, deren Sohn er vor dem Ertrinken und den Zähnen des Hais im Golf von Bengalen gerettet hatte, doch so bewundert. Nun ja, sie war jetzt drei Jahre älter, eine hinreißend schöne junge Dame von zweiundzwanzig Jahren, einer der Sterne der Londoner Gesellschaft. Aber sie war doch andererseits zu klug und zu natürlich, um sich von dieser Gesellschaft blenden zu lassen, in der fast alle nur Glücksspiel und oberflächliches Vergnügen suchten. Ob er ihr zu alt erschien, der er im nächsten Monat einunddreißig Jahre alt wurde?

Aber dann ergriff Martin, Herzog von Chandos, vor elf Jahren mit ihm Leutnant auf der *Surprise,* seinen Arm. »Kommen Sie, wir essen noch eine Kleinigkeit in meinem Klub, und Sie bereiten sich darauf vor, morgen Ihren Namen in den Zeitungen zu lesen.«

»Woher sollen die denn davon erfahren?«

»David, so schnell und tapfer Sie im Kampf sind, so naiv sind Sie in politischen Fragen. Selbstverständlich sind die französischen Emigranten schon zu den Zeitungsleuten unterwegs. So ein verabscheuungswürdiger Mordversuch kommt ihnen doch gerade recht, um die britischen Sympathisanten des Umsturzes mit ihren ›Korrespondierenden Gesellschaften‹ und ihren ›Freiheitsklubs‹ in Mißkredit zu bringen. Na ja, mir kommt der Vorfall auch zupaß, um zu zeigen, daß die Flotte überall die Freiheit schützt und daß man den richtigen Leuten das Kommando übertragen muß, um das ich schon lange ersuche.«

David lächelte ihn an. »Ohne Sie, Martin, hätte ich so wenig Hoffnung wie die anderen über sechshundert Kapitäne und Commander, die ohne Schiff an Land hocken und neidisch auf die hundertfünfzig blicken, für die wir Schiffe im Dienst haben.«

»Ja, es geht langsam voran mit der Flottenaufrüstung.

Premierminister Pitt und sein Außenminister Lord Grenville glauben immer noch, daß die Schwächung Frankreichs durch das Chaos der Revolution den Interessen Englands nur nützen kann. Sie vermeiden alles, was die Wiederherstellung eines starken Königtums in Frankreich unterstützen könnte, und übersehen völlig, daß die Revolution eigenen Gesetzen folgt. Die Revolutionstruppen haben jetzt schon den Preußen und Österreichern am Rhein Respekt beigebracht. Wenn sich die Revolution durchsetzt, hat England einen gefährlicheren Gegner, als es die französische Monarchie je war. Mich hat der heutige Vorfall in meiner Auffassung bestärkt, daß wir in weniger als Jahresfrist in den Krieg verwickelt sind. Die Radikalen im französischen Nationalkonvent, die jetzt die Mehrheit haben, sprechen immer offener darüber, daß sie alle Monarchien in Europa stürzen werden. Wir müssen uns auf Krieg einstellen, ob wir wollen oder nicht.«

David fand an diesem Abend lange keinen Schlaf. Er hatte das Gefühl, vor einer Wende in seinem Leben zu stehen. Im nächsten Monat wurden es zwei Jahre, daß er aus Rußland nach England zurückgekehrt war. Zwei Jahre ohne Kommando, ohne Kampf, das hatte er seit seinem dreizehnten Lebensjahr nicht mehr erlebt.

Und doch war die Zeit nicht ereignislos gewesen. Er erinnerte sich an die Gespräche mit Martin und anderen Lords der Admiralität über seine Aufzeichnungen zu Struktur und Kampfkraft der russischen Flotte, seine Beförderung zum ›Post Captain‹, zum planmäßigen Flottenkapitän, der nicht bloß höflichkeitshalber so angeredet wurde, weil er ein kleineres Schiff kommandierte. Nein, jetzt war er planmäßiger Kapitän und würde in der Kapitänsliste automatisch nach Dienstalter weiter vorrücken, bis er – ebenso automatisch – Admiral wurde, wenn er lange genug lebte.

Aber er war ein Kapitän ohne Schiff. Martin hatte ihm die Stellung eines Kapitäns im Impress Service, der Musterungsbehörde für die britische Kriegsflotte, verschafft. In jeder größeren Hafenstadt stand ein Kapitän der Musterungsbehörde vor. Nur so konnte David den begehrten Rang erreichen, denn Schiffe waren immer noch knapp. Aber da David die Stelle für Portsmouth erhielt, richtete er den wenig anstrengenden Dienst so ein, daß er sich um sein Gut Whitechurch Hill kümmern und am Familienleben der Barwells teilnehmen konnte. Und ein Schiff würde er noch erhalten, das hatte ihm Martin versprochen.

Den Barwells war es nur recht, daß er noch an Land blieb. Wie viele Abende hatte er nicht über seine Erlebnisse in der baltischen Flotte berichten müssen? Seine Tante, die ihm nach dem Tod ihrer Schwester zur Mutter geworden war, hatte im Nachhinein angesichts der überstandenen Gefahren noch gezittert, über die Verwundung gejammert und vor allem über das Duell. »So etwas darfst du nie wieder tun, David! Das heißt Gott versuchen.«

Julie, seine Kusine, und William, sein langjähriger Flottenkamerad, waren ein glückliches und in jeder Hinsicht erfolgreiches Paar. Julie hatte Ende 1789 einen Sohn geboren und Ende 1791 ein Tochter, bei der David Taufpate war. Die Reederei florierte mit nun vier guten Schiffen und engen Verbindungen zu Mr. Borgmann in Amerika. William hatte David stolz gezeigt, wie sich sein Anteil an der Firma vermehrt hatte, und David hatte den Gewinn in der Firma belassen.

Wenn David das Glück der Hansens sah, mußte er immer wieder an Baronesse Britta denken. Er sah ihre lebhaften Augen und erhoffte sich, sie würden ihn zärtlich anstrahlen. Er träumte von ihrem Dekolleté und ihren schön geschwungenen Schultern und wünschte, er könnte sie streicheln und küssen. Dann rief er sich selbst zur Ordnung und sagte sich, er sei doch kein unerfahrener Midshipman, der so schwärmen dürfe. Aber bald waren seine Gedanken wieder bei ihr.

Am nächsten Vormittag berichteten die Zeitungen, die an diesem Tag erschienen, von dem erstaunlichen Vorfall in der Royal Society. Der Wirt des Hotels, in dem David eine Suite – wie man jetzt sagte – bewohnte, wenn er in London war, hatte ihm die Blätter mit dem Frühstück aufs Zimmer geschickt. Zu seinem Erstaunen las David, daß der Mann mit dem Messer von französischen Radikalen bezahlt worden sein sollte, daß die anderen Störenfriede nichts von einem geplanten Mord gewußt hätten und nur die Versammlung sprengen wollten. Und dann las er noch, daß der gedungene Mörder gedroht habe, seine Freunde würden schon die fassen, die sich ihm in den Weg gestellt hätten.

David lächelte. Dieser Maulheld! Als Gregor mit frischem Kaffee das Zimmer betrat, sagte er ihm, was in der Zeitung stand. Aber Gregor fand das nicht so lustig. »Ich war auch gestern nicht nah genug, Gospodin, und wer weiß, wo die Sie erwischen wollen.«

»Wir gehen bald wieder auf ein Schiff, Gregor. Gefällt dir die Aussicht?«

»Ist mir recht, Gospodin. Aber ich bin auch gern auf dem Gut. Hauptsache, ich kann bei Ihnen sein.«

Ja, dachte David, das ist typisch für Gregor, und er sagt das nicht nur so dahin. Er ist unwandelbar treu und dankbar. Als er David nach der Rückkehr aus Rußland wiedersah, weinte er vor Freude. Dabei war er nach seiner Flucht aus Rußland kaum vier Wochen vor David in England angelangt. Er war ein Riese an Gestalt und Kraft und ein Kind in Zuneigung und Anhänglichkeit.

»Leg mir den guten grauen Anzug heraus, Gregor. Wir fahren heute vormittag zu Lady Susan.«

Lady Susan Bentrow empfing David in ihrem Salon. Sie war eine schöne, selbstsichere, gereifte Frau mit ihren einunddreißig Jahren. Sie trat David lächelnd entgegen, ließ sich umfassen und bot ihm ihre Lippen zum Kuß. Aber es war ein Kuß, wie sich Geschwister küssen, herzlich, doch ohne Leidenschaft. Ganz anders, als sie sich vor einem Dutzend Jahren geküßt und geliebt hatten.

Warum war aus der großen Liebe eine herzliche Freundschaft geworden? Weil Susan aus der Ehe mit dem homosexuellen Lord Bentrow nicht fliehen wollte, auch nicht, als sie Davids Sohn geboren hatte? Weil David es nicht ertragen konnte, seinem Sohn in all den Jahren nur als Onkel David begegnen zu können? Vor allem aber wohl, weil Kamala, Davids indische Frau, auch nach ihrem schrecklichen Tod so stark in Davids Herzen lebte, daß sie Susan verdrängt hatte.

»Was liest man wieder von dir, David? Du ziehst Gefahren und Abenteuer an wie ein Magnet. Wo du bist, geschieht bald etwas Aufregendes und Ungewöhnliches, darauf kann man wetten. Immer wirst du nicht so gut davonkommen. Wann lebst du endlich ein Leben in Ruhe und Frieden?«

»Aber Susan! Friedlicher kann man doch nicht leben, als daß man mit einem Herzog zu einem Vortrag in die Royal Society geht. Da denkt doch niemand an etwas Böses.«

»Ja, aber wenn du da bist, passiert es. Wo war eigentlich dein Diener Hassan, dieser treue Malaie?«

»Er hat mich diesmal nicht nach London begleitet. Ich habe dir wohl schon gesagt, daß er Idina heiraten wollte, die Tochter einer Malaiin und eines Schweden, die wir in Kopenhagen kennenlernten. Die Hochzeit war vor einem Monat, und ich wollte das junge Paar seine Flitterwochen auf dem Gut genießen lassen. Gregor ist bei mir.«

»Ist das dieser junge russische Riese, den du mit Hassan gerettet hast, als er zu Tode geschleift werden sollte?« Als David nickte, fragte sie nach. »Und wo war er gestern, als du ihn brauchtest?«

»Aber Susan, man kann doch Diener nicht mit in den Vortragssaal nehmen. Sie warten in der Kutsche oder im Gesinderaum, wo er jetzt auch sitzen und sich von deinen Frauen verwöhnen lassen wird.«

»Nun, dann werde ich dich wohl auch verwöhnen müssen«, sagte sie lächelnd und läutete nach Tee und Gebäck. Sie sprachen über ihren Sohn John, jetzt elf Jahre alt, gesund, aufgeweckt und kräftig, der immer noch Flottenoffizier werden wollte. »Könntest du ihn als Midshipman nehmen, wenn du ein Schiff bekommst?« fragte Susan.

David sah sie nachdenklich an. »Ich habe es mir schon manchmal überlegt. Aber ich glaube, daß ich es nicht könnte. Ich muß jedem Mann auf dem Schiff, auch dem jüngsten Midshipman, Befehle geben, die zu seinem Tod führen könnten. Ich tue es jetzt ohne Ansehen der Person, weil ich in der gleichen Gefahr bin. Aber wie sollte ich das beim eigenen Sohn ertragen? Ich dürfte ihn nicht schonen. Ich würde sonst die Achtung der Besatzung und meine eigene verlieren. Aber wenn einer dieser Befehle zu seinem Tod führte, wie sollte ich damit leben?«

Susan blickte aus dem Fenster. »Was ist das nur für ein Beruf, David, in dem man die Fürsorge für das eigene Blut nicht ausüben darf? Warum bist du nur so mit Leib und Seele Flottenoffizier?«

»Du mußt es so sehen, Susan: Alle Besatzungsmitglieder sind der Fürsorge des Kapitäns anvertraut. Wenn ich einen hervorhebe, entziehe ich anderen die Fürsorge.«

Susan schüttelte den Kopf. »Du bist ein Romantiker, David. Sieh dich doch um, wie viele Flottenkapitäne ihre Söhne oder enge Verwandte auf dem eigenen Schiff unterbringen und sie schamlos protegieren. Aber vielleicht hängen darum deine Leute so an dir. Ich verstehe dich und kann dich doch nicht verstehen. Lassen wir das Thema! Wirst du zum Ball des Prinzen von Wales gehen?«

»Ja«, antwortete David. »Der Herzog von Chandos hat mir eine Einladung verschafft. Charles Haddington will den Ball auch besuchen, und der dänische Gesandte fragte mich, ob er mich sehen werde.«

»Hat er nicht die schöne Tochter, von der jetzt oft gesprochen wird?«

»Ja, Baronesse Britta. Eine sehr intelligente und natürliche junge Dame.« David fühlte sich ein wenig verlegen, als er das sagte. Wie oft hatte er in den vergangenen Monaten nicht voller Sehnsucht an Baronesse Britta gedacht! Lächelte nicht auch Susan etwas hintergründig?

Aber sie überraschte ihn dann mit der Mitteilung, daß auch sie und ihr Mann den Ball besuchen würden. »Der Prinz hat großen Anteil daran, daß er zum Obersten der königlichen Garde befördert wurde. Da ist er ihm diesen Besuch schuldig. Du bist ihm noch nie vorgestellt worden, nicht wahr?«

»Nein.« David wußte nicht, was er sagen sollte. Er war nicht erpicht darauf, Susans Mann kennenzulernen, der sie unter falschen Voraussetzungen geheiratet und ihm die große Liebe genommen hatte, wie er damals meinte. Wie sollte man sich einem Mann gegenüber verhalten, der dem eigenen Sohn seinen Namen gegeben hatte?

Susan spürte den Zwiespalt seiner Gefühle und sagte: »Keine Sorge, David. Lord Bentrow ist sehr verbindlich und souverän. Du kannst ihm unbefangen entgegentreten. Er ahnt ja nichts. Und wenn er es ahnte, weiß ich nicht, ob es ihm etwas bedeuten würde«, fügte sie ein wenig resigniert hinzu.

Der Friseur sprang um David herum, legte hier eine Locke des weißgepuderten Haares etwas anders, half dort mit der Brennschere nach, toupierte, zupfte und tupfte, bis David ungeduldig wurde. »Nun ist es aber genug! Gregor, ist mein Jackett fertig?«

»Gebügelt und gedämpft, Gospodin«, antwortete Gregor und brachte das blaue Uniformjackett, an dem die Orden funkelten. David trug schwarze, glänzende Schuhe mit Goldschnallen, darüber die weißseidenen Strümpfe, die bis unter die weißen Kniehosen reichten. Auch die Weste war weiß, ebenso das Hemd mit dem am Hals gekräuselten Jabot und den an den Armen angedeuteten Volants. Nun zog er das marineblaue Jackett über, dessen Schöße bis zu den Kniekehlen hinabfielen. Gregor strich die beiden weißen Revers der Jacke glatt. Die Taschen im Rock und die Stulpen an den Ärmeln waren mit je einer

Goldborte eingefaßt. Die Kenner ersahen daraus, daß der Träger dieser Uniform als Kapitän weniger als drei Dienstjahre aufwies.

David besah sich im Spiegel. Der St.-Gregor- und der St.-Wassilij-Orden funkelten. Die dänische Rettungsmedaille wirkte daneben bescheidener. Schade, daß er den Orden des Nizams von Haiderabad nicht zur britischen Uniform tragen durfte. Dazu brauchte er eine besondere königliche Genehmigung, die bei Orden der befreundeten europäischen Mächte generell erteilt wurde.

»Dann ist es wohl Zeit, Gregor«, sagte er zu dem Burschen, der in der marineblauen Jacke eines Maats auch respektabel aussah.

»Ich rufe die Kutsche, Gospodin.«

»Aber werde nicht gleich wild, Gregor, wenn wir vor dem Palast warten müssen und der Pöbel wieder in die Wagen glotzt!« David erinnerte sich, wie Gregor bei der ersten Gelegenheit drei oder vier Bettler gegriffen und zu Boden geworfen hatte, als sie bei der wartenden Kutsche auf die Räder stiegen und mit Fackeln in das Innere leuchteten. Sie spotteten dann und bettelten, waren aber sonst friedlich. Und die Londoner Gesellschaft hatte sich besonders bei den großen Bällen im Pantheon längst daran gewöhnt. Aber Gregor kannte das nicht und hatte an einen Raubüberfall geglaubt.

Ein Ball des Prinzen von Wales in London war ein Ereignis, bei dem die Gesellschaft allen Reichtum zur Schau trug, den sie besaß oder leihen konnte. Der Prinz liebte den gesellschaftlichen Trubel mehr als seine Eltern, König Georg III. und Königin Charlotte, ein eher hausbackenes Paar. Carlton House, sein Palais, war der Mittelpunkt gesellschaftlichen Lebens, nicht das Schloß Windsor.

David betrat den Ballsaal gemeinsam mit dem Herzog von Chandos, der seinen Namen dem Haushofmeister angab, der sie ankündigte. Aber in der regen Unterhaltung der bereits versammelten Gäste ging das unter, und nur, wer auf sie gewartet hatte, winkte zur Begrüßung oder kam auf sie zu.

Charles Haddington war der erste. Auch er trug die Uniform eines Flottenkapitäns, allerdings waren die Rocktaschen und die Ärmelmanschetten mit je zwei Goldborten verziert und wiesen aus, daß er länger als drei Jahre den Rang innehatte. Er kannte den Herzog von Chandos auch seit 1780, wenn auch viel weniger gut als David. Er begrüßte ihn freundlich und David herzlich. »Lord und Lady Bentrow haben schon nach dir gefragt, David.«

»O, dann lassen Sie uns doch alle zu ihnen gehen«, sagte der Herzog. »Ich habe Lord Bentrow noch nicht zur Beförderung gratuliert, und es ist immer eine Augenweide, seine schöne Frau zu sehen.«

Der Herzog begrüßte Lord Bentrow, gratulierte, küßte Susan die Hand und stellte dann seine Begleiter dem Lord vor. Lord Bentrow war ein großer, gutaussehender Mann in der prächtigen Uniform der königlichen Garde. Er begrüßte Haddington und David freundlich und betonte, daß seine Frau schon oft erzählt habe, daß sie beide zur Mannschaft der *Shannon* gehört hatten, die sie und ihre Eltern aus der Hand der Piraten befreit hatte. »Ich freue mich, Sie persönlich kennenzulernen, meine Herren, und hoffe sehr, daß wir noch Gelegenheit haben werden, unsere Gedanken auszutauschen. Aber ich sehe, daß der dänische Gesandte mit seiner Gattin und seiner reizenden Tochter den Saal betritt. Sicher werden Sie ihn auch begrüßen wollen. Ich werde Sie vorstellen.«

Aber bei David war das nicht nötig. Lord Bentrow staunte, als die Baronin Jensen David umfaßte und mit ihm Wangenküsse tauschte. »Kapitän Winter gehört fast zur Familie, Mylord, seitdem er unserem Neffen das Leben rettete.« Die Baronesse reichte David dagegen förmlich die Hand zum Kuß. Der Baron wechselte einige Worte mit den Bentrows, dem Herzog von Chandos und mit Haddington, als schon Trompetenstöße das Erscheinen des Prinzen von Wales ankündigten.

David blickte ihm interessiert entgegen. Der Prinz hatte einen schlechten Ruf als Lebemann und Schürzenjäger. Überall sollte er uneheliche Kinder haben. Er war etwas füllig, hatte sinnliche Lippen und schaute lebhaft aus großen Augen umher. Neben ihm ging der Herzog von Bourgoyne, flüsterte etwas in das Ohr des Prinzen und blickte zu David hin.

Der Prinz steuerte auf die Gruppe zu und sprach den Herzog von Chandos an: »Ich höre, daß der Kapitän bei Ihnen ist, der kürzlich unseren französischen Freund vor Mörderhand bewahrte. Stellen Sie ihn mir doch bitte vor, nachdem ich den Damen meine Reverenz erwiesen habe.« Und er verbeugte sich galant vor Susan, Baronin Jensen und ihrer Tochter.

Martin, der Herzog von Chandos, sagte: »Königliche Hoheit, ich habe die Ehre, Ihnen Kapitän David Winter vorzustellen.«

David verbeugte sich tief, und der Prinz schaute ihn wohlwollend an und sagte: »Anerkennung, mein lieber Kapitän, für Ihr beherztes Eingreifen. Ich sehe an den Orden, daß Sie in Rußland gedient haben.«

»Während des letzten russisch-schwedischen Krieges, Königliche Hoheit.«

»Interessant«, murmelte der Prinz. »Die Admiralität sollte Ihnen ein Kommando geben, Kapitän. Sagen Sie das dem Ersten Lord, lieber Herzog«, fügte er zum Herzog von Chandos gewandt leutselig hinzu und ging weiter.

Martin zwinkerte David zu und flüsterte: »Das ist es!«, aber da unterbrach sie der Herzog von Bourgoyne, der David heftig die Hand schüttelte und noch einflocht »Meine Tochter«, ehe eine junge Dame von etwa achtzehn Jahren David fast erdrückte: »Sie 'aben meine Papa das Leben gerettert. Ich lieben Sie dafür.« Dann drückte sie David einen Kuß auf die Wange, bevor er überhaupt reagieren konnte, und eilte ihrem Vater nach.

»Gratuliere zu der Eroberung«, bemerkte Haddington trocken, und die Baronin Jensen lachte. Susan blickte lächelnd in die Runde. »Wie man sieht, bringen gute Taten reiche Früchte.«

Alle schmunzelten, als Baronesse Britta recht spitz einwarf: »Brauchen Sie solche Dankeshymnen, Mr. Winter?«

Ehe jemand reagieren konnte, sagte Lord Bentrow ruhig und ganz bestimmt: »Derer bedarf er sicher nicht, Baronesse. Kapitän Winter kann der Dankbarkeit auch meiner Familie sicher sein, seitdem er meine Frau vor dem Pöbel während des Gordon-Aufstandes anno achtzig rettete. Wir wären glücklich, es ihm vergelten zu können.«

Baronesse Britta biß sich auf die Lippen, reagierte aber sehr schnell. »O, ich fürchte, ich habe mich in der fremden Sprache falsch ausgedrückt. Auch unsere Familien, die Jensens und die Nielsens, sind Kapitän Winter ohne viele Worte dankbar. Ich dachte nur, daß ihm so auffällige Dankbarkeit eher peinlich ist.«

Die Kapelle begann zum Tanz zu spielen. Lord Bentrow seufzte in gespielter Qual: »O nein, ein Contredanse. Da bin ich so unbeholfen.«

»Wenn Sie erlauben, Mylord, führe ich Lady Bentrow zum Tanz«, kam ihm David zu Hilfe und verbeugte sich vor Susan. Der Lord tat erleichtert, Susan nickte lächelnd ihr Einverständnis, und sie ordneten sich in die Reihe der Paare ein.

»Unser erster Tanz in Gibraltar war auch ein Contredanse. Erinnerst du dich, David?«

Ihm fiel es wieder ein. Der junge Midshipman und die hübsche Tochter der MacMillans. »Du hast mich damals in die Tücken des Tanzes eingeweiht, Susan.«

Eine Quadrille später flüsterte er ihr zu: »Ich hatte mir Deinen Mann nicht so gewinnend und sympathisch vorgestellt.«

»Aber David«, flüsterte sie zurück. »Seine Homosexualität ist für die Ehefrau eine Tragödie, aber sie ändert nichts an seiner Klugheit, seiner Fürsorge und seiner Ausstrahlung, in die ich mich als junges Mädchen verliebte.«

»Ja, ich war wohl voreingenommen.«

»Das ist verständlich, und jetzt bist du blind und merkst nicht, wie du geliebt wirst.«

Meint sie sich? dachte David etwas erschrocken. Das ist doch vorbei! Aber dann sah er, daß sie zur Baronesse blickte, die von Haddington im Tanz geführt wurde.

»Nein, Susan. Da irrst du dich. Baronesse Britta hat nur höfliches Interesse für mich.«

»Ihr Männer seid manchmal zu dumm. Sie liebt dich mit allen Fasern ihres Herzens und ist ängstlich bemüht, das zu kaschieren. Ihre unbedachte Äußerung vorhin war ein Ausbruch der Eifersucht, und sie war klug genug, das schnell zu korrigieren.«

»Ich kann das nicht glauben, Susan. Sie ist auch so begehrenswert, daß ihr alle den Hof machen.«

»Ja, mein lieber David. Ich verstehe ja auch nicht, was sie ausgerechnet an dir findet.« Und Susan strahlte ihn schelmisch an.

Einige Tänze später sprach ihn Britta auf dieses Strahlen an. »Lady Bentrow liebt Sie. Erwidern Sie diese Liebe? Entschuldigen Sie, daß ich so offen frage, aber Sie gehören ja fast zur Familie, Mr. Winter.«

»Ich wünschte, ich könnte bald ganz zur Familie gehören, Baronesse Britta«, antwortete David und sah ihr in die Augen, bis sie den Blick abwandte. »Lady Bentrow und mich verbindet eine lange, sehr herzliche Zuneigung. Aber sie würde ihrem Mann nie untreu werden, und ich erhoffe mir das auch nicht. Meine Liebe gehört einer jungen, begehrenswerten Dame, die das aber nicht zu bemerken scheint.«

»O, erzählen Sie mir von der Glücklichen, Mr. Winter.«

»Baronesse, jetzt scherzen Sie. Meine Gefühle können Ihnen nicht so verborgen geblieben sein.«

Die Musik beendete den Tanz, und David führte Britta ein wenig an die Seite. Sie schien unsicher. »Aber in Kopenhagen haben Sie mich wie ein Kind betrachtet, Mr. Winter. Woher soll ich jetzt wissen, daß Sie nicht mit meinen Gefühlen spielen wollen?«

»Aber Britta, das ist fast vier Jahre her. Sie sind eine junge Frau geworden, die begehrenswerteste im ganzen Saal. Ich liebe Sie und würde nie mit Ihren Gefühlen spielen.« Er faßte ihre Hände.

Sie wurde rot. »Ich habe mir das so gewünscht, David, aber nun geschieht alles so unverhofft, so schnell. Was soll ich nur sagen, was soll ich tun?«

»Nur sagen: ›Ich liebe dich auch, David‹ und mich sehr glücklich machen.«

»Ich tu es ja, David, aber jetzt laß mich erst zur Besinnung kommen, bitte!« Und sie löste sich von ihm und ging zu ihrer Mutter, faßte sie um und flüsterte: »Er hat mir gesagt, daß er mich liebt. Ich bin ja so glücklich. Was soll ich nur tun?«

»Ihm sagen, daß du ihn auch seit langem liebst, was sonst, du Dummerchen. Du hast deine Zurückhaltung schon ein wenig übertrieben in letzter Zeit.« Und die Baronin zwinkerte David zu, der langsam und nachdenklich näher trat.

Britta löste sich aus den Armen ihrer Mutter und ging David zwei Schritte entgegen. »Ich liebe dich von ganzem Herzen, David, seit ich dich zum ersten Mal sah. Ich habe es vor dir immer verleugnet, weil ich nicht wollte, daß du mich aufdringlich findest. Aber nun kann ich es gestehen.«

»Willst du meine Frau werden, Britta, auch wenn ich nicht immer bei dir sein kann, weil ich zur See fahre?«

»Ja, David!« sagte sie einfach.

Nun blitzte der Schalk in seinen Augen. »Wo ist hier nur ein Platz, wo ich dich küssen kann, ohne daß halb London zuschaut?«

»Dort führt eine Tür auf die Terrasse. Ein voraussehender Krieger hätte das längst erkunden müssen«, antwortete sie nicht minder schalkhaft. David nahm ihre Hand und führte sie wortlos zu der Tür und auf die Terrasse, die im Halbdunkel lag. Hinter einer Säule nahm er sie in die Arme und küßte sie innig und leidenschaftlich zugleich.

Britta atmete tief nach diesem Kuß und sagte dann: »Das sollten wir nicht so schnell beenden, Liebster«, und bot ihm wieder ihren Mund dar. Aber nach einiger Zeit sagten sie fast gleichzeitig: »Nun müssen wir wohl zu den Eltern.«

Die Baronin hatte ihren Mann schon vorbereitet, und beide sahen Britta und David lächelnd an. »Exzellenz«, bat David, »wann darf ich bei Ihnen und Ihrer Frau Gemahlin vorsprechen und Sie um die Hand Ihrer Tochter bitten?«

»Lieber David«, antwortete dieser, »Sie wissen doch, daß wir Dänen nicht so förmlich sind. Je eher ich Sie als unseren Sohn ansehen darf, desto glücklicher werden meine Frau und ich sein und Sie von ganzem Herzen willkommen heißen.« Er trat auf David zu, umarmte ihn, und danach schloß ihn die Baronin in die Arme und schaute ihn mit feuchten Augen an.

»Darf man an einem anscheinend freudigen Ereignis teilhaben?« fragte der Herzog von Chandos, der mit Haddington vom Büfett zurückkehrte.

»Wir werden die Ehre und die Freude haben, Herzog, in Kürze zur Verlobung von Kapitän Winter und unserer Tochter einladen zu dürfen«, antwortete ihm Baron Jensen.

»Da gratuliere ich von ganzem Herzen, liebe Baronesse, lieber David, und wünsche alles Glück dieser Erde.« Martin reichte beiden die Hand und lachte sie an.

»Hier ist noch jemand, der gratulieren und die Braut küssen und sich außerdem als Trauzeuge und Taufpate anbieten will«, meldete sich Haddington.

»Du wirst dich etwas gedulden müssen, du kußwütiger Pirat. Erst wollen wir ganz formell ein Verlobungsgeschenk erhalten«, scherzte David und schüttelte seine Hand.

David war so erfüllt vom Glück, daß er sich an den weiteren Ablauf des Balls gar nicht mehr so genau erinnerte. Susan sah sein Glück, und es tat ihr ein wenig weh, obwohl sie sich mit ihm freute und ihm zuflüsterte: »Na, wer hat nun recht behalten?«

David tanzte oft mit Britta und war stolz über die bewundernden Blicke, die ihr galten. Sie sah hinreißend aus, als das Glück aus ihr leuchtete. Die weiße Perücke, die lebhaften braunen Augen, das feingeschnittene Gesicht, die schlanke Figur. Es gab nichts an ihr, was David nicht bewundernswert erschien. Britta bemerkte es und sprach zu sich: »Das hätte ich dir schon vor vier Jahren vorhersagen können, lieber David, und so soll es immer bleiben.«

Schon am nächsten Tag sprach David bei Baron Jensen vor und erneuerte seine Bitte in aller Form. Der Baron sagte ihm in herzlichen Worten, wie sehr er sich freue, ihn zum Schwiegersohn zu gewinnen, und wie glücklich Britta sei. »Sie wird mit meiner Frau in Kürze bei uns sein. Ich wollte mit Ihnen nur noch über ihre Mitgift sprechen, lieber David.«

Der Baron gab David einen Überblick über sein Vermögen, das aus Gütern in Dänemark und Staatspapieren bestand und das Britta einmal erben würde. »Ich dachte, daß ich ihr zehntausend Pfund als Mitgift aussetze. Wenn Sie das Geld im Augenblick nicht benötigen, würde ich vorschlagen, dafür Anteile bei den schottischen Eisenwerken zu kaufen. Täglich rückt der Krieg näher, und dann wird Eisen sehr knapp. Die Werke werden bis über ihre Kapazitätsgrenzen produzieren müssen und gewaltige Gewinne einstreichen. Die Anteile könnten sich ohne weiteres verdoppeln. Wie denken Sie darüber, David?«

»Sind Sie so sicher, daß der Krieg bevorsteht, Baron?« fragte dieser zurück.

»Absolut!« antwortete Jensen. »Aus allen Nachrichten, die wir erhalten, kann man nur schließen, daß die französische Revolutionsregierung den Krieg nach Europa tragen will, um alle Kräfte Frankreichs nach außen zu richten und vom inneren Widerstand abzulenken. Die französischen Truppen an der Grenze zu den österreichischen Niederlanden können jeden Tag einmarschieren. Und lange werden sie an den Grenzen Hollands nicht stehenbleiben. Das wäre dann der casus belli für Britannien, wenn nicht schon vorher ein anderer auftaucht. Der Krieg ist unausweichlich, und das bedrückt mich, weil Sie wieder in den Kampf ziehen und sich Gefahren aussetzen werden, lieber David.«

»Ich war nie leichtsinnig, Baron, und werde es jetzt noch weniger sein. Ich bin einverstanden, wenn Sie die Mitgift in Form von Anteilen gewähren, und bedanke mich. Darf ich damit rechnen, daß Sie während meiner Abwesenheit ein Auge auf mein Gut haben werden, das Ihrem Rat schon so viel verdankt?«

»Nun können wir aber die Damen holen, David. Sie wollen das Glück mit uns genießen, und Sie wissen, daß beide mit den Problemen der Landwirtschaft nicht nur vertraut sind, sondern ein Faible für das Landleben haben. Ich glaube, für Britta ist ein Ritt oder Spaziergang durch blühende Wiesen im Frühtau ein schöneres Erlebnis als ein Ball.«

Die Damen wurden gerufen. Britta und David tauschten den ersten Kuß vor den Augen der Eltern. Frau Jensen wischte die erwarteten Tränen aus den Augen, und dann setzten sie sich zum Kaffee nieder, und die Damen diskutierten über die Gestaltung der Verlobungsfeier.

»Einen Augenblick«, schaltete sich David ein. »Es ist möglich, daß ich in wenigen Tagen Hals über Kopf zu irgendeinem Hafen abreisen muß, um ein Schiff zu übernehmen. Ich glaube nicht, daß wir auf längere Sicht planen können.«

Dieser Einwurf hatte eine Demonstration fraulichen strategischen Planens zur Folge. Minimal-, Maximal- und Ersatzlösungen wurden durchgesprochen, so daß der Baron und David zunehmend überflüssig schienen und sich belustigt zulächelten.

»Die Herren interessiert das wohl nicht«, sagte die Baronin schließlich ein wenig ernst, ein wenig scherzend. »Dann übernehmt nur den Text für die Anzeige in den wichtigsten Gazetten und die Benachrichtigung von Davids Familie.« Schließlich wurde man sich einig, was je nach Davids Verfügbarkeit getan werden könnte.

Dann meldete sich David wieder. »Mir wäre es lieb, wir würden noch über Whitechurch Hill sprechen. Würdest du dort nach unserer Hochzeit wohnen wollen, liebe Britta? Was sollte noch umgebaut werden? Kann Olsen mit Ihrem Rat rechnen, Baron, wenn ich auf See bin?«

Die Jensens waren mit der Situation in Whitechurch Hill, Davids Besitz auf der Insel Wight, völlig vertraut. Baron Jensen hatte aus seiner langjährigen Erfahrung als Gutsherr David bei einem Besuch in Portsmouth geraten, auf Vierfelder-Wirtschaft umzustellen, Brachland hinzuzukaufen oder zu pachten, die Einzäunung zu beantragen und auf

Weizenanbau zu setzen. »Weizen wird knapp, wenn Krieg kommt, denn auch der arme Mann braucht Brot. Fleisch und Milch wird er sich nicht mehr kaufen können.«

Bei David hatte es vor einem Jahr einiger Zeit bedurft, bis er sich mit landwirtschaftlichen Fragen vertraut gemacht hatte. Sein Onkel verstand davon nicht viel, aber er konnte Freunde empfehlen. Und dann kam, vertrieben vom Umsturz in Frankreich, auch Jan Olson mit einem französischen Grafen nach London. Olson, ein entfernter Verwandter der Jensens, hatte in Frankreich als Verwalter neue Landwirtschaftsmethoden einführen sollen und war nun brotlos. Da traf es sich gut, daß auf Whitechurch Hill ein Verwalter gebraucht wurde.

Überhaupt hatte David seine Zeit an Land genutzt und sein Haus um- und angebaut. Aus Indien brachte er gewisse Vorstellungen mit, welchen Badekomfort eine Wohnung bieten sollte, und bei der Gelegenheit wurden noch einige Erweiterungen vorgenommen. Für Landarbeiter wurden Häuser gebaut, und David, dem Effektivität auf dem Schiff wichtig war, lernte nun, sie auch in der Landwirtschaft zu beachten.

Britta beteuerte, daß sie schon als Verlobte in Whitechurch Hill auf die Einrichtung achten werde, wenn David auf See sei. Verwalter Olson könne jederzeit mit Jensens Rat rechnen, und der Bürovorsteher der Reederei, ein früherer Zahlmeister Davids, würde die Bilanzen überprüfen. Und alte Schiffsgefährten Davids, wie Elias und Charly, seien auch dort. Was solle also passieren?

Baron Jensen räusperte sich und sagte dann: »Ich bitte um Entschuldigung, wenn ich noch ein sehr prosaisches Thema anschneiden muß. David, Sie wissen, daß der König mit Unterstützung von Sir Joseph Banks in Kew seine Schafzucht mit Hilfe von Merinoschafen veredelt, die mit List und Tücke aus Spanien herausgeschafft wurden. Die Erfolge sind überzeugend. Die Wollqualität wird entscheidend verbessert. Ich konnte vier Schafböcke und acht Schafe über Mittelsmänner erhalten. Sie sollen in wenigen Tagen in Plymouth ankommen. Ich will Ihnen gerne den halben Bestand abtreten und bitte Sie, den ganzen Bestand erst bei Ihnen aufzupäppeln, bis die Hälfte im Frühsommer auf unsere dänischen Güter weitergeleitet wird.«

David sah überhaupt keine Probleme und war überzeugt, daß Elias, der frühere Schiffsgefährte mit dem großen Viehverstand, alles bestens regeln werde. »Wenn Sie nicht Flottenoffizier wären, David, ein guter Gutsherr hätte auch aus Ihnen werden können«, sagte Baron Jensen abschließend.

Aber dann meldete Britta an, daß ihr Bedarf an Geschäftsgesprächen gedeckt sei und daß sie mit David noch ein wenig allein plaudern wolle. »Aber ja«, sagte die Baronin, »ich hab mich so daran gewöhnt, Britta, daß dein Vater immer erst alle Sachfragen geklärt haben will, daß ich ganz vergesse, daß junge Menschen andere Prioritäten haben. Komm, mein Lieber!« Und sie führte ihren Mann aus dem Zimmer.

Nun ja, die Plauderei wurde mit Küssen eingeleitet, aber dann sprachen sie doch noch über ihre Pläne. »Wollen wir morgen zum Maskenball des Savoir-vivre-Klubs ins Pantheon, Liebster, oder wollen wir allein zu Abend essen und plaudern?«

David merkte an den Untertönen, daß Britta mit ihm allein sein wollte, und ihm war es recht. Diese Londoner Maskenbälle mit mehreren tausend Besuchern waren für ein verliebtes Paar nicht der richtige Rahmen. Und wer wußte, wieviel Tage ihnen noch blieben? Sie hatten sich ja auch so viel zu sagen von Hoffnungen und Unsicherheiten in der Vergangenheit bis zu ihrer gemeinsamen Zukunft.

Enttäuschung gab es schon, daß David für diesen Abend eine Verabredung mit Charles Haddington hatte, seinem Schiffsgefährten seit dem ersten Tage seines Bordlebens. »Meine Mutter predigt mir immer, daß eine Ehefrau Verständnis dafür haben soll, daß der Mann Zeit für seine Freunde braucht, aber muß das schon am ersten Abend sein, Liebster?«

»Britta, als ich mich mit Charles zum Essen an diesem Abend verabredete, wußte ich ja noch nicht, daß ich heute schon so gut wie verlobt sein würde. Ich hatte ihn vor dem Ball doch nur wenige Minuten gesehen, und alte Freunde haben auch viel zu erzählen«, wehrte sich David.

»Ach, ich möchte noch so viel von dir wissen, David, aber wir haben ja hoffentlich noch Zeit. Grüß Haddington von mir!«

Als David das separate Speisezimmer in dem Restaurant betrat, saß neben Haddington noch ein anderer Gast am Tisch. David stutzte einen Augenblick, aber dann erkannte er ihn: »Hugh Kelly, alter Freund, wie schön, dich gesund wiederzusehen. Wo warst du in den letzten Jahren? Erzähl doch mal!«

»Langsam, David, du bist der jüngste von uns alten Fahrensleuten der *Shannon*, also stell dich hinten an. Erst trinken wir einen Schluck, und dann kann Hugh erzählen. Ich habe ihn ja viel länger nicht gesehen als du.« Haddington hob sein Glas.

David hatte Kelly zuletzt gesehen, als er nach Kalkutta versetzt wurde und Kelly als Kapitän der Fregatte *Sirius* zurück nach England segelte.

»Anno sechsundachtzig war das, als ich deine Schätze nach Hause mitnahm, David«, sagte Kelly lächelnd. »Hast du schon alles ausgegeben?«

»Da kennst du ihn schlecht«, warf Haddington ein. »David ist ein rechter Geizknochen und Kaufmann. Der paßt auf, daß sich sein Geld vermehrt. Und jetzt verlobt er sich noch mit einer klugen und geschäftstüchtigen Frau. Da kommt wieder etwas hinzu und wird noch besser gehortet.«

»Mein Gott«, lachte Kelly, »David, wie bist du heruntergekommen. Du warst doch früher ein fröhlicher Bursche und hattest etwas übrig für gewisse Stunden mit indischen Tänzerinnen. Willst du das alles aufgeben?«

»Nicht aufgeben, Hugh, steigern mit einer Frau, gegen die die kleinen Tänzerinnen nicht konkurrieren können. Ich bin nicht so ein Herumtreiber wie ihr. Ich weiß gern, wo ich hingehöre. Nie war ich so glücklich wie zu der Zeit, in der ich in Indien verheiratet war. Vielleicht ist das der Hannoveraner in mir.«

»Das wird es sein!« bestätigte Kelly. »Unsere hannoveranischen Könige sind ja auch biedere Familienväter.«

Aber dann legten sich die Frotzeleien, und sie berichteten, wie sie die letzten Jahre verbracht hatten. Kelly war nach 1787 zwei Jahre an Land gewesen, hatte dann zwei Jahre zur Vertretung eine Fregatte vor Kanada kommandiert und hoffte jetzt auf ein neues Schiff.

»Dann kann ich dir eine gute Nachricht überbringen«, schaltete sich Haddington ein. »Nur unser David geht noch leer aus. Du sollst in Plymouth einen 64er übernehmen, Hugh. Ich erfuhr es heute in der Admiralität, als mir mitgeteilt wurde, daß ich einen 74er in Portsmouth erhalte und bis Januar seefertig zu sein habe.«

Hugh konnte sich vor Freude kaum halten. David gratulierte und sagte sich, daß er jetzt schon ein wenig enttäuscht wäre, wenn er nicht Britta hätte.

Haddington unterbrach seine Gedanken. »Was weißt du von Andrew Harland, David, deinem Ersten auf der *Nicholas* und später ihr Kapitän?«

»Er ist ein knappes Jahr nach mir aus Rußland zurückgekehrt und lebt im Augenblick bei seinen Eltern.«

Haddington fragte, ob David etwas dagegen habe, wenn er um ihn als Ersten für sein Schiff bitte. Wenn David selbst in den nächsten Tagen ein Kommando erhalte, trete er natürlich zurück.

»Aber nein, Charles«, antwortete David. »Andrew ist ein hervorragender Erster Leutnant, und wenn er noch kein eigenes Schiff erhält, wovon man wohl ausgehen muß, dann sollte er bei dir Erster auf einem Vierundsiebziger werden. Ich habe ja doch höchstens eine Fregatte zu erwarten. Ich schicke dir morgen seine Adresse.«

Es wurde ein sehr lustiger Abend. Der Rehbraten war ausgezeichnet und der Wein nicht minder. Als sie um Mitternacht aufstanden, merkte wohl jeder, daß er nicht mehr so fest auf den Beinen war.

Haddington sagte: »Hugh wohnt ganz in meiner Nähe. Wir nehmen eine Kutsche. Sollen wir dich irgendwo absetzen, David?«

David lehnte dankend ab. Er wollte noch einige Schritte gehen und sich dann eine Kutsche nehmen. »Vorsicht auf den dunklen Straßen, David!«, mahnte Haddington, aber David sagte: »Ich hab doch Gregor bei mir«, und zeigte auf den Burschen, der im großen Speisesaal gegessen hatte.

»Donnerwetter, wo hast du denn den Riesen her?« fragte Kelly, aber David wehrte ab. Die lange Geschichte erzähle er ein andermal.

Die Kutsche der beiden rollte fort, und David sagte zu Gregor: »Wir laufen noch ein paar Schritte in dieser Richtung, ehe wir eine Kutsche rufen. Wie war dein Essen?«

Gregor war zufrieden, und sie plauderten ein wenig beim Gehen. Dann sagte David: »Nun kannst du vorausgehen, Gregor, und dort an der Ecke eine Kutsche heranwinken.« Gregor schritt mit seinen großen Beinen schnell voran, trat auf die Straße, um den Bürgersteig zwei jungen Damen freizumachen, die höflich dankten, und ging dann weiter. Die beiden jungen Damen näherten sich David. Zwei Zofen oder Dienstmädchen dachte er. Sauber und geschmackvoll angezogen, aber was taten sie noch so spät allein auf der Straße?

Auch er wollte den Bürgersteig freimachen, aber die beiden hielten an, lächelten, öffneten mit schneller Bewegung ihre Jacken und zeigten ihm ihre nackten Brüste. »Na, junger Herr, können wir uns nicht noch ein bißchen amüsieren? Wir verwöhnen Sie, wie Sie es noch nie erlebt haben.«

Sie waren näher herangetreten, und die eine streichelte seinen Arm, während die andere seine Hand nahm und an ihren Busen führen wollte. David mußte über diese Vorführung lachen, angeheitert wie er war. Aber er wehrte ab. »Nein, meine Schönen. Mit mir ist nichts zu verdienen. Ich bin in festen Händen. Versuchen Sie es woanders!«

Aber die beiden wollten noch nicht aufgeben. Die eine preßte sich eng an ihn. Die andere hielt seine Hand fest und schilderte, was ihm alles geboten werden könne. Nun wurden sie David lästig. »Lassen Sie mich in Ruhe!« sagte er lauter und machte sich frei.

Aus dem Torbogen gegenüber trat ein Mann und fragte: »Will der Kerl was von euch?«

Die beiden Dirnen schrien: »Er quatscht uns an und erzählt Sauereien.«

»Das ist aber gar nicht fein, der Herr!« mokierte sich der Kerl, anscheinend ihr Zuhälter.

David rief laut: »Gregor!« und herrschte die drei an: »Jetzt ist aber genug! Verschwindet, ehe ich euch den Konstablern übergebe.«

Der Bursche zog ein Messer. »Große Fresse hat der Herr. Geht ihr man, ihr beiden. Ich hab mit dem Fatzken noch zu reden, und das ist nichts für Damenohren.«

Schnelles Fußtrappeln erscholl, und Gregor stürmte heran. Der Zuhälter warf ihm einen Blick zu, steckte sein Messer weg und rannte davon. »Soll ich ihn greifen und ihm die Knochen brechen, Gospodin?«

»Laß nur, Gregor. Es ist ja nichts passiert.«

Da aber irrte sich David, wie er merkte, als er vor dem Hotel den Kutscher bezahlen wollte. »Verdammt, das Hurenpack hat mir die Börse gestohlen«, zog er das Fazit nach einer minutenlangen Sucherei in allen Taschen. Er mußte sich vom Portier das Fahrgeld auslegen lassen und ärgerte sich.

»Das Gesindel wird immer frecher, gnädiger Herr«, bestätigte der Portier. »War es denn viel?«

»Etwa zwei Guineen.«

»Nun ja«, meinte der Portier, aber David setzte hinzu: »Dafür muß ein Matrose rund zwei Monate arbeiten und sein Leben einsetzen.«

»Sehr richtig, der Herr«, bestätigte der Portier und dachte, daß mancher Lebemann vierzigtausend Guineen im Jahr für sein Vergnügen in London ausgebe.

David fiel auf einmal ein, daß er Britta ja die Geschichte erzählen müsse. Und da mußte er lachen. Sie würde ihn sicher verspotten. Dann tauchte auch Kamala in seinen Gedanken auf. Für sie hatte das alles zum Leben gehört.

Hätte sie sich mit Britta verstanden, wenn sie sich kennengelernt hätten?

Am Morgen brummte Davids Schädel, als Gregor ihn weckte. Das war wieder ein Glas Wein zuviel. »Was ist, Gregor? Warum weckst du mich?«

»Ein Bote der Admiralität brachte dieses Schreiben. Bitte quittieren Sie.«

David riß das Schreiben auf. Martin, der Herzog von Chandos, wollte ihn so bald wie möglich sprechen. »Gregor, ich wasche und rasiere mich. Danach Frühstück, und leg die gute Uniform raus!«

»Aye, aye, Sir.« Bei direkten Befehlen hatte sich Gregor schon die englische Redewendung angewöhnt, während er sonst häufig noch ›Gospodin‹ sagte und mitunter auch ›Sluschaju-s‹, die russische Bestätigungsformel, die ›Ich höre, Herr!‹ bedeutete.

In der Admiralität empfing Martin ihn sofort. »Ich werde mich bei Ihrer Braut furchtbar unbeliebt machen, David, aber ich habe ein Schiff für Sie«, überrumpelte er David, bevor dieser sich gesetzt hatte.

»O, ich finde das wunderbar, und Britta wußte, daß ich mit Leib und Seele Flottenoffizier bin.«

»Etwas wissen und dann sein Leben danach einrichten, sollen zwei verschiedene Schuhe sein, hab ich mir sagen lassen, lieber David. Aber zum neuen Kommando! Es ist eine Zweiunddreißig-Kanonen-Fregatte, völlig überholt, neu gekupfert, Vierundzwanzig-Pfünder-Karronaden auf Vor- und Achterdeck. Sie liegt in Portsmouth und soll Anfang Dezember auslaufen und vom Kanal nach Südwesten hin aufklären.«

David war nur verhalten begeistert. Er hatte in der russischen Flotte schon eine Sechsunddreißig-Kanonen-Fregatte und ein Vierundsiebzig-Kanonen-Linienschiff kommandiert. »Das hört sich gut an.«

Martin nickte verständnisvoll. »Ich habe versucht, Ihnen eine neue Sechsunddreißig-Kanonen-Fregatte zu verschaffen, aber um sie tobt ein fürchterlicher Beziehungskrieg. Die Fregatte, die ich Ihnen anbiete, war auch vergeben, aber ihr Kapitän hat sich gerade von einem französischen Emigranten im Duell töten lassen. Solange die Empfehlung des Prinzen von Wales noch frisch ist, kann ich Ihre Kommandierung beim Ersten Lord durchsetzen. Sie erhalten ein kleineres Schiff als erhofft, aber Sie haben es sicher. Umsteigen wird im Laufe des Krieges leichter. Sie müßten innerhalb einer Woche nach Portsmouth abreisen und vor Jahresende auslaufen. Aber Sie haben bei Kriegsausbruch dann auch die größten Chancen, gute Prisen zu machen. Sie müssen sich schnell entscheiden!«

Mehr zum Zeitgewinn fragte David: »Wie heißt die Fregatte?«

Martin blickte auf die Akte und sagte: »*Shannon*«.

Über David brach ein Strudel von Erinnerungen herein. Die *Shannon,* die Fregatte, auf der er 1774 mit knapp dreizehn Jahren seinen Dienst als Captain's Servant angetreten hatte, die *Shannon,* auf der er vor Afrika und vor Amerika gekämpft hatte.

»Sie war mein erstes Schiff. Anno vierundsiebzig habe ich auf ihr den Dienst angetreten unter Kapitän Brisbane. Die *Shannon* war immer gut zu mir. Ich akzeptiere mit dem Ausdruck herzlichen Dankes für die Unterstützung.«

»Nicht so förmlich, lieber David. Möge Ihnen die *Shannon* weiterhin Glück bringen. Was wird nun aus der Verlobung?«

»Nach den Planungen der Damen findet in diesem Fall eine kleine Vorfeier in London statt, während die richtige Feier dann in zwei oder drei Wochen im Heimathafen ausgerichtet wird. Viele können ja nicht so kurzfristig aus London fortreisen, und meine Leute kämen nicht innerhalb weniger Tage nach London.«

»Sehr vernünftig«, befand Martin. »Die Dänen sind, soweit ich welche kennenlernte, überhaupt sehr praktisch veranlagte, vernünftige Menschen. Aber nun noch zu einigen Einzelheiten der Bemannung und Ausrüstung!«

Von der Admiralität eilte David sofort zu den Jensens. Nach den ersten freundlichen Begrüßungsworten sagte er: »Ich habe das Kommando über eine Fregatte erhalten und muß spätestens in sechs Tagen nach Portsmouth abreisen und von dort innerhalb eines Monats auslaufen.«

Die Reaktion bestätigte, was Martin über den praktischen Sinn der Dänen gesagt hatte. Britta nahm im ersten Schreck die Hand vor den Mund. Ihre Mutter erklärte sofort: »Dann feiern wir in vier Tagen die Londoner Verlobung und in drei Wochen die in Portsmouth. Paul, kann dein Schreiber gleich die Einladungen ausfertigen?«

Britta hatte sich gefaßt und fügte sofort an: »Ich reise mit dir nach Portsmouth, David, damit ich in deiner Nähe bin, bis du ausläufst. Ob ich bei deiner Familie wohnen kann?«

Baron Jensen lachte. »Nun sehen Sie, lieber David, wie es in diesem Haus einem Mann ergeht, der einmal zuviel ja gesagt hat. Bevor Sie auf See sind, haben Sie keine Chance mehr.«

Britta trat auf David zu und legte ihre Arme um seinen Hals. »Du verstehst mich doch, Liebster, nicht wahr?«

»Aber ja. Ich freue mich doch, wenn du bei mir bist«, antwortete David, hatte aber insgeheim doch Bedenken, ob er im Trubel einer Indienststellung noch Zeit für Britta finden könne.

»Es ist ja auch eine angenehme Diktatur«, spottete Baron Jensen, ehe ihn seine Frau lachend, aber resolut zwang, mit ihr den Text der Einladung zu formulieren.

Die Damen Jensen hatten nun nicht mehr viel Zeit, denn vom Koch über das Bedienungspersonal bis zum Schneider und den Dienern, die sofort die Einladungen austragen mußten, waren viele mit Instruktionen zu versehen. Aber nach den ersten Aktivitäten saßen sie doch noch zu einer Tasse Tee beisammen. Dabei erzählte David sein gestriges Abenteuer.

»Waren sie hübsch? Hatten sie schöne Busen?« fragte der Baron lachend.

»Aber Paul!« tadelte ihn seine Frau mit leichtem Schmunzeln.

»Ich hoffe, du hast gar nicht hingesehen«, meldete sich Britta.

»Ja, denkst du, David ist blöd?« meldete sich der Baron wieder. Und nun mußten alle lachen. Lustig ist die Familie auf jeden Fall, in die ich einheiraten will, und falsche Prüderie kennt sie auch nicht, dachte sich David.

»Im Magistrat hat man mir gesagt, daß London bei einer Million Einwohner etwa achtzigtausend Prostituierte aufweist. Demnach wäre fast jede fünfte Frau eine Prostituierte. Und die Taschendiebe werden von klein auf jahrelang an Stoffpuppen geschult, die mit kleinen Glöckchen versehen sind. Sie müssen immer wieder in die verschiedenen Taschen greifen, ohne daß eine Glocke anschlägt. Wenn sie bimmelt, setzt es Schläge. Ein harter Beruf.« Der Baron sah sie an.

»Ich bin immer froh, wenn ich aus dieser Riesenstadt hinaus kann«, sagte die Baronin. »Darum freue ich mich auch, daß ich nach Portsmouth reisen werde.«

»Für mich wäre es eine große Freude, wenn Sie im Sommer Ihre Ferien auf meinem Gut verleben könnten. Besser kann es doch niemand beaufsichtigen«, bot David an.

»Mit dieser Einladung machst du nicht nur uns Frauen eine große Freude, sondern auch meinem Vater«, sagte Britta. »Er lebt mit der Landwirtschaft auf und weiß mindestens soviel wie der Verwalter.«

»Wir freuen uns darauf«, sagte der Baron, »und besonders wünschen wir uns natürlich, daß wir mit Ihnen dort Ferien verleben können, lieber David.«

Meuterei auf der Shannon

(Oktober bis Dezember 1792)

»Es war eine schöne Verlobungsfeier, nicht wahr, David?« sagte Britta.

David, der gerade einen Reiter durch das Fenster der Mietkutsche nach Portsmouth betrachtet hatte, wandte sich ihr zu. »Ja, Britta, es war alles sehr harmonisch, und die Freunde deines Vaters sind nette Leute.«

»Meine Freundin hat dir aber noch besser gefallen«, spottete Britta.

»Nun, Liebste, Charles Haddington findet auch nicht gerade dein Mißfallen. Und da er in Portsmouth sein Schiff übernimmt, ist er wahrscheinlich bei der zweiten Feier auch dabei.«

»Schön, daß die beiderseitigen Freunde uns beiden gefallen. Aber am schönsten ist doch, daß wir sagen können, wir sind Braut und Bräutigam. Ich habe oft leise vor mich hin gesprochen ›Er ist mein Bräutigam‹«. Und sie blickte glücklich auf den Ring mit Rubinen und Diamanten, den ihr David geschenkt hatte.

David lächelte auch glücklich und drückte ihre Hand.

Aber dann wurde er ernst und räusperte sich. »Ich muß dir etwas sagen, Britta, was schon längst hätte gesagt werden müssen. Aber es ging ja alles etwas plötzlich.«

»Willst du mir die Affäre mit der Frau des russischen Gesandten in Kopenhagen beichten, mein Lieber? Das habe ich damals schon bemerkt.«

David schüttelte ernst den Kopf. »Nein, Britta, ich habe einen elfjährigen Sohn.« Britta entfuhr ein erschrockenes »O!«, aber David sprach weiter. »Seine Mutter und ich lernten uns unter aufwühlenden Umständen kennen, als wir vierzehn Jahre alt waren. Wir schwärmten füreinander mit aller Intensität junger Herzen. Sie hat sich später in einen charmanten Adligen verliebt, hat ihn jung geheiratet und erst dann erfahren, daß er homosexuell ist und die Ehe nicht vollziehen wollte, ihr aber nahelegte, den Erben mit einem anderen zu zeugen.«

»O, wie furchtbar. Das ist ja unmenschlich«, warf Britta ein.

»Ja, sie ist fast daran zerbrochen. Und in ihrem Leid wuchs die Erinnerung an die Jugendliebe. Als wir uns dann nach Jahren wiedersahen, haben wir uns geliebt und einen Sohn gezeugt. Ich wollte, daß sie sich von ihrem Mann trennt und meine Frau wird, aber sie wollte ihrem Sohn alle Vorrechte des alten Adelsgeschlechtes bewahren und war mir seither nur noch Freundin. Das ist sie noch. Ich liebe sie nicht mehr.«

Britta saß nachdenklich da, in die Ecke der Sitzbank gekauert. »Sie hat dich nicht wirklich geliebt, David, sonst wäre sie nicht in dieser Ehe geblieben. Du bist ein Vater, von dem man sicher schon damals erwarten konnte, daß er seinen Sohn mit Liebe begleiten und auch materiell für ihn sorgen würde. Was bedeutet eine Lordschaft, wenn man liebt und weiß, daß die Liebe ja nicht den Verzicht auf ein menschenwürdiges Dasein bedeutet?«

»Wieso kommst du auf Lordschaft, Britta?«

»Ich habe nicht deine Lebenserfahrung, David, aber ich bin nicht dumm. Es war einmal die Rede von der Befreiung der MacMillans und ihrer Tochter Susan aus Piratenhand, und ich habe beobachtet, wie Lady Bentrow dich ansieht. Da brauche ich doch nur zwei und zwei zusammenzuzählen. Nun weiß ich auch, warum Lady Bentrow nicht zu unserer Verlobungsfeier kommen konnte und zum gleichen Termin eine persönliche Einladung der Königin nach Kew hatte. Sie würde ihre damalige Entscheidung revidieren, wenn das noch ginge. Da bin ich mir sicher.«

»Aber die Liebe zu ihrem Sohn füllt sie ganz aus«, warf David ein.

»Es ist auch dein Sohn, David, und sie könnte beide Lieben verbinden, wenn sie sich richtig entschieden hätte. Der Sohn ist elf Jahre, hast du gesagt. Da merkt eine Mutter schon, daß er nicht mehr lange bei ihr bleiben wird. Meine Mutter hat mir das oft geschildert und bekräftigt, wie froh sie war, eine Tochter zu haben. Wie ist aber nun dein Verhältnis zu deinem Sohn?«

»Wie das guter Freunde. John weiß nicht, daß ich sein Vater bin. Er hält mich für einen guten Freund der MacMillans und nennt mich ›Onkel David‹. In seinen ersten Jahren habe ich mich sehr nach ihm gesehnt, aber nun ist es auch bei mir eher die Beziehung eines Onkels.«

Britta schüttelte nachdenklich den Kopf. »David, für mich ist das alles noch etwas neu und schwierig. Ja, ich wußte, daß ich einen Mann heiraten will, der schon einmal verheiratet war und manches im Leben erlebt hat. Aber ich war nicht auf einen Sohn gefaßt. Sei nicht böse, aber das ist etwas unnatürlich, daß eine Frau nicht mit dem Vater ihres Sohnes leben will und daß ein Vater seinen Sohn wie einen Neffen sieht. Ich muß das erst verarbeiten und kann nun nicht mehr mit meiner Mutter darüber reden wie früher. Ich weiß auch nicht, wie ich Lady Bentrow und deinem Sohn gegenübertreten soll.«

David rückte zu ihr und legte den Arm um sie. »Britta, Männer sind anders. Sie gehen mit der Frau. Für meine Liebe wird es nur noch dich geben, wenn ich auch Freundschaften und Verpflichtungen nicht verleugne. Aber wirklich zählen tun nur noch wir beide.«

Sie kuschelte sich an ihn und schwieg.

Eine Pause an einem Rasthaus bot eine willkommene Unterbrechung, und danach küßten sie sich, sobald sie wieder in der Abgeschiedenheit ihrer Kutsche saßen, bis Britta bat: »Etwas mußt du dir aber noch für die Hochzeitsnacht aufbewahren, David. Komm, gönne mir etwas Erholung. Du bringst eine Frau schon außer Atem.«

David lachte und wollte sie wieder an sich ziehen, aber sie sagte: »Nein, Liebster, allzusehr verwöhnen will ich dich auch nicht. Laß uns lieber von der Zukunft plaudern. Mir graut vor der Zeit, in der du auf See bist und ich mich monatelang ohne Nachricht um dich sorgen muß.«

»Aber die Londoner Gesellschaft und deine Eltern bieten dir doch genug Abwechslung, liebe Britta.«

»Was sich so Londoner Gesellschaft nennt, ist meist ein unnützes und verdorbenes Pack, das seine Zeit mit Glücksspiel und Wetten verbringt, mögen die Leute nun Geld oder Adelstitel oder beides haben. Wenn du nicht von Geburt Hannoveraner wärst, traute ich mich gar nicht, dir zu sagen, daß ich viele Gedanken, die die französischen Aufständischen äußern, gerechtfertigt finde. Auch mein Vater denkt, daß alle Menschen den gleichen Gesetzen und Steuern unterworfen sein und daß sie ihre Regierung frei und geheim wählen sollten. Ich habe meinen Vater bedrängt, sich um den Londoner Posten zu bewerben, um dir näher zu sein, aber ich liebe die Londoner Gesellschaft nicht.«

David merkte immer mehr, daß seine Braut nicht nur eine sehr attraktive und charmante Frau war, sondern auch einen zielbewußten und selbständigen Verstand besaß, mit dem man immer rechnen mußte. Gut so, dachte er, sonst hätte sie gegen die Erinnerung an Kamala keine Chance.

Laut antwortete er: »Was ich von der Londoner Gesellschaft kenne, bestätigt dein Urteil. Und was einige Gedanken aus Paris angeht, so bin ich deiner Meinung. Ja, die Menschen sollten vor Gesetz und Steuern gleich sein und ein vernünftiges Wahlrecht erhalten, nicht so eine Farce wie die Einteilung der englischen Wahlkreise, wo es genügt, ein verfallenes Dorf mit nur noch wenigen Einwohnern zu besitzen, um mit ihrer Hilfe ins Parlament zu ziehen, während in den neuen Städten viele tausend Menschen ohne Repräsentanten sind. Aber andererseits, liebe Britta, bin ich durch meine Erfahrungen in Amerika mißtrauisch. Wer gute Ideen äußert, beherzigt sie oft selbst überhaupt nicht. Wer Freiheit ruft, will sie oft nur für sich und unterdrückt andere. Ein Umsturz spült auch schlimme Elemente nach oben, die nur Macht und Reichtum wollen, gleichgültig, was sie versprechen. In Amerika hat sich das schon wieder etwas gelegt, wie mir William versicherte. Hoffentlich gewinnen auch in Paris weise, vorausschauende Menschenfreunde die Oberhand. Aber ich fürchte, wir werden erst durch schlimme Jahre gehen müssen.«

»Mein Vater äußert sich sehr ähnlich, David. Ich hoffe nur, daß es kein langer Krieg wird, wo die Franzosen doch die meisten ihrer Generäle und Admirale verjagt haben.«

David mußte lachen. »Nach meiner Erfahrung sind die meisten Generäle und Admirale eher schädlich als nützlich, um einen Krieg zu gewinnen.«

»Das gilt aber nur, bis du Admiral bist, oder?«

David griff nach ihr: »Du Spötterin! Dafür mußt du büßen!« Er küßte sie leidenschaftlich.

Nach einer Weile fragte sie: »Ob deine Familie mich mag?«

David meinte, da könne sie ganz beruhigt sein. Ihre Art würde zumindest Julie und William begeistern und Onkel und Tante imponieren.

»Glaubst du, ich könnte einen Teil der Zeit bei ihnen leben, um im Hafen zu sein, wenn dein Schiff einläuft?«

»Aber sicher, liebe Britta. Du kannst doch auch auf Whitechurch wohnen. Da sehe ich kein Problem. Sie werden verlangen, daß du dein Zimmer im Hotel aufgibst und zu ihnen ziehst, sobald wir uns bei ihnen gemeldet haben.«

»Dann reicht es doch auch, wenn wir im Hotel das Gepäck unterstellen. Wozu dann ein Zimmer mieten?«

David lachte lauthals. »Du paßt zu Julie! Nur keinen Penny unnütz ausgeben. Wir können es uns leisten, Liebste, und vielleicht wäre es besser, wir hätten einen Ort, wohin wir uns zurückziehen könnten.«

Sie lächelte. »Bei deinem Temperament und deinen Verführungskünsten bin ich nicht sicher, ob ich einen solchen Rückzugshafen ertragen könnte.«

David behielt recht mit seiner Vorhersage. Er hatte Britta kaum vorgestellt, sie hatte mit Julie erst wenige Sätze gewechselt, da entschied Julie schon: »Baronesse Britta muß bei uns wohnen, nicht wahr, William! Wir lassen sie doch nicht in einem Hotel hocken, wo wir soviel zu bereden haben.«

William Hansen bestätigte die Einladung, und Britta zwinkerte David zu. »Dann will ich man dem Hausdiener sagen, daß er mit Gregor das Gepäck holen soll«, bot David an, aber William nahm ihm das ab. Sie saßen im Wohnzimmer der Barwells, das David seit vielen Jahren Mittelpunkt seines Heimatgefühls war.

Während des Kaffeetrinkens drehte sich alles um Britta. David beobachtete die Reaktionen seiner Verwandten auf seine Braut. Tante Sally lauschte ihr mit ruhiger Sympathie und warf hin und wieder eine Frage ein. Onkel Barwell betrachtete Britta mit einem Schmunzeln, das verriet, wieviel er früher für weibliche Reize empfunden hatte. Heute muß er wohl Abstriche machen, dachte David, denn er war mit seinen noch nicht sechzig Jahren ein wenig herzkrank.

William Hansen sprach mit Britta in seiner ruhigen, prüfenden Art, während Julie lebhaft auf sie einredete. Dann wurden Julies Kinder gebracht, und nun kannte Brittas Begeisterung keine Grenzen mehr. Die Bewunderung der Kinder gewann endgültig Julies Herz, und beide Frauen beschlossen, daß sie sich mit dem Vornamen anreden wollten.

Als die beiden jungen Frauen mit Tante Sally über die

Verlobungsfeier in Portsmouth diskutierten, fühlte sich David an die Szene bei den Jensens erinnert. Sie waren sich recht bald über den Rahmen und die Einzuladenden einig, ohne daß die Männer befragt worden wären.

»Wie haben sich die Sitten doch in den letzten zwanzig Jahren verändert«, stellte David schließlich fest. »Früher entschieden die Männer, und die Frauen baten höflich, daß ihre Vorschläge in Erwägung gezogen wurden. Inzwischen sind die jungen Damen mit den Gedanken der Aufklärung, der Revolutionen in Amerika und Frankreich groß geworden und entscheiden, ohne uns zu fragen.«

Britta schmunzelte nur, aber Julie entgegnete ihm: »David, du verstehst doch wirklich nichts von der Vorbereitung solcher Feste. Wir würden dir nie in deinen Flottenkram reinreden. Warum willst du auf einmal das erste Wort bei Festvorbereitungen beanspruchen?«

Onkel William beruhigte David. »Laß man, mein Junge. Wenn die Finanzen dann mit dem Wirt des ›George‹ abgesprochen werden sollen, dann müssen wir doch ran. Und wenn uns etwas nicht paßt, dann kann es eben der Wirt nicht so einrichten.« Und er zwinkerte David zu.

Die Unterhaltung ging weiter. Man spürte, wie sehr sich alle mochten und wie willig sie Britta in den Kreis der Familie aufnahmen. Britta schien sich wohl zu fühlen und sagte David, als er sie zur Nacht küßte: »Das ist eine wunderbare Familie, David. Wir werden uns alle gut verstehen, und Julie wird sicher meine beste Freundin.« Sie folgte Julie in den Flügel des Hauses, den die Hansens sich eingerichtet hatten, während David in das alte Zimmer ging, in dem er als zwölfjähriger Junge zum ersten Mal geschlafen hatte.

Am Morgen stand David früh auf und zog seine beste Uniform an. Gregor war bereit, und nach kurzem Frühstück gingen sie zum Kai, wo sie ein Boot mieten wollten, das sie zur *Shannon* übersetzen sollte. Nur die Tante hatte David verabschiedet. Die Hansens waren noch mit Britta in ihren

Zimmern. David war mit seinen Gedanken auch ganz bei der Übernahme des Kommandos. Er fühlte nach der Bestallungsurkunde der Admiralität, die in seiner Manschette steckte, und fragte sich immer wieder, wie er es wohl treffen würde.

Die *Shannon* lag noch im Hafen, direkt der Werft gegenüber. David erkannte sie sofort, als der Seemann sie vom Point freigerudert hatte und in Richtung Werft steuerte. Sie lag noch hoch aus dem Wasser, ein Zeichen, daß sie bis jetzt weder Munition noch Proviant übernommen hatte.

Die Wache rief das Boot an, als sie sich näherten. Der Seemann schaute fragend zu David. Dieser nickte, und der Seemann rief laut: »*Shannon*«, das Wort, das der Wache zeigte, daß nicht irgendein Besucher, sondern der neue Kommandant an Bord kam. Rufe schallten vom Schiff herüber, Bootsmannspfeifen, aber keine Trommeln. Da sind die Seesoldaten wohl noch nicht an Bord, dachte David, und merkte, daß er richtig getippt hatte, als er das Fallreep emporstieg und über die Reling blicken konnte.

Drei Offiziere standen zur Begrüßung angetreten, Maate und Matrosen, Pfeifen schrillten, aber keine präsentierenden Seesoldaten belebten mit ihren roten Uniformröcken das Bild. David wandte sich dem an erster Stelle stehenden Leutnant zu: »Ich bin David Winter, von der Admiralität zum Kommandanten bestellt.«

Der Erste Leutnant schluckte unsicher, räusperte sich und sagte schließlich mit belegter Stimme: »Percival Barker, Sir, Erster Leutnant, zu Diensten, Sir.«

David reichte ihm die Hand und sagte: »Bitte stellen Sie mir die anderen Herren vor, Mr. Barker.«

David verbarg seine Enttäuschung, die er beim Anblick des Ersten Leutnants empfunden hatte. Der Mann, blaß, schmal, unscheinbar und unsicher, wirkte wirklich nicht wie ein kompetenter und sicherer Erster, der seinem Kapitän den Dienst erleichtern konnte. Da schien der nächste in der Reihe viel selbstbewußter.

»Mr. James Neale, Sir. Zweiter Leutnant, Sir.«

David reichte dem stämmigen blonden Mann, etwa

Mitte Zwanzig, die Hand, und dieser drückte sie kräftig. »Auf gute Zusammenarbeit, Mr. Neale.«

Der dritte Mann in der Reihe war etwa gleichaltrig, aber kleiner, dunkelhaarig und mit dunklem Teint. Der Erste Leutnant räusperte sich und sagte leise: »Mr. Richard Rossano, Sir. Dritter Leutnant, Sir.« Da hieß der Vater wohl noch ›Ricardo‹, dachte sich David und erinnerte sich an seinen italienischen Bootsmann, den Gefährten vieler Jahre, gefallen in der Ostsee. Der Dritte hatte auch einen festen Händedruck und einen ruhigen, klaren Blick.

Mr. Barker stellte noch den Master und den Bootsmann vor, und David bat ihn, die gesamte Mannschaft an Deck zu rufen. Mr. Barker druckste herum und meinte schließlich, er hätte vorher gern noch mit ihm gesprochen. »Das muß warten, Mr. Barker. Zuerst muß ich mich einlesen.« David kannte es nicht anders. Die erste Handlung eines Kommandanten war, daß er vor der Mannschaft seine Bestallungsurkunde verlas, sich ›einlas‹, um damit alle Rechte und Pflichten eines Kommandanten zu übernehmen. Vorher war er, rechtlich gesehen, nur Gast an Bord.

Als die Pfeifen schrillten und die Mannschaften an Deck strömten, kam in David Enttäuschung hoch. Die meisten schienen eher widerwillig an ihren Platz zu gehen. Sonst war eine Mannschaft doch neugierig auf den ›Neuen‹ Aber hier? Schließlich standen sie an Deck versammelt, und David verlas mit lauter Stimme, daß die Lords der Admiralität ihn zum Kommandanten Seiner Majestät Fregatte *Shannon* bestellt hatten. Er schloß einige Sätze an, daß er die *Shannon* kenne, seit er zur See fahre, und daß er alles tun werde, damit sie wieder ein so effektives und glückliches Schiff werde wie anno 1774.

Er schien einige Seeleute gewonnen zu haben. Sie riefen laut, als er das »Hurra« auf den König ausbringen ließ. Aber das Murmeln und Rumoren, das er während des Einlesens gehört hatte, verstärkte sich noch. Er sah mit Erstaunen, daß eine Gruppe ungeniert schwatzte und sich jetzt abwandte, um wieder die Quartiere aufzusuchen.

»He, ihr da. Es ist nichts von Wegtreten gesagt worden.

Bleibt gefälligst auf eurem Platz!« rief David ärgerlich. Der erste Leutnant sprach ihn an: »Sir, Sie sollten vielleicht Geduld haben. Die Heuer steht zwei Monate aus. Die Leute sind aufgehetzt, Sir.«

David wußte nicht, was er sagen sollte. Was dachte sich der Kerl? Ein Kriegsschiff ist kein Debattierklub! Zwei Monate Rückstand bei der Heuer. Das war nicht außergewöhnlich. Er hatte oft viel länger warten müssen, und niemand verweigerte damals Befehle. Er wurde wütend und rief mit lauter Stimme: »Ruhe an Deck! Ich verbürge mich, daß ausstehende Heuer innerhalb von zwei Tagen ausgezahlt wird. Und nun befolgt die Befehle, wie es sich gehört!«

Höhnisches Gelächter erscholl an Deck. Die meisten Seeleute standen ruhig da und warteten ab. Aber eine Gruppe von etwa zehn, zwölf Mann lachte, schimpfte und wandte sich wieder ab, um unter Deck zu gehen. Ein rothaariger Bursche rief: »Glaubt dem Burschen kein Wort! Kommt, wir heben einen!« Und er spuckte an Deck, ein Sakrileg an Bord eines Kriegsschiffes.

David erschrak. Wenn er die Burschen jetzt nicht sofort zur Räson brachte, hatte er als Kommandant verspielt. Niemand würde ihn mehr ernst nehmen. Er würde sich nicht darauf verlassen können, daß seine Befehle in Notsituationen ohne Zögern befolgt würden. Er war zornig und doch ganz kalt, als er »Halt!« brüllte und den Niedergang zum mittleren Deck hinunterstürmte. Neben ihm rief Gregor: »Gospodin!«, aber David wehrte ab: »Laß! Das muß ich selbst erledigen.«

Er trat vor die Gruppe. »Zurück auf euren Posten! Niemand geht ohne Befehl unter Deck!«

Der rotblonde Wortführer spuckte vor ihm aus. »Hast du was zu sagen? Wer hat dich denn gewählt? Wir sind freie Menschen und keine dressierten Affen!« Er sprach mit starkem irischen Akzent und etwas schwerer Zunge.

Ein angetrunkener Ire mit Revolutionsparolen, dachte David. Schlimmer konnte es kaum kommen. »Zum letzten Mal: zurück auf eure Posten! Oder ihr werdet als Meuterer arretiert!«

»Willst du uns arretieren, Kleiner? Helfen tut dir jetzt doch keiner, und die Hummer sind nicht an Bord.« Die Kumpane des Iren lachten höhnisch.

Dann muß es sein, dachte David. »Maulheld!« rief er. »Du schreist doch als erster, wenn dir die neunschwänzige Katze den Rücken gerbt.«

Der Ire schüttelte den Kopf, duckte sich, brüllte: »Du Hund!« hob die Fäuste und stürmte auf David zu. Der hatte es erwartet, legte sein Gewicht aufs linke Bein und trat ihm mit dem rechten Fuß mit aller Kraft gegen die Kniescheibe. Der Rotblonde schrie vor Schmerz und krümmte sich, als ihn Davids Faust auf die Nase traf.

David sah aus den Augenwinkeln, wie die meisten Matrosen erschreckt zusahen. »Offiziere: Degen heraus!« rief er, zog seinen eigenen Degen, ahnte mehr, als er es sah, daß Gregor mit einem Handspaken in den Fäusten neben ihm stand. Dann hatte sich der Ire gefaßt, das Blut von der Nase gewischt, sein Brotmesser gezogen und stürzte wieder auf David zu. Der hob den Degen, streckte ihn mit steifem Arm, und der Ire spießte sich im Vorstürmen selbst auf. Auf seinem wutverzerrten Gesicht spiegelte sich ungläubiges Erstaunen, dann riß er den Mund auf, schrie den Schmerz hinaus, bis Blutblasen seinen Mund ausfüllten und er zusammensank.

David zog seinen Degen aus dem leblosen Körper und sah sich um. Der Zweite und der Dritte Leutnant standen mit gezogenem Degen neben ihm. Der Erste verharrte am Niedergang und stammelte vor sich hin. Gregor hielt die schwere Handspake schlagbereit, aber die Kumpane des Iren standen wie erstarrt.

»Bootsmann!« rief David. »Lassen Sie die Burschen vor mir arretieren! Holt den Arzt!« Dann mußte er krampfhaft seine Muskeln beherrschen, um nicht zu zittern. Er zog ein Tuch heraus, wischte den Degen ab, steckte ihn ein, wandte sich von der Gruppe ab, die die Bootsmannsmaate abführten, und sagte zum Dritten: »Mr. Rossano, lassen Sie bitte das Deck säubern. Dienst wie üblich! Mr. Barker und Mr. Neale, folgen Sie mir bitte in die Kajüte.«

Vor der Kajüte bat er den Zweiten: »Noch einen Moment bitte, Mr. Neale!« und trat mit Mr. Barker in die Kajüte. Was war das sonst immer für ein erwartungsvoller und freudiger Moment gewesen, wenn er zum ersten Mal seine Kommandantenkajüte betreten hatte, aber heute sah er nichts. Er sagte nur ganz ruhig: »Mr. Barker, in einer halben Stunde habe ich Ihr Gesuch um Ablösung von Ihrem Posten hier auf dem Tisch.« Mr. Barker wollte sprechen, aber er brachte ihn mit einer Handbewegung zum Schweigen. »Es sei denn, es ist Ihnen lieber, daß ich Sie dem Kriegsgericht melde, weil Sie Ihrem Kapitän bei einer Meuterei den Beistand versagten. Entscheiden Sie sich!« Dann öffnete David die Tür, Barker stolperte hinaus, und David sagte: »Kommen Sie bitte, Mr. Neale.«

Als Neale zum Sprechen ansetzte, fiel ihm David ins Wort. »Mr. Neale, Sie übernehmen ab sofort den Dienst des Ersten. Bestimmen Sie einen zuverlässigen Midshipman, der dem Kommandeur der Seesoldaten meine Anforderung zur sofortigen Entsendung unseres Seesoldatenkontingents überbringt. Schicken Sie dann bitte auch den Sekretär und den Arzt zu mir. Ach ja, den Zahlmeister muß ich auch sprechen. Vielen Dank.«

Der Sekretär mußte schon gewartet haben, denn er stand sofort mit seinem Schreibzeug in der Tür. David fragte nach seinem Namen und sagte dann: »Mr. Marsh, fertigen Sie sofort ein Schreiben an den Kommandeur der Seesoldaten aus, in dem ich um sofortige Entsendung unserer Seesoldaten bitte, da meuterische Umtriebe im Gange sind. Kommen Sie dann bitte sofort wieder zu mir.«

Als nächster trat der Arzt ein, ein älterer, gebeugter Mann. »Er ist tot, Sir«, sagte er sofort. »Mußte das sein?«

»Ich habe noch nie ein Besatzungsmitglied getötet und werde das auch in Zukunft nur im äußersten Notfall tun. Und nun sagen Sie mir Ihren Namen.«

Der Arzt sagte: »John Walters, Sir. Sie werden sich den Namen nicht merken müssen, denn ich habe bereits um meinen Abschied gebeten und warte nur noch, bis ein Nachfolger bestimmt ist.«

»Ist gut, Mr. Walters. Schicken Sie dann bitte den Zahlmeister herein.«

Der Zahlmeister war schmal und unauffällig. Sein blauer Rock war fleckenlos, sein Haar sorgfältig frisiert, als wollte er schon im Äußeren seine Korrektheit betonen. »Timothy Robins, Sir, Zahlmeister«, stellte er sich vor.

»Mr. Robins, warum ist die Heuer im Rückstand? Wir sind doch im Heimathafen«, fragte David.

»Ihr Vorgänger hatte die Auszahlung aufgeschoben, Sir.«

»Warum denn das?«

Der Zahlmeister leckte sich die Lippen und sah betreten drein. Mehrmals setzte er zum Sprechen an, brachte aber kein Wort hervor.

»Mr. Robins, eben mußte ich einen Mann töten, um einen Aufruhr zu verhindern. Ich muß wissen, was auf diesem Schiff los ist, um Schlimmeres zu vermeiden. Reden Sie offen und ohne Umschweife! Jetzt ist keine Zeit für falsche Rücksichtnahme.«

Der Zahlmeister atmete tief. Dann sprach er schnell und ohne Pause. »Ich weiß nicht, was Mr. Garber vorhatte, Sir. Manchmal wollte er mit der Rückhaltung der Heuer die Mannschaft disziplinieren, manchmal brauchte er das Geld für seine Weiber, und ich mußte dann die Heuer vorschießen. Manchmal hat er auch die Verpflegung gekürzt. Niemand wußte, was er als nächstes tun würde und warum.«

David war betroffen. »War der Kommandant krank, Mr. Robins?«

»Wir alle glaubten es, seit er sich in den letzten zwei Jahren so verändert hatte und völlig unberechenbar geworden war. Aber der Arzt war sich nicht sicher, und Mr. Barker sagte, er lasse sich auf nichts ein, was ihm als Meuterei ausgelegt werden könnte.« Der Zahlmeister schien erleichtert, daß er es gesagt hatte.

David ordnete an, daß die Heuer morgen nach der Besichtigung ausgezahlt werde, dann unterschrieb er die Anforderung für die Seesoldaten und nahm das Gesuch von Mr. Barker um Ablösung entgegen. Armer Teufel, dachte er. Wahrscheinlich hat ihm der Kommandant das Rückgrat gebrochen. Aber er war als Erster nun völlig untauglich. »Mr. Marsh, Sie protokollieren jetzt die Zeugenaussagen zum Vorfall an Deck. Beginnen Sie mit den Offizieren. Ich melde es mündlich beim Hafenadmiral.«

Der Hafenadmiral kannte David seit vielen Jahren und trat ihm freundlich entgegen. »Mr. Winter, wie schön, Sie als Kommandanten einer Königlichen Fregatte begrüßen zu können. Warum schauen Sie so ernst drein?«

»Ich habe eine traurige Meldung, Sir. Ich mußte soeben einen Mann töten, um eine Meuterei zu verhindern.«

Der Hafenadmiral hatte sich gesetzt und winkte David, sich auch einen Stuhl zu nehmen. »Wie furchtbar, Mr. Winter. Berichten Sie!«

David schilderte in kurzen Worten den Vorfall. Der Admiral nickte. »Sie hatten anscheinend keine Wahl. Wie hieß der Kerl?«

»Patrick O'Connor, Sir. Ire. Frühjahr einundneunzig vom Magistrat in Dublin zum Flottendienst überstellt. Vollmatrose, Sir.«

Der Admiral nickte. »Einer der Rebellen des Jahres neunzig. Sie wurden vor die Wahl gestellt, zur Flotte zu gehen oder deportiert zu werden. Viele meinten, bei der Flotte kämen sie besser davon. Lassen Sie alles für das Kriegsgericht protokollieren. Ich kann Sie bis zur Verhandlung nicht beurlauben. Die Besatzung muß sofort zur Räson gebracht werden. Schaffen Sie das?«

»Jawohl, Sir. Der Erste Leutnant hat um Ablösung nachgesucht, und ich bitte darum, zwanzig Mann austauschen zu können. Bitte, Sir, informieren Sie mich auch, was mit Kapitän Garber war. Ich kann doch die Mannschaft nicht aushorchen.«

Der Admiral ging zum Weinkühler, nahm eine Flasche, entkorkte sie und goß ihnen beiden etwas ein. »Trinken Sie erst mal einen Schluck. Ein neuer Erster und die zwanzig Mann Ablösung sind kein Problem. Aber ob das reicht?«

Der Admiral seufzte. »Garber war zum unberechenbaren Sadisten verkommen, nach allem, was man hörte. Ich kannte ihn noch als guten, zuverlässigen Kapitän. Aber in den letzten Jahren hatte er angefangen, mit Seeleuten zu saufen, sie dann wieder auspeitschen zu lassen, Offiziere zu schikanieren, Weiber in seiner Kajüte mit auf See zu nehmen, Heuer zurückzuhalten und was sonst noch alles. Ich mache mir Vorwürfe, daß ich kein Verfahren zur Ablösung betrieben habe. Aber weder der Arzt noch der Erste waren zu irgendeinem Antrag bereit. Und ist der Hafenadmiral eine glaubwürdige Instanz dafür, was auf See vorgeht? Ich werde sofort den Redakteur unserer Gazette kommen lassen und ihm den Vorfall aus unserer Sicht schildern. Die Londoner Zeitungen werden sich noch früh genug darauf stürzen und Sie und die Flotte als Hort der Tyrannei verdammen.«

David fuhr der Schreck in die Glieder. Daran hatte er ja noch gar nicht gedacht. Die Jagd auf vermeintliche Tyrannenknechte war seit den Vorfällen in Frankreich ein beliebter Sport der Presse. Die Flotte war als stockkonservativ und autoritär verschrien. Den Fall würden sie als Sensation ausschlachten. Was würden seine Freunde sagen und die Jensens?

Der Admiral hatte ihn aufmerksam betrachtet. »Nun ahnen Sie, was auf Sie zukommt. Sie werden der Buhmann der sogenannten Liberalen sein, wenigstens für vierzehn Tage, bis der nächste dran ist. Aber wir kennen Sie und stützen Sie. Gehen Sie jetzt zurück an Bord! Bringen Sie die Mannschaft auf Vordermann, schicken Sie mir bald den schriftlichen Bericht mit allen Protokollen und nehmen Sie den Austausch vor. Vierzig Mann fehlen sowieso noch, aber die müssen Sie als Freiwillige gewinnen. Wird nicht leicht werden, wenn die Burschen hören, was in den Zeitungen steht. Andererseits gewährt die Regierung ab ersten Dezember Prämien für Freiwillige, drei Pfund für einen Vollmatrosen, zwei Pfund für einen Leichtmatrosen.

Ich habe nichts dagegen, wenn Sie den Leuten das jetzt schon zusichern und mit der offiziellen Meldung die paar Tage warten.«

Als David an Bord zurückkehrte, marschierte am Pier ihr Seesoldatenkontingent auf. Er veranlaßte, daß es an Bord gebracht wurde, und besprach dann mit den Offizieren und Deckoffizieren, wer aus der Mannschaft außer den Meuterern ausgetauscht werden sollte. Der Leutnant der Seesoldaten erinnerte ihn an Hauptmann Tomski von der baltischen Flotte. Aber er war jünger, doch auch kampferfahren und zuverlässig. Danach ließ David noch einmal nach dem Schiffsarzt rufen. »Mr. Walters, der Hafenadmiral erzählte mir, daß weder der Erste Leutnant noch Sie einen Antrag auf Ablösung von Kapitän Garber wegen Krankheit stellen wollten. Wenn ich die Besatzung zu einer Kampfeinheit formen will, muß ich wissen, was an Bord geschah. Warum wollten Sie keinen Antrag unterzeichnen?«

»Einmal, weil ein solcher Antrag einen in Teufels Küche bringen kann, wenn er abgelehnt wird, Sir, und zum anderen, weil ich nicht sicher war, ob Kapitän Garber nicht eines Morgens als der frühere gute Kommandant aufwachen würde.«

»Dann war er also nicht immer unberechenbar?« fragte David.

»Aber nein, Sir. Wir hatten auf dem Rückweg aus Westafrika einen furchtbaren Sturm. Er hat das Schiff mit solcher Umsicht geführt, daß nicht nur der Master voller Bewunderung war. Und am nächsten Tag hat er wieder mit diesem verdammten Iren gesoffen und sich von ihm erzählen lassen, wer aus der Mannschaft ein falsches Wort über den Kapitän gesagt hat. Die spürten dann die neunschwänzige Katze.«

»Mr. Walters, dann muß doch der Ire in der Mannschaft verhaßt gewesen sein.«

»Ja und nein, Sir. Er hat seinen Einfluß beim Kapitän

auch ausgenutzt, um der Mannschaft oder zumindest seinen Freunden Vorteile zu verschaffen, einen Extragrog, Landgang oder so.«

David schüttelte zweifelnd den Kopf. »Dann war der Ire doch ziemlich raffiniert. Warum trat er mir als neuem Kommandanten dann so dreist und dumm entgegen? Er mußte doch wissen, daß sich Meuterei nie auszahlt?«

»Er war jähzornig, Sir, und er war nicht mehr gewohnt, daß ein Offizier sich gegen ihn stellte. Dem Ersten ist er einmal so gegenübergetreten wie Ihnen, Sir. Aber als Mr. Barker ihn zur Bestrafung meldete, hat der Kapitän entschieden, er habe den Iren schikaniert, und Mr. Barker mußte Strafwache gehen. Das hat dem schon schüchternen Ersten das Genick gebrochen. Und die anderen Offiziere haben daraufhin weggesehen, wenn der Ire sich aufspielte.«

»Aber wieso konnte ein Seemann den Kapitän so manipulieren, Mr. Walters?«

Der Schiffsarzt rieb sich die Wange. »Ich weiß es nicht, Sir. Der Bursche des Kapitäns, der in einem Sturm über Bord ging, deutete einmal an, der Ire habe dem Kapitän nicht nur Huren zugeführt, sondern auch kleine Mädchen. Und eines soll einmal daran gestorben sein. Aber mehr als solche vagen Andeutungen habe ich nie gehört.«

»Das ist eine furchtbare Geschichte. Wir sollten die Toten ruhen lassen und ein neues Kapitel für das Schiff aufschlagen. Wollen Sie nicht doch an Bord bleiben, Mr. Walters?«

»Ich gehe nicht Ihretwegen, Sir. Ein neuer Krieg steht vor der Tür, und ich könnte es nicht mehr ertragen, all die jungen Kerle in ihrem Blut zu sehen und ihnen so wenig helfen zu können. Ich werde die paar Jahre, die mir noch verbleiben, den alten Weibern zuhören und ihnen unschädliche Pillen verschreiben.«

»Na, dann alles Gute, Mr. Walters!«

David ließ sich danach durch das Schiff führen. Die *Shannon* war gut in Schuß. Überall sah man, wo Planken und Beschläge erneuert waren. Mit einigen Seeleuten sprach er über ihre Aufgaben und Stationen, fragte, ob sie Änderungsvorschläge hatten, und ließ erkennen, welche Auffassungen er von einem guten Schiff hatte. Er wußte, daß er sich jetzt nicht anbiedern, aber auch nicht als Scharfmacher auftreten durfte. Dreimal redeten ihn Männer an, ob er sich erinnere. Die Gesichter kannte er alle, aber nur von einem den Namen. Sie hatten in seiner wechselvollen Laufbahn auf denselben Schiffen wie er gedient.

Es war schon dunkel, als er zum Haus der Barwells zurückkehrte. Die Tante sah ihn zuerst. »David, was ist nur passiert? In der Stadt schwirren die schlimmsten Gerüchte.« Nun traten auch die anderen zu ihm, und er blickte in Brittas bekümmerte Augen.

»Ich habe einen Seemann töten müssen, als er mich in meuterischer Absicht angriff.« Britta schlug die Hände vors Gesicht, und Julie stieß hervor: »Wie furchtbar!«

William trat mit einem Kognakglas zu ihm. »Trink erst einmal, David. Wir wissen, daß du so etwas nur in höchster Not tust. Erzähl, wie es geschah, wenn du magst.«

David berichtete wieder, wie es zu dem Zwischenfall kam. Er versuchte, ihnen verständlich zu machen, daß er als Kommandant nicht zurückweichen konnte, wenn er die Disziplin nicht zusammenbrechen lassen wollte. Der Onkel und William wußten genug vom Leben auf See, um das zu verstehen, und nickten.

»Aber konntest du nicht mit ihm reden oder ihn wenigstens nur betäuben, David?« fragte Britta.

David nahm ihre Hand und sah ihr in die Augen. »Über Befehle kann an Bord nicht diskutiert werden, Britta. Sie müssen immer und sofort befolgt werden, sonst kann ein Schiff weder im Kampf noch in Seenot gerettet werden. Und ich konnte auch nicht auf den Kerl einschlagen und hoffen, daß seine Kameraden nicht eingreifen und daß ich ihn zusammenschlagen kann. Wenn ein Kapitän mit einem aufrührerisch gesonnenen Matrosen kämpft, muß er entweder die gesamte andere Mannschaft geschlossen hinter sich wissen, dann reicht eine Betäubung, oder er muß ihn töten. Seeleute als Masse respektieren nur den, der sich durchsetzt. Ich konnte nicht anders.«

Britta atmete tief. »Ich glaube dir und vertraue dir. Ich stehe zu dir, was auch kommen mag. Wir gehören zueinander.«

Sie sprachen auch beim Abendbrot noch von dem schrecklichen Ereignis, aber dann mußte Julie ihren Kindern gute Nacht wünschen, und Britta begleitete sie.

David und William waren einen Augenblick allein. »Ich habe nicht alles erzählt, William. Ich mußte seinen Angriff provozieren.«

»Ich dachte es mir, David. Du hättest schlechte Karten vor dem Kriegsgericht, hättest du einen Matrosen getötet, der nur zum Ungehorsam aufruft und nicht tätlich wird. Auch Flottenkapitäne im Kriegsgericht lassen sich von der öffentlichen Meinung beeinflussen. Aber wer das Leben in der Flotte kennt, weiß, daß der einzige andere Ausweg für dich ein schmählicher Rücktritt vom Kommando gewesen wäre. Und ob dann dieses Schiff mit dieser Mannschaft noch zu einer Kampfeinheit geworden wäre, bezweifele ich. Du konntest nicht anders handeln und mußt jetzt da durch. Nicht nur wir, viele werden zu dir halten.«

Die nächsten Tage waren furchtbar. Sie waren für David hart und aufreibend, aber das kannte er von früheren Indienststellungen. Sie waren für ihn und seine Freunde bedrückend, weil die meisten Londoner Zeitungen den Vorfall verzerrt darstellten und zu einer demagogischen Kampagne gegen jede militärische Autorität benutzten. David wurde zum ›Mörder in Uniform‹, zum ›Henker in Navyblau‹, zum ›ordensbeladenen Tyrannenknecht, der russische Foltermethoden anwendet‹. Wie üblich, stimmten Abgeordnete in das Geschrei ein und forderten eine Untersuchung. Davids Freunde und Verwandte hielten manches von ihm fern, wenn er abends erschöpft nach

Hause zurückkehrte, aber vieles wurde ihm doch zugetragen.

Doch David erlebte in diesen Tagen auch manches, was ihn aufrichtete. Zuerst meldeten sich seine Schiffsgefährten aus Whitechurch Hill zum Dienst an Bord: der alte Henry Duff, als Stückmeister kaum mit Gold aufzuwiegen, Hassan, der sein Examen als Steuermannsmaat glänzend bestanden hatte, und zwei Seeleute aus indischen Tagen.

Dann erschien Haddington früher als nötig in Portsmouth. »Du brauchst mich jetzt, David. Ich werde deine Verteidigung vor dem Kriegsgericht übernehmen, wenn du einverstanden bist. Von Mr. Mail, dem alten Fuchs, habe ich mir schon Ratschläge geholt. Und weißt du, wer Vorsitzender des Gerichts sein wird?«

David hatte keine Ahnung. Haddington strahlte, als er es ihm mitteilte. »Du hast bei aller Arbeit wohl gar nicht bemerkt, daß Konteradmiral Sir Edward Brisbane gestern das Kommando der in Portsmouth auszurüstenden Schiffe übernommen hat. Sir Joseph Braham ist sein Flaggkapitän und daher Vorsitzender des Kriegsgerichtes.«

David mußte sich abwenden, so sehr überwältigte ihn die Freude. Brisbane, sein erster und unvergessener Kapitän, und Sir Joseph, damals Erster Leutnant auf der *Surprise,* wortkarg, kompetent und unbestechlich. Nein, sie würden ihn der Presse nicht als Opfer vorwerfen. Sie garantierten ein faires Verfahren.

Britta war ein Phänomen. Sie war den Barwells und Hansens so ans Herz gewachsen, als ob sie sie seit Jahren kannten. Die Kinder wollten sich kaum von ihr trennen, und aus Whitechurch Hill kehrte sie voller Begeisterung und mit einer Fülle von Plänen zurück, wie sie die Räume für David und sich herrichten konnte. Idina, Hassans Frau, hatte ihr das Versprechen abgenommen, bald einige Wochen auf dem Gut zu verbringen. In David wuchs nicht nur die Liebe, sondern auch die Bewunderung für Brittas Verstand und ihre Treue, mit der sie ihn in diesen Tagen immer wieder ermutigte, wenn trübe Gedanken ihn heimsuchten.

Auch die Freiwilligen, die sich meldeten, nachdem die

Werbezettel verteilt waren, gaben David Mut. Gute Seeleute boten ihren Dienst an. Sie ließen sich nicht durch die Zeitungen irritieren, sondern orientierten sich an dem Ruf, den David in der Flotte hatte. Unter den vierzig Matrosen, die er anheuern konnte, waren zwanzig, mit denen er schon früher gesegelt war. Wer von der *Shannon* noch nicht überzeugt war, daß David anders war als der vorige Kapitän, der wurde jetzt von ihnen in immer weiter ausgeschmückten Erzählungen aufgeklärt.

Einer der Freiwilligen wollte David noch allein sprechen. »Erinnern Sie sich, Sir? Bill Jenkins, Vollmatrose in Ihrer Division auf der *Ariadne*, Sir. Zuletzt Bootsmannsmaat auf der *Herkules*, Sir.«

»Ich erinnere mich, Mr. Jenkins. Was wünschen Sie von mir?«

»Ich hab vorige Woche was gehört, Sir, in der Kneipe, Sir. Da saß einer am Tisch hinter mir, und gestern sagt mir der Wirt, das war der Ire, der hier meutern wollte, Sir.«

David war angesichts der vielen Arbeit ein wenig ungeduldig. »Ja und, Mr. Jenkins?«

»Der Ire hat mit einem irischen Pater gesprochen, Sir. Der hat ihm zehn Pfund versprochen, wenn er den neuen Kapitän alle macht, Sir. Bei Sturm über Bord, im Kampf eine Kugel in den Rücken oder so. Ich hab mich nicht eingemischt, da war ja noch eine Handvoll Iren dabei, alles ziemliche Krakeeler, Sir, und ich wußte nicht, von welchem Schiff. Bis gestern, Sir.«

Donnerwetter dachte David. Dann war mehr hinter der Sache. »Mr. Jenkins, Sie gehen jetzt zur *Orion*, sie liegt in der Werft, und suchen Kapitän Haddington. Ihm berichten Sie alles, was Sie über diese Sache wissen.«

Die Zeitungskampagne hatte auch gute Nebenwirkungen. Viele erfuhren, daß David ein Schiff ausrüstete. Eines Morgens meldete sich James Cotton, Davids Schiffsarzt auf der *Guardian* im Indischen Ozean. »Können Sie einen Schiffsarzt gebrauchen, Sir?« fragte er nach der Begrüßung.

»Ja, aber wollten Sie nicht das Eheleben genießen, Mr. Cotton?«

»Das habe ich jetzt fünf Jahre, Sir, und meine Frau hat drei Kinder aus dieser Zeit. Wir müssen ein wenig pausieren. Außerdem langweile ich mich in der Praxis mit den vielen eingebildeten Kranken furchtbar. Ich muß wieder eine Zeitlang auf See, Sir.«

»Ich freue mich, daß Sie wieder mit mir segeln, Mr. Cotton. Sie können sofort Ihr Revier einrichten und mit den Untersuchungen beginnen.«

Am selben Tag erreichte David ein Brief, der die Vergangenheit wachrief. Stephen Church war der Absender, mit David Midshipman auf der *Anson*, wo ihn David zuletzt vor elf Jahren gesehen hatte, als Stephen diensttuender Leutnant unter Grant war. David mußte lächeln. Stephen war ein flinker, lustiger Kerl gewesen, musikalisch und immer bereit für ein lateinisches Zitat.

Was er jetzt schrieb, klang weniger lustig. Stephen war seit vier Jahren als Leutnant mit Halbsold an Land. Sein Geld war für die Ärzte draufgegangen, die sein todkranker Vater brauchte, bis er vor vier Wochen erlöst wurde. Er hatte Schulden, nur zehn Pfund noch, aber immerhin zuviel, um die Fahrtkosten von Exmoor nach Portsmouth geliehen zu bekommen. Ob David ihm nicht zu irgendeinem Kommando verhelfen könne?

David ließ Mr. Penrose rufen, den dienstältesten Midshipman, einen zuverlässigen und selbständigen jungen Mann und gab ihm den Auftrag, sich nach den Fahrzeiten der Postkutschen zu erkundigen, in der kleinen Stadt in Exmoor einen Leutnant Stephen Church zu suchen, ihm einen Brief und ein Päckchen zu übergeben und ihn möglichst mit der nächsten Postkutsche nach Portsmouth zu bringen.

Jeder Tag brachte die *Shannon* der Auslaufbereitschaft ein Stück näher. Die Vorratsräume füllten sich. Am Kanonenkai wurde die Munition übernommen. Mr. Cotton untersuchte die Mannschaften. Hassan, der als Steuermannsmaat jetzt mit Mr. Kudat angeredet wurde, ein

Ortsname aus seiner Heimat, der auch zu englischen Zungen paßte, hatte das Inventar aller Karten fertiggestellt. David unterschrieb täglich Dutzende von Listen und hatte den Eindruck, daß auf den Zahlmeister Verlaß sei.

Admiral Brisbane und Kapitän Braham hatte er noch nicht persönlich gesprochen, und Haddington hatte ihm gesagt, das sei vor dem Prozeß auch nicht opportun. Die paar Tage werde ich auch noch warten können, dachte sich David.

Und dann war der Tag da. Er ließ sich vor Beginn der Verhandlung zum Flaggschiff übersetzen, gab dem Flaggleutnant seinen Degen und ging in die Kammer, in der er bis zum Beginn der Verhandlung warten mußte. Nun wurde ihm doch sonderbar zumute.

Als der Kanonenschuß den Beginn der Verhandlung ankündigte, mußte er sich zwingen, nicht dauernd in der kleinen Kammer hin- und herzulaufen. Aber dann ging alles sehr schnell. Er mußte den Vorfall schildern, sah unter den sieben Kapitänen noch einen, den er gut kannte, hatte einige Rückfragen zu beantworten und war schon wieder entlassen.

Dann hieß es erneut warten. Aber nach einer halben Stunde holte ihn der Flaggleutnant und zwinkerte ihm zu. War alles gutgegangen? David betrat die große Kapitänskajüte des Flaggschiffs und blickte gespannt auf den Tisch vor den Richtern. Dort lag sein Degen, der Griff ihm zugewandt. Gott sei Dank, er war freigesprochen! Wie durch einen Schleier nahm er die Glückwünsche entgegen und schickte Gregor sofort zu den Barwells.

Aber er selbst mußte noch warten. Jetzt standen noch sechs der Kumpane des Iren vor dem Gericht. David mußte nun als Zeuge aussagen. Haddington informierte ihn dann, daß die sechs zum Auspeitschen ›durch die Flotte‹ verurteilt waren, einer Art ›Begnadigung‹ anstelle der verwirkten Todesstrafe.

»Aber es waren doch sieben Mann, die eindeutig als Befehlsverweigerer identifiziert wurden, Charles?«

»Einer hat sich angeboten, alles zu sagen, was er über den Pater wußte, wenn er zur Deportation nach Botany Bay begnadigt wird. Das Innenministerium und die Admiralität waren interessiert, und der Handel wurde perfekt. Ich glaube nicht, daß sie sehr viel erfahren haben. Der Pater soll O'Sullivan heißen, ein Dutzendname, wahrscheinlich falsch, aber die Konstabler meinen, sie hätten schon öfter von ihm in Verbindung mit französischen Aufwieglern gehört. Für dich ist wichtig, daß er dich als Feind der Revolution treffen wollte. Aber du solltest das lieber alles vergessen! Bald läufst du aus, und dann brauchst du einen freien Kopf.«

»Aber erst gehe ich jetzt zu meiner Familie und feiere den glücklichen Ausgang der Verhandlung.«

Es wurde ein wunderbarer Abend! Im Haus der Barwells hatten sie eine kleine Feier vorbereitet. Britta strahlte schöner denn je. David war glücklich und seine Familie mit ihm. Nun konnte auch der Tag der Verlobung bestätigt werden. »Morgen in einer Woche«, sagte sein Onkel. »Alles ist vorsorglich reserviert. Deine Schwiegereltern kommen übermorgen nach Portsmouth. Sir Edward Brisbane und Sir Joseph Braham haben die Einladung dankend angenommen und erwarten dich morgen um zehn Uhr auf dem Flaggschiff.«

»Davon habt ihr mir ja gar nichts gesagt«, wandte David ein. »Das bringt doch Brisbane und Braham in eine schwierige Situation, vor Prozeßende eine Einladung zu beantworten.«

»Also David, ich kenne Brisbane ein Weilchen länger als du. Die Gebräuche der Flotte sind mir auch nicht fremd, und Taktgefühl hat mir deine liebe Tante in langen Jahren beigebracht. Wir können auch etwas richtig machen, nicht nur du.« Der Onkel war ein wenig verärgert.

»So hat es David doch nicht gemeint, Onkel William. Er ist noch ein wenig angespannt vom Prozeß«, mischte sich

Britta ein. Sieh mal an, dachte David. Sie ist schon bei Onkel William und nicht mehr bei Mr. Barwell. Und der Onkel lächelt sie besänftigt an, die Tante schmunzelt. So läuft das also.

Noch bevor David am nächsten Morgen zum Flaggschiff ging, war er sehr früh auf der *Shannon* erschienen. Der wachhabende Offizier empfing ihn und meldete, daß Midshipman Penrose vor einer halben Stunde mit einem Leutnant an Bord eingetroffen sei. Der Leutnant warte in der Offiziersmesse.

David wußte sofort, das konnte nur Stephen Church sein. Dann war er die ganze Nacht durchgefahren. Er mußte es eilig haben. Ob er sich viel verändert hatte?

Als Leutnant Church seine Kabine betrat, erschrak David, so abgezehrt und ärmlich sah er in der abgetragenen Uniform aus. Aber als er den Mund aufmachte, als er lächelte, konnte David wieder den lustigen, flinken Stephen aus der Midshipmen-Messe erkennen.

»Willkommen, Stephen, du mußt ja förmlich hergeflogen sein. Und müde bist du sicher. Ich laß sofort Frühstück für dich auftragen.«

»Danke ergebenst, Sir, ein Kaffee und ein Toast wären schon recht. Mens sana in corpore sano, wie die Lateiner sagen.«

David lachte. »Deine lateinischen Zitate sind dir noch nicht ausgegangen, wie ich höre. Aber laß die Förmlichkeiten. Du bist jetzt noch Besuch, und wir reden wie alte Freunde, ja?«

»Gern, David. Was möchtest du wissen?«

»Am besten wäre es, du gibst mir einen kurzen Überblick, was du in deinen letzten Kommandos getan hast und was du jetzt erhoffst. Ausführlicher können wir sicher ein andermal reden. Ich muß um 10 Uhr beim Admiral sein und habe vorher noch einiges hier zu regeln.«

Stephen trank einen Schluck Kaffee, biß ein Stück Toast ab und berichtete dann kurz über seinen Weg vom Dritten

Leutnant auf der *Anson* zum Zweiten Leutnant auf einer Fregatte in Kanada bis zu gelegentlichen Kommandos auf Kuttern in der Friedenszeit. »Ich bin nicht sehr wählerisch nach der langen Zeit an Land. Eine Kommission auf einem guten Schiff wäre das große Los für mich.«

David brauchte nicht noch einmal zu überlegen. »Wärst du bereit, auf der *Shannon* als Erster zu dienen?«

Stephen Church war so bewegt über das Angebot, daß er erst schlucken mußte, ehe er antwortete. »Es wäre für mich das schönste Geschenk meines Lebens, Sir. Ich würde alles tun, um Sie nie zu enttäuschen, Sir.«

»Nun laß das ›Sir‹ doch noch, Stephen. Ich werde es ja noch lange genug hören. Ich kenne dich und weiß, daß du ein guter Offizier bist. Du wirst mich nie enttäuschen. Ich werde nachher mit Admiral Brisbane über deine Kommission sprechen. Vorher nimmst du dir noch ein Zimmer im ›Star and Garter‹, läßt dir beim Schneider eine neue Uniform verpassen, schläfst dich aus und meldest dich morgen früh zum Dienst. Wieviel Vorschuß möchtest du haben?«

»Vielen Dank, David. Du bist noch der alte gute Kamerad. Wären zehn Guineen zuviel?«

David wehrte ab, legte das Geld selbst aus und verabschiedete Stephen bis zum nächsten Morgen. Dann sprach er noch mit dem Bootsmann und dem Zweiten über den Dienst am Vormittag, und nun mußte er sich bereits beeilen, um pünktlich beim Admiral zu sein. Gregor als Bootssteuerer der Kapitänsgig wartete schon mit der Bootsbesatzung.

»Willkommen an Bord, Mr. Winter«, begrüßte ihn der Flaggkapitän, Sir Joseph Braham, mit der Andeutung eines Lächelns in seinem hageren, zerfurchten Gesicht. »Fast zwölf Jahre ist es her, daß ich einen jungen Leutnant verabschiedet habe, und nun kann ich einen ausgewachsenen Kapitän begrüßen. Respekt, Respekt! Der Admiral wird sich auch freuen. Lassen wir ihn nicht warten.«

David konnte kaum ein kurzes Wort des Dankes und der Begrüßung anbringen, da war Sir Joseph schon auf dem Weg zur Admiralskajüte. Er ist immer noch wortkarg und kurz angebunden, dachte David, aber ein Fels an Zuverlässigkeit.

»Kapitän Winter, Sir«, kündigte Sir Joseph an, und hinter dem Schreibtisch in der großen Admiralskajüte erhob sich Konteradmiral Sir Edward Brisbane. Er verzog sein Gesicht kurz vor Schmerz und stand dann aufrecht, das faltenreiche Gesicht unter dem weißen Haar zu einem Lächeln verzogen, das aber die Zähne nicht entblößte.

»Ich freue mich, Sie gesund wiederzusehen, lieber Mr. Winter. Gut sehen Sie aus und bereiten Ihrem alten Kapitän Freude und Ehre. Wann haben wir uns zuletzt gesehen?«

»Herbst dreiundachtzig, Sir Edward, bei den MacMillans, bevor ich nach Indien ging.«

»Ach ja. Der gute MacMillan ist nun auch schon lange tot. Was für ein prächtiger Mann er war. Aber kommen Sie, setzen wir uns. Mir fällt das Stehen schwer. Um diese Jahreszeit plagt mich die Gicht besonders. Steward, Claret für uns!«

Brisbane mußte fast sechzig sein, und man sah es ihm an. Beim Sprechen konnte man merken, daß er im Unterkiefer künstliche Zähne trug, wie sie die Zahnärzte immer öfter aus Walknochen schnitzten. Aber Brisbane bereiteten sie wohl Mühe, und er zog die Lippen immer über die Zähne. Dadurch konnte man ihn schwerer verstehen. David fühlte Mitleid mit ihm. So ein prachtvoller Kommandant, und nun setzte ihm das Alter zu, und er war machtlos.

»Wie geht es Lady Margaret, Sir Edward?« erkundigte sich David.

»Danke der Nachfrage. Sie kommt mit dem Älterwerden besser zurecht als ich. Sie werden sie zu Ihrer Verlobung sehen. Sie kommt gern und freut sich auf die Feier. Es ist gut, daß Sie sich eine Frau in einem Alter nehmen, da man sich noch über die Ehe freuen und Kinder kriegen kann. Ich bin kein Anhänger der Maxime, daß Flottenoffiziere nicht heiraten sollten. Woher soll sonst tüchtiger Offiziersnachwuchs kommen? Und im Alter ist eine Ehe zwar auch noch schön, aber doch mehr als gegenseitiger Trost gegen die Leiden des Älterwerdens. Oft schon habe ich das Sir Joseph gesagt, aber er will anscheinend ein alter Hagestolz werden.«

Sir Joseph lachte kurz und trocken. »Wer würde mich wohl nehmen, Sir Edward?«

Der Admiral winkte ab, und David bot an: »Soll ich meine Tante bitten, ein wenig zu kuppeln, Sir Joseph? Sie wären überrascht, wie vielfältig das Angebot wäre.«

»Um Gottes willen, Mr. Winter. Lieber reite ich einen Sturm ab oder ertrage die Breitseite des französischen Flaggschiffs.«

»Da hören Sie es selbst, Mr. Winter«, scherzte Brisbane. »Aber nun nehmen Sie Ihre Gläser! Auf Seine Majestät, König Georg III., und Verderben seinen Feinden!«

Sie tranken, und dann fuhr Brisbane fort: »Lassen Sie uns zur Sache kommen! Der Krieg mit Frankreich steht vor der Tür. Die Herren Sansculotten werden immer radikaler. Sie ermorden nicht nur ihre politischen Gegner in Paris, sondern auch ihre Freunde von gestern. In der Normandie und in der Bretagne gärt es, und die Revolutionsregierung verbreitet Furcht und Schrecken, um ihre Gegner einzuschüchtern. Die Heere der Österreicher und Preußen werden von dem Massenaufgebot der Revolutionäre zurückgedrängt, und das wird sie noch kriegslüsterner machen. Ich sehe einen langen Krieg vor uns, in dem England nur durch seine Flotte überleben kann. Und eine verblendete und sensationsgierige Presse benutzt jede Gelegenheit, um diese Flotte zu diffamieren. Stellen Sie sich einmal vor, meine Herren, jeder Engländer könnte lesen und sich Zeitungen kaufen und wäre dieser Demagogie ausgesetzt. Dann gäbe es doch überhaupt keine Vernunft mehr in der Politik.«

Brisbane trank einen Schluck Wein, und David benutzte die Pause und fragte: »Bin ich Ihrem Geschwader zugeteilt, Sir Edward?«

»Nein, leider nicht. Ich rüste für das Mittelmeer aus, und Sie sollen für das Kanalgeschwader aufklären. Aber vielleicht treffen wir uns auf See, denn Sie segeln ja wesentlich früher als wir. Wie weit sind Ihre Vorbereitungen gediehen?«

David berichtete und konnte nun auch bitten, eine Kommission für Stephen Church als Erster Leutnant zu beantragen.

»Stephen Church«, murmelte Admiral Brisbane nachdenklich. »Das war doch der Midshipman auf der *Anson*, der gut Flöte spielte und immer lateinische Zitate anbrachte.«

»Exakt, Sir«, bestätigte David. »Dann Dritter bei Kapitän Grant und Zweiter auf der Halifax-Station. Ein guter Mann, Sir Edward.«

Brisbane war einverstanden, daß Church seinen Dienst aufnahm, und hatte keinen Zweifel, daß die Admiralität diese Entscheidung bestätigen würde.

Stephen meldete sich am nächsten Morgen früh zum Dienstantritt. Er hatte einen neuen Uniformrock an, sah ausgeschlafen und wesentlich selbstbewußter aus als gestern. »Mr. Church«, informierte ihn David nach der Meldung, »die Mannschaft wird sofort an Deck antreten, um einer ›Auspeitschung durch die Flotte‹ beizuwohnen. Dann werde ich Ihre Ernennung bekanntgeben. Vorher werde ich Sie noch mit den anderen Offizieren bekanntmachen.«

»Eine ›Auspeitschung durch die Flotte‹, das ist aber ein besonderes Vorkommnis, Sir. Den Dienstantritt werde ich nicht so schnell vergessen.«

»Es sind Delinquenten von diesem Schiff. Sie wurden jeder zu dreihundert Hieben verurteilt.«

»Dreihundert!« wiederholte Stephen entsetzt. »Wenn sie das man überleben.«

David war selbst betroffen und unglücklich. Dreihundert Peitschenhiebe, das könnte vielleicht andere von

Meuterei abschrecken, aber die Verurteilten wurden damit nicht gebessert. Sie würden nie mehr Menschen mit positiven Gefühlen sein, wenn sie diese Hölle überlebten.

Mechanisch erledigte David die Vorbereitungen: Stephens Einführung, die Abkommandierung ihres Kutters zum Flaggschiff, gefüllt mit Seesoldaten, am Bug eine Gräting aufgebaut, ein Leutnant und der Schiffsarzt an Bord.

Von den drei Linienschiffen, den vier Fregatten und den beiden Sloops strebten Kutter zum Flaggschiff, das auch sein größtes Boot aussetzte. Auf sechs Booten erkannte man die Grätings, Holzgitter, an die die Verurteilten zur Bestrafung geschnallt wurden.

An Bord des Flaggschiffs stieg eine gelbe Flagge empor, und ein Kanonenschuß krachte. Auf den Booten mit Verurteilten begannen die Trommler der Seesoldaten, einen Wirbel zu schlagen. Längsseits vom Flaggschiff startete auf den Booten die Auspeitschung. Fast im Takt schlugen die Bootsmannsmaate auf jedem Boot mit ihren siebenschwänzigen Katzen zu. Dreißig Hiebe längsseits vom Flaggschiff, dann ruderten die Boote weiter zum nächsten Schiff, begleitet vom dumpfen Trommelwirbel. Dann flogen wieder die Peitschen, und alle glaubten, das Blut spritzen zu sehen, auch wenn sie weit entfernt waren.

Die Boote näherten sich der *Shannon*. Der dumpfe Trommelwirbel kroch auch den Hartgesottenen unter die Haut. Mindestens zwei der Verurteilten waren bereits ohnmächtig und wurden mit Wassereimern begossen, um sie ins Bewußtsein zurückzurufen, damit sie die Strafe spürten. Ein Laut wehte über das Deck, als ob die Mannschaft leise seufzte.

Mr. Cox, mit dreizehn Jahren jüngster Midshipman der *Shannon*, würgte und war davor, sich zu übergeben. »Schaffen Sie ihn unter Deck!« befahl David seinen Kameraden. Die jungen Burschen mußten diese Grausamkeit nicht bis zum bitteren Ende verfolgen. Als die Boote weiterruderten, hatten die Verurteilten hundertachtzig Hiebe erduldet, und David sah, wie Mr. Cotton anderen Schiffsärzten winkte. Der erste Kutter setzte ein Signal.

Auf dem Flaggschiff krachte eine Kanone, und die gelbe Flagge wurde eingeholt.

»Der Rest der Bestrafung ist ausgesetzt. Lassen Sie die Mannschaft bitte wegtreten, Mr. Church!« ordnete David an.

»Warum hören sie auf?« fragte ein Maat den Bootsmann.

»Weil die Burschen mehr Hiebe nach Ansicht der Ärzte nicht überleben würden«, antwortete dieser. »Nun werden sie entweder gesundgepflegt und kriegen dann den Rest, oder der Admiral begnadigt sie. Erledigt sind sie so und so. Da wächst über mancher Rippe keine Haut mehr.« Die Zuhörer schüttelten sich.

Proviant- und Munitionsübernahme für die *Shannon* waren abgeschlossen, die Mannschaftsbestände aufgefüllt. Sobald sie Segel- und Kanonendrill eingeübt hatten, konnte das Schiff als seeklar gemeldet werden. David war diesmal nicht interessiert, diese Zeitspanne zu verkürzen. Die Vorbereitungen der Verlobung erforderten Zeit, und er merkte, daß er nicht mehr der junge Midshipman war, der nur seine Seekiste zu packen hatte und dann in die Welt hinaussegeln konnte. Seine Wohlhabenheit erforderte viel mehr vorsorgende Regelungen, als er als armer Bursche gedacht hatte. Und Brittas Leben während seiner Abwesenheit wollte er auch erleichtern.

Vor der Ankunft von Baron Jensen und Frau segelte die *Shannon* nur einen halben Tag in den Kanal hinaus, um das Zusammenspiel der Mannschaft beim Segelsetzen zu üben. Hier erhielt David einen Eindruck, wie glücklich er in der Wahl Stephen Churchs gewesen war. David erinnerte sich natürlich, daß Stephen immer ein tüchtiger und lustiger Kerl war. Aber jetzt war er ein erfahrener und kompetenter Offizier, der das Geschick hatte, die Mannschaft mit leichter Hand zu führen. Schwierigkeiten überwand er mit einem Scherz, Anerkennung würzte er mit lateinischen Zitaten, und zu Davids Erstaunen schien das den Matrosen mächtig zu imponieren. Er hörte, wie einer der Maate sagte: »Das ist ja man nicht bloß ein Seebär, das ist ein Gelernter.«

Über Davids Anteile in der Reederei wurde in einem Gespräch mit William entschieden. Dieser ging wie David davon aus, daß ein Krieg manche Auswirkungen auf den Seehandel haben würde. Die Flotte würde rücksichtslos die englischen Seeleute von den Handelsschiffen holen und für die Flotte rekrutieren. Die französischen Kaperschiffe würden wieder zur Einführung des Konvoisystems zwingen, das den Warenumschlag wegen der Wartezeiten verlangsamte. Die Versicherungsraten würden steigen.

William schlug vor, ein Schiff dem Transportamt der Marine zu verchartern. Dann hätte man zwar geringere Einnahmen, aber risikofreie. Zwei Schiffe wollte er überwiegend mit amerikanischen Seeleuten bemannen, die nicht zur britischen Flotte gepreßt werden durften. Er hatte gehört, daß im Parlament schon eine Verordnung vorbereitet werde, wonach im Krieg drei Viertel der Besatzung Ausländer sein dürften. Diese beiden Schiffe könnten in Konvois segeln.

»Aber unser bestes Schiff möchte ich unter amerikanischer Flagge segeln lassen. Kapitän Borgmann hat gesagt, daß wir ihn mit einem kleinen Anteil als Partner beteiligen müßten, dann könnte das Schiff unter Borgmann und Co. bei amerikanischen Behörden registriert werden. Über die Haupteigner braucht nichts bekannt zu werden. Hast du als Flottenoffizier Bedenken?« fragte William.

David dachte einen Moment nach. »Eigentlich nicht. Amerika ist neutral, und Borgmann ist ein anständiger und zuverlässiger Partner. Er würde ja sicher schriftlich die Versicherung geben, daß das Schiff nur in Übereinstimmung mit dir und nicht gegen die Interessen Englands verchartert wird. Bei der Anheuerung von Seeleuten will er wohl auch helfen?«

»Ja, ohne einen Vertrauten wäre es wohl zu schwierig. Und die von dir geforderte Versicherung bereitet sicher keine Probleme.«

David nickte. »Zu der Anwerbung von fremden Seeleuten hätte ich noch einen Vorschlag. Warum heuerst du nicht portugiesische Seeleute an? Sie sind traditionell englandfreundlich, billiger als die Amerikaner und auch vor den Preßkommandos der Flotte geschützt.«

»Sehr gut«, antwortete William. »Aber wer wirbt sie an? Unsere Reederei hat keine Agentur in Portugal.«

»Ich könnte helfen«, schlug David vor. »Einer meiner Maate ist Portugiese, Chris Delano, eigentlich heißt er Christobal, kam anno siebenundsiebzig als blinder Passagier an Bord. Er ist inzwischen ein alter und zuverlässiger Fahrensmann. Wenn du mir für ein halbes Jahr einen Maat als Ersatz besorgst, kann er für dich in Portugal Leute anwerben.«

William war einverstanden, und Chris würde die Abwechslung sicher nicht unwillkommen sein.

Die Wolken wurden von einem frischen Wind seewärts gejagt. Die Menschen am Portsmouth Point, die der absegelnden Fregatte nachblickten, zogen Mäntel und Tücher fester zusammen und froren in der Kälte dieses Dezembermorgens.

Etwas abseits von der Gruppe der Neugierigen, der Seemannsbräute, der Seemannsfrauen und -kinder standen die Barwells mit Britta und ihren Eltern. Britta trocknete ihre Tränen und sagte leise zu ihrer Mutter. »Irgendwie bin ich auch erleichtert, daß er jetzt davonsegelt.«

Die Mutter blickte erschreckt auf. »Aber Kind, wie kannst du so etwas sagen, wo wir vor wenigen Tagen erst diese schöne Verlobungsfeier hatten. Liebst du ihn nicht mehr? Willst du nicht mehr mit ihm beisammen sein?«

»Nein, Mutter. Ich liebe David inniger und herzlicher als je zuvor. Ich möchte immer bei ihm sein. Aber er war ja gar nicht mehr bei mir. Ich spürte doch, auch wenn er lieb und rücksichtsvoll war, ein Teil seiner Gedanken war nicht bei mir, sondern bei diesem Schiff, das ihn mir jetzt entführt. Und das tat mir weh.«

Die Mutter nahm Brittas Arm und drückte ihn an sich. »Ja, so geht es uns Frauen. Ein Teil des Mannes verschließt sich uns. Da regiert sein Beruf, seine Aufgabe oder was immer er im Leben erreichen will. Aber wenn es anders wäre, wäre es nicht unser Liebster. Wir lieben ihn doch auch, weil er im Leben seinen Mann steht, weil er seine Aufgabe erfüllt. Wenn du einmal ein Kind zur Welt bringst, wird dein Mann zu einem Teil deiner Gedankenwelt keinen Zugang mehr haben. Das ist der Lauf der Dinge. Laß uns jetzt daran denken, daß er gesund zurückkommt, und erinnere dich an die glücklichen Stunden der Verlobung.«

Und sie sprachen alle davon, als sie bei den Barwells saßen und sich mit einem Kaffee aufwärmten.

Baron Jensen war immer noch angetan von Admiral Brisbanes Rede. »Er hat so gütig und verständnisvoll gesprochen wie ein Vater. Und er kennt David ja auch seit seinem dreizehnten Lebensjahr. Er konnte beobachten, wie er zum Mann heranwuchs, und er ist sehr stolz auf ihn. David muß wirklich ein guter Offizier sein.«

Vater Barwell wandte sich an seine Frau. »Mit Brisbane habe ich doch den richtigen Kapitän für David ausgesucht, damals anno vierundsiebzig. Weißt du noch, wie besorgt du um deinen jungen Neffen warst? Aber Brisbane ist kompetent, fürsorglich und zuverlässig. David hat viel von ihm gelernt.«

»Vergeßt nicht seine Freunde, die ihm auch zur Seite standen, wenn er sie brauchte«, warf Davids Cousine Julie ein. »Charles Haddington war lustiger in seiner Rede, aber ist er nicht auch ein hervorragender Mann? Nur schade, daß er keine Frau hat.«

»Das kann sich ja noch ändern«, bemerkte Britta. »Er war sehr bemüht um meine Freundin Clara und hat dauernd mit ihr getanzt. Und sie hat auch von ihm geschwärmt.«

»Selbst noch nicht verheiratet, aber schon kuppeln«, spottete Baron Jensen und fuhr dann ernster fort. »Wenn wir von Freunden reden, sollten wir Sie aber nicht vergessen, Herr Hansen. Auch Sie waren von Beginn seiner Flottenlaufbahn an Davids Seite und stehen ihm näher als sonst jemand. Heute sind Sie ihm an Land Freund und Partner. Wenn ich nur daran denke, wie man auf Whitechurch überall merkt, daß Sie ein Auge darauf haben.«

William war etwas verlegen. »Baron, gute Freunde muß man sich verdienen. David war immer für seine Freunde da. Er hat sein Leben eingesetzt, um sie zu retten.«

»Aber seine Freunde auch für ihn«, warf Julie ein.

»Ja, sicher. So sollte es sein, und so ist es bei David und seinen Freunden. Ich will sagen, was man ihm gibt, kriegt man mit Zinsen zurück. Ich hätte ohne seine Ermunterung nie den Weg zum Offizier gewagt. Ich stünde nicht hier ohne ihn. Da ist es doch nur verständlich, daß man auch für ihn da ist, und nun natürlich auch für dich, liebe Britta.«

Britta faßte ihn um und legte ihre Wange an seine. »Ich bin so glücklich, wie ihr mich aufgenommen habt. Wir sollten öfter gemeinsam einige Tage auf Whitechurch verbringen.«

Auf dem Flaggschiff, das die auslaufende *Shannon* passierte, sprach Brisbane auch über die Verlobung. »Eine sehr harmonische Familienfeier, Sir Joseph. Ich kenne den alten Barwell ja seit Ewigkeiten, und ohne sein Bitten hätte ich den jungen Mr. Winter nicht an Bord genommen. Aber er hat es wahrlich verdient. Ich halte ihn für einen der hoffnungsvollsten unter unseren jungen Kapitänen.«

»Und eine schöne Braut und Vermögen, das muß doch den Neid der Götter erregen, wie die Griechen sagten.«

»Ach, Sir Joseph, auch er hat zahlen müssen. Er hat in Indien seine erste Frau unter furchtbaren Umständen verloren. Aber seine jetzige Braut hat neben ihrer Schönheit auch den Verstand und den Charakter, um die Erinnerung zu verdrängen. Ich wünsche den beiden alles Gute, und meine Frau ist ganz angetan von den jungen Leuten und möchte sie am liebsten bemuttern. Aber er hat ja mit den Barwells und den Jensens genug Familie.«

Sir Joseph nickte zustimmend. »Aber er wird Familie und Freunde brauchen, Sir Edward. Er zieht nicht nur Glück an, sondern auch einflußreiche Feinde. Erinnern Sie sich, wie Sie ihn nach dem Prozeß gegen Lord Kinsale versetzen und in den Südatlantik schicken mußten, um ihn Kinsales Freunden in der Admiralität zu entziehen? Und jetzt ist er zum roten Tuch für die Franzosenfreunde geworden. Mr. Fox soll im Parlament schon von dem Märchen der französischen Agenten gesprochen haben.«

»Ja,« sagte Brisbane nachdenklich. »Erfolg zieht Neider und Feinde an. Und Mr. Fox redet heute so und morgen so, wenn er nur Mr. Pitt schaden kann. Wenn die französischen Agenten ein Märchen sind, dann glaubt das Innenministerium auch daran. Wir haben Nachricht, daß die bekannten Polizeibeamten der Bow Street beauftragt wurden, nach ihnen zu suchen. Wir sollen alle Beobachtungen melden.«

Als die Nachtwachen auf der *Shannon* aufzogen, saß Stephen Church mit den anderen Offizieren in der Messe. »Mr. Church«, sprach ihn der Master an. »Das ist ja nun die erste ruhige Minute seit vielen Tagen. Nun erzählen Sie doch einmal von der Verlobung des Kapitäns. Sie soll eine Baronesse und eine Schönheit sein.«

Stephen nahm erst noch einen Schluck Bier und sah in die neugierigen Gesichter ringsum. »Stimmt alles. Baronesse und wunderschön. Tochter des dänischen Gesandten und ein verdammt kluges Köpfchen. Sie hat sich fast totgelacht, als ich ihr erzählte, wie ich ihren Zukünftigen gebeten hatte, mit uns in den Puff zu gehen.«

Mr. Duff, der alte Stückmeister brummte. »Ist denn das ein Thema für eine Verlobung?«

Stephen räumte ein: »Im allgemeinen nicht, aber wir

waren gerade sehr lustig, und Mr. Winter ist ja nicht mit uns gegangen, sondern hat uns den Kopf gewaschen. Das war im Herbst siebenundsiebzig in New York. Er war sechzehn und ich vierzehn. Hugh Cole war noch dabei. Er ist gefallen, der arme Kerl.«

»War der Kapitän denn so ein Tugendbold?« wollte Basil Scott wissen, der Leutnant der Seesoldaten.

»Nein«, wehrte Stephen ab. »In der Messe stand er im Ruf, auf Bällen immer die schönsten Tänzerinnen zu haben, und auf Barbados soll er eine glühende Liebschaft mit einer schönen jungen Witwe erlebt haben. Aber damals in New York wollte er nicht, und schimpfte, wir seien zu jung für so etwas.«

»Also, nehmen Sie es mir nicht übel, Mr. Church, aber mit zwei so jungen Bürschchen möchte ich auch nicht gerade ins Bordell gehen«, fügte der Zweite Leutnant an. Mr. Duff lachte und klopfte zustimmend auf den Tisch.

In der Kapitänskajüte lag ein großer Wolfshund an der Tür auf einer Unterlage aus Decken, die einen großen, weidengeflochtenen flachen Korb füllten. Er hatte die Schnauze auf eine Vorderpfote gelegt und folgte mit dem Augen Gregor, der nach der schwingenden verglasten Nachtlampe sah, ihren Docht ein wenig hinunterdrehte und dann noch in die Schlafkammer blickte.

Leise trat Gregor zum Hund, der den Kopf nicht bewegt hatte und jetzt leicht mit dem Schwanz wedelte. Gregor streichelte ihm den Kopf und flüsterte: »Der Kapitän schläft, Kolja, paß gut auf!«

Sturmfahrt in den Krieg

(Dezember 1792 bis Februar 1793)

David las mit lauter Stimme vor: »Alle anderen minder schweren Vergehen, die nicht in diesen Artikeln erwähnt wurden oder für die keine Bestrafung vorgeschrieben ist, die aber von einer oder mehreren Personen in der Flotte begangen werden, sollen in Übereinstimmung mit den Gesetzen und Gebräuchen bestraft werden, die auf See üblich sind.«

David ließ das kleine Buch sinken und blickte auf die Mannschaften, die auf Deck angetreten waren. Eine Woche auf See lag hinter ihnen, und er hatte am ersten Sonntag die Kriegsartikel verlesen, was ihm angemessener schien als ein Bibeltext.

Die sechsundzwanzig Kriegsartikel, 1749 unter Georg II. erlassen, waren jetzt die Bibel dieser Besatzung. David hatte nicht alle Artikel verlesen, denn es war kalt, und ein frischer Wind wehte. Wieder einmal bedauerte er, daß die britische Flotte im Gegensatz zur russischen für die Mannschaften keine Uniformen und erst recht keine Winteruniformen stellte. Natürlich sorgte jeder gute Kapitän dafür,

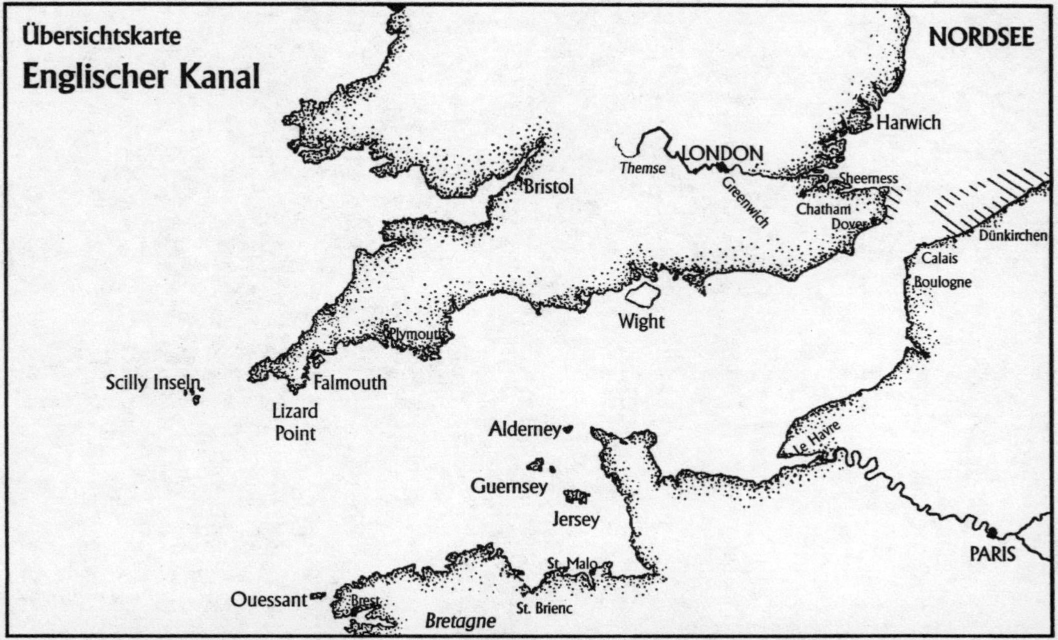

Übersichtskarte
Englischer Kanal

daß seine Besatzung vernünftige Kleidung aus Segeltuch bekam. Da wurde bei der Verbrauchsmeldung für das leichte Segeltuch Nr. 8 geschummelt, daß sich die Balken bogen, und wer an Bord mit Nadel und Faden umgehen konnte, nähte Hosen und Jacken. Und die Kapitäne legten oft aus ihrer Tasche noch etwas hinzu.

Aber es gab auch Kapitäne, die statteten nur die Ruderer ihrer Kapitänsgig mit prächtigen Phantasieuniformen aus und ließen die übrige Mannschaft in den eigenen Klamotten umherlaufen. Die Seeleute hatten im allgemeinen feste und angemessene eigene Kleidung, aber wer aus den Gefängnissen der Flotte überstellt wurde, tat in den abenteuerlichsten Lumpen Dienst. Der Betrüger trug oft Reste eines zerfransten Fracks, während der kleine Mundräuber sich in die Lumpen des städtischen Proletariats hüllte.

»Lassen Sie bitte wegtreten, Mr. Church«, sagte David und sah zu, wie die Mannschaften ungeordnet und schwatzend in ihre Quartiere strömten, während die Seesoldaten erst noch ihre Wendungen zu den lauten Rufen des ältesten Sergeanten vollführten, ehe sie mit kurzen, stampfenden Schritten zum hinteren Niedergang marschierten. Nein, David war noch nicht zufrieden mit der Besatzung. Weder in den Segelmanövern noch im Kanonendrill konnten sie bisher seinen Standards genügen. Nun, das würde sich noch ändern. Aber mit Stephen Church mußte er noch ein Wort reden. Er war als Erster nicht genau genug.

David legte Hut und Jacke ab und setzte sich hinter den Schreibtisch, nachdem er Kolja, der seinen Eintritt mit Schwanzwedeln begrüßte, noch gekrault hatte. Jetzt spitzte Kolja die Ohren und ließ ein leises Knurren hören. Aber seine Reaktion war sehr verhalten. Ein guter Bekannter mußte sich nähern.

Es war Jean, Davids neuer Bursche, 14 Jahre alt und im letzten Jahr sprungartig gewachsen, wie die älteren Besatzungsmitglieder erzählten. Jean hatte seine verlängerten

Gliedmaßen noch nicht richtig unter Kontrolle und wirkte ungeschickt, aber er war flink und eifrig. Er stammte von der kleinen britischen Kanalinsel Alderney und war vor zwei Jahren von der *Shannon* aus dem Meer gefischt worden, das seine Eltern bei einem kleinen Bootsausflug verschlang, nachdem ein unerwarteter Sturm die Idylle zerstört hatte. Er wurde als Pulverjunge von der *Shannon* gewissermaßen adoptiert, da er keine Verwandten hatte.

Stephen Church kannte ihn als Gehilfen in der Offiziersmesse und hatte David auf den eifrigen, intelligenten Jungen aufmerksam gemacht, der auch lesen und schreiben konnte. Hassan tat nun Dienst als Steuermannsmaat, Gregor als Bootsmannsmaat und Bootssteuerer der Kapitänsgig. Da konnten sie David nicht mehr als Burschen zur Verfügung stehen.

Jean nahm Davids Hut und Jacke und fragte: »Möchten Sie jetzt Ihren Lunch, Sir?« Er hatte den Satz mit männlich tiefer Stimme begonnen, schloß ihn aber hoch und piepsend ab. An diesen fürchterlichen Stimmbruch hatte sich David gewöhnen müssen. Zuerst konnte er sich das Lachen kaum verbeißen, aber Jean war so hingebungsvoll bemüht, alles recht zu machen, daß er ihm das nicht antun konnte.

»Was hat der Koch für mich, Jean?« fragte er.

»Eier oder Rindsfilet mit Toast, Sir.«

«Dann bring mir Rindsfilet, solange es noch frisch ist. Und einen Krug Bier hätte ich gern.«

David sah zu, wie Jean Hut und Jacke weghängte und sich noch kurz zu Kolja beugte, ehe er den Raum verließ. Es war schon komisch, wie unterschiedlich Menschen auf den großen Wolfshund reagierten, den Gregor aus den finnischen Schären mitgebracht hatte. James Neale, der Zweite Leutnant, verkrampfte völlig, wenn Kolja zu ihm kam und schnupperte. Als er einmal Davids verwunderten Blick sah, erzählte er, daß er als Kind von einem großen Hund gebissen worden sei und seitdem keinem großen Hund mehr traue. Basil Scott dagegen, der Leutnant der Seesoldaten, war mit großen Hunden aufgewachsen und ging mit Kolja um, als sei der ein kleiner Pudel. Und Kolja holte sich bei ihm seine Streicheleinheiten ab wie ein kleines Schoßhündchen.

David schüttelte die Gedanken ab und nahm aus der Schublade einen versiegelten Brief, auf dem der Vermerk stand: ›Nach der ersten Seewoche zu öffnen!‹ Martin, der Herzog von Chandros, hatte einen kurzen Begleitbrief beigelegt.

›Lieber David, Sie haben die erste Woche auf See hinter sich und sind mit der Besatzung noch nicht zufrieden, wie ich Sie kenne. Geduld! Sie schaffen es schon. Jetzt werden Sie etwas Zeit für Hintergrundinformationen über den Widerstand gegen die Pariser Revolutionsregierung in den französischen Küstenprovinzen aufbringen. Wenn Sie den Bericht gelesen und sich eingeprägt haben, vernichten Sie ihn sofort mit diesem Brief. Sie dürfen Ihre Offiziere nur allgemein über den Sachverhalt informieren. Ich muß Sie noch daran erinnern, daß Premierminister Pitt immer noch keine Unterstützung des Widerstandes gestattet. Ich hoffe sehr, daß er bei einem Kriegsausbruch seine Einstellung revidiert, aber ohne Befehl wären Sie ungedeckt. Seien Sie bloß vorsichtig! Ich kann mir denken, daß Ihnen die Zurückhaltung so unverständlich ist wie mir. Alles Gute! Stets Ihr Martin.‹

Bevor David weiter nachdenken konnte, erschien schon Jean mit dem erwärmten Tongefäß, in dem er Davids Lunch transportiert hatte. »Stell alles auf den Tisch!« sagte David, legte eine Mappe auf die Schreiben und setzte sich an den Tisch.

»Guten Appetit, Sir«, wünschte Jean und verließ den Raum.

David trank erst einen Schluck Bier, ehe er das Filet anschnitt. Nein, er litt nicht darunter, daß der Kapitän allein aß, wenn er nicht seine Offiziere eingeladen hatte, wie David heute abend. Er war gern allein. Da hatte er Zeit zum Lesen und Nachdenken. Britta kam ihm in den Sinn. Wie würde es sein, wenn er mit ihr Leben und Räume teilen würde? Er war ärgerlich auf sich, weil er einerseits Sehnsucht nach Britta hatte, andererseits aber Bedenken, wie sich der Alltag mit ihr anlassen würde. Warum war er nur immer bei Frauen so unentschlossen und wartete auf ihre Initiative? Er schüttelte den Kopf und wischte mit dem letzten Brocken Toast ein wenig Bratfett auf. Dann nahm er den Zinnbecher mit dem Rest Bier und ging wieder zum Schreibtisch.

Die ersten Absätze der Denkschrift über den Widerstand gegen die Revolution fesselten ihn nicht sonderlich. Daß in Paris zwei Parteien die Gemäßigten an den Rand drängten, obwohl sie gegenseitig rivalisierten, wußte er längst aus den Zeitungen. Der Verfasser der Denkschrift glaubte, daß die radikalen, zentralistischen Montagnards, nach ihren Versammlungen in einem ehemaligen Jakobinerkloster auch Jakobiner genannt, den Sieg davontragen würden. Robespierre, ihr leitender Kopf, wurde als radikaler, unerbittlicher Fanatiker angesehen. Die Girondisten stufte er als weniger einheitlich und stärker an die einzelnen Departements gebunden ein.

Der Prozeß gegen den König würde sicher mit einer Verurteilung enden. Ob sie auch vollstreckt werde, könne niemand vorhersagen. Das alles haben die Zeitungen doch schon diskutiert, sagte sich David. Aber dann erregten neue Informationen seine Aufmerksamkeit.

Der Verfasser konzentrierte sich auf die Departements in der Bretagne, und David las mit Erstaunen, daß sie auch unter den Bourbonen gegen die Zentralisierung aufbegehrt und den Monarchen über ihre ständige Kommission das Recht der Selbstbestimmung über lokale Verwaltungen, Straßen- und Kanalbauten usw. abgetrotzt hatten.

Die Armut war weit verbreitet in diesen dünn besiedelten, landwirtschaftlich genutzten Gebieten, und der örtliche Adel lebte oft selbst kaum besser als die Bauern. Seitdem die zentralistisch orientierten Jakobiner die lokale Selbstverwaltung abschaffen wollten, formte sich wachsender Widerstand bei Adel und Bauern.

Die Bevölkerung sei sehr gläubig, las David, und die Verfolgung der vielen Priester, die nicht den Eid auf die Revolution leisten wollten, habe sie empört und gereizt.

Es fehle zum offenen Widerstand aber noch der auslösende Funke und die Führung.

Charles Armand de la Rouërie bemühe sich seit 1790, den Widerstand zu organisieren. Er habe auf Seiten der amerikanischen Rebellen gekämpft, sei von ihnen zum Brigadegeneral ernannt worden, habe von der französischen Regierung keinen Dank und keine finanzielle Unterstützung geerntet, sei sogar in die Bastille geworfen worden, als die Minister des Königs die Rechte der Region wieder einmal beschneiden wollten und er dagegen in Paris protestierte. Der Revolution stand er fern und trat erst wieder hervor, als die Revolutionäre nun ihrerseits in die bretonischen Rechte eingreifen wollten.

Das muß ein ziemlicher Dickschädel sein, dachte sich David, als er las, daß La Rouërie es abgelehnt habe zu emigrieren und nun im Land Gleichgesinnte um sich scharte. Er habe Kontakt mit dem Führer der Emigranten, dem Grafen Artois, in Koblenz aufgenommen und sei sogar über deutsche Staaten heimlich nach London gekommen, um hier mit Emigranten zu sprechen.

Es sei verabredet worden, daß Rouërie in der Bretagne geheime Zirkel zur Vorbereitung des Aufstandes errichte, daß er im Falle eines Aufstandes den Oberbefehl erhalte und von den Emigranten unterstützt werde. Und dann folgte der Hinweis, daß die britische Regierung jedoch keinerlei Hilfen in Aussicht gestellt habe.

David nahm einen Schluck aus dem Becher und schüttelte den Kopf. In einem Krieg konnte man jeden Verbündeten gebrauchen, ganz besonders solche im Land des Feindes. Und die britische Regierung stieß potentielle Verbündete vor den Kopf. Er konnte nicht verstehen, warum.

Bis Ende 1791, so las David mit Erstaunen, habe La Rouërie in neunzehn Gebieten der Bretagne und auch in der Vendée südlich der Loire Zellen für den Aufstand organisiert. Nur das Bürgertum der Hafenstädte stehe unverändert zur Revolution und lehne eine Unterstützung des Aufstandes ab. Für Oktober 1792 war mit den Emigranten auf den britischen Kanalinseln eine Landung in St. Malo geplant gewesen, die den Aufstand auslösen sollte. Die britische Regierung habe jedoch jeden Transport von Truppen und Material von und nach den Kanalinseln verboten, und so sei alles abgesagt worden.

David schlug mit der Faust auf den Tisch. In Paris rollten die Köpfe. Die Revolutionäre versprachen den Sturz aller europäischen Monarchien, und die britischen Diplomaten waren zu vorsichtig, um französischen Emigranten eine Invasion in ihr Land zu erlauben. Wie lange konnte eine Verschwörung gegen die Revolution wohl unentdeckt bleiben? Hoffentlich mußte England nicht mit dem Blut seiner Söhne für diese windelweiche Vorsicht bezahlen.

David legte die Denkschrift zur Seite und erinnerte sich mit einem Mal an ein Versäumnis. Er hatte auf der *Shannon* noch nicht feststellen lassen, wer fremde Sprachen sprach, besonders Französisch und Spanisch. Als Jean eintrat, fragte er ihn sogleich: »Jean, du stammst doch aus Alderney. Kannst du Französisch?«

»Aye, Sir. Wir sprachen es häufiger als Englisch, Sir, aber mit dem Dialekt der Bretagne.«

»Ausgezeichnet. Frag jetzt Leutnant Church, ob er auf eine Tasse Kaffee zu mir kommen könnte, und brüh uns frischen Kaffee auf!«

David trat an das Heckfenster und blickte hinaus auf die quirlende See. Er liebte diesen Anblick. Dann öffnete er einen Fensterflügel, zerriß Brief und Denkschrift in kleine Stücke und ließ sie ins Meer rieseln.

Es klopfte an der Tür, und der Erste Leutnant trat ein. David lächelte ihm zu und sagte: »Kommen Sie, setzen wir uns an den Tisch. Sie tranken Ihren Kaffee doch mit Milch und Zucker?«

»Ja, Sir, ergebensten Dank, Sir.« Stephen Church war förmlich, wie es sich dem Kapitän gegenüber geziemte, ob man nun seit vielen Jahren befreundet war oder nicht.

Jean hatte eingegossen, einige Kekse hingestellt, die

Britta noch gekauft hatte, und war dann leise wieder verschwunden.

David setzte die Tasse ab und begann: »Sie wissen, Mr. Church, daß wir die französische Küste von Bayonne bis Brest beobachten und uns besonders auf La Rochelle und Brest konzentrieren sollen.« Mr. Church nickte.

David fuhr fort. »Sobald wir Verstärkung erhalten, können wir uns auf den Bereich von La Rochelle bis Brest beschränken. Ich habe inzwischen Informationen über mögliche Aufstände in den französischen Küstenprovinzen erhalten, über die ich Sie unterrichten möchte.« Und er schilderte ohne Details die Versuche, dort Zentren des Aufstandes aufzubauen.

Als er den Bericht beendet hatte, sagte Stephen Church: »Wichtig für unsere Flotte werden diese Bemühungen doch erst, wenn ein Hafen in die Hände der Aufständischen fällt, Sir. Die Küste bietet sonst wenig Möglichkeiten für die Anlandung größerer Truppenverbände oder Materialmengen. Und habe ich Sie recht verstanden, Sir, daß die Städte dem Aufstand nicht zuneigen?«

»So ist es, Mr. Church. Man könnte natürlich zunächst kleinere Kontingente landen, um die Aufständischen so zu verstärken, daß sie eine Hafenstadt einnehmen können, aber dem steht der Befehl unserer Regierung entgegen. Das kann sich ändern, wenn der Krieg ausbricht. Wir sollten vorbereitet sein. Bitte lassen Sie feststellen, wer von der Besatzung Französisch, Spanisch oder Portugiesisch spricht. Und wir müssen auch mit den Booten üben.«

»Ich werde es veranlassen, Sir.« Stephen sah die Unterhaltung als beendet an und erhob sich.

Auch David stand auf, hielt aber seinen Ersten noch zurück. »Noch ein Wort, Mr. Church. Ich bin sehr zufrieden, wie Sie die Mannschaften zum Dienst anhalten. Bitte achten Sie aber noch etwas mehr auf die Kleinigkeiten. Es ist keine gute Arbeitsteilung zwischen Kapitän und Erstem, wenn ich bei der Besichtigung monieren muß, daß die Burschen in der Steuerbordbatterie die Roststellen an ihren Kanonenkugeln nur einfach überstrichen haben und daß am Vormast eine gesprungene Rolle nicht ersetzt wurde.«

Stephen war etwas blaß geworden. »Sie haben vollkommen recht, Sir. Ich habe mich zu sehr darauf konzentriert, die Burschen zu motivieren und in ihnen wieder Freude am Dienst zu wecken. Ich werde das ändern, Sir.«

»Da bin ich ganz sicher«, antwortete David und legte ihm zum Abschied die Hand auf die Schulter. »Bis heute abend dann.«

Davids Gedanken schweiften ab, und für ein paar Sekunden sah er durch die erhitzten, geröteten Gesichter hindurch und hörte nicht, was sie sagten. War es wirklich schon achtzehn Jahre her, daß er in diesem Raum als junger Captain's Servant zum ersten Mal an einem Dinner des Kapitäns teilnahm? War er damals auch so aufgeregt, als er als jüngster Gast den Toast auf den König ausbringen mußte wie heute der junge Charles Cox? Damals hatte Lenthall, der Schiffsarzt, väterlich dafür gesorgt, daß ihn der Leutnant der Seesoldaten nicht betrunken machte. Und wer sorgte heute für Charles Cox?

»Sir, was meinen Sie dazu?« Der Dritte wartete auf Davids Antwort.

David blickte in Mr. Rossanos Augen, die lebhaft in dem dunklen Gesicht funkelten und sagte: »Entschuldigen Sie. Meine Gedanken waren einen Moment abwesend. Ich habe die Frage nicht verstanden.«

»Mr. Cotton hat eben behauptet, daß die Krankheiten in unseren Städten wesentlich zurückgingen, wenn wir uns öfter waschen und mindestens einmal in der Woche baden würden. Sobald es wärmer sei, so meint er, sollten sich die Mannschaften auch unter der Deckpumpe waschen.«

David lächelte. Bevor er Indien erlebte, hatte er ja auch geglaubt, daß Waschen eher schädlich sei. Wer badete denn schon? Lungenentzündung sollte man davon kriegen. Nein, den Körpergeruch bekämpfte man mit Parfüm und hielt das schädliche Wasser fern.

»Früher habe ich wie Sie gedacht, Mr. Rossano. Aber dann habe ich in Indien gelernt, wie gesund es ist, den Körper zu reinigen, und wie wohl man sich dabei fühlt. Für die gebildeten Inder sind wir alle stinkende Barbaren, und sie haben recht. Jawohl, wenn es wärmer wird, müssen alle unter die Deckpumpe. Ich mache auch mit, und sie werden sehen, man will es nach einiger Zeit nicht missen.«

Der Dritte Leutnant blickte ungläubig drein, und David trank ihm lächelnd zu. Zu ihnen gesellte sich jetzt Mr. Ryland, der Master. »Entschuldigen Sie, Sir, daß ich jetzt erst Ihrer Einladung folgte, aber ich hatte Wache.«

»Ich weiß, Mr. Ryland. Wir haben auch das beste Stück Braten für Sie aufgehoben, und Claret wird auch genug da sein. Gab es etwas Besonderes auf Wache?«

»Nein, Sir. Ich werde mich dann dem Braten widmen.«

David sah mit Abneigung, daß Mr. Ryland Messer und Gabel wie Heuforken handhabte. Er war mit seinem Master nicht glücklich. Er hielt ihn für einen dummen Menschen, der nach seinem Examen nichts hinzugelernt hatte und nun nur darauf achtete, daß jeder ihn als ranghöchsten Deckoffizier respektierte. Mit dem Chronometer hatte er sich erst gar nicht beschäftigt.

Aus den Augenwinkeln sah David, daß man Mr. Church die Flöte reichte. Und wieder fühlte er sich in die Vergangenheit versetzt. Wie oft hatte Stephen sie damals im Cockpit der Midshipmen mit seinem Geflöte genervt. Nun ja, manchmal hatte er sie ja auch erfreut. Die anderen mehr als David, der recht unmusikalisch war.

Aber Stephen Church war ein passabler Flötenspieler, und da war es selbstverständlich, daß er bei solchen Gelegenheiten etwas vortrug. Er begann mit einem Stück von Haydn, und David hörte schon nach den ersten Takten, daß Stephens Spiel im Vergleich zu damals sehr gereift war. Die Töne und ihre Sequenzen bedeuteten ihm nicht viel, aber er konnte seine Gedanken wandern lassen.

Dann hörte er ein Pochen. Die Tür wurde geöffnet, der Midshipman der Wache steckte seinen Kopf herein, seine Augen suchten den Kapitän. Stephen brach sein Spiel ab, und in die Stille hinein meldete der junge Woodfine: »Sir, Mr. Kudat bittet um Entschuldigung, aber das Wetterglas ist in den letzten zwei Stunden dramatisch gefallen. Er erwartet einen schweren Sturm und bittet, das Schiff sturmklar machen zu dürfen.«

David sah den Master an, der überheblich die Schultern hochzog. »Mr. Ryland, Mr. Kudat hat doch erst vor einer halben Stunde die Wache übernommen. Dann müssen Sie den Abfall doch auch schon bemerkt haben?«

»Das ist nicht dramatisch, Sir. Schon Hutchinson warnt in seinem Buch über ›Praktische Seemannschaft‹, sich auf das sogenannte Barometer zu verlassen.«

David wandte sich an den jungen Woodfine. »Mr. Woodfine, wie sehr ist der Luftdruck gefallen?«

»Auf der Tafel ist vermerkt, daß er vor zwei Stunden bei neunundzwanzig Inches und drei Zehnteln war. Als wir übernahmen, war er bei achtundzwanzig fünf. Jetzt zeigt er achtundzwanzig zwei, und im Osten tobt ein Feuerwerk von Blitzen.«

David blickte Mr. Ryland kurz an und sagte bestimmt: »Meine Herren, entschuldigen Sie mich einen Moment. Lassen Sie sich vorerst nicht stören. Mr. Church, bitte begleiten Sie mich!«

Davids Augen mußten sich an die Dunkelheit gewöhnen, aber dann merkte er, daß ein fahles Licht genug Helligkeit spendete, um die Stufen zum Achterdeck schnell hinaufzueilen. Am Horizont erhellten Blitze immer wieder riesige schwarze Wolken. David griff nach der Leuchte, las die Eintragungen auf der Schiefertafel und sah nach dem Barometer. Er winkte Hassan heran. »Das sieht schlimm aus.«

»Aye, Sir«, antwortete dieser, »ich bat Mr. Ryland, Ihnen zu berichten. Aber als Sie nicht kamen, schickte ich Mr. Woodfine.«

In David stieg die Wut empor. Dieser dumme, überhebliche Master. Auch das Barometer war ihm zu modern, um sich damit zu beschäftigen. Was dachte er sich, das Schiff in solche Gefahr zu bringen? Dann drehte er sich um und sagte zum Ersten: »Mr. Church, wir müssen schnellstens die Bramstengen fieren und das Schiff sturmklar machen. Bitte überwachen Sie die Arbeiten unter Deck! Und der Koch soll eine dicke Erbsensuppe kochen. Vielleicht kommt er in den nächsten Tagen dazu, sie zu wärmen.«

Church bestätigte und lief davon. David rief Midshipman Woodfine. »Melden Sie dem Bootsmann, daß er alle Mann auf Stationen beordern soll!« Einen anderen Mann schickte er in seine Kajüte und ließ bestellen, daß alle Offiziere auf ihre Stationen gehen müßten. Dann trieb er die Wache an, das Fieren der Bramstengen vorzubereiten.

Das war eine knifflige Operation, die sie erst einmal bei Tageslicht geübt hatten. Die obersten Rahen mußten gelöst und an Deck gelassen werden, und dann wurden die oberen Mastteile aus ihren Verankerungen gehoben und mit Flaschenzügen heruntergelassen. Dadurch hatte der Sturm weniger Angriffspunkte, und der Schwerpunkt des Schiffes verlagerte sich nach unten. Im fahlen Licht und bei dem stoßweise auffrischenden Wind war das eine lebensgefährliche Aktion.

Die Segel waren fast alle geborgen. Nun standen die besten Seeleute bereit. »Bramstenge- und Oberbramstengegasten aufentern! Fiert die Oberbramstengerahen!« An Deck hatten sie Fackeln entzündet, um etwas mehr Licht zu spenden. Die Gasten enterten auf. Ihre Bewegungen waren verhalten. David hatte befohlen, nicht auf Schnelligkeit, sondern auf Sicherheit und Präzision zu achten.

Am Hauptmast kam die oberste Rah vorsichtig herunter. Dort war Gregor am Werk mit seinen Bärenkräften. Jetzt schaukelte sie im Wind. »Halt fest!« schrie einer ängstlich. Seile wurden gestrafft, und schließlich lag eine Rah an Deck. Matrosen stürzten sich auf sie und zurrten sie fest. Daneben gingen die Arbeitstrupps von Kanone zu Kanone und brachten die dreifache Sturmverankerung an, damit sich die zentnerschweren Geschütze nicht von ihrem Platz an den Bordwänden losrissen und das Schiff zerschmetterten. Der Stückmeister selbst kontrollierte die Taue und Knoten.

David starrte in den dunklen Himmel und suchte zu erkennen, wie weit die Gasten waren. Die obersten Rahen lagen an Deck. Jetzt kam das schwerste Stück. Die großen Stengen mußten aus den Schuhen gehoben und langsam an Deck gelassen werden. Der Wind stieß immer stärker gegen das Schiff und ließ die Männer taumeln.

Ein heller Schrei! Aus der Nacht fiel ein schwarzes Bündel nach unten, schlug auf der Großrah auf, wurde von einem Matrosen gepackt, er konnte es nicht halten, und dann krachte es an Deck. Männer liefen hinzu, ergriffen das Bündel und schleiften es unter Deck. Einer lief zum Achterdeck: »Es ist John Clark. Er lebt, hat aber Arm- und Beinbrüche, wie es scheint.« David kannte den Matrosen erst flüchtig, einen jungen Blondschopf.

Die Bramstenge vom Kreuzmast kam herunter, und David trat an die Reling, um die Arbeiten nicht zu behindern. Und dann, im letzten Moment, geriet die Stenge außer Kontrolle und fiel einige Meter an Deck. Ein Matrose wurde getroffen und blieb liegen. David rannte mit anderen zur Stenge und hielt sie fest, damit sie nicht umherschlug. Dann war alles wieder unter Kontrolle, und erneut wurde ein Mann zum Krankenrevier getragen. »Sieht nach Schlüsselbeinbruch aus«, sagte Leutnant Neale neben David.

Auch der Fockmast meldete, daß die Stenge gesichert war. »Mr. Neale, lassen Sie Sturmfock und Sturmklüver setzen! Kontrollieren Sic dann bitte mit den Bootsmannsmaaten das Deck. Die Freiwache soll unter Deck!« befahl David. »Ich gehe kurz in meine Kajüte und mach mich fertig für den Sturm. Dann löse ich Sie ab.«

David ging in seine Kajüte, wo inzwischen alles festgezurrt war, was fallen oder verrutschen konnte. »Jean, halt Kaffee warm. Wir werden ihn brauchen. Und sorg dafür, daß kalte Verpflegung da ist, wenn ich runterkommen kann. Jetzt gib mir meine Alltagsuniform und das Ölzeug!«

Kolja mauzte in der Ecke, wo er auch mit einem breiten Leinengurt um den Bauch angebunden war. David ging zu ihm. »Sei ruhig, Kolja. Es wird sehr wackelig hier drin, und da mußt du Halt haben.«

Als David wieder an Deck kam, peitschte der Sturm Gischt und Regen aus Ost-Nordost über Deck. Die festen, dicken Sturmsegel standen steif wie Bretter. Die *Shannon* lief vor dem Sturm hinaus in den Atlantik. Ein Glück, daß wir Seeraum haben, dachte David und ging zum Ruder, das vier Mann mit aller Kraft halten mußten. Er sah mit Befriedigung, daß sie Ölzeug anhatten.

»Mr. Neale, ich übernehme. Wachwechsel jetzt alle Stunde.«

»Aye, aye, Sir. Luftdruck unverändert, Kurs achtzehn Punkte. Keine besonderen Vorkommnisse.«

David blickte zur Deckwache, die hinter Masten und Aufbauten kauerte. Taue waren überall an Deck gespannt, um Halt zu bieten, wenn die Seen über das Schiff schlugen. »Anleinen!« rief David ihnen zu und knotete selbst sein Tau fest. Hassan war an seiner Seite. »Barometer um ein Zehntel gefallen, Sir!« meldete er.

David nickte. »Das wird hart. Der Bootsmann soll eine Trosse vorbereiten, die wir achteraus fieren können!«

Der Sturm röhrte und brauste über das Schiff und durch die Takelage. Er blies das Ölzeug auf und trieb Regen und Gischt bis auf die Haut. Jeder versuchte, sich zu schützen und durch Bewegung warm zu halten. Die Männer keuchten vor Anstrengung, um das Schiff auf Kurs zu halten und die gewaltigen Wellenstöße auszugleichen.

Dann stieg die Ablösung aus den Niedergängen. Schon eine Stunde vorbei, dachte David. Stephen Church trat zu ihm. »Wachwechsel, Sir. Unter Deck ist alles in Ordnung.«

David neigte seinen Kopf an Stephens Ohr. »Ich bleibe noch bei Ihnen. Barometer achtundzwanzig eins. Kurs Süd-Südwest. Wir haben genügend Seeraum. Wir können noch gut steuern, und die *Shannon* schluckt die Seen gut.«

Stephen war froh, daß David noch an Deck blieb. Es war so lange her, daß er Wache bei einem Sturm hatte, und dies war ein schwerer Orkan. Immer wieder liefen Seen von achtern über das Heck und rissen an allem, was ihnen im Weg war. Dann tauchte wieder der Bug tief ein, hob sich krachend und taumelte wie trunken mal nach Steuerbord, mal nach Backbord. Stephen spürte seinen Magen. Ich werde nach der langen Zeit an Land doch nicht seekrank werden, sagte er sich.

Ein Krachen ließ ihn herumfahren. Eine der Achterdeck-Karronaden hatte sich aus ihrer oberen Verankerung gerissen und schlug polternd hin und her. »Alle Mann!« brüllte er, und die Wache stürmte mit Seilen und Matten heran. David sah die See achtern aufsteigen. »Festhalten!« schrie er. Die Seeleute griffen nach den Tauen und klammerten sich kauernd an. Das Wasser schlug über ihnen zusammen, und die Karronade war zur Seite gekippt und hatte einem den Schenkel zertrümmert. Seine Schreie gellten durch den Sturm.

Aber die Wache sprang mit Matten, Seilen und Spaken auf die Karronade zu, stoppte ihr Rollen, vertäute sie provisorisch, duckte sich vor der nächsten See und laschte sie dann endgültig fest. Ein Seemann hatte den Verletzten vor der letzten Welle gedeckt, und nun liefen zwei weitere hinzu und trugen ihn unter Deck.

»Lassen Sie alle halbe Stunde die Vertäuung überprüfen, Mr. Church. Ich zieh mir trockene Sachen an und löse Sie dann wieder ab.«

In der Kajüte wartete Jean mit Handtuch, Kaffee und trockener Kleidung auf David. Kolja mauzte ängstlich. »Ihm ist das unheimlich«, erklärte Jean. »Ich muß dauernd zu ihm und ihn streicheln.«

»Mancher an Bord würde gern mauzen und sich streicheln lassen«, sagte David. »Das ist ein verdammter Orkan, und einige haben so etwas noch nicht erlebt.« Dann streifte er trockene Wäsche über und griff nach dem Kaffee. Immer wieder mußte er die Stöße mit den Beinen ausbalancieren und sich festhalten. »Ist unter Deck alles in Ordnung? Wird auch die Verankerung der beiden Kanonen in der Kajüte regelmäßig kontrolliert?«

»Die Kanonen werden überprüft, Sir, und ich selbst schau auch noch immer alles hier nach. Zwei Wasserfässer und einige Fleischfässer sollen sich losgerissen und zwei Matrosen die Knochen gebrochen haben.«

David nickte. Das war bei schweren Stürmen üblich. Knochenbrüche und mitunter sogar über Bord gespülte Seeleute waren der Preis, den sie in diesem Kampf entrichten mußten. Er zog sein Ölzeug fest und sagte zu Jean: »Ich geh wieder.«

Es schien, als habe er in den wenigen Minuten vergessen, wie hart der Sturm einen menschlichen Körper schlagen konnte. Als er sich aus dem Windschatten dem Kompaßhaus näherte, war ihm, als ob Fäuste gegen Gesicht und Körper schlugen. Er duckte sich zusammen, klammerte sich fest und gewöhnte seine Augen an die von Blitzen erhellte Nacht.

»Der Sturm hat zugenommen, Sir. Sie läßt sich kaum noch im Ruder halten!« brüllte Stephen Church in sein Ohr. David beobachtete, wie die vier Rudergänger mit den Ausschlägen kämpften, wie der Rumpf rollte und stampfte und wie die Seen über das Heck schlugen.

»Wir müssen die Trosse ausbringen! Sie wird die Bewegungen etwas verlangsamen. Geben Sie dem Bootsmann Bescheid!«

Langsam wurde die oberschenkeldicke Trosse aus einer Heckklappe in die See gelassen. Die *Shannon* schleppte dann etwa 50 Meter Trosse hinter sich her. Das bremste ihr Vorausstürmen, minderte die Kraft der von achtern anlaufenden Wellen und hielt das Schiff ruhiger auf Kurs. Die Bewegungen des Rumpfes wurden etwas gedämpft.

David hatte sich wieder festgeknotet und merkte, wie sein Körper bereits erneut naß wurde. Leutnant Neale meldete sich zur Wachübernahme. Church berichtete ihm Kurs, Luftdruck und Zustand des Schiffes, und Neale blickte zu David. »Übernehmen Sie ganz allein, Mr. Neale. Ich bin Gast auf Ihrer Wache.«

Ob der Zweite erleichtert war oder sich beaufsichtigt fühlte, seinem »Aye, aye, Sir!« war keine Gemütsregung anzumerken. Mit ihm war Mr. Ryland, der Master, gekommen, hielt sich aber schweigend abseits. David war ein schlagendes Geräusch mittschiffs aufgefallen. Er merkte, daß auch Mr. Neale horchte, und hielt sich zurück.

»Bootsmannsmaat, greifen Sie sich ein paar Leute und kontrollieren Sie die Verankerung der Boote!« befahl Neale, und David nickte zufrieden. Der Mann paßte auf.

So ging es Stunde um Stunde. David hatte den russischen Otterpelz angezogen, weil es kalt war in diesen kaum getrockneten Wäschestücken und weil er gegen Nässe mindestens so gut schützte wie das Ölzeug. Sein Körper schmerzte von den ständigen Schlägen des Sturmes, von dem unaufhörlichen Reagieren auf die Schwankungen und Stöße des Schiffes, und seine Nerven waren wund von der nie endenden Spannung. Immer mußte man darauf gefaßt sein, daß das Ruder leer lief, weil die Talje gerissen war, daß ein Mastteil krachend und splitternd an Deck fiel, daß polternd und dröhnend eine losgerissene Kanone gegen die Bordwand donnerte, daß ein Blitz krachend in einen Mast schlug und was sonst immer noch im Sturm das Schiff gefährden konnte. Und dann mußten die übermüdeten Körper in Sekunden reagieren. Dann brauchte man den Verstand, der alles überschaute und rechtzeitig die richtigen Befehle erteilte. Und dafür war David Stunde um Stunde an Deck. Mit den alltäglichen Problemen wurden die Leutnants fertig, aber wenn der Notfall eintrat, hatte niemand die Erfahrung und Übersicht wie er.

In der zweiten Nacht flaute der Orkan vorübergehend etwas ab, und der Koch konnte die Erbsensuppe wärmen. Aber sie gab David auch keine neue Kraft, wenn er sich immer wieder taumelnd an Deck schleppte. Während Stephen Churchs Wache hatte er hin und wieder ein knappes Stündchen in seiner Kajüte geschlafen. Aber am nächsten Tag konnte ihn auch starker Kaffee kaum noch wach halten.

Wenige Ereignisse behielt er in dem tagelangen Kampf mit dem Orkan in Erinnerung. Da war das Chaos in seiner Kajüte, als er einmal unter Deck schlurfte. Eine besonders starke Welle hatte einen Teil der Fensterluke eingeschlagen und einen Wasserguß in die Kajüte geschickt. Ein Arbeitskommando war schon dabei, die Luke neu zu vernageln, und Jean mühte sich verzweifelt, das Wasser aufzuwischen und wieder Ordnung zu schaffen.

Zu seinem Erstaunen erblickte David auch Hassan und Gregor, die Jean halfen. »Was macht ihr denn hier?« fragte er Hassan.

Hassan flüsterte in sein Ohr: »Jean kann nicht mehr, Tuan. Er ist sehr seekrank und völlig erschöpft. Könnte Ihnen nicht der Ross Walton zur Hand gehen, ein ehrlicher und williger Pulverjunge? Wir schauen schon, daß er es recht macht.«

David war das so gleichgültig. Er wollte warmen Kaffee, ein Stück Brot und ein bißchen Ruhe für die müden Beine. »Ist mir recht«, sagte er müde.

Hassan und Gregor blickten ihn prüfend an. Dann neigte sich Gregor zu ihm. »Mr. Church ist auch furchtbar seekrank, Gospodin. Er will es nicht zeigen, aber er ist unter Deck schon ohnmächtig geworden. Kann nicht Mr. Rossano seine Wache übernehmen? Teilen Sie uns zu ihm ein, dann passen wir mit auf.«

Wer führt denn nun eigentlich das Schiff, fragte sich David mit einem Rest von Sarkasmus. »Vier Stunden wachfrei für Mr. Church, und der Arzt soll nach ihm schauen. Sagt beiden, das ist ein Befehl. Und nun gebt mir Kaffee und Brot!« Bevor er sich wieder an Deck schleppte, legte er Gregor und Hassan noch stumm die Hand auf die Schulter. Gute, treue Freunde. Wenn sie allein mit ihm sprachen, benutzten sie immer die Anredeformel ihrer Heimat. Es war ein Zeichen, daß sie drei etwas Besonderes verband.

Kurz bevor David das Deck verlassen und wieder etwas Erholung in der Kajüte suchen wollte, fetzte ein Blitz krachend in den Hauptmast. Seeleute, die am Fuß des Mastes Schutz vor dem Sturm gesucht hatten, wurden zur Seite geschleudert und blieben bewußtlos liegen. Sekundenlang flackerte eine Flamme oben am Mast, bis der Sturm sie löschte. Teile der Rah schlugen an Deck, Taue hingen herunter.

David starrte gespannt in das Dunkel. Nein, die Stage schienen nicht beschädigt, nur die Spitze der Marsstenge. »Gasten, aufentern. Pardunen und Wanten kontrollieren! Aber Vorsicht!« Einige der Wache lösten sich aus dem Ölzeug und enterten die Wanten auf. Immer wieder hielten sie inne und klammerten sich fest in die Taue, um eine Schwankung des Schiffes oder einen Sturmstoß abzuwarten. Dann stiegen sie wieder herunter, und einer lief zu David. »Keine Schäden in der Takelage, Sir. Nur die Saling ist zerfetzt, Sir.«

»Ist gut. Geht nach unten und laßt euch einen Grog geben und sagt mir dann, was mit denen ist, die der Blitz umgeworfen hat.«

»Ach, die waren nur betäubt, Sir. Sie lebten, als sie nach unten geschafft wurden.«

In der dritten Nacht stieg das Barometer deutlich. Wenn der Sturm nur endlich nachläßt, dachte David. Wer weiß, wo wir uns jetzt befinden. Irgendwo westlich von Kap Finisterre wahrscheinlich. Er hob die Tasse an den Mund, als ein furchtbarer Stoß das Schiff anzuhalten schien. David schlug gegen die Kabinenwand. Der warme Kaffee rann über Kinn und Hals. Mechanisch dachte er: Ein Glück, daß er über den Kerzen nie kochend heiß wird, dann rappelte er sich auf und rannte an Deck.

Nein, sie waren nicht aufgelaufen. Das Schiff drängte weiter voran durch die schwere See. Aber im allerersten Dämmerlicht sah er, daß der Sturmklüver lose im Wind hin und her schlug und daß am Bugspriet etwas nicht in Ordnung war.

»Was war los, Mr. Neale?« fragte er den Zweiten.

»Keine Ahnung, Sir. Der Bug tauchte tief in die See, rammte etwas, kam kaum wieder hoch, und dann muß ein Teil abgebrochen sein. Etwas schurrte am Rumpf lang, aber sehen konnte ich nichts.«

»Vielleicht ein Wal!« rief der Midshipman der Wache erregt.

»Quatschen Sie nicht so einen Blödsinn!« wies ihn Neale zurecht. Während David zum Bug rannte, dachte er noch, daß die Bemerkung so blöd auch nicht war. Hin und wieder las man schon von einem solchen Zusammenstoß. Aber eher käme schon ein schwimmendes Wrack in Betracht.

Die Bugwache bestätigte seine Vermutung. Als ihr Bug tief in die See tauchte, mußte die *Shannon* gegen das Wrack eines Fischkutters gestoßen sein. Ihr Klüverbaum hatte sich in dessen Takelage verhakt, ihn aus dem Wasser gehoben, war dann gebrochen, und der Rumpf des Kutters war unter ihren Rumpf gedrückt worden und an der Seite entlanggeschrammt.

»Irgendwelche Lebenszeichen dort?«

»Nein, Sir!«

»Du läufst sofort zu Mr. Neale. Er soll Kurs halten und die Trosse losschlagen. Du rennst zum Bootsmann. Ich brauche Freiwillige, die zusätzliche Notstagen anbringen. Er soll auch den Rumpf auf Lecks untersuchen lassen!«

David knotete sich am Schanzkleid fest und spähte im Morgengrauen vorwärts. Der Klüverbaum, den sie nicht mehr einholen konnten, weil der Master sie so spät gewarnt hatte, war weggebrochen. Auch das Bugsprieteselshaupt, das ihn gehalten hatte, war mit den Vertäuungen fort. Nur zwei Stage, diese mächtigen Taue, hielten den Fockmast noch gegen Druck von vorn. Hoffentlich hält Mr. Neale das Schiff gut im achterlichen Wind auf Kurs, dachte David. Und dann hasteten auch schon die Trupps mit Ersatztauen heran.

»Erst eine Ersatzstage vorn vertäuen, wo das Eselshaupt saß!« befahl David. »Dann am Fockmast festmachen und mit Blöcken ordentlich spannen. Eine Guinee, wer auf das Bugspriet geht.«

Gregor, der inmitten der Seeleute stand, schob sich nach vorn. »Gebt her!« sagte er und griff nach der Ersatzstage.

»Aber sichert ihn mit dem Seil!« befahl David, und sie griffen das Seil, das um Gregors Leib geknotet war und banden es am Schanzkleid fest. Gregor wartete zwei Wellen ab, schwang sich dann über das Schanzkleid, umklammerte das Bugspriet mit Armen und Beinen und schob sich nach vorn.

David schlug das Herz bis zum Hals. Immer wenn sie sich vor einer See geduckt hatten und wieder nach vorne spähten, fürchtete er, sie habe Gregor weggerissen. Aber dieser klammerte sich mit seinen Riesenkräften fest und kroch voran. Jetzt schob er die Stage über das Bugspriet und vertäute sie. Dann duckte er sich wieder klammernd und kroch zurück.

Andere liefen schon und brachte das andere Ende zum Fockmast. Dann zogen sie mit den Blöcken, die wie ein Flaschenzug wirkten, die Stage fest. Danach kam die zweite Ersatzstage, und nun war ihr Fockmast wieder einigermaßen belastbar. »Ihr habt eure Sache gut gemacht. Ein doppelter Grog für alle und eine Guinee für Mr. Dimitri.« Sie klopften Gregor auf die Schulter und verschwanden unter Deck.

Der Morgen graute, der Sturm ließ nach. Mr. Church erschien zur Wachablösung, und David berichtete, was sie getan hatten, um den Fockmast zu sichern. »Hoffentlich klart es soweit auf, daß wir mittags das Besteck nehmen können«, sagte er. »Ich wüßte schon gern, wie weit wir in den Atlantik hinausgetrieben wurden. Ich gehe jetzt in meine Kajüte. Rufen Sie mich, wenn etwas Besonderes ist!«

Die Wellen schlugen über ihm zusammen, und sie warfen ihn mit der Schulter immer wieder an das Schanzkleid. Wieder und wieder. Mühsam versuchte er zu ergründen, warum er immer wieder gegen diesen Teil der Reling geworfen wurde. Und dann hörte er eine Stimme. Unter Wasser Stimmen?

»Sir, bitte wachen Sie auf. Eine Meldung von Deck, Sir.«

David richtete sich schlaftrunken auf, der Midshipman der Wache legte seine Hand an den Hut und sagte: »Mr. Neale läßt melden, daß wir ein treibendes Schiff anderthalb Meilen steuerbord voraus gesichtet haben, Sir.«

»Wie spät ist es?« fragte David.

»Zwei Glasen der Vormittagswache, Sir«, antwortete Jean.

Dann hatte er zwei Stunden hintereinander schlafen dürfen. Und warum war er noch so müde? »Sagen Sie Mr. Neale, ich käme sofort. Wie ist das Wetter?«

Der Midshipman antwortete: »Barometer neunundzwanzig zwei, Wind deutlich abgeflaut, Wellengang mittel, Sicht aufklarend, Sir.«

David nickte und stand auf. »Einen Schluck Kaffee und ein Sandwich, Jean.« Er blickte in den Spiegel. Wie sah er nur aus? Unrasiert, übermüdet, gelb vor Erschöpfung. Er nahm den Becher mit Kaffee und das Brot. »Der Bootsmann möchte dann bitte zu mir an Deck kommen.«

An Deck lauschte er Neales Meldung über das gesichtete Schiff, während er durch das Teleskop blickte. Kein Zweifel, ein Opfer des Sturms. Eine Bark mit gebrochenen Masten, Schlagseite und mit dem Bug tief im Wasser. Menschen auf dem Achterdeck, die Lappen schwenkten. Und jetzt hatten sie wohl auch eine Muskete abgefeuert.

Der Bootsmann meldete sich bei David, und dieser ordnete an, daß Barkasse und Kutter zum Aussetzen vorzubereiten seien. Auch der Arzt solle benachrichtigt werden. Dann kam Mr. Church hinzu, und David erörterte mit ihm, wie sie möglichst bald das Schiff in seinen normalen Zustand überführen konnten. »Dienst aber erst nach dem Mittagessen, Mr. Church. Lassen Sie die Freiwache noch etwas schlafen.«

»Sie könnten es auch noch gebrauchen, Sir. Während der letzten drei Tage haben sie kaum ein Auge zugemacht.«

»Sie sehen doch, Mr. Church, Besuch hat sich angemeldet. Was halten Sie von der Bark?«

Der Erste blickte durchs Teleskop. »Spanisch oder französisch würde ich sagen. Lange hält sie nicht mehr durch, Sir. Da sind auch Frauen an Bord.«

»Du lieber Gott!« rief David. »Lassen Sie sehen.« Tatsächlich! Gestützt von einer anderen, blickte eine Frau zu ihnen herüber und faltete die Hände im Gebet. »Sie haben wohl nicht mehr auf Rettung gehofft. Kümmern Sie sich bitte darum, daß alles vorbereitet wird. Meine Kajüte und meinen Schlafraum für die Damen. Für mich bitte eine Hängematte in den Kartenraum. Warme Suppen in der Kombüse, Sie wissen schon.«

Und dann waren sie auf etwa 60 Meter heran. Ihre Boote legten ab und kämpften sich durch die immer noch sehr unruhigen Wellen zu der Bark durch. »Spanier! Sie hatten recht, Mr. Church. Etwa fünfzehn Menschen, darunter zwei Frauen und ein Mädchen. Bald werden wir mehr wissen.«

Mühsam und erschöpft kletterten die Männer das Fallreep herauf, unterstützt von den Seeleuten der *Shannon*, die kaum weniger müde waren. Für die beiden Frauen wurde der Bootsmannsstuhl ausgeschwenkt, und sie wurden wie in einer Schaukel an Bord gehievt.

Mindestens drei der Männer waren keine Seeleute, sondern trugen Kleidung der höheren Stände. Der älteste von den dreien trat auf David zu. »Gottes Dank, Herr Kapitän, für die Rettung aus Todesnot. Ich bin der Herzog von Solana, Sondergesandter seiner königlichen Majestät, das ist Herr von Targon, mein Privatsekretär, und das ist mein Schreiber. Mit wem habe ich die Ehre?«

»Kapitän David Winter, Kommandant Seiner Majestät Fregatte *Shannon*, und das ist Leutnant Church, Erster Leutnant. Wünschen Sie mit Exzellenz oder Herzog angeredet zu werden.«

Der Herzog lächelte: »Exzellenz hebt auf meine Aufgabe ab und ist mir recht. Ach, da kommt ja auch meine liebe Frau.«

Die Herzogin, etwas korpulent, mindestens fünfzig Jahre alt, hatte eine vom Sturm zerwühlte Frisur und zerdrückte Kleider, aus denen sie wahrscheinlich tagelang nicht herausgekommen war. Ihre Augenringe waren fast schwarz vor Erschöpfung, und ihre dicken Wangen hingen schlaff herunter. Als sie das Deck berührte und ein Midshipman sie vom Gurt des Stuhls befreite, kniete sie auf dem Deck nieder, hob die Augen zum Himmel und schlug das Kreuz.

»Verdammte Papisten!« fluchte ein Seemann.

»Blöder Affe!« kritisierte ihn sein Nachbar. »Schiffbrüchige sind das. Da ist die Religion schnuppe. Oder würdest du lieber versaufen, als dich von Papisten retten lassen?«

David war hinzugetreten, hatte der Herzogin aufgeholfen und sorgte dann dafür, daß zuerst alle untergebracht und verpflegt wurden. »Sie müssen entschuldigen, Exzellenz, daß ich mich erst später mit Ihnen unterhalten kann. Auch wir sind nach dem tagelangen Orkan nicht nur am Rand unserer Kräfte. Unser Schiff wurde beschädigt, und wir müssen erst für unser aller Sicherheit sorgen.«

Der Herzog verstand und ließ sich von Mr. Church in die Kapitänskajüte führen. Ein Steuermannsmaat, der spanisch konnte, begleitete sie.

Das Wetter hatte sich aufgeklärt. Die Sonne war zwischen den Wolken zu sehen, und David stand mit Mr. Rossano als Wachhabendem, dem Master und einigen Midshipmen an Deck. David und der Master hielten ihre Sextanten bereit und warteten darauf, daß sie um Punkt zwölf Uhr »die Sonne schießen« konnten. Dabei wurde die Kimm angepeilt, das gespiegelte Bild der Sonne damit zur Deckung gebracht und am Sextanten der Winkel abgelesen.

Jetzt stand die Sonne genau in 90 Grad. Die Schiffsglocke wurde geläutet. David las die Einteilung am Sextanten ab, ließ sich vom Chronometer die mittlere Londoner Zeit zurufen, schlug in der Tabelle nach und wußte, daß sie fast exakt 200 Seemeilen nordwestlich von Kap Finisterre standen. Er sagte aber nichts, sondern ließ nur die Maße vom Sextanten und die Londoner Zeit auf die Schiefertafel schreiben und sagte den Midshipmen: »Bestimmen Sie jeder unseren Standort, meine Herren! Vergleichen Sie Ihre Werte mit denen von Mr. Ryland!«

Zu Stephen Church sagte David leise: »Wir segeln nach La Coruña. Dort ist eine Werft, um unsere Schäden zu reparieren, und unsere Gäste können wir dort auch an Land setzen. Aber mit drei Tagen sollten wir rechnen.«

»Dann werden wir wohl dort Weihnachten und Neujahr verleben, Sir. Waren Sie schon in La Coruña?«

David schüttelte den Kopf und sah Mr. Ryland entgegen. »Mr. Penrose hat die genaueste Bestimmung, Sir, gefolgt von Mr. Woodfine. Nach Mr. Cox befinden wir uns hundert Meilen landeinwärts in Spanien. Aber alles mit Vorbehalt, Sir, bis ich die Monddistanz gemessen habe.«

David hatte über Cox' Messung geschmunzelt. Er würde es noch lernen. Aber Mr. Rylands Hinweis, daß er dem Chronometer nicht traue und die Messung der Monddistanz abwarten wolle, ärgerte ihn. »Sie sollten sich endlich einmal durch den Vergleich ihrer Messungen mit den Werten des Chronometers überzeugen lassen, daß wir seit gut dreißig Jahren unseren Längengrad auch bei bedecktem Himmel bestimmen können.«

Am Abend des vierten Tages trieb sie ein ständiger Wind auf die Hafeneinfahrt von La Coruña zu. Der Leutnant auf dem Wachboot der spanischen Marine war überrascht, auf einer englischen Fregatte einen spanischen Herzog zu finden. Er stotterte vor Aufregung, entschuldigte sich immer wieder, daß der Herzog nicht gebührender begrüßt werde, bis dieser genervt hervorstieß: »Nun hören Sie schon auf. Niemand konnte wissen, daß ich komme. Weisen Sie Kapitän Winter, der uns aus Seenot rettete, einen Platz an der Werft zu, sorgen Sie dafür, daß wir ordentliche Unterkunft bekommen, und melden Sie dem Gouverneur unsere Ankunft.«

Der Leutnant versprach alles, dienerte und verschwand. Der Herzog warf David einen amüsierten Blick zu. »Nun ist das Ende Ihrer Gastfreundschaft gekommen, Kapitän Winter. Ich hoffe, ich kann vergelten, was Sie für uns getan haben, auch dadurch, daß ich den Gouverneur bitten werde, den Bedürfnissen Ihres Schiffes Vorrang zu geben.«

David lauschte der Übersetzung seines Maates und sah dabei dem Herzog in die Augen. Er hatte sich als kluger und anpassungsfähiger Mann erwiesen, während die Herzogin mit zunehmender Erholung immer anspruchsvoller und launischer wurde. Sie sei als Verwandte der Königin die Person mit Einfluß in der Familie, hatte ihm der Maat der spanischen Bark augenzwinkernd verraten. Sei es, wie es sei. David bedankte sich beim Herzog und dachte, daß ein Anstoß für die Werft sehr willkommen sei, damit sie hier nicht monatelang festlägen.

Daß aber der Anstoß so erfolgreich sein könnte, hatte David nicht erwartet. Schon am nächsten Morgen erschien der Direktor der Werft mit seinen Meistern, besichtigte die Schäden und legte mit David fest, in welcher Reihenfolge die Reparaturen durchgeführt werden könnten. Und kurz darauf kam der Arzt des Hospitals und bot seine Hilfe für die Verletzten an. Sie hatten drei Matrosen mit Rippen- und Oberschenkelbrüchen, die im Hospital besser zu versorgen waren, während die vier anderen mit ihren Arm- und Beinschienen an Bord bleiben konnten.

Spanischer Wein und frisches Fleisch, Obst und Gemüse verschönten ihr Weihnachtsfest. Die Offiziere der *Shannon* wurden zu einem Weihnachtsempfang des Gouverneurs eingeladen und sehr respektvoll begrüßt. Die Seeleute der *Shannon* revanchierten sich bei ihren Landgängen und schlugen in den Hafenkneipen etwas weniger Mobiliar entzwei als sonst üblich.

Am Tag vor Silvester wurde der neue Klüverbaum eingesetzt. Nun blieben nur noch die neuen Stage, und die

Shannon wäre wieder seeklar. Aber während Werftarbeiter und Seeleute an Deck arbeiteten, um den Klüverbaum in die richtige Position zu bringen, ereignete sich etwas, was David bewußt werden ließ, daß sie eigentlich schon im Krieg waren.

Ein Schreiber des Werftdirektors, der im Gespräch mit Jean zufällig bemerkt hatte, daß beide das bretonische Französisch sprechen konnten, hatte Jean gebeten, ihm ein Bier zu bringen. David stand auf dem Achterdeck und hörte Kolja, der wegen der vielen Fremden in der Kajüte bleiben mußte, wütend bellen. Er stutzte, wurde aber dann durch die Anfrage eines Werftmeisters abgelenkt. Doch als ein Schrei wie in höchster Todesnot erscholl und jäh verstummte, war er alarmiert.

Er gab Gregor, der in seiner Nähe stand, einen Wink, und eilte mit ihm zur Kajüte. Der Posten vor der Tür erstarrte in Hab-Acht-Stellung. »Was ist los?« rief David.

»Niemand ist herein- oder herausgekommen, Sir, seit Jean die Kajüte verließ«, schnarrte der Posten.

»Haben Sie denn nichts gehört?« fragte David und ging auf die Tür zu.

»Gebell und Geschrei, Sir.«

Da hätten sie auch einen Mehlsack postieren können, dachte David und stieß die Tür auf. Kolja hockte auf einem Mann und hielt dessen Gurgel in seinen Zähnen. Daneben lag der Leichnam eines Mannes mit zerfetzter Kehle. Sein Blut hatte den Bodenbelag getränkt. »Aus! Komm her, Kolja!« rief David, und der Hund lief zu ihm, setzte sich und blickte ihn erwartungsvoll an.

»Die waren durch die Heckfenster eingestiegen und wollten Ihren Schreibtisch aufbrechen, Sir«, sagte Gregor.

David rief einen Korporal der Seesoldaten, um den Burschen zu bewachen, und ließ Leutnant Scott rufen. »Sehen Sie nur, Sir«, rief Scott, »die hatten Einbruchswerkzeug bei sich, Meißel und Schlüssel! Die wollten an die Geheimsignale und Ihre Befehle, Sir. Und hier liegt ein blutendes Messer.«

David blickte Kolja genauer an. Dort, oben an seinem

rechten Vorderschenkel war eine Fleischwunde, aus der Blut sickerte. »Nun kann ich mir denken, was geschah, Mr. Scott. Die beiden stiegen ein. Kolja packte einen und riß ihn zu Boden. Da ging der zweite mit dem Messer auf den Hund los, und Kolja biß dem ersten die Kehle durch, um den anderen niederreißen zu können.«

»Darf ich vorschlagen, Sir, daß wir nichts verändern und sofort die Hafenkommandantur benachrichtigen. Wo war übrigens Jean?«

Der stand inzwischen in der Tür und starrte ungläubig auf die Leiche. »Der Schreiber hatte mich gerufen, damit ich ihm ein Getränk bringe, und dann hat er mit mir noch über meine Heimat gesprochen, Sir.«

David entschied: »Schicken Sie Mr. Penrose zur Hafenkommandantur, Mr. Scott, und lassen Sie den Schreiber von zwei Seesoldaten bitte hierher bringen.«

Als der Schreiber erschien, ließ David ihn durch Jean fragen, wer ihn dafür bezahlt habe. Aber der Schreiber beteuerte seine Unschuld.

Bald meldete sich auch der Beamte der Hafenkommandantur mit einem Vertreter der Polizei und einem Arzt. Alle stimmten Davids Interpretation des Hergangs zu. Der Polizeibeamte blickte den Schreiber finster an, dem zunehmend unbehaglich wurde. Er sprach auf Spanisch drohend auf ihn ein, und plötzlich stürzte sich der Schreiber auf ihn, schrie laut auf französisch: »Es lebe die Revolution! Tod den Monarchisten!«, bis ihn die anderen zurückrissen.

»Er ist erst seit einem halben Jahr hier«, sagte der Polizeibeamte. »Behauptete, als Priesterschüler vor der Revolution geflohen zu sein. Aber er ist einer ihrer Agenten und Wegbereiter. Wir haben Methoden, um alles aus ihm herauszuholen.«

Sie transportierten die Leiche, den Schreiber und den anderen Burschen ab, und David beschloß, das Schiff noch schärfer bewachen zu lassen. Der Bodenbelag mußte weg. Das Blut war schwer herauszuwaschen, und er war schon reichlich abgelaufen. Der Zahlmeister sollte Handwerker aus der Stadt rufen.

Der Meister, der kam, um den Bodenbelag zu wechseln, konnte englisch sprechen. Nach Kriegseintritt Spaniens an der Seite der amerikanischen Kolonien war er in englische Gefangenschaft geraten. Nachdem er alles vermessen und sich mit David über die Ware geeinigt hatte, sagte er angesichts des Blutflecks: »Armer Kerl!«

»Wieso nennen Sie einen bezahlten Dieb ›armer Kerl‹«?

»Dem brauchte man nichts zu zahlen, Herr Kapitän. Ich kannte ihn. Dem mußte man nur sagen, daß es für die Revolution ist und daß die Revolution alle Grundherren aufhängen und das Land den Bauern geben wird. Das ist hier nicht wie in England, Sir. Der Grundherr dieses Burschen, ein kleiner Adliger, hat die Schwester des Burschen mißbraucht und ihr höhnisch die Tür gewiesen, als sie schwanger war. Um nicht dauernd an sie erinnert zu werden, hat er den Eltern die Pacht gekündigt und sie vertrieben. Sie haben sich mit der Tochter das Leben genommen. So gibt es hier manchen, der sich an den Herren rächen will und von den Leuten aus Frankreich zu allem benutzt werden kann. Ich hätte nichts gesagt, Sir, wenn ich nicht wüßte, daß Sie als Engländer anders über die Rechte des Volkes denken.«

Während die *Shannon* mit gefüllten Segeln durch die Biskaya der Küste Frankreichs zustrebte, mußte David oft an die Worte des Bodenlegers denken. Er hatte ja in Rußland erlebt, wie die kleinen Leute gequält werden konnten. Diese armen Menschen waren in manchen europäischen Ländern ein natürliches Reservoir für die Revolution.

Die Besatzung der *Shannon* wurde von ihm immer härter gedrillt. Allmählich entsprachen sie seinen Anforderungen. Drei Salven in fünf Minuten waren jetzt eine Selbstverständlichkeit. Sie waren nicht nur schneller geworden, sie trafen auch die Scheibe immer besser. Und sie übten Bootsangriffe, bis sie nicht mehr konnten.

David nahm auch öfter an den Übungen der Messerwerfer teil, die Hassan trainierte. Auch mit der Pistole schoß er wieder häufiger. In den Wettkämpfen, die er schiffsintern organisierte, schnitt er als drittbester Pistolenschütze ab. Star aller Wettkämpfe war aber Gregor, der nicht nur im Enterkampf keinen mehr fand, der gegen ihn antreten wollte, sondern der auch alle anderen Scharfschützen übertraf. David, der seine Zielsicherheit aus der baltischen Flotte kannte, hatte ihm eine langläufige Rifle gekauft, die nach amerikanischem Muster immer häufiger auch von britischen Büchsenmachern gebaut wurde. »Der schießt auf hundert Fuß noch einem Floh ins Arschloch«, pflegte Mr. Duff anerkennend zu sagen.

Mitte Januar kreuzte die *Shannon* vor La Rochelle und suchte zu ergründen, wieviel Kriegsschiffe auslaufbereit im Hafen lagen. Davids Befehle verboten ihm, direkt den Hafen anzulaufen. So spähten die besten Ausgucke aus der Distanz mit Teleskopen in den Hafen hinein, und immer wieder versuchten sie, Fischer auszuhorchen.

Sie hielten auch auslaufende Handelsschiffe an und fragten die Besatzungen aus. Eine dieser Aktionen bescherte der Offiziersmesse eine kleine Sensation. Rossano erzählte seinen Messegefährten, daß ihm der Maat eines Schiffes für zwei Pfund in Gold ein Buch angeboten habe. Er habe ihn auf eine Guinee heruntergehandelt und dann gekauft.

»Eine Guinee für ein Buch!« stöhnte Leutnant Scott. »Du mußt verrückt sein. Kannst du überhaupt lesen?«

Rossano lächelte nur überlegen. »Du wirst der erste sein, der mich bitten wird, ihm das Buch zu leihen, Basil. Hier schau einmal: ›L'Aretin Francois‹. Und nun seht her!« Er blätterte zwei Seiten auf, ein »Hallo« brach los, und die anderen kommentierten die pornographischen Kupferdrucke, die ihnen Rossano als Kostprobe zeigte.

»Donnerwetter!« rief Neale. »Der besorgt es der Gnädigen von hinten.« Mr. Cotton als Schiffsarzt war etwas kritischer, als er das Bild sah, wo ein Mann eine Frau, die in beiden Händen ein Rad hielt, wie eine Schubkarre schob.

»Wie diese Stellung den beiden zur Lust verhelfen soll, ist mir ein Rätsel.« Aber die anderen wehrten seinen Einwand ab und forderten ihn auf, sich doch die körperlichen Details anzusehen.

»Weiterblättern!« rief Scott.

Rossano winkte ab. »Das genügt. Es ist mein Buch. Erst genieße ich es, und dann könnt ihr ja mal fragen. Und du, Basil, kommst zuletzt dran!«

David ahnte nichts von diesen Delikatessen. Er war nun ziemlich sicher, daß dreizehn Kriegsschiffe im Hafen lagen, darunter einige 64er. Zwei Linienschiffe, vier Fregatten und drei Korvetten schienen auslaufbereit. Er trug seine Beobachtungen in die Meldungen für die Admiralität ein und gab Befehl, Kurs auf St. Nazaire zu nehmen.

Ein kleiner Sturm hatte sie während der Nacht auf das Meer hinausgetrieben, und sie näherten sich nun auf Höhe der Insel Dieu (D'Yeu) der Küste der Vendée. »Deck!« rief der Ausguck. »Boot kommt von der Küste auf uns zu!« Das war nichts Außergewöhnliches, und außer dem wachhabenden Offizier, der mit dem Teleskop nach dem Boot ausspähte, interessierte sich niemand für die Annäherung.

Es war ein gewöhnlicher kleiner Fischkutter, aber Mr. Neale erkannte bald am Mast eine Gruppe von Menschen, die nicht wie Fischer gekleidet waren. Als sie sich noch etwas genähert hatten, konnte Neale einen Mann mit Frau und Kind unterscheiden. Der Mann winkte.

»Mr. Cox. Meine Empfehlungen an den Kapitän, und ein Boot mit drei städtisch gekleideten Personen will Kontakt mit uns aufnehmen. Erbitte Erlaubnis, sie an Bord zu lassen.«

David fragte den Midshipman der Wache, der ihm die Meldung überbrachte: »Wer spricht am besten französisch von den Offizieren?«

»Mr. Austin, Sir. Seine Mutter hat lange in Frankreich gelebt.«

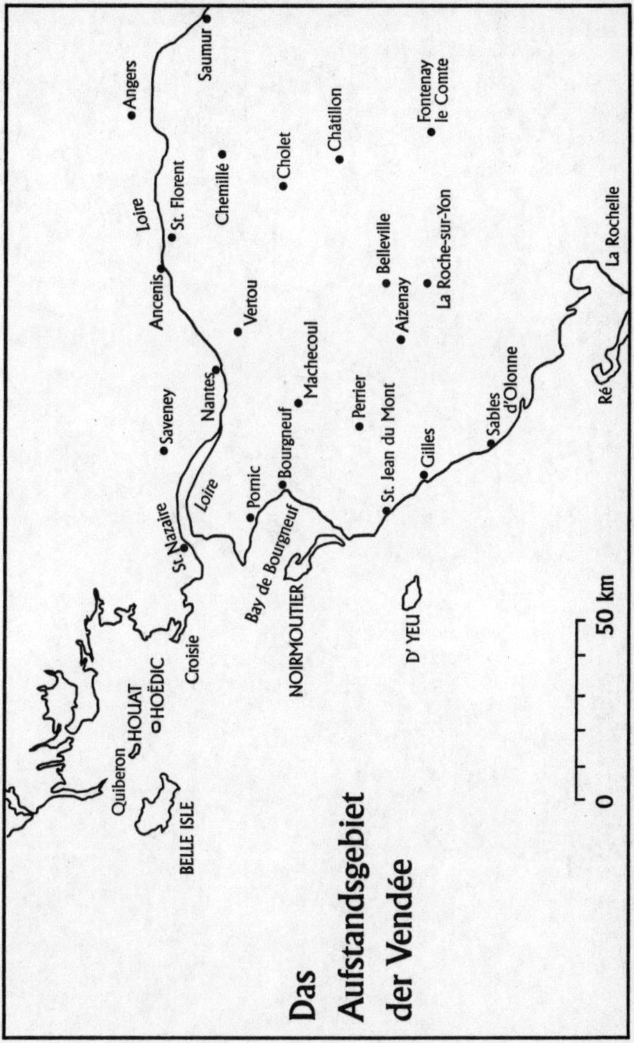

Das Aufstandsgebiet der Vendée
Saumur
Angers
Loire
St. Florent
Chemillé
Cholet
Châtillon
Fontenay le Comte
Ancenis
Vertou
Belleville
La Roche-sur-Yon
La Rochelle
Aizenay
Machecoul
Nantes
Saveney
Perrier
St. Jean du Mont
Sables d'Olonne
Ré
Bourgneuf
Pornic
Loire
Gilles
St. Nazaire
Bay de Bourgneuf
NOIRMOUTIER
D' YEU
Croisie
HOËDIC
HOUAT
Quiberon
BELLE ISLE
0
50 km

Jean Austin war ein fünfzehnjähriger Midshipman, der bei David bisher keinen nachhaltigen Eindruck hinterlassen hatte. Er ordnete an, ihn an Deck zu rufen. Bevor er die Kajüte verließ, sagte er noch zu seinem Burschen: »Jean, du verrätst nie einem Besucher, daß du Französisch kannst. Reagiere auf keine französische Anrede, sondern höre nur zu!«

Als David das Deck betrat, war der Kutter nur noch wenige Meter entfernt. Er legte an der der Insel abgewandten Seite an. Für die Frau und das Kind wurde der Bootsmannsstuhl hinuntergelassen. Der Mann stieg das Fallreep empor, sah sich an Deck um, zog grüßend seinen Hut zum Achterdeck und ließ sich von Mr. Austin zum Kapitän führen.

Dort stellte er sich als Graf de Lejeune vor und sagte mit ernster Stimme: »Ich bin Überbringer einer entsetzlichen Nachricht, Herr Kapitän, die die Welt erschüttern wird. Vor drei Tagen, am 21. Januar, wurde seine Allerchristlichste Majestät, Ludwig XVI., in Paris von den Revolutionären ermordet.«

Er wandte sich ab und rang um Fassung. Frau und Tochter waren inzwischen zum Achterdeck gekommen und ergriffen seine Hände. David zog seinen Hut und verneigte sich. »Ich bin tief betroffen, Graf, meine Damen, über den Verlust, der Ihr Vaterland betroffen hat. Ich habe mich noch nicht vorgestellt. Ich bin David Winter, Kapitän Seiner Majestät Fregatte *Shannon*.«

David bemerkte, daß Mr. Austin anscheinend ganz ausgezeichnet übersetzte und auch den Tonfall seiner Stimme der Botschaft anpaßte. Dann sagte er. »Darf ich Sie in meine Kajüte bitten? Gestatten Sie, daß ich vorangehe.«

Als sich alle in der Kajüte gesetzt und einen Schluck Wein getrunken hatten, konnte David seine Neugier nicht mehr bezähmen. »Wie ist es möglich, Graf, daß Sie schon von einem Ereignis wissen, das sich erst vor drei Tagen in Paris zugetragen hat?«

»Wir haben Kuriere, Kapitän, die für wichtige Nachrichten Tag und Nacht reiten, und Freunde, bei denen sie ihre Pferde wechseln. Die Nachricht erreicht jetzt schon Bordeaux, da bin ich sicher. Nachdem die Verbrecher Hand an den König gelegt haben, werden sie vor nichts mehr zurückschrecken. Ich bitte Sie um Christi willen, Herr Kapitän, bringen Sie meine Frau und meine Tochter in Sicherheit. Hier drohen ihnen Schande und Tod.«

David war unangenehm berührt. Was sollte er mit zwei Frauen an Bord? Andererseits, wenn sie gefährdet waren, gebot die Christenpflicht, ihnen zu helfen. »Glauben Sie wirklich, Graf, daß die Revolutionäre Frauen etwas antun werden?«

»Ich weiß es, Kapitän. Wenn sie glauben, daß sich jemand gegen sie verschworen hat, dann schleppen sie nicht nur die Männer zur Guillotine, sie schänden die Frauen und brennen Dörfer genauso nieder wie Schlösser. Sie haben in diesem Monat schon drei Dörfer und zwei Gutshäuser niedergebrannt und mindestens fünfzig Männer getötet oder verschleppt und den Frauen Gewalt angetan, und ich bin einer der Verschwörer. Ich gehe zurück und kämpfe für den Thronfolger, aber bitte, retten Sie meine Frau und meine Tochter.«

Die Frauen schluchzten, und die Mutter bat: »Haben Sie Erbarmen mit unserem Unglück!«

In David überwand das Mitgefühl alle Vorbehalte der Vernunft. »Bitte beruhigen Sie sich! Ich werde Sie mitnehmen und sicher dem nächsten Schiff übergeben, das England anläuft. Aber ich kann Ihnen nur ein beengtes Quartier bieten. Sollten Sie nicht doch mit Ihrer Familie reisen, Graf? Sie wird auch in England Ihre Hilfe brauchen.«

Der Graf schüttelte den Kopf. »Möge Gott Ihnen die Hilfe vergelten. Mein Platz ist in meinem gequälten Land. Meine Familie findet in England gute Freunde, die ihr helfen werden. Und ich muß noch einmal an Ihre Hilfsbereitschaft appellieren, Kapitän. Geben Sie uns Waffen, damit wir den Mördern nicht mit bloßen Händen gegenübertreten müssen!«

David überlegte einen Augenblick und sagte: »Ich würde gerne allein mit Ihnen sprechen, Graf, aber meine

Französischkenntnisse sind sehr eingerostet. Mr. Austin wird einen Offizier schicken, der Ihren Damen zur Seite steht, und uns dann in den Kartenraum begleiten.«

David gab Jean Anweisung, eine Schlafkajüte für die Damen zu räumen und ihnen behilflich zu sein. Dann ging er mit Lejeune in die Kartenkammer, wo auch Austin wieder zu ihnen trat. »Graf, ich muß Ihnen leider sagen, daß die britische Regierung strikt jede Unterstützung von Aufständen in Frankreich untersagt hat. Ich kann Ihnen keine Waffen geben.«

Der Graf sprudelte erregt hinaus, wie kurzsichtig diese Anordnung sei, wie doch Englands Monarchie gleichermaßen von den Königsmördern bedroht werde, daß man doch nicht zusehen könne, wie Wehrlose hingeschlachtet würden, nur weil sie ihrem König die Treue hielten.

David gab ihm recht und betonte, daß seine Sympathien ganz auf seiner Seite seien, daß er aber Befehle habe, die er befolgen müsse. »Das kann sich ändern, Graf, sobald es zu Feindseligkeiten mit England kommt. Ich wäre glücklich, dann Ihnen und den Mitverschwörern helfen zu können.«

Der Graf lächelte bitter. »Wir würden schon mit Waffen in der Hand die Königsmörder bekämpfen, hätte die britische Regierung nicht die Unterstützung von den Kanalinseln her verboten. Wir waren bereit, aber anscheinend muß noch mehr Blut Unschuldiger, muß auch britisches Blut fließen, ehe Ihr Mr. Pitt einsieht, was offenkundig ist.«

David nickte. »Ich verstehe Ihren Zorn. Ich nehme an, daß Sie mir nicht sagen können, wer Ihre Verschwörung anführt.« Der Graf nickte, und David fuhr fort: »Aber wenn ich Ihnen den dritten Buchstaben seines Namens nenne und Sie mir den vierten, dann werden wir beide wissen, ob wir von der gleichen Organisation sprechen, und ich kann nachhaltiger bei meiner Regierung Vorschläge unterbreiten.« Wiederum nickte der Graf, und David sagte: »u«.

Der Graf erwiderte: »e«.

»Dann reden wir vom selben Mann, Graf. Haben Sie Leute, auf die sie sich verlassen können?«

Der Graf berichtete, daß er über vierzig treue Mitkämpfer verfüge. Bei einem Aufruhr stießen sicher mehr als doppelt so viele zu ihnen. Aber sie hätten nur sechs Jagdgewehre und kaum Pulver und Blei. Und sie müßten sehr vorsichtig sein, denn Verrat lauere überall.

David war verzweifelt, daß er außer leeren Worten nichts tun konnte. Er verabredete mit dem Grafen, daß er am vorderen Mast eine rote über einer blauen Flagge setzen werde, wenn er mit ihm Kontakt aufnehmen möchte. Das gleiche Signal solle er benutzen, wenn er sich der *Shannon* nähern möchte. Dann schickte er Austin aus der Kammer und gab dem Grafen eine Pistole mit Pulver und Blei als persönliches Geschenk. »Ich hoffe, daß ich bald mehr tun kann, und verspreche Ihnen, Graf, daß ich Ihre Familie sicher einem guten Schiff übergeben werde.«

Nachdem der Graf sich ohne Zeugen von Frau und Kind verabschiedet hatte, trennten sich die *Shannon* und der Kutter. Stephen Church, dem er alles berichtet hatte, sagte zu David: »Man fühlt sich ja fast als Mordgehilfe, wenn man diesen Menschen nicht helfen darf, sich gegen Königsmörder zu wehren.«

Am dritten Tag trafen sie auf ein Postschiff von Lissabon nach Falmouth, und David konnte seine Passagiere und seine Depeschen übergeben. Die Damen waren angenehme und bescheidene Gäste gewesen, und die Tochter schien ihren Kummer etwas vergessen zu haben, als sie Mr. Woodfines französische Aussprache verbesserte. Als sie sich beim Abschied die Hand gaben und sich tief in die Augen sahen, mußte David daran denken, wie er als junger Midshipman in Gibraltar von Susan Abschied nehmen mußte. Und jetzt fühlte er sich schon so alt.

David hatte seit der frühesten Morgendämmerung an Deck gestanden und die *Shannon* aus den schwierigen Gewässern um Brest hinausmanövriert. Seine sechs Midshipmen hatte er bei sich und wies sie immer auf Landmarken hin und regte zum Vergleich mit der Karte an.

»Wir werden uns in nächster Zeit noch oft vor Brest herumtreiben müssen und dabei den Franzosen noch dichter auf den Pelz rücken als diesmal. Also prägen Sie sich alles gut ein!«

Als sie dann den Pointe du Raz erreicht hatten, sagte er zu Mr. Neale: »Übernehmen Sie jetzt bitte! Kurs Süd, und wenn Sie Pointe de Penmarch querab haben, gehen Sie auf Kurs West-Südwest! Und lassen Sie dann mehr Segel setzen. Wir sollten morgen früh vor St. Nazaire stehen. Ich bin jetzt in meiner Kajüte.«

Die Beobachtungen des Kriegshafens von Brest waren säuberlich für die Berichte an die Admiralität zusammengestellt. Jetzt fehlte nur noch ein Schiff, das sie nach England brachte. David rief nach Jean. Er sprach jetzt immer mit ihm französisch, wenn sein Vokabular ausreichte. Er war sicher, daß er die Sprachkenntnisse in der nächsten Zeit brauchen würde. Mit Deutsch oder Russisch war hier nichts anzufangen, und immer einen Dolmetscher zur Seite zu haben war nicht nur lästig, sondern manchmal auch der Geheimhaltung nicht dienlich. Und dann mußte er an Graf Lejeune denken. Wie würde es ihm ergangen sein?

Der Tag war angefüllt mit Drill an den Geschützen und den Handwaffen, und nach einer ereignislosen Nacht blickte David im Morgengrauen auf die Loire-Mündung vor St. Nazaire.

»Eigenartig, Sir«, wandte sich Leutnant Church an ihn. »Es sind überhaupt keine Fischerboote zu sehen. Kein Segel weit und breit!«

»Ja, das stimmt!« pflichtete ihm David bei. »Wir wollen etwas näher herangehen und erkunden, ob im Hafen etwas Besonderes zu sehen ist.«

Aber sie entdeckten nur die Kriegsschiffe, die sie schon vor wenigen Tagen beobachtet hatten. Keines machte Anstalten, Segel zu setzen. »Lassen Sie Kurs auf die Küste der Vendée nehmen, Mr. Church, wo der Graf Lejeune zu uns an Bord kam. Und schicken Sie bitte einen Midshipman mit dem Teleskop in den Ausguck. Er soll die Küste sorgfältig auf das Flaggensignal rot über blau absuchen.«

»Erwarten Sie eine besondere Nachricht, Sir?«

»Nur so ein Gefühl, Mr. Church. Nein! Vielleicht doch mehr. Ich glaube nicht, daß England auf die Ermordung des Königs überhaupt nicht reagiert. Und die Tatsache, daß sich kein Segel in der Loire-Mündung zeigte, beruhigt mich nicht gerade.«

Es war um fünf Glasen der Vormittagswache (10 Uhr 30), als Midshipman Henderson laut von seinem Ausguckposten rief: »Deck! Flaggensignal rot über blau an einem Mast am Strand!«

Als David an Deck erschien, konnte er schon zusätzlich melden, daß zwei Mann am Strand eine Stange mit dem gleichen Flaggensignal schwenkten. David ließ einen Kutter und seine Gig aussetzen und rief Leutnant Neale und Midshipman Austin zu sich.

»Mr. Neale, der Kutter wird mit zwei Drehbassen und vier Scharfschützen der Seesoldaten bewaffnet. Sie decken mit ihm die Landung der Gig. Mr. Austin kommandiert die Gig. Sie landen nur, Mr. Austin, wenn Sie Graf Lejeune erkannt haben und sicher sein können, daß es sich nicht um eine Falle handelt!«

Beide bestätigten mit »Aye, Aye, Sir!« und liefen zu ihren Bootsbesatzungen. David ließ die Geschütze der Backbordbatterie, die dem Strand zugewandt war, laden und ausrennen.

»Erlauben Sie die Frage, Sir«, wandte sich der Master an David, »ob das nicht zuviel Vorsicht ist? Der Strand ist doch weit und breit menschenleer und gut zu überblicken.«

»Mr. Ryland, ich habe gelernt, daß sich Überraschungen selten vorher ankündigen. Und hinter den Dünen könnten Sie eine ganze Armee verstecken. Lassen Sie sorgfältig loten. Ich will noch etwas näher an den Strand herangehen. Und seien Sie sicher, Mr. Ryland, daß ich Sie nicht wegen zu großer Vorsicht tadeln werde.«

David sah durch das Teleskop, wie ein Mann, anscheinend Lejeune, in die Gig stieg, während der andere in den Schutz der Dünen zurücklief und auch die große Stange mit dem Flaggensignal einholte. Die sind auch vorsichtig, dachte er zufrieden und blickte der Gig entgegen, in der Lejeune seinen Hut schwenkte, sobald er ihn erkannte hatte.

David begrüßte ihn an Deck und ging sofort mit ihm, Mr. Church und Mr. Austin in seine Kajüte. »Ich danke Ihnen von Herzen, Herr Kapitän. Mr. Austin hat mir schon bestätigt, daß meine Familie bereits in England in Sicherheit sein wird. Es tut mir leid, daß ich Ihnen Ihre Fürsorge nur mit schlechten Nachrichten entgelten kann.«

»Trinken wir erst einen Schluck auf Ihr Wohl, Graf, ehe Sie mit Ihren Nachrichten herausrücken. Übrigens, warum sind Sie heute nicht mit dem Fischerboot herausgesegelt?«

»Die Revolutionäre haben England am 1. Februar den Krieg erklärt, und die örtlichen Befehlshaber haben für vier Tage jedes Auslaufen untersagt, um englische Schiffe nicht zu früh warnen zu lassen und den eigenen Kapern Zeit zum Ausrüsten und Auslaufen zu geben.«

David schwieg einen Augenblick. Dann war es also soweit! Wieder Krieg! Und die französische Flotte hatte ihnen im letzten Krieg schwer zugesetzt. Oder war es nur ein voreiliges Gerücht?

»Haben Sie Beweise, Graf, für die Kriegserklärung, die über mündliche Nachrichten hinausgehen? Vielleicht will man nur Ihren Aufstand provozieren.«

Der Graf griff in seine Jackentasche, holte zwei größere Papierbogen heraus und entfaltete sie. »Unser Bote hat die Proklamation des Revolutionstribunals in Paris mitgebracht, Kapitän, und hier habe ich noch die Bekanntmachung des Küstenkommandanten, der zusätzlich jedes Auslaufen untersagt.« Er reichte die Papiere an Austin weiter. Austin übersetzte, und David hörte mit Verwunderung die polemischen Erklärungen des Tribunals, das dem perfiden Albion den Krieg erklärte und jedem seine Unterstützung zusicherte, der in England die Monarchie und ihre käuflichen Handlanger stürze.

»Wir haben jetzt den dritten Februar, und die Revolutionäre werden es nicht besonders eilig haben, die Kriegserklärung in England abzuliefern. Nehmen wir an, sie trifft morgen oder übermorgen in London ein. Dann dauert es weitere vier bis fünf Tage, bis die englischen Schiffe im Kanal die Depeschen der Admiralität erhalten. In der Zeit können die Kriegsschiffe und Kaper der Revolution erheblichen Schaden anrichten. Wir müssen sofort hinaus auf See und warnen, wen immer wir können. Was werden Sie mit Ihren Männern unternehmen, Graf?«

Der Graf senkte den Kopf. »Der Mann, auf den sich unsere Hoffnungen richteten, Charles de la Rouërie, starb vor wenigen Tagen. Darum kann ich jetzt seinen Namen offen aussprechen. Er hat sich verzehrt für das wahre Frankreich. Und leider muß ich hinzufügen, daß wir fürchten müssen, daß er durch seinen Tod nur der Verhaftung zuvorkam. Ein Jugendfreund und späterer Arzt mit Namen Chevetel soll ihn verraten haben. Melden Sie den Namen nach London, denn Chevetel soll dort sogar Kontakte mit Emigranten gepflegt haben.«

David unterbrach ihn. »Dann sind Sie doch auch in höchster Gefahr, Graf. Retten Sie sich auf unser Schiff!«

»Nein, Herr Kapitän. La Rouërie hatte sein Zentrum in der Bretagne. Ich hatte nur über einen Mittelsmann mit ihm Kontakt, und der Mittelsmann ist untergetaucht. Mich und meine Männer findet in unseren Wäldern niemand. Aber wir brauchen Waffen, Pulver und Blei, Herr Kapitän, um unsere Frauen und Kinder zu schützen.«

David wandte sich an Mr. Austin und bat ihn, Mr. Duff zu holen. Als er mit Stephen Church und dem Grafen allein war, erklärte er in seinem holprigen Französisch, daß er noch nicht helfen dürfe, daß alle Waffen an Bord eines königlichen Schiffes in Inventaren registriert seien. Er werde ihm aber etwas Pulver und Blei mitgeben und verspreche ihm, daß er von den Waffen, die er jetzt an Bord französischer Schiffe erbeute, einen Teil für ihn unterschlagen werde. Der Graf dürfe das nie jemand erzählen, denn das bringe ihn vor ein Kriegsgericht. Er selbst könne auch nur mit wenigen Vertrauten diese Angelegenheit arrangieren.

Der Graf antwortete ernst: »Sie dürfen mir vertrauen, Herr Kapitän, wie ich Ihnen vertraue. Aber hoffentlich muß Ihre Regierung keinen zu hohen Preis für ihre Kurzsichtigkeit zahlen.«

Austin kam mit Mr. Duff, dem Stückmeister, und David ging mit Duff, dem Vertrauten vieler gemeinsamer Jahre, in die Kartenkammer und sagte ihm, daß er ein kleines Fäßchen Schießpulver und einen Beutel mit Bleikugeln heimlich herrichten und durch Gregor in die Gig bringen lassen solle. »Kein Wort zu irgend jemand!«

Duff sagte nur »Aye, aye, Sir«, und zwinkerte David zu.

Als der Graf mit der Gig zur Küste gebracht wurde, war Mr. Austin nicht mehr dabei. Der Gefährte des Grafen kam aus den Dünen zum Strand, und Gregor drückte ihm das Fäßchen und einen Beutel in die Hand.

»Wat haste dem denn jejeben?« fragte einer der Ruderer.

»Ein Fäßchen Whisky und etwas englische Marmelade. Das kriegt er bei sich nicht«, antwortete Gregor.

An Bord der *Shannon* hatte David seine Offiziere zusammengerufen und ihnen die Nachricht vom Kriegsausbruch mitgeteilt. Ab sofort ordnete er die übliche Kriegsbereitschaft an und sagte ihnen: »Wir kreuzen jetzt hinaus in den Golf von Biskaya und versuchen, jedes Schiff zu warnen, das in den Kanal einläuft.«

»Sir«, meldete sich Leutnant Scott. »Könnten wir nicht auch versuchen, einen französischen Ostindiensegler zu kapern, der nach Bordeaux will? Meine Kasse könnte eine kleine Auffrischung gebrauchen.«

David blickte ernst in die Runde. Die anderen zeigten keine Regung, aber er wußte, daß sie genauso auf Prisengeld scharf waren wie Basil Scott. Diese legale Piraterie stimulierte jeden Flottenoffizier. David lächelte schließlich. »Natürlich werden wir das versuchen, Mr. Scott. Wir schaden dem Feind und helfen uns. Ich soll ja auch eine prächtige Hochzeit ausrichten.«

Als alle lachten, hob er sein Glas: »Auf den Erfolg der *Shannon,* und Verderben unseren Feinden!«

»Verderben unseren Feinden!« wiederholten sie, und David bemerkte, daß die älteren es ernst, die jüngeren aber mit freudiger Erwartung aussprachen.

Auf Prisenjagd

(Februar bis April 1793)

Die *Shannon* lief nun schon den dritten Tag mit vollen Segeln Kurs Kap Finisterre, das die französischen Handelsschiffe runden mußten, um Bordeaux zu erreichen, und das auch britische Schiffe passierten, wenn sie den Kanal ansteuerten. Sie hatten nur ein Segel gesichtet, das Postschiff von Falmouth nach Gibraltar, dem David Kopien der französischen Proklamationen und Briefe mitgab, in denen er alle, die es betraf, vom Kriegsausbruch informierte.

Die Mannschaft wurde ungeduldig. »Haste nich jesagt, dat er Prisen schnuppert wie een Hund die Wurscht?« fragte ein Matrose einen anderen, der früher schon mit David gesegelt war.

»Nu wart doch man ab, det kommt schon allet. Der Alte läßt doch ooch sein Hund jetzt immer an Achterdeck liejen. Vielleicht schnuppert der noch besser. Wenn ihn nicht dein Gestank ablenkt, wat natürlich ooch sein kann.«

Auf dem Achterdeck versammelten sich die Midshipmen, weil in Kürze die ›Sonne geschossen‹ wurde. David winkte sie zu sich. »Meine Herren! Wir haben noch Zeit, ein wenig für Ihr Examen zu üben. Wir bestimmen heute den Breitengrad mit dem Sextanten. Wer weiß, welche Geräte früher benutzt wurden und warum sie nicht mehr in Gebrauch sind?«

Für Mr. Penrose und Mr. Henderson war das eine leichte Frage, und auch Mr. Woodfine entschloß sich zur Meldung. David deutete auf ihn.

»Der Oktant, Sir. Wir benutzen ihn nicht mehr, weil er umständlich und für schwankende Schiffe nicht so gut ist.«

»Gut, Mr. Woodfine«, bestätigte David und fragte nach: »Und welches Instrument kannte man noch früher?«

Die Midshipmen sahen sich fragend an. »Den Jakobsstab, Sir?« tastete sich Ernest Henderson vor. Hassan stand in der Nähe und griente in sich hinein.

»Gut, Mr. Henderson. Das war ein einfaches Meßlineal mit drei Schiebern, die so bewegt werden mußten, daß das untere Ende mit dem Horizont, das obere mit der Sonne abschnitt.«

»Sir, das ist ja im Prinzip so wie mit dem Sextanten«, warf Charles Cox ein.

»Ja, das Prinzip ist gleich geblieben, nur die Instrumente wurden verfeinert«, stimmte David zu. »Aber da Sie sich nun schon vorgedrängt haben, Mr. Cox, erklären Sie mir doch auch, wie die Breitengrade laufen und warum wir mit ihnen allein nicht viel anfangen können.«

Die anderen schmunzelten schadenfroh, und Cox stotterte: »Sie verlaufen am Äquator, und wir wissen nicht, ob wir nördliche oder südliche Breite haben.«

David war nicht zufrieden und forderte den Senior, Mr. Penrose, auf, es dem Junior zu erklären. Der war sicher. »Die Breitengrade verlaufen parallel zum Äquator, je neunzig auf jeder Erdhälfte. Wenn ich weiß, daß ich auf dem vierzigsten. Grad nördlicher Breite bin, weiß ich noch nicht, ob ich mich in der Nähe von Madrid oder Philadelphia befinde.«

»Gut! Wir brauchen noch die Längengrade. Wer mir ihre Bedeutung und die Meßmethoden erklären kann, erhält im nächsten Hafen einen zusätzlichen Landgang.«

Nun strengten sich alle an. Mr. Austin wußte, daß sich fünfzehn Grad geographischer Länge um eine Stunde Ortszeit unterscheiden. Mr. Cox konnte immerhin beisteuern, daß die Längengrade von Pol zu Pol senkrecht zum Äquator verlaufen und in dreihundertsechzig Meridiane eingeteilt sind. Woodfine erklärte, daß man den Längengrad bestimmen konnte, wenn man den Winkel zwischen Mond und einem anderen Stern maß und in den Tabellen nachschlage. Und Senior Penrose beschrieb, wie man durch den auf Londoner Ortszeit eingestellten Chronometer und die Sonnenstellung die gegenwärtige Ortszeit bestimmen und dadurch einfach den Längengrad festlegen könne.

»Zusammengenommen war das nicht schlecht. Statt daß einer vier Stunden Landgang erhält, steht jedem nun eine Stunde zu. Nur Mr. Henderson muß Wache schieben. Oder er erklärt mir, wie ich meinen Standort ungefähr schätzen kann, auch wenn ich drei Tage keine ›Sonne schießen‹ konnte.«

Henderson druckste etwas rum und sagte dann: »Ich muß den Kompaßkurs notieren, die Geschwindigkeit loggen lassen und immer mitkoppeln, Sir.«

David lächelte sie an. »Wenn Sie immer richtig zusammenarbeiten, kann man sich Ihnen schon anvertrauen. Weiter so, meine Herren!«

Und dann lenkten zwei Rufe ihre Aufmerksamkeit ab. Der Master rief: »Gleich acht Glasen, Sir!« und erinnerte damit daran, daß jetzt der Breitengrad bestimmt werden mußte. Und vom Ausguck scholl es: »Deck! Segel steuerbord voraus, zwei Punkt, fünf Meilen.«

Als die Midshipmen alle zu Teleskopen greifen wollten, befahl David: »Mr. Penrose, Sie entern mit dem Teleskop auf. Die anderen kümmern sich um den Sextanten!«

Sie maßen 44 Grad nördlicher Breite und 7 Grad 10 Minuten östlicher Länge. »Na, wo sind wir, Mr. Woodfine?

Zeigen Sie es auf der Karte!« sagte David und bezwang seine Neugier, was für ein Segel gesichtet sei.

Mr. Woodfine plazierte sie richtig südwestlich vom Kap Finisterre, und David konnte endlich fragen: »Mr. Penrose, was ist das für ein Segel?«

»Großer Dreimaster, Sir. Vielleicht ein Linienschiff. Steckt in einer Flaute, Sir.«

Und bei ihnen wurde der Wind auch immer unzuverlässiger. David überlegte, was sie tun sollten. Wenn es ein Linienschiff war, wäre eine zu große Annäherung unklug. Aber er tippte eher auf einen Ostindiensegler, und dann sollten sie möglichst nahe heran.

»Mr. Ryland, holen Sie mit den Segeln heraus, was geht, um uns näher heranzubringen. Mr. Rossano, könnten Sie bitte auch mit dem Teleskop aufentern? Prüfen Sie, ob es ein Ostindiensegler oder ein Linienschiff ist! Vielleicht gibt es auch Anhaltspunkte, ob es ein Spanier oder Franzose ist.«

Unruhig stiefelte David auf dem Achterdeck hin und her und blickte immer wieder auf die Segel, die im schwachen und umlaufenden Wind ständig ohne Druck flatterten. Schließlich rief Mr. Rossano: »Ich halte es für einen Ostindiensegler, Sir. Wir sind jetzt auf drei Meilen heran. Zwei Meilen hinter ihm liegt ein weiteres Segel in der Flaute.«

Unter den Matrosen kam Gemurmel auf, und sie ließen ihre Arbeit ruhen. David rief den Bootsmann an: »Mr. Brown, sorgen Sie für Ruhe an Deck! Die Mannschaft soll ihre Arbeit erledigen und nicht schwatzen!«

David wanderte weiter auf und ab und blickte dauernd beschwörend zu den Segeln. Auf zwei oder besser anderthalb Meilen sollten sie sich dem fremden Segel schon nähern. »Es ist ein Ostindiensegler, Sir«, sagte der Erste Leutnant, der ein Stück in die Wanten geklettert war. »Und dann ist es zu neunzig Prozent ein Franzose.«

Mr. Neale konnte seine Neugier nicht mehr bezähmen. »Erlauben Sie eine Frage, Sir?«

»Wenn es sein muß«, knurrte David.

»Soll ich einen Bootsangriff vorbereiten, Sir, falls wir nicht nahe genug herankommen?«

David sah Mr. Neale kritisch an. »Wissen Sie, welche Bewaffnung ein Ostindiensegler hat?« Als Mr. Neale schwieg, antwortete er selbst: »Mindestens dreißig Achtzehnpfünder. Wollen Sie da im Boot sitzen, das einen Angriff rudert?«

»Aber, Sir, wenn wir über Bug und Heck angreifen, kann uns seine Breitseite nichts anhaben.«

»Mr. Neale, das trifft bei einem überraschenden Angriff zu, obwohl noch genug Geschütze an Bug und Stern sind, um Ihnen Kummer zu bereiten. Aber wenn Sie über anderthalb Meilen angreifen, dann haben die genug Zeit, zwei Boote auszusetzen und ihr Schiff in jede gewünschte Position zu bringen.«

»Aber was sollen wir tun, Sir?«

»Wenn Sie mir einmal Zeit zum Nachdenken lassen, Mr. Neale, wird mir schon etwas einfallen.« David wandte sich ab, und Mr. Neale wurde rot und bemühte sich, die Schadenfreude der Midshipmen und Maate zu übersehen.

David ging auf und ab und achtete nicht darauf, was um ihn herum vorging. Schließlich atmete er tief ein und winkte dem Midshipman der Wache. »Bitten Sie Mr. Church, Mr. Rossano und Mr. Scott zu mir.« Er redete etwa fünf Minuten mit den drei Offizieren, aber er sprach so leise, daß die Umstehenden nur hin und wieder einen Wortfetzen auffingen. Dann fragten oder sagten die anderen anscheinend noch einige Worte, schließlich lachten sie zufrieden und eilten davon, um Befehle auszuführen.

David sah sich um und rief: »Mr. Austin, bitte!« Als Austin sich bei ihm meldete, ordnete er an: »Sie nehmen den kleinen Kutter, lassen sich vom Segelmacher eine der französischen Bootsflaggen geben, dekorieren Ihre Tagesjacke mit den Abzeichen, die uns Graf Lejeune beschrieben hat, rudern zum Ostindiensegler und laden den Kapitän und sämtliche Maate zu einem Essen mit gutem Wein und frischem Brot auf die Fregatte *Revolution* ein. Er soll mit einem seiner Kutter zu uns rudern. Wer von der Besatzung spricht am besten Französisch und könnte mit der dortigen Besatzung durch Zuruf Kontakt aufnehmen?«

»Der alte Jim Hendrik, Sir. Er lebte früher auf Jersey.«

David bemerkte, daß Austin keine unnötigen Rückfragen gestellt und sofort begriffen hatte, daß die *Shannon* sich als *Revolution* tarnen würde. Aber zu Jim Hendrik hatte er Bedenken. »Mr. Austin, der Jim ist doch schon so alt. Hat der die Sprache von Jersey nicht ganz vergessen?«

»Nein, Sir. Und was er von der Aussprache nicht mehr beherrscht, schiebt jeder auf seine fehlenden Zähne.«

David war beruhigt und erteilte Austin noch weitere Instruktionen, worauf er achten und was er noch sagen sollte.

Inzwischen begannen auch auf der *Shannon* Aktivitäten. Der Segelmacher lief mit einer großen französischen Flagge zum Vormast, der dem Ostindiensegler zugekehrt war. Ein Maat befestigte am hinteren Mast eine britische Flagge, zog sie aber noch nicht auf.

Mr. Rossano stellte eine Prisenbesatzung für den Ostindiensegler zusammen und schickte sie dann unter Deck. Mr. Scott zeigte seinen Seesoldaten, die ihre roten Uniformjacken gegen blaue Seejacken vertauscht hatten, wo sie ihre Waffen verstecken und wo sie sich nach Signal postieren sollten. Und dann waren sie auf knapp anderthalb Meilen heran, und der Wind schlief völlig ein. »Eine Flaute zu dieser Zeit, das ist so selten wie eine Jungfrau im Puff in Portsmouth«, brabbelte der Segelmacher, und sein Maat griente.

Mr. Austin ließ den kleinen Kutter zu Wasser und machte sich auf den Weg. »Nun müssen wir warten, und das ist immer das Unangenehmste«, sagte Mr. Church zu David. Der nickte und zwang sich, noch nicht zum Teleskop zu greifen und dem Kutter nachzusehen.

»Jetzt legen sie an, Sir. Sie werden freundlich begrüßt. Man sieht geschwenkte Tücher.« Stephen Church erlöste David aus seiner Übung zur Stärkung der Geduld. Erleichtert griff David zum Teleskop. Austin kletterte anscheinend das Fallreep hinauf. Hoffentlich findet er die rechten Worte, dachte David, und stellt mich je nach Einstellung des dortigen Kapitäns als Anhänger der Revolution oder des alten Regimes dar. Aber alles war wohl gut gelaufen, denn Austin stieg wieder in den Kutter, legte ab und wartete in einigen Metern Abstand, daß der Segler ein Boot zu Wasser ließ.

»Sir!« rief Mr. Woodfine aufgeregt. »Eine Frau steigt mit den fünf Männern ins Boot.«

David verstellte sein Teleskop noch etwas, konnte aber nicht klar erkennen, daß eine Frau unter den Personen war. Der junge Bursche muß Falkenaugen haben, dachte er, und dann fiel ihm ein, daß er auf der *Shannon* ja noch gar nicht die Leute mit der besten Tag- und Nachtsicht hatte heraussuchen lassen. Alle Freude, daß der erste Teil seines Planes geglückt war, verschwand angesichts der Erkenntnis, daß er eine so wichtige und bewährte Maßnahme schlicht vergessen hatte. Er hatte wohl zu viel an Britta gedacht.

»Mr. Church!« rief er. »Bitte erinnern Sie mich daran, daß wir bei erster Gelegenheit die Leute mit der besten Tag- und Nachtsicht heraussuchen müssen.«

»Aye, aye, Sir!« antwortete dieser und dachte: Ist der eiskalt! Denkt jetzt, wo wir anderen aufgeregt sind, ob wir den Feind überrumpeln können, an solche Sachen.

Die Kutter näherten sich. An Bord der *Shannon* winkten Matrosen ihnen mit der nachlässigen Disziplin entgegen, die man von revolutionären Kriegsschiffen erwartete. Der Bootsmannsstuhl war bereit, die Dame an Bord zu hieven. Das Fallreep war hinuntergelassen, Austins Kutter hielt sich, wie verabredet, etwas zurück. Dann legten die Franzosen an, und ihr Kapitän, ein grauhaariger, schlanker Herr, stieg leichtfüßig das Fallreep hinauf.

Als er an Deck war, trat David auf ihn zu und rief in einstudiertem Französisch: »Willkommen in der Heimat!« Er wiederholte es zum Erstaunen des Franzosen mehrfach, aber David hatte nur die Aussprache dieses Satzes bis zur Perfektion geübt. Er wandte ihn auch auf die anderen Besucher an, bis der letzte an Bord war. Dann gab er ein

Zeichen, und unbemerkt stieg am Besammast die englische Flagge empor. Auf ein weiteres Zeichen hin griffen die Seesoldaten zu ihren Waffen und richteten sie auf die völlig überraschten Franzosen.

»Sie befinden sich an Bord der britischen Fregatte *Shannon*. Frankreich hat England vor wenigen Tagen den Krieg erklärt. Ergeben Sie sich!« Davids Aussprache war jetzt deutlich schlechter, aber der französische Kapitän verstand genug.

»Sie haben uns unter Bruch des Kriegsrechts an Bord gelockt. Das ist Piraterie!«

David wies nur stumm auf die britische Flagge am Besammast. »Aber die ist ja nicht zu sehen, und an der Fock wehte die französische Flagge«, protestierte der Kapitän.

David sagte: »Die französische Flagge wurde vor jeder feindseligen Handlung eingezogen und die britische gehißt. Daß der Wind sie nicht bläht, unterliegt nicht meiner Verantwortung. Wir haben die Kriegsregeln beachtet. Ergeben Sie sich jetzt, oder wir wenden Gewalt an!«

Die Franzosen hatten keine Wahl. Auch die im Kutter nicht. Von Deck der *Shannon* drohten Seesoldaten mit ihren Musketen, und in Austins Kutter hatten die Matrosen ihre Waffen hervorgeholt und richteten sie auf die Kutterbesatzung. Deprimiert kletterten sie an Deck, wo ihr Kapitän sie mit einem müden Schulterzucken empfing.

»Bringt sie alle zum Vorschiff und bewacht sie scharf. Sagen Sie ihnen, Mr. Austin, daß ich mich in Kürze um die Unterbringung kümmern werde. Jetzt sind Sie erst dran, Mr. Rossano!«

Rossano rief seine Leute zusammen. Sie ließen zwei Kutter zu Wasser und bestiegen sie mit ihren Waffen und einigen großen Säcken. Rossano lief zu David und meldete sich ab. »Viel Glück!« wünschte dieser und ging dann, um die Unterbringung der Franzosen zu regeln.

Die beiden Kutter ruderten zielstrebig auf den Ostindiensegler zu. Die Besatzungen waren keiner Nation zuzuordnen. Sie trugen die übliche Seemannskluft, vielleicht ein bißchen bunter und lässiger, so wie es auf Schiffen der Revolution üblich sein sollte.

Als sie auf etwa zweihundert Meter herangekommen waren, standen einige im Bug auf und winkten. Austin und Jim Henrik riefen laut: »Wir bringen euch auch frisches Fleisch und Brot, Kumpels!« und zeigten auf die Säcke. An Deck der Ostindiensegler winkten sie zurück und riefen lachend.

Dann waren sie heran und legten am Fallreep an. Die Matrosen der *Shannon* zeigten Weinflaschen, und Austin warf einfach einige gebratene Hammelkeulen lachend an Deck. Das gab ein Hallo, und niemand achtete darauf, daß der andere Kutter am Bug anlegte, daß Enterdraggen nach oben geworfen wurden und Matrosen blitzschnell aufenterten.

Austin und seine Männer kletterten am Fallreep empor und schleppten die Säcke mit. An Deck standen die französischen Matrosen dicht um sie herum, während sich die indischen Laskaren, die auf diesen Seglern meist den Hauptteil der Besatzung stellten, abseits hielten.

Austins Leute sammelten sich um die Säcke, griffen hinein, und die Franzosen erwarteten Brot und Fleisch, aber sie sahen Pistolen, Entermesser und Gewehre. »Ergebt euch. Wir sind britische Matrosen. Der Krieg ist ausgebrochen. Ergebt euch!« rief Austin laut. Hassan schrie die Laskaren auf indisch an, sie sollten sich heraushalten, dann könnten sie weiter ihr Schiff segeln und in die Heimat zurückkehren. Einer der Franzosen riß ein Messer heraus, aber Rossano hob nur die Pistole und schoß ihn nieder. Dann riefen die anderen vom Bug und drohten mit ihren Gewehren. Es war vorbei!

Rossano ließ die Laskaren und die Franzosen getrennt zusammentreiben und sprach erst mit Hassans Hilfe zu den Laskaren. Wer sich verpflichte, seinen Dienst weiter zu versehen, gelte nicht als Gefangener, erhalte seine vereinbarte Heuer und könne auf einem englischen Ostindiensegler zur Reise in die Heimat anheuern. Wer aber diesen Vertrag breche, dem werde der Kopf abgeschlagen und gesondert beerdigt, so daß die Seele keine Ruhe finde. Die Laskaren akzeptieren alle und schienen an den Ereignissen nicht übermäßig interessiert.

Bei den Franzosen fragte Rossano mehr aus Gewohnheit, wer für die britische Flotte anmustern wolle. Aber zu seiner Überraschung meldeten sich zwei Bretonen. »Wir haben mit der Revolution nichts zu schaffen, sind sowieso halbe Engländer, da wär es ja blöd, in einer Gefangenenhulk zu verrotten«, erklärten sie ihm.

»Nun gut«, sagte er. »Als Beweis eurer neuen Loyalität nennt ihr mir jetzt die zehn aktivsten Franzosen, die am ehesten versuchen würden, das Schiff wieder in ihre Hand zu kriegen.«

Sie taten es unter den Flüchen ihrer früheren Kameraden, und Rossano ließ die zehn unter Bewachung ihre Sachen an Deck holen. Dann untersuchte er mit Austin und zwei Maaten alle Räume unter Deck, besonders auch die Papiere in der Kapitänskajüte. »Reiche Beute!« erklärte Austin. »Alle Räume voller kostbarer Gewürze und außerdem Geld zum Transport nach Frankreich. Das bringt was für jeden von uns.«

An Deck mußten die Franzosen einen ihrer Kutter zu Wasser lassen. Austin stieg mit einigen Matrosen und Seesoldaten ein, danach die zehn Franzosen. »Laßt sie rudern, bis sie Blasen haben!« ordnete Rossano an. »Dann denken sie nicht an Rebellion.« Der bullige Korporal der Seesoldaten grinste und schwang ein Tauende.

David war erfreut, daß der Ostindiensegler reiche Beute trug. Er saß mit Stephen Church und Mr. Austin in seiner Kajüte. »Sie haben heute einen langen und ereignisreichen Tag, aber ich kann Sie wegen Ihrer Sprachkenntnisse nicht ablösen. Mr. Church wird den Angriff auf den zweiten Ostindiensegler kommandieren, und Sie werden ihn begleiten, Mr. Austin. Nach Auskunft des französischen Kapitäns reisen auf ihm mehr Passagiere mit, nicht nur die Frau eines Maats. Sie rudern zu Mr. Rossanos Prise, geben den Matrosen Gelegenheit zum Ausruhen, und dann wird wieder gepullt, bis das nächste Schiff erreicht ist. Alle Beobachtungen deuten darauf hin, daß wir noch die ganze Nacht in der Flaute sitzen. Sie übernehmen das Kommando über die Prise, Mr. Austin, und segeln mit Leutnant Rossano im Verband nach Plymouth. Ein Rat noch: Wenn dort attraktive Frauen an Bord sind, und eine macht Ihnen Avancen, denken Sie immer zuerst, daß sie es für die Rückeroberung des Schiffes tut und daß sie oder ihr Mann Ihnen die Kehle durchschneiden werden. Was auch immer Sie mit einer der Frauen anstellen wollen, tun Sie es erst, wenn Sie unter dem Schutz britischer Kanonen ankern. Sonst sehen wir uns vor dem Kriegsgericht wieder, sofern Sie die Sache überleben. Ist das klar?«

»Aye, aye, Sir!« Austin wußte, daß David nicht scherzte.

»Mr. Kudat wird Ihnen als Steuermannsmaat zugeteilt, Mr. Austin. Mit Mr. Church habe ich verabredet, daß Mr. Kudat mit den Messerwerfern den Angriff vom Bug her einleitet. Der Franzose hat ein halbes Dutzend Armeeoffiziere an Bord, deren Dienstzeit in Indien abgelaufen ist. Wir wollen kein Risiko eingehen.« David sagte nicht, daß sein Diener Jean diese Information aus dem Gespräch der Franzosen entnommen hatte, die nicht wußten, daß er ihre Sprache verstand.

Auf dem zweiten französischen Ostindiensegler brannten die Decklampen. Seine Besatzung wähnte sich ja im tiefen Frieden. Die drei Kutter der *Shannon* näherten sich lautlos. Hassan Kudat kommandierte einen Kutter, und er steuerte ihn zum Bug. Die anderen nahmen Kurs auf je eine Seite des Schiffes. Alle Männer hatten ein weißes Band um die Stirn, um sich gegenseitig zu erkennen. Vom Ostindiensegler hallten die Rufe der Wachen und ihr Geschwätz herüber. Wie gut, daß es eine mondlose Nacht war.

Als Hassans Kutter leise unter den Bug glitt, den Punkt des Schiffes, an dem man am leichtesten und verdecktesten aufentern konnte, hörte Hassan, wie sich zwei Wachtposten am Bug unterhielten. Ihrem Dialekt entnahm er, daß es Hindus waren. Leise flüsterte er zu seinen Männern: »Gebt mir den Segeltuchlappen, der dort unter der Bank liegt.«

Er wickelte ihn sich um den Kopf, winkte den beiden besten Messerwerfern und kletterte leise an den Tauen, die am Bug herunterhingen, hinauf. Als er in Höhe des Schanzkleides war, hob er den Kopf etwas über die Holzbalken und sprach mit düsterer Stimme: »Ich bin der Bote Kalis, der Göttin der Unterwelt. Werft euch zu Boden, oder ihr seid für immer verdammt!«

Die Laskaren hatten kaum einen Blick erhoben, sahen ein verhülltes Haupt aus dem Wasser heraufsteigen und warfen sich zu Boden. Hassan stieg flink über die Bordwand, seine beiden Begleiter folgten ihm. Sie fesselten und knebelten die beiden Laskaren. Hassan ließ sich sein Blasrohr aus dem Boot reichen, warf weitere Taue über Bord, so daß die anderen leicht aufentern konnten. Sie duckten sich am Bug nieder.

Hassan schlich mit seinen beiden Begleitern an der Steuerbordseite voran. Dort, mittschiffs, lehnte ein französischer Matrose an der Reling und pfiff ein Lied. Keine Chance, ungedeckt an ihn heranzukommen. Hassan nahm sein Blasrohr und dic Messingbüchse mit den Pfeilen, führte einen ein, setzte das Blasrohr an, zielte und pustete. Der Franzose griff sich an die Wange, gurgelte und sank zusammen.

»Was hast du denn, Henri?« rief jemand von der Backbordseite. »Hast du etwas gesagt?«

Hassan huschte mit seinen beiden Begleitern schnell voran. Jetzt kam die Wache von der Backbordseite in ihr Blickfeld. Der Mann ging auf seinen zusammengesunkenen Kumpan zu und beugte sich über ihn. Hassan faßte seine Begleiter an und machte die Bewegung des Messerwurfes. Er hob zwei Finger. Beide zogen ihre Messer, und als sich der Mann aufrichtete, um sich umzusehen, zischte er leise, und zwei Messer wirbelten durch die Luft. Hassan stürzte voran. Ein Messer hatte den Mann in der Brust getroffen, das andere in der Kehle. Er riß die Augen weit auf, gurgelte und sank in die Knie. Hassan war heran und stieß ihm sein Messer ins Herz.

Vom Achterdeck rief eine befehlsgewohnte Stimme: »Ist da etwas los?«

Die drei von der *Shannon* huschten geduckt voran. Sie wußten, daß die anderen vom Kutter ihnen mit Abstand folgten und die vorderen Niedergänge schon sicherten.

»Verdammt!« rief die Stimme erneut. »Antwortet gefälligst!«

Hassan hüstelte und murmelte etwas.

»Was ist los?« rief der Mann und trat vor an die Abgrenzung des Achterdecks. Hassan zielte mit dem Blasrohr. Der Mann zuckte zusammen, griff in sein Gesicht, stieß einen Schrei aus und brach zusammen. Hassan drehte sich um und rief unterdrückt: »Fallreep über Bord! Kutter heran!« Dann hastete er vorwärts auf das Achterdeck. Ein weiterer Mann war aus dem Schatten aufgetaucht, stöhnte entsetzt, als er die drei Schatten unmittelbar vor sich sah. Dann schnürte ihm eine Hand die Kehle zusammen.

Sie hielten ihn fest, bis Austin heran war. »Wo sind die Armeeoffiziere?« fragte dieser leise. Der Mann keuchte und wollte antworten. Hassan ließ seinen Griff etwas nach.

»Die drei Kammern steuerbord vor der Kajüte des Kapitäns.«

Sie fesselten und knebelten ihn. Dann schlichen zehn Männer leise zu den Kammern und zur Kajüte des Kapitäns. Mr. Church führte sie. Auf sein Zeichen stürmten sie gleichzeitig in die Kammern, warfen sich auf die Schlafenden und drückten ihnen die Kehlen zu. Austin trat nacheinander in jede Kammer und sagte leise. »Wir kommen von einem britischen Kriegsschiff. Der Krieg ist erklärt. Wenn Sie sich ergeben, heben Sie eine Hand. Wir müssen Sie sonst töten.« Sie ergaben sich alle und wurden gefesselt und geknebelt, und Austin erklärte ihnen, daß die Fesseln gelöst würden, sobald das Schiff fest in britischer Hand sei.

Auch in der Kapitänskajüte und in den Mannschaftsquartieren leistete angesichts der vielen schuß- und stoßbereiten Waffen niemand Widerstand. Dann erst gingen sie zu den Deckhütten, in denen insgesamt zwölf Passagiere untergebracht waren, fünf Frauen, drei Kinder und vier Männer. Es machte Mr. Church und seinen Männern nicht mehr viel aus, daß hier gekreischt und geschrien wurde. Das Schiff war in ihrer Hand, und nachdem alle Waffen der Passagiere eingesammelt waren, wurden die Türen wieder geschlossen und Posten vor die Tür gestellt.

»Mr. Austin, sehen Sie jetzt die Papiere des Kapitäns durch. Ich gebe das Lichtsignal für Mr. Rossano und kümmere mich dann mit den Maaten um die Pulverkammer und die Handwaffen.« Der Erste Leutnant hatte es kaum ausgesprochen, da waren beide schon auf dem Weg zu ihren Aufgaben.

Auf der *Shannon* sah David das Lichtsignal, das Mr. Rossano weitergab, und atmete beruhigt durch. Nun mußte er sich den Kopf zerbrechen, wie er die Prisen mit einem Minimum an Mannschaften ungefährdet nach England schicken konnte. Briefe an Britta konnten sie auch befördern. Aber zunächst wollte er eine Mütze voll Schlaf nehmen.

Es war sieben Glasen der Morgenwache (7 Uhr 30) als Jean David wachrüttelte. »Mr. Ryland läßt melden, Sir, daß leichter Wind aus Südwest aufkommt, Sir.«

David mußte sich einen Moment ihre Position vorstellen. »Bestell ihm, er soll mit ein paar Schlägen zum nächstgelegenen Ostindiensegler kreuzen. Hast du dir die französischen Namen gemerkt?«

»Ja, Sir. Der zuerst gekaperte hieß *La Concorde,* der zweite *Isle de France.* So hat es jedenfalls der französische Kapitän berichtet.«

»Gut! Sag auf jeden Fall, zum nächstgelegenen aufkreuzen!«

»Aye, aye, Sir!« antwortete Jean mit unbewegter Miene, aber innerlich schmunzelte er. Ihm war schon länger klar, daß David den Master für etwas begriffsstutzig hielt.

Als David nach dem Frühstück an Deck kam, hatten sie sich der ersten Prise schon auf eine halbe Meile genähert. Noch ein Schlag, und sie wären längsseits. Die *Isle de France* lag schon neben der *La Concorde*. Kein Wunder. Sie konnte mit dem Wind segeln und mußte nicht gegen ihn ankreuzen.

David ließ Mr. Marsh, seinen Sekretär, Leutnant Scott und Stückmeister Duff rufen. »Bitte begleiten Sie mich zur Inspektion der Prisen!«

Die Ostindiensegler waren in gutem Zustand. Die Laskaren standen an Deck und lauschten erstaunt, als David sie auf indisch ansprach und ihnen in einfachen Worten sagte, daß sie für den vorübergehenden Dienst im britischen Transportamt gemustert würden, sofern sie nicht Gefangenschaft vorzögen. Mit der Musterung unterstünden sie den britischen Kriegsartikeln. Jeder Verrat würde streng bestraft. Täten sie ihre Pflicht, so könnten sie frei für die Rückfahrt nach Indien anheuern.

Wenn einer der Laskaren sich an Frankreich gebunden fühlte, so zeigte er es nicht. Alle musterten an. David war eine Sorge los. Er hatte Männer, die die Segel der Prisen bedienen konnten.

Aber für die Bewachung der Franzosen, für die Kommandos, für die Bedienung der Kanonen brauchte er Briten. Er saß mit Mr. Church, Mr. Rossano, Mr. Scott und Mr. Austin in der Kapitänskajüte der *Concorde*. »Wir nehmen die Armeeoffiziere, die Kapitäne und je vier Maate an Bord der *Shannon*. Wir verteilen die Hälfte der französischen Matrosen auf das jeweils andere Schiff, um Freunde auseinanderzureißen, die sich ohne viel Worte zur Wiedereroberung finden könnten. Aber ich kann von unseren zweihundertzwanzig Mann für jede Prise nur zehn Seesoldaten und zehn Seeleute abkommandieren.«

Rossano räusperte sich. »Mit Verlaub, Sir, das ist verdammt knapp. Völlig können wir auch den Laskaren nicht trauen. Also brauche ich ständig mindestens sechs Mann, die mit Musketen, Drehbassen und Blunderbüchsen Wache halten. Zur seemännischen Aufsicht sind mindestens vier Mann erforderlich. Das bedeutet, daß wir Wache um Wache gehen müssen, und wenn dann das Wetter Sorgen macht oder ein Kaper angreift, können wir schnell überfordert sein.«

Church und Scott nickten, und David bestätigte. »Sie haben recht, Mr. Rossano, aber es gibt keine andere Lösung. Sie können in acht bis zehn Tagen Plymouth erreichen. Ich gebe Ihnen übrigens Briefe für die Prisenagenten mit. Sie müssen alle Gefangenenquartiere fest verschließen, notfalls vernageln und täglich kontrollieren. Alle Kanonen sind ständig geladen, so daß Sie wenigstens alle einmal abfeuern können. Alles andere liegt bei Ihnen. Mit Mr. Austin verabreden Sie bitte die notwendigen Signale, denn Sie sind der ›Kommodore‹ dieses Konvois.« Die anderen lächelten pflichtschuldigst, und dann gingen sie alle durch beide Prisen und verabredeten weitere Einzelheiten für die Bewachung der Gefangenen.

Mr. Duff meldete sich bei David, und dieser trat mit ihm einige Schritte zur Seite. »Ich habe zwanzig Musketen mit gleichem Kaliber aus der Beute ausgesondert, Sir, genügend Bleikugeln und drei Faß Pulver. Dann habe ich noch eine kurze Zweipfünderkanone entdeckt, Sir. Sie müssen sie als Bootsgeschütz benutzt haben. Sie wiegt knapp drei Zentner und wäre für eine kleine Truppe Irregulärer sehr gut geeignet, wenn wir an Bord der *Shannon* eine für den Landeinsatz geeignete Lafette herstellen ließen.«

»Haben Sie Munition für den kleinen Knaller?«

»Mehr als genug, Sir.«

»Gut, dann nehmen Sie Mr. Dimitri und Mr. Kudat. Sie sollen alles gut verschnürt durch Laskaren in einen Kutter laden und zur *Shannon* bringen lassen. Sie überwachen dann die Verstauung, und wir sagen, es seien Waffen für die britische Miliz in den Küstendörfern.«

»Von meinen Leuten fragt niemand, Sir.«

David legte ihm den Arm auf die Schulter, nickte ihm zu und trat wieder zu den Offizieren. »Wenn Sie mit allen Maßnahmen fertig sind, Mr. Rossano und Mr. Austin, geben Sie uns Bescheid. Wir segeln noch etwa eine Stunde gemeinsam, dann drehen Sie auf nördlichen Kurs, wir auf westlichen. Gott sei mit Ihnen!«

Leutnant Scott näherte sich noch verstohlen Mr. Rossano. »Nimmst du dein Buch mit, den ›Aretin‹, du weißt schon?«

»Natürlich, aber für eine halbe Guinee kannst du es für die Zeit mieten, Basil.«

»Fahr zur Hölle, du Halsabschneider! Das ist ja die Hälfte des Kaufpreises!« fluchte Mr. Scott und ging davon.

David überwachte kritisch, wie die Prisen Segel setzten und Fahrt aufnahmen. Sie sahen herrlich aus. Die *Shannon* segelte etwas seitlich abgesetzt hinter ihnen, und die verringerte Besatzung übte in der neuen Einteilung an den Geschützen. »Deck!« hallte es vom Ausguck. »Steuerbord achteraus ein Segel. Drei Meilen!«

David nahm eine Sprechtrompete und rief zur *Isle de France*: »Wir lassen uns zurückfallen und inspizieren ein von achtern aufkommendes Segel. Sie setzen Ihre Fahrt fort und warten auf Signale!«

Von der Prise wurde der Befehl bestätigt und zur *Concorde* weitergegeben. Die *Shannon* kürzte Segel, um das unbekannte Schiff langsam von achtern aufkommen zu lassen. Es dauerte drei Stunden, ehe es nahe genug war, um es als britisches Handelsschiff zu identifizieren. David ließ die Segel backbrassen und Signal setzen: »Habe wichtige Nachrichten! Kommandant bitte an Bord!«

Der britische Handelskapitän war ein hagerer Graubart und zeigte ein mürrisches Gesicht, als er das Fallreep emporkletterte. Welcher Handelskapitän ließ sich schon gern an Bord eines Kriegsschiffes bitten. Das bedeutete fast immer Ärger. Aber David ließ ihn von einer Wache der Seesoldaten mit den Ehren empfangen, die einem Flottenkapitän zustanden, und das besserte seine Stimmung sehr. David begrüßte ihn in der Kajüte bewußt freundlich und erkundigte sich, was er trinken wolle.

Der Kapitän entschied sich für einen Gin und fragte geradeheraus: »Segeln vor Ihnen zwei Linienschiffe, Kapitän Winter?«

»Nein, Sir«, antwortete David. »Das sind französische Ostindiensegler als Prisen.«

»Prisen, Sir?« staunte der Handelskapitän.

»Ja, Herr Kapitän, England und Frankreich befinden sich seit dem 1. Februar im Krieg. Wir haben es einige Tage später durch französische Proklamationen erfahren. Depeschen unserer Admiralität haben uns noch nicht erreicht.«

Der Gast nahm einen kräftigen Schluck Gin. »Verdammt! Wieder Krieg mit den Froschfressern! Deren Kaper werden schon ausschwärmen, und dann nimmt uns die Navy wieder unsere Matrosen weg und steckt uns in die langsamen Konvois.«

»Ja, es wird schwer für Sie, Sir. Ich habe eine gute und eine schlechte Nachricht. Die gute lautet, daß Sie mit den beiden Prisen, die jede von zwanzig meiner Leute mit den Laskaren gesegelt wird, nach Plymouth segeln können. So leicht traut sich ein Kaper dann nicht heran. Die schlechte lautet, daß ich nach den mit Kriegsbeginn in Kraft getretenen Preßgesetzen Matrosen Ihrer Besatzung zum Dienst in der Navy verpflichten kann.«

»Das wäre ja wohl noch schöner!«

David hob abwehrend die Hand. »Ich will Ihnen ein faires Angebot machen, Herr Kapitän. Auf jede Prise steigen fünf von Ihren Leuten über und verstärken die knappe Prisenbesatzung. Dann können die Ostindienfahrer auch Sie besser schützen. Sobald Sie vor dem Hafen von Plymouth liegen, können Sie Ihre Leute wieder einsammeln und sehen, wie Sie sie vor den Preßkommandos verstecken. Aber Sie treten uns ordentliche und nüchterne Seeleute ab, keine Saufdrosseln.«

»Ich habe nur gute Leute!« knurrte der Handelskapitän und rieb sich die Stirn. Dann sagte er nach einer Weile: »Ich habe anscheinend keine Wahl. Ihr Angebot ist immer noch besser, als von Kapern oder Ihren Preßkommandos unvorbereitet erwischt zu werden. Aber Ihre Prisenkommandanten erhalten den Befehl, meine Leute vor Plymouth freizulassen, schriftlich, und mir geben Sie eine Kopie.«

»Einverstanden!« sagte David und reichte ihm die Hand. Dann rief er den Midshipman der Wache und befahl, die Prisen durch Signal zum Kürzen der Segel aufzufordern.

Zwei Stunden später trennten sich der kleine Konvoi und die *Shannon* endgültig. David war etwas erleichterter, was die Chancen der Prisen anging, und sechs Franzosen von den Kapitänen und Maaten hatte er dem Handelskapitän auch noch zum Transport nach England aufgezwungen. Nun befahl er: »Kurs auf die Girondemündung!«

Die See war wie leergefegt. Seit Tagen kreuzte die *Shannon* im Golf von Biskaya, aber kein Segel zeigte sich. Keine Depesche der eigenen Admiralität hatte sie bisher über den Krieg unterrichtet. Aber wie sollte man auch eine einzelne Fregatte finden?

Die Mannschaften trainierten noch eifriger als sonst an den Waffen. Ihre Stimmung war ausgezeichnet, denn im Gegensatz zu David mit seiner Skepsis war für sie ganz klar, daß die Prisen Plymouth ungefährdet erreichen würden.

Stephen Church hatte eines Abends, als er mit David aß, erzählt, wie glücklich er über das Prisengeld sei. »Die Armut hat mich so deprimiert, Sir. Es war so entwürdigend, meinem Vater nicht besser helfen zu können, weil der Halbsold nicht reichte und kein Kredit mehr aufzutreiben war. Ich werde alles anlegen, um ein wenig Sicherheit für den Notfall zu besitzen. Wie Ovid sagt: ›Dat census honores‹, die Einkünfte geben die Ehren. Sie haben doch gute Prisenagenten, Sir?«

»Ich habe mit der Firma Marsh und Creed seit Jahren gute Erfahrungen gemacht. Sie haben in allen Häfen gute Agenturen, und ich kann Sie gern als Kunden empfehlen, Stephen.«

»Das wäre sehr freundlich, Sir.«

Wie immer in Kriegszeiten erwartete die *Shannon* die nächste Morgendämmerung in Gefechtsbereitschaft. Erst wenn die Ausgucke aufentern und mehr als eine Meile übersehen konnten, wurde Klarschiff aufgehoben, und der normale Reinigungsdienst begann.

Es war ein kalter Morgen, und David stand fröstelnd auf dem Achterdeck. Eben noch hatte sich Kolja an ihn gedrückt und seine Schnauze an seine Hand gerieben, doch jetzt sträubte sich sein Nackenhaar. Er horchte und schnupperte gespannt steuerbord voraus, und ein grollendes Knurren signalisierte Gefahr.

David befahl, daß die Leute mit der besten Nachtsicht die Nachtgläser nehmen und steuerbord voraus spähen sollten. Er selbst konnte nichts durch das Nachtglas erkennen, aber Kolja brummte immer noch. Einer der Späher kam angelaufen und meldete: »Dunkler Schatten, Sir, steuerbord drei Strich, etwa eine halbe Meile. Mehr ist nicht auszumachen.«

David dankte und staunte wieder einmal, was manche Menschen auch bei fast völliger Dunkelheit noch sehen konnten. Bald würden sie mehr wissen. Die Dämmerung setzte ein. Die *Shannon* glitt mit gekürzten Segeln langsam voran.

Dann kam die Meldung: »Schonerbrigg, steuerbord drei Strich, eine halbe Meile.«

Also wahrscheinlich ein Handelsschiff, dachte sich David und erkannte nun selbst durch das Teleskop die

Silhouette des fremden Schiffes. »Bitte lassen Sie mehr Segel setzen, Mr. Church, und bringen Sie uns längsseits!«

Auf dem fremden Schiff war nur die schwache Bewaffnung eines Handelsschiffes zu erkennen. Man hatte die *Shannon* gesichtet, denn einige Seeleute rannten an die Backbordreling und starrten zur *Shannon* hinüber.

»Wir wollen ihm keinen Schuß vor den Bug feuern. Wer weiß, wer uns hören kann.« David erklärte das zur Belehrung der drei Midshipmen, die auf der *Shannon* verblieben waren. »Hissen wir unsere Flagge, dann werden sie sich schon zu erkennen geben.«

Auf der Schonerbrigg stieg die Flagge der britischen Handelsmarine empor, und die Seeleute winkten. David nahm das Sprachrohr in die Hand und rief hinüber: »Wir sind Seiner Majestät Fregatte *Shannon*. Wer sind Sie, woher und wohin?«

Drüben nahm auch einer die ›Flüstertüte‹ an den Mund und rief: »Brigg Anna mit Weizen von Dublin nach Bordeaux.«

»Die wissen nichts vom Kriegsausbruch«, flüsterte der junge Cox Woodfine zu.

David rief durch das Sprachrohr: »Wir haben wichtige Nachrichten. Brassen Sie back und erwarten Sie unser Boot!« Auch die *Shannon* braßte back, und David instruierte Mr. Neale, bevor er ihn mit dem Kutter zur Brigg schickte.

Der kräftige James Neale enterte flink auf und schaute sich schnell und aufmerksam um, ehe er das Deck betrat. Es hätte ja sein können, daß die Brigg eine französische Prise war und sich tarnte. Er blieb wachsam, als er auf den Kapitän zutrat und sich als Leutnant der britischen Flotte vorstellte.

»Wann sind Sie in Dublin ausgelaufen, Sir?« fragte er den Kapitän.

»Am fünften Februar, aber wir hatten in der Irischen

See nur Gegenwinde und in der Biskaya einige Tage Flaute. Zu dieser Jahreszeit! Das glaubt kein Mensch.«

»Ich muß Ihnen mitteilen, daß wir uns seit dem ersten Februar im Kriegszustand mit Frankreich befinden. Ist Ihnen kein Schiff begegnet?«

»Mein Gott! Krieg mit Frankreich, und wir segeln ohne Warnung auf ihre Küste zu. Nein, uns ist kein Segel begegnet.«

Neale fragte: »Erlauben Sie, daß sich mein Maat unter Deck umsieht, damit wir sicher sind, daß Sie nicht gekapert wurden und unter Zwang Antworten geben?«

Der Kapitän, ein eher farbloser, mittelgroßer Mann in ungepflegter Kleidung, zeigte Temperament. »Verdammt, wer sollte mich auf meinem Schiff zwingen?« Aber dann hielt er inne und fragte: »Sie meinen, daß vielleicht jemand meine Familie oder Männer meiner Mannschaft als Geiseln festhielte und uns alle in die Luft jagte, falls ich hier etwas verrate?«

Neale nickte nur, und der Kapitän sagte: »In Ordnung, sehen Sie sich um!« Neale gab seinem Maat einen Wink und ging selbst umher und inspizierte das Deck. Der Maat kehrte zurück und nickte Neale zu. Der sagte zum Kapitän: »Vielen Dank für Ihr Verständnis. Ich nehme an, Sie werden sofort auf Gegenkurs gehen. Aber vorher muß ich gemäß den Vollmachten, die uns die Preßgesetze geben, fünf Mann Ihrer Besatzung zum Dienst in der Flotte verpflichten. Wir haben Ausfälle durch abgeordnete Prisenbesatzungen.«

»Was denken Sie sich, Sir, was Sie mir auf meinem Deck bieten können? Holen Sie sich Ihre Leute aus der Hölle, und nun verschwinden Sie!« Der Kapitän hatte sich in Rage geredet.

Neale deutete auf die *Shannon*, die groß und drohend querab lag, und auf sechs Matrosen, die mit Musketen in der Hand aus dem Kutter aufgeentert waren. »Sir, wir handeln in Übereinstimmung mit den Gesetzen. Sie wissen das! Sie können sich nicht dagegen auflehnen. In Bordeaux wäre Ihnen alles genommen worden, und wenn Sie jetzt eine gute Chance haben, britische Häfen zu erreichen, dann danken Sie das der britischen Flotte. Rufen Sie alle Männer an Deck! Ich frage zunächst nach Freiwilligen.«

Widerwillig gab der Kapitän nach. Neale erklärte den Männern, daß Krieg sei und daß bei Annäherung an britische Häfen die Preßkommandos jeden greifen würden, der ein Tau halten könne. Wer sich aber jetzt freiwillig melde, erhalte noch das Handgeld.

»Wat bringt denn dat?« quetschte ein breitschultriger Matrose hervor.

»Zwei Guineen auf die Hand«, antwortete Neale.

Drei Seeleute sahen sich an und nickten. »Wir machen wieder mit. Waren ja schon im letzten Krieg dabei. Fregatte ist in Ordnung.« Neale befragte sie nach früherer Dienstzeit, forderte sie dann auf, ihre Sachen zu holen, und musterte noch zwei Leute. Der Kapitän mußte alle Papiere mitgeben. Neale und er schieden nicht als Freunde, aber Neale machte sich nicht viel daraus. Ihm war wichtiger, daß er der *Shannon* fünf erfahrene Seeleute mitbrachte.

Die *Shannon* segelte gut zweihundert Seemeilen westlich der Vendée, als sie die Depeschen der britischen Admiralität vom Kriegsausbruch erreichten. Ein Kutter hatte sich vorsichtig genähert, und nach dem Austausch der geheimen Erkennungssignale war er schnell längsseits gekommen, und sein Kommandant, ein junger Leutnant, stürmte auf das Deck der *Shannon* und rief David zu: »Wir befinden uns im Krieg mit Frankreich, Sir!«

»Beruhigen Sie sich, mein Herr«, sagte David. »Wir führen schon seit drei Wochen Krieg und leben noch. Mit wem habe ich denn die Ehre?«

Der junge Mann errötete und stieß hervor: »Leutnant Mill von Seiner Majestät Kutter *Eagle* mit Depeschen der Admiralität.«

»Ich bin Kapitän Winter. Bitte folgen Sie mir in meine Kajüte!«

Nachdem er mit dem Leutnant auf das Wohl des Königs getrunken hatte, erklärte er ihm, warum die *Shannon* so früh vom Kriegsausbruch wußte. David ging schnell die Depeschen der Admiralität durch, konnte aber auf den ersten Blick keine neue Anweisung erkennen. Halt! Da war ein Satz: ›Emigranten und Aufständischen gegen die Revolutionsregierung kann ohne den Einsatz britischer Kräfte Unterstützung gewährt werden, sofern es der Auftrag des Kommandanten zuläßt.‹

Typisch, dachte David. Da laden die Herren in der Verwaltung wieder alle Verantwortung auf die Schultern der Kommandanten. Nun, er würde eben auch nur so berichten, daß man alles mögliche interpretieren könne. Dem Leutnant sagte er noch, daß er die Nachricht vom Kriegsausbruch bereits einem Postboot mitgegeben habe.

»Wir haben auch schon mehrere Schiffe getroffen, die informiert waren, Sir.«

»Nun, dann will ich Sie nicht aufhalten. Viel Erfolg bei Ihrer Mission.«

Stephen Church fragte ihn, welches Datum die Meldung der Admiralität trug. »Den fünften Februar«, antwortete David.

»Sed fugit interea, fugit irreparabile tempus!« deklamierte Stephen Church.

»Oh, Mr. Church, das muß ich doch nicht kennen. Oder?«

»Doch unterdessen entfliehet die Zeit, flieht unwiederbringlich. Von Vergil, Sir.«

»Immerhin haben wir die Zeit ganz gut genutzt, Mr. Church.«

Am nächsten Morgen erwarteten sie die Dämmerung in heftigen Regenschauern. Wer konnte, hüllte sich in ölgetränktes Segeltuch. Die Kanonen blieben abgedeckt, und die Kanoniere fluchten leise vor sich hin. Es wurde heller, aber ohne den Regen hätten sie schon eine Meile Sicht haben müssen. Da erscholl voraus Kanonendonner.

Alle erstarrten und horchten wie gebannt. »Maximal Achtpfünder. Keine trainierten Salven, mehr Einzelfeuer. Hören Sie das anders, Mr. Church?« fragte David.

»Nein, Sir. Ein größeres Kriegsschiff kann nicht beteiligt sein.«

»Na, dann wollen wir mal nachschauen! Lassen Sie bitte alle Segel setzen, Mr. Church!«

Die *Shannon* pflügte durch die kabbelige See. Der Regen hüllte sie nach wie vor ein, aber das Schimpfen der Matrosen war gespannter Neugier gewichen.

Dann wurde es immer heller, und David schickte die Ausgucke nach oben. Plötzlich segelten sie aus der Regenwand hinaus. Der Ausguck rief: »Eine halbe Seemeile voraus: Lugger greift Bark an!« Und an Deck meldeten mehrere: »Ein Chasse-marée will ein Handelsschiff entern!«

David musterte die Situation durch sein Teleskop. Dann befahl er: »Langgeschütze mit Kettenkugeln für die erste Runde laden, Mr. Neale. Karronaden mit Kartätschen. Wir werden den Chasse-marée vom Bug zum Stern bestreichen.«

Mr. Neale bestätigte und rannte zu den Geschützführern. Die Kanoniere hatten schon ohne Befehl die Abdeckungen von den Geschützen genommen. Nun rissen sie mit dem ›Wurm‹, jener flexiblen Stange mit den gegeneinander gedrehten Haken an der Spitze, den Propf heraus, der die Kugel im Lauf festklemmte. Dann neigten sie das Rohr, um die Kugel leichter herauszubekommen, und führten danach die Kettengeschosse ein. Das waren zwei aneinandergefügte Halbkugeln, die sich im Flug trennen und nur noch durch eine Kette zusammengehalten würden, die maximalen Schaden in der Takelage des Gegners anrichten sollte.

Die *Shannon* näherte sich schnell und war noch nicht bemerkt worden. David winkte die Midshipmen zu sich. »Sehen Sie, wie wichtig es ist, daß Sie immer darauf achten, daß die Ausgucke den gesamten Radius absuchen. Dort sind undisziplinierte Kapermatrosen, die nur auf den

Kampf vor sich achten. So ein Chasse-marée ist mit seinen Luggersegeln sehr schnell. Dieser hat zwölf Vierpfünder und ist vollgestopft mit Leuten, denn sie wollen entern und brauchen Prisenbesatzungen. Prägen Sie sich die schräggestellten Rahen mit den viereckigen Segeln und den ganz am Heck stehenden Besam ein.«

Die *Shannon* war auf dreihundert Meter heran und immer noch nicht gesichtet worden. »Jetzt kommt er nicht mehr weg, Sir«, bemerkte Mr. Church. David nickte und rief dann mit dem Sprachrohr zur Mastplattform: »Scharfschützen: Rudergänger ausschalten!« Den eigenen Rudergängern befahl er: »Zwei Strich steuerbord!«

Zweihundert Meter! Jetzt wurden sie entdeckt. An Deck des Kaperschiffes deuteten Hände auf sie. Ein Heckgeschütz wurde gerichtet und feuerte ihnen eine Kugel in den vorderen Rumpf. Schweigend segelte die *Shannon* weiter. Auf dem Kaperschiff setzten sie Segel, aber nun war die *Shannon* schon querab.

»Fertig zum Feuern! Treffer auf der Bark vermeiden! Feuer!«

Und mit einem Schlag donnerten ihre Kanonen die tödliche Ladung hinaus. »Traubenkugeln!« schrie David durch das Sprachrohr. »Einzelfeuer!« Erst dann studierte er die Lage auf dem Chasse-marée. Die Segel waren zerfetzt. An Deck wälzten sich viele Menschen in ihrem Blut. Ein weißer Lappen wurde geschwenkt. »Feuer stopfen!« brüllte David. »Mr. Neale, nehmen Sie den Kaper mit zwei Kuttern in Besitz!«

Aber dort wollten einige noch nicht aufgeben. Etwa ein Dutzend Männer rannte zu den Geschützen. David befahl: »Scharfschützen auf die Bedienungen feuern!« Mit dem Sprachrohr rief er hinüber: »A bas les armes!« Er wollte den Kaper möglichst wenig beschädigen, sonst könnte er ihn vielleicht nicht als Prise nach England bringen.

Nun fielen einige der Kanoniere drüben unter den Schüssen der Scharfschützen. Andere wurden von ihren Kameraden zurückgehalten. Sie wollten nicht mehr kämpfen. Neale legte mit den Kuttern am Lugger an. Seine Matrosen enterten auf und hielten die Franzosen mit Musketen und Entersäbeln in Schach. Seesoldaten trieben sie auf dem Vordeck zusammen. Andere sammelten Waffen ein, und wieder andere suchten die unteren Decks ab.

David ließ seine Gig fertigmachen und bat den Schiffsarzt, ihn mit zwei Sanitätern auf die Bark zu begleiten. Dort wurden sie begeistert empfangen. Die Matrosen jubelten, und ein dickbäuchiger, vom Kampf noch ganz erhitzter Kapitän drückte immer wieder Davids Hände. »Gerad im letzten Moment, Sir. Sonst hätten uns die Froschfresser im Sack gehabt. Vielen Dank, Sir!«

»Ich bin Kapitän Winter von Seiner Majestät Fregatte *Shannon*. Wo kommen Sie her, Herr Kapitän, und warum sind Sie so dicht vor der französischen Küste?«

»Wir segeln im Levantehandel von Ragusa nach Portsmouth, Sir. Gestern morgen griff uns der Kaper weit draußen im Golf an. Wir hatten großes Glück und haben ihm den Fockmast zerschossen, so daß er keine Bramsegel mehr setzen konnte. Wir konnten ihn den ganzen Tag auf Distanz halten. In der Dunkelheit habe ich dann Kurs auf die französische Küste genommen, weil ich dachte, das würde er zuletzt vermuten. Aber ob die mit dem Teufel im Bunde stehen oder nur einen Hafen anlaufen wollten, um ihren Fockmast zu reparieren, ich weiß es nicht. Jedenfalls standen sie eine halbe Meile entfernt, als sich die Dämmerung hob und der Regen nachließ. Und seitdem wurden wir angegriffen. Wir haben zwei Tote und vier Verletzte.«

»Unser Arzt kümmert sich schon um sie. Aber ich muß Ihnen nun etwas Unangenehmes mitteilen. Meine Besatzung ist durch Prisenkommandos schon dezimiert. Ich muß an der Küste noch einen Auftrag erledigen. Zugleich müssen wir den Kaper mit seiner Besatzung nach England bringen. In Übereinstimmung mit den Preßgesetzen muß ich zehn Ihrer Seeleute zum Dienst in der Flotte verpflichten. Sie wissen, daß das beim Einlaufen in Portsmouth sowieso geschehen wäre. Ich werde zuerst nach Freiwilligen fragen.«

Das runde Gesicht des Kapitäns zeigte keinen Schimmer von Dankbarkeit mehr. »Ich kann mich nicht wehren. Tun Sie, was Sie wollen.«

David beruhigte ihn. »Ich verstehe ja, daß das bitter für Sie ist. Aber bedenken Sie doch, daß ich den Lugger mit über hundert Kapermatrosen nach England bringen muß. Ohne fünfundzwanzig Mann Prisenbesatzung ist das nicht zu schaffen. Vierzig Mann habe ich schon delegiert. Wenn Sie gemeinsam mit der Prise Westkurs segeln, haben Sie mehr Sicherheit. Ich treffe Sie und die Prise in drei Tagen und geleite Sie nach Falmouth.«

Der Kapitän war schließlich überzeugt. David fand zehn Freiwillige, die seinen Namen aus Portsmouth kannten und schon lieber bei ihm das Handgeld nahmen, wenn es schon sein mußte. Ergeben packten sie ihre Sachen und wurden auf der *Shannon* mit gutmütiger Schadenfreude aufgenommen.

David bestimmte Penrose, der in Abwesenheit von Rossano als Leutnant Dienst tat, zum Prisenkommandanten und setzte mit ihm, mit Mr. Scott, mit dem Stückmeister und dem Zimmermann zur Prise über. Mr. Cotton versorgte an Deck schon die Verwundeten, und Mr. Neale brachte ihm den Kaperkommandanten. »Monsieur Capon aus St.-Malo, Sir.« Damit war er mit seinem Französisch am Ende.

David fragte, nach Worten suchend, wann die *Loire* ausgelaufen sei, und hörte, daß sie erst fünf Tage auf See sei und mit der Bark ihr erstes Schiff getroffen habe. Er versuchte, sein Bedauern über das Kriegspech auszudrücken, und ordnete dann an, daß der Kapitän mit seinen Offizieren zur *Shannon* gebracht werde.

Mr. Duff inspizierte inzwischen Kanonen und Handwaffen, während David mit Mr. Scott, Mr. Penrose und dem Zimmermann untersuchte, wie die *Loire* wieder schnell segelfertig zu machen sei und wie vor allem sichere Verwahrung für die Gefangenen garantiert werden könne.

Die Schäden an der Takelage waren in Stunden zu beheben. Britische Maate trieben die französischen Segelmacher kräftig dabei an. Ein Vierpfünder wurde so auf dem Achterdeck montiert, daß er das gesamte Vordeck bestreichen konnte. Dann wurde er mit Kartätschen geladen. Zusätzlich brachten sie Drehbassen an und vernagelten alle Zugänge zum Achterdeck mit dicken Balken. Vor- und mittschiffs wurden mehrere Räume zum Verschließen hergerichtet und sorgfältig auf Waffen untersucht. Dann trieben sie die Franzosen hinein und stellten Posten mit Blunderbüchsen vor die Türen.

Mr. Duff meldete, daß er zwanzig Musketen der gleichen Art – »Sie wissen schon, Sir« – abgezweigt habe und alle anderen Handwaffen, die Mr. Penrose nicht brauche, auf die *Shannon* bringen ließ.

»Danke, Mr. Duff. Sie sorgen dann auch für Pulver und Blei. Das übrige kann der Sekretär aufnehmen. Können wir von der *Loire* Pulver übernehmen?«

»Es taugt nicht viel, Sir. Nur für Übungszwecke.«

»Nun, dann lassen Sie soviel für unseren schwarzen Vorrat umladen, wie Ihnen richtig erscheint, Mr. Duff. Wir müssen ja die neuen Mannschaften drillen.«

Mr. Penrose übernahm mit zehn Seesoldaten und fünfzehn Seeleuten die Verantwortung für hundertdreiundfünfzig Franzosen. Sie verabredeten das Rendezvous, und gegen Mittag trennten sich die drei Schiffe. Die *Shannon* nahm direkten Kurs auf Rochefort.

Wieder einmal hockten die Männer der *Shannon* vor dem Morgengrauen in Gefechtsbereitschaft an Deck. Obwohl der nahende April schon manchmal frühlingshafte Winde sandte, fröstelten sie. Ihre Reihen waren dünner geworden. Die abwesenden Prisenbesatzungen hatten durch die angeworbenen Seeleute auch nicht annähernd ersetzt werden können. Die ›Neuen‹ waren nach sorgfältiger Planung so unter die Stammbesatzung verteilt worden, daß sie am wenigsten die Abläufe störten und sich am schnellsten eingewöhnen konnten.

Einer der Neuen, Ladekanonier an einem Zwölfpfünder, flüsterte zu seinem Nachbarn von der Stammbesatzung: »He, Jim, wie ist denn der Alte?«

Der Gefragte ließ seinen Blick schnell umherhuschen und flüsterte zurück: »Die meisten werden dir sagen, der ist dufte. Aber ich sag dir, das ist ein ganz falscher Hund. Nach außen genau und gerecht, aber der denkt nur an sich und sein Prisengeld. Kaum hatte er sich eingelesen, da hat er einen Kumpel von mir abgestochen, bloß weil der sich beklagt hatte, daß wir zwei Monate überfällig mit dem Sold waren.«

Der Neue stotterte: »Aber det kann der doch nicht einfach machen. Da is doch det Kriegsgericht für zuständig.«

»Bist du von gestern?« knurrte Jim zurück. »Denen schwindelt der doch die Hucke voll. Freigesprochen haben sie ihn, und andere Kumpels von mir haben sie rund um die Flotte gepeitscht. Da war nicht mehr viel Fleisch auf den Rippen, sag ich dir.«

Der Neue schüttelte sich in Gedanken. Aber ihm blieben Zweifel, ob der Kapitän wirklich so ein Teufel sein konnte.

»Ruhe an Deck!« rief der junge Midshipman Cox mit piepsender Stimme.

»Großmäuliger Bengel!« knurrte Jim vor sich hin.

David stand an Deck neben seinem Ersten Leutnant. »Mr. Church, wir segeln im Morgengrauen in die Pertuis d'Antioche zwischen den Inseln Oleron und Ré hinein und zeigen denen, daß wir da sind und daß ihre Kaper vorsichtig sein sollen. Dann segeln wir die Küste entlang mit Kurs auf die Ile de Noirmoutier und versuchen, ob wir mit dem Grafen Lejeune Kontakt aufnehmen und ihm Waffen übergeben können. Ich gehe unter Deck, sobald wir Klarschiff aufheben können. Lassen Sie bitte entlang der Küste unser Signal für Lejeune setzen.«

»Aye, Sir. Rot über blau war es, nicht wahr, Sir?«

Der Blick in die Bucht hatte nichts erbracht, und nun segelte die *Shannon* Stunde um Stunde an der Küste entlang, während die Mannschaften übten, um die Neuen in die Teams zu integrieren.

David war unruhig, denn er sorgte sich um den gekaperten Chasse-marée und die Bark. Gegen ein starkes Kaperschiff hätten sie nicht allzuviel Chancen. Aber er mußte erst seine Aufgabe erfüllen und an der Küste patrouillieren und nach Neuigkeiten suchen.

Es war fast Mittagszeit, und David bereitete sich schon vor, ihren Standort mit dem Sextanten zu bestimmen, als der Ruf vom Ausguck erscholl. »Deck! Fischerboot mit Signal rot über blau.«

David schaute durch das Teleskop, konnte aber Lejeune noch nicht erkennen. »Dann werden wir erst noch ›das Besteck nehmen‹«, sagte er zu den Midshipmen und ließ sich den Sextanten reichen. Diesmal plazierte sie auch der junge Mr. Cox an den richtigen Ort, die Meerenge zwischen der Ile de Dieu (d'Yeu) und der Küste der Vendée.

Das Fischerboot war inzwischen dicht herangekommen, und Graf Lejeune war zu erkennen, wie er winkte. »Mr. Church, lassen Sie bitte wegtreten zum Essenempfang. Zwei zuverlässige und verschwiegene Leute sollen im Fischerboot die Lasten empfangen. An Deck halten Sie außer Mr. Duff, Mr. Dimitri und ausgesuchten Maaten die anderen möglichst fern. Es muß nicht jeder erkennen, was wir umladen. Ich gehe mit dem Grafen in meine Kajüte.«

Lejeune trat in der Kajüte lebhaft auf David zu. »Herr Kapitän, der Aufstand in der Vendée hat begonnen!«

»Was für eine beeindruckende Nachricht, Graf! Trinken Sie mit mir einen Schluck auf die Feinde der Revolution, und dann berichten Sie bitte. Ich bin sehr gespannt.«

Der Graf erzählte, daß der Konvent in Paris die Aushebung von dreihunderttausend Rekruten verfügt habe, um die Niederlagen gegen die preußischen und österreichischen Heere der Koalition wettzumachen. Das habe in der

Vendée, aber auch in der Bretagne empörten Widerstand ausgelöst.

»Sie haben die Entmachtung des Adels, die Vertreibung der Priester zähneknirschend hingenommen. Aber wenn nun die Königsmörder und Blutsäufer in Paris ihre Söhne für die gottlosen Kriege opfern wollen, da schreien Väter und Mütter in der Vendée auf. Sie haben sich zusammengerottet, erst protestiert und dann die Verwaltung und die wenigen Soldaten der Revolution verjagt. Bressuire, Cholet, Parthenay, Städte im Landesinnern, sind von Aufständischen besetzt, aber auch an der Küste, im Bocage, sammeln sich die Aufständischen. Ich war im Lande zu Besprechungen mit dem Marquis Charette, der uns führen wird, als ich die Meldung erhielt, daß Ihr Schiff an der Küste entlangsegelt. Wir könnten viel weiter sein, Herr Kapitän, wenn England uns unterstützen würde.«

»Graf, ich habe auf eigene Verantwortung vierzig Musketen und eine Zweipfünderkanone mit Munition beschafft, die in diesem Moment auf Ihr Boot umgeladen werden. Ich werde in England alles tun, damit Ihr Aufstand Unterstützung findet. Haben Sie die Denkschrift vorbereitet, um die ich Sie bat?«

»Nicht nur die Denkschrift über die Bedeutung eines Aufstandes für den Krieg, sondern auch eine Aufstellung der gegenwärtigen Situation, Herr Kapitän. Wir sind Ihnen für Ihre Hilfe unendlich dankbar. Wenn Ihre Landsleute gesehen hätten, was ich nach den ersten Aufständen sah, sie würden die Regierung zwingen, uns zu unterstützen.«

»Was sahen Sie, Graf?«

»In einem kleinen Dorf waren Frauen und Kinder nicht vor einer Revolutionstruppe aus Paris geflohen, weil sie nicht glaubten, daß man Krieg gegen Frauen und Kinder führt. Als die Truppe weitergezogen war, lagen Frauen und Kinder enthauptet an der Straße aufgereiht, viele geschändet, manche verstümmelt. Geben Sie uns Waffen, Kapitän, um uns zu schützen und diese Bestien zu vernichten.«

David mußte an Ausschreitungen im Krieg mit den

amerikanischen Kolonien denken. »Wenn es so beginnt, dann gibt es kein Halten mehr, und die Menschlichkeit verabschiedet sich für lange Zeit«, sagte er leise.

»Wir müssen diese Bestien aus der Vendée verjagen, sonst fließen Ströme von Blut.« Der Graf trank einen Schluck. »Aber ich muß Ihnen noch eine andere Neuigkeit mitteilen. Der Konvent hat Spanien am siebten März den Krieg erklärt. Weil die Straßen durch die Aufstände teilweise unterbrochen sind, haben wir die Nachricht erst spät erhalten. Aber ist das nicht eine großartige Meldung? Die Revolution isoliert sich immer mehr. Ich sehe den Tag kommen, wo wir die Monarchie im alten Glanz wieder errichten.«

David hatte zu viel Negatives über die alte Monarchie gehört, um ihre Wiederherstellung ohne Reformen als erstrebenswertes Ziel zu sehen, aber er stärkte Lejeunes Zuversicht und sagte: »Wirken Sie weiter so tapfer für Ihren Erfolg in Ihrem Land, Graf! Ich werde alles versuchen, damit England Ihre Sache unterstützt. Die Waffen werden inzwischen umgeladen sein. Sollten wir jedoch größere Lieferungen anlanden wollen, brauchen wir einen Hafen, Graf. Haben Sie Stützpunkte an der Küste?«

Der Graf sah betreten zu Boden. »Das Bürgertum in den Hafenstädten sieht im Augenblick nur, daß die Revolution es von Zahlungen an König, Adel und Geistlichkeit befreit hat. Die Bürger haben die Nationalgarden gebildet und damit im flachen Land die Beschlüsse der Revolution durchgesetzt. Sie haben sich durch den Kauf von Kirchengut bereichert. Sie träumen von Bürgerrepubliken, die sich ungestört ihren Geschäften widmen können. Eines Tages werden sie bitter erwachen. Die Revolution erstickt jeden Handel und wird das Bürgertum ausplündern, um seine Kriege zu finanzieren. Im Augenblick können wir aber nicht mit der Unterstützung der großen Hafenstädte rechnen. Mit Kanonen könnten wir sie erobern, aber so? Doch prüfen Sie, Herr Kapitän, ob die Ile de Noirmoutier für Ihre Zwecke geeignet ist. Sie ist bei Ebbe durch einen Steindamm mit dem Festland verbunden, ihr Bürgermeister ist mit uns im Bunde, und wir hatten sie schon für einige Wochen in unserer Hand. Möge der Tag kommen, wo wir alle freudig rufen können: ›Les Anglais ont débarqué! Die Engländer sind gelandet!‹«

David sah aus den Augenwinkeln, daß Jean sich abwandte, um sein Lachen zu verbergen, konnte sich das aber nicht erklären. Er blickte den Grafen an und versicherte ihm, daß er unverzüglich Kurs auf die Insel nehmen werde, und bat um Verständnis, daß er ihr Gespräch beenden müsse. »Ich will alle diese Nachrichten sofort nach England bringen und habe außerdem ein Rendezvous mit einer britischen Bark und einer Prise, die ich nach Falmouth geleiten will. Sobald es mir möglich ist, erscheine ich wieder vor dieser Küste und kann Ihnen hoffentlich Erfolge melden.«

Sie schieden sehr herzlich. Die *Shannon* setzte sogleich alle Segel, um an der Küste entlang nach Noirmoutier zu segeln.

David fragte, als er wieder mit Jean allein war. »Warum hast du so lachen müssen?«

Jean war verlegen und druckste etwas mit der Antwort herum. »Sir, ich hatte zwei ältere Schwestern. Wenn die ihre Geschichte bekamen, Sie wissen schon, Sir, dann sagten sie immer: ›Die Engländer sind gelandet!‹ Ich stellte mir nun vor, daß die Franzosen wohl nicht so froh sein könnten, wenn alle so etwas rufen müßten.«

David mußte schmunzeln. »Da magst du recht haben, Jean. Weißt du, woher der Ausdruck kommt?«

»Ich hab unseren Pfarrer gefragt, Sir, und der hat erst geschimpft, daß ich so etwas schon wüßte, aber dann hat er gesagt, die Franzosen und Engländer hätten vor vielen, vielen Jahren einen langen Krieg geführt. Wenn dann die englischen Heere gelandet seien, sei immer viel Blut geflossen.«

Sie sahen an Land hin und wieder Rauchwolken. »Das sind keine Köhlerfeuer oder so etwas«, sagte Bootsmann Brown zu seinem Maat Jenkins, »da brennen Gehöfte, wenn nicht sogar Dörfer.«

David hatte seinen Offizieren vom Ausbruch des Aufstandes in der Vendée und von den ersten Grausamkeiten berichtet. Scott, der Leutnant der Seesoldaten, sagte: »Krieg an Land ist immer grausamer als Krieg zur See, wenn ich von Piraten und Barbaresken absehe. An Land sind Frauen und Kinder nicht zu isolieren, und wenn es gegen sie zu Ausschreitungen kommt, dann gibt es kein Halten mehr. Unsere Frauen und Kinder sind Gott sei Dank weit weg an Land.«

»Manchmal hätte ich sie schon gern etwas näher«, warf Mr. Cotton ein, »aber, Scherz beiseite, Sie haben schon recht, Basil.«

Als es dunkel wurde, näherten sie sich der langgestreckten Insel Noirmoutier, die als dunkler Schatten nordöstlich vor ihnen lag. David erklärte Mr. Church und Mr. Ryland, die bei ihm standen, seine Pläne. »Wir werden noch vor Mitternacht die Nordspitze der Insel umfahren und in der Bay de Bourgneuf ankern. Navigatorische Schwierigkeiten sind nicht zu befürchten. Bitte lassen Sie dennoch alle Viertelstunde loten, Mr. Ryland, und schicken Sie einen Ihrer Maate an den Bug. Nachts riggen wir die Enternetze zur Sicherheit, Mr. Church. Im Morgengrauen möchte ich dann vor der Loire-Mündung stehen, um die Kaperschiffe einzuschüchtern. Danach nehmen wir Kurs auf unser Rendezvous mit der Prise und der Bark.«

Sie bestätigten die Befehle und starrten weiter mit ihren Nachtgläsern voraus.

Mit gekürzten Segeln tasteten sie sich kurz vor Mitternacht langsam in die Bucht hinein. Sie bot geschützte Ankerplätze. Nur ein Sturm aus Nordwest hätte die *Shannon* gefährden können, aber dafür gab es keinen Anhaltspunkt. Der Seemann mit dem Lot gab alle Viertelstunde die Wassertiefe an, und sie wurde zum Achterdeck weitergeflüstert. Lautes Rufen hatte David untersagt.

Die Insel sieht auf der Karte aus wie ein Seepferdchen,

das seinen Kopf nach Westen dreht. In der kleinen Bucht unter dem Kinn des Seepferdchens entdeckten ihre Ausgucke Lichter. Das waren nicht nur Lichter vom Hauptort der Insel, nein, da mußte auch ein größeres Schiff liegen. Als sie näher kamen, sahen sie es deutlich, und wenn man das Mundstück des Sprachrohrs ans Ohr hielt, konnte man auch Gelächter und Gesang hören.

»Setzen Sie meine Gig aus! Mr. Dimitri, Sie rudern mit umwickelten Riemen ganz vorsichtig heran! Nehmen Sie Jean mit. Sobald Sie mehr wissen, kommen Sie zurück!«

An Deck krochen die Gerüchte herum. »Ein Ostindiensegler«, flüsterten die einen und witterten reiche Beute. »Quatsch!« wehrten die anderen ab. »Was soll der vor so einem kleinen Nest ankern? Das ist ein Küstensegler, ein Kaper oder eine Brigg.«

Als die Gig zurückkehrte, erfuhren es David und Mr. Church genauer. »Es ist eine französische Korvette, Sir. Achtzehn Geschütze. Sie liegt dort vor Anker, und die Mannschaft läßt es sich gut gehen. Sie saufen, und Weiber aus dem Nest sind auch an Bord. Ab und an rudert ein Boot an Land. Keine Enternetze, keine besonderen Wachen, Sir.«

»Mir ist wie dem Fuchs, Sir, als er die Gans auf der Wiese vor sich sah«, flüsterte der Erste leise.

David mußte schmunzeln und wisperte zurück: »Aber der Fuchs hat nur noch wenig Zähne. Für den Bootsangriff bräuchten wir bestimmt sechzig Mann, und wer soll dann noch die *Shannon* nach England segeln?«

»Es wird schwer, Sir, aber nicht unmöglich. Montes auri pollicens, Berge von Gold versprechend.«

David überlegte. Und wenn es ein Köder war, so offensichtlich, wie sich ihnen die Beute anbot? Er ließ Mr. Woodfine rufen. »Mr. Woodfine, Sie nehmen vier unserer Nachtspäher mit Nachtgläsern und rudern mit der Gig ganz vorsichtig um die Korvette herum und ein Stück beiderseits am Strand entlang. Achten Sie auf Batterien, versteckte Schiffe, Kanonenboote oder ähnliches. In einer guten halben Stunde erwarte ich Sie zurück!«

Er selbst ließ inzwischen die Entermannschaft mustern und bewaffnen. David haderte mit sich. Traditionell stand Mr. Church das Kommando über solche Angriffe zu. Aber er hätte keine Ruhe, wenn er es nicht selbst übernahm. Stephen war kein Messerwerfer und hatte wenig Erfahrung in nächtlichen Bootsaktionen. Nein, er würde selbst führen.

»Mr. Church«, sagte er leise. »Ich übernehme das Kommando. Unsere Kräfte sind schwach, und ein Teil der Messerwerfer ist mit den Prisen unterwegs. Sie sind beim nächsten Mal dran! Sie übernehmen das Kommando über die *Shannon* und segeln sie sofort aus der Bucht, wenn ich drüben dreimal ›Rot‹ signalisiere. Und wenn es schiefgeht, segeln Sie sofort zum Rendezvous ab. Keine Versuche der Rückeroberung oder ähnliches!«

»Aye, aye, Sir!« David merkte an Stephens Stimme und Wortkargheit, wie enttäuscht er war.

Mit drei Kuttern und der Kapitänsgig ruderten sie langsam und leise auf die Korvette zu. David hatte mit der Gig den weitesten Weg. Er wollte sich von Land aus nähern. Je ein Kutter enterte über Bug und Heck, der dritte von der Seeseite. Die Mannschaften waren bestimmt, die sofort die Wanten aufentern und die Segel lösen sollten, ohne sich um die Vorgänge an Deck zu kümmern. Der ablandige Wind um diese Zeit würde sie schon hinaustreiben.

Die anderen hatten zu ihren Entersäbeln schwere Knüppel mit. David hatte entschieden, daß es besser sei, die angeheiterte Gesellschaft niederzuschlagen, als zu schießen und zu stechen. Aber auch die Schützen mit den Blunderbüchsen waren dabei, um den Gegner einzuschüchtern. Und für alle Fälle führten auch zwei Seesoldaten ihre Kiste mit den Handgranaten mit sich.

Leutnant Scott kommandierte den Angriff auf das Heck. Bei ihm waren die Männer, die das Ruder besetzen würden, und jene, die unter Deck die Offizierskajüten stürmen sollten.

David saß im Stern der Gig, die Wurfmesser in der Armmanschette, Pistole und Schwert im Gürtel. Gregor hockte neben ihm und dirigierte mit Handzeichen die Ruderer. Unmittelbar vor David saß einer der Bretonen, der sich von einem Ostindiensegler freiwillig gemeldet hatte. Er gehörte sonst nicht zur Mannschaft der Kapitänsgig, aber bei den Lücken in der Besatzung mußte überall ausgeholfen werden.

David starrte voraus zur Korvette. Gott sei Dank hatten die ziemlich viel Laternen brennen. Da würden sie nicht so gut in die Nacht hinausschauen können. Ein Fiedler spielte, Matrosen sangen, Frauen lachten und kreischten. Noch dreißig Meter. Die Kutter waren sicher schon dichter heran.

Plötzlich sah David, wie der Bretone vor ihm den Riemen sinken ließ, sich aufrichtete. Und dann schrie er laut: »Attention! Les Anglais!« Ohne jedes Nachdenken, rein instinktiv riß David die Pistole aus dem Gurt und schlug sie dem Bretonen mit aller Kraft über den Kopf, so daß dieser leise stöhnend zusammensank.

An Deck blinzelten zwei Kerle zu ihnen in die Dunkelheit. »Was ist los?« schrie einer. »Was ist mit den Engländern?«

David lachte heiser und antwortete mit schwerer Zunge, als ob er betrunken sei. »Claudette sagt jetzt: ›Les Anglais ont débarqué!‹ Die Engländer sind gelandet!«, und er gluckste wie ein Betrunkener. Leise flüsterte er Gregor zu. »Nimm die Kugeln!« Sie waren fast heran.

»Was quatschst du da?« rief einer der beiden vom Schiff. Und zu Davids Erleichterung schnatterte Jean aus der Gig die Geschichte mit Ausschmückungen noch einmal laut heraus. Nun lachte auch der zweite Franzose, und David dachte noch, wenn der so dreckig war wie sein Lachen, mußte er eine dicke Kruste haben. »Sagt Claudette, das macht überhaupt nichts!« Und er wieherte weiter.

Aber der andere blickte genauer zu der nun fünf Meter entfernten Gig. »He, wer seid ihr? Ihr seid doch nicht aus dem Dorf!« David stieß Gregor an. Der holte aus und warf eine der eisernen Kugeln aus ihren Traubengeschossen dem Frager an den Schädel, so daß er lautlos zusammensank. Der andere beugte sich über ihn. Dann legte die Gig an. Sie sprangen über Bord und schlugen nieder, wer in ihrer Nähe stand.

Aber die meisten Franzosen merkten nicht das geringste. Sie stierten trunken vor sich hin, lagen schon schnarchend am Boden oder knutschten mit Weibern herum. Überall tauchten die Engländer auf, an ihren weißen Stirnbändern zu erkennen. Aber dann schrie eine der Frauen laut und gellend los, und einige der weniger Betrunkenen standen auf und wollten die an den Masten eingestellten Handwaffen erreichen.

Auf ein Zeichen rief Jean laut.: »Halt! Ergebt euch! Das Schiff ist in englischer Hand. Gewehre sind auf euch gerichtet. Setzt euch hin, oder ihr werdet erschossen. Ihr seid Kriegsgefangene!«

Ein Maat riß einen Säbel heraus und schrie: »Avant!« Als er sich auf die Engländer stürzen wollte, warf ihm David ein Messer in die Brust, und er sank mit erschrockenem Blick zusammen. Blut schoß aus seinem Mund.

Wieder rief Jean: »Ergebt euch! Widerstand ist zwecklos! Setzt euch hin!« Und nun sanken alle auf den Boden. Die Engländer trieben sie zu Gruppen zusammen und standen mit den Gewehren und Säbeln um sie herum. Vom Heck rief Leutnant Scott: »In den Kajüten und unter Deck alles klar!«

David befahl: »Signal: dreimal rot!« Dann sah er sich um. Fast ein Dutzend Frauen waren an Bord. Bloß fort mit ihnen! Die Korvette segelte ganz langsam an. »Mr. Scott!« rief David. »Alle Frauen in ein Boot der Korvette. Aber ohne Riemen. Wenn wir ein Stück weiter draußen sind, so daß man sie vom Ufer nicht hört, lassen Sie das Boot treiben. Die kommen schon an Land. Es dauert nur etwas.«

David lief zum Ruder. Zwei vertrauenswürdige Rudergasten standen dort. »Seht ihr dort den Schatten der *Shannon*? Sie hat ein abgeblendetes Licht achteraus. Folgt ihm!«

Dann gab er Anordnung, die Gefangenen zu fesseln, und machte sich mit Maaten daran, das Schiff zu untersuchen. Die Mannschaftsquartiere sahen verdreckt aus, aber es hatte sich niemand versteckt. Die Korvette war noch neu und hatte Sechspfünder-Kanonen, aber keine Karronaden.

In der kleinen Kapitänskajüte saßen zwei Offiziere und der Bootsmann, bewacht von zwei Seesoldaten. Jean war bei David, aber dieser sprach selbst mit den Franzosen, wenn auch langsam und stockend. Der Kapitän war ein unscheinbarer, kleiner Mann von etwa vierzig Jahren. Seinen Erzählungen entnahm David, daß er vor der Revolution Leutnant war. Da er keine adlige Abstammung aufwies, erhielt er den Rang eines Commanders. Aber der Jakobinerklub in Brest hatte ihm einen ehemaligen Zahlmeister der Handelsmarine als Ersten Leutnant zur Seite gestellt, und David war bald klar, daß er sich vor diesem fürchtete.

Der Erste Leutnant war ein großer, hagerer Geselle mit funkelnden schwarzen Augen. Er war anscheinend angetrunken und drohte allen mit der Guillotine, sobald er befreit sei. David überging ihn und fragte den Bootsmann, warum die Korvette so verschmutzt und so schlecht bewacht sei.

»Disziplin, Sauberkeit, Wachsamkeit, das ist für die Herren Revolutionäre doch nur abgestandener Dreck aus der Königszeit. Sie führen die Schiffe mit revolutionärer Glut, mit dem zukunftweisenden Genius und was sie sonst alles quatschen. Sie sehen ja, wohin das führt. Ich hoffe nur, daß die Kerle bald in ihrem eigenen Blut ersticken und selbst die Guillotine küssen müssen!« Und dann schwieg er verstockt. David gab Jean ein Zeichen, die Schränke durchzusehen, und begab sich an Deck.

Die Korvette war fest in ihrer Hand. Vor ihnen segelte die *Shannon*, und sie würden bei Anbruch der Dämmerung schon außer Sicht der Küste sein. Die britischen Seeleute hatten alle Kanonen geladen, Drehbassen auf die Gefangenen gerichtet und sorgten nun erst einmal für ihr eigenes Essen und Trinken. Leutnant Scott hatte wie ein Schießhund aufgepaßt, daß niemand an Alkohol herankam. Mit Alkohol wurden viele Seeleute völlig unberechenbar.

Jean trat zu David. »Sie haben ihren Geheimcode noch nicht vernichtet, Sir. Der Kapitän hat seinen Ersten gefragt, ob er noch im Kartenschrank unter der untersten Schublade sei, und der hat bejaht. Ich wollte ihn nicht suchen, Sir, damit sie nicht wissen, daß ich sie gut verstehe.«

»Ausgezeichnet, Jean. Du hast dich heute sehr gut bewährt. Ich sorge dafür, daß das in deinen Papieren vermerkt wird. Und nun hole ich mir zwei Leute und untersuche mit großem Getöse den Kartenschrank haargenau.« Er zwinkerte Jean zu.

Sie fanden den Code, der alle geheimen Erkennungssignale der französischen Flotte für die nächsten beiden Monate und eine Reihe weiterer Signale enthielt. Als die *Shannon* und die Korvette *Nantes* am frühen Morgen längsseits lagen und die Besatzungen neu verteilten, reichte David den Code sofort dem Sekretär, damit er Abschriften anfertige.

Dem Bootsmann übergab er den mit Eisenketten gefesselten Bretonen, der den Feind warnen wollte. »Bewahren Sie ihn gut auf für den Strick des Henkers, Mr. Brown. Er hat uns verraten und beinahe den Angriff vereitelt.«

»Man kann dem Pack nicht trauen«, murmelte der Bootsmann. »Komm, Bursche, viel Tageslicht wirst du in diesem Leben nicht mehr sehen!«

Der Erste begrüßte David. »Gratuliere, Sir. Das ist eine wunderschöne Korvette. Sie muß sich vorzüglich segeln, so, wie sie geschnitten ist.«

»Sie übernehmen jetzt ihr Kommando, Mr. Church. Kommen Sie! Besprechen wir in meiner Kajüte, wie wir Besatzungen und Gefangene am besten aufteilen. Und dann wollen wir mit allen Segeln zum Rendezvous und danach nach England!«

Nach drei Tagen sichtete der Ausguck an der verabredeten Position zwei Schiffe, die nur die unteren Segel führten. »Das tun sie, damit man ihre Oberbramsegel nicht so weit sieht«, erklärte David dem Midshipman der Wache. »Hissen Sie unser Geheimsignal!«

Aber die beiden Schiffe setzen mehr Segel und flohen vor der *Shannon* und ihrer Prise. »Die halten uns für Franzosen, weil sie nur ein Schiff erwarten«, sagte Mr. Scott.

David befahl, alle Segel zu setzen, und überlegte, wie er sich zu erkennen geben könne, ohne eine lange Verfolgung vorzunehmen. Dann ließ er Mr. Duff rufen. »Können wir Signalraketen so feuern, daß Rot über Blau steht, Mr. Duff?«

»Kein Problem, Sir. Ich bereite die Lunten vor.«

Sie feuerten zweimal Rot über Blau, bis die Prise ihre Segel backbraßte und sie erwartete. Die Bark folgte zögernd. »Nun haben sie sich erinnert, daß wir das Signal schon vorher benutzten. Wir haben Geheimsignale mit Flaggen für den Tag, mit Lampen für die Nacht, aber wir müßten auch Raketensignale für weite Entfernungen verabreden. Erinnern Sie mich daran, Mr. Church.«

Die Besatzungen des Luggers und der Bark begrüßten sie mit Winken und Rufen. Der diensttuende Leutnant Penrose ließ sich zur *Shannon* übersetzen. Er sah übermüdet aus. »Alles unter Kontrolle, Sir. Einmal versuchten sie einen Befreiungsversuch, aber als eine Blunderbüchse zwei tötete und drei verwundete, krochen sie zurück in ihre Kammern. Kann bitte Mr. Cotton nach den Verwundeten schauen, Sir?«

»Lassen Sie lieber die Verwundeten auf die *Shannon* bringen, Mr. Penrose. Wir wollen uns gleich auf den Weg machen. Sie segeln in Lee der *Shannon*!«

Vier Tage war der kleine Konvoi schon unterwegs. Sie mußten oft gegen den Wind ankreuzen, und England wollte und wollte nicht näher kommen. Am Morgen des fünften Tages meldete der Ausguck mehrere Segel voraus.

Die Seeleute sahen sich bedeutungsvoll an, und David wurde flau im Magen. Aber er ließ sich nichts anmerken und befahl: »Mr. Woodfine, nehmen Sie ein Teleskop, und hinauf mit Ihnen!«

Wenn es ein französischer Verband war, würde er das vereinbarte Signal hissen, daß jedes Schiff unabhängig vom anderen fliehen sollte. Aber eine Chance hätten dann wohl nur die *Shannon* und die Beutekorvette *Nantes*.

»Deck!« rief Mr. Woodfine. »Es sind Linienschiffe, vier, und eine Fregatte. Noch kein Erkennungssignal zu sichten.«

David ließ den geheimen Erkennungscode der *Shannon* hissen und wartete ab. Es konnte natürlich auch ein britisches Geschwader sein.

»Deck! Flaggschiff ist ein Dreidecker. Bauart scheint britisch.«

Die Mienen an Deck heiterten sich auf. Dann kam der erlösende Ruf: »Deck! Flaggschiff setzt geheimes Erkennungssignal und Nummer drei, acht, eins.«

Der Signal-Midshipman blätterte in seiner Kladde. »Es ist die *St. George*, Sir, 98, Konteradmiral Brisbane und Kapitän Sir Joseph Braham.«

David sagte zu Mr. Neale: »Admiral Brisbane, was für eine Freude. Ich ziehe mich um und packe meine Papiere ein, Mr. Neale. Geben Sie die Nachricht bitte an unseren kleinen Konvoi weiter!«

Die *St. George* wuchs hoch aus dem Wasser. An ihrem Mast stieg das Signal empor: »Kapitän zum Rapport an Bord!« Aber David blickte noch gespannter auf das zweite Linienschiff, den 74er *Egmont*. Ihn kommandierte Charles Haddington, sein alter Freund.

Sir Joseph, der Flaggkapitän, begrüßte ihn an Deck des Flaggschiffs, die Seesoldaten präsentierten, Pfeifer und Trommler spielten einen Marsch.

»Schön, Sie gesund wiederzusehen, Mr. Winter. Und einen kleinen Konvoi bringen Sie mit sich. Sie haben wohl das Glück gepachtet. Ihre beiden Ostindiensegler waren die ersten großen Prisen dieses Krieges. Kommen Sie, der Admiral hat sich so gefreut, seine *Shannon* zu beobachten. Aber die Segelmanöver waren etwas langsam, Mr. Winter.«

David sah Sir Josephs Miene an, daß der natürlich genau wußte, daß David kaum noch Männer an Bord hatte, um ein Tau zu halten. Er scherzte zurück: »Sir Joseph, ich mußte die Bordkatze mit einsetzen, um die Brassen zu bedienen, und sie hatte heute ihre Milch noch nicht.«

Sir Joseph lachte. »Nun wollen wir uns aber beeilen, gute Freunde läßt man nicht warten.«

Brisbane stand schwerfällig auf, trat David entgegen und faßte ihn an beiden Schultern. »Was für eine Freude, Sie zu sehen, David. Sie haben die *Shannon* wieder zu einem glücklichen Schiff gemacht. Möge Ihnen der Erfolg treu bleiben. Kommen Sie! Wir haben nicht viel Zeit, aber zu einem Glas Wein muß sie reichen. Ich habe Haddington signalisiert, daß er an Bord kommen möchte. Was haben Sie zu berichten?«

David erzählte kurz von den Kontakten mit den Aufständischen, der Nachricht vom Kriegsausbruch, der Kaperung der zwei Ostindiensegler, dem Kampf mit dem Chasse-marée, der Befreiung der Bark und dem Bootsangriff auf die *Nantes*. Er verwies auf den erbeuteten Geheimcode und zog eine Kopie hervor. »Ich habe Kopien anfertigen lassen, Sir, für den Fall, daß ich ein auslaufendes Geschwader treffe, Sir.«

»Sie haben Ihre Zeit genutzt, Mr. Winter, und wie immer Ihren Kopf gebraucht. Der Code ist für uns sehr wertvoll. Vielen Dank!«

Es klopfte an der Tür. »Das wird Haddington sein.« Er war es. Er salutierte dem Admiral und schritt strahlend auf David zu und umarmte ihn. »Ich freue mich, dich zu sehen, David. Aber freundschaftlich ist das nicht gerade, wie du das Meer von Prisen säuberst. Für uns bleibt gar nichts übrig.«

»Prisen sind für Fregatten, Charles, für die großen Schiffe ist der Ruhm der Seeschlacht.«

Brisbane unterbrach sie und trank mit ihnen auf den König. »Wir segeln ins Mittelmeer, Mr. Winter. Die Franzosen haben starke Kräfte in Toulon, und wir müssen dagegenhalten. Als wir am 2. April ausliefen, hatte Ihre reizende Verlobte gerade erfolgreich einen Wohltätigkeitsbazar für invalide Seeleute durchgeführt. Sie wird von allen bewundert und ist mit Mrs. Hansen unzertrennlich. Wie glücklich wäre sie, könnte sie uns hier sehen.«

»Ja, David, sie ist wunderbar. Heirate bald, ehe Sir Joseph dem Junggesellendasein abschwört und sich um sie bewirbt.«

Sie lachten alle, denn Sir Josephs Frauenscheu war nur zu bekannt. Er lachte mit über den Spaß und fügte hinzu: »Da ist etwas dran, Mr. Winter.«

Sie sprachen noch über Nachrichten von feindlichen Flottenbewegungen und die Verteilung der eigenen Schiffe. Dann war die Zeit gekommen, daß sie sich trennten. David war sehr gerührt, daß er Brisbane, seinen alten Kapitän, und Charles Haddington, seinen Freund, getroffen hatte. Und sie hatten so bewundernd von Britta gesprochen. Es ging ihr also gut, und sie war in Portsmouth.

Kaum hatte er seinen Fuß an Deck der *Shannon* gesetzt, sagte David zu den Umstehenden: »Die Ostindiensegler sind heil angekommen!« Die Nachricht verbreitete sich wie ein Lauffeuer, und die Mannschaft jubelte. Nun rechneten auch die Pessimisten, was für sie abfallen könnte.

David ging in seine Kajüte, um allein seinen Gedanken nachhängen zu können. Britta war ein Phänomen. Jung, schön, intelligent, ja, das hatte er alles gewußt. Aber daß sie diese Selbstsicherheit und Gewandtheit aufbrachte, sich so in einer fremden Gesellschaft zu profilieren, das hatte er bei ihrer Jugend nicht gedacht. Wie schade, daß er nicht nach Portsmouth einlaufen konnte, sondern nur nach Falmouth.

Davids Konvoi hatte die Scilly Inseln passiert, und nun hatte der Ausguck die Landspitze von Lizard backbord voraus gemeldet. »Haben Sie Falmouth schon angelaufen, Sir?« fragte Neale.

»Ja, fast auf den Tag vor dreizehn Jahren. Ich kam als frischgebackener Leutnant mit dem Postschiff aus Jamaika.«

»Das war nach Ihrer Heldenbeförderung, nicht wahr, Sir?«

»Ja, Mr. Neale, aber das ist lange vorbei.«

Falmouth war ein kleines Städtchen mit etwa fünftausend Einwohnern. Es hatte keine Werft, aber es hatte große und geschützte Ankergründe, und vor allem konnten Schiffe den Hafen bei Wind aus nahezu jeder Himmelsrichtung verlassen. Ein Vorteil, den Plymouth und Portsmouth nicht boten. Seine Lage am Eingang des Kanals machte es zum idealen Anlaufpunkt für leichtere Schiffe, die nur kurz ihre Patrouille unterbrechen wollten. Diese Lage hatte es auch zum zentralen Hafen der Postschiffe werden lassen, die in alle Welt segelten.

Die *Shannon* lief in die Carreg Road ein, ihre Prisen im Kielwasser. Die Bark hatte sich mit Signalen verabschiedet. Sie wollte zu den günstigeren Handelsmärkten in Plymouth oder Portsmouth weitersegeln.

David wies die Maate und Midshipmen auf die Sandbänke zwei Meilen südlich von St. Anthony's Head hin, zeigte ihnen die graue Silhouette von Pendennis Castle, das die Einfahrt bewachte, und ließ dann in St. Justs Pool ankern. Viele Handelsschiffe versammelten sich anscheinend für einen Konvoi. Einige Sloops und eine Fregatte lagen dort, und am Mast der Fregatte stieg jetzt die Nummer der *Shannon* mit dem Signal: »Kapitän zum Rapport an Bord!« empor.

David wunderte sich und ließ nachschlagen, wer ihm da signalisiere. »*Nymphe*, Sir, 36, Kapitän Edward Pellew«, meldete der Midshipman.

Pellew! dachte David. Dies sind wohl die Tage des Wiedersehens. Oktober 1776, Lake Champlain und die Schlacht bei Valcour Island. Da trafen sich der nicht ganz fünfzehnjährige Midshipman David Winter und der deutlich ältere und so außergewöhnlich kräftige Midshipman Edward Pellew. »Jean, leg mir die gute Uniform zurecht. Gregor, Meine Gig!«

Erwartungsvoll betrat David das Deck der Fregatte *Nymphe*. Da kam ihm Pellew schon entgegen. Älter und fülliger war er geworden, nun ja, nach über anderthalb Jahrzehnten. »Er ist ein richtiger Mann geworden, unser junger Feuerfresser von damals«, rief er David lachend entgegen. Sein Händedruck war kräftig wie eh und je.

Er packte einen Leutnant bei der Schulter. »David, das ist mein Bruder Isaak.«

»Isaak, dieser Mann hat uns im Lake Champlain gerettet, als alle Ankertaue abgeschossen waren und wir auf die Kanonenboote der Rebellen zutrieben. Da kam er mit einem Tau im Mund durch den Kanonenhagel zu uns geschwommen, und dann hat uns sein Kanonenboot herausgeholt. Was für ein Mann! Dabei sieht er ganz normal aus.«

Den anderen blieb nicht viel Zeit, etwas zu sagen. Kapitän Pellew dirigierte sie in seine Kajüte, und dort gab es erst einen Grog. »Wenn ich nicht heute noch auslaufen würde, David, hätte ich mein Privileg als ältester anwesender Flottenoffizier nicht so ausgenutzt und Sie an Bord geholt, sondern Sie in der Stadt überrascht. Aber so bleibt keine Zeit. Ich habe manchmal von Ihnen gehört, David. Ein Vermögen aus Indien. Dienst bei der Zarin. Nun erzählen Sie mal!«

Viel Zeit zum Erzählen blieb nicht. Pellew war sehr in Eile, und so gab David nur stichwortartige Hinweise auf die wichtigsten Ereignisse. »Respekt! Respekt! Ich war während des Friedens die meiste Zeit an Land, und nun habe ich die *Nymphe,* die kein guter Segler ist. Ich muß sehen, daß ich ein anderes Schiff kriege. Sie haben Prisen gekapert, David, aber jetzt kommt es darauf an, eine französische Fregatte niederzukämpfen. Dann haben Sie die Baronie. Glauben Sie mir! Die ersten Zweikämpfe gleichwertiger Schiffe werden hoch honoriert. Ihre Beutekorvette, so gut sie aussieht, bringt Ihnen nur Geld, aber keinen Ruhm.«

»Hoffentlich bringt sie wenigstens gutes Geld, Sir«, warf David ein.

»Lassen Sie das ›Sir‹. Sie werden sich erinnern, daß ich Edward heiße.«

Ich erinnere mich sogar, daß wir uns damals duzten, dachte David, aber nun sind wir erwachsene Kapitäne. Und dann hörte er Pellews Stimme. »Ich gebe Ihnen ein Briefchen an meinen Bruder, daß er beim Verkauf Ihrer Prisen hilft. Er ist Prisenagent, Zolleinnehmer und vieles andere.«

David bedankte sich, und dann geleitete ihn Pellew schon an Deck, wo die Vorbereitungen zum Auslaufen in vollem Gange waren. Der Sekretär eilte herbei. »Ach ja«, sagte Pellew, »seien Sie doch so lieb und lassen den Brief an meinen Bruder expedieren. Sie sehen ja meine Zeitnot.«

»Wird gern erledigt. Es war schön, Sie wieder einmal zu sehen, Edward. Hoffentlich dauert es das nächste Mal nicht so lange.«

Aber Pellew faßte auf einmal Davids Arm und lachte laut auf. »Was bin ich doch für ein vergeßlicher Esel! Die lustige Geschichte, die Sie wie kein anderer verstehen können, ist mir glatt entschwunden. Sie kennen doch den Helden von Valcour Island?«

»Wen?« fragte David ein wenig entgeistert.

»Passen Sie auf! Ich war vor kurzem in St. Helier, Guernsey. Da hat man mich auf einem Empfang gefragt, ob ich diesen Helden kenne. Ich war ja nun auch dabei, aber ich war so ratlos wie Sie eben. Nun, Mr. Peter de Blaisse, wurde mir bedeutet. Er käme heute auch. Und wissen Sie, wer dann kam?«

»Ich kenne keinen de Blaisse, Edward.«

»Natürlich kennen Sie ihn, David. Es ist dieser Kanadier holländischer Geburt, der sich damals Pieter de Blahs nannte, ständig ein großes Maul hatte, das Leutnantspatent vom Erbe seines Vaters kaufte und sich dann unter Deck verkroch, als die Kugeln krachten.«

»Dieses aufgeblasene, feige Großmaul nennt sich Held von Valcour Island?« David konnte es nicht fassen.

»Ja, er hatte seinen Namen französisch abgeändert und von seinen Heldentaten erzählt. Ich habe dann erfahren, daß er auch dort nur vom Erbe lebte, selbst nichts vollbrachte, Schwächere gewalttätig schikanierte und den lokalen Größen eher linkisch und servil gegenübertrat.«

»Haben Sie die Wahrheit aufgedeckt, Edward?«

»Und wie! Als er mir vorgestellt wurde, habe ich mich geweigert, ihn zu begrüßen und laut verkündet, daß dieser Kerl sich bei Valcour Island mit vollgeschissenen Hosen, ›die Damen mögen mir verzeihen, fügte ich hinzu‹, unter Deck meines Schiffes verkrochen hatte, als die Schlacht tobte. Ich habe ihnen gesagt, daß ich nicht verstehen könne, wie die Gesellschaft von St. Helier auf so einen Aufschneider hineinfallen könne. Der Kerl wurde leichenblaß, verließ fluchtartig den Raum und die Insel. Wer weiß, wo er nun mit seinem Erbe den großen Mann spielen will.«

»Was gibt es doch für Mistkerle!« betonte David mit Nachdruck.

»Wie wahr! Ein Glück, daß wir es in der Flotte meist mit anderen Kameraden zu tun haben. Aber nun endgültig: Leben Sie wohl, und Gott sei mit Ihnen, David!«

Die Vendée steht auf

(Mai bis Juli 1793)

Für den ungeduldigen David war das kein befriedigender Nachmittag in Falmouth. Nachdem die *Nymphe* den Hafen verlassen hatte, suchte er den Hafenadmiral auf, aber der war zur Beisetzung eines verdienten Kapitäns in einer Kleinstadt, aus der er erst spät am Abend zurückkehren würde. So konnte David nur seine Berichte abgeben, für die Übernahme der Gefangenen sorgen, aber nichts für die Sache der Vendée unternehmen.

David brachte seine private Post nach Portsmouth und London auf den Weg und ging dann zum Vertreter seines Prisenagenten. Der war sichtlich stolz, David mitteilen zu können, daß die gekaperten Ostindiensegler mit Schiffen und Ladungen achtundsiebzigtausend Pfund Prisengeld erbracht hätten. Der Agent erwartete wohl eine enthusiastische Reaktion, aber Davids sichtbare Freude hielt sich in Grenzen. Er war persönlich recht bescheiden und hatte nach seiner Auffassung bereits mehr Geld, als er in der Flotte ausgeben konnte und als erforderlich war, um ihn bei Invalidität vor Armut zu retten. Außerdem machten ihn große Gewinne, aber auch großes Glück immer ein wenig ängstlich. Es war eine fast antike Furcht vor dem Neid der Götter, die Glück in Elend verwandeln würden. War es ihm nicht auch mit Kamala so ergangen?

Aber dann hörte er, wie der Prisenagent fortfuhr und erklärte, daß seine Firma den Betrag innerhalb eines halben Jahres anweisen und daß er sofort einen Vorschuß auf zehn Prozent der Summe auszahlen würde. Das war in der Tat eine generöse Regelung, denn viele Agentenfirmen hielten Gelder länger zurück, um Zinsen einstreichen zu können. David zeigte nun die erwartete Freude.

Der Prisenagent versprach, sofort mit dem Sekretär des Kapitäns, dem Zahlmeister und den Maaten eine gründliche Bestandsaufnahme der neuen Prisen vorzunehmen, die dann vom königlichen Prisenagenten, Mr. Samuel Pellew, bestätigt werden müsse. Auch der weitere Verlauf hänge sehr von diesem Herrn ab, ohne den in Falmouth rein gar nichts laufe. Nun, dachte sich David, da hat Edwards Brief an seinen Bruder vielleicht doch mehr Bedeutung, als ich zuerst annahm.

Auf dem Weg zum Hafen erwartete ihn dann ein freudestrahlender Dritter Leutnant mit der gesamten Prisenmannschaft, die sich bei Mr. Rossanos Meldung ein fast militärisches Aussehen gab. »Shannons!« begrüßte sie David, »ich bin froh, euch wieder gesund zu sehen, und danke euch für die erfolgreiche Ablieferung der Prisen. Ihr habt euch euren Anteil reichlich verdient.«

Mr. Rossano ließ noch ein »Hurra« auf den Kapitän ausbringen, und dann beugte er sich zu David : »Man erzählt, Sir, die beiden Prisen hätten über siebzigtausend Pfund gebracht.«

»Exakt achtundsiebzigtausend Pfund, Mr. Rossano, wie mir der Agent eben mitteilte. Zehn Prozent werden sofort ausgezahlt, der Rest in einem halben Jahr. Ich wäre Ihnen dankbar, wenn Sie den Leuten ins Gewissen reden könnten, daß sie nicht alles gleich auf den Kopf hauen. Der Zahlmeister gibt gern Ratschläge, wie man Geld sicher und zinsbringend anlegen kann. Es kommen auch andere

Tage, und sie sollen an die hungernden und bettelnden Invaliden denken, die gern ein bißchen Rücklage hätten.«

Mr. Rossano versprach, sein Bestes zu tun, aber er wußte wie David, daß er bei den meisten auf taube Ohren stoßen würde.

An Bord des Schiffes raste die Nachricht vom Prisengeld durch die Decks. Rossano empfing Leutnant Scott, der von der Ablieferung der Gefangenen zurückkehrte. »Basil, jeder Offizier erhält eintausendsechshundertfünfundzwanzig Pfund. Stell dir das nur vor! Das ist soviel, wie wir in fünfundzwanzig Jahren an Sold erhalten.«

»Donnerwetter!« staunte Scott, fügte dann aber skeptisch hinzu: »Und zahlen sie das auch vor fünfundzwanzig Jahren aus?«

»Aber ja. Der Kapitän sagt: ›Zehn Prozent sofort, der Rest innerhalb eines halben Jahres.‹«

»Dann hat er aber gute und reelle Agenten. Und mit dem vielen Geld sitzen wir in so einem kleinen Nest. Es ist doch immer ein Haken bei jeder Sache.«

Die ranghöheren Deckoffiziere hatten ihren Anteil mit achthundertzwölf Pfund berechnet, die Midshipmen, Maate und Sergeanten kamen auf dreihundertvier Pfund, und für die Mannschaften blieben hundertzwanzig Pfund pro Kopf.

»Kannste immer noch wat gejen den Alten sagen, du Meckerkopp?« motzte ein Matrose den Iren Jim an, der aus seiner Abneigung gegen David keinen Hehl machte.

»Ihr seid auch zu blöd. Nun macht ihr euch vor Freude über die Trinkgelder, die ihr kriegt, ins Hemd. Wißt ihr nicht, daß der Alte neunzehntausenfünfhundert Pfund auf die Kralle kriegt, anderthalbtausendmal so viel wie wir? Hat er sich die Pfoten wundgepullt, um an die Segler heranzukommen, oder wir? Aber er sackt ein, für uns sind die Brosamen, und ihr Idioten freut euch noch darüber.«

»Nun halt mal die Luft an, du Großmaul!« meldete sich ein älterer Maat. »Der Admiral, der keines von den beiden Schiffen je sehen wird, erhält auch neuntausensiebenhundertfünfzig Pfund. So sind die Regeln, die unser Kapitän nicht gemacht hat. Aber ich war an Deck. Ich hab gehört, wie Neale wie ein Stier ins Feuer der Kanonen rudern wollte und wie der Alte sich dann die Tricks ausgedacht hat, durch die wir die Beute ohne eine Schramme entern konnten. Und wie hat er durch seine Geistesgegenwart Verluste bei der Korvette eingespart, he? Ohne den Alten hätten wir keine Prisen, sondern nur blutige Köpfe. Soll er ruhig mehr kriegen. Wärst du Maat, könntest du auch mehr haben, aber du kannst bloß meckern.«

David empfing einen strahlenden Stephen Church und besprach mit ihm, wie Landgang zu organisieren sei, wie mit dem Zahlmeister der Proviant ergänzt werden müsse und wie der Agent bei der Bestandsaufnahme der Prisen zu unterstützen sei.

»Die Korvette bringt doch auch bestimmt noch einmal zehntausend, Sir, so neu und gut sie ist. Ich bin so glücklich, wie sich meine Verhältnisse in wenigen Monaten von drückender Armut zu bescheidenem Wohlstand verändert haben.«

»Legen Sie alles nur gut und gewinnbringend an. Mr. Thimothy kann Ihnen raten, und wenn Sie wollen, auch der Prisenagent. Ein bißchen verstehe ich auch davon.« Und David merkte, daß er selbst noch gar nicht über die Anlage seines Anteils nachgedacht hatte.

Kolja knurrte leise, und als der erwartete Besucher eintrat, ging Kolja zum Schwanzwedeln über, denn es war Davids Sekretär, der Kolja gern ein wenig verwöhnte. »Ein Bote mit einem Billett aus der Stadt, Sir!«

David nahm den Umschlag, riß ihn auf und las, daß sich Mr. Samuel Pellew freuen würde, Kapitän Winter morgen um 9 Uhr zum Frühstück zu empfangen.

»Wartet der Bote auf Antwort?«

»Ja, Sir!«

»Sagen Sie, daß ich mich für die Einladung bedanke und gern kommen werde.«

Samuel Pellew war ein massiger Mann, der aber nicht fett, sondern kräftig und muskulös wirkte. Selbstbewußt und freundlich begrüßte er David in seinem Privatzimmer, das an das Büro anschloß. Der Frühstückstisch war reich gedeckt. »Willkommen, Mr. Winter. Mein Bruder hat nach seiner Heimkehr aus Amerika viel von dem jungen Hannoveraner gesprochen, der sein Schiff rettete. Jetzt hat er Sie wiedergesehen und empfiehlt Sie dringend meiner Förderung. Ich freue mich, daß ich Sie nun kennenlerne. Langen Sie erst einmal zu, und dann überlegen wir, wie ich Ihnen nützlich sein kann. Kommen Sie, ein kleiner Schluck Champagner ist für die Gesundheit besser als die vielen Tassen Kaffee, die die Leute jetzt in sich hineinschütten.«

David langte zu und genoß nach den Monaten auf See den frischen Saft, die Eier, Würstchen, den Speck, Schinken und das frische Brot. Pellew sah ihm belustigt zu. »Ein Mann, der sich Zeit nimmt, lang entbehrte Genüsse zu würdigen, hat meist auch die Nerven, in unruhiger Zeit den Überblick zu behalten.«

»Ich hoffe sehr, daß mir das gelingen wird, Mr. Pellew. Es wird aber immer schwieriger. Ich erfahre an der Küste Frankreichs Dinge, die nach meinem Urteil ein Eingreifen im Interesse Englands erfordern. Aber die Regierung unseres Landes hindert mich daran. Ich bezweifele immer mehr, daß unsere Regierung richtig informiert ist.«

»Ach, Mr. Winter, glauben Sie einem viel älteren Mann. Auch wenn sie richtig informiert werden, ziehen die Regierenden oft falsche Schlüsse und ergreifen Maßnahmen, die nur ihnen und ihrem Wahlkreis, aber nicht dem Land nutzen. Erzählen Sie mir, wie es drüben an der Küste aussieht!«

David berichtete von dem Ausbruch der Unruhen nach

der Ankündigung der großen Rekrutenaushebung, von den Grausamkeiten gegen Frauen und Kinder und von der Schwierigkeit der Aufständischen, einen Hafen in ihre Hand zu bekommen.

»Das wird Mr. Dundas, den König von Schottland, nicht dazu bewegen, den Aufstand zu unterstützen. Er konzentriert alle Kräfte darauf, den Franzosen die karibischen Zuckerinseln wegzunehmen. Das bringt unmittelbaren Gewinn, nicht der ärmliche Westen der früheren Provinz Poitou, aus dem die Revolution das heutige Departement Vendée gemacht hat. Wir in Falmouth kennen die Bedrohung durch Frankreich aus eigener Erfahrung. Wir sind eher für eine Unterstützung der Vendée zu gewinnen.«

»Meinen Sie mit Mr. Dundas den Leiter des Kriegsdepartements, Mr. Pellew?« Und als Pellew nickte, fuhr David fort: »Aber warum nennen Sie ihn König von Schottland?«

»Mr. Dundas kontrolliert die Wahlkreise von drei Vierteln aller Parlamentsabgeordneten aus Schottland. Er entscheidet, ob sie gewählt werden, und hat sie dadurch in der Hand. Und diese Hausmacht ist im Parlament nicht zu verachten. Er ist außerdem noch Innen-, Kolonial-, Indien- und Schottlandminister. Mr. Pitt ist mit ihm eng befreundet, was bliebe ihm sonst auch übrig?«

»Warum machen Sie Ihren Einfluß in London nicht geltend, Mr. Pellew, damit dort die Gunst der Stunde genutzt wird, um die Revolution durch die Vendée zu schwächen?«

Pellew lächelte und schüttelte den Kopf. »Es kostet mich viel Zeit und Kraft, die Dinge hier unter Kontrolle zu behalten und meinen Anteil dazu beizutragen, daß die Menschen hier zufrieden leben und ihren Wohlstand mehren können. Die Pellews natürlich auch. Ich werde nicht alles aufs Spiel setzen, um mich in das Londoner Affentheater einzumischen, in dem ich die Mitspieler kaum kenne, geschweige denn beeinflussen kann. Aber ich kann Sie hier mit einem Vertrauten von Mr. Dundas zusammenbringen. Mr. Batsford ist ein kluger Mann, der auch zuhören kann. Er ist gerade in der Stadt, um frische Informationen von den Postbootkapitänen und den Schmugglern zu sammeln. Sie werden ihn heute nachmittag treffen. Aber nun lassen Sie mich noch wissen, was ich für Ihre Prisen tun kann.«

David merkte bald, wie groß Samuel Pellews Einfluß in Falmouth war. Die Vertreter von Arsenal und Magazin drängten ihm förmlich ihre Dienste auf. Der Prisenagent berichtete begeistert, daß Pellews Leute schon beschäftigt seien, die Bestandsaufnahme der Prisen stichprobenartig zu überprüfen, damit die Angebote bald mit Pellews Siegel an die Admiralität und an große Reedereien hinausgehen könnten. »Die Korvette ist nicht nur gut als Sloop für unsere Flotte geeignet, sie wäre auch ein kampfkräftiges schnelles Kaperschiff. Nur mit dem Chasse-marée werden wir etwas mehr Probleme haben, weil wir hier den Mast nicht ersetzen können.«

Auch der Hafenadmiral und Mr. Dundas' Beauftragter schienen ihre Termine von Mr. Pellew zugeteilt zu bekommen.

David empfing die Einladung zu einem Gespräch beim Tee noch vor der Lunchzeit. Einerseits freute sich David, seine Auffassung vortragen zu können. Andererseits belastete es ihn, daß er nun kaum noch Zeit hatte, sich um das Schiff und seine privaten Dinge zu kümmern. Er besprach mit dem Ersten, was in der kurzen Hafenzeit alles getan werden könne.

Der Hafenadmiral war ein älterer Kapitän, der im letzten Krieg die rechte Hand verloren hatte und David mit kräftigem Druck der linken begrüßte. Er hat kluge und aufmerksame Augen, dachte David und wandte sich dem Mann aus dem Kriegsdepartement zu.

Mr. Batsford war etwa fünfzig Jahre alt, in der Statur

und Kleidung unauffällig, aber seine großen blauen Augen unter dichten schwarzen Brauen bildeten einen verwirrenden Kontrast.

»Sie haben einen guten Ruf, Mr. Winter«, sagte der Hafenadmiral. »Wir sind sehr interessiert, was Sie aus eigener Anschauung vom Aufstand in der Vendée berichten können. Aber trinken Sie zunächst einen kleinen Schluck von meinem Port. Sie werden ihn genießbar finden. Der Tee wird gleich serviert.«

Nach einigen freundlichen Belanglosigkeiten lenkte Mr. Batsford zur Sache über. »Mr. Winter, bitte berichten Sie mir möglichst detailliert, wie Sie Kontakt aufnahmen und was Sie von wem erfahren haben. Bitte nennen Sie keine Namen. Schreiben Sie sie auf diesen Zettel hier. Ich habe mir das so angewöhnt, nachdem ich erfahren mußte, wie oft Wände Ohren haben. Wenn der Admiral Namen erfahren muß, werde ich sie ihm zum Lesen geben.«

David war erstaunt. Dieser Batsford schien ein vorsichtiger Mann zu sein, der genau wußte, was er wollte, und der auch den Hafenadmiral zum Zuhörer zweiter Klasse degradieren konnte.

David berichtete detailliert, schrieb die Namen von Lejeune, vom Verräter Chevetel und vom vorgesehenen Kommandanten Marquis Charette de la Contrie auf den Zettel. Erst nach dem Bericht fügte er hinzu, in welche emotionalen und rationalen Konflikte ihn die Weisung der Regierung gebracht habe, die Aufständischen nicht zu unterstützen.

Batsford lächelte. »Das war ein informativer Bericht, Mr. Winter. Ich sehe ein, daß Sie die Politik der Regierung nicht nachvollziehen können, aber lassen Sie mich nun diesen Aspekt erklären.« Und er erläuterte, daß eine starke französische Monarchie im letzten Jahrhundert England immer wieder bedroht und gefährdet habe. Die Schwächung dieser Monarchie liege im britischen Interesse. Man wolle nicht den revolutionären Umsturz der Gesellschaft fördern, aber die Bändigung der absoluten französischen Monarchie durch eine Verfassung, wie sie 1791 erlassen wurde, liege im wahren Interesse Englands. Zugegeben, die Entwicklung sei radikalisiert worden, die Anhänger der damaligen Verfassung heute an den Rand gedrückt, das Land zur Republik erklärt worden, aber dennoch: Eine konstitutionelle Monarchie in Frankreich sei im britischen Interesse, nicht die Wiederherstellung der alten absoluten Monarchie.

Mr. Batsford fuhr fort: »Sehen Sie, Mr. Winter, hier beginnt das Problem. Die Aufständischen in der Vendée sind keine Anhänger einer Verfassung, sie wollen die alte Monarchie. Und sie sind strikt katholisch. Das harmoniert doch nicht mit britischen Interessen.«

Der Hafenadmiral bewies nun, daß er sich nicht als zweitrangiger Zuhörer verstand. »Bei allem Respekt, Mr. Batsford, für jemanden, der gegen Frankreich gekämpft hat, sind diese Erwägungen zu theoretisch. Sie können das Rad dieser tollwütigen Revolution nicht bis 1791 zurückdrehen. Jenseits des Kanals herrscht jetzt der radikale Vernichtungswille gegen alles, was nicht republikanisch, antireligiös und gleichmacherisch ist. Ein Königtum werden Sie dort für lange Zeit nicht aus dem Hut zaubern können. Aber die Herren in Paris zaubern Armeen aus dem Hut, die schon gezeigt haben, daß sie ganz Europa gefährden können. Dagegen können wir jeden Arm gebrauchen, der eine Muskete halten kann, königstreu und katholisch oder nicht.«

Batsford blieb gelassen. »Sie reden ja wie Mr. Burke im Parlament, Admiral. Ich gebe zu, daß wir im Augenblick keine Chance haben, einer konstitutionellen Monarchie den Weg zu bereiten. Aber warum sollen wir nicht warten können, bis die Revolution in ihrem Blut erstickt? Die Gefahr der Armeen halten wir nicht für so groß. Vor allem aber fällt die französische Flotte doch als Machtfaktor weitgehend aus. Die königstreuen Offiziere sind hingerichtet, verjagt oder geflohen, und Sie beide wissen am besten, wie lange es dauert, ein Geschwader zu einer guten Kampfeinheit zu formen. Warum sollten wir das Leben unserer Soldaten an Frankreichs Küsten aufs Spiel setzen?«

Alle schwiegen ein wenig. David wartete, ob der Admiral etwas sagen würde, aber dieser sah ihn aufmunternd an. »Mr. Batsford«, begann David schließlich, »mir fehlt Ihr Gesamtüberblick, aber dafür kenne ich einige Aspekte aus eigener Erfahrung. Sie sollten den Einfluß erfahrener Flaggoffiziere nicht überbewerten. Im amerikanischen Krieg haben sie auf beiden Seiten viele Fehler verursacht, wie heute offenkundig ist. Eine Flotte kann noch nicht abgeschrieben werden, weil sie durch junge Offiziere oder gar Deckoffiziere kommandiert wird. Die Disziplinfrage werden auch die jungen Offiziere in den Griff kriegen, sobald jeder die Bedrohung durch unsere Flotte erkennt. Und die Gefahr durch Kaper für unseren Handel ist dadurch noch gar nicht tangiert. Frankreich ist auch zur See nach wie vor als Gegner nicht zu unterschätzen.«

»Das können Sie glauben, Mr. Batsford!« bestätigte der Hafenadmiral.

David ließ sich jetzt nicht mehr bremsen. »Als Offizier im Kampf kenne ich nur das Ziel, den Gegner zu schwächen. Wenn die Aufständischen in der Vendée heute gegen meinen Feind kämpfen, dann will ich sie unterstützen, gleichgültig, welche Staatsform sie morgen anstreben. Darum würde ich mich morgen kümmern.«

Er wandte sich jetzt beschwörend an Mr. Batsford: »Vergessen Sie nicht, Sir, dort kämpfen Menschen. Meine Seeleute werden demoralisiert, wenn sie nicht helfen dürfen, obwohl Frauen und Kinder massakriert werden. Die Rebellen werden uns eines Tages mehr hassen als die Revolution, wenn sie unsere Schiffe vor ihren Küsten sehen, wir ihnen aber keine Unterstützung gewähren, ja, schlimmer noch, die Emigranten hindern, zu ihrer Hilfe zu landen. Auch konstitutionelle Monarchien werden durch Menschen geformt, und wenn diese Menschen in England eine kalte und herzlose Macht sehen, die nur ihre Zuckerinseln einsacken will, sonst aber zusieht, wie sie hingeschlachtet werden, dann hält die Verfassung niemanden ab, in England den Erbfeind zu sehen, gegen den man kämpfen will, unter welcher Regierung auch immer.«

David atmete durch. »Entschuldigen Sie, daß ich mich so echauffierte.«

»Nein, nein, entschuldigen Sie sich nicht, Mr. Winter«, wehrte Batsford ab und strich sich nachdenklich über die Augenbrauen. »Sie haben ja recht. Wir dürfen die Gefühle der Menschen nicht außer acht lassen. Das ist auch ein Machtfaktor. Wann laufen Sie wieder aus, Mr. Winter?«

»In spätestens drei Tagen, Sir.«

»Sie müssen vielleicht einen oder zwei Tage warten. Das läßt sich doch einrichten, Admiral?« Der nickte.

Batsford dachte kurze Zeit nach und sagte dann entschieden. »Ich werde Ihnen einen oder zwei Agenten mitgeben, die Kontakt zu den Rebellen im Land aufnehmen müssen. Wir haben natürlich einen Agentendienst, La Correspondance genannt, aber er operiert bisher vor allem über Jersey. Meine Vollmachten erlauben mir außerdem, Ihnen in Analogie zu den Ermächtigungen, die Oberst Craig kürzlich auf Jersey erhalten hat, die Anlandung von Waffen bis zur Ausrüstung eines Bataillons und die persönliche Kontaktaufnahme mit den Aufständischen zu gestatten. Wir haben doch Beutewaffen? Ich werde Ihrem Sekretär die erforderlichen Anweisungen diktieren, Admiral, und Sie sind bitte so freundlich, als Zeuge alles zu testieren. Dann müssen sofort reitende Boten los, um die Agenten anzufordern. Und Sie können die Aufständischen mit Ihren Geschützen unterstützen, Mr. Winter, wenn es mit den Zielen Englands vereinbar ist, z. B. um einen Hafen zu gewinnen. Und, Admiral, Mr. Winter muß Falmouth im Juli wieder anlaufen können, um die Agenten zurückzubringen und neue zu erwarten. Bitte regeln Sie das mit der Admiralität.«

Als David das Zimmer verlassen hatte, atmete er tief durch. Er war erregt und ein wenig erschöpft. Nein, einen Durchbruch hatte er nicht erzielt, aber immerhin, ein Tor war geöffnet. Und dann fiel ihm ein, daß er vielleicht ein oder zwei Tage länger im Hafen blieb. So weit entfernt war Britta doch gar nicht!

Erwartungsgemäß fand David am nächsten Morgen unter den Meldungen des Ersten Leutnants auch Nachrichten über Festnahmen betrunkener und randalierender Seeleute. »Ein Sergeant soll sie mit Seesoldaten abholen und der Gehilfe des Zahlmeisters klären, wieviel an Schaden durch Abzug von der Heuer zu erstatten ist. Sie wissen schon, Mr. Church. Und nun zur Unterbringung der beiden Agenten und zur Verstauung der Waffen!«

Es war einer der üblichen Tage bei kurzen Hafenzeiten. An David paradierte eine Flut von Formularen vorbei. Ständig wollten Deckoffiziere Anweisungen haben. Aber noch war keine Post aus Portsmouth eingetroffen. David sagte sich immer wieder, daß er ja erst den dritten Tag in Falmouth sei und daß es mindestens einen Tag brauche, um die Nachricht von seinem Einlaufen nach Portsmouth zu bringen. Aber wer sehnsüchtig wartet, ist durch solche Überlegungen nur vorübergehend zu beruhigen.

Am Abend endlich kam der Diener des Posthalters und brachte einen großen Sack, der sich in Portsmouth für die Besatzung der *Shannon* angesammelt hatte. Ein Bündel war auch für den Kapitän dabei. Und nun blieb ihm nur noch eine halbe Stunde Zeit, denn er hatte seine Offiziere im besten Gasthof der Stadt zum Dinner eingeladen.

David griff noch einem Brief seines Schwagers William, der schon auf dem Umschlag die Notiz enthielt, daß er gestern geschrieben sei. Kaum hatte er die ersten Zeilen gelesen, da ließ er den Brief mit einem Seufzer der Enttäuschung sinken. Britta war zwei Tage vor dem Einlaufen der *Shannon* nach London abgereist, weil ihre Eltern sie auch einmal wieder sehen wollten. Im stillen hatte er gehofft, daß Britta nach Falmouth reisen würde, so schnell entschlossen und resolut sie war. Und nun, da ihm ein oder zwei Tage mehr im Hafen zugebilligt waren, hatte sich Britta auf die Reise nach London begeben. Sie würde es sicher genauso bedauern wie er.

Was William sonst in wenigen Zeilen zusammenfaßte, war weniger enttäuschend. Allen ging es gut. Die Geschäfte florierten. Die Aktien der schottischen Kanonengießereien waren erstaunlich gestiegen. Er würde noch ein Schiff dazukaufen, falls er das Kapital flüssig hätte. Nun ja, dachte David. Dafür ist morgen noch Zeit.

Der Morgen des fünften Hafentages brachte mit der Ankunft der Agenten eine Überraschung. Es waren ein Mann und eine Frau. Damit hatte niemand auf der *Shannon* gerechnet. Eine Frau als Agentin! Und die Probleme der Unterbringung!

Die Agenten waren Schwester und Bruder, Mademoiselle und Monsieur de Saint-Huber, entschiedene Feinde der Revolution, schon bevor ihre Eltern unter dem Fallbeil starben. Er, Hugo, war etwa fünfundzwanzig Jahre alt, braungelockt und von durchschnittlicher Statur. Sie, Madeleine, etwa vier Jahre jünger, war attraktiv, legte aber anscheinend keinen Wert darauf, das zu betonen, sondern kleidete sich sehr schlicht und zweckmäßig und verhielt sich betont sachlich.

David trat ihnen zwei Kammern seiner Räume ab und quartierte sich in der Kartenkammer ein. Die beiden Gäste sprachen recht gut englisch, so daß Jean auch hier seine Sprachkenntnisse nicht zu offenbaren brauchte.

Nun mußte David schnell seine Briefe vollenden. An Britta schrieb er, daß er im Juli wieder für einige Tage in Falmouth sein werde. »Bitte erwarte mich. Ich sehne mich so danach, dich zu meiner Frau zu machen. Wir müssen ja keine große Hochzeit feiern. Aber bitte, laß uns bald heiraten. Mr. Samuel Pellew wird in allen organisatorischen Fragen eine große Hilfe sein.«

Am Nachmittag lief die *Shannon* aus, und David hatte die beiden Gäste und Mr. Church am Abend in seine Tageskajüte zum Dinner gebeten. Im Gespräch zeigten sich beide als begeisterte Parteigänger des Aufstandes in der Vendée. Sie hatten ein gewisses Verständnis für Englands Zurückhaltung, aber ihr Herz war auf Seiten der Rebellen. Sie brannten darauf, wieder den Boden Frankreichs zu betreten, und Madeleine hoffte, Nachricht von ihrem Verlobten zu erhalten, der in der Nähe von Nantes von den Revolutionären verhaftet worden war.

Mr. Neale und Hassan Kudat hatten nach Mitternacht Wache. Es war wolkig. Ab und an mußten sie sich vor Regenschauern ducken. Die *Shannon* segelte mit fünf Knoten auf südwestlichem Kurs. Hassan war gerade an Kolja vorbeigegangen und hatte kurz sein Genick gekrault, als Kolja zu brummen anfing und aufgeregt backbord voraus schnupperte.

Neale reagierte sofort und rief nach den Nachtausgucken, die mit den Nachtgläsern voraus starrten. Ein Schatten, mehr als eine halbe Meile entfernt, äußerten sie schließlich, konnten in der fast stockdunklen Nacht aber auch nicht mehr erkennen. Nur Kolja wurde eher noch erregter. Neale schickte den Melder zu David. Dieser zögerte nicht lange, als er an Deck erschien, und ließ ›Klarschiff‹ befehlen. »Aber lautlos und ohne einen Schimmer Licht!« Dann sandte er nach Mr. Duff.

Einer der Ausgucke meldete, möglicherweise sei ein zweiter Schatten noch etwas weiter querab, aber die Schatten entfernten sich langsam mit Kurs Süd.

»Mr. Duff, Sie erinnern sich an unsere Leuchtraketen aus der Bombay-Marine. Lassen Sie ein halbes Dutzend an Deck bringen. Sie selbst sollen sie einrichten und zünden!« ordnete David an.

»Aye, aye, Sir. Aber wenn ein Schauer kommt, wird sich der kleine Schirm zusammenfalten, und die Rakete fällt hinunter.«

»Wir müssen es versuchen, Mr. Duff«, antwortete David und befahl, die geheimen Erkennungssignale mit den Lampen vorzubereiten.

»Sollten wir nicht bis zur Dämmerung warten, Sir?« fragte Mr. Church.

»Der oder die Schatten haben den Windvorteil, und wenn wir kreuzen, sind sie wahrscheinlich weg.« Die *Shannon* segelte hart am Wind, um die Distanz zum Schatten zu verringern. Nun waren sich auch die Ausgucke sicher. Ein großer Chasse-marée, vielleicht noch ein zweiter, weiter querab.

Sie luden Kugeln, denn David wollte kein Risiko eingehen, nur um vielleicht eine mögliche Prise weniger zu beschädigen. Kolja hatte auf Befehl sein Knurren eingestellt und war unter Deck gebracht worden. Lautlos schob sich die *Shannon* an den Schatten heran. Es waren nur noch hundert Meter, als drüben Stimmen riefen und zeigten, daß ihre Annäherung bemerkt worden war.

»Geheimsignal zeigen, eine Leuchtrakete!« befahl David und rief laut durch sein Sprachrohr: »Hier ist die britische Fregatte *Shannon*. Brassen Sie back!«

Aber die Leuchtrakete bewies, daß dort ein großes französisches Kaperschiff segelte, auf dem die Matrosen an die Kanonen rannten und auf dessen Achterdeck ein Mann laut Befehle in französischer Sprache brüllte.

»Feuer!« rief David, und die Salve krachte hinaus. Ein großer Teil ihrer Kugeln hatte getroffen und Teile der Bordwand des Feindes zerfetzt. Sie hörten Schmerzensschreie. Aber die Kanoniere achteten nicht darauf und luden fieberhaft nach.

»Mr. Duff, zielen Sie mit der nächsten Rakete so, daß wir möglichst im Dunkeln bleiben!« rief David, und dann schossen die schnellsten Kanonen der *Shannon* bereits wieder, und erneut flogen drüben Trümmer durch die Luft.

Aber auf dem Kaper waren auch Kanonen feuerbereit und schossen zurück. Zwei Einschläge auf dem Geschützdeck der *Shannon* rissen Matrosen zu Boden und ließen die Sanitäter rennen. Die Offiziere trieben die Geschützbedienungen an, und David forderte durch das Sprachrohr, daß sie genau zielen sollten. Ein Mast des Franzosen neigte sich, und an seiner Bordwand klafften riesige Löcher, dort, wo die Karronaden hineingeschmettert hatten.

Aber da stachen achtern aus großer Entfernung Feuerzungen aus der Dunkelheit. »Heckgeschütze: Feuer frei auf neuen Gegner!« befahl David. Es war also doch ein zweiter Schatten dort gewesen. Aber noch stellte er keine unmittelbare Gefahr dar.

»Macht den ersten fertig! Zielt auf den Rumpf! Dann nehmen wir uns den anderen vor!« feuerte David die Kanoniere an. Duff zündete eine weitere Leuchtrakete, und sie sahen, daß nur noch der Fockmast des Chassemarée stand und daß sein Geschützdeck völlig verwüstet war.

»Jungs, wir haben ihn gleich!« jubelte Neale, aber da machte ihnen die Natur einen Strich durch die Rechnung. Regen schüttete vom Himmel, so daß sie die Geschütze und ihr Pulver abdecken mußten. Die Leuchtrakete fiel vom Himmel. Stockdunkle Nacht hüllte sie ein. Alle harrten aus und schützten sich gegen die prasselnden Tropfen, so gut es ging. Aber das war kein kurzer Schauer. Er dauerte mehr als eine halbe Stunde.

Als der Wasserguß vorüber war und sie ihre Kanonen getrocknet und geladen hatten, schoß Mr. Duff eine neue Leuchtrakete hinauf, aber auch mit den Nachtgläsern war nichts zu sehen. Die See war leer. »Holt Kolja!« befahl David. Doch auch Kolja konnte nichts hören oder schnuppern.

»Wir kreuzen zurück, Mr. Church, damit wir bei Dämmerungsbeginn wieder an der Stelle sind. Lassen Sie die Mannschaften bis dahin wegtreten!«

David und Mr. Church erwarteten auf dem Achterdeck die Dämmerung. »Was wird aus dem Abspritzen der Mannschaft mit der Deckpumpe, Sir? Wenn eine Dame an Bord ist, können wir die Burschen doch nicht nackt herumtanzen und sich abseifen lassen.«

»Ach was! Das dauert doch nur eine halbe Stunde. Jean soll aufpassen, daß sie nicht aus der Kammer kommt, wenn sie überhaupt so früh aufwacht. Wir wollen nicht unsere Routine durcheinanderbringen.« David war nicht in bester Laune. Das verpaßte Wiedersehen mit Britta, der unwillkommene Regenguß heute nacht und jetzt das ungeduldige Warten, alles verband sich zu einer gewissen Mißstimmung.

»Ausgucke aufentern!« befahl der wachhabende Offizier. Man konnte über hundert Meter weit sehen. Die Offiziere nahmen die Teleskope an die Augen und spähten nach allen Seiten. Nichts! Immer weiter konnte man sehen, und dann rief der Ausguck vom Fockmast: »Deck! Wrack, anderthalb Seemeilen vier Strich backbord!«

Wenige Augenblicke später sah auch David das Wrack durch sein Teleskop. Ein Maststumpf stand ohne Segel. Der Rumpf lag tief im Wasser. Lebenszeichen waren nicht zu entdecken. »Kurs auf das Wrack, Mr. Ryland. Mr. Neale, lassen Sie bitte den Kutter aussetzen. Prüfen Sie mit dem Zimmermann den Zustand des Wracks.« Und dann kam ihm die Erinnerung an den schwedischen Kapitän, der sie beinahe mit seinem Schiff in die Luft gesprengt hatte. »Bevor jemand sonst an Bord geht, lassen Sie bitte durch einen Freiwilligen überprüfen, daß keine Lunte in der Pulverkammer brennt.«

»Aye, aye, Sir«, bestätigte Mr. Neale und blickte etwas verwundert.

Ach, ihr jungen Burschen, dachte David. Wartet nur ab, was ihr noch alles erleben werdet, wenn euch die Zeit dazu bleibt.

Das Wrack schien menschenleer, und auch vom Kutter riefen sie nach einiger Zeit, daß keine Lunte brenne und niemand mehr an Bord sei. Alle Boote des Luggers fehlten. »Bringen Sie uns näher heran, Mr. Ryland, und lassen Sie die Segel einholen. Dienst nach Vorschrift, Mr. Church. Ich bin in meiner Kajüte.«

Nach einiger Zeit erschien ein Bootsmannsmaat und meldete, daß das Wrack nicht zu retten sei. Die Mannschaft habe es übereilt verlassen. Einen Mann mit zerschmettertem Fuß hätten sie zurückgelassen. Er werde gerade an Bord gebracht. Handwaffen, Pulver und Proviant könnten wahrscheinlich geborgen werden.

»Mr. Duff und der Zahlmeister sollen sich umsehen, was sie übernehmen können. Aber es darf nicht lange dauern. Ich bin gleich wieder an Deck, sobald ich den Papierkram hier erledigt habe.«

Einige Fässer Pulver, einige Dutzend Musketen, vier Achtpfünderkanonen, ein Dutzend Mehlsäcke, Fleischfässer und lebende Lämmer und Hühner wurden übernommen. Dann ordnete David an, daß das Wrack so zu sprengen sei, daß es schnell sinke. »Was ist mit dem Verwundeten, Mr. Cotton?« fragte er den Schiffsarzt.

»Er ist sehr geschwächt. Ich mußte ihm den Fuß amputieren, aber er wird es wohl überleben, Sir. Warum sie ihn zurückließen, konnte er noch nicht sagen.«

Die *Shannon* setzte wieder Segel und lief mit Südwestkurs ab. Immer wieder lugten die Seeleute zurück, und dann war es soweit. Ein dumpfes Dröhnen, ein Rauchpilz, und das Wrack versank mit einem großen Luftschwall in der See.

»Da sinkt unser Prisengeld dahin«, klagte Midshipman Austin.

»Du Nimmersatt!« wies ihn Frank Penrose spottend zurecht. »Auf so einen lumpigen Kaper sind wir doch gar nicht mehr angewiesen.«

»Wurm raus! Wischer rein! Drehen! Wischer raus! Kartusche laden!« In festem Rhythmus brüllte Leutnant Rossano die Befehle für die ihm unterstehende Batterie, und die Kanoniere führten sie schwitzend im Takt aus. Wieder und wieder wurden die Geschütze ausgerannt und eingeholt. Jetzt mußten sie sogar ihre Halstücher um die Augen binden und die Vorgänge blind ausführen.

Mademoiselle und Monsieur Saint-Huber standen mit Mr. Church auf dem Achterdeck und schauten dem Geschützdrill zu. »Müssen die Leute das immer wieder üben, Mr. Church? Sie können das doch längst.«

»Es muß ihnen in Fleisch und Blut übergehen. Ob Nacht oder Tag, ob ungestört, wie jetzt, oder unter feindlichem Feuer, sie müssen diese Abläufe ohne Nachdenken beherrschen. Nur so können wir unsere Standards halten.

Sie werden sehen, daß wir auch in der Takelage und mit den Handwaffen ständig üben. Als Agenten müssen Sie doch auch Dinge beherrschen, die uns fremd sind, und ich muß zugeben, daß ich vor Ihrer Arbeit mehr Respekt habe als vor meiner. Besonders bei Ihnen, Mademoiselle.«

Monsieur Saint-Huber war etwas verlegen. »Ach, wissen Sie, Mr. Church, mit unserer Ausbildung ist es nicht weit her. Man hat uns gezeigt, wie man mit unsichtbarer Tinte schreibt, wie man Ausweise fälscht, wie man sein Aussehen verändert. Wir haben uns einige Adressen einprägen müssen, aber viel mehr lehrte man uns nicht. Ich hatte mir das auch alles professioneller vorgestellt, aber ich glaube, wir werden nur als Hilfsinformanten eingestuft. Ja, und dann habe ich einen Spazierstock, der einen Degen enthält, einen Stiefel, in den ein Messer eingearbeitet ist, und eine Manschette, die eine sehr feste Seidenschlinge verbirgt, eine Garotte.«

»Und mir gab man eine Pfefferbüchse gegen Angreifer, einen kleinen Sprüher mit Salzsäure und natürlich Gift für mich selbst«, fügte seine Schwester hinzu.

Stephen Church war irritiert. Wie sollte man damit im feindlichen Hinterland operieren? »Wissen Sie«, sagte er schließlich, »wir haben Leute mit ungewöhnlichen Fertigkeiten an Bord. Mr. Hassan Kudat, der malaiische Steuermannsmaat, hat ein Blasrohr, mit dem er lautlos auf dreißig Meter betäuben oder töten kann. Er kann, wie übrigens auch unser Kapitän, mit dem Messer werfen, und Maat Dimitri schleudert Steine oder die Kugeln unserer Traubengeschosse bis zu zehn Metern so genau und kräftig, daß sie Schädel zerschmettern. Das hat manches Leben gerettet, nicht bei den Feinden natürlich, bei uns.«

Monsieur Saint-Huber war erstaunt. »Der Kapitän kann mit dem Messer werfen wie einer auf dem Jahrmarkt?«

»Ja, wir haben eine ganze Gruppe, die mit Mr. Kudat übt, und oft ist der Kapitän dabei. Er ist viel herumgekommen in der Welt. Ich glaube, er hat das von einem Italiener gelernt. Sie können es ja auch versuchen, wenn wir Drill an Handwaffen auf dem Dienstplan haben.«

Monsieur Saint-Huber war sehr interessiert, und seine Schwester wollte zuschauen.

Aber als der Drill am nächsten Tag begann, gab es zunächst eine Störung. Der Ausguck meldete zwei Segel mit nördlichem Kurs. Als sie als zwei französische Linienschiffe auszumachen waren, hatten diese die *Shannon* auch als britische Fregatte identifiziert und nahmen Kurs auf sie. »Dann werden wir uns wohl den Wind unter den Rock blasen lassen und verschwinden«, bemerkte Mr. Ryland und setzte dann hinzu. »Verzeihen Sie, Mademoiselle.«

»Alle Segel setzen! Kurs Nordwest!« befahl David. Und zu den Midshipmen fügte er hinzu. »Wir müssen uns den Weg in den Atlantik freihalten, damit wir nicht vor der Küste festgenagelt werden, falls zufällig Franzosen auch vor uns auftauchen.«

Aber sonst änderte sich nichts am Dienstablauf. Die Messerwerfer stellten sich wieder bereit vor ihrer Strohscheibe, und Monsieur Saint-Huber fragte David erstaunt: »Sind Sie nicht beunruhigt, Sir? Ergreifen Sie nicht andere Maßnahmen? Die Linienschiffe sind Ihnen doch weit überlegen.«

»An Feuerkraft schon, Monsieur, aber wir sind deutlich schneller. In ein paar Stunden sind sie hinter dem Horizont verschwunden. Kommen Sie! Sie müssen das Messer so mit Daumen und Zeigefinger halten!«

Aber Monsieur Saint-Huber hatte nicht das Gefühl und Handgeschick, das ein Messerwerfer braucht. Er gab auf, und keiner riet ihm zu weiteren Versuchen. Bei den Pistolenschützen konnte er besser mithalten, aber seine Schwester sorgte für eine kleine Sensation, als sie auch schoß und besser traf als Leutnant Rossano.

Die *Shannon* mußte zwei Tage vor dem Küstenabschnitt zwischen St. Gilles und der Insel Noirmoutier kreuzen, bis sie ein Signal von Graf Lejeune auffingen. In der Abenddämmerung näherte sich dann ein kleines Fischerboot mit dem Signal rot über blau, und Lejeune stieg an Bord.

»Gute Nachricht, Graf, ich habe nicht nur vierhundert Gewehre, Bajonette, Pulver und Blei für Sie, sondern auch zwei Agenten des Kriegsdepartements, die sich in der Vendée umsehen und die Möglichkeit der Zusammenarbeit prüfen sollen.«

»Das hört sich gut an, Herr Kapitän. Auch ich kann Ihnen Gutes über das Anwachsen des Aufstandes berichten. Aber bitte, stellen Sie mich zunächst den Agenten vor.«

David führte Lejeune in seine Kajüte, und dieser war auch erstaunt, eine Frau als Agentin zu sehen. Nein, er kannte die Geschwister nicht persönlich, hatte aber von ihrer Familie gehört. Lejeune fragte, ob auch Madeleine an Land gehen wollte, und äußerte Besorgnis, als das bejaht wurde.

»Wir leben im Wald und im Untergrund, Mademoiselle. In der Erde, im Wurzelwerk unserer riesigen Bäume haben wir Höhlen gegraben, in denen wir hausen. Die Männer liegen dort oft den ganzen Tag, das Schlupfloch mit dem Geflecht aus Zweigen und Gras abgedeckt. Wie sollen wir eine Frau von Stand in diesen Höhlen unterbringen? Natürlich sind auch Gebiete in unserer Hand, in die sich die Blauen nicht mehr hineintrauen, aber wenn wir von einem Gebiet in das andere wechseln, müssen wir uns oft so verbergen.«

»Wen meinen Sie mit den ›Blauen‹?« fragte David dazwischen.

»Die Republikaner, die Kokarden in den Farben ihrer Flagge Blau-Weiß-Rot tragen. Unsere Kokarden sind weiß in der Farbe des Lilienbanners, Herr Kapitän.«

Madeleine Saint-Huber wandte sich an Lejeune: »Ich bin es von der Flucht her gewohnt, Männerkleidung zu tragen und unter sehr primitiven Bedingungen unter Männern zu leben. Hier aber soll ich mich vor allem in den Städten umsehen. Wenn Sie mich in deren Nähe bringen und für einen sicheren Weg zurück sorgen könnten, wäre alles geregelt. In den Städten kann ich mich sicher unauffälliger bewegen als ein Mann.«

Lejeune leuchtete das ein, und er berichtete dann auf Davids Frage mit Stolz von den Fortschritten im Aufstand. »Wir können fünftausend Männer in der niederen Vendée mobilisieren, und der Marquis Charette, ein ehemaliger Flottenoffizier, hat die Führung übernommen. Und in der oberen Vendée, weiter landeinwärts, sind wir noch stärker. Der Jagdhüter Stofflet hat mehrere tausend Männer um sich geschart, der Perückenmacher Gaston ebenso wie die Herren Bonchamps, Sapinaud, D'Elbée und La Rochejaquelein. Sie verfügen über eine Armee von fünfundzwanzigtausend Mann und haben am 9. Juni Saumur am Zusammenfluß von Loire und Thouet erobert. Caen, Lyon und Bordeaux haben sich von der Zentralregierung losgesagt. Das Land steht auf!«

Seine Zuhörer waren beeindruckt, aber in unterschiedlicher Art. Während Saint-Huber voller Verwunderung fragte, wie man mit Jagdhütern und Perückenmachern Armeen führen wolle, interessierte sich David für die Bewaffnung dieser Armeen und ihre Verbindung untereinander.

Lejeune hatte Verständnis für die Zweifel Saint-Hubers, wies aber darauf hin, daß zuerst die Bauern und die Weber aus Cholet sich ohne Hilfe des Adels erhoben hätten und auch jetzt nicht jeden Adligen als Führer anerkannten. In diesen Zeiten müsse man jeden akzeptieren, der Männer für die Sache des Königs hinter sich schare. Davids Frage bewegte ihn stärker. Nur jeder zehnte oder gar zwanzigste Aufständische verfüge über ein Gewehr, der Rest kämpfe mit Sensen, Knüppeln, Säbeln und Spießen. Man müsse die Waffen der Blauen erobern, aber ohne englische Lieferungen seien keine Operationen im großen Stil möglich. Auch die Zusammenarbeit der einzelnen Armeen müsse noch verbessert werden.

»Die Blauen haben Straßen gesperrt und Brücken zerstört, um die Verbindung zu erschweren. Der Konvent hat am 19. März ein Dekret erlassen, wonach jeder Mann in der Vendée, der mit einer Waffe angetroffen wird, sofort zu erschießen ist. Sie schicken Bataillone aus Paris, die ›Höllengarden‹ ihres schrecklichen Kommandanten Beysser, die sengen und morden. Und unsere Leute rächen sich furchtbar. Die Erde wird mit Blut gedüngt, Herr Kapitän.«

Alle schwiegen. David dachte an den Krieg in Amerika, wo Rebellen und Anhänger des britischen Königs auch einander Furchtbares angetan hatten. Die Geschwister Saint-Huber ahnten, wie gefährlich ihre Mission werden könnte.

David brach schließlich das Schweigen und sagte: »Mademoiselle, Sie und Ihr Herr Bruder werden sich jetzt vorbereiten müssen, um mit Graf Lejeune an Land zu gehen. Und wir müssen noch besprechen, Graf, wie wir die Waffen landen können.«

Als sie allein waren, fragte Lejeune David, ob seine Befehle die Eroberung einer französischen Küstenbatterie zuließen, die auf einer Landzunge bei Gilles immer wieder kleinere Kriegsschiffe der französischen Flotte schütze, die Schiffsoperationen der Aufständischen unterbinden sollten. »Wenn wir heute vor ihnen sicher sind, so liegt das nur daran, daß ihnen die Fregatte zu stark ist.«

David erkundigte sich nach der Stärke der Batterie und ihrer genauen Lage und sagte seine Bereitschaft zu, die Batterie zu vernichten, sobald er sie in Augenschein genommen habe.

Der Graf bedankte sich. »Sie haben sich immer wieder als getreuer Freund unserer Sache erwiesen, Herr Kapitän, so daß es nicht richtig wäre, wenn ich Ihnen nicht auch die Sorgen offenbarte, die mich mitunter bedrücken.« Und er berichtete David von den Eifersüchteleien unter den Kommandanten in der Vendée und der Bretagne, die aus unterschiedlichen Schichten stammten und unterschiedliche Ränge innehatten.

»Beschwören Sie England, uns einen der königlichen Prinzen zu senden. Nur einem Bourbonen werden alle ohne

Zögern folgen. Jetzt sieht der Adlige auf den Bauern herab, dieser verachtet den Adligen. Der eine rühmt sich, daß der König ihn bei einem Empfang angesprochen habe, der andere schwenkt immer einen kleinen Brief, den die Königin seiner Frau schrieb. Man kann kaum glauben, daß diese Menschen einen Kampf auf Leben und Tod führen wollen. Und dann streiten sie sich über die Ziele unseres Aufstandes. Einige Adlige wollen in großer Feldschlacht antreten mit Musik und Kavallerie und sind mit Details ihrer Generalsuniformen beschäftigt, die anderen, denen ich zuneige, wollen bis zur Landung eines Korps mit britischer Hilfe den Kleinkrieg forcieren. Ich sehe gar keine andere Chance, denn wir verfügen nicht über geschulte Soldaten, sondern nur über Bauern und Weber, die zwar kaum Waffen besitzen, aber jeden Pfad und jeden Baum kennen und den Stadtpöbel in den Nationalgarden dauernd überlisten können.«

David hatte mit den Fingern seiner rechten Hand auf dem Tisch getrommelt, eine Angewohnheit, die immer stärker hervortrat und seine Gesprächspartner zunächst irritierte. Er strich sich jetzt mit der Hand die Haare zurück und sagte zu Lejeune: »Ich bin kein Armeeoffizier, Graf, aber ohne geschultes Offiziers- und Unteroffizierskorps und ohne entsprechende Bewaffnung einschließlich Artillerie verbietet sich meines Erachtens jede offene Feldschlacht. Ich glaube, daß es vielversprechender ist, den Gegner in Fallen zu locken und ihn dann zu attackieren, wenn man die Bedingungen des Kampfes diktieren kann.«

»In den nächsten Wochen wird ein Treffen verschiedener Kommandeure stattfinden, Herr Kapitän. Wäre es Ihnen möglich, das geheime Treffen zu besuchen, sofern es in Küstennähe stattfindet?«

David überlegte kurz und bejahte.

Leutnant Scott stapfte durch den tiefen Sand an der Küste und kontrollierte immer wieder seine vorgeschobenen Posten, die die Anlandung der Waffen schützen sollten. Wolken gaben dem Mond wenig Chancen, das Dunkel der

Nacht aufzuhellen. Kaum konnte man bis zu dem Kutter sehen, der mit schußbereiten Drehbassen und Scharfschützen dicht vor dem Ufer ankerte und seinerseits die Vorposten deckte.

Wenn Scott sich seinen Posten näherte, dann fühlte er sich sicher. Die riefen einen an, verlangten die Parole und erwiderten sie. Aber diese wilden Gestalten von Rebellen tauchten plötzlich aus dem Dunkel auf, und wenn er den Degen schon halb gezogen hatte, lachten sie, nannten ihn ›Bon Anglais‹ und wollten, nach Knoblauch stinkend, seine Wangen küssen.

Gott sei Dank hörten sie auf den Grafen und seine Unterführer und luden die Waffen, die die Kutter unermüdlich an Land schafften, ebenso unermüdlich und lautlos aus und schleppten sie ins Landesinnere. Viele trugen Filzhüte mit aufgeklappter Krempe, an denen eine weiße Kokarde steckte. Fast alle hatten lange, verwilderte Haare. Ihre meist ledernen Westen oder Jacken waren eingerissen. Die Hosen ließen oft die Knie sehen, und viele besaßen nicht einmal Holzschuhe. Aber alle wirkten gesund und kräftig, gewandt wie wilde Tiere. Ich möchte nicht im Wald stecken, wenn sie nach mir suchen, dachte Scott.

Aber dann hörte er Lejeune rufen. Die Waffen waren geborgen. Ein letztes Wort des Dankes, ein Gruß, und nun näherte sich der Kutter, und Scott befahl seinen Vorposten den Rückzug. Einer wurde von anderen getragen, aber als Scott besorgt hinzulief, hörte er: »Der hat von einem der Wilden Fusel ergattert und heimlich allein getrunken, Sir. Jetzt ist er fast bewußtlos.«

»Er wird wieder hellwach sein, wenn er die neunschwänzige Peitsche spürt, dieser verdammte Kerl! Steckt seinen Kopf ins Wasser und schmeißt ihn dann in den Kutter!« schimpfte Scott.

David saß mit seinen Offizieren um seinen großen Tisch, auf dem eine Karte lag. Er war zufrieden. Sie hatten sich auf ihn eingestellt, akzeptierten seine Forderung, Eigeninitiative mit perfekter Beherrschung aller Waffen zu verbinden. Er kannte sie nun auch besser und schätzte jeden in seiner Art. Nur zu Perceval Ryland fand er keinen rechten Kontakt. Der Master war ihm fachlich zu inkompetent, nur für Routineaufgaben geeignet und dabei eingebildet.

Sie hatten mit zwei Abgesandten von Lejeune über die Eroberung der Batterie gesprochen. Einer der beiden jungen Leute war ein Bauernsohn, den ein Priester aufs Seminar in die Stadt gesandt hatte. Kurz vor der Priesterweihe hatte er sich vor den Revolutionären verstecken müssen. Der andere junge Mann stammte aus dem Landadel und hatte als Fähnrich in einem Garderegiment gedient. Beide besaßen eine schnelle Auffassungsgabe und kannten den Kleinkrieg aus der Praxis.

Die Batterie hatte vier Achtzehnpfünder mit etwa sechzig Kanonieren und vierzig Mann Deckungstruppe. David war davon ausgegangen, daß die Kanonen gesprengt werden müßten, aber die beiden jungen Rebellen widersprachen vehement. Die Vendée brauche Kanonen, um Städte erobern zu können.

»Aber meine Herren! Eine solche Kanone wiegt mehr als sechsunddreißig Zentner. Um sie über Land zu bewegen, brauchen sie festen Untergrund, Lafetten und Pferde. Und alles dauert Zeit«, gab David zu bedenken.

»Herr Kapitän, wir verstehen Ihren Einwand, aber Kanonen sind für uns so wichtig, daß wir fünfhundert Mann zu ihrem Abtransport bereitstellen. Sie werden sie an langen Tauen ausdauernder ziehen als Pferde. Sie werden immer wieder Balken unterlegen, wenn der Boden nachgibt, und sie haben im Wald Löcher ausgegraben, um die Kanonen zu verbergen, bis wir sie einsetzen können.«

»Dann stellen Sie noch einmal zweihundert Mann bereit, um Pulver und Kugeln zu transportieren. Und Sie werden auch viele Menschen brauchen, um Ihre Spuren zu verwischen. Sie müssen verstehen, daß ich das Leben meiner Männer nicht aufs Spiel setzen kann, wenn zwei Tage später die Kanonen wieder an ihrem Platz stehen.«

Lejeunes Beauftragte versicherten, er könne ihnen vertrauen, und baten so nachdrücklich, daß David sich schließlich einverstanden erklärte. »Aber vorher senden Sie vier Ihrer Männer an Bord, die bei der Artillerie gedient haben. Unser Stückmeister wird sie unterweisen, wie man Kanonen sprengt, und Sie versprechen mir, daß die Dinger gesprengt werden, wenn Sie sie nicht in die Verstecke bringen können!«

Sie kauerten geduckt in den Büschen und starrten auf den dunklen Komplex, der schemenhaft vor ihnen lag. Das waren die zwei Meter hohen Palisaden, die die Batterie zur Landseite schützten. Fünfzig ausgesuchte Matrosen und Seesoldaten der *Shannon* sollten bei ihrer Eroberung helfen. Sie hatten die Aufgabe, das Tor zu sprengen, mit ihren Musketen und Blunderbüchsen die Besatzung der Batterie auseinanderzutreiben, falls sie sich zum Widerstand formieren konnte. Den Rest würden zweihundert Aufständische übernehmen, die nur mit Säbeln, Messern und Piken bewaffnet waren.

Stephen Church, der Erste Leutnant, kommandierte den Landungstrupp. Er lauschte aufmerksam auf den Schrei des Fischreihers, der ihm ankündigen sollte, daß jetzt die Männer loszuschicken waren, die die Wachen ausschalten sollten. Stephen mußte lächeln. Er dachte auf einmal daran, wie schwer es seinem Kapitän gefallen war, nicht selbst den Trupp an Land zu führen. Aber er wußte natürlich, daß ein solches Kommando traditionell Aufgabe des Ersten war. Ein Kapitän konnte das hin und wieder unter einem Vorwand übergehen, wenn ihn selbst etwas zu sehr reizte. Aber wenn er das zu häufig tat, untergrub er Ansehen und Moral seines Ersten. All das hatte Stephen in Davids Miene gelesen, als dieser entschied: »Mr. Church, Sie führen den Landungstrupp. Leutnant Scott ist Ihr Vertreter.«

Da hörte man den Schrei des Fischreihers. Stephen räusperte sich leise, und vier Männer huschten los. Hassan Kudat mit seinem Blasrohr, Gregor Dimitri mit seinen Traubenkugeln und zwei Messerwerfer.

Nach kurzer Zeit hörte sie ganz leise ein Geräusch. Da ist ein Posten zu Boden gefallen, dachte Stephen. Und dann war noch einmal ein unterdrücktes Stöhnen zu hören. Bald darauf huschte einer der vier Männer wieder heran. »Alles frei, Sir!«

Nun schlich der ganze Trupp an die Palisaden. Eine Hälfte stellte sich an die Stämme und faltete die Hände auf dem Rücken. Die andere Hälfte trat darauf, faßte die Brüstung der Palisade, zog sich hoch und ließ sich die Waffen emporreichen. Und dasselbe wiederholte sich. Jeder Mann wußte genau, wann er ›Leiter‹ war und wann er klettern mußte. In wenigen Minuten stand nur noch einer unten und wurde von helfenden Händen emporgezogen.

Sie verteilten sich auf den Palisadengängen und hielten ihre Gewehre schußbereit. Dann dröhnte vom Tor die Explosion. Fast gleichzeitig zündete auch Mr. Duffs Maat zwei Leuchtraketen, und nun sahen sie das Innere der Batterie. Zwei langgestreckte Baracken für die Besatzungen, zwei überdeckte Keller für die Magazine und dort vorn die vier schweren Kanonen. Dort hatten auch Posten gestanden, die nun herbeirannten und Alarm schrien. Aber die Scharfschützen mähten sie nieder. Und sie feuerten, als die ersten Männer aus den Baracken stürzten.

Dann strömten schon die Aufständischen durch das Tor. Wieder stieg eine neue Leuchtrakete hoch. Scott rief erregt: »Sie zünden die Baracken an!« Rebellen warfen Fackeln in die Baracken, und draußen warteten sie mit ihren Messern, Säbeln und Sensen und hackten alle zusammen, die aus Fenstern und Türen flüchteten.

Was für ein Massaker, dachte Stephen und murmelte: »Vae victis! Wehe den Besiegten!« Dann befahl er: »Mr. Scott, sichern Sie bitte die Magazine und mögliche Signalbücher!« Scott winkte einem Trupp Seesoldaten, und sie stiegen hinunter. Alle hatten ihre roten Uniformen an und trugen weiße Bänder um den Kopf. Zwei Fackeln begleiteten den Trupp, und sie riefen immer wieder die Losung: »Vive le roi!« Hoffentlich können die Bauern in ihrem Blutrausch Freund und Feind unterscheiden, dachte Stephen.

Aber sie konnten es! Für irreguläre Kämpfer verhielten sie sich erstaunlich diszipliniert. Sie bejubelten die Seesoldaten, aber als ein Jagdhorn erscholl, liefen sie alle an vorher bestimmte Plätze, und Stephen sah, wie sie sofort mit dem Abtransport der Kanonen begannen.

Endlos lange Seile wurden herbeigetragen, lange Eisenstangen wurden unter die Lafetten geschoben, und kräftige Kerle hoben sie an. Balken wurden untergelegt, und schon bewegte sich das erste schwere Geschütz.

Der frühere Priesterschüler bahnte sich einen Weg zu Stephen, begleitet von einem Riesen in einer Fellweste, um den Hals einen Rosenkranz. Mein Gott, dachte Stephen, der Kerl sieht aus wie ein älterer Bruder von unserem Gregor. »Mr. Church«, bat der Franzose in holprigem Englisch. »Bitte jetzt Magazin!« Stephen schickte den Stückmeistermaat und zwei Gehilfen mit den Franzosen zum Magazin.

Für die *Shannon* gab es außer einigen Befehls- und Signalbüchern diesmal keine Beute. Was die Aufständischen mit ihren endlosen Transportkolonnen nicht wegschleppen konnten, wurde in den Magazinen zur Sprengung vorbereitet. Als die letzte Kanone aus dem Batteriegelände herausgezogen wurde, kam auch Graf Lejeune zu Stephen.

»So, Herr Leutnant! Jetzt ist von uns alles erledigt, was hier zu tun war. Wir danken Ihnen und Ihren Männern für die vorzügliche Unterstützung. Sagen Sie Ihrem Kapitän, daß die Vendée mit den erbeuteten Waffen wieder etwas stärker geworden ist. In einer halben Stunde können Sie sprengen.«

»Hat es Gefangene gegeben, Graf?«

Lejeune sah Stephen fest an. »Nein, Herr Leutnant. Sie haben kein Pardon erwartet und kein Pardon erhalten. Auf Wiedersehen!«

Die Seeleute der *Shannon* rückten bis auf einen kleinen Trupp auch ab. Zwei Körper wurden getragen. »Haben wir Verwundete?« fragte Stephen einen Maat.

»Nein, Sir. Die beiden fanden Kognak und schütteten sofort alles in sich hinein, Sir.«

»Vormerken zur Bestrafung!«
»Aye, aye, Sir!«
Als Stephen Church mit der Nachhut das Boot bestieg, grollten auf der kleinen Anhöhe die Explosionen. Es war vorbei.

Die blau-weiß-rote Flagge hing müde am Mast vor dem Hauptquartier der Revolutionstruppen in Vertou, einem kleinen Städtchen südöstlich von Nantes. Die beiden Posten sahen trotz ihrer Uniformen wenig militärisch aus. Sie lümmelten sich in der Sommerhitze faul auf der Treppe des Gebäudes herum. Der alte Mann, der gerade die Treppe betrat, blickte sie tadelnd an, aber sie beachteten ihn gar nicht.

Im ersten Stock wurde eine Stimme lauter. »Ich habe dem Marinekommandanten in St. Nazaire schon zweimal geschrieben, daß er dafür sorgen soll, daß diese englische Fregatte von unserer Küste verschwindet. Diese Piraten landen Agenten, bringen Waffen, sprengen Batterien, und unsere Flotte tut nichts. Es ist mir egal, ob der Marinekommandant selbst nach Brest muß oder nicht. Wenn jetzt nichts passiert, melde ich es dem Bürger Robespierre persönlich.«

Der alte Mann, der langsam die Treppen hinaufgestiegen war, hörte noch, wie der andere erwiderte: »Sehr wohl, Bürger Spartacus!« Dann ging die Tür auf, ein junger Mann eilte an ihm vorbei, und der alte Mann trat ein.

Der Offizier, der eben so laut geworden war, blickte auf. »Nun, mein Alter! Du siehst so ernst aus. Was gibt es?«

»Ich habe Mademoiselle Madeleine gesehen, Herr Baron.«

»Was? Madeleine? Wo?«

»Sie stieg heute früh aus der Kutsche, die aus Nantes eintraf, und ging in das Hotel ›Cheval blanc‹. Sie sah blaß und verhärmt aus, Herr Baron.«

»Wann wirst du endlich mit dem Baron aufhören? Laß mich nachdenken. Wenn sie jetzt wieder in Frankreich ist, dann ist sie mit englischer Hilfe gelandet. Wahrscheinlich soll sie für die Engländer spionieren. Hast du ihren Bruder gesehen?«

»Nein, Herr Baron. Warum denken Sie so etwas Schlimmes? Sie ist doch Ihre Verlobte. Sie wird Sie suchen, Herr Baron.«

»Ich bin jetzt der Bürger Spartacus, und wenn du glaubst, Emigranten kommen zurück, um Verlobte zu suchen, dann bist du naiv. Ich weiß, du hast mich auf den Knien gewiegt, und deine Treue rührt mich auch, aber du mußt nun lernen, daß wir in einer neuen Zeit leben.«

»Aber keiner besseren«, brummelte der Alte leise und sagte laut: »Werden Sie zu ihr gehen, Herr Baron oder Bürger?«

»Ja. Aber du verschwindest aus der Stadt und packst in Sautron unsere Sachen, falls diese aufständischen Bauernhorden mit ihrem Vorrücken auf Nantes doch Erfolg haben werden.«

»Sie werden Mademoiselle Madeleine doch nichts tun, Herr Baron?«

»Nein, mein Alter. Sie ist als wiedergefundene Verlobte nützlicher denn als verhaftete Spionin. Nun geh schon!«

Der alte Diener ging, aber ihm war nicht wohl. War dieser Bürger Spartacus noch der Renaud du Lauson, den er als kleines Kind behütet hatte?

Madeleine kämmte ihr Haar, als es leise an der Tür ihres Hotelzimmers klopfte. Auf ihr »Entrez!« buckelte der Hoteldiener in der Tür. »Ein Bürger, der seinen Namen nicht nennen will, bittet Sie, Bürgerin, zum Brunnen zu gehen. Dort wird sie ein Mann erwarten, den Sie zuletzt in Meritaigu sahen.«

Madeleine wurde vor Schreck ganz blaß. Sie griff haltsuchend nach dem Schrankpfosten. »Ist Ihnen schlecht, Bürgerin?« fragte der Hoteldiener besorgt.

»Nein, lassen Sie nur. Hier, nehmen Sie für die Nachricht!« Sie gab ihm einige Scheine, und er verschwand mit Dankesworten. Kaum hatte er die Tür geschlossen, setzte sich Madeleine auf ihr Bett. Das konnte nur ihr Verlobter Renaud sein, von dem sie nirgendwo etwas erfahren konnte. Würde er mit ihr in die Wälder gehen, wo sie die Nachrichten hinbringen wollte, die sie in St. Nazaire und Nantes gesammelt hatte?

Als Madeleine, in einen großen Schal gehüllt, zum Brunnen kam, sah sie niemanden. Sie blickte sich um. Dort winkte eine Hand hinter einer Säule. Sie ging langsam darauf zu, und dann erblickte sie Renaud, in abgeschabte Kleider gehüllt, aber sonst wohlauf. Sie stürzte sich in seine Arme.

»Renaud! Geliebter!« stammelte sie immer wieder. »Daß ich dich gefunden habe. Jetzt trennen wir uns nie mehr!«

Renaud streichelte ihren Kopf und flüsterte beruhigend: »Welch ein Glück, daß ich dich in meinen Armen halten kann, Liebste. Nun bleibe ich bei dir. Aber wo kann ich mich nur verstecken? Niemand darf mich sehen. Hier und dort habe ich mich all die Jahre verborgen und von Almosen ernährt. Durch Zufall traf ich heute einen alten Diener, der mir berichtete, daß du hier im Hotel abgestiegen bist. Und nun bist du es wirklich. Das ist eine Fügung Gottes. Du warst doch geflohen. Wie kommst du nach Vertou? Was tust du hier?« Erschöpft schwieg er.

»Mein armer Geliebter. Das ist eine lange Geschichte, liebster Renaud. Sag mir jetzt nur, ob du mit mir zu den Aufständischen in die Wälder gehen kannst?«

Renaud zuckte leicht zusammen. Er hatte also richtig vermutet. Aber Vorsicht jetzt! »Sie werden mich nicht haben wollen, liebste Madeleine. Ich war nie ein Parteigänger des letzten Königs und habe mich für die Verfassung von 1791 ausgesprochen. Das haben mir einige verübelt. Wenn sie mir sagen, daß ich zu ihnen stoßen soll, dann tue ich es gerne. Aber frag erst!«

»Das werde ich tun, und dann habe ich dir soviel zu erzählen, Renaud.«

»Aber wohin soll ich denn gehen, Madeleine? Ich kann hier nirgendwo zur Nacht einkehren. Bitte nimm mich mit auf dein Zimmer und laß uns von der Zukunft träumen.«

Madeleine war irritiert. »Ich kann dich doch nicht auf mein Zimmer nehmen, Renaud. Das wäre gegen jeden Anstand.«

»Willst du mich ihren Schergen ausliefern?« hauchte er scheinbar erschöpft. »Ich bin so hungrig und müde. Aber wenn dir dein Anstand wichtiger ist, schleiche ich mich weiter durch die Straßen.«

Madeleine überwand sich. »Nein, nein, Renaud. Ich nehme dich mit. Alles ist ja jetzt anders als früher, und du wirst mich nicht entehren.«

Sie beschäftigte den Hoteldiener mit Aufträgen für Brot, Fleisch und Wein, während Renaud in ihr Zimmer huschte. Sie sah ihm zu, wie er sich stärkte und ihr immer wieder dankte. »Du ahnst nicht, was es bedeutet, eine Nacht sicher und satt zu sein.« Er setzte sich zur ihr aufs Bett und ließ seinen Charme spielen, streichelte ihre Hände, hauchte Küsse auf ihre Wange und entlockte der Vertrauensseligen, daß sie Pläne der Küstenbefestigungen von St. Nazaire und Informationen über die Garnisonen in Nantes zu den Aufständischen bringe. So viel Neues kann sie kaum erfahren haben, dachte sich Renaud, wo jeder zweite hier ein potentieller Spion war.

Sie trank auch vom Wein, und Renaud ließ sich in einem gespielten Schwächeanfall in ihre Arme sinken. Nun streichelte sie ihn, rief verzweifelt seinen Namen. Er öffnete die Augen. »Küß mich noch einmal, Liebste!« Dann ließ er sich sinken und bat, auf den Boden gelegt zu werden.

Aber Madeleine legte ihn auf dem Bett zurück, zog sein Jackett aus, lockerte seinen Kragen, und er faßte sie um, schluchzte, und als sie ihn tröstete, wurden seine Zärtlichkeiten fordernder, seine Küsse begehrender.

»Aber, Renaud!« stammelte sie. »Was tust du? Du darfst nicht!« Er merkte, wie auch in ihr die Lust erwachte.

»Madeleine, wir sind allein in einer Welt voller Feinde.

Nur Gott sieht uns. Er hat uns zusammengefügt. Es kann keine Sünde sein, wenn wir uns vor ihm gehören.« Er öffnete die Knöpfe ihrer Bluse, küßte ihren Halsansatz, streichelt ihren Busen und ihre Schenkel. Und dann schlug in ihr das Begehren hoch. Sie konnte sich nicht mehr wehren, küßte ihn immer wieder, half seinen ungeduldigen Händen, sie zu entkleiden und schrie voller Lust, als er langsam in sie eindrang.

Als er sich erschöpft zurücksinken ließ, flüsterte sie: »Nun sind wir für ewig vereint.«

Renaud wartete, bis sie schlief, zog dann langsam das Laken unter ihrem Körper hervor, rief leise nach dem Hoteldiener und gab ihm unter Aushändigung eines sehr guten Trinkgeldes den Auftrag, ein neues Laken zu besorgen. Dann saß er noch lange wach und überlegte, wie er nun vorgehen müsse.

Am Morgen streichelte er sie wach und liebte sie wieder, diesmal fordernder und stürmischer. Madeleine war wie verwandelt. Ihr Körper schien unersättlich, und sie stammelte immer wieder Liebesschwüre.

»Ich muß jetzt gehen, Madeleine. Die Menschen im Hotel werden wach, und wenn mich einer erkennt, schleppen sie mich zur Guillotine.«

Ein Schauer durchfuhr sie, und sie krallte sich an ihm fest.

»Sieh dort aus dem Fenster, wo wir uns trafen. Hundert Schritt weiter in jener Straße ist eine kleine Weinstube. Dort sollen Feinde der Revolution sicher sein. Können wir uns dort in einer Woche treffen? Wenn die Aufständischen mich haben wollen, begleite ich dich, wohin du auch willst, ein ganzes Leben lang.«

Eine Woche später schlich Madeleine sich vorsichtig in die Weinstube. Sie seufzte voller Glück und Erleichterung, als sich Renaud an einem Ecktisch erhob. »Kannst du mit mir gehen, Liebster? O, ich sehe, du hast ein Bündel bei dir. Dann laß uns gehen! Ein Bote bringt uns sicher dorthin.«

»Einen Moment, Geliebte, ich habe mir gerade ein Omelett bestellt. Ich habe den ganzen Tag noch nichts gegessen. Setz dich doch. Was sagen die Aufständischen? Soll ich kommen? Und wohin gehen wir von hier aus?«

Madeleine strich ihm übers Haar. »Natürlich bist du willkommen. Du begleitest mich zunächst in das Forsthaus nördlich von Aizenay. Dort treffen sich die Generäle der Vendée mit denen der Bretagne. Sie können uns dann gleich sagen, wo wir am besten eingesetzt werden.«

»Das Forsthaus bei Aizenay?« fragte Renaud zurück. »Waren wir dort nicht einmal zum Fasanenessen mit deinen Eltern?«

»Du erinnerst dich, Liebster«, sagte sie gerührt. »Ja, dort ist es. Morgen abend können wir schon dort sein.«

»Und wann ist das große Treffen?«

»Übermorgen, Renaud. Aber dort bringt man deine Omelette.«

Renaud aß, und Madeleine erzählte von ihrem Bruder, ihrer Einsamkeit in England und ihrem Glück, wieder mit ihm vereint zu sein.

Renaud beendete seine Mahlzeit und sagte zu Madeleine: »Ich muß mich noch einen Augenblick entschuldigen. Wenn ich von der Toilette zurückkehre, wollen wir gleich aufbrechen.«

Auf der Toilette überschüttete er seinen Adjutanten mit einem Schwall von Befehlen und fragte dann: »Haben Sie sich das gemerkt? Das Forsthaus im Norden von Aizenay. Es liegt zwischen dem Ort und dem Ostzipfel des dortigen Sees. Übermorgen!«

Die *Shannon* war an der Küste auf und nieder gekreuzt, hatte in die Buchten hineingeschaut, hatte auch ein Kaperschiff sechs Stunden in den Atlantik hinausgejagt und dann doch aufgeben müssen, da der Kaper zu schnell war.

»Nun könnt mal wieder ne fette Prise auftauchen!« war die vorherrschende Meinung der Besatzung. David wunderte sich eher, daß keine stärkeren französischen Kriegsschiffe versucht hatten, die *Shannon* von der Küste zu verjagen.

David hatte die Zeit genutzt und einen ausführlichen Brief über seine Vorschläge zur Unterstützung der Aufstände geschrieben, den er bei nächster Gelegenheit an seinen Freund Martin, Herzog von Chandos und einer der Lords der Admiralität, absenden wollte. Er hatte darin auch kritisiert, daß die britischen Geheimdienstaktivitäten für die Küste Frankreichs nur über Jersey liefen. Der Weg zur Vendée sei zu lang. Es sei möglich, die Insel Dieu (d'Yeu) oder die Belle-Ile zu besetzen und zu halten. Von dort habe man eine Basis zu den Küsten im Golf von Biskaya.

Jetzt näherte sich die *Shannon* wieder der Küste bei Gilles. Mal sehen, ob sie eine neue Batterie errichtet haben, dachte David und befahl, dicht an die Landzunge heranzusegeln. Aber dort bot sich nur das Bild der Zerstörung. Keine neue Batterie schoß auf sie. »Kurs Nordwest!« Die *Shannon* segelte die Küste entlang.

»Deck! Flaggensignal an der Küste. Steuerbord drei Strich.« Es war das Zeichen des Grafen Lejeune. »Lassen Sie bitte den Franzosen mit dem Holzfuß an Deck bringen, Mr. Rossano. Er kann mit dem Grafen an Land gehen. Von hier ist es ja nicht weit zu seinem Heimatort.«

David hatte sich hin und wieder mit dem Franzosen unterhalten, dessen zerschossener Fuß durch Mr. Cotton amputiert worden war. Der Schiffszimmermann hatte nach den Anweisungen des Arztes eine Art Prothese geschnitzt, und nun konnte der Mann schon ganz gut humpeln. Er war voller Zorn auf seinen Kapitän, der ihn an Bord zurückgelassen hatte, und dankbar gegenüber den Engländern, daß sie sein Leben gerettet und ihn gut behandelt hatten.

Jetzt erschien er an Deck, und David sagte ihm, daß dieses Fischerboot ihn an die Küste bringen werde. »Für den sicheren Transport in deinen Heimatort soll gesorgt werden«, versicherte David in seinem holprigen Französisch und verstand von den dialektgefärbten Dankesworten des Franzosen nur die Hälfte.

Graf Lejeune stieg das Fallreep empor und rief, kaum daß sein Kopf über der Reling auftauchte. »Stellen Sie sich vor, Herr Kapitän, Mademoiselle Madeleine hat ihren Verlobten, den Baron Renaud du Lauson, gefunden und wird ihn morgen zu uns bringen.«

»Es gibt noch Wunder!« antwortete David, aber da packte ihn der amputierte Franzose am Arm. »Kapitän, der Baron Renaud du Lauson ist jetzt der Bürger Spartacus, einer der Höllenhunde von General Beysser. Wenn er mich bei den Aufständischen sieht, bin ich verloren.«

David hatte nicht alles verstanden und konnte sich keinen Reim darauf machen. »Was soll das bedeuten, der Baron sei ein Bürger Spartacus?«

Inzwischen war auch Graf Lejeune so dicht bei ihnen, daß er die Antwort hörte. »Woher willst du das wissen?« fragte er den Amputierten.

»Mein Bruder war sein Leben lang Diener bei den Lausons. Er kennt den jungen Baron von klein auf und war entsetzt, als er seine Verwandten und Freunde verriet und Karriere bei den Revolutionären machte. Er ist einer der grausamsten Truppenkommandanten in dieser Gegend und hat den Namen ›Bürger Spartacus‹ angenommen. Irgend so ein römischer Volksheld.«

Lejeune faßte Davids Arm. »Das wäre ja furchtbar! Die arme Madeleine! Der Bürger Spartacus ist ein gefühlloses Ungeheuer. Und übermorgen wollen sich die Führer der Vendée und der Bretagne hier in der Nähe treffen, und Madeleine weiß davon.«

»Dann müssen wir davon ausgehen, daß sie es auch dem lang vermißten Verlobten erzählt hat«, bemerkte David. »Können Sie das Treffen verlegen? Kommen die auswärtigen Generäle direkt dorthin?«

»Nein. Sie werden am Rand des Bocage von unseren Leuten empfangen und über drei Stationen weitergeleitet. Nur die letzte Station kennt den Bestimmungsort«, erklärte Lejeune.

»Sehr gut!« lobte David. »Dann können Sie umdisponieren und dem Verräter eine Falle stellen.« Er wandte sich an den amputierten Franzosen. »Wenn du nicht die Wahrheit gesagt hast über den Baron, dann werden sie dich töten, und ich kann dir nicht helfen.«

»Ich schwöre, Herr Kapitän. Es ist die reine Wahrheit. Sie haben mein Leben gerettet. Warum sollte ich so etwas erfinden?«

David wandte sich an Lejeune: »Lassen Sie uns in meiner Kajüte besprechen, was zu tun ist.«

Sie hatten ihr Treffen in die ehemalige Postkutschenstation bei Perrier verlegt, ein Dutzend Kilometer landeinwärts. Dort saßen sie im großen Wirtsraum um mehrere zusammengestellte Tische versammelt, eine gemischte Gesellschaft, wie David meinte. Einige zeigten in ihrer sorgfältigen Kleidung, daß sie ihren alten Lebensstil nicht aufgeben wollten und daß es für sie nur eine Frage der Zeit war, bis sie wieder bei Hofe ihre Aufwartung machten. Andere kleideten sich militärisch karg. Krieg war ihre Maxime, aber ein Krieg der Soldaten. Doch da waren auch die wilden Gesellen in ihren Felljacken, ihrer bäuerischen, dem Waldleben angepaßten Kleidung. Aber fast alle hatten auf der linken Brustseite das flammende Jesusherz mit dem Kreuz darüber eingestickt.

Lejeune hatte David ihre Namen genannt, und der sollte sich später noch oft an diese Namen erinnern, wenn sie aus diesem oder jenem Grunde in aller Munde waren. Der fromme Fuhrmann Cathelineau, den sie zum obersten Befehlshaber gewählt hatten, Pajot, Sapinaud, General im Bocage, ein Vertreter Stofflets, der ebenso wild aussah wie sein Chef, der tapfere Charette, de Lyrot aus Nantes und mancher andere.

Sapinaud als Gastgeber leitete die Versammlung. Er hatte nichts über den Wechsel des Ortes gesagt. Sie diskutierten zuerst über den bevorstehenden Angriff auf Nantes und dann über ihre Organisation und ihre Kriegsziele. Midshipman Austin mußte David oft helfen, sie bei ihrer erregten, manchmal dialektgefärbten Auseinandersetzung zu verstehen. Sie sprachen von den Divisionen der hohen Vendée, jenen der niederen Vendée und der unabhängigen Armee, die Charette kommandierte.

Lejeune appellierte eindringlich, den Kleinkrieg behutsam auszudehnen, mehr Waffen zu erbeuten, die Bauern zu schulen, Finanzen zu beschaffen, ehe man an einen regulären Krieg denken könne. »Vergessen Sie nicht, die meisten unserer Leute stoßen zu uns, wenn der Feind sich nähert und überfallen werden soll. Aber danach eilen sie wieder davon, um ihre Familien notdürftig zu ernähren. Was können wir ihnen bieten, damit sie monatelang mit uns ziehen und doch ihre Familien versorgt wissen? Woher nehmen wir die Waffen für sie? Der offene Krieg ist ohne englische Unterstützung nicht möglich. Ich habe oft an Kapitän Winter von der britischen Flotte appelliert, und er hat unsere Vorschläge an seine Regierung weitergegeben.«

»Und was ist erfolgt?« rief einer der Waldkommandanten dazwischen. »Sie segeln vor der Küste und beobachten, wie wir uns gegenseitig umbringen. Inzwischen räubern sie unsere Inseln in der Karibik. Was sagst du dazu, Engländer?«

David merkte, daß viele dieser Meinung zustimmten. Er entschloß sich – auch wegen seiner beschränkten Sprachkenntnisse –, sehr einfach und klar zu antworten.

»Meine Herren Kommandeure«, begann er. »Warum sollte England Ihnen Waffen, Menschen und Geld geben? Frankreich hat im letzten Krieg die Amerikaner unterstützt und Britannien bekämpft, weil es seinen Interessen entsprach. England hat auch das Recht, seinen Interessen zu folgen. Überzeugen Sie England, daß es in seinem Interesse liegt, Sie zu unterstützen. Viele unserer Minister glauben jetzt, daß der Konvent Europa nicht beherrschen will wie früher der König von Frankreich. Ich bin anderer Meinung, aber ich bin kein Minister. Wenn England sieht, daß eine von Paris unabhängige Vendée ein besserer Garant für ein friedliches Zusammenleben mit England ist als der Konvent, dann wird es Sie unterstützen. Überzeugen Sie die Abgesandten Englands davon. Und besetzen Sie Häfen, damit unsere Hilfe zu Ihnen gelangen kann. Schaffen Sie Verbindungslinien, damit Nachrichten schnell die Küste erreichen und an uns weitergegeben werden können. Schicken Sie Vertreter nach London!«

Viele zeigten ihre Zustimmung zu dem Gesagten, andere blieben reserviert. Ein ganz wild aussehender Kommandant legte den Rosenkranz aus der Hand und griff nach einer Streitaxt. »Ihr seid doch Paradesoldaten. Was wollt ihr im Kampf Mann gegen Mann? Schau her!« Er nahm seine Streitaxt und schleuderte sie gegen den dicken Holzstamm, der das Dach trug. Zitternd blieb sie dort stecken. Die einen johlten Beifall, den anderen war es wohl zu derb.

»Mon commandant, voyez!« rief David, griff in seine Armmanschette und schleuderte ein Wurfmesser, das neben der Streitaxt in den Stamm fuhr.

Jetzt klatschten oder riefen alle Beifall, und der wilde Kommandant trat zu David und umarmte ihn. Wie bei Seeleuten, dachte David, in manchen Situationen bewirken an sich belanglose Effekte mehr als gute Argumente.

»Was sollen wir zuerst tun, Engländer?« riefen einige.

»Ich habe an der Küste Stellen erkundet, wo wir Ihre Signale gut bemerken können. Hier habe ich eine Liste mit Signalen, die Sie an jeder dieser Stellen zeigen können, wenn Sie mit einem unserer Schiffe Kontakt aufnehmen wollen. Und dann schlage ich vor, daß Sie prüfen, welchen der folgenden Häfen Sie erobern können, um uns die Landung zu ermöglichen. Aber zunächst nur erkunden! Ich denke an Portes des Sables, St. Nazaire, Quiberon, Port Louis.«

Sie diskutierten mit ihm über seine Vorschläge, und er lernte dabei die einzelnen Generäle besser kennen. Viele hatten ihre Pistolen vor sich auf den Tisch gelegt, da sie beim Sitzen im Gürtel drückten. Und nun hatten sie ihre Weingläser zwischen den Waffen zu stehen. Wie in einer Räuberhöhle, dachte David und kam sich in seiner guten Uniform ein wenig wie ein Paradiesvogel vor.

Lejeune hatte den Raum für einige Zeit verlassen und näherte sich nun David, beugte sich zu seinem Ohr und flüsterte: »Wir haben zwei ihrer Anführer gefangen und den Rest vernichtet. Es kann beginnen.« Dann gab Lejeune Sapinaud ein Zeichen.

Sapinaud bat um Gehör. »Wir werden jetzt die beiden Agenten begrüßen, die uns die britische Regierung gesandt hat. Einige von Ihnen haben in den letzten Wochen bereits mit ihnen gesprochen. Es sind Mademoiselle und Monsieur Saint-Huber, Kinder der uns allen bekannten Eltern, die ihr Leben geben mußten.« Madeleine und Hugo wurden freundlich begrüßt. Madeleine nahm neben ihrem Bruder Platz.

Renaud, der mit den beiden eingetreten war, wartete etwas unsicher. Sapinaud wandte sich ihm zu und sagte: »Und nun begrüße ich Baron Renaud du Lauson, jetzt besser bekannt als Bürger Spartacus!« Bei den Worten »jetzt besser bekannt« waren zwei kräftige Kämpfer neben Renaud getreten und hielten seine Arme wie mit Schraubstöcken umklammert.

Tumult brach los. »Tod dem Schlächter!« riefen einige. Renaud war leichenblaß. Madeleine schrie laut mit durchdringender Stimme: »Seid ihr verrückt? Das ist mein Verlobter Renaud du Lauson und niemand anders!«

Sapinaud hob die Hand, und es wurde ruhig. »Es tut mir so leid, Mademoiselle, Sie sind von dem Verräter getäuscht worden. Er ist einer der Höllenhunde Beyssers und lebt in wilder Ehe mit einer ehemaligen Nonne.«

Madeleine rief »Nein!« und schlug die Hand vor den Mund.

Renaud hatte sich gefaßt. »Das sind Verleumdungen! Ihr verwechselt mich! Laßt mich frei! Ich bringe euch Zeugen.«

Sapinaud sagte. »Wir haben die Zeugen schon!« und gab einen Wink. Ein junger Mann in der Offiziersuniform der Revolutionäre wurde hereingeschleppt.

»Wer sind Sie?« fragte Sapinaud.

»Charles Letiers, Adjutant des Bürgers Spartacus.«

Sapinaud: »Ist dieser Bürger Spartacus hier im Raum? Wenn ja, zeigen Sie ihn!«

»Dort steht er«, bestätigte der Adjutant und zeigte auf Renaud.

»Lüge, Betrug!« brüllte Renaud. »Ich kenne den Mann nicht!«

Sapinaud winkte ab. »Wann und wo hat Ihnen der Bürger Spartacus zuletzt welche Befehle erteilt?«

»In der Toilette einer Weinstube in Vertou. Er befahl, das Forsthaus bei Aizenay heute zu umzingeln und alle Versammelten gefangenzunehmen.«

»Wissen Sie, von wem er von der Versammlung wußte?«

Letiers antworte ohne Zögern: »Von Mademoiselle Saint-Huber.«

Madeleine schluchzte laut auf.

Sapinaud fragte: »Was hat man Ihnen zugesagt, Monsieur Letiers, wenn Sie aussagen?«

»Einen Soldatentod ohne Folter und mit Beistand eines Priesters.«

»Es sei Ihnen gewährt. Möge Gott Ihnen verzeihen.«

Sie schleppten Letiers hinaus und führten einen anderen Soldaten herein.

Sapinaud erkundigte sich wieder: »Ist hier ein gewisser Bürger Spartacus im Raum?«

Der Soldat nickte, wies auf Renaud und sagte: »Dort!«

»Wer war sein Befehlshaber?«

»Der Bürger Beysser.«

Sapinaud zögerte etwas. »Wie standen Beysser und Spartacus zueinander?«

»Spartacus war Beyssers eifrigster Unterkommandant. Er vertraute ihm voll und ganz.«

»Lebte Spartacus mit einer Frau zusammen?«

Der Soldat antwortete mit einem Grinsen: »Ja, mit einer ehemaligen Nonne. Sie waren ein Herz und eine Seele.«

Madeleine stand auf. Sie war blaß, aber sehr beherrscht. »Warum hast du unsere Liebe so verraten, Renaud? Warum hast du mich und unser Land betrogen?«

Renaud lächelte zynisch. »Unsere Liebe war sehr einseitig. Ich fand dich immer langweilig und uninteressant und hätte mich ohne das Geld deines Vaters nie mit dir verlobt. Ihr habt unser Land verraten, die ihr den Übergang der Macht an das Volk bekämpft. Du spionierst für das perfide Albion und redest von Verrat. Die Nonne hat im kleinen Finger mehr Klasse und Temperament als du in deinem ganzen Bauernleib! Meinst du, ich hätte in unserer Nacht etwas anderes empfunden?«

Madeleine sah ihn an und sah doch durch ihn hindurch. All die guten Eigenschaften, die sie in ihrer Liebe an ihn gehängt hatte wie Kleider an einen Kleiderständer, fielen ab, und zurück blieb ein egoistischer, machtgieriger, gefühlskalter Mann, der sie mit einer Mischung aus Angst und Zynismus anblickte. Sie schluchzte laut auf, riß eine Pistole an sich, die auf dem Tisch vor ihr lag, spannte den Hahn, ehe einer eingreifen konnte, zielte und schoß Renaud in den Schädel, daß Blut und Hirn an die Wand spritzten. Dann sank sie zusammen und wimmerte vor sich hin. Ihr Bruder sprang zu ihr und umfaßte sie.

David war mit Austin, Hassan, Gregor, zwei Seesoldaten und zehn Kämpfern Lejeunes auf dem Weg zur Küste. Die letzte Nacht hatten sie in einem Heuschober in der Nähe der Poststation verbracht und lange keinen Schlaf gefunden. David mußte immer wieder an Madeleine denken, und die anderen waren durch seine Erzählung des Vorfalls auch erschüttert. Madeleine hatte nicht mit auf das Schiff gewollt, und Lejeune war etwas ratlos, denn zu den ›Blauen‹ wollte er sie auch nicht mehr lassen.

Die Männer der *Shannon* waren alle glücklich, als sie den Ozean wieder vor sich sahen. Im Wald fühlten sie sich unwohl. Nur Hassan und Gregor hatten lange genug im Wald gelebt, um sich dort frei bewegen zu können.

Sie errichteten die Signalstange am Strand, stellten Wachen auf und zogen sich in die Dünen zurück. »Welche Zeit hatten Sie verabredet, Sir?« fragte Midshipman Austin.

»Zwanzig Uhr, Mr. Austin. Wenn nicht heute, dann morgen oder übermorgen.«

Sie waren nicht weiter besorgt, als die *Shannon* an diesem Abend nicht auftauchte. Wind und Wetter richteten sich selten nach den Zeitplänen der Menschen. Gregor und Hassan stöberten mit Kolja in den Dünen herum, und jeder kehrte mit einem Hasen zurück. Die Männer Lejeunes brachten Beeren, Honig und Wasser. Brot hatten sie noch, so daß sie nicht Hunger litten.

Am nächsten Tag konnte David vom Wetter kein Hindernis für das Kommen ihrer Fregatte sehen, aber sie blieb auch diesen Abend außer Sicht. Nun wurden die Vorräte knapp, und die Sorge nistete sich bei ihnen ein. David machte sich Gedanken, was dem Schiff alles geschehen sein könnte. Austin quälte die Vorstellung, hilflos an einer feindlichen Küste zu sitzen.

»Da machen Sie sich man keine Sorgen, Mr. Austin«, beruhigte ihn David. »Ich bin im letzten Krieg durch die Feigheit eines Offiziers mit einem Landungstrupp auch an der Küste zurückgeblieben. Wir haben uns durchgeschlagen und dabei noch eine Prise erbeutet. Das ist hier mit den Verbündeten noch viel leichter.«

Gegen Mittag des nächsten Tages tauchten Segel in Nordwest auf. David holte sein Taschenteleskop hervor, und sie spähten alle aus. »Es ist die *Shannon*!« stellte David schließlich fest. »Aber sie hat Schäden in der Takelage.«

»Wir haben doch nichts von einem Sturm gemerkt, Sir«, sagte Hassan.

»Nein. Sie muß im Gefecht gewesen sein.« David suchte nach Schäden am Rumpf. Ja, dort waren Spuren von Kanonenkugeln. Schließlich war die *Shannon* heran, setzte ein Boot aus, und sie wateten ihm entgegen und bestürmten die Besatzung mit Fragen.

»Wir haben eine Fregatte der Froschfresser zerstört«, erklärten die stolz.

An der Reling wurde David mit Wache, Trommeln und Pfeifen ordnungsgemäß empfangen, und Stephen Church berichtete, umringt von den anderen Offizieren: »Sir, wir haben vor drei Tagen die französische Fregatte *La Romaine* auf Klippen getrieben und vernichtet.«

»Herzlichen Glückwunsch zu diesem großartigen Erfolg!« gratulierte David und konnte es kaum abwarten. »Erzählen Sie, wie kam es dazu, Mr. Church?«

»Wir patrouillierten befehlsgemäß vor der Loiremündung, Wind Südwest, Sir, als ein Segel seewärts gesichtet wurde. Es näherte sich uns auf konvergierendem Kurs. Wir behielten Kurs bei und kürzten Segel, um es herankommen zu lassen, Sir. Als wir erkennen konnten, daß es eine französische Zweiunddreißig-Kanonen-Fregatte war, segelten wir hart am Wind, um uns nicht an die Küste drücken zu lassen. Sie hatten Windvorteil. Als wir den Point du Croisic passiert hatten, näherten sie sich auf Schußweite. Es lief alles auf ein Parallelgefecht hinaus, bei dem sie den Windvorteil gehabt hätten. Doch mir kam der Gedanke, Sie hätten sich sicher noch eine Überraschung ausgedacht, Sir. Und dann haben wir alle Segel gesetzt und sind eine Halse gesegelt, die uns zuerst hundert Meter hinter ihr Heck brachte und dann zum Windvorteil führte. Und da hat Mr. Neale mit seinen Batterien reingehauen.«

»Aber wie, Sir!« sprudelte Neale hervor. »Wir waren ja nicht so dicht dran am Heck, aber unsere Geschützführer haben wunderbar gezielt. Diese erste Runde längs durchs Schiff hat der Franzmann nie verwunden. Als wir dann wieder längsseits aufkamen und ihm Schuß um Schuß in die Bordwand feuerten, hat er gar nicht mehr viel Gegenwehr leisten können.«

»Wir haben vier Tote, Sir, und sechs Verwundete, aber die kommen alle durch«, meldete Mr. Church.

»Aber der Franzose hat nicht die Flagge gestrichen?« fragte David.

»Nein, Sir, Ihre Regierung droht Kommandanten, die ihr Schiff übergeben, die Todesstrafe an, haben wir von

Überlebenden erfahren. Aber als wir dicht an die Ile d'Hoedic heransegelten, muß einer unserer Schüsse sein Ruder zerstört haben. Die *La Romaine* lief aus dem Ruder und stieß geradewegs auf die Unterwasserfelsen dort, die ›Drachenzähne‹. Sie riß sich den Rumpf auf und war nicht zu retten. Ein Teil der Mannschaft stürzte sich sofort in die Boote und floh zur Insel. Den Rest haben wir selbst hinübergebracht. Der Kommandant fiel am Schluß des Gefechts. Wir haben geborgen, was an Papieren, Waffen und Pulver bergenswert war. Dann haben wir das Wrack angezündet und uns bei ›La Calebasse‹ in einer Bucht verborgen, um die Rahen zu reparieren und drei Schußlöcher unter der Wasserlinie. Es schien mir zu gefährlich, Sir, mit einem angeschlagenen Schiff vor der Loire-Mündung zu kreuzen.«

David streckte ihm seine Hand entgegen. »Sie haben mit bewundernswürdiger Umsicht einen großartigen Erfolg errungen, Mr. Church. Ich gratuliere Ihnen, den Offizieren und der Mannschaft. Darf ich die Herren bitten, heute abend meine Gäste zu sein? Hat die Mannschaft schon ihren Extragrog erhalten, Mr. Church?«

»Vorgestern nach dem Gefecht, Sir.«

»Nun, dann sind heute ja wohl die Kehlen schon wieder trocken.« David zwinkerte Mr. Church zu, trat an die Brüstung zwischen Achterdeck und Deck und rief zur Mannschaft: »Shannons, ihr habt euch großartig geschlagen. Ich bin sehr stolz, Kapitän einer so guten Besatzung zu sein. Heute abend wird ein Extragrog ausgegeben. Auf die *Shannon* ein dreifaches Hipp-hipp ...« Und sie schrien mit Begeisterung »Hurra!«

Das Dinner am Abend brachte David viel Freude. Der Master hatte die Wache übernommen, und mit allen Anwesenden verband David Sympathie und Anerkennung. »Sir«, erkundigte sich Midshipman Penrose nach dem Hauptgang. »Wie ist es denn nun mit Prisengeld. Wir haben doch keine Prise?«

»Tut mir leid, Mr. Penrose«, gab David Auskunft. »Prisengeld gibt es nicht, nur Kopfgeld. Die Admiralität zahlt bei vernichteten Kriegsschiffen fünf Pfund Prämie je Kopf der Besatzung des Feindes. Die Franzosen haben etwas stärkere Besatzungen als wir. Bei zweihundertvierzig Mann Besatzung würden tausendzweihundert Pfund gezahlt werden.«

Penrose blickte etwas enttäuscht drein, und Stephen Church zitierte seine Lateiner: »Nihil est ab omni parte beatum, es gibt kein vollkommenes Glück!«

David wandte ein: »Sie mögen viel mehr Prisengeld erhalten bei einem eroberten Handelsschiff, aber Ruhm und Ehre wiegen bei einem vernichteten gleichwertigen Kriegsschiff viel schwerer. An meinem Bericht wird es nicht liegen, wenn die Admiralität Mr. Church nach diesem Sieg nicht zum Master und Commander befördert.«

Church war restlos glücklich. David hatte ihm gesagt, daß er ihm den Kapitänsanteil am Kopfgeld abtreten werde, da er ja als Kapitän gehandelt habe, und nun träumte er von Beförderung und Reichtum.

David empfand etwas zwiespältige Gefühle. Einerseits freute er sich für Stephen Church und war stolz auf die Kampfkraft seines Schiffes. Andererseits fragte er sich, ob er als Kommandant überhaupt gebraucht werde. Hatten nicht die, die seine Schnelligkeit und seinen Einfallsreichtum bei Gefechtsentscheidungen rühmten, übertrieben? War er ein guter Kampfkommandant, wie man sagte, oder vollbrachte er nur, was jeder konnte?

Ein Sturm, der zwei Tage anhielt, weckte sie am Morgen nach ihrer Feier etwas unsanft. Aber er trieb auch einen britischen Flottenkutter auf dem Weg von Gibraltar nach Plymouth in ihren Weg, und so konnten sie ihre Post, ihre Berichte und Denkschriften schon in die Heimat senden. Vielleicht ist schon über meine Beförderung entschieden, wenn wir wieder Falmouth anlaufen, dachte Mr. Church.

Aber der Kutter brachte auch Nachrichten von Ereignissen außerhalb ihres Gesichtskreises. Brisbanes Geschwader hatte bereits Mitte April weit vor der Küste Portugals ein großes französisches Kaperschiff mit einer von ihm erbeuteten spanischen Schatzgaleone getroffen. Nach zweistündiger Jagd mußten beide Schiffe aufgeben, und die Engländer erbeuteten einen unermeßlich reichen Schatz. Da das spanische Schiff schon elf Tage in der Hand der Franzosen war, galt es als rechtmäßige Prise. David freute sich ganz besonders für Haddington, der bisher mit Prisengeldern nicht so glücklich war.

Und dann überbrachte der Kommandant des Kutters noch die ganz frische Nachricht, daß Kapitän Pellew am 17. Juni die gleichstarke französische Fregatte *Cleopatra* in einer knappen Stunde niedergekämpft und zur Aufgabe gezwungen hatte. Nun wird er wohl die erstrebte Baronie erhalten, dachte David. Wäre es ihm auch gelungen, wenn er an Bord seines Schiffes gewesen wäre, als die *La Romaine* ihren Kurs kreuzte? Kriegst du nie genug? schalt er sich dann selbst und gestand sich ein, daß mit Pellew einer der besten Fregattenkapitäne gesiegt hatte.

Flucht und Heirat

(Juli und August 1793)

Die letzte Juliwoche war ereignislos verlaufen, und die *Shannon* steuerte die Küste der Vendée an, um Hugo Saint-Huber wieder nach England zurückzuholen. Lejeune ließ es sich nicht nehmen, ihn selbst an Bord zu bringen und neue Erfolgsnachrichten zu verkünden.

»Wir sind zwar vor Nantes zurückgeschlagen worden, Kapitän Winter. Die einheitliche Führung fehlte, und als Cathelineau schwer verwundet wurde, war die Kraft gebrochen. Aber wir haben ihre Generäle Westermann bei Chatillon und Santerre bei Vihiers geschlagen. Und wir gewinnen überall Verbündete. Die Departements um Caen sind im Aufstand, Bordeaux, Lyon, Toulouse, Rennes, Nimes und Marseille verweigern sich der Revolution, und stellen Sie sich vor, soeben kam die Nachricht, daß Toulon gegen den Nationalkonvent meutert. Der Süden ist auf unserer Seite, Herr Kapitän. Ich habe Hoffnung für Frankreich!«

Als David später mit Saint-Huber allein in seiner Kajüte saß, korrigierte dieser Lejeunes Optimismus. Der Süden sei zwar weitgehend gegen die Herrscher in Paris aufgestanden, aber aus ganz verschiedenen Gründen. »Die einen wollen mehr Selbstverwaltung, stellen aber die Abschaffung der Monarchie nicht in Frage. Die anderen sind unzufrieden mit der Reglementierung der Wirtschaft und wollen mehr wirtschaftliche Freiheit. Wieder anderen passen nur die örtlichen Abgesandten des Nationalkonvents nicht, doch die königlichen Prinzen mögen sie noch viel weniger. Es ist überhaupt keine einheitliche Bewegung, und von einem gemeinsamen Kommando kann keine Rede sein. England könnte es vielleicht erzwingen, wenn es erhebliche Unterstützung mit Waffen, Menschen und Geld davon abhängig macht, aber das würde die verprellen, die jede Zusammenarbeit mit England immer noch für einen Verrat an Frankreich halten. Außerdem ist England zu einer so massiven Unterstützung überhaupt nicht bereit. Ich fürchte, im Augenblick fachen nur die Terrormaßnahmen des Wohlfahrtsausschusses den Widerstand an.«

David war nicht sicher, ob die Sorge um das Schicksal der Schwester, von der er nichts wußte, zu Saint-Hubers Pessimismus beitrug oder ob er nur realistisch sah, was Lejeunes Begeisterung überdeckte.

Die Dämmerung erwarteten sie vor der Mündung der Loire. Dies ist die letzte Patrouille, dachte David, dann geht es zurück nach Falmouth. Ob Britta zur Heirat anreisen würde? Als die Ausgucke aufenterten, meldeten sie kein Segel, wohl aber ein Ruderboot ganz in ihrer Nähe. Ein Mann lag darin, tot oder bewußtlos.

David ließ seine Gig aussetzen, um das Boot zu bergen. Zu ihrer aller Überraschung lag der fußamputierte Franzose, den sie in seine Heimat entlassen hatten, völlig entkräftet im Boot. Sie flößten ihm Getränke ein, und er konnte bald wieder sprechen. Das örtliche Revolutionskomitee hatte ihn verhaften wollen, weil er angeblich mit den Engländern zusammengearbeitet und seine Heimat verraten habe. »Wortführer war der Kaperkapitän, Sohn eines reichen Reeders. Der fürchtete, ich als ehemaliges Besatzungsmitglied würde ihn anklagen, weil er mich hilflos an Bord zurückgelassen hatte.«

Der Franzose bebte förmlich vor Haß auf diesen Kapitän, einen jungen, nichtsnutzigen Burschen. »Nun beruhige dich, erhole dich erst einmal. Hier verfolgt dich niemand mehr«, redete Saint-Huber auf ihn ein.

»Sie sind sehr gütig, Monsieur, und ich bringe Ihnen schlechte Nachricht über Ihre Schwester«, sagte der Amputierte leise.

»Ist sie tot?«

Der Seemann nickte. Leise erzählte er die Geschichte Madeleines, und ihr Bruder mußte manches übersetzen, da David den Amputierten kaum verstand.

Madeleine hatte sich bei einem der Aufständischen ein kleines Faß Pulver mit einer Zehn-Minuten-Lunte besorgt. Sie verbarg es in einer Hutschachtel und ging nach Nantes zum Hauptquartier Beyssers, dem sie die Schuld an Renauds Verrat gab. Dort fragte sie nach Beysser, wurde aber nur ins Vorzimmer gelassen. Sie mußte die Lunte vorher gezündet haben, denn als sie nach kurzem Aufenthalt das Haus wieder verließ, explodierte das Faß und zerstörte drei Zimmer völlig. Beysser war nicht im Haus, aber drei seiner Obersten wurden zerfetzt, so daß alle Truppen nach der Frau suchten.

»Mein Bruder, Renauds alter Diener, hatte Mademoiselle in das Hauptquartier gehen sehen. Er wußte, daß Renaud bei den Aufständischen getötet worden war, und gab ihr die Schuld, obwohl er keine Einzelheiten kannte. Er hat sie denunziert, um seinen Herrn zu rächen. Sie ist auf dem Platz in Nantes am nächsten Tag guillotiniert worden. Sie starb sehr gefaßt mit dem Ruf ›Vive le Roi!‹ Mein Bruder hat sich erhängt, denn er liebte sie auch sehr, ob sie es glauben oder nicht. Er hatte so gehofft, daß beide heiraten würden.«

Der Amputierte schwieg erschöpft. Saint-Huber nahm die Hände vors Gesicht und weinte lautlos. Die Umstehenden waren erschüttert. David faßte Saint-Huber um. »Kommen Sie! Sie ist sich selbst treu geblieben und für das gestorben, was sie liebte. Es war ihr Wille, und sie würde wünschen, daß Sie mit Stolz an sie denken.«

Als der Franzose vom Schiffsarzt versorgt worden war und als die *Shannon* mit Westkurs die Landzunge bei Croisic passierte, bat der Franzose noch einmal um ein Gespräch beim Kapitän.

»Ich bin kein Verräter, Monsieur Kapitän, aber man hat mich aus meiner Heimat vertrieben, und ich kann nie zurück, solange die Revolution herrscht.«

»Mach dir keine Sorgen«, unterbrach ihn David. »Wir finden für dich einen Platz. Man hat mir gesagt, daß du Schneider warst, bevor du als Segelmacher angeheuert hast. Da gibt es auf dem Schiff oder auf meinem Gut für dich immer Arbeit.«

Der Franzose senkte bedrückt den Kopf. »Von Ihnen habe ich immer Menschlichkeit und Hilfe erfahren und von meinen Landsleuten ... Ich kam nicht, um um Arbeit zu bitten. Ich will Rache und mit dieser Rache Ihnen einen Dank abstatten.«

Und er berichtete, daß die Reederei seines Kapitäns regelmäßig Nachschub für Brest liefere. Für den Bedarf von Flotte und Hafen reiche das eigene Hinterland nicht aus.

»Heute nacht segelt wieder eine Dreimastbark ab. Tagsüber verbirgt sie sich hinter der kleinen Insel de Groix im Schutz einer Batterie, um nicht durch britische Kaper oder Kriegsschiffe gesichtet zu werden. In der Nacht segelt sie dann weiter bis Brest. Die Bark ist voll mit Pulver, Munition, Verpflegung und Kleidung. Kapern Sie dieses Schiff, Monsieur Kapitän, dann habe ich dieser Familie etwas von dem heimgezahlt, was sie mir angetan hat.«

David dachte lange nach, als der Franzose gegangen war. Es konnte eine Falle sein. Er kannte den Mann doch nur wenig. Aber er hatte den Eindruck, daß dessen Rachedurst echt war und daß er für die Behandlung auf der *Shannon* wirklich dankbar war. Er ließ Church und Scott rufen.

Mit sinkender Dämmerung segelte die *Shannon* wieder an die Küste heran, deren Sicht sie tagsüber gemieden hatte. Es wurde dunkler und dunkler. Der zunehmende Mond war meist durch Wolken verdeckt. Die Ausgucke mit der besten Nachtsicht spähten angestrengt umher.

»Die Ortschaft liegt an der Landseite der Insel, dort, wo die Bark ankert. Wenn wir Glück haben, befinden sich auf der Seeseite einige Fischerhütten, deren Lichter uns vielleicht einen Anhaltspunkt geben. Aber auf jeden Fall sollten wir ab jetzt loten!« befahl David.

Sie hatten sechzig Mann eingeteilt, um die Besatzung der Bark zu überwältigen. Die Gig sollte voranrudern, um die Wachen auszuschalten. Zwei Kutter würden folgen. An den Kanonen der *Shannon* hockte eine reduzierte Mannschaft. Die *Shannon* würde östlich an der Insel vorbeisegeln, um den Bootsangriff mit ihren Kanonen zu decken, falls erforderlich.

Einer der Bootsmannsmaate fragte die Leute seines Trupps: »Und wohin rennst du, sobald du an Deck bist?«

»Fockmast, Vormarssegel setzen.«

»Und du?«

»Ankertau lösen oder kappen.«

»Und du?«

»Pulverkammer und Pulverlast. Zugang verhindern.«

Als der Bootsmannsmaat weiterging, um andere zu fragen, knurrte einer zu seinem Nachbarn: »Mensch, ist der heute fickerig. Wir machen das doch nicht zum ersten Mal. Fünfundzwanzig Mann Besatzung. Was ist das schon?«

Ein Ausguck hatte zwei Lichter entdeckt, die ihnen die Orientierung erleichterten. Und als sie die Inseln östlich passierten, flackerten auch die Lichter des kleinen Ortes Groix herüber. Sie segelten noch etwas darauf zu, dann holten sie die Segel ein und brachten einen leichten Anker aus.

»Wenn kein ablandiger Wind aufkommt, Mr. Church, werden Sie mit den Kuttern pullen müssen, bis sie klar von der Insel sind.«

»Aye, aye, Sir. Das wird uns hoffentlich erspart bleiben. Ich lasse jetzt einbooten.«

Leise und flink kletterten die Mannschaften in ihre Boote. Mr. Church stieg als letzter auf das Fallreep, griff daneben und stürzte in den Kutter. Unterdrückte Schmerzensschreie. David beugte sich über die Reling. »Was ist los?«

»Mr. Church hat sich den linken Fuß gebrochen. Er kann nicht auftreten.«

David schickte nach dem Schiffsarzt und befahl, Mr. Church vorsichtig mit einem Seil an Deck zu hieven. Mr. Cotton glaubte nach einer kurzen Untersuchung nicht an einen Bruch. »Aber das Bein ist schwer geprellt. Es wird stark anschwellen. Mr. Church kann nicht auftreten.«

David entschied schnell. »Ich übernehme Ihre Rolle, Mr. Church. Sie lassen sich einen Stuhl an Deck bringen und kommandieren die *Shannon*. Sie wissen, was zu tun ist.«

»Es tut mir so leid, Sir.«

David war schon auf dem Weg ins Boot, als er murmelte: »Schon gut! Riemen auf!«, und sie nahmen Kurs auf die Bark.

Für Hassan und die Messerwerfer war es schon Routine. Sie näherten sich lautlos der Bark, schalteten die Wachen am Bug mit Blasrohr und Messer aus, stiegen an Bord und überwältigten die restlichen Wachen. Dann legten die Kutter an, und jeder Mann eilte an seinen Platz. Die Segel wurden gesetzt, die Ankertaue gekappt, die Segel der Bark füllten sich, und langsam nahm sie Fahrt auf.

Nun drangen die Leute der *Shannon* in die Schlafräume ein, wo die restliche Besatzung schlief. Einige Schreie drangen an Deck, und mittschiffs an der Backbordseite platschte etwas. David, der den Ruderkurs angegeben hatte, lief hin und starrte über die Reling. Es war zu dunkel, um irgend etwas zu erkennen. Plötzlich traf ihn ein Schlag auf den Kopf. Er merkte noch, daß seine Beine angehoben wurden, dann spürte er nichts mehr.

Midshipman Penrose, der einen Kutter kommandiert

hatte, hörte, als er aus einem Niedergang trat, etwas wie einen leisen Schrei. »Was war das?« fragte er einen Schatten, der in der Nähe stand.

»Ich habe nichts gehört, Sir!« kam die Antwort.

»Wer bist du?« fragte Penrose nach.

»Jim, Sir, Vortoppgast.«

»Der Ire?«

»Aye, Sir.«

»Dann lauf jetzt zum Kapitän und melde, daß unter Deck alles klar ist!«

Nach einer Weile kehrte der Ire zurück und sagte: »Der Kapitän ist nicht zu finden, Sir.«

»Was soll der Blödsinn? Er muß doch an Bord sein!« Ärgerlich machte sich Penrose selbst auf die Suche. Aber wo er auch fragte, der Kapitän war nicht zu finden. Leutnant Scott schickte zwei Suchtrupps durch das ganze Schiff, aber alles, was sie fanden, war ein Schiffsjunge, der sich mit der Schiffskatze in einem Laderaum versteckt hatte.

Scott starrte deprimiert vor sich hin. Dann sagte er: »Mr. Penrose, Sie übernehmen die Wache. Wir folgen der *Shannon*. Ich kontrolliere die Posten und durchsuche die Kajüte des Kapitäns. Sobald wir Sicht haben, nehmen wir Kontakt mit der *Shannon* auf.«

Als die Dämmerung sich so weit gehoben hatte, daß die *Shannon* die Signale erkennen konnte, braßte sie back und erwartete die Annäherung der Bark. »Der Kapitän ist vermißt!« rief Scott zu Mr. Church hinüber.

»Wo ist er?« fragte der zurück.

»Vermißt. Wir konnten ihn trotz eingehender Suche nicht finden. Wir wissen nicht, wie und wo er verschwand.«

»Kommen Sie an Bord der *Shannon*!« befahl Mr. Church. Als Scott vor ihm stand, konnte er nicht mehr sagen. Auch Hassan und Gregor, die in einiger Entfernung standen, wußten keine Antwort, als Scott sie fragte.

»Mein Gott!« dachte der Erste laut. »Er hat doch befohlen, daß wir so schnell wie möglich mit Westkurs von der Küste ablaufen. Wir können doch aber nicht ohne ihn segeln. Verdammt! Was sollen wir nur tun?«

Stephen Church wußte, daß es keinen anderen Weg gab, als schnell aus Sicht der Küste zu gelangen. Er konnte nicht beide Schiffe für einen Mann aufs Spiel setzen. Aber dieser eine Mann war der Kapitän, sein Freund, sein Gönner, sein Vorbild. Mr. Church wollte sich erheben, aber der Schmerz in seinem mit feuchten Bandagen umwickelten Bein ließ ihn zurücksinken. »Verdammt und zugenäht!« hilflos blickte er in die Runde.

Da trat Hassan zu ihm. »Sir, Gregor und ich, wir haben uns schon auf der Prise besprochen. Wir können den Kapitän nicht zurücklassen. Er hat uns auch nie im Stich gelassen.«

Ärgerlich unterbrach ihn Mr. Church. »Wollen Sie sagen, daß ich meinen Kapitän im Stich lasse?«

»Aber nein, Mr. Church. Sie müssen die *Shannon* retten. Der Kapitän kann gut schwimmen. Er könnte sich auf einen Felsen oder an Land gerettet haben. Wir möchten mit fünf Freiwilligen und der Gig zurücksegeln und ihn suchen. Wir könnten als Fischerboot durchgehen, Sir. Bitte!«

»Und wie wollt ihr nach England? Die *Shannon* kann zwanzig Seemeilen westlich von Ouessant (Ushant) warten, aber auch nur einen Tag. Und dann?«

»Wenn wir ihn finden, kommen wir durch, Sir. Wir nehmen einen Kompaß, Proviant und Waffen mit. Wenn er lebt, holen wir ihn auch aus der Hölle, Sir.«

»Ich weiß«, sagte Stephen Church leise. Aber dann jagte er die Befehle hinaus, um die Gig mit allem Nötigen zu versorgen, auch mit zwei Raketen. Er drückte Hassan, Gregor, Jean und zwei anderen die Hand und sah der Gig lange nach, die mit ihrem Lateinersegel zurückkreuzte.

David erwachte jäh aus der Bewußtlosigkeit, als sich sein Mund mit Wasser füllte und er Wasser einatmete. In panischer Angst schlug er um sich, um nicht unterzugehen, und hustete das Wasser aus dem Hals. Dann wußte er plötzlich, wo er sich befand. Dahinten entfernte sich ein dunkler Schatten, wahrscheinlich die Bark. Jemand hatte ihn niedergeschlagen und über Bord geworfen.

Zu weit, um zu rufen. Da würden ihn die Franzosen wohl eher hören. Und wieder geriet sein Mund unter Wasser. Er mußte das schwere Jackett loswerden und die Stiefel! Mühsam befreite er sich von den Lasten. Weg mit der Pistole! Sie war so und so naß. Und das Entermesser war zu schwer. Aber seine Armmanschette mit den Wurfmessern würde er nicht ablegen.

Einige Schwimmzüge gaben etwas Ruhe. Dort waren die Lichter des Ortes. Dann mußte dort im Osten das Festland sein. Und noch ein wenig weiter östlich lagen zwischen Insel und Festland die paar kleinen Felsen, die nur wenig aus dem Wasser ragten. Zuerst dorthin! Dann konnte er weitersehen. Aber würde er die Felsen in der Dunkelheit finden?

Während er mechanisch die Schwimmzüge ausführte, vergegenwärtigte er sich die Karte, orientierte sich an den wenigen Lichtern und kalkulierte, wo die Felsen liegen müßten. Und dann halfen ihm die Möwen, die dort nisteten und in der Nacht einen Streit begannen. Er hielt auf ihr Kreischen zu und fand den Felsen auch, als sie sich beruhigt hatten.

Zehn oder zwölf Quadratmeter, die zwei Meter aus dem Wasser ragten, mit Vogelmist bedecktes Gestein, ein paar Ginsterbüsche, das war alles. Die Möwen schimpften auf den Eindringling, schlugen mit den Flügeln und hackten nach ihm. David hockte sich an einen Ginsterbusch, um sich etwas zu erholen. Ein Dauerquartier war das wirklich nicht. Aber vielleicht könnte er sich am Tag mit Vogeleiern etwas Flüssigkeit und Nahrung einverleiben. Doch er hatte rohe Eier nie gemocht und schüttelte sich schon jetzt bei dem Gedanken.

Sein Kopf schmerzte, und er fühlte eine Beule. Er nahm ein Tuch aus der Tasche und legte es feucht auf die Beule. Dann merkte er, wie kalt ihm in der Nässe war. Er kauerte sich zusammen und versuchte nachzudenken. Er mußte tagsüber hier aushalten und sich erst orientieren und den Tagesablauf der Franzosen beobachten. Sie hätten doch den Verlust der Bark schon bemerken müssen. Aber er hatte noch keine Unruhe beobachtet.

Er mußte ein wenig gedöst haben, denn er konnte schon die Insel und die Ortschaft Groix sehen, als ihn das Geschrei vom Ufer weckte. Jetzt hatten die Schlafmützen den Verlust bemerkt. Sie bemannten zwei Boote und ruderten zum Ankerplatz. Was wollen die dort finden? fragte sich David und prägte sich ein, wo welche Boote lagen und wo sie ihre Ruderriemen ablegten.

Dann wurde es wieder ruhig. Einige Fischkutter kehrten vom nächtlichen Fang heim. Andere Boote segelten zu Dörfern in der Bucht von Lorient. Ein Lugger der Marine lief aus. David hatte sich so zwischen dem Ginster verborgen, daß ihn niemand entdecken konnte. Die Möwen hatten sich an ihn gewöhnt und nur geschrien, als er sich einige Eier nahm. Er zwang sich, ihren Inhalt zu schlürfen.

Dann sah er ein Lateinersegel, das auf ihn zukreuzte. Eine Ahnung mochte ihn bewogen haben, genauer hinzusehen. War das seine Gig? Sie sah so aus. Aber sein gutes Taschenteleskop war mit der Jacke versunken. Er krampfte die Hände vor Aufregung ineinander und starrte, bis die Augen schmerzten. Dann zwang er sich zur Ruhe, schloß die Augen, begann die Suche an einem Punkt neben dem Segel und wanderte mit den Augen zu ihm. Das war seine Gig! Sie mußte es sein!

Näher und näher rückte das Segel, und nun sah er, wie Gregor am Bug aufstand und vorausspähte. Tränen schossen ihm in die Augen. Diese treuen Kerle! Er schaute umher, ob andere Boote in der Nähe waren. Nein! Dann richtete er sich auf und winkte. Er zog sich sein Hemd über den Kopf und schwenkte es. Schließlich rief er auch. Und nun – sein Herz blieb fast stehen – winkte Gregor zurück und zeigte auf ihn. David stieg ins Wasser und schwamm der Gig entgegen.

Sie zogen ihn über Bord, Hassan und Gregor hatten Tränen in den Augen, und Jean heulte wie ein Kind. David faßte ihre Hände. »Ich danke euch von ganzem Herzen und werde es euch nie vergessen.« Dann sagte er: »Nichts wie weg. Kurs Nordwest an der Küste entlang bis Pointe de Penmarche. Wartet die *Shannon* irgendwo?«

Sie sagten es ihm und fragten, wie er über Bord gegangen sei. »Ich bin bewußtlos geschlagen und über Bord geworfen worden.« Sie konnten es kaum fassen, vermuteten aber bald, daß es Jim, der Ire, gewesen sein könnte.

»Mr. Penrose hat ihn an der Stelle angesprochen, wo er einen Schrei zu hören glaubte. Er wird mir einige Fragen beantworten müssen«, sagte Gregor mit drohendem Unterton.

David ordnete an, daß sie jetzt in zwei Wachen ruhen und segeln müßten, um ihre Kräfte zu schonen. Der Wind kam aus südöstlicher Richtung. Hart am Wind segelnd, konnten sie Raum gewinnen, aber David sah mit Sorge die Wolkenformationen am Himmel. Auch Hassan glaubte, daß alles auf einen Sturm hindeute. Sie hatten nur die Möglichkeit, so weit wie möglich zu kommen, und dann irgendwo Schutz zu suchen.

Fischerboote kreuzten ihren Weg. Einige kamen nahe genug, um mit Jean ein paar Worte zu wechseln. Sie schützten ihre Haut gegen die stechende Sonne und teilten ihren Wasservorrat gut ein. Glücklicherweise hatten sie außer Brot und Käse auch einen Beutel mit Äpfeln mitgenommen.

Der auffrischende Wind trieb sie voran, auch wenn sie sich alle auf eine Seite der Gig setzen mußten, um den Druck des Segels auszugleichen. Sie hatten die Inseln von Glenan backbord passiert, hatten Pointe de Penmarch steuerbord hinter sich gelassen und steuerten nun die Insel de Sein an. Bald nach Sonnenuntergang müßten sie sie erreichen.

Aber der Sturm war schneller. Die Wolkenwand türmte

sich so dunkel und drohend auf, der Wind stieß hart und stoßweise auf sie zu, daß David entschied: »Wir schaffen es nicht. Wir laufen vor dem Wind zum Festland. Bei Kap du Raz oder Kap du Van finden wir Schutz.«

Aber plötzlich deutete Gregor nach hinten. Vor der Wolkenwand lief eine französische Korvette auf sie zu. Sie holte auf. Vom Bug her spähten Teleskope nach ihnen aus. Die würden nicht lange an ein Fischerboot glauben. Das hätte doch längst einen Hafen angelaufen. In David stritten Furcht und Wut. Sollte alles umsonst gewesen sein? Dort vorn tauchte die Felsengruppe vor dem Kap auf. Jedes Schiff hielt sich von den Felsen fern. Aber ein Boot könnten sie vielleicht schützen. Er rief Hassan, deutete voraus und fragte ihn, ob er sich an die Wassertiefen erinnere.

»Zwischen den Hauptfelsen fünf bis sechs Fuß, sonst weniger, Tuan.« Seit sie in der Gig saßen, gebrauchte Hassan wieder die altvertraute Anrede, und David hatte auf das ›Mr. Kudat‹ und ›Mr. Dimitri‹ verzichtet. Oh, das würde knapp werden, wenn sie auf die Felsen zuschossen. Aber die Korvette würde ihnen nicht folgen können. Noch eine Meile!

Von der Korvette krachte ein Schuß. Sie kümmerten sich nicht darum, sondern besprachen, wo sie einlaufen, wann sie das Segel einholen, wie sie die Riemen einsetzen würden. »Es muß alles ganz schnell gehen, sonst zerschellen wir an den Felsen!« rief ihnen David durch den heulenden Wind beschwörend zu.

Gregor kauerte mit einem Riemen am Bug, um sie vom Felsen wegzustoßen, falls notwendig. Hassan hielt das Ruder, die anderen würden das Segel bergen und den Mast umlegen, sobald David die Kommandos gab. Und die Gischt schäumte auf. Dort war eine Lücke von zehn Metern. Hassan steuerte sie an. Dann rief David, sie bargen das Segel, Hassan riß das Ruder herum. Sie steuerten in eine vom Sturm geschützte winzige Bucht hinein. Gregor stieß ihren Bug vor einer Felsnase zur Seite, sprang mit einem Tau an Land und zog die Gig in den Windschatten.

Um sie herum krachte es. Steine splitterten. David spürte einen Schlag am Schenkel, und Jean schrie kurz auf. Die Korvette hatte zwischen die Felsen gefeuert. David rief Hassan zu, er solle die paar Meter den Fels hinaufkriechen und nach der Korvette Ausschau halten. Dann blickte er sich um. Dort, der andere Felsen hatte eine Spalte, in die sie die Gig hineinziehen könnten, um sie vor dem Sturm zu schützen, der bald die Wellen über sie hinwegtreiben würde.

Hassan kroch zurück. »Sie gehen auf Ostkurs, um in der Bucht von Douarnenez Schutz zu suchen. Aber sie werden noch einmal feuern.«

»Schnell! Dort hinüber!« rief David, und sie kauerten sich hinter die Steine, die Schutz vor den Kugeln boten. Die Geschosse schlugen um sie herum ein, aber niemand wurde verletzt.

Nun bestiegen sie die Gig, brachten sie zur Spalte, vertäuten und sicherten sie, so gut sie nur konnten. Dann suchten sie sich selbst einen etwas geschützten Platz. Als sie ihre Vorräte dorthin schafften, rief Hassan erschrocken: »Das Faß ist beschädigt. Ein Steinsplitter hat ein Loch hineingeschlagen. Es ist halb ausgelaufen!«

Wasser war das Allerwichtigste. »Wir müssen Regenwasser mit Segeltuch auffangen. Stopft das Loch im Faß mit Stoff zu!« Dann erst konnte David nach dem Riß in seinem Schenkel sehen, den ein Steinsplitter geschlagen hatte, und Jean verbinden, der einen Riß an den Rippen hatte. Beide Wunden waren nicht schlimm.

Der Sturm brach los. Das Wasser zwischen den Felsen kochte. Gischt stob über die Steine. Der Regen prasselte vom Himmel. Sie schützten sich mit Segeltuch, und Gregor kroch in die Gig, um sie mit seinen starken Armen von der Felswand fernzuhalten, falls ihre Fender nicht reichten. Hassan rief David zu, daß das Regenwasser mit Salzwasser vermischt sei. Der zuckte mit den Schultern. Wenn sie den Sturm überstanden, wenn sie der Korvette entkamen, die sicher zurückkehren würde, dann konnte er sich mit dem Wasserproblem beschäftigen. Und sie schmiegten sich aneinander, um sich gegen Regen und Kälte zu schützen.

Zwanzig Meilen östlich von Ouessant starrte Stephen Church auf die drohende Wolkenwand. »Das Barometer fällt rapide, Sir« meldete ein Midshipman. Stephen stand aus seinem Stuhl auf und humpelte einige Schritte umher. »Ausguck!« rief er zum zigsten Male. »Ist nichts zu sehen?«

»Nein, Sir!«

Die Bark lag an der Grenze der Sichtweite nördlich von der *Shannon*. Wenn stärkere französische Schiffe aus Brest ausliefen, würde sie den Vorsprung brauchen. Church quälte der Zwang zur Entscheidung. Er konnte hier nicht mit einem Minimum an Segeln liegenbleiben, wenn der Sturm kam. Dann mußten sie vor dem Sturm hinaus in den Kanal. Wer weiß, wie weit der Sturm sie treiben würde. Eine Rückkehr an diesen Punkt war dann unmöglich. Das hieß, die Gig sich selbst zu überlassen. Was hätte David an seiner Stelle getan?

Dann atmete er tief ein und befahl: »Signal an die Bark! Mit Sturmbesegelung Kurs Nord! Wir schließen auf zur Bark und bereiten alles auf den Sturm vor. Lassen Sie Segel setzen, Mr. Neale!«

Der Sturm schwächte sich am übernächsten Morgen ab. Die Bark segelte in drei Meilen Entfernung. »Schließen Sie auf, Mr. Rossano! Dann nehmen Sie bitte Kurs auf Falmouth. Ich bin in der Kapitänskajüte.«

Stephen saß an Davids Schreibplatz und schrieb den Bericht über die Ereignisse der letzten Tage auf. Wenn alles gut ging, würde er heute abend in Falmouth dem Hafenadmiral berichten müssen. Das war nicht das Schlimmste! Aber was sollte er sagen, wenn Davids Braut und seine Verwandten auf ihn warteten, die auf eine Hochzeit vorbereitet waren?

Ein Bote stürmte in Samuel Pellews Büro. »Die *Shannon* läuft ein, Sir.«

Pellew lächelte. »Na, also! Du gibst dieses Schreiben dem Postreiter. Er soll sofort nach Portsmouth losreiten. Mr. Bondy!« rief er einen Schreiber. »Sie fahren mit meiner Kutsche zur Baronesse und melden ihr, daß die *Shannon* einläuft. Wenn sie möchte, bringen Sie sie zur Pier.«

Im Kielwasser der *Shannon* lief eine dickbäuchige Bark. »Da hat Kapitän Winter doch wieder eine fette Prise geschnappt«, sagte Pellew zu Baronesse Britta, die neben ihm stand. »Da kann er ein feines Hochzeitsgeschenk mit finanzieren.«

Britta lächelte und dachte: Ihn will ich in die Arme schließen. Das Hochzeitsgeschenk ist mir nicht wichtig.

Die *Shannon* näherte sich, kürzte Segel. Am Pier standen Hafenarbeiter bereit, Taue in Empfang zu nehmen. »Ich sehe den Kapitän gar nicht auf dem Achterdeck«, sprach Pellew mehr zu sich. Aber Britta, die David auch vergebens gesucht hatte, schnürte es den Hals zusammen. Das dort war Mr. Church. Er winkte gar nicht. Keiner winkte. Das Schiff näherte sich schweigend wie ein Geisterschiff. Alle Segel waren geborgen, Taue flogen, Fender wurden ausgebracht. Dann legten sie die Gangway zur Pier.

Britta lief darauf zu. Mr. Church humpelte mit ernstem Gesicht auf sie zu.

»Wo ist David?« rief sie voller Angst.

»Wir wissen es nicht, Baronesse. Es tut mir unendlich leid.«

Britta sank mit einem Klagelaut zusammen. Pellew fing sie in seinen Armen auf. »Verdammt, Leutnant, was soll das heißen? Sie wissen es nicht.«

Church war zu traurig, um sich über Pellews Ton zu ärgern. »Kapitän Winter ist seit der Kaperung der Bark vor drei Tagen vermißt. Niemand kann sich sein Verschwinden erklären, denn die Besatzung der Bark wurde praktisch ohne Widerstand überwältigt.«

Britta hatte sich wieder gefaßt, löste sich aus Pellews

Armen. »Wo sind Hassan und Gregor? Waren sie bei ihm?«

»Sie und drei andere Freiwillige sind mit der Gig zurückgesegelt, um nach dem Kapitän zu suchen. Wir haben vor Ouessant gewartet, aber dann vertrieb uns der Sturm. Wir wissen auch von ihnen nichts.«

Britta sah Stephen ernst an. »Machen Sie sich keine Vorwürfe, Mr. Church. Ich weiß, Sie haben getan, was Sie konnten. Sie taten es ja für einen Freund. Er wird zurückkommen. Ich spüre es ganz fest. Er lebt! Ich gehe in das Haus, das Sie für uns gemietet haben, Mr. Pellew. Bitte benachrichtigen Sie mich sofort, wenn die Gig einläuft.« Sie ging festen Schrittes auf die Kutsche zu.

Pellew blickte Mr. Church zweifelnd an. »Wir haben alles vorbereitet. Die Hochzeit könnte jeden Tag stattfinden. Glauben Sie auch an eine Rettung?«

Stephen antwortete: »Nur, weil er es ist und tolle Burschen bei sich hat. Die sind schon aus Gefahren herausgekommen, die kein anderer überstanden hätte. Aber, Sie haben recht, die Chancen sind nicht groß.«

Am nächsten Morgen ließ sich Britta früh zum Ausguckspunkt fahren, von dem aus man am ehesten ein sich näherndes Segel erkennen konnte. Sie quälte sich mit dem Teleskop ab, das sie sich geliehen hatte. Aber nichts war zu sehen. Nach einigen Stunden erschien Mr. Church. »Ich habe meine Geschäfte beim Hafenadmiral und dem Prisenagenten erledigt. Da hörte ich, daß Sie hier sind, Baronesse. Darf ich Ihnen Gesellschaft leisten? Ich habe auch einen Korb mit Speisen und Getränken mitgebracht. Sie müssen sich stärken.«

Britta ließ sich erzählen, was David in den letzten Wochen erlebt hatte. Stephen berichtete ihr von den Kontakten mit der Vendée und ihren Patrouillenfahrten. Er erzählte, daß er sich immer wieder den Kopf zerbrochen habe, wie David verschwinden konnte. Möglich sei nur, daß ein unbemerkter französischer Seemann ihn niedergeschlagen und über Bord geworfen habe oder – Stephen zögerte – daß es einer der eigenen Leute tat.

Britta blickte ihn erschrocken an. »Waren noch Freunde des Iren an Bord, der gemeutert hat und von David getötet wurde?«

Stephen nickte, und zum ersten Mal sah er, daß Tränen aus ihren Augen rollten. »Fragen Sie sie aus, Mr. Church, damit wir Gewißheit erhalten.«

Aber weder Jim noch einer der anderen Iren gab etwas zu. Britta hielt am Ausguckspunkt aus. Stephen schickte abwechselnd Midshipmen zu ihr. Auch Mr. Pellew sah nach ihr. Als sie am Abend zurückkehrte, begegneten ihr Julie und William, die aus Portsmouth angereist waren, voller Vorfreude auf die bevorstehende Hochzeit. Die Nachricht traf sie wie ein Schock. Julie wurde leichenblaß und brachte zunächst kein Wort hervor. William lief mit seinem Holzfuß auf und ab und ballte die Hände zu Fäusten.

Am nächsten Tag warteten sie mit Britta auf dem Aussichtspunkt und trösteten sich gegenseitig. William hatte längere Zeit mit Stephen gesprochen, der auch furchtbar litt und sich überhaupt nicht freuen konnte, als die Nachricht von seiner Beförderung zum Master und Commander eintraf. Der Tag verging, ohne daß sie die Gig sichteten. Abends fuhren sie in das Städtchen, und ihr Mut war sehr müde geworden. Sie faßten sich um und weinten gemeinsam. Aber Britta sagte unter Tränen: »Und ich weiß es immer noch: Er wird kommen! Ich spüre seine Gedanken.«

Die Männer der Gig fanden im Geheul des Sturms und unter der sprühenden Gischt kaum Schlaf. David suchte verzweifelt nach einem Ausweg. Ließ der Sturm nach, würde die Korvette erscheinen, Boote aussetzen und sie gefangennehmen oder gleich erschießen. Aber bevor der Sturm nachließ, konnten sie sich mit der kleinen Gig nicht aufs Meer wagen.

Hassan neigte seinen Kopf zu Davids Ohr. »Der Sturm hat etwas nachgelassen, Tuan, und etwas mehr nach Süd gedreht.«

»Wenn er bei Tageslicht nachläßt, sind wir verloren«, bemerkte David resigniert. »Nur im Dunkeln können wir entkommen.«

»Tuan, wir könnten in der Dunkelheit bis zum Festland hinter dem Kap du Van gelangen. Das ist nur eine gute Meile. Dort ist der Wellengang nicht so hoch. Wir schleifen die Gig auf den Sandstrand und verbergen uns tagsüber, bis wir nachts über die Bucht segeln können.«

»Hassan, du solltest Kapitän sein. Das ist der einzige Ausweg.«

Sie warteten, bis der Sturm noch etwas nachließ, schleppten die Gig mit Tauen um den Fels herum, blickten mit Angst und Schrecken auf die schäumende Brandung und den dunklen Streifen Festland. Dann warteten sie ab, bis die höchste Welle vorbeigerauscht war, stießen die Gig ab und rissen die Riemen durch das Wasser. Wer nicht ruderte, schöpfte Wasser aus dem Boot.

Mehrmals waren sie daran zu kentern, aber immer wieder gelang es ihnen, das Boot zu halten. Sie passierten das Kap, gerieten etwas in den Windschatten, quälten sich am flachen Ufer entlang. Noch ein wenig, dann mußte Wald kommen. Aber es wurde heller. »Ans Ufer!« befahl David und legte das Ruder herum.

Sie liefen am Sandstrand auf, sprangen hinaus und zogen die Gig mit aller Kraft hinauf. Dann lagen sie erschöpft am Boden. David raffte sich auf und stolperte weiter. »Ich erkunde das Gelände!« Fünfzig Meter weiter waren Büsche, Ginster und Brombeeren. Der Wald lag zu weit ab.

Er sagte es ihnen, und sie ruhten sich noch etwas aus. Dann trugen sie Waffen, Vorräte, Riemen, Mast und Segel zum Gebüsch. Es wurde heller. Die Gig mußte versteckt werden! Angesichts des acht Meter langen Holzbootes sahen sie sich verzweifelt an. Keine Rundhölzer in der Nähe!

»Kommt!« brummte Gregor lakonisch, befestigte ein Tau am Bug, legte sich ein zusammengefaltetes Stück Tuch auf die Schulter, das Tau darüber, beugte sich vorwärts, um das Tau zu spannen und rief: »Na, was ist nun?«

Die anderen packten die Taue am Dollbord, lifteten das Gewicht ein wenig und lehnten sich nach vorn. Die Gig schleifte durch den nassen Sand, blieb wieder liegen. Gregor brüllte Schimpfwörter, trieb sie an, und weiter ging es. Ohne Gregor hätten sie es nie geschafft. Sie schoben die Gig notdürftig unter die Büsche und sanken zusammen, auch Gregor.

David stemmte sich nach kurzer Zeit hoch. »Los! Nehmt Ginsterzweige, bindet ein Tau an das Segel, fegt und schleift immer wieder über die Spur!« Und er ging voran, um die Schleifspur der Gig zu verwischen. Gerade huschten sie wieder in die Büsche, als es hell genug war, um eine halbe Meile vor der Küste die Korvette zu sehen, wie sie zum Kap segelte.

Schüsse krachten, dann war es lange Zeit still. Die Korvette kehrte zurück. Ein Kutter setzte einen Trupp am Land aus und ruderte langsam neben dem Trupp her. David und seinen Männern stockte der Atem. Die mußten die Schleifspuren doch bemerken. Aber die Franzosen liefen dort, wo der Sand naß und fest war und nicht dort, wo sie im weichen Sand einsackten. Und beim feuchten Sand hatten die Wellen nachgeholfen, alle Spuren zu verwischen.

Als die Gefahr vorüber war, teilte David Wachen ein, sie aßen etwas Brot und Käse, schluckten ein wenig Brackwasser, und wer frei war, versuchte zu schlafen. Aber die Sandflöhe und Stechfliegen quälten sie unaufhörlich. Sie deckten sich mit allem zu, was sie fanden, schmierten die Arme mit feuchtem Sand ein und wurden doch immer wieder gepeinigt. Der Tag schlich langsam vorbei. Sie sahen in der Bucht ab und an die Korvette. Sonst war alles still.

»Wir müssen bei Beginn der Dunkelheit abhauen«, sagte David, »und bis Ouessant segeln. Dort im Gewirr der Felsen und Klippen können wir uns tagsüber verstecken. Erst bei Dunkelheit dürfen wir uns in den Kanal wagen. Und auch das nur, wenn das Wetter günstig ist.

Aber ihr habt euer Leben meinetwegen riskiert. Sagt, wenn ihr einen anderen Vorschlag habt.«

Sie stimmten ihm zu, und Josef, ein kräftiger Portugiese, Gregors bester Freund, sagte. »Sie bringen uns zurück, Sir. Wir wissen. Alles gut.«

Als die Sonne sank, richteten sie ihre Waffen und inspizierten die Lebensmittel. Noch zwei Stück Brot und Käse sowie zwei Äpfel für jeden. Das Wasser war ein Problem. Sie hatten wenig, und es war mit Salzwasser vermischt. »Damit kommen wir bis zum Nordpol!« tröstete Gregor.

Plötzlich zischte ihr Posten. Zwei Gendarmen ritten am Strand entlang. Sie trabten im tieferen Sand, und einer bemerkte Reste der Schleifspur. Jean hörte, wie er dem anderen zurief. »Hier müssen wir nachsehen!«

Der antwortete: »Es wird gleich dunkel. Nun hör schon auf und komm weiter!«

Aber der erste war hartnäckig, und zögernd folgte ihm der andere zum Ginster. David deutete auf Hassan, das Blasrohr und den weiter entfernten Reiter. Er selbst nahm ein Wurfmesser, tippte Gregor an und zeigte dann auf den näheren Gendarm.

Der erste war ein eifriger Bursche. Er hielt seinen Karabiner schußbereit und spähte in das Buschwerk. David zischte. Hassan schoß mit dem Blasrohr auf den ersten, David schleuderte sein Wurfmesser, und Gregor warf die Eisenkugel zum zweiten Reiter. Aber das Wurfmesser glitt am Metallbügel des Helms ab. Der Reiter schoß ohne zu zielen, ehe ihm Gregors Eisenkugel den Schädel zerschmetterte. Doch Gregor fuhr der Zufallstreffer durch den Oberschenkel, und er sank zusammen. David sprang auf und rief: »Fangt die Pferde!«

Die Pferde liefen nicht weg, und sie konnten sie anbinden. Dann kümmerten sie sich um Gregor. Ein Durchschuß, Gott sei Dank. Sie banden das Bein ab. David rief, sie sollten das Tau an den Pferdesätteln befestigen, damit die das Boot zum Strand schleifen konnten.

Josef und Jean verstanden etwas von Pferden, und sie brachten das Boot in der sinkenden Dämmerung ohne

Schwierigkeiten zu Wasser. Gregor wurde auf den Boden gebettet, und dann ruderten sie vom Ufer frei und setzten Segel. Die Sterne und der Kompaß würden sie leiten.

Die nächtlichen Ankerwachen auf der *Shannon* waren nicht besonders aufmerksam. Was sollte hier vor Falmouth schon geschehen? Und bald würde sich die Dämmerung lichten, und die Mannschaften würden mit der Deckreinigung beginnen. Auf einmal rief einer: »Leuchtrakete in der Carreg Road!«

Der Wachoffizier nahm sein Glas und lief zur Reling. »Ich sehe ein Lateinersegel von einem kleineren Boot. Harry, enter auf, was du von oben sehen kannst!«

Nach einer Weile rief Harry: »Deck, es sieht aus wie unsere Gig. Sie segelt auf uns zu.«

Mr. Church wurde geweckt, blickte durchs Teleskop und schrie mit überschlagender Stimme: »Sie sind es! Sie kommen! Ich sehe den Kapitän! Alle Mann an Deck!«

Es bedurfte keines Befehls. Sie strömten die Wanten hinauf, standen entlang der Rahen auf den Fußpferden, wie sie es taten, wenn siegreiche Schiffe vorbeiparadierten. Midshipmen rannten in die Stadt zu Britta, Pellew und dem Hafenadmiral.

Dann war die Gig heran. Alle brüllten »Hurra!« und schwenkten ihre Mützen. An der Pier liefen Menschen zusammen, die in der Frühe zur Arbeit mußten. Mr. Cotton stand mit seinen Helfern bereit. Sein geschulter Blick sah, daß sie auf der Gig mit letzter Kraft das Segel einholten und daß ein Mann am Boden lag. Er rief seine Befehle, daß alles zur Übernahme der Entkräfteten vorbereitet wurde. Die Gig legte an.

Sie hievten Gregor vorsichtig an Deck. Dann stieg Jean glückstrahlend empor. Josef, Henry, Hassan und zuletzt David folgten. Die Seesoldaten präsentierten, die Trommlerbuben schlugen das Fell, die Pfeifen trillerten. Mr. Church meldete, David reichte ihm die Hand und umarmte ihn. Keiner schämte sich seiner Tränen.

Die Mannschaften waren abgeentert, standen an Deck und riefen immer wieder »Hurra!« Nur Jim, der Ire, saß noch auf dem Fockmast, Angst und Wut im Herzen. Er sah, wie Hassan mit einigen Matrosen sprach. Sie blickten zu ihm hoch, und dann rückte der Malaie seinen Krummdolch, den Kris, zurecht und stieg die Wanten empor.

Sie wissen es! dachte Jim. Aber hängen werden sie mich nicht. Er rutschte rittlings die Vormarsrah bis zur Spitze hinaus und rief Hassan zu: »Komm nicht näher!« Aber der antwortete nicht, sondern nähert sich Jim mit gleichbleibender Ruhe.

An Deck waren sie aufmerksam geworden. Mr. Church wollte rufen, aber David hielt ihn zurück. Jim sah, daß kein Ausweg blieb. »Ja, ich habe es getan und würde es wieder tun. Freiheit für Irland! Tod den britischen Unterdrückern!« schrie er mit aller Kraft, richtete sich an der Rah auf und stürzte sich kopfüber auf die Pier. Es krachte dumpf und schrecklich, als er aufschlug.

Maate trieben Seeleute an, die Leiche wegzuschaffen und die Pier zu säubern. Kaum waren die Spuren beseitigt, da rollte eine Kutsche heran. Britta, Julie und William stiegen aus, und Britta lief die Gangway empor. David wandte sich ihr zu, wollte ihr entgegenlaufen, aber da wurde ihm schwarz vor Augen, und er sank zusammen. Mr. Cotton beugte sich über ihn und fühlte gerade den Puls, als Britta angelaufen kam. »Es ist nichts Ernstes, Baronesse. Nur völlige Entkräftung und sicher jetzt auch das Glück. Er wird Sie gleich erkennen.«

Britta kauerte sich neben David nieder, nahm seine Hand und küßte sie.

»Was für eine wunderschöne Frau«, flüsterte einer von Mr. Cottons Sanitätern. Der blickte sich um und sah, wie die Seeleute ergriffen und mit Tränen in den Augen auf die Szene starrten. Er schüttelte den Kopf. Rauhe Gesellen, roh und brutal und dann wieder sentimental wie die Kinder.

David verlagerte sein Gewicht nach links. Der Bastflechter hatte in der Stuhlfläche des Kirchenstuhls ausgerechnet dort einen dicken Knoten gemacht, wo das Gewicht seines Körpers auf der rechten Hinterbacke lagerte, wenn er sich etwas zum Kirchenstuhl seiner Braut hinüberlehnte. Er roch ihr Parfüm und erinnerte sich, wie überwältigt er von ihrem Anblick war, als ihr Vater sie zum Altar führte. Das weiße Brautkleid, die braunen Locken, der Schleier und die strahlenden Augen: eine Sinfonie in Jugend und Schönheit.

Die Orgel verstummte, und für kurze Zeit lauschte David den Worten des Pfarrers, der vom Sakrament der Ehe predigte. Dann schweiften seine Gedanken ab. Vorgestern erst war er mit der Gig gelandet. Vorgestern erst hatten sie ihn im Hospital an Land sorgfältig untersucht und seine Kräfte mit Kalbsbrühe gestärkt.

Dann hatten sie Britta in sein Zimmer gelassen. Sie hatte sich an sein Bett gesetzt, vor Erleichterung und Glück geweint, und er hatte immer wieder ihre Hände gestreichelt und ihr versichert, daß doch alles gut sei. Noch tränenfeucht, aber nun sicher, daß diese Gefahr vorüber war, beugte sie sich zu ihm, und sie küßten sich so innig, wie es Liebende tun, denen das Leben wiedergeschenkt wurde.

Sie hatte ihm gestanden, daß das Warten auf dem Aussichtspunkt fast über ihre Kräfte gegangen sei. »Ich habe immer gesagt, ich würde tapfer sein, wenn du auf See bist. Aber nun weiß ich, wie die Tapferkeit von der Sorge gefressen wird. Erst wenn ich ein Kind von dir habe, Liebster, und Verantwortung für es trage, werde ich meine Angst bändigen können.«

Des Pfarrers Worte von der wunderbaren Fügung Gottes, die die Helden von der feindlichen Küste heimgeführt hätte, rauschten an David vorbei, und er wunderte sich, warum er sich Britta gegenüber so unsicher fühlte. Er kannte doch Frauen, hatte manche geliebt und war mit der wundervollen Kamala verheiratet gewesen. Und doch war es jetzt anders. Er spürte die Verantwortung stärker.

Jetzt hatte er Besitz, hinter ihm saßen Verwandte. Er würde nun eine Familie gründen, hier, in seiner neuen Heimat. Würde er ein Leben lang mit Britta leben wollen? Bei Kamala hatte er das nie gefragt. Sie hatte ihn eigentlich geführt. Aber dann zwang er sich, endlich mit diesen Vergleichen aufzuhören.

Der Pfarrer sprach jetzt von der Vereinigung der beiden und erflehte Gottes Segen. Die Orgel setzte wieder ein. David wußte, daß er bald sein Jawort geben mußte. Und soviel blieb noch unbesprochen zwischen ihm und Britta.

Vorgestern hatte Mr. Batsford sie gestört, der wieder eilig noch London mußte. Britta verließ den Raum, weil es wieder um Geheimnisse ging. Batsford hatte von einem Monsieur de Tinténiac gesprochen, der eigentlich mit David segeln wollte, aber nun aus Zeitgründen über Jersey nach Frankreich gereist sei. Doch die Assignaten müsse David transportieren und für ihre Verteilung sorgen.

David hatte keine Ahnung, was Assignaten waren, und Batsford erklärte, das sei seit 1789 die neue französische Währung, die die Goldwährung abgelöst habe. Eigentlich seien das Anrechtscheine für das Land, das die Revolution von König, Adel und Klerus beschlagnahmt habe. Dieses Papiergeld verliere dauernd an Wert, und England wolle es jetzt völlig ruinieren und damit die Wirtschaft der Revolution lähmen. Wieso man dann Geld nach Frankreich bringe, hatte David erstaunt gefragt. Batsford belehrte ihn wie ein Kind, die Assignaten seien natürlich gefälscht, aber sehr gut. Hätte ich wissen müssen, daß Regierungen Geld fälschen? dachte David noch einmal, doch da stieß ihn Britta versteckt, aber nachdrücklich an.

Der Pfarrer näherte sich ihnen und winkte, daß sie aufstehen sollten. David erhob sich und reichte Britta seinen Arm, während sie ihren Schleier ordnete.

Der Pfarrer, ein freundlicher, älterer Herr, räusperte sich und fragte dann: »Wollen Sie, Kapitän David Winter, die Baronesse Britta Angelika Jensen zur Ehefrau nehmen, so sprechen sie mir nach …!«

Ich wußte ja noch gar nicht, daß sie auch Angelika heißt, dachte David. Ein schöner Name! Dann sprach er gehorsam nach: »Ich, David, nehme dich, Britta Angelika, zu meiner angetrauten Ehefrau und verspreche dir unverbrüchliche Treue, bis daß der Tod uns scheidet.«

Fast hätte David nicht weitergesprochen. Ich hätte mich über das Ehegelöbnis informieren müssen, dachte er. Unverbrüchliche Treue! Kann ich das überhaupt?

Aber dann hörte er Brittas klare Stimme mit dem leichten, erfrischenden Akzent das Ehegelöbnis sprechen, und nun fiel die Last dieser anstrengenden Flucht, dieser letzten beiden hektischen und unwirklichen Tage von ihm ab, und er fühlte sich wunderbar frei. Mit fester Hand griff er nach dem Trauring, der ihm auf einer Silberschale gereicht wurde, und streifte ihn über Brittas Finger. Und dann küßte er sie fröhlich und glücklich.

Sie wandten sich nach dem Segen des Pfarrers der Gemeinde zu und blickten in lächelnde, bewundernde, gerührte Gesichter. Die Kirche war voll, zu aufregend und romantisch war die wundersame Überquerung des Kanals in dieser Nußschale, die Heimkehr in die Arme der wartenden Braut gewesen.

In den ersten Reihen standen Freunde und Verwandte und warteten, daß sie an ihnen vorbei den Gang zur Tür schritten. Die Glocke löste den Orgelklang ab. David sah noch einmal zu den Barwells, seinen Stiefeltern, zu William und Julie, zu John Blane und Mark Rall, Gefährten früherer Jahre, jetzt Kapitäne der Reederei Barwell, Hansen und Co., die wie durch Fügung in Plymouth auf die Zusammenstellung eines Konvois warten mußten und nun bei seiner Hochzeit anwesend sein konnten. Er sah die Jensens, wie sie ihnen glücklich zulächelten, Jean, Hassan und seine Frau Idina, Gregor, der nur mit einer Krücke stehen konnte. Und dann wandte David sich um, sah Brittas Augen und sagte leise: »Laß uns den gemeinsamen Weg beginnen!«

Die Kirchentür öffnete sich, und vor ihr präsentierten die Seesoldaten zu Leutnant Scotts hallenden Befehlen ihre Musketen, die Trommlerbuben ließen die Schlegel wirbeln, und die Querpfeifer zwitscherten. David war gerührt und rang um Fassung. Britta strahlte unter Tränen.

Die Kutsche wartete ohne Pferde. David hatte es sich schon gedacht. Jetzt traten auf einen Pfiff des Bootsmanns zwei Reihen von Matrosen an zwei Seile heran, die die Pferdegeschirre ersetzten. Die Burschen waren geschniegelt wie zur Parade, alles ausgesuchte junge Seeleute. Britta und David stiegen ein, und auf einen Befehl des Bootsmanns strafften sich die Seile, und die Matrosen zogen die Kutsche unter dem Gejohle der Zuschauer fort. Dieser Brauch war bei der Trauung von Seeoffizieren in Mode gekommen, und jede Besatzung setzte ihren Ehrgeiz darin, die Kutsche möglichst schnell zu ziehen.

Aber sie kamen heil im Gasthaus an. Vor dem Saal, in dem alles festlich mit Blumenschmuck gedeckt war, wartete mit verlegenem Gesicht Mr. Robins, der Zahlmeister der *Shannon*. »Meinen ergebensten Glückwunsch, Baronesse, Sir. Ich bin untröstlich, Sie noch mit zwei Unterschriften stören zu müssen, Sir. Die neuen Jacken aus der Prise, Sir.«

David blinzelte Britta zu und trat an den Tisch, auf dem zwei Schreiben lagen. Eilig unterzeichnete er sie. Gestern schon hatten sie ihm kaum Zeit für Britta gelassen. Soviel war in der kurzen Hafenliegezeit zu erledigen. Aber ab morgen hatte er drei Tage Urlaub vom Hafenadmiral erhalten und mußte nicht auf dem Schiff schlafen. Stephen Church würde die *Shannon* noch betreuen, obwohl er ja nun nicht mehr Erster war.

David ging schnell zu Britta zurück. »Was sind das für neue Jacken, David?«

Er erklärte schnell, daß die Admiralität den Matrosen keine Kleidung stelle. Auf der Prise waren nun warme, blaue Jacken für die französische Marine. Die habe er zu einem Vorzugspreis aus seiner Tasche gekauft und würde sie für einen kleinen Obulus an seine Besatzung abgeben.

»Warum schenkst du sie ihnen nicht, David?«

»Sie würden sie dann nicht so schonen und pflegen wie ihr selbsterworbenes Eigentum, Britta.«

Ich habe eine bei aller Sparsamkeit großzügige Frau, dachte David. Er hatte jedem Mann aus der Gig für seine Errettung zweihunder Pfund schenken wollen, aber Britta hatte nachdrücklich für fünfhundert Pfund plädiert. »Aber Britta!« hatte er eingewandt. »Zweihundert Pfund entsprechen über zwölf Jahren Sold.«

»Ist dein Leben nicht viel mehr wert, David? Sie haben ihres für dich eingesetzt. Da solltest du ein Zeichen geben.« David hatte eingewilligt, obwohl der Einsatz des eigenen Lebens für andere für ihn nicht so ungewöhnlich war. Er selbst hatte es auch oft getan. Aber an dem fassungslosen Dank der Männer, an ihrem Glück hatte er erkannt, daß Britta recht hatte. In ganz Falmouth sprach man von der Hochherzigkeit dieses Kapitäns.

Sie betraten den Saal, und dann kamen auch schon die ersten Gäste. Und sie überreichten die Geschenke, die das junge Ehepaar auspacken und bewundern mußte. Unter allen schönen und liebevoll ausgesuchten Geschenken war David über eines besonders erstaunt. Charly, sein Bursche aus der Zeit in der Bombay-Marine, der nach der Amputation seiner Hand als Kutscher mit anderen alten Seegefährten auf Davids Gut lebte, brachte als Geschenk aller ein wunderschönes Modell der Sloop *Guardian*, Davids damaligem Schiff. »Du mußt mir soviel erzählen, David. Ich weiß ja gar nichts über deine Zeit in Indien«, sagte Britta. Nun, über das ›Haus der tausend Freuden‹werde ich lieber nichts erzählen, dachte David.

Es war eine kleine Hochzeit, da das Datum so kurzfristig angesetzt werden mußte und viele Bekannte und Freunde aus London und Portsmouth nicht anreisen konnten. Dennoch paradierten an die dreißig Gratulanten an dem Brautpaar vorbei, darunter auch Hassan, Gregor mit Krücke und die Männer der Gig.

Reden der Brauteltern und von Stephen Church im Namen der Besatzung waren unvermeidlich, und auch Samuel Pellew, fast schon ein Freund der Familie, trug das

Seine bei. Essen und Trinken kosteten Kraft. Immer wieder prostete jemand dem Brautpaar zu, und einige Schlucke mußte David jedesmal trinken. Dann spielte die Kapelle zum Tanz auf. Ja, es war nicht nur ein Fiedler, wie ihn die Matrosen zur Hornpipe kannten, nein, vier Künstler präsentierten sich.

Britta und David mußten den Tanz eröffnen, und nicht nur die stolzen Eltern fanden, daß sie ein schönes Paar waren. Britta im weißen Spitzenkleid, David im Blau, Weiß und Gold der Extrauniform mit dem Gregorij-Orden, dem Wassilij-Orden, der schlichten dänischen Rettungsmedaille und dem Orden des Nizzams von Haidarabad. »Diesen wunderschönen Orden trugst du in London nicht!« stellte Britta fest.

»Nicht verraten!« flüsterte David zurück. »Ich dürfte ihn nur mit Erlaubnis des Königs tragen, da er ein Orden eines Landes ist, für das die Erlaubnis nicht generell erteilt wurde wie für Rußland. Aber hier wird das keinem auffallen.«

»Dann beantragst du jetzt aber die Erlaubnis. Er steht dir so gut, und mein Mann soll gut aussehen, Liebster.«

Julie und William trugen ein lustiges Gedicht vor, in dem auf Davids Zeit als Schüler und Midshipman angespielt wurde. Brittas Mutter sang ein Lied über Brittas Jugend. David bewunderte die schöne Stimme und fragte Britta: »Ist das wahr, daß du gesagt hast, ich würde dein Mann, als ich vor vier Jahren aus Kopenhagen auslief?«

Britta war erst ein wenig verlegen, dann sah sie ihm frei in die Augen. »Ja, ich hatte es mir fest vorgenommen.«

»Du sagst mir besser jetzt immer gleich, was du dir vornimmst, damit ich mich darauf einrichten kann«, flüsterte ihr David lächelnd zu und küßte ihre Wange.

Am Tischende, wo die Männer der Gig saßen, wurden Josef und Henry mit jedem Glas Wein immer fröhlicher, nachdem sie sich zunächst in der Gesellschaft fremd und nicht recht wohl gefühlt hatten. Hassan zwinkerte Gregor zu und sagte: »So, ich muß jetzt bald gehen. Ihr wißt ja, daß ich mit meiner Frau das Nest für den Kapitän bereite.«

Gregor griff die Anregung auf und sagte zu den anderen: »Und ihr müßt mich an Bord bringen. Ich kann mit meinem Bein nicht mehr sitzen.« Die protestierten, jetzt werde es doch erst recht lustig, aber Gregor hatte eine Art, jemanden anzusehen, daß man lieber zustimmte.

Um Mitternacht verabschiedete sich das Brautpaar unter dem Gelächter und den guten Wünschen der Gesellschaft. Sie hatten mit Pellews Vermittlung ein kleines Haus in Flushing gemietet, dem Nachbarort, in dem die gutsituierten Kapitäne und Bürger von Falmouth wohnten. Hassan und seine Frau Idina bedienten sie dort, und David war froh darüber. Die beiden wußten etwas von der fernöstlichen Natürlichkeit, mit der man Diskretion und Hygiene der Brautnacht verband.

Als David Britta aus der Kutsche half, sie in seinen Armen hielt, spürte er, wie sehr ihn das alles mitgenommen hatte. Vorgestern erschöpft, hungrig und durstig angekommen. Gestern zwischen der *Shannon*, wo so viel zu regeln war, dem Schneider und Brittas Quartier hin- und hergeeilt, und heute die Trauung! Er gab sich einen Ruck und trug Britta über die Schwelle. »Hoffentlich kann ich dich bald über die Schwelle unseres eigenen Hauses tragen«, sagte er.

Hassan und seine Frau hatten alles vorbereitet. Die Kerzen brannten im Schlafzimmer. Champagner war gekühlt, was David einen kleinen Seufzer entlockte. Im Nebenraum stand ein großer Bottich mit warmem Wasser, auf dem Rosenblüten schwammen. »Was ist das, Liebster?« fragte Britta.

»Hier werden wir ein Bad nehmen, wenn wir uns das erste Mal geliebt haben, Britta. Das ist eine nachahmenswerte orientalische Sitte.«

Britta verstand und wurde ein wenig rot. »Und hier ist dein Umkleideraum, und hier ist meiner.«

Alles lag bereit. Die Schüssel zum Reinigen des Gesichtes und der Hände, das Wasser zum Ausspülen des Mundes, ein Nachthemd mit Stickereien, das William für David besorgt hatte, und Hausschuhe. David entkleidete sich und schlüpfte ins Ehebett. Wo bleibt Britta? dachte er noch.

Britta benötigte etwas länger. Zwei Locken wollten partout nicht den richtigen Sitz einnehmen. Bin ich zu aufgeregt? fragte sie sich. Wie wird es werden? Und dann huschte sie ins Schlafzimmer, ein wenig unsicher, ein wenig verlangend. Und da lag David! Regungslos! Sie erschrak. Aber dann sah sie, wie seine Brust sich im Rhythmus leise hob und senkte.

Mein Mann verschläft die Hochzeitsnacht! Fassungslosigkeit, Enttäuschung, Lachen huschten über ihr Gesicht. Aber schließlich war sie ganz von Mitleid erfüllt. Es war zu viel für ihn. Tagelang unter Strapazen auf der Flucht vor dem Feind. Dann hier gleich der Rummel. »Du armer Kerl!« flüsterte sie. »Nie lassen sie dir Ruhe. Aber ich bin jetzt deine Frau und werde dich behüten.« Sie bettete sich ganz vorsichtig neben ihn, legte ihm langsam einen Arm auf die Schulter und dachte darüber nach, was die Ehe alles für sie bringen werde.

David erwachte früh, wie er es in Jahren des Bordlebens gewohnt war. Er brauchte aber einige Sekunden, um herauszufinden, wo er war. Als er Brittas verwuschelten Haarschopf neben sich sah, wurde ihm mit Schrecken klar, daß er seine Hochzeitsnacht verschlafen hatte. Die Verlegenheit dauerte nicht lange und wurde von einer Erheiterung abgelöst, die er mühsam zurückhalten mußte. Und dann sah er, wie Brittas Busen durch die Spitzen des Nachthemds schimmerte, wie ihr Oberschenkel sich abzeichnete, und das Verlangen wuchs.

Langsam und zärtlich streichelte er ihre Hüften, schob das Deckbett zur Seite, berührte ihren Busen und spürte, wie sein Glied wuchs und wie er heftiger atmete. Er schob ihr Hemd hoch und fuhr mit den Fingern die Schenkel aufwärts. Britta dehnte sich wohlig. Er fuhr über ihren schlanken Leib und küßte ihren Busen. Die Brustwarze wurde steif.

Und dann tauchte sie aus dem Schlaf empor. Sie wurde ganz langsam wach, und er begleitete ihr Erwachen mit zärtlichen Worten und dem Streicheln seiner Hände. Und dann wußte sie, wo sie war, und das Verlangen explodierte förmlich in ihr. Sie wollte nichts von seinen Entschuldigungen hören, sie saugte sich an seinem Mund fest und preßte ihren Körper gegen seinen. Er zog ihr Hemd hoch, küßte ihre Brüste, sie öffnete ihre Beine, und er drang langsam in sie ein. Er hörte ihren kleinen Schmerzensschrei und zog sich etwas zurück. Aber als sie stöhnte und ihren Unterleib hob, glitt er vorsichtig tiefer hinein, bis er spürte, daß sie keinen Schmerz mehr empfand, sondern nur noch Lust. Und dann stieß er zu, erst langsam und dann schneller. Er hörte, wie ihr Stöhnen von Schreien der Lust abgelöst wurde. Er hörte sein eigenes Stöhnen und ergoß sich mit einem Gefühl des Glücks und der Erfüllung.

Sie klammerte sich an ihn, als er sich aus ihr löste. »David, ich habe nicht gedacht, daß das so schön sein kann. Komm noch einmal zu mir!«

David lachte. »Du bist mir ein Nimmersatt! Männer brauchen eine Pause. Komm! Wir müssen erst baden!«

Da begriff sie und sah auf das Laken. »Kann ich das wechseln?«

»Komm nur, das wird Idina tun, wenn sie uns baden hört.«

»Aber das Wasser muß doch jetzt ganz kalt sein«, protestierte sie.

»Ich werde dich schon erwärmen, du Verwöhnte«, antwortete er und zog sie ins Nebenzimmer. Aber Idina und Hassan hatten schon warmes Wasser nachgefüllt, und sie tauchten hinein, seiften sich gegenseitig ab, ließen die Seife fallen und streichelten sich nur noch. Sie sah, wie sein Verlangen sich reckte, und sie preßte sich an ihn und biß in seine Lippen. »Komm doch!« hauchte sie in sein Ohr. Da blieb keine Zeit zum Abtrocknen, nur noch Zeit für leidenschaftliche Liebe.

Dieser Tag war nur für sie beide reserviert. Keine Verwandtschaft, keine Freunde, nur sie beide. Sie frühstückten noch im Morgenrock, liebten sich wieder, als beim Ankleiden das Verlangen über sie kam, und fuhren dann mit der Kutsche in den Sommertag hinein. Britta kuschelte sich an ihn und wollte immer wieder, daß er von sich erzählte. Sie wollte von seiner Kindheit hören in Stade, am Elbestrand, von seinen Eltern, ihrem tödlichen Unfall und seiner Zeit in Portsmouth, wo er bei Tante Sally, der Schwester seiner Mutter, eine neue Heimat gefunden hatte.

Sie rollten durch die karge Landschaft im südlichen Cornwallis. Die See war nah genug, um immer wieder die Möwen zu hören. David fragte auch Britta nach ihrer Kindheit auf dem Gut der Jensens. »Die Möwen schrien dort anders«, lachte sie und erzählte, wie sie mit der Landwirtschaft aufwuchs.

Mittags rasteten sie in einem Landgasthaus, wo man unter schattigen Bäumen gut essen und einen französischen Rotwein trinken konnte. Wahrscheinlich geschmuggelt, dachte David, aber deswegen schmeckt er nicht schlechter. Britta sah ihn mit einem rätselhaften Ausdruck an. »Wir sind so weit von unserem Schlafzimmer entfernt, Liebster«, klagte sie leise.

»Du Nimmersatt!« flüsterte er zurück. »Du ruinierst mich noch!«

»Einen erfahrenen Liebhaber hatte ich mir anders vorgestellt«, spottete sie zärtlich.

»Na warte!« nahm er die Herausforderung an und fragte den Wirt, ob er ein Zimmer habe, wo sie sich ausruhen konnten. Er hatte es. David instruierte den Kutscher. Schmunzelte der? Dann führte er Britta aufs Zimmer, und sie lachten beim Anblick des Himmelbetts mit den riesigen Federkissen.

»Mein Gott, darin versinken wir ja, David.« Aber dann küßten sie sich und entkleideten sich gegenseitig. Vor dem Mieder kapitulierte er, aber Britta zog ihn aufs Bett, und er lernte, daß das leichte Sommermieder nicht weiter stört, wenn man vor Leidenschaft brennt.

Als die Kutsche am Nachmittag einen Fuhrweg an der See entlangrollte, beschlossen sie, auszusteigen und ein wenig zu Fuß zu gehen. Der salzige, frische Wind belebte und kühlte zugleich. Britta drückte sich an David. »Dort liegt der Kanal. Dahinter ist Frankreich. Dort müssen dich meine Gedanken bald wieder suchen.«

David atmete tief, als ob ihm das Herz schwer sei.

»Läufst du ungern aus, David?«

»Ein wenig länger würde ich diesmal schon gern im Hafen bleiben, wo mir soviel geboten wird«, antwortete er lächelnd. »Es ist der Gedanke an den Aufstand, der mir Sorgen macht. Das Land drüben wird im Blut ertrinken. Die Aufständischen hätten nur eine Chance, wenn wir ihnen massiv mit Truppen und Material helfen würden. Aber das tut unsere Regierung nicht, und ich glaube, sie verpaßt eine große Chance.«

»Aber die Aufständischen haben doch Städte erobert und Siege errungen, David. Man spricht, daß sie auf Paris vorrücken werden.«

»Das ist Wunschdenken, Britta. Sie haben Anfangserfolge errungen, weil die Revolution an der Küste fast keine Linienregimenter stationiert hat, sondern nur Nationalgarde, die aus den Bürgern der Städte gebildet wurde. Die Nationalgardisten rennen wie die Hasen, wenn die wilden Haufen anrücken. Sie werden Weißärsche wegen ihrer weißen Hosen genannt. Aber jetzt schickt der Konvent die kampferprobte Besatzung von Mainz, die vor den Verbündeten gegen freien Abzug kapituliert hat, in die Vendée. Das hat mir Mr. Batsford vor drei Tagen gesagt.«

»Ich denke, wenn jemand gegen freien Abzug kapituliert, darf er im gleichen Krieg nicht mehr kämpfen«, wandte Britta ein.

»Im allgemeinen schon, aber die Herren Generäle haben nur verlangt, daß die Besatzung nicht mehr gegen die verbündeten Armeen kämpft. An die Aufständischen in Frankreich selbst haben diese Ballsaalhelden nicht gedacht. Ich fühle mich so schlecht, wenn ich den Aufständischen gegenübertreten muß, nur Worte statt Taten bieten kann und weiß, daß sie auf lange Sicht keine Chance haben.«

Sie schliefen lange nach diesem ersten Tag in ihrer Ehe. Auch bei David hatte die stürmische Nacht den Rhythmus des Bordlebens vorübergehend ausgeschaltet.

Der kommende Tag war der ›Familientag‹. Sie würden mit den Barwells und den Jensens zu Mittag essen und am Abend mit Julie und William dinieren. Die Barwells und die Jensens mochten sich. Beide Paare waren glücklich über die Heirat, stolz auf das Brautpaar und zufrieden mit ihrem Leben. Unvermeidbar, daß sie über die Kindheit der Eheleute sprachen und auch Erlebnisse aus ihrer eigenen Brautzeit heranzogen. Aber da sie natürliche und humorvolle Menschen waren, hatten auch Britta und David viel zu lachen.

Tante Sally bohrte wieder vorsichtig, ob David nicht die Laufbahn als Seeoffizier aufgeben wolle. Er habe doch genug Vermögen, um an Land zu leben. Baron Jensen benutzte die Gelegenheit und riet, Land für Whitechurch hinzuzukaufen, denn Landwirtschaft würde sich in den nächsten Jahren lohnen.

David war mit dem Landkauf einverstanden, aber er merkte, daß ihm der Widerstand gegen Tante Sallys Bitte so schwer fiel wie nie zuvor. Er liebte das Leben auf See, seine Schönheiten und Gefahren, deren Überwindung so stolz machte. Er liebte auch die Herausforderung des Kampfes, die Bestätigung, wenn er den Gegner überlisten und überwinden konnte. Er glaubte daran, daß es richtig und wichtig war, gegen die französischen Revolutionäre zu kämpfen, die von Freiheit sprachen, aber Terror ausübten. Und dennoch: Der Aufstand in der Vendée hatte ihm gezeigt, wie grausam der Krieg wurde, wie sehr Unschuldige leiden würden. Schon im amerikanischen Krieg waren die Regeln ritterlichen Kampfes oft verletzt worden. Jetzt würden sie zur Farce werden. Und die Kämpfer würden sich in ihrem Wesen verändern. David fürchtete sich davor, und zum ersten Mal war es mehr Gewohnheit als Überzeugung, die ihn Tante Sallys Bitte ablehnen ließ.

Julie war nicht nur Davids Cousine, sondern auch Brittas Freundin und die Frau seines besten Freundes William, der ihn vom Anfang seiner Flottenlaufbahn an so viele Jahre begleitet hatte. Der gegenseitige Vorrat an Sympathie und Vertrauen schien unerschöpflich und wurde durch die geschäftliche Zusammenarbeit noch verstärkt. David war ja stiller Teilhaber der Reederei Barwell, Hansen und Co.

So war es unvermeidbar, daß neben den privaten Gesprächen auch geschäftliche Fragen erörtert wurden. David und William sahen sich ja nur selten. Julie hatte die Reederei nach dem Freitod ihres ersten Mannes aus den Schwierigkeiten gerettet und war in allen Geschäften firm. Britta mußte als Davids Frau nun orientiert werden.

Zu Davids Erstaunen hatte sie nicht nur zum Ankauf eines neuen Schiffes eine überzeugende Meinung, sondern auch zur Ausdehnung des Geschäfts in den baltischen Raum. Sie plädierte für den Ankauf der von David jüngst erbeuteten Bark und entkräftete Williams Bedenken, daß die Bark ein eher langsamer Segler sei. Sie argumentierte, daß bei den Konvoifahrten schnelle Segeleigenschaften uninteressant seien und daß die eigene Prise in Falmouth günstig gekauft werden könne.

Gegen den Ostseehandel wandte sie ein, daß Dänemark, Schweden und Rußland über die britische Kontrolle der Handelsschiffahrt empört seien und sie von ihrem Vater wisse, daß die Ostseeländer notfalls mit Gewalt auf freiem Handel bestehen würden. Wer in diesen Raum ging, habe also das Risiko eines neuen Konfliktes zu tragen.

David hörte mit Erstaunen und zunehmendem Respekt zu. Er lernte seine Frau gewissermaßen im Schnellverfahren kennen. Die hübsche, kluge, junge Dame war nicht nur eine leidenschaftliche Frau, sondern auch eine Partnerin mit eigenem Urteil. Er wurde jetzt zweiunddreißig Jahre alt, sie war im Juni zweiundzwanzig Jahre alt geworden. Sicher, sie war kein junges Ding mehr, aber er glaubte nicht, daß er in ihrem Alter schon den Weitblick gehabt hatte. Es muß, so vermutete er, der Einfluß dieses weltoffenen Diplomatenhaushalts ihrer Eltern sein.

Aber dann sah er den roten Flecken an ihrem Hals. Sie war furchtbar aufgeregt. Sie will perfekt sein und hat sich vorher über alle möglichen Gesprächsthemen orientiert, dachte David. Sie ist ja wahnsinnig ehrgeizig, will nicht als junges Dummchen abgetan werden und zittert innerlich, daß jemand etwas merkt. Er schmunzelte bei der Entdeckung, daß sie nicht ganz so perfekt war, wie sie erschien.

Als die beiden Frauen über Hansens Kinder sprachen, zogen sich William und David für eine Zigarre in den Nebenraum zurück und versicherten sich, wie glücklich sie waren. »Hätte mir das jemand prophezeit, als das Bürschchen von Captain's Servant mich vor fast zwanzig Jahren auf dem Vordeck deutsch ansprach, ich hätte es nie geglaubt«, sagte William.

»Wie gut, daß wir nicht in die Zukunft schauen können«, antwortete David. »Manchmal würden wir schlimme Dinge sehen, und wir hätten nicht den Mut, uns ihnen zu stellen.«

William nickte und sagte dann: »Ich habe gehört, daß von deinem Schiff am Kai einer von der Rah zu Tode gestürzt ist. Wie war das möglich?«

David erklärte es ihm, und William fragte erschrocken: »Hast du noch mehr von den irischen Rebellen an Bord?«

»Noch drei, aber sie haben auf die Bibel geschworen, daß sie mit Meuterei und Verrat nichts zu tun haben wollen und loyal der Flagge dienen. Ich glaube ihnen.«

William blickte skeptisch. »Hoffentlich mißbrauchen sie dein Vertrauen nicht.«

Den dritten und letzten Urlaubstag hatte das junge Paar wieder für sich reserviert. Mittags würde man die Barwells, die Hansens und Jensens verabschieden, die mit Übernachtung in Exeter nach Portsmouth zurückreisten. Aber sonst wollten sie ein wenig spazierenfahren, vielleicht ein bißchen die Geschäfte in Falmouth ansehen. »Und hier im Haus haben wir es doch auch gemütlich«, sagte Britta mit schelmischem Lächeln.

Aber sie hatten kaum gefrühstückt, da hörte David schon eine Kutsche vorfahren. »Es ist Stephen Church«, meldete er Britta. »Hoffentlich bringt er keine unangenehmen Nachrichten.«

Stephen trat ein, erhielt einen Kaffee angeboten und berichtete, daß er Befehl erhalten habe, sofort nach Guernsey abzureisen und dort eine Kanonenbrigg zu übernehmen.

»Gratuliere, Stephen. Und du hattest Sorge, sie würden dich wieder mit Halbsold an Land hocken lassen.«

»Der Hafenadmiral sagte mir, sie suchten einen, der etwas Erfahrung mit den Aufständischen an der französischen Küste hat. Ich werde an der bretonischen und normannischen Küste patrouillieren. Hauptsache, ein eigenes Kommando!«

»Ein Glück, daß du wenigstens noch zwei Tage die *Shannon* betreut hast. Wo kriege ich nun einen Ersten her?«

»Ich bringe einen Bewerber, David. Erinnerst du dich an Paul O'Byrne?«

»Natürlich, Stephen, der Vierte auf der *Anson*, anno siebenundsiebzig. Ein tüchtiger Mann! Wo ist er?«

»Er wartet in der Kutsche. Es geht ihm dreckig. Seit acht Jahren sitzt er an Land. Er hat in einem Kriegsgerichtsverfahren die Wahrheit gesagt, daß der Kapitän im Suff die Sloop auf Sand gesetzt hatte. Du weißt ja selbst, das gilt als illoyal. Nun will ihn keiner haben.«

David entschloß sich schnell. »Ich rufe ihn rein. Leistest du Britta einen Augenblick Gesellschaft? Ich rede mit ihm in der Bibliothek. Idina soll uns ein Glas Wein bringen.«

Paul O'Byrne war immer noch der athletische Kerl, als

den ihn David in Erinnerung hatte. Aber er wirkte abgemagert und unsicher. David streckte ihm die Hände entgegen: »Paul, was für eine Freude, Sie wiederzusehen.«

O'Byrne blieb verlegen. »Ich danke Ihnen, Sir, daß Sie mich empfangen und entschuldige mich, daß die Zeit so ungelegen ist. Aber ich las in Plymouth von Ihrer Errettung und Heirat und dachte mir, wenn ich zu lange warte, dann ...« Er verstummte.

»Wir sind jetzt nicht im Dienst, Paul, da können wir das ›Sir‹ lassen. Sie möchten die Stelle als Erster, und ich weiß, daß Sie die Kompetenz haben. Ich verlange auch von meinen Offizieren keine falsche Loyalität. Das ist nicht das Problem! Aber Ihre Leutnantskommission ist älter als meine. Sie waren schon Leutnant, als ich noch Midshipman war. Können Sie ohne Überwindung unter einem solchen Kapitän dienen?«

»Aber David«, erwiderte O'Byrne nun etwas sicherer. »Es gibt Kapitäne, die könnten fast meine Söhne sein. Schützlinge eines Lords, die nichts geleistet haben. Und Sie habe ich immer anerkannt, auch als tüchtigen Midshipman. Sie haben sich alles erdient. Vielleicht hatten Sie mehr Glück als ich, aber ich würde Sie immer aus Überzeugung als Kapitän respektieren, nicht nur wegen des Patents.«

David war ein wenig zusammengezuckt, als Paul erwähnte, daß er vielleicht mehr Glück gehabt habe. Aber dann stimmte er zu. Ja, Glück und Gnade kamen zum Verdienst hinzu, und zwar nicht zu knapp.

»Dann wäre alles klar, Paul«, sagte David. »Sie werden Erster, soweit ich entscheiden kann. Stephen soll Sie heute auf der *Shannon* einweisen. Ich werde ihm sagen, daß er auch den Sekretär des Hafenadmirals informiert. Ich werde morgen die schriftliche Anforderung nachreichen, und nun hoffen wir, daß die Admiralität alles bestätigt.«

O'Byrne war aufgestanden. »Ich danke Ihnen von ganzem Herzen, Sir. Ich werde alles tun, was ich kann, um Sie nicht zu enttäuschen.«

Britta freute sich, daß David wieder einen Ersten habe, den er schon kenne. »Ist das nicht ein wundersamer Zufall, David, zwei Erste Leutnants hintereinander, die du schon kennst?«

»So außergewöhnlich ist das nicht, Britta. Die Flotte ist wie eine Kleinstadt. Man trifft sich irgendwo und kennt sich irgendwie. Wir haben jetzt etwa dreihundertfünfzig Schiffe, auf denen Leutnants Dienst tun, knapp dreihundert Kapitäne, noch etwas mehr Commander und etwa tausendvierhundert Leutnants. Und Seeleute tratschen. Du hörst dauernd etwas über andere.«

Britta lachte über sein Geständnis, und sie fuhren ab zum Stadtbummel. David trug Zivil, die hellbraune Hose, die Stiefel mit der breiten Krempe und die dunkelbraune Jacke. Britta liebte den Anzug. Er passe so gut zu ihrem Kostüm in beige.

Sie kümmerten sich heute auch um Ausrüstung und Ausstattung seiner Kajüte, worauf Britta gedrängt hatte. Er sollte gute Verpflegung mitnehmen, seinen Wäschevorrat ergänzen, einige Bücher kaufen und – natürlich vor allem – die verlorene Pistole und das Teleskop ersetzen. Sie hatte sich informiert, wer die besten Ausrüstungen anbot, und führte David nun zu den Geschäften.

Am nächsten Morgen war David früh auf der *Shannon*. Er wollte den Ersten Leutnant vorstellen und mit ihm intensiv die Ausrüstung des Schiffes betreiben. Aber er stellte bald fest, daß O'Byrne den ersten Tag ohne ihn gut genutzt hatte. Er war in allen Winkeln des Schiffes herumgekrochen, hatte mit allen Maaten gesprochen und die halbe Nacht die Logbücher des Schiffes studiert. »Das ist ein scharfer Bursche, Sir«, sagte Mr. Cotton, der Schiffsarzt, mit leichtem Augenzwinkern. »Beinahe hätte er noch meine Medizin ausprobiert.«

David lachte. »Er wird doch kein potentieller Selbstmörder sein, Mr. Cotton.«

Die Prisenagentur hatte nun den Rest des Prisengeldes

für die Ostindienfahrer und die Korvette ausbezahlt. David merkte das sofort daran, wie sich der Ansturm der Boote mit Händlern und Huren rund um die *Shannon* verstärkte. »Vorläufig darf niemand an Bord! Lassen Sie verstärkte Wachen aufziehen, Mr. Scott!« ordnete er an. Aber beim Landgang nahmen die Seeleute doch mit, was ihnen geboten wurde. Die Liste der verhafteten Randalierer wurde länger.

Die *Shannon* lud den ganzen Tag Wasser, Verpflegung und sonstige Ausrüstung. Der Schiffsarzt untersuchte Freiwillige, die Verluste durch Krankheit und Unfälle ersetzen sollten. Gott sei Dank hatte die *Shannon* durch die ersten großen Prisen einen so guten Ruf, daß sich überhaupt Freiwillige meldeten.

Es waren anstrengende vier Tage, die David im Hafen verbrachte. Die erste Nacht hatte er auf der *Shannon* geschlafen, aber dann ließ er sich wieder Nachturlaub geben, als er sah, wie gut sich O'Byrne schon eingearbeitet hatte.

Der Erste ging auch eigene Wege. Am dritten Tag an Bord befahl er Feueralarm. Der Trommler schlug das Signal, die Maate pfiffen und schrien: »Feuer!« Die Leutnants und der Bootsmann, die O'Byrne als einzige kurz vorher informiert hatte, standen an Deck, um das Verhalten der Mannschaften zu überwachen.

Die Mannschaften strömten aus den Niedergängen. Einige rannten zu den Pumpen und Feuerschläuchen, andere zu den Leinwandeimern, um sie zu füllen und von Hand zu Hand zum Brand zu transportieren. Aber am mittleren Niedergang drängten sich einige durch, brüllten nur immer: »Raus! Feuer!«, rannten an die Reling und sprangen hinunter zum Kai. Ihr Beispiel setzte andere in Panik. Sie warfen die Löschgeräte hin und wollten fliehen.

Aber da stellte sich ihnen O'Byrne entgegen, schwang eine Spake wie ein Keule und schrie sie an: »Auf Stationen! Auf Stationen, ihr feigen Hunde! Zurück, oder ich schlage euch den Schädel ein. Auf Stationen!«

Sie wichen zurück, nahmen das Gerät wieder auf und rannten zum Vordeck, als O'Byrne Befehl gab: »Feuer im vorderen Kabellager!« Als die Eimer gefüllt waren, die Pumpen Wasser gezogen hatten, rief er: »Alles belegen! Stop! Jeder bleibt an seinem Platz. Bootsmann, stellen Sie mit den Maaten fest, wer auf seinem Posten ist und wer nicht!«

Welche Blamage! Einundzwanzig Mann, darunter zwei Maate, hatten nur an sich gedacht und sich an Land gerettet. Als David vom Arsenal zurückkehrte, fand er die Liste auf seinem Schreibtisch. Er ließ O'Byrne rufen. »Hatten Sie die Übung angekündigt, Mr. O'Byrne?«

»Natürlich nicht, Sir. Sonst hätten alle besonnen reagiert, und wir könnten nichts gegen die Panik tun.«

»Sie haben recht. Wir waren mit Feuerübungen wohl etwas zu nachlässig. Hatten Sie auf einem Schiff mal Feuer?«

»Aye, Sir. Ohne Disziplin wären wir alle verloren gewesen. Darum setzte ich die Übung an.«

»Sehr gut! Wir wollen das noch einmal mit Ankündigung üben und dann von Zeit zu Zeit ohne Warnung. Die beiden Maate werde ich degradieren. Den Mannschaften wird der Landgang gestrichen, und sie schieben im Hafen Sonderdienst. Bitte schlagen sie zwei Seeleute zur zeitweiligen Beförderung zu Maaten vor, und setzen Sie den Sonderdienst an, Mr. O'Byrne.«

Britta war in diesen Tagen ein wenig überaktiv, und David vermutete, daß sie den bevorstehenden Abschied verdrängen wollte. Charly, Idina und der französische Schneider, der den Tip zur letzten Prise gegeben hatte, würden sie auf das Gut begleiten. Der Schneider erhielt zweihundert Pfund aus dem Prisengeld und könnte sich, sobald er sich eingelebt hatte, selbständig machen. Aber vorerst würde er auf dem Gut genug Arbeit finden.

Britta gestand David, wie sehr sie der drohende Abschied belaste. »Es ist furchtbar, wenn man weiß, daß die Stunde des Abschieds unaufhaltsam näher rückt. Ein plötzlicher Befehl, eine schnelle Abreise wären weniger quälend. Laß uns am letzten Abend zu dem Lustspiel gehen, das eine Kompanie aus London in Falmouth aufführt, damit ich dich nicht den ganzen Abend an mich drücke und weine.«

David mußte am letzten Tag zum Hafenadmiral, um Befehle der Admiralität zu holen und letzte Instruktionen vom Admiral zu erhalten. »Außer den Assignaten gehe ich diesmal mit leeren Händen zu den Aufständischen, Sir«, sagte David etwas resigniert, etwas vorwurfsvoll.

»Ja, Mr. Winter. Aber soweit wir wissen, sind Waffen nicht mehr das Problem der Aufständischen. Sie haben bei den letzten Siegen genug erbeutet. Sie brauchen Führung und Organisation. Aber von den königlichen Prinzen, die in London oder Koblenz sicher im Exil sitzen, will keiner zu den Aufständischen stoßen. Nach allem, was ich so nebenbei erfahre, müssen diese Prinzen ein nichtsnutziges Pack sein, allen voran der Bruder des hingerichteten Königs, der Graf von Artois. Sie warten, bis ihnen jemand Thron und Land auf dem Silberteller reicht.«

Das Lustspiel versetzte Britta und David in eine so heitere Stimmung, daß sie noch im Bett lachen mußten. Sie liebten sich leidenschaftlich, aber als sie dann aneinandergeschmiegt lagen, merkte David, daß Britta leise weinte. »Warte nur Liebste, in einigen Tagen, wenn du auf dem Gut bist, hast du alles überwunden. Und wenn du erst ein Kind erwartest, werden deine Gedanken nur bei ihm sein.«

»Habe ich dir schon gesagt, David, daß ich mir ein Mädchen wünsche? Ich hoffe, du bist mir nicht böse. Aber eine Mutter hat so viel mehr von einem Mädchen.«

»Mir ist es recht, Liebste. Wenn nur du und das Kind gesund sind.«

Sie liebten sich am Morgen noch einmal innig und zärtlich. Brittas Angst und Qual schienen wie weggeblasen.

Sie scherzte am Frühstückstisch, fuhr mit David zum Kai, lachte zum Abschied und winkte, bis sie das Schiff aus den Augen verlor. Und auch dann sah die umstehende Menge keine Träne in ihren Augen. Erst als sie in der Kutsche saß, weinte sie still.

Eine Armee stirbt

(September bis November 1793)

»Sie haben eine tapfere Frau, Sir, und eine wahre Schönheit.« O'Byrne sagte es zu David voller Überzeugung, als er das Schiff in die Carreg Road hinausgesteuert hatte.

»Danke, Mr. O'Byrne«, sagte David etwas wortkarg, denn ihm fiel die Trennung schwer. »In etwa einer Stunde werde ich Sie und die anderen Herren einschließlich Master zu einer Besprechung in meine Kajüte bitten. Sorgen Sie bitte für Vertretung bei der Wache. Am Nachmittag sollten wir eine Schießübung ansetzen.«

Als David seine Kajüte betrat, legte ihm der Sekretär einen kleinen Brief vor. »Von Mr. Hansen, Sir. Ich sollte ihn erst nach dem Auslaufen übergeben.« Nanu, dachte David, was mag William wollen?

Er las die wenigen Zeilen und setzte sich auf einen Stuhl, als habe ihn der Schlag getroffen. »Ist Ihnen schlecht, Sir?« fragte der Sekretär.

»Nein, gehen Sie nur, danke«, antwortete David und las noch einmal. Kapitän Grants Schiff war in Westindien in einem furchtbaren Hurrikan gesunken. Man hatte nur

Wracktrümmer, aber keine Überlebenden gefunden. »Ich werde mich darum kümmern, ob die Witwe und ihre Kinder irgendeine Hilfe brauchen. Ich wollte nicht, daß diese Nachricht dir die eine kurze Flitterwoche belastet.«

David stand auf und sah auf das Kielwasser. Grant, dieser wunderbare Kommandant, lebte nicht mehr. Er konnte an Land trotz der liebenden Frau und der Kinder nicht glücklich werden, hatte sich so nach einem Schiff gesehnt, zu dessen Kommando ihm David verholfen hatte. Und nun hatte ihn die See verschlungen. Würde es ihm auch so ergehen?

David war immer noch niedergedrückt, als die Offiziere sich meldeten. »Mr. O'Byrne, eben habe ich erfahren, daß Kapitän Grant mit seinem Schiff gesunken ist. Ist das nicht eine furchtbare Nachricht?«

»Ich wußte es schon, Sir«, antwortete O'Byrne. »Ich hatte es in Plymouth in der Gazette gelesen, wollte es Ihnen aber erst auf See sagen.«

»Möge der Herr die armen Seelen in sein Himmelreich aufnehmen!« sagte der Master schwülstig und blies damit Davids Trauer erst einmal fort.

»Meine Herren!« begann er. »Ich möchte Sie über unsere Befehle und die neueste Lage unterrichten. Aber zunächst wollen wir auf das Wohl des Königs trinken.«

Leutnant Rossano als jüngster Offizier brachte den Trinkspruch aus, und David begann: »Wir haben den Auftrag, französische Kaperschiffe zu bekämpfen, die feindliche Flotte zu beobachten und den Aufstand in der Vendée zu unterstützen. Und zwar in dieser Reihenfolge. Unsere Regierung hat sich immer noch nicht dazu durchgerungen, den Aufständischen wirkungsvoll zu helfen. Wir sollen französisches Papiergeld überbringen und Kontakt halten. Aber ein französischer Prinz, den sie sich als Anführer wünschen, ist immer noch nicht gefunden.«

O'Byrne räusperte sich, und als David ihn ansah, sagte er: »Erlauben Sie eine Frage, Sir?«

»Aber natürlich, Mr. O'Byrne.«

»Haben wir kleine Landungstrupps zusammengestellt,

Sir? Einige Mann, die sich in Wald und Feld auskennen, darunter Messerwerfer, Schützen, vielleicht einen, der französisch spricht, Männer, die nicht verzweifeln, wenn sie sich an Land ein paar Stunden durchschlagen müssen wie in Martinique, Sir.«

David mußte bei der Erinnerung lächeln. »Wir haben diese Trupps von Fall zu Fall zusammengestellt, aber das ist ein guter Vorschlag. Wir sollten zwei oder drei Trupps mit je zehn Mann bilden und sie gemeinsam üben lassen, damit sie sich aneinander gewöhnen. Nehmen Sie das in die Hand, Mr. O'Byrne!«

Er trank einen Schluck und fuhr fort. »Sie alle haben von den Fregattengefechten der letzten Monate gehört, in denen unsere Schiffe meist ruhmvoll gekämpft haben. Die Kanalflotte unter Lord Howe und die französische Flotte unter Vizeadmiral Morard de Galles haben sich zwar gesichtet. Widrige Winde verhinderten aber einen Angriff unserer Flotte. Die Franzosen sollen jetzt im Schutz der Insel Belle Isle liegen. Sie verfügen nach letzten Meldungen über einundzwanzig Linienschiffe und vier Fregatten. Robespierre und seine Kumpane in Paris glauben so sehr an eine Landung britischer Truppen in der Vendée, daß sie ihre Flotte an dieser Küste halten.«

Als David innehielt, warf Leutnant Neale ein: »Das ist doch noch in unserem Operationsgebiet, Sir.«

»Ja, wir müssen vorsichtig sein. Andererseits können wir durch Aufständische auch leicht Nachrichten einholen. Aber wir müssen uns vor allem um ihre Kaperschiffe von Lorient bis La Rochelle kümmern. Unsere Reeder haben eher Mr. Pitts Gehör als die Aufständischen.«

Die *Shannon* tastete sich vor Lorient an der Küste der Bretagne entlang. Alle Ausgucke waren doppelt besetzt, und eine gewisse Spannung lag über dem Schiff. Dort lag die Ile de Groix, die nicht nur in David Erinnerungen weckte. War es wirklich erst ein paar Wochen her, daß er dort einsam und verlassen auf einem kleinen Felsen lag?

»Da ham wa unsre letzte fette Prise geschnappt«, brummelte ein Seemann. »Wird ma wieda Zeit.«

»Hast schon alles versoffen und verhurt, was?« fragte sein Kamerad.

»Na ja, meine Frau schick ick man ooch jenug.«

»Deck!« scholl es vom Ausguck. »Mehrere Segel zwei Strich backbord voraus.«

David schaute zum Verklicker. Wind aus südöstlicher Richtung. Dann hatten diese Segel den Wind von achtern, während die *Shannon* gegenankreuzen mußte. »Lassen Sie bitte Kurs Südwest nehmen, Mr. O'Byrne. Wir wollen uns nicht vor der Küste festnageln lassen, wenn es französische Kriegsschiffe sind.«

»Aye, aye, Sir!«

Danach wurde der Midshipman der Wache auf den Mast geschickt. Nach einer Weile rief David unruhig. »Was ist denn nun, Mr. Henderson?«

»Zwei Fregatten, Sir, und mindestens zwei Linienschiffe.«

»Gehen Sie noch ein bißchen härter an den Wind, Mr. O'Byrne. Bitte auch Geheimsignal und unsere Nummer setzen.«

Der Erste bestätigte, gab die Befehle und fragte dann: »Halten Sie es für möglich, daß das welche von uns sind, Sir?«

»Eigentlich nicht, aber unmöglich ist es auch nicht.«

Von den fremden Schiffen erwiderte keines ihr Signal. Mr. Henderson meldete, daß noch mehr Segel an der Kimm auftauchten, und dann nahmen die beiden Fregatten Kurs auf sie. Die *Shannon* setzte mehr Segel und lief quer vor den beiden Fregatten vom Land ab.

»Wenn die uns verfolgen wollen, müssen sie über den Bug gehen und kreuzen. Härter als wir können die auch nicht an den Wind«, sagte Neale leise zum Master. Der nickte. »Denen können wir weglaufen, aber ob der Kapitän das will?«

David plante aber nicht, einen überlegenen Gegner anzugreifen. Im Augenblick war es wichtiger, mehr über die Pläne der französischen Flotte zu erfahren. Die *Shannon* lief daher weiter ihren Kurs, der ihr auf längere Sicht auch den Windvorteil gegenüber den feindlichen Linienschiffen brachte. Die französischen Fregatten änderten nach zwei Stunden ihren Kurs und kehrten zu ihrem Geschwader zurück.

»Klar machen zur Wende, Mr. Neale«, sagte David zu dem jetzt wachhabenden Zweiten Leutnant. »Wir wollen einen Schlag zum Land hin segeln und sehen, wie ihre Nachhut aussieht.«

Nach weiteren zwei Stunden änderte die *Shannon* ihren Kurs auf Nordwest und segelte jetzt hinter dem feindlichen Verband her. »Die nehmen Kurs auf Brest«, bemerkte Neale zu Mr. Penrose, dem Midshipman seiner Wache.

»Deck! Fischerboot zwei Meilen querab.«

David befahl: »Lassen Sie bitte Kurs auf das Boot nehmen, Mr. Neale.«

Als sie sich dem Fischerboot näherten, hißte das ein Signal, das David seinerzeit mit Aufständischen vereinbart hatte. Sie ließen eine Strickleiter hinab, und ein Mann kletterte herauf, den David von einem früheren Gespräch kannte. Er begrüßte ihn und bat auch Mr. Austin mit in die Kajüte.

»Ob der etwas von der französischen Flotte weiß?« fragte der junge Cox den etwas älteren Midshipman Woodfine. »Jean Austin erfährt immer alles sofort, und wir müssen warten.«

»Du hättest ja auch besser Französisch lernen können«, spottete Woodfine, aber da rief ihn Mr. Neale und gab ihm einen Auftrag.

Nachdem der Franzose nach einer halben Stunde wieder auf sein Boot zurückgekehrt war, ließ David Mr. O'Byrne rufen. »Die französischen Besatzungen haben ihren Admiral gezwungen, Brest anzulaufen. Sie hatten nicht genug Verpflegung, schlechte Kleidung und Krankheiten. Nun wollen sie nicht mehr. So ist das in einer Revolutionsflotte.

Bei uns nennt man das Meuterei. Wir werden ihnen folgen und sicherstellen, daß sie wirklich Brest anlaufen. Ich möchte mich ihnen nachts so weit wie möglich nähern. Vielleicht können wir ihnen auch Schaden zufügen. Haben Sie sich schon mit Kolja angefreundet, Mr. O'Byrne? Er kann uns nachts eine große Hilfe sein.«

»Erst war ich sehr vorsichtig, Sir. Er ist ein großes Tier und kann gefährlich knurren. Aber allmählich haben wir uns aneinander gewöhnt. Ich werde dann alles vorbereiten. Doppelter Ausguck und schlafen auf Stationen.«

»Vergessen Sie nicht die Leute mit Nachtsicht. Die haben wir hier auch ausgesucht! Übrigens habe ich dem Franzosen einen Batzen Papiergeld gegeben.«

Als sie sich der Nachhut der Franzosen genähert hatten, meldete ihr Ausguck, daß zwei Linienschiffe eine gute Meile hinterhersegelten und zwar nebeneinander mit etwa hundertfünfzig Meter Abstand. David nahm sein Teleskop, stieg bis zum Mastkorb auf, dachte dabei wieder einmal, wie eingerostet er sei, und beobachtete längere Zeit die beiden Franzosen. Ohne ein Wort enterte er wieder ab und ging schweigend auf dem Achterdeck hin und her.

»Er brütet wieder etwas aus«, flüsterte Hassan zu Gregor. Aber David hatte Schwierigkeiten, sich auf die Situation zu konzentrieren. Immer wieder schweiften seine Gedanken zu Britta ab. Doch dann tauchte ein Gedanke in seinem Kopf auf, und nun entwickelte er sich fast von selbst. Der Signal-Midshipman wunderte sich, warum der Kapitän so triumphierend lächelte.

Dann ging David in seine Kajüte und ließ die Offiziere und die wichtigsten Deckoffiziere rufen. Der Seesoldat vor der Kajütentür war neugierig, aber er konnte nichts hören. Die Geräusche vom Deck, wo die Mannschaften an Handwaffen übten, waren zu laut. Erst als Mr. Neale, der Batterieoffizier, die Tür öffnete, um die Kajüte zu verlassen, schnappte der Posten etwas auf.

»Kontrollieren Sie vor allem die Ausrichtung der Kanonen nach den Gradeinteilungen und erklären Sie den Geschützführern, daß unmittelbar vorher Korrekturen um plus oder minus ein Grad angesagt werden können!« rief David dem Leutnant nach.

Der Posten war bei Klarschiff selbst einem Geschütz zugeteilt und kannte die Gradeinteilungen, nach denen sie sich richteten, wenn zum Beispiel bei Nebel der Feind nur vom Mast, nicht aber auf Meereshöhe zu sehen war. Aber was das jetzt bei klarem Wetter sollte, konnte er sich nicht denken.

Es war eine stockdunkle Nacht. »Finster wie im Negerarsch«, flüsterte ein Ausguck am Bug dem anderen zu. Da hörte er neben sich jemanden kommen. »Halt den Mund und guck mit dem Nachtglas!« Der Ausguck erkannte die Stimme des Kapitäns und nahm das Nachtglas an die Augen und suchte den Bereich vorn und steuerbord ab. David hob neben ihm die Sprechtrompete an das Ohr und lauschte in die Runde.

»Schiffslaternen drei Punkt steuerbord voraus, etwa eine Meile, Sir.« David brummte zur Bestätigung und flüsterte dem Midshipman neben ihm ins Ohr: »Melden Sie Mr. O'Byrne, wir haben sie eine Meile steuerbord voraus drei Punkt in Sicht. Ich will wissen, ob sie die Nachzügler schon gesichtet haben.«

Nach kurzer Zeit huschte der Midshipman wieder heran. »Etwas achteraus, Sir, etwa eine halbe Meile steuerbord querab.« David tastete sich zur Steuerbordseite und spähte durch das Nachtglas. Tatsächlich, dort sah er Schiffslaternen. Sie hatten am Bug und am Heck je eine zu brennen und außerdem am Ruderhaus. Aber das parallel segelnde Schiff konnte er noch nicht erkennen.

Die Franzosen liefen mit etwa drei Knoten, schätzte er. David ging wieder zum Bug und beobachtete, wie sie sich dem voraussegelnden Linienschiff näherten. Nach einer Weile flüsterte er dem Midshipman zu: »Befehl an Mr. O'Byrne: Kurs vier Strich steuerbord!« Nachdem der

Midshipman bestätigt hatte und davongeeilt war, stand er noch eine Weile am Bug und beobachtete die Wirkung der Kursänderung. Dann ging er aufs Achterdeck zurück.

»Wir liegen jetzt etwa vierhundert Meter vor und zwischen ihnen, Sir«, flüsterte der Erste. David überzeugte sich und befahl dann leise: »Wieder auf alten Kurs gehen und dann die Segel einholen!«

Die *Shannon* schwenkte wieder auf den vorigen Kurs zurück, und an leisen Geräuschen konnte man hören, daß die Segel eingeholt wurden, bis auf Klüver und Fock, wo sie das älteste Segeltuch angeschlagen hatten, fast dunkelgrau. Auf der *Shannon* war jedes Licht gelöscht, jedes Geräusch verboten worden. Sie verlor an Geschwindigkeit, und die beiden französischen Nachzügler rückten auf, einer steuerbord, der andere backbord achteraus.

David gab dem Rudergänger leise kleine Kurskorrekturen an, damit sie genau in die Lücke zwischen beiden Schiffen hineinpaßten. Ja, jetzt hatten die beiden fast ihr Heck erreicht, jedes etwa sechzig Meter querab. Mr. O'Byrne peilte durch zwei Nachtgläser, die sie an jeder Seite des Hecks fest verankert hatten. Sie seien fast gleichauf, ließ er David melden. Das Schiff backbord sei etwa fünfzig Meter dem anderen voraus.

David flüsterte dem einen Midshipman zu: »Fock einholen!«, dem anderen sagte er: »Backbordbatterien ein Strich plus!« Er beobachtete durch das Teleskop die beiden Franzosen, fand die Angaben O'Byrnes bestätigt und konzentrierte sich dann auf den steuerbord segelnden Franzosen. Die *Shannon* hatte ihre Fahrt verloren, und die Franzosen segelten an beiden Seiten mit dem Tempo eines schnell gehenden Fußgängers vorbei. Jetzt war das Schiff steuerbord genau querab.

David hob die Sprechtrompete und rief: »Attention! Feu!«

Beidseits krachte die Salve hinaus, die stille Nacht mit einem Schlag in Feuer und Donner verwandelnd. Sie hörten, wie auf jeder Seite die Kugeln in die französischen Schiffe krachten. Dann rief Mr. Austin mit einem Sprachrohr nach jeder Seite: »Wir segeln wieder für den König! Vive le roi!«

Schweigend blieb die *Shannon* achteraus zurück. Jetzt waren die Franzosen schon vor ihrem Bug. Auf den beiden Schiffen schien ein heilloses Durcheinander zu herrschen. Dann krachten auf dem Linienschiff steuerbord die ersten Schüsse hinaus, und bald antwortete auch der andere Franzose. Immer mehr Kanonen griffen in den ›Kampf‹ ein. Sie feuerten etwa eine halbe Stunde aufeinander, dann erlosch der Kanonendonner. Die *Shannon* stand eine halbe Meile achteraus, hatte die Segel gesetzt und steuerte seewärts, um Abstand von den Franzosen zu gewinnen. Hurraschreie wurden laut.

Leutnant Gerard Projean hatte Nachtwache auf dem 74er *Vengeur*. Er war müde und hungrig. Sie hatten halbe Rationen, und bei dem hohen Krankenstand mußte er oft zusätzliche Wachen übernehmen. Aber er war stolz. Die Revolution hatte ihn vom jungen Steuermannsmaaten zum Leutnant befördert. Viel lag noch vor ihm.

Plötzlich öffnete sich backbord querab die Nacht, Feuer und Donner sprangen sie an. Kugeln fetzten in den Rumpf der *Vengeur*, krachten hell gegen Kanonen, ließen Holzsplitter umherwieseln. Schmerzensschreie erschollen. Und dann eine Stimme hell über das Wasser: ›... segeln für den König! Vive le roi!«

Projean erwachte aus der Erstarrung, brüllte Alarm, rief zu den Waffen, ließ den Kapitän holen und starrte durch die Nacht zur *Achille*, ihrem Begleitschiff. Wenn die überlaufen wollten, dann würden sie es ihnen heimzahlen. Kanoniere arbeiteten an den Geschützen. Projean rief: »Einzelfeuer auf die *Achille*!«

Der Kapitän erschien, als ihre ersten Kanonen feuerten. »Was zum Teufel soll das heißen, Bürger Projean?« Vor der Revolution war der Kapitän ein alternder Leutnant im Hafenamt gewesen. Projeans Respekt für ihn war begrenzt. Er erklärte ihm, daß die anderen eine Salve gefeuert und ihren Übergang zum König hinausgeschrien hätten.

»Verräter!« schäumte der Kapitän, griff zum Sprachrohr und brüllte seine Besatzung an: »Feuert auf den Verräter, was ihr könnt!« Sie schossen und wurden beschossen, aber die *Achille* änderte ihren Kurs nicht. Nach einer Viertelstunde trat der Erste Leutnant zum Kapitän und sagte, das sei ihm nicht geheuer. Man solle eine Rakete schießen und die *Achille* anrufen.

Sie taten es, und die Kanonen schwiegen für einen Moment. »Bürger Projean, nehmen Sie zehn Mann und die Gig und erkunden Sie, was drüben los ist.«

Projeans Leute ließen die Gig zu Wasser und pullten los. Der Leutnant rief immer, daß er Parlamentär sei, und ließ ein weißes Tuch flattern. Aber plötzlich krachte eine Kanonenkugel in den oberen Rand ihres Dollbords, riß zwei Ruderern den Oberkörper weg und brachte die Gig fast zum Kentern. Sie kämpften um ihr Leben, um die Gig wieder aufzurichten und auszuschöpfen. Als sie die Riemen wieder an Bord genommen hatten, leuchteten die Hecklaternen der beiden Linienschiffe eine halbe Meile vor ihnen. Das Kanonenduell war beendet.

»Wir haben keine Chance, sie einzuholen. Nehmt Kurs auf die Küste!« befahl Projean.

»Da ist unsere Chance auch nicht größer!« maulte ein Seemann.

»Wir haben keinen anderen Ausweg, also legt das Ruder herum und packt die Riemen an!«

Die *Shannon* lag wieder hinter der französischen Flotte. O'Byrne stieg die Wanten herunter, nachdem er sich selbst mit dem Teleskop ein Bild verschafft hatte, und ging zu David. »Beide tragen am Hauptmast keine Segel, Sir. Dort haben unsere auf die Mitte konzentrierten Kanonen mit doppelter Ladung furchtbar gewirkt und ihre Maststümpfe beschädigt. Auch an den Breitseiten erkennt man Schäden, ob nun von uns oder vom gegenseitigen Feuer bleibt gleich. Das war eine ausgezeichnete Operation, Sir, trickreich und perfekt vorbereitet. Brisbane hätte es in seiner besten Zeit nicht besser machen können.«

David tat das Lob gut. Er wollte Bescheidenheit demonstrieren, aber der Ausguck rief, daß er ein kleines Ruderboot anderthalb Meilen voraus querab erkenne. David ließ den Kurs etwas ändern und sah durchs Teleskop. Das waren augenscheinlich Seeleute in einem beschädigten Boot. »Lassen Sie bitte den Kutter fertigmachen. Er soll das Boot untersuchen. Wir brassen inzwischen back!« befahl David dem Wachhabenden.

Der Kutter nahm die Franzosen auf und brachte sie zur *Shannon*. Mit Mr. Austins Hilfe stellte sich Leutnant Projean vor und erzählte, daß er und die Matrosen während des Gefechts vom Linienschiff *Vengeur* desertiert seien, weil sie nicht mehr für die Revolution kämpfen, sondern sich den Emigranten anschließen wollten. Sie hätten gedacht, daß die *Achille* sie aufnehmen würde, aber man habe auf sie geschossen.

»Sagen Sie ihm, Mr. Austin, daß wir uns zwischen sie geschmuggelt und den Kampf ausgelöst hätten«, bat David und beobachtete Projean genau. Der wurde blaß, preßte die Lippen zusammen und blickte einen Moment haßerfüllt, aber dann hatte er sich wieder in der Gewalt. Bei den Matrosen war die Reaktion deutlicher. Sie murmelten Flüche und ballten die Fäuste. David wurde mißtrauisch.

»Fragen Sie, wohin die französische Flotte segelt, Mr. Austin«, bat David. Er erhielt von einem wieder beherrschten Projean die Antwort, daß die Matrosen den Admiral gezwungen hätten, Brest anzulaufen, weil es an Verpflegung mangelte und viele krank seien. Nun, das stimmt mit unserer Information überein, dachte David.

Dann befahl er: »Mr. Austin, führen Sie sie zur Kombüse. Sie sollen etwas zu essen und zu trinken erhalten. Jean soll es ihnen geben. Sie lassen sie mit ihm allein. Er soll sie dann in einen Raum im Vordeck bringen. Posten vor die Tür!«

Aber Jean konnte ihm später auch keine Klarheit geben. »Ein Seemann hat gesagt: ›Die Engländer sind Teufel!‹ und ein anderer ›Bis jetzt hat alles gut geklappt‹, aber der Leutnant hat ihnen Schweigen befohlen, Sir.«

Am Abend war es eindeutig, die Franzosen segelten in die Einfahrt nach Brest hinein. »Kurs nordwest!« ordnete David an. »Wir wollen am Eingang zum Kanal eines unserer Schiffe finden und die Nachricht weitergeben.«

Sie hatten Glück und trafen am nächsten Morgen bald einen Kutter, der mit Depeschen von Gibraltar nach Plymouth unterwegs war. Der Leutnant meldete sich auf Davids Signal an Bord. Dieser berichtete ihm, welche Nachrichten über die französische Flotte er ihm in den versiegelten Depeschen mitgebe, und mahnte ihn zur Vorsicht hinsichtlich der angeblichen Überläufer, die er dem nächsten Hafenadmiral übergeben solle. Der Leutnant hatte auch eine wichtige Nachricht. »Sir, ich bringe die Meldung, daß Festung und französische Flotte in Toulon sich am 27. August in die Hände Lord Hoods gegeben und wieder das Lilienbanner gehißt haben.«

»Was für eine wunderbare Nachricht! Lassen Sie uns auf die hoffentlich baldige Vernichtung der Revolutionsregierung trinken! Sie hat genug Leid über Frankreich und seine Nachbarn gebracht.«

Als der Kutter mit prallen Segeln seinen Weg fortsetzte, dachte David kurz an seine Zeit als Kutterkommandant. Dann informierte er seine Offiziere über die Neuigkeiten, und überall an Bord lachten und scherzten die Männer.

Die *Shannon* kreuzte zur bretonischen Küste zurück. Als sie in der Morgendämmerung die Küste der Loiremündung erreicht hatte, sah sie einen Chasse-marée mit vollen Segeln Kurs auf die Biskaya nehmen. »Verdammt!« schimpfte Leutnant Rossano. »Zwei Stunden früher, und wir hätten ihn abfangen können. Was mag der für Unheil anrichten.«

Da hörte er Davids Befehl, mit allen Segeln die Verfolgung aufzunehmen. Skeptisch blickte er den Master an.

Der zuckte mit den Schultern und murmelte: »Den holen wir nicht ein.«

Sie setzten alle Segel, die die *Shannon* nur tragen konnte, aber näher als anderthalb Meilen kamen sie nicht heran. »Versuchen Sie es mit den Buggeschützen, Mr. Neale!« befahl David.

Die Schüsse lagen gut, aber zu kurz. Doch dann sahen sie neben dem Kaperschiff Wasser aufspritzen. Der Ausguck meldete: »Kaper wirft Ausrüstung über Bord.«

David nickte O'Byrne zu. »Sie sind nervös geworden, wollen ihr Schiff leichter machen, um den Abstand zu vergrößern. Das sind Neulinge im Kapergeschäft. Weiter feuern!«

Es wurde Nachmittag. Einer ihrer Schüsse hatte, vom Wasser abspringend, das Kaperschiff erreicht. »Sie werfen die Geschütze über Bord!« meldete der Ausguck. »Nun, dann haben wir ihnen wenigstens die Zähne gezogen«, meinte David zu O'Byrne. »Sobald es dunkel ist, kreuzen wir zurück. Ich gehe jetzt unter Deck.«

Die *Shannon* war an der Küste bis nach La Rochelle entlanggekreuzt, hatte aber nie ein Signal der Aufständischen aufgefangen. Sie sahen verschiedentlich Dragonertrupps an der Küste, aber nie Aufständische. David war beunruhigt. »Wenn der Aufstand so radikal unterdrückt worden wäre, hätten wir doch irgendwie etwas davon erfahren. Aber nicht einmal ein Fischerboot haben wir anhalten können. Wir segeln zurück, Mr. O'Byrne. Sind Ihre Landungstrupps bereit?«

»Soweit man an Bord üben kann, sind sie eingespielt, Sir.«

Sie lagen am Abend vor dem Pointe de la Coubre und kreuzten mit gekürzten Segeln in der Nacht mit nordwestlichem Kurs zurück. David wurde um zwei Glasen der Hundewache (ein Uhr) aus dem Schlaf gerüttelt. »Kolja brummt und will sich nicht beruhigen, Sir«, meldete Ernest Henderson, Midshipman der Wache.

David stieg schnell in die Hose, knöpfte die Jacke über dem Nachthemd zu und lief mit Pantoffeln an Deck. »Was sehen unsere Nachtausgucke mit dem Nachtglas, Mr. Rossano?« fragte er den wachhabenden Leutnant.

»Nur einen dunklen Schatten backbord voraus, Sir.«

David spähte selbst durch das Nachtglas, sah aber noch weniger als die Ausgucke mit der guten Nachtsicht. Er hielt die Sprechtrompete ans Ohr, konnte aber auch nichts hören. Rossano meldete. »Wir haben sie zwei Glasen anschlagen hören, Sir, und ich habe angeordnet, daß wir nicht glasen und jeden Laut vermeiden.«

»Sehr gut, Mr. Rossano. Wo stehen wir?«

»Die Ile de Ré liegt steuerbord achteraus, Sir. Wir stehen fünf bis acht Meilen vor dem Pertuis Breton.«

David veranschaulichte sich die Karte und sagte dann. »Der Schatten will La Rochelle anlaufen. Wir gehen näher ran. Klarschiff, aber lautlos!«

Als die *Shannon* langsam aufkam, konnten sie aus dem Schatten allmählich die Umrisse eines großen Schiffes herauslösen. Plötzlich lief ein Melder heran und flüsterte: »Vor dem Schiff ist ein Licht gesichtet worden, Sir.«

David ging zum Bug. Tatsächlich! Dort war ein Schiffslicht, abgeblendet, so daß es nur nach hinten leuchtete. Das Schiff, auf dem das Licht befestigt war, mußte deutlich kleiner sein als das, das folgte. David blieb unsicher. War das große Schiff nun ein kleines Linienschiff, eine große Fregatte oder ein großes Handelsschiff? Er ging zurück zum Heck und teilte O'Byrne seine Gedanken mit.

»Wir könnten etwas vorhalten, Sir, und die Gig an einem dünnen Tau an das Schiff herantreiben lassen. Wind und Seegang sind nicht zu stark für ein solches Manöver. Und die kleine Gig ohne Segel entdeckt niemand auf fünfzig Meter.«

»Ausgezeichnet, Mr. O'Byrne. Sie haben Ihre Lektion bei Brisbane aber auch gut gelernt.«

Die Gig kehrte mit Mr. Austin und zwei Nachtsichtexperten nach kurzer Zeit zurück. »Ein Westindiensegler, Sir. Englische Bauart, wahrscheinlich gekapert. Ich konnte französische Stimmen an Bord hören, Sir. Kein Klarschiff erkennbar.«

David bedankte sich und ging nachdenklich auf und ab. Der Westindiensegler folgte anscheinend dem Kaperschiff, das ihn erbeutet hatte. War es möglich, den Westindiensegler zu nehmen, ohne das Kaperschiff flüchten zu lassen? Er ging zum Ersten.

»Mr. O'Byrne, wir gehen längsseits an den Westindiensegler heran, ein Entertrupp von vierzig Mann springt unter Ihrer Führung hinüber. Die *Shannon* setzt wieder mehr Segel und kämpft das Kaperschiff mit Kanonen nieder. Sehen Sie da Schwierigkeiten?«

O'Byrne dachte einen Moment nach. »Nein, Sir. Wenn wir sie in voller Länge treffen, einen Aufprall abfedern, die Leute mit Enterhaken an deren Rahen einhaken, dann müßte das eine Sache von Sekunden sein.«

»Gut, dann teilen Sie das Enterkommando gut ein. Wir müssen damit rechnen, daß die englische Besatzung gefangen an Bord ist. Ich kümmere mich um das richtige Anlegen. Viel Glück, Mr. O'Byrne.«

Dann fiel David noch etwas ein, und er rief O'Byrne zurück. »Wissen Sie, Mr. O'Byrne, mir gefällt das noch nicht. Wenn wir längsseits gehen, merken die das mindestens fünf Minuten, bevor Sie mit Ihren Leuten entern können. Wir sind zu groß, um unbemerkt zu bleiben. Das kann mehr Tote kosten, als uns lieb ist. Ich lasse die Gig auf die uns abgewandte Seite segeln. Mr. Austin soll von dort aus die Prisenbesatzung anrufen und ablenken.«

»Das ist eine gute Lösung, Sir.«

O'Byrne stand auf den Finkennetzen und hielt sich mit einer Hand in den Wanten fest, die andere krampfte sich um das Entermesser. Die *Shannon* hatte sich lautlos schon bis auf dreißig Meter genähert. Er konnte bereits Einzelheiten auf dem Westindiensegler erkennen. Die mußten sie doch jeden Augenblick bemerken.

Aber da scholl von der anderen Seite Austins laute

Stimme herüber. »Schiff ahoi!« rief er auf französisch. »Schiff ahoi! Wer seid ihr? Wollt ihr frische Fische oder Hummer?«

Die *Shannon* näherte sich jetzt noch schneller, und O'Byrne konnte erkennen, wie ein halbes Dutzend Leute zu der Seite lief, an der Austin rief. Sie fragten zurück, aber O'Byrne konnte es nicht verstehen, und dann brüllte wieder Austin, gab Antwort und stellte neue Fragen.

David duckte sich an der Reling und beobachtete die eigene Annäherung. Jetzt ging es um Sekunden. Sie mußten rechtzeitig ihre eigenen Rahen herumbrassen, damit sie sich nicht mit den Rahen des Westindienseglers verhakten. Sie durften es nicht zu früh tun, sonst konnte die Prisenmannschaft den Abstand nicht im Sprung überwinden. Sie durften es nicht zu spät tun, sonst krachten sie gegen den anderen Rumpf und mußten mit Beschädigungen rechnen. Jetzt klopfte er dem Maat auf die Schulter, der ließ einen Möwenschrei ertönen, die Brassen schwangen herum, und Sekunden später sprangen O'Byrnes Männer und überfluteten das andere Deck. Schreie hallten, sogar eine Pistole wurde abgefeuert, aber dann war es still.

David ließ das Ruder herumlegen, die Brassen wieder zurückschwingen und nahm Kurs auf das Kaperschiff. Aber dort war man nach dem Schuß aufmerksam geworden. Rufe hallten über das Wasser. Keine Chance, unbeobachtet näher heranzukommen.

»Buggeschütze: Feuer frei!« rief David, und die Kanonen schossen ihre Kettenkugeln hinaus, um dem Kaper die Takelage zu zerfetzen. Die *Shannon* näherte sich weiter. Noch 200 Meter, aber dann legte das Kaperschiff das Ruder herum, löschte sein Hecklicht und wollte mit Backbordkurs entfliehen.

Die *Shannon* schwang in die andere Richtung herum, so daß ihre Breitseite auf den Kaper zeigte, und feuerte eine Salve auf ihn ab. Eine Leuchtrakete zeigte ihnen, daß das Kaperschiff erhebliche Schäden in der Takelage und am Heck hatte. Aber es segelte weiter, gewann noch an Schnelligkeit, ging auf den alten Kurs zurück, so daß ihre nächste Salve ins Leere ging, und verschwand in der Dunkelheit.

»Verdammt!« fluchte David. »Wer hat bloß den Pistolenschuß abgefeuert?« Dann ließ er die Segel kürzen und wartete die Annäherung des Westindienseglers ab. »Alles klar, Mr. O'Byrne?« fragte er durch die Sprechtrompete.

»Alles klar!« kam die Antwort. »Britische Besatzung befreit. Zwei leicht Verwundete.«

»Folgen Sie der *Shannon*!«

Am frühen Vormittag lagen beide Schiffe vier Meilen vor dem Hafen Les-Sables-D'Olonne. Ein Kutter hatte O'Byrne mit den Verwundeten und einem Maat der befreiten britischen Besatzung an Bord der *Shannon* geholt.

»Die *Antigua* ist vor drei Tagen gekapert worden. Sie hat Zucker, Rum und Kokosöl geladen, Sir. Der Kapitän ist auf das Kaperschiff gebracht worden. Die französische Besatzung betrug fünfzehn Mann. Es war die letzte Prise des Kaperschiffes, Sir.«

Davids Schreiber konnte ein zufriedenes Lächeln nicht unterdrücken. Ein Westindiensegler mit dieser Ladung! Das versprach reiches Prisengeld. »Nehmen Sie ein Protokoll auf, Mr. Marsh, aus dem das Datum der Kaperung und das Datum der Rückeroberung klar hervorgehen. Der Maat soll es unterschreiben.«

Dann wandte sich David an O'Byrne. »Und wer hat geschossen?«

»Der Wachhabende der Franzosen, Sir. Sekunden später hatte er Mr. Kudats Messer im Hals.«

»Nun gut«, sagte David. »Mr. Rossano kann die *Antigua* mit acht Mann nach Plymouth bringen. Das müßte reichen, um die Gefangenen zu bewachen und unseren Anspruch auf die Prise zu unterstreichen. Bitte teilen Sie die Leute ein. Ich würde gern noch ein paar Worte mit dem Maat sprechen.«

Als O'Byrne in die Offiziersmesse trat, nachdem die *Antigua* auf Heimatkurs gegangen war, hörte er noch Mr.

Neale zum Master sagen: »Der Kapitän zaubert immer so viele Tricks aus seinem Hut, daß wir die Prisen fast ohne Verluste erobern. Aber wir brauchen einen Kampf mit einem gleichstarken Gegner und eine ordentliche ›Metzgerrechnung‹, damit für seine Offiziere eine Beförderung außer der Reihe herausspringt.«

Der Schiffsarzt mischte sich ein. »Aber wenn Sie selbst auf der Liste der Toten und Verwundeten stehen, dann hilft Ihnen die Beförderung vielleicht nicht mehr, James.«

Mr. Duff, Stückmeister und von den vielen Explosionen sehr schwerhörig, sagte mit seiner eintönigen Stimme: »Der Kapitän verachtet Kommandanten, die das Leben ihrer Leute nicht schonen und mit langen ›Metzgerrechnungen‹ prahlen. Er war noch Leutnant, anno achtzig, da gab ich ihm einen Bericht aus der Gazette, wo ein Kapitän geadelt wurde, weil er sich mit seinem Schiff auf Pistolenschußweite neben den Feind gelegt und sich mit ihm zwei Stunden so beschossen hatte, daß das eigene Schiff kaum weniger beschädigt war als der schließlich eroberte Gegner. Ein Drittel seiner Besatzung war tot oder verwundet. ›Diese hirnlosen Schlächter‹, höre ich ihn noch murmeln, ›machen Karriere mit dem Leben ihrer Männer. Wer am wenigsten Verluste hat, sollte belohnt werden.‹ Er wird nie anders denken, Mr. Neale.«

»Meidet er den Kampf Breitseite gegen Breitseite, Mann gegen Mann?« fragte Neale.

Nun mischte sich O'Byrne mit der Autorität des Ersten ein. »Sie sollten so etwas nicht einmal als Frage formulieren. Der Kapitän hat seine Tapferkeit so oft bewiesen, daß er über solche Zweifel erhaben ist. Aber das Pläneschmieden, das Überlisten des Gegners ist seine Leidenschaft. Wenn ein ausgeklügelter Plan verwirklicht wurde, ist er glücklich.«

Endlich, vor Gilles, sichteten sie das Zeichen ›Rot über Blau‹. David ließ sofort die Segel backbrassen und spähte mit dem Teleskop aus, ob sich ein Boot vom Ufer löste.

Aber nur drei Mann traten ans Ufer und winkten. Einer sieht aus wie der Graf Lejeune, dachte David, war aber nicht sicher. »Wer jemanden erkennt, soll es sofort melden!« befahl er und sagte O'Byrne, er solle die Landungstrupps im Kutter bereithalten.

Mr. Penrose, der jetzt als Leutnant Dienst tat, und Midshipman Woodfine meldeten jeder, der zweite von rechts sei der Graf Lejeune. Dann will ich mal den jungen Augen vertrauen, dachte sich David und befahl, daß der Kutter die Leute vom Ufer holen solle. »Aber äußerste Vorsicht. Sie können den Grafen auch gewaltsam für eine Falle mißbraucht haben.«

Es war keine Falle. Der Graf mit seinen Begleitern, einer davon der ehemalige Priesterkandidat, betrat ohne Zwischenfälle das Deck der *Shannon*. »Sie kommen wie aufs Stichwort, Herr Kapitän. Wir können Ihre Hilfe bei der Eroberung von Noirmoutier brauchen.«

»Das ist eine gute Nachricht, Graf. Ich wüßte nicht, was wir lieber täten. Wir waren schon verunsichert, weil wir keinen Kontakt mit Ihnen aufnehmen konnten.«

In Davids Kajüte und allein mit ihm war der Graf dann weniger optimistisch. Nein, die aktuelle militärische Lage bereite ihm weniger Sorgen. Man habe sogar die Truppen aus Mainz bei Colon und Torfou geschlagen. Aber das gemeinsame Ziel gerate mehr und mehr aus den Augen. Die Befehlshaber seien uneins, mitunter fast verfeindet. Elbée, der neue Oberbefehlshaber, habe wenig Autorität. Charette vertrage sich nicht mit Stofflet und habe jetzt die große Armee verlassen, weil die Franzosen in seiner engeren Heimat so gewütet hätten. Er habe den furchtbaren General Mieskowski geschlagen und das Küstenland wieder befreit.

»Nun will er Noirmoutier erobern, aber einen Sinn ergibt das doch auch nur, wenn eine englische Flotte mit Truppen und Hilfsmaterial zu erwarten ist. Und daß die nicht unterwegs ist, habe ich Ihnen sofort angemerkt, Kapitän. Da wäre es besser, wir würden unsere Kräfte wieder zur großen Armee führen.«

Am Abend, die *Shannon* hatte Kurs auf Noirmoutier genommen, bewirtete David in der Kajüte den Grafen, seine Begleiter und die Leutnants mit dem Master. Die Aufständischen lobten das Essen. »Wir haben nicht Hunger gelitten«, sagte Lejeune, »aber ein so geschmackvoll zubereitetes Mahl habe ich lange nicht genossen.«

Basil Scott, Leutnant der Seesoldaten, ließ sich nach dem Pudding nicht mehr zurückhalten und wollte wissen, wie stark die ›Katholische und Königliche Armee‹ sei, wie sie in Bataillone und Regimenter gegliedert sei.

Lejeune und sein Begleiter waren ein wenig ratlos. »Gezählt hat die Kämpfer niemand«, sagte Lejeune. Jeder Befehlshaber berichte im Kriegsrat, wieviel Mann er bei sich habe, und das werde addiert. Zwanzig- bis dreißigtausend Mann mögen bei manchen Aktionen schon beisammen gewesen sein. »Aber das gilt nur für ein oder zwei Tage. Ist die Schlacht geschlagen, der Zweck erfüllt, gehen viele wieder heim, um die Familie zu schützen oder die Wirtschaft zu besorgen.«

Scott schien fassungslos. Wie man die Leute drille, ob die Unterführer taktisch geschult seien, wollte er wissen.

Dem ehemaligen Priesterkandidaten schien die Antwort Spaß zu bereiten. »Herr Leutnant«, ließ er Austin übersetzen. »Unterführer sind selbstgewählte Männer aus dem Pfarrbereich, die Pfarrsprengelhauptleute. Das können Schmiede, Metzger, Bauern, aber auch entlassene Sergeanten sein. Die Aufständischen können eigentlich alle gut schießen, da fast jeder früher gewildert hat. Als wir weniger Waffen hatten, schlichen die Schützen voran und demoralisierten den Feind. Die anderen umgingen seine Flanken und fielen ihm mit Massen in den Rücken. Eigentlich ist es heute kaum anders. Die Aufständischen sind unwissende, gläubige Leute. Ich marschierte einmal eilig durch einen Hohlweg, um die Weißärsche in der Flanke zu fassen. Aber als ein Kruzifix am Wegesrand stand, hielten sie an und beteten erst ihren Rosenkranz.«

Scott schien einem Schlaganfall nahe. David dachte amüsiert, er müsse ihm einmal empfehlen, seine Soldaten mit Rosenkränzen auszustatten. Aber mit Rücksicht auf die Gäste behielt er den Spaß für sich.

»Und diese Bauern haben Linienregimenter geschlagen?« fragte Scott ungläubig.

»Aber ja!« bestätigte Lejeune. »Vergessen Sie nicht, diese Männer kennen jeden Weg und Steg. Sie locken den Feind in ein Gelände, wo er seine Kräfte nicht entfalten kann, und greifen ihn überraschend und wild an. Der Nachteil dieser Kämpfer ist: Man kann sie nicht auf Paris marschieren und den Krieg entscheiden lassen. Dazu brauchten wir englische Truppen und einen Prinzen aus der königlichen Familie als Führer.«

Lejeune fügte noch mit bitterem Sarkasmus hinzu: »Aber die Prinzen wollen ihre Hofhaltung am Rhein nicht verlassen, um hier für ihr Erbe zu kämpfen. Der Graf von Artois, Bruder des hingerichteten Königs, schickt Patente, die nichts kosten, befördert den einen zum Generalleutnant, den anderen zum Generalmajor und schürt damit Eifersucht und Neid.«

David suchte Lejeune zu ermutigen und verwies auf Toulon, das sich nun auch den Royalisten angeschlossen habe, aber der blieb skeptisch. »Wenn die Erhebung auf Stadt und Hafen beschränkt bleibt, hilft sie uns nicht und wird auch erdrückt werden. Wir kämpfen gegen Fanatiker, die mit Terror und Belohnung die bürgerlichen Massen mobilisieren. Und die Prinzen, die uns führen sollten, trinken Kaffee und schicken parfümierte Billette.«

Die *Shannon* segelte am nächsten Tag in die Bay von Bourgneuf ein. Die Offiziere standen an Deck und beobachteten mit Lejeune die Befestigungen der Insel. »Ein Angriff sollte bei Ebbe über die flache Furt zur Südspitze vorgetragen werden, dort, wo auch der Steindamm ist. Die *Shannon* kann inzwischen die Batterie an der Bucht der kleinen Stadt beschießen und Landungsoperationen vortäuschen, um die Verteidiger zu irritieren. Wenn es gewünscht wird, kann ich auch Angriffstruppen mit unseren Booten in den Rücken der Verteidiger transportieren.«

Lejeune war mit Davids Vorschlag einverstanden, sagte, daß er noch angeben werde, wo die Boote Truppen aufnehmen sollten, verabredete den Angriff für den übernächsten Tag bei Ebbe und ließ sich bei Pornic an Land setzen.

Die Ebbe hatte ihren niedrigsten Stand um acht Uhr früh. In der ersten Morgendämmerung des 12. November hatten die Boote der *Shannon* in der Nähe der Insel etwa hundert Aufständische übernommen. Leutnant Scott kommandierte die Boote und sah sich die Aufständischen mit ihren weißen Kokarden am Hut und ihren flammenden Jesusherzen am Rock interessiert an. Weißbärte waren ebenso vertreten wie junge Burschen, aber alle sahen kräftig und gewandt aus.

Sie bekreuzigten sich, als sie die Boote bestiegen, und begrüßten die Matrosen freundlich mit Worten und Gesten. Ihre Waffen waren ein buntes Sammelsurium von Jagd- und Kriegswaffen aus vielen Ländern. Aber alle Waffen wirkten gepflegt, was man von der Kleidung der Krieger nicht immer sagen konnte.

Einige trugen kräftige, über mannshohe Stangen mit sich. »Wozu brauchen sie die?« fragte Scott den Priesterschüler.

»Sie springen damit über Hohlwege und Bachläufe in ihrer Heimat, aber ebenso gut auch über Gräben und Befestigungen. Die Stangen sind gut, um Kavalleristen abzuwehren und um sie den Weißärschen über den Schädel zu schlagen.«

Die *Shannon* hatte sich an den engen Hals, der die Insel bei Ebbe mit dem Festland verband, herangetastet. Das Wasser war flach, und näher als 1000 Meter segelte David nicht heran. »Da können wir mit den Karronaden nichts ausrichten, Sir«, sagte Neale.

»Nein, wir feuern nur zwei oder drei Salven mit den Kanonen auf die Erdwälle dort, die den Übergang sperren. Viel können wir sowieso nicht erreichen. Es ist mehr, um den Verteidigern den Mut zu nehmen. Weisen Sie bitte die Geschützführer ein. Danach segeln wir zur Batterie bei Noirmoutier.«

David blickte mit dem Teleskop auf die Launch, die Pinasse und die drei Kutter der *Shannon*, die nun in Sicht kamen und auf die Landungsstelle zustrebten. Sie hielten sich seitwärts von der *Shannon*, um nicht in die Schußbahn zu geraten. Als sie nahe genug an Land waren, ließ David die Salven feuern.

Erde wurde aufgewirbelt, einige Balken flogen in die Luft, und Gruppen von weißbehosten Nationalgardisten lösten sich aus den Erdwällen und flohen. Die Boote hatten mit den Drehbassen auf Verteidiger am Strand geschossen. Vor dem Erdwall brandete Geschrei auf. Die Truppen Charettes griffen in Massen an. Die Boote landeten die anderen Angreifer, und im Nu waren die Befestigungen von Aufständischen überflutet.

»Bringen Sie uns vor die Batterie, Mr. Ryland!« befahl David und setzte zum Signal-Midshipman hinzu: »Befehl an die Boote, uns zu folgen!«

Die *Shannon* lief mit gekürzten Segeln auf die nur wenige Kilometer entfernte Bucht zu, an der das größte Dorf der Insel lag. Plötzlich wuchsen zwei Wassersäulen vor der *Shannon* in die Luft. Die Batterie konnte sie noch nicht erreichen. Verdammt, wo kamen die Schüsse her? »Ausguck!« brüllte David. »Schlaft ihr?«

»Deck!« rief ein Ausguck zurück. »Zwei Ruderkanonenboote backbord zwölf Strich, halb im Schilf versteckt.«

David spähte durch sein Teleskop. Richtig! Da lugten sie aus dem Schilf. Das war ein Bootstyp, den David vom Lake Champlain her kannte: Neun Riemen an jeder Seite, ein Achtzehn- oder Vierundzwanzigpfünder im Bug. Laut rief er die Kommandos, damit die Backbordbatterien das Ziel auffassen konnten. Noch einmal feuerten die Kanonenboote, und diesmal schlug ein Treffer vorn in den Bug der *Shannon*. Aber dann donnerte ihre Salve hinaus, und um die Kanonenboote sprudelte das Meer auf. Eines lag quer, beim anderen sank der Bug mit der Kanone unter Wasser. Die Besatzungen retteten sich an Land.

Waren die nun todesmutig oder unerfahren, dachte David. Auf die Entfernung, bei der schlechten Deckung konnten sie es doch nicht mit einer Fregatte aufnehmen. Aber nun mußte er sich um die Batterie kümmern. Sie hatte Zwölfpfünder, war ihm gesagt worden. Auch hier schützten Erdwälle die Kanonen, ein undankbares Ziel für Schiffsgeschütze.

Über der Batterie flatterte die blauweißrote Flagge der Revolution. Die Geschütze sollten vor allem die Einfahrt in die Bay bewachen. Wenn ein Schiff, wie jetzt die *Shannon*, aus dem südlichen Teil der Bucht vorstieß, konnte nur ein Teil der Geschütze feuern. Das werden wir ausnutzen, sagte sich David, ließ in dreihundert Meter Abstand die Anker werfen und die *Shannon* mit einem Springseil in Schußposition bringen.

»Mr. Neale«, rief er, »die Backbordbatterie hat erneut die Ehre! Diesmal sollen auch die Karronaden zeigen, was sie können. Eröffnen Sie bitte Feuer, sobald Sie eingewiesen haben. Mr. Henderson, entern Sie auf und melden Sie vom Ausguck, wie die Schüsse liegen.«

Aber die Republikaner eröffneten wieder das Gefecht. Die beiden Kanonen, die am weitesten nach Süden stationiert waren, schossen, und mancher zog den Kopf ein, als die Schüsse durch die Takelage krachten. »Das wird den Neuen etwas Kampferfahrung geben«, sagte O'Byrne zu David. Der nickte. Wenn die Batterie nicht zu stark war, ließ jeder Kapitän gern angreifen, damit die Mannschaften Kampfpraxis gewannen.

Scott meldete sich an Deck zurück. »Die Boote lassen wir vorläufig im Schlepp. Sehen Sie sich die Batterie an. Halten Sie einen Landangriff mit ihren Leuten für aussichtsreich, um die Batterie für Charette zu erobern?«

Leutnant Scott studierte die Batterie durch das Teleskop und sagte dann: »Wenn wir mit den Booten hier am Strand entlangpullen, stören wir nicht die Beschießung durch die *Shannon*. Wir könnten dort an der Baumgruppe ausbooten und die Batterie aufrollen. Sie brauchten erst im letzten Moment das Feuer einzustellen.«

»Nun gut, Mr. Scott. Teilen Sie sechzig Mann ein und dann ab. Nehmen Sie aber eine Fahne mit, damit sie den Lappen dort ersetzen können. Dann wissen auch die Aufständischen, wer dort ist.«

Die Kanonen der *Shannon* donnerten und pflügten in der Batterie die Erde um. Nur ab und an schossen die Franzosen zurück. Als eine Explosion anzeigte, daß ein Munitionsstapel in die Luft geflogen war, feuerte nur noch ein Geschütz. Scotts Seesoldaten landeten und stürmten mit aufgepflanztem Bajonett vorwärts. Ihr Hurra war bis zur *Shannon* zu hören. Und dann rannten die Nationalgardisten davon. Die britische Flagge stieg am Mast empor. Nun schrien sie auf der *Shannon* Hurra.

In der Batterie hatte Scott anscheinend ein Geschütz gegen die Verteidiger des Ortes in Stellung gebracht und unterstützte den Angriff der Aufständischen. Bald schwiegen das Geknatter der Musketen und der dumpfe Knall der Kanonen. Ein Kutter steuerte wieder auf die *Shannon* zu, und Lejeune bat David, an Land zu kommen und den Dank von General Charette entgegenzunehmen.

Schon vor dem Ort sah David die üblichen Begleiterscheinungen einer Eroberung. Die Aufständischen plünderten die Bagage der Nationalgardisten und auch einzelne Häuser, die wohl ›Patauds‹ gehört hatten. So nannten sie die Anhänger der Revolution, die sich selbst als Patrioten bezeichneten. An anderen Häusern standen Posten und hielten die Plünderer fern. Einige der Plünderer waren schon betrunken. Andere kannten die britische Marineuniform nicht und wollten auf David losgehen. Aber Lejeunes Begleitung und Gregor stießen sie zurück.

Im Hotel Jacobsen hatte Charette Quartier genommen. Das Lilienbanner wehte über dem Haus. Francois Anastase, Marquis Charette de la Contrie, war etwas jünger als David, der ihn schon bei dem Treffen in Perrier gesehen hatte, wo Madeleine den Bürger Spartacus, ihren verräterischen Verlobten, erschossen hatte. Er trug eine Phantasieuniform, aber David wußte, daß ihm vom Grafen Artois der Generalsrang verliehen war. Er zog seinen Dreispitz und stellte sich vor: »Kapitän David Winter von Seiner Majestät Fregatte *Shannon*, Exzellenz. Ich gratuliere zu Ihrem Sieg.«

Charette, dem man ein übersteigertes Selbstgefühl nachsagte, blickte David aus lebhaften Augen an, war wohl mit der Begrüßung zufrieden und sagte: »Sieh da, wieder der messerwerfende Kapitän. Ich danke Ihnen für Ihre Unterstützung, Herr Kapitän. Graf Lejeune hat mir schon wiederholt berichtet, daß Sie ein Freund der Katholischen und Königlichen Armee sind.« Er winkte einem Burschen, David auch eine Tasse Kaffee zu reichen, und fuhr dann fort. »Ich habe an die britische Regierung geschrieben und um ein Hilfskorps von zehntausend Mann gebeten. Wissen Sie etwas davon?«

»Nein, Exzellenz. Die Regierung informiert Marineoffiziere nicht über ihre Pläne.«

Charette lachte, denn, wie David wußte, war er selbst Marineleutnant gewesen. »Nein, das tun die feinen Herren nicht. Aber Sie werden sicher dafür sorgen, daß uns aus der Loire niemand angreift. Ich werde die Insel wieder verlassen, sobald die Batterien in Stellung sind. In den Mooren des Retz sind wir den Revolutionären besser gewachsen.«

Mit einer gnädigen Handbewegung wurde David entlassen. Er hatte eigentlich gedacht, daß Charette mit ihm über die Kriegslage und die weitere mögliche Zusammenarbeit sprechen würde. Nun ja. David kehrte auf die *Shannon* zurück, nahm mit Befriedigung zur Kenntnis, daß nur zwei Seesoldaten bei der Aktion verwundet worden waren und setzte einen Kurs auf die Mündung der Loire fest.

Die *Shannon* hatte eine Woche vor der Loire-Mündung gekreuzt, hin und wieder einen Kaper am Aus- oder Einlaufen gehindert, hin und wieder auch mit Fischern Kontakt aufgenommen, die gestern von einer großen Schlacht gehört hatten, aber sonst nichts wußten. Heute früh kam nun ein größeres Boot in Sicht, das auf die *Shannon* zuhielt und eine weiße Flagge am Mast führte. David ließ die Geschütze ausrennen, forderte das Boot in vierzig Metern Abstand zum Halten auf und schickte seine Gig, um Parlamentäre oder Abgesandte zu empfangen.

Zu seinem Erstaunen kletterte ein Mann mit verbundenem Arm, der weißen Kokarde am Hut und dem Flammenherzen am Rock ins Boot und half einer Frau, die in einen leichten grauen Mantel gekleidet war.

»Herr Kapitän«, meldete der Verwundete, »ich bringe die Gattin des Oberkommandierenden der Katholischen und Königlichen Armee, Madame Elbée. Er selbst liegt auf den Tod verwundet dort im Boot. Ich bin sein Adjutant, Pierre Coulon. Wir erbitten ihre Hilfe für den Verwundeten. Geleiten Sie uns zur Insel Noirmoutier.«

Er hielt inne, aber Madame Elbée nahm sein Bitte auf. »Um Christi willen, Herr Kapitän, helfen Sie uns!«

»Aber selbstverständlich, Madame, Monsieur«, versicherte David und schickte einen Melder aus, damit der Schiffsarzt nach dem Verwundeten sehen sollte. Dann führte er die beiden in seine Kajüte.

»Was ist geschehen, Monsier Coulon?« fragte David.

»Gott hat uns Seine Gnade entzogen«, antworte dieser. »Die Große Armee ist am 17. Oktober bei Cholet vernichtend geschlagen worden. Die Vendée ist der Rache der Sieger unterworfen. Die Reste unserer Armee flüchten über die Loire.«

David war betroffen. Wie war es möglich, daß der große Aufstand mit einem Schlag zusammengebrochen war? Coulon erzählte ihm von dem Kriegsrat, der einige Tage vor der großen Schlacht zusammengetreten war. »Monsieur Bonchamps votierte für den Übergang über die Loire, die Eroberung eines Hafens in der Bretagne und die Zusammenarbeit mit den Engländern. Aber, verzeihen Sie meine Offenheit, andere waren strikt gegen einen gemeinsamen Kampf mit dem alten Feind, und die Mehrheit trat für den Krieg in der Vendée ein. Aber die Armeen der Revolution waren immer stärker geworden, umringten uns von allen Seiten, und ihr General Kléber gab bei Cholet den Ausschlag für den Sieg. Hätten wir Charettes Armee bei uns gehabt, vielleicht wäre es anders gekommen.«

»Wer führt die Königliche Armee jetzt? Wo haben sie die Loire überschritten? Wissen Sie etwas über die weiteren Pläne?« fragte David.

»Monsieur La Rochejaquelein führt die Armee, die bei Saint Florent die Loire überschritten hat. Ich weiß nur, daß man sich mit den Chouans, den Aufständischen in der Bretagne, vereinen will.«

In diesem Moment betrat Mr. Cotton die Kajüte. »Madame, Monsieur, Sir«, begann er auf Davids Wink. »Der Herr ist sehr schwer verletzt. Ich habe nicht weniger als vierzehn Wunden gezählt. Wir sollten ihn auf einer Trage auf unser Schiff hieven, damit ich ihn verbinden kann.«

»Wird er überleben, mein Herr?« schluchzte Madame Elbée.

»Ich weiß es nicht, Madame. Keine der Wunden ist tödlich, aber nur eine starke Konstitution kann diese Vielzahl überstehen.«

»Bringen Sie ihn bitte in meine Kajüte, die ich mit meiner Schlafkammer Madame und Monsieur Elbée zur Verfügung stelle, Mr. Cotton. Wir segeln sofort nach Noirmutier ab. Ich hoffe, Ihr Gatte findet dort Ruhe und angemessene Pflege, Madame«, sagte David.

Sie setzten die Flüchtlinge am späten Nachmittag in Noirmoutier ab, und Mr. Cotton verabredete mit Ärzten, die sich auf die Insel geflüchtet hatten, die weitere Behandlung. »Haben Sie Hoffnung, Mr. Cotton?« fragte ihn David, als er wieder an Bord war.

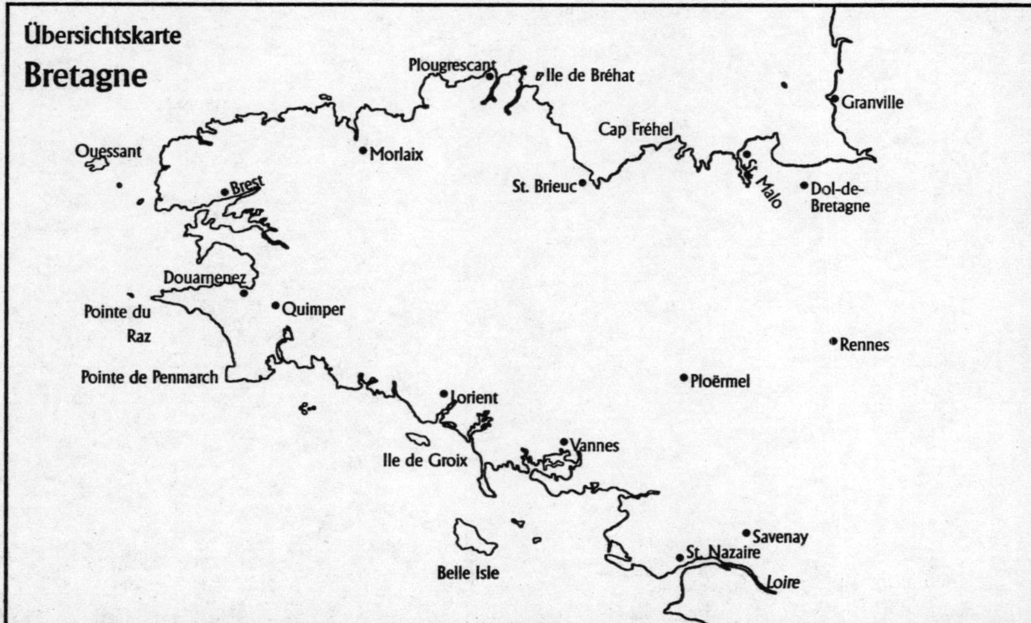
Übersichtskarte
Bretagne
Ouessant
Brest
Morlaix
Plougrescant
Ile de Bréhat
Cap Fréhel
St. Brieuc
St. Malo
Granville
Dol-de-Bretagne
Douarnenez
Quimper
Pointe du Raz
Pointe de Penmarch
Lorient
Ile de Groix
Vannes
Belle Isle
Rennes
Ploërmel
Savenay
St. Nazaire
Loire

»Er kann vielleicht überleben, Sir. Aber er wird nicht mehr laufen und sich selbst versorgen können. Mehrere Knochen, auch im Brustbereich, sind völlig zertrümmert. Stichwunden haben innere Organe verletzt. Er bleibt ein hilfloser Invalide.«

»Schrecklich!« sagte David. »Auch die Vendée wird sich nicht wieder erholen. Sie überlebt vielleicht als Bandenkrieg in unzugänglichen Gebieten, aber als Armee ist sie der Vernichtung geweiht.«

»Und was sind die Chouans, Sir?«

»Die Chouannerie ist der Bandenkrieg der Chouans gegen die Revolution. Unsere Leute vom Kriegsdepartement und Graf Lejeune haben mir gesagt, daß die Chouans seit dem Frühjahr in der Bretagne einen Kleinkrieg gegen die Parteigänger der Revolution führen. Ihr Name soll von dem Eulenschrei kommen, den die Schmuggler als Erkennungszeichen benutzten und der auch der Spitzname ihres ersten Anführers Jean Cotterau war. Wie dem auch sei. Sie operieren in kleinen Trupps, manchmal ein paar hundert Mann, und haben keine Stadt besetzt. Unsere Regierung hat über die Kanalinseln Kontakt zu den Chouans, mehr als zur Vendée.«

Die *Shannon* kreuzte in den nächsten Wochen vor der Küste der Bretagne zwischen St. Nazaire über Brest bis nach St. Malo. Sie hielten Fischerboote an und fragten nach Kämpfen der Katholischen und Königlichen Armee. Aber die Fischer verfügten nur über Informationen aus dritter und vierter Hand, kaum mehr als vage Gerüchte. Die Königin sei in Paris guillotiniert worden. Die Armee aus der Vendée solle auf Rennes marschieren. Die Chouans überfielen wieder alle Nachschubtransporte der Revolutionäre. Die Vendée habe bei Entrammes gesiegt.

David studierte mit O'Byrne die Karte. »Was wollen sie nur so weit im Landesinnern? Wir können doch dort gar nichts zu ihrer Unterstützung tun. Wir werden jetzt nach Brest segeln, Mr. O'Byrne, um zu erkunden, ob ihre Kanalflotte wieder kampfbereit ist. Auf dem Weg dorthin werden wir weiter in die Buchten und Flußmündungen spähen und sehen, was wir an Informationen erhalten können.«

Während die *Shannon* an der Küste kreuzte, schlurfte ein buckliger, grauhaariger Mann durch die Straße des kleinen Dörfchens Baguerpican. Er schleppte auf seinem Rücken einen Kasten, wie ihn fahrende Händler oft trugen. In weißer Farbe stand dort zu lesen: »Salben und Tropfen, die jede Krankheit heilen.«

Auf der Dorfstraße tummelten sich ungewöhnlich viel Menschen und Gespanne. Ochsenkarren zogen mit Hausrat vollgestopfte Wagen in östlicher Richtung. Dragoner ritten nach Westen. Nationalgardisten in weißen Hosen und blauen Röcken durchsuchten die ärmlichen Hütten. Dorfbewohner standen herum und wußten nicht, was sie von allem halten sollten.

Ein dicker Sergeant der Nationalgarde stapfte auf den Buckligen zu. Er sieht aus wie ein uniformierter Mehlhändler, dachte dieser, bevor ihn der Sergeant barsch anfuhr: »Was will er hier, Kerl? Hat er nicht gehört, daß die Banditen aus der Vendée in der Nähe sind?«

»Ich weiß nichts davon, Herr Offizier«, murmelte der Händler. »Ich muß meine Salben und Tropfen verkaufen. Die Leute brauchen sie, um gesund zu werden, und ich brauche Käufer, um zu leben. Krieg ist etwas für die hohen Herren.«

»Er redet dummes Zeug. Herren gibt es nicht mehr, nur Bürger. Und wer von seinem Zeug gesund wird, den möcht ich sehen.«

Der Bucklige sah den Sergeanten prüfend an. »Sie haben doch Blähungen, Herr Offizier, und manchmal Durchfall. Ich hab ein Mittel für Sie. Aus sieben Kräutern, bei Vollmond gesammelt, unter dem Druidenkreuz gekocht, mit Krötenmehl angereichert und mit geheimen Tropfen aufgefüllt. Ich gebe Ihnen ein kleines Fläschchen für ein winziges Stück Brot, Herr Offizier. Jeden Abend fünf Tropfen in Ihren Wein, und Ihre Beschwerden sind vorbei.«

Der Sergeant sah den Buckligen mißtrauisch an. Dann kramte er in seiner Rocktasche, holte ein Stück Brot heraus und reichte es dem Händler. »Gib er her. Probieren kann ich es ja.« Der Händler legte mühsam seinen Kasten ab und suchte nach dem Fläschchen. Der Sergeant berührte heimlich seinen Buckel und murmelte verstohlen einen Zauberspruch. Dann nahm er das Fläschchen und wollte gehen.

»Auf ein Wort, Herr Offizier. Wo sind die Banditen denn?«

»In Dol, dem nächsten Ort, etwa acht Kilometer. Aber wir werden sie bald alle fangen und totschlagen, diese blutrünstigen Bestien.«

»Ja, ja«, murmelte der Händler noch und zog weiter. Am Dorfrand verließ er die Straße, ging seitwärts in den Wald und verschwand im Gebüsch. Als er sicher war, daß niemand ihn sehen konnte, reckte er sich, holte ein kleines Fläschchen aus der Tasche, trank, schüttelte sich und ging mit forschen Schritten, vorsichtig umherspähend, in Richtung Dol.

Drei Kilometer vor Dol hörte er Schüsse an der Straße. Noch vorsichtiger schlich er voran. Nach einigen hundert Metern sah er zerlumpte Gestalten im Unterholz, die ihre Flinten schußbereit hielten. »Gut Freund!« rief er. »Bei der Mutter Gottes von Cholet, ich bin ein Freund. Bringt mich zu euren Hauptleuten. Ich habe mehr als Tropfen und Salben für sie.«

Die Aufständischen sahen ihn mißtrauisch an. »Wo ist dein Rosenkranz, Alter?«

»Denkt ihr Dummköpfe, ich kann für eure Führer durch die Heere der Königsmörder ziehen und den Rosenkranz offen tragen? Hier ist er!« Und er krempelte sein Hosenbein um und zog aus einem Loch im Umschlag einen einfachen Rosenkranz heraus. »Und nun bringt mich zum Herrn Talmont, oder ihr werdet seinen Undank erfahren.«

»Blas dich nicht auf, du Frosch. Wir sind Lescures Leute, und er starb vor kurzem. Gott sei seiner Seele gnädig. Wenn du ein Pataud bist, hängst du schneller am Baum, als du nach deiner Mutter rufen kannst.«

Vor einem Haus in Dol hielten sie an und fragten nach dem Herrn Talmont. Ein Aufständischer, der noch seine Holzschuhe hatte, schnauzte sie an: »Gleich tagt hier der Kriegsrat. Meint ihr, da hätte er für euch Zeit?«

»Sag ihm: ›Meunier ist hier.‹ Aber schnell!« Der Bucklige hatte es so energisch gesagt, daß man ihm gehorchte.

»Er soll hereinkommen!« rief der Mann mit den Holzschuhen kurz darauf und führte den Buckligen in eine kleine Kammer.

»Laß uns allein!« befahl der Mann in der Kammer, und ging erst, als die Tür geschlossen war, auf den Buckligen zu. »Hast du es wieder einmal geschafft, Meunier? Vertrau nur nicht zu sehr auf dein Glück! Es wäre schade um dich, mein Freund.«

Der Bucklige lächelte. »Ich bin vorsichtig. Aber schnell! Ihr habt Kriegsrat. Sind Boten aus England eingetroffen?«

»Wir hatten schon im August Herrn Tinténiac und wenig später Herrn Saint-Hilaire mit dem Angebot britischer Hilfe bei uns, aber du weißt, daß viele England hassen und in ihrer Verblendung nicht sehen, daß wir jede Hilfe brauchen, die wir nur kriegen können. Gestern haben sich Berton und Freslon aus Jersey mit Briefen bei La Rochejaquelein gemeldet. Wir werden das gleich im Kriegsrat hören.«

»Kann ich dem beiwohnen?«

»Nein. Aber ich verstecke dich auf dem Speicher. Die Decke hat Löcher. Du kannst alles hören. Aber sei still wie eine schlafende Maus, sonst kann ich dir nicht helfen.«

Der Händler fragte: »Wofür wirst du plädieren?«

»Für die einzige Chance, die wir noch haben!« erwiderte Talmont. »Der Marsch an die Küste, um die Hilfe Englands zu finden. Allein sind wir am Ende. Wir haben noch etwa fünftausend kräftige und entschlossene Kämpfer, vielleicht die gleiche Zahl von demoralisierten Mitläufern, die nur kämpfen, wenn der Sieg sicher ist, und mehr als zehntausend Kranke, Frauen und Kinder, die uns begleiten, die beschützt und ernährt werden sollen.«

Der Bucklige schüttelte traurig den Kopf. »Die Briten müssen rechtzeitig wissen, wo ihr an die Küste kommt. Sie können nicht von heute auf morgen Truppen verschiffen. Auf Jersey haben sie jetzt zwei Emigrantenregimenter aufgestellt, deren Hauptsorge ihre Uniformen sind. In Portsmouth sammelt Lord Moira ein Expeditionskorps, wenn man ihm nicht gerade wieder Truppen für Toulon, für Flandern oder Westindien wegnimmt.«

»Du siehst also keine Hoffnung für uns?« fragte Talmont.

»Das will ich nicht sagen. Die Briten haben zu lange gezögert, und ihr habt sie zu lange als Verbündete nicht beachtet. Jetzt kann man keine Wunder erwarten. Aber wenn ihr sie rechtzeitig informiert und ihnen den Oberbefehl über die Landungstruppen nicht streitig macht, besteht noch Hoffnung.«

Während er dort oben auf dem verschmutzten Speicher lag, abwechselnd Ohr und Auge an das Deckenloch haltend, glaubte Meunier, in einem schlechten Drama zu sein. Diese Männer, von deren Entscheidung das Leben vieler Menschen abhing, führten sich mitunter auf wie Kinder.

Als Talmont erklärte, daß die Armee erschöpft, fast ohne Munition und Verpflegung sei, schrien einige vor Empörung auf. Ihre Kämpfer würden klaglos noch jede Strapaze überstehen und jeden Feind über den Haufen rennen. Nicht die Waffen seien entscheidend, sondern der Glaube an Gott und den König.

Stofflet fragte sie höhnisch, warum sie ihre Ärsche immer in den hintersten Reihen versteckten. Ob ihr Glaube dort besser aufgehoben sei? Seine Worte schienen die Strenggläubigen zur Raserei zu treiben.

Jean Cottereau, der Chouan, schlug mit der Faust auf den Tisch und mahnte zur Ruhe. La Rochejaquelein, einer der jüngsten unter ihnen, beschwichtigte die Leidenschaften und schlug vor, erst einmal die Boten aus Jersey zu hören. Freslon und Berton wurden hereingeführt und übergaben La Rochejaquelein Briefe vom britischen König, von Lord Moira und dem Kommandanten der Insel Jersey.

»Lies sie vor!« forderte einer der Führer, der wie die meisten seiner Männer nie lesen gelernt hatte. La Rochejaquelein las und übersetzte. In allen drei Briefen stand mit fast gleichen Worten, daß man die Sache der Aufständischen unterstützen und ihnen Hilfe gewähren würde. Gemeinsam werde man die Revolution besiegen. Lord Moira deutete an, daß er mit seinen Truppen zur Landung bereit sei. Der Kommandant von Jersey forderte sie auf, St. Malo zu erobern und den englischen Schiffen zu öffnen.

Es gab eine entschlossene Gruppe von Britenfeinden, die nur Hohn und Spott für die Briefe hatte. Wo denn eine einzige konkrete Zusage sei? Einer von ihnen zog einen Brief heraus, der vom Marquis du Dresnay geschrieben sei, Kommandeur der beiden auf Jersey aufgestellten Emigrantenregimenter. Er warnte darin, den Engländern zu sehr zu vertrauen, und klagte, daß den Emigrantenregimentern immer wieder Waffen verweigert würden.

Meunier hielt auf seinem Speicher die Luft an. War der Brief echt? Spielte dieser du Dresnay ein doppeltes Spiel? Aber schon stritten unten im Zimmer wieder zwei. Der eine berief sich auf einen Offizier Obenheim, der für die Eroberung von Granville plädierte, der andere führte denselben Offizier als Kronzeugen dafür an, daß das eine unkluge Entscheidung sei.

Stofflet und La Rochejaquelein wollten dem Streit ein Ende bereiten und schlugen Rennes als Marschziel vor. Aber sie fanden keine Mehrheit. Talmont meldete sich wieder und plädierte mit ruhigen und guten Argumenten für St. Malo, um von den Engländern Hilfe zu erhalten. Wieder wurden die alten Gegenargumente laut.

Meunier schüttelte den Kopf und hörte nun, wie der Abbé Bernier wortgewaltig für die Eroberung von Granville stritt. Ausgerechnet dieser ehrgeizige, unaufrichtige Pfaffe, dachte Meunier. Aber gegen Bernier wollten die Strenggläubigen nicht streiten, und so setzte er sich schließlich durch.

Talmont mahnte, daß die Engländer unverzüglich unterrichtet werden müßten, weil ein Expeditionskorps und eine Flotte Zeit der Vorbereitung brauchten. Freslon versicherte, sie könnten in zwei Tagen auf Jersey sein, also am 12. November. Beinahe hätte Meunier aufgeschrien. War dieser Emigrantenagent wahnsinnig oder ein Verräter? Der Weg nach Jersey hing von so vielen Zufälligkeiten ab, daß man nie eine so kurze Zeit nennen konnte, vor allem nicht, seit einige geheime Stationen entdeckt worden waren.

Als der Kriegsrat auseinandergegangen war und Meunier unten wieder bei Talmont stand, sagte er ihm, daß die Agenten völlig unrealistische Fristen genannt hätten. »Das spielt nun auch keine Rolle mehr«, sagte Tamont traurig. »Wir haben weder Verpflegung noch Quartier, um irgendwo abzuwarten. Wir müssen weiterziehen und uns vom Land ernähren, wodurch wir unter den Bauern keine Freunde erwerben. In drei Tagen stehen wir vor Granville, ob mit oder ohne Engländer.«

»Ich habe Assignaten bei mir, die ihr den Bauern geben könnt. Ich werde schnellstens zur Küste eilen. Vielleicht finde ich ein englisches Schiff oder ein Fischerboot, das mich zu ihm bringt. Dann komme ich zurück.« Während Meunier noch sprach, hatte er schon seine Jacke ausgezogen, sein Hemd abgestreift, und nun schnallte er die gepolsterte Holzschale ab, die seinen ›Buckel‹ bildete. Talmont kannte den Vorgang und hatte kaum hingesehen.

Meunier nahm mehrere Packen Assignaten heraus und gab sie Talmont. Dann ließ er sich beim Anschnallen des ›Buckels‹ helfen, trank noch einen Schluck Wein, aß ein Stück Brot, umarmte Talmont und verschwand. Der blickte ihm traurig nach. »In dieser Welt werden wir uns nicht mehr sehen, du treuer Freund.«

Meunier hastete auf schmalen Pfaden zur Küste östlich von St. Malo. Zwei von Talmonts Männern geleiteten ihn, und immer wieder trafen sie Haufen der Aufständischen, meist mit Frauen und Kindern. Sie waren zerlumpt, zitterten vor Kälte. Viele trugen verschmutzte Verbände. Kaum einer hatte noch Holzschuhe.

Bei einem Haufen stand ein Mann auf einer Kiste und sprach zu den Leuten. »Unsere Führer verraten uns. Sie wollen nach Granville, um sich und ihre Frauen auf englische Schiffe zu retten. Und uns lassen sie zurück. Laßt euch das nicht bieten! Wir wollen zurück in unsere Heimat, in die Vendée. Zurück in die Vendée!« Die Leute jubelten ihm zu.

Meunier hielt einen Augenblick inne. Vor seinem Auge tauchte ein Szene auf dem Marktplatz von Villedieu auf. Dort hatte er denselben Mann gesehen, als er eine flammende Rede für die Ideale der Revolution hielt. »Sagt Talmont, hier ist ein Agent der Patauds am Werk. Ich habe ihn bei ihnen gesehen.«

Sie prägten sich den Mann ein und murmelten nur: »Er ist so gut wie tot. Aber nun schnell, wenn ihr noch an die Küste wollt!«

David examinierte auf dem Achterdeck die Midshipmen über ihre Kenntnisse in der Technik der Takelage, als der Ausguck ein kleines Fischerboot meldete, das auf sie zuhalte. David spähte durch sein Teleskop und sah außer zwei Fischern einen Landmann, der mit einem Tuch winkte. »Laßt das Fallreep hinunter!« befahl er.

Es war Meunier, der mühsam hinaufkletterte und bat, man möge seinen Kasten mit einem Seil heraufziehen. Dann wandte er sich suchend um, verbeugte sich vor David und sagte: »Herr Kapitän, darf ich mich Ihnen unter vier Augen vorstellen?«

David winkte die Midshipmen zur Seite und trat mit Meunier an die Reling. »Mein Kriegsname ist Meunier. Ich bin britischer Agent und habe eine Legitimation von Mr.

Dundas in meinem Gepäck, die ich Ihnen gern zeigen möchte, Sir. Ich muß sehr dringend wichtige Depeschen für den Kommandanten in Jersey und das Kriegsdepartement ausfertigen. Würden Sie mich bitte mit Papier und Tinte unterstützen?«

»Selbstverständlich!« antwortete David. »Begleiten Sie mich bitte in meine Kajüte.« Dort sah er zu, wie Meunier aus einem Geheimfach seines Pillenkastens ein Dokument holte und David überreichte. Darin bestätigte Mr. Dundas mit Unterschrift und Siegel, daß Mr. Meunier im Dienst der britischen Krone tätig sei, und bat, ihm jede mögliche Hilfe angedeihen zu lassen.

»Was können Sie mir über die Lage der Königlichen und Katholischen Armee, ihre Absichten und über Ihre eigenen Pläne sagen, Mr. Meunier?« fragte David.

Meunier unterrichtete ihn über den gestrigen Kriegsrat, den Plan, Granville zu erobern, die verzweifelte Lage der Aufständischen und über seine Absicht, wieder an Land zu gehen, nachdem er seine Depeschen ausgefertigt habe, die bitte möglichst schnell nach Jersey oder Portsmouth transportiert werden sollten.

»Mein Sekretär wird Ihnen in jeder gewünschten Weise behilflich sein. Meine Befehle erlauben mir nicht, gegenwärtig Portsmouth anzulaufen. Ich werde versuchen, Jersey zu erreichen und dann vor Granville zu helfen, soweit eine Fregatte das kann.«

Meunier bedankte sich und fragte, ob David ihm gegen Quittung Assignaten zur Verteilung übergeben könne. Als David bejahte, erlebte er mit Staunen, wie ein Mann von seinem ›Buckel‹ erlöst wurde und die Assignaten dort ein Versteck fanden. »Ist das nicht gefährlich, Mr. Meunier, wenn man den falschen Buckel entdeckt?«

»Nicht so sehr, Herr Kapitän, die fahrenden Leute arbeiten fast alle mit solchen Tricks, ohne britische Agenten zu sein. Wenn Sie wüßten, wie viele Fußamputierte ihren hochgebundenen Unterschenkel am Abend wieder benutzen können.« David unterbrach ihn lachend. »Ja, so etwas kennt man von Londoner Bettlern.«

Nach einigen Stunden verließ Meunier wieder die *Shannon* und ließ sich vom Fischerboot zurückbringen. »Möchten Sie in seiner Haut stecken, Sir?« fragte O'Byrne, der über die Identität Meuniers informiert worden war.

»Um Gotteswillen! Dazu wäre ich zu ängstlich«, antwortete David, was ihm einen erstaunten Seitenblick des Signal-Midshipmans einbrachte, der nur gehört hatte, daß der allmächtige Kapitän sich als ängstlich bezeichnete.

Die *Shannon* sichtete kurz darauf die Segel einer Brigg, die das britische Erkennungssignal hißte. »Kanonenbrigg *Scout*, Sir, sechzehn Geschütze, Commander Church, Sir«, meldete der Signal-Midshipman mit unbewegter Miene.

»Das paßt ja ausgezeichnet. Informieren Sie Mr. O'Byrne, wer uns besuchen kommt!« ordnete David an.

Es war ein kurzer, aber herzlicher Besuch. Church nahm die Depeschen und die Duplikate. Er wollte sofort nach Jersey segeln und versuchen, schon unterwegs einem nach London segelnden Schiff die Duplikate mitzugeben. Er war sehr glücklich mit seiner Brigg und fragte nach einem Grafen Puisaye, dem von Jersey aus öfter Meldungen geschickt worden seien. Er gehöre zu den Führern der Chouannerie. David kannte den Namen nicht, und sie verabschiedeten sich, wobei Church Grüße an Britta bestellte.

Seine Worte riefen in David wieder die Sehnsucht wach, die er in den letzten Wochen abgeschirmt hatte. Wann würde er sie wiedersehen? Die *Shannon* hatte noch Vorräte für fast zwei Monate. Dann müßte sie einen Hafen anlaufen, wenn nicht vorher ein Befehl erging oder etwas Unvorhergesehenes geschah. Er wandte sich wieder seinen alltäglichen Pflichten zu. »Lassen Sie bitte Segel setzen, Mr. Neale. Wir nehmen Kurs auf Granville!«

Nicht umsonst enthielten die Befehle für Segelschiffe meist den Zusatz: »Sofern es Wind und Wetter erlauben!« Der *Shannon* erlaubten Wind und Wetter nicht die Ansteuerung von Granville. Sie hatte kaum Kurs aufgenommen, als ein heftiger Sturm aufkam und sie weit in den Kanal hinaustrieb. Zwei Tage kämpften sie mit dem Sturm, mußten eine gebrochene Rah ersetzen und dann mühsam an die Küste zurückkreuzen. »Wenn uns das passiert wäre, als wir mit der Gig im Kanal waren, würde uns der Grog nicht mehr schmecken«, sagte Henry zu Gregor, seinem Freund.

»So etwas darfst du nicht einmal denken«, ermahnte ihn Gregor, »sonst ersaufen wir doch noch eines Tages.«

David lief stundenlang auf dem Achterdeck hin und her und prüfte immer wieder, ob der Wind sich ändere, ob die Segel optimal gebraßt waren, ob der Kurs genau eingehalten wurde. Aber er konnte die Annäherung an Granville auch nicht beschleunigen. Die Aufständischen mußten die Stadt schon vor Tagen erreicht haben. Wenn sie sie erobert hätten und nun keine Hilfe erhielten? Ob aus Jersey Verstärkung gekommen war?

Am Morgen des 19. November näherten sie sich dem Hafen von Granville. Alles war ruhig und unauffällig. Die Aufständischen hätten doch das Lilienbanner gehißt, dachte sich David. Aber keine Flagge war zu sehen. »Hissen Sie die britische Flagge!« befahl er. Keine Reaktion. Granville lag auf einer Halbinsel, wobei die Stadt den nördlichen Teil einnahm, während der Hafen sich nach Süden öffnete. Die *Shannon* hatte sich dem Hafen auf etwa achthundert Meter genähert.

Die Mannschaft stand an den Kanonen. David setzte das Teleskop ab und sagte zu O'Byrne: »Die Sache ist faul. Lassen Sie bitte wenden!« Die Befehle hallten, das Ruder wurde herumgelegt, die Segel neu gebraßt. Und da krachten von der Hafenbefestigung die Kanonen.

»Die wollten uns nur näher heranlocken, Sir«, stellte O'Byrne fest.

»Ja«, sagte David. »Nun haben sie die Geduld verloren. Hätten sie noch länger gewartet, hätte ich erneut gewendet und wäre noch näher herangesegelt. Aber wo sind nun die Aufständischen? In Granville mit Sicherheit nicht.«

Die *Shannon* näherte sich in den nächsten Tagen mehrfach der Küste, aber nie erhielt sie ein Zeichen, daß Aufständische mit ihr Kontakt aufnehmen wollten. Als sie den Hafen von St. Malo beobachtet und auch dort keine Spur der Aufständischen bemerkt hatten, befahl David, Kurs auf Kap Fréhel zu nehmen und dann nach Brest zu segeln.

Aber im letzten Abendlicht meldete der Ausguck vor Kap Fréhel ein Ruderboot, das auf sie zuhielt. David ließ die Segel backbrassen und erwartete seine Annäherung. Mit dem Teleskop konnte er nur zwei Fischer und einige Hummerkörbe erkennen, aber als das Boot längsseits lag, sah er Meunier im Boot liegen. Die Fischer riefen, man solle ihn mit dem Bootsmannsstuhl heraufhieven, und als das geschehen war, ruderten sie eilig zurück.

Meunier wurde in Davids Kajüte getragen, war aber zu schwach, etwas zu sagen. Mr. Cotton untersuchte ihn und informierte David: »Er hat eine Kugel vor dem Hüftknochen zu stecken und viel Blut verloren. Ich muß ihn operieren, Sir.«

»Versuchen Sie, ob er vorher noch etwas berichten kann. Es ist wichtig!«

Cotton flößte Meunier Rum ein und hielt ihm eine Riechflasche vor die Nase. Als Meunier die Augen aufschlug und den Kopf hob, sagte David zu ihm: »Sie sind in Sicherheit, Mr. Meunier. Ist der Angriff auf Granville gescheitert?«

Mit matter Stimme sagte Meunier: »Ja. Die Agenten der Patauds streuten falsche Nachrichten aus, wo die Mauer am leichtesten zu überwinden sei.« Er rang nach Kräften und fuhr fort: »Sie hetzten die Armee auf und sagten, die Führer wollten sich auf englische Schiffe retten und sie im Stich lassen. La Rochejaquelein konnte mit Not eine Meuterei abwenden. Die Armee zieht in Unordnung über Laval zurück zur Loire. Versuchen Sie, dort beim Übergang zu helfen, und warnen Sie Lord Moira in Portsmouth!«

Der Schiffsarzt mischte sich ein. »Sir! Er ist ohnmächtig. Ich muß ihn jetzt wegschaffen und operieren.«

»Ja, ist gut«, beschwichtigte ihn David und sah sinnend aus dem Heckfenster. Lord Moira war zu informieren, und er sollte an der Loire helfen. Wie war das zu vereinbaren? »Lassen Sie bitte Mr. O'Byrne rufen!« befahl er seinem Sekretär.

Er erklärte O'Byrne die Situation und sagte: »Wir segeln erst nach Guernsey und geben dort eine Meldung ab. Dann segeln wir weiter nach Portsmouth oder bis wir ein Schiff treffen, dem wir die Nachricht an Lord Moira übergeben können. Bitte veranlassen Sie das!«

Meunier war operiert und bei Bewußtsein, als sie Guernsey erreichten, um die Nachricht zu überbringen. Sie hätten Meunier an Land bringen können, aber er wollte lieber zu Lord Moira.

Am übernächsten Tag meldete der Ausguck viele Segel voraus. Auf der *Shannon* wurde ›Klarschiff‹ befohlen und das Erkennungssignal gesetzt. Britische Schiffe näherten sich, Kriegsschiffe und eine kleine Transportflotte. David begab sich mit seinen Meldungen auf das Flaggschiff des Kommodore und wurde dort Lord Moira, dem Befehlshaber der Expedition, vorgestellt.

Lord Moira, ein junger, schlanker Aristokrat, war erschüttert, als er hörte, daß der Angriff auf Granville gescheitert sei. »Ich habe erst am 26. November über London erfahren, daß der Angriff geplant ist, und bin vier Tage später ausgelaufen. Sind Sie sicher, Mr. Winter, daß der Angriff schon ausgeführt wurde?« fragte er.

»Absolut, Mylord. Wir haben nicht nur in Granville und einige Tage später auch in St. Malo erkundet, wir haben auch den Agenten Meunier, einen Augenzeugen, verwundet an Bord.«

»Ich habe von ihm gehört. Ist er transportfähig? Ich muß mit ihm reden.«

Meunier wurde gebracht, und die Befragung ergab, daß Bertin erst am 22. November die Nachricht nach Jersey gebracht habe, die dann sofort weitergeleitet worden sei. »Wie sind solche Verzögerungen möglich? Da ist doch Verrat im Spiel!« wütete Lord Moira.

»Möglich«, sagte Meunier leise. »In diesem Bürgerkrieg hat jede Seite viele Agenten. Aber auch Zufälle können eine Weiterleitung von Nachrichten verhindern. Ich beschwöre Sie, Mylord, segeln Sie nach Noirmoutier und retten Sie die Reste der Königlichen Armee.«

Lord Moiras Gesicht wurde abweisend. »Meine Befehle verbieten mir eine solche Änderung des Bestimmungsortes. Ich werde weiter an die Küste segeln und erkunden, ob die Königliche Armee nicht vielleicht doch wieder ihren Plan geändert und an die Küste zurückgekehrt ist. Kapitän Winter werde ich kraft meiner Vollmachten beauftragen, die Küste von Quiberon bis Noirmoutier zu überwachen und notfalls alle mögliche Hilfe zu leisten.«

David war enttäuscht über den Mangel an Flexibilität. Seine Stimmung wurde etwas gehoben, als der Kommodore ihm sagte: »Ich habe Ihren Leutnant Rossano, der auf einem der Transporter mitsegelte, mit seinen Leuten auf die *Shannon* bringen lassen. Sie können sicher jeden Mann gebrauchen, Kapitän Winter.«

Die Stimmung auf der *Shannon* war gedrückt. Die Freude über die Nachricht, daß Rossano die Prise sicher in den Hafen gebracht hatte, war längst angesichts der Gerüchte verflogen, daß es schlecht um die Sache der Aufständischen stehe und der nahe geglaubte Friede in weite Ferne gerückt sci.

Die französische Flotte in Brest hatte anscheinend wieder an Schlagkraft gewonnen. Mehrmals mußte die *Shannon* vor Linienschiffen oder Fregattenverbänden fliehen. Prisen waren nicht gesichtet worden, und Kontakt zu der Armee der Vendée war auch nicht zustandegekommen. Auf Noirmoutier war nur noch eine begrenzte Besatzung der Aufständischen. Ihr Kommandant beschwor David, in die Loire einzulaufen und Boote zum Übersetzen zu requirieren, denn die flüchtenden Aufständischen würden sich zum Teil sicher zu Charette ins Retz retten wollen.

David studierte mit seinen Offizieren wieder einmal die Karte. An St. Nazaire mit seinen Geschützen würden sie ungefährdet vorbeigelangen. Dafür war die Mündung an der Loire breit genug. »Aber ich denke nicht daran, mich mit der *Shannon* in der Mündung einschließen zu lassen, wenn ein französischer Verband auftaucht. Wir müssen freien Seeraum haben. In die Loire hinein können wir nur die Launch und die Kutter senden und auch das nur begrenzt, denn die Republikaner sollen Kanonenboote auf der Loire haben«, entschied David.

Die *Shannon* lag am südlichen Ufer der Loire und hatte einen Kutter unter Midshipman Penrose zur Erkundung einige Kilometer flußaufwärts geschickt. Als der Kutter nach zwei Stunden zurückkam, hatte er einige Flachboote, wie sie zum Lastentransport auf dem Fluß benutzt wurden, im Tau. Aufständische hatten sie nicht gesichtet, aber Bauern am nördlichen Ufer hatten berichtet, daß sich Teile der Königlichen Armee bei Saveney sammelten.

David schickte erneut einen Kutter aus, diesmal unter Leutnant Neale und Midshipman Austin. Er hatte Landungstrupps an Bord, die am nördlichen Ufer nach Informationen über die Aufständischen forschen sollten. Die Mannschaften trugen warme Jacken, denn die Temperatur lag nur wenige Grade über Null, und es wehte ein frischer Wind. Dieser Kutter hatte Kontakt zu Aufständischen gewonnen und meldete, daß ein Trupp von etwa hundert Frauen, Kindern und Verwundeten von Savenay aufgebrochen sei, um das Ufer der Loire zu erreichen und eine Möglichkeit zum Übersetzen zu finden.

»Wir haben ihnen gesagt, daß sie den Trupp dort an eine kleine Landzunge führen sollten, Sir. Es war keine Zeit zu verlieren, und die Landzunge können wir am besten kontrollieren.«

»Sie haben richtig gehandelt, Mr. Neale«, bestätigte David. »Wir werden alle unsere Boote und die Flachboote an die Stelle bringen. Sorgen Sie dafür, daß zwei Kutter mit Drehbassen und Seesoldaten besetzt sind, um die anderen Boote zu sichern. Wir verabreden jetzt noch die

Signale, falls Sie Hilfe brauchen. Die *Shannon* wird so im Fluß ankern, daß sie im Notfall eingreifen kann.«

Die Boote retteten in drei Fahrten diesen Trupp über die Loire, wo Männer von Charette sie weitergeleiten konnten. Ein leichtverwundeter Pfarrhauptmann war an Bord der *Shannon* gebracht worden, um Bericht über das Schicksal der Königlichen Armee zu erstatten.

Der Pfarrhauptmann war ein kleines, dürres Männlein, völlig abgezehrt und erschöpft. Früher war er Küster und der einzige in seinem Pfarrort, der die Aufrufe lesen konnte. So wurde er Hauptmann. Seine Leute waren getötet, in den Wäldern verstreut oder jetzt über die Loire gegangen.

»Die Armee ist bei Le Mans schwer geschlagen worden. Die Blauen töten alle, Herr Kapitän, Männer, Frauen und Kinder. Retten Sie, wen Sie können, bitte! Wir haben einen Boten geschickt. Es werden noch mehr hierher fliehen. Die Armee hat nur noch knapp sechstausend Mann und kaum Munition. Sie verschanzen sich in Savenay, um dort zu sterben, aber die Verwundeten, die Frauen und Kinder, Herr Kapitän! Das ist ein schreckliches Weihnachten für die Katholische und Königliche Armee!«

David überlegte fieberhaft, wie sie einerseits möglichst viele retten und andererseits vermeiden könnten, daß die *Shannon* im Fluß von französischen Schiffen eingeschlossen würde. Es fiel ihm schwer, sich zu konzentrieren. Heute war der 22. Dezember 1793, und er hatte so gehofft, an diesem Tage schon wieder bei Britta sein zu können. Vielleicht war es doch nicht gut, wenn ein Flottenkapitän verheiratet war? Aber dann riß er sich zusammen.

Sie setzten im Morgengrauen einen Landungstrupp aus, zu dem auch Midshipman Austin und Jean, Davids Steward, gehörten, damit sie schon an Land die Flüchtenden in ihrer Sprache einweisen konnten. Kutter und Boote warteten unter Rossanos Kommando am Ufer. Die *Shannon* lag gefechtsbereit in der Flußmündung.

Die Sonne war kaum aufgegangen, da hörten sie Kanonendonner. David setzte die Sprechtrompete ans Ohr. Das kam aus Nordosten. Dort lag Savenay.

»Deck!« meldete der Ausguck. »Flüchtlinge nähern sich den Booten.«

David spähte durch das Teleskop. Tatsächlich. Das erste Boot legte schon ab. Sie hatten fast nur Frauen und Kinder an Bord.

»Wir müssen noch Ablösungen für die Ruderer organisieren, Mr. O'Byrne«, sagte David. »Mindestens eine Strecke müssen sie heute rudern, und das sind etwa vier Kilometer.«

Der Kanonendonner ließ nach, schwoll wieder an, und einige wollten sogar das Knattern von Musketen hören. Am Ufer war wohl eine Pause eingetreten. Hassan und Gregor meldeten sich zur Ablösung an Bord zurück. Austin und Jean waren am Ufer geblieben, um weitere Flüchtlinge einzuweisen. Und dann sahen sie die nächste Welle. Diesmal waren auch viele Verwundete dabei. Die Kutter ruderten an der *Shannon* vorbei. Nur die Gig blieb immer am nördlichen Ufer, um den eigenen Landungstrupp bei Gefahr aufzunehmen. Flußabwärts näherte sich ein Kanonenboot. Es war eines dieser größeren Boote, die zwei Buggeschütze hatten.

Die *Shannon* wurde mit dem Springseil herumgeholt, damit ihre Breitseite zum Tragen kam. »Eröffnen Sie das Feuer nach Zielauffassung, Mr. Neale. Wir wollen sie gar nicht erst weiter heranlassen!«

Die *Shannon* feuerte zwei Salven, und das Kanonenboot zog sich zurück. »Deck!« meldete der Ausguck. »Reiterpatrouille am nördlichen Ufer!«

David lief an die Reling und sah durchs Teleskop hinüber. Ein kleiner Reitertrupp war bis in die Nähe der Bootslandestelle vorgestoßen, wurde aber durch das Musketenfeuer von Marineinfanteristen vertrieben. Sie würden Verstärkung holen.

David nahm das Sprachrohr und rief einen vorüberrudernden Kutter an. »Ein Kutter mit Marineinfanterie und Drehbassen bleibt jetzt immer an der Landestelle. Der Landungstrupp soll sich in die Nähe des Ufers begeben, Mr. Penrose!«

Der Midshipman bestätigte und winkte. Die Boote waren ununterbrochen hin- und hergefahren und hatten sicher mehr als zweihundert Flüchtlinge transportiert. Wieder ruderte ein Flachboot vorbei. Die Kinder winkten. Alle anderen waren zu apathisch. Dann hörten sie vom Ufer Schüsse.

»Deck!« schrie der Ausguck. »Dragoner greifen die Landestelle an.«

Die Drehbassen bellten, aber die Dragoner hatten anscheinend auch ein kleines Geschütz am Ufer in Stellung gebracht und schossen zurück. David sah, wie die Gig von Ufer abstieß. Gott sei Dank, Austin und Jean waren an Bord. Dann traf eine Kanonenkugel die Gig. Sie schlug um. Die Seeleute stürzten ins Wasser. Einige schwammen hinaus zum Kutter. Andere, die wohl nicht schwimmen konnten, hoben die Hände und wateten zum Ufer zurück. Und dann sah David mit Entsetzen, daß die Dragoner ins Wasser ritten und mit ihren Säbeln die Schiffbrüchigen niedermetzelten. Jean hatte die Arme über den Kopf gehoben. Sie schlugen sie ihm ab und stachen ihm in die Brust. Ein Pferd wurde über ihn hinweggetrieben. Dann war er nicht mehr zu sehen.

»Steuerbordbatterie! Feuert auf den Landungsplatz! Schießt sie zusammen, diese Mörder!« brüllte David. Die Salve krachte hinaus. Vielleicht hatte sie noch den einen oder anderen Dragoner getroffen, aber die anderen verschwanden hinter einem Erdwall und schwenkten höhnisch ihre Waffen.

Der Kutter brachte die Geretteten zur *Shannon*. Außer Jean und Mr. Austin waren zwei Mann an Land getötet worden. David war blaß und kalt vor Zorn. »Mr. Penrose, bitte suchen Sie stromabwärts, ob sie Leichen bergen können. Beobachten Sie auch, ob die Dragoner am Landeplatz bleiben. Die *Shannon* segelt zwei Kilometer in Richtung offene See!«

Der Kutter brachte die vier Leichen ihrer Männer. Bleich und verstört berichtete der Bootmannsmaat: »Sir, im Wasser trieben noch etwa fünfzig Leichen, Männer, Frauen und

Kinder. Ihre Hände waren gefesselt und alle durch einen Strick am Hals verbunden. Die Blauen müssen sie regelrecht ersäuft haben, Sir. Wir konnten sie nicht bergen.«

Die Dragoner kampierten jetzt auf der Landzunge, wahrscheinlich, um weitere Flüchtlinge abzufangen. David sah die Leichen an Deck liegen. Austin, den jungen, hoffnungsvollen Midshipman, Jean, seinen treuen Burschen, und die beiden anderen. »Der Segelmacher soll sie einnähen!« sagte er. »Wir werden sie morgen der See übergeben. Die Herren Offiziere bitte ich in meine Kajüte.«

Dort gab er bekannt, daß er die Dragonerschar mit vierzig Mann überfallen werde. Mr. O'Byrne wurde gebeten, die Leute auszusuchen und alle Messerwerfer zu berücksichtigen. Fünf Blunderbüchsen waren mitzunehmen und zehn gute Musketenschützen. »Ich selbst werde den Trupp führen!«

O'Byrne war erstaunt. »Mit Verlaub, Sir. Das ist Aufgabe des Ersten Leutnants, Sir.«

»Diesmal nicht, Mr. O'Byrne. Ich habe meine Gründe. Wenn wir in einer Stunde nicht wieder an Bord sind, segeln Sie ohne Rücksicht ab nach Portsmouth. Jetzt treffen Sie bitte die Vorbereitungen!« David wandte sich ab. Er wollte nicht mehr reden. Nur noch Rache nehmen!

Die Nacht hatte sich über die Mündung der Loire gelegt. Die *Shannon* lag komplett abgedunkelt am nördlichen Ufer. Launch und Kutter legten ab und strebten zum Landungsplatz. Die steigende Flut half ihnen stromaufwärts. Es war keine ruhige Nacht. Am Ufer hörten sie von Zeit zu Zeit Schüsse. Voraus, dort wo die kleine Landzunge lag, leuchteten Feuer. Die Mörder sind noch da, dachte David, und der Gedanke stimmte ihn fast fröhlich.

Die Launch lief vorsichtig an der Breitseite der Landzunge ans Ufer. Hassan und einige Leute huschten voraus. Sie würden Posten ausschalten. Dann landete der Kutter, und David machte sich mit dem Haupttrupp leise auf den Weg. Sie wollten die Dragoner vom Land abschneiden.

Die Feuer leuchteten hell, und Geschrei und Gejohle tönte zu den Männern der *Shannon* hinüber. Die Dragoner hatten noch mehrere Flüchtlinge gefangen und weideten sich an ihren Qualen. Einer jungen Frau hatten sie alle Kleider vom Leibe gerissen und trieben sie mit Stockschlägen zwischen den Feuern hin und her. Hassan huschte zu David. »Zwei Posten sind erledigt, Tuan.«

»Gut!« flüsterte David. »Wir gehen jetzt in Linie langsam voran, wie besprochen. Wenn ich pfeife, dann schießen und hauen wir sie zusammen.«

Sie gingen vorsichtig auf die Feuer zu. Es waren etwa fünfzig Dragoner. Ihre Pferde waren seitwärts angebunden. Zehn Gefangene lagen bei den Dragonern. Einer hatte sich die nackte Frau gegriffen und wälzte sich auf sie. Ihre schrillen Schreie stachen in ihre Ohren. Dann hob David seine Pistole und blickte nach rechts und links, wo die anderen auch ihre Waffen hoben. Er pfiff, und die Schüsse krachten.

Die meisten Dragoner stürzten getroffen nieder oder sanken um, sofern sie gesessen hatten. Aber ein gutes Dutzend sprang auf und griff nach den Waffen. Die Shannons rannten auf sie zu. David schoß den zweiten Lauf seiner Pistole ab und riß den Entersäbel heraus. Dann schlug er auf alles ein, was sich ihm in den Weg stellte, stach und stampfte Körper zu Boden. Auf einmal hörte er sich selbst schreien: »Tötet sie! Kein Pardon!«

Er sah, wie ein Aufständischer losgeschnitten wurde und sich auf einen verwundeten Dragoner stürzte und ihn in die Kehle biß. Mein Gott, fuhr es David durch den Kopf. Wir sind ja Tiere! Wir sind ja wie sie. Er ließ den Säbel sinken und rief laut: »Aufhören! Schluß mit dem Töten! Bindet die, die noch leben. Aufhören!« Und er rannte zu einem hin, der wie im Rausch immer weiter um sich schlug und stach, und drückte ihm den Säbel nieder und brüllte ihn an.

Gregor hatte zwei Überlebende betäubt und fesselte sie. Hassan wehrte einen Aufständischen ab, der sich auf Verwundete stürzen wollte. David rief der Frau zu, sie solle sich Decken umhängen und zum Boot gehen. Dann befahl er den überlebenden Aufständischen, ihre Verwundeten und Gefolterten zum Boot zu tragen. Seine eigene Truppe sammelte sich, lud die Waffen neu, schnitt die Pferde los und jagte sie davon. Dann zogen sie sich vorsichtig auf die Boote zurück und ruderten zur *Shannon*.

Die *Shannon* lag mit backgebraßten Segeln außerhalb der Bay von Bourgneuf. Das Land war außer Sicht. Der Wind ließ die Mannschaften, die divisionsweise an Deck standen, schauern, obwohl sie ihre warmen blauen Jacken trugen. Vier Bündel lagen in Leinwand eingenäht an Deck, eine Kanonenkugel an jedem Fußende. Ein Brett lag an der Reling, eine Kriegsflagge deckte eines der Leinenbündel.

Sie hatten am Vormittag die geretteten Aufständischen an Land gebracht und dann Kurs auf die offene See genommen. David hatte kaum gesprochen und nur die Offiziere informiert, daß sie Portsmouth ansteuern würden. Jetzt stand er an der Brüstung des Achterdecks, hielt die Bibel in der Hand und starrte auf die dunkelgraue See. Die Mannschaften blickten fragend zu ihm hin. O'Byrne räusperte sich.

David ließ die Bibel geschlossen. Fast leise begann er: »Männer der *Shannon*! Dies ist der Vorabend der Heiligen Nacht, die das Fest des Friedens einleitet. Aber dieses Land, das wir hinter uns lassen, kennt keinen Frieden. Der Bruder mordet den Bruder, Söhne töten Väter und Mütter. Häuser brennen, und all die Tränen werden sie nicht trocknen. Wenn ihr noch beten könnt, dann betet, daß unser Land nie in einem solchen Blutrausch versinken möge. Und betet für den ewigen Frieden derer, deren Körper wir der See übergeben.«

Er gab Leutnant Scott ein Zeichen. Die Seesoldaten präsentierten, der Trommler schlug den Trauermarsch. »Vater im Himmel. Wir übergeben dir unseren Bruder Jean Austin, Midshipman in Seiner Majestät Flotte. Nimm ihn auf in Dein Ewiges Reich!« Das Leinenbündel glitt unter der

Flagge durch und platschte in die See. Unter den Midshipmen war unterdrücktes Schluchzen zu hören.

David übergab mit den gleichen Worten John Warren, Vollmatrose, Hendrik Bloom, Vollmatrose, und Jean Solan, Leichtmatrose, der See. Dann sagte er: »Faltet die Hände und sprecht für sie das Gebet, das euch am meisten bedeutet. Gott sei uns allen gnädig!«

Die Mannschaften gingen schweigend unter Deck. Hassan flüsterte zu Gregor: »So hat es ihn lange nicht mitgenommen.«

»Ja«, antwortete dieser. »Er leidet, weil er nur noch Tod und Rache wollte, weil er einen Augenblick lang dachte wie diese Blutsäufer dort an dieser verdammten Halbinsel. Ich sehne mich nach der See, und will diese Küste des Todes nicht mehr sehen.«

Der halbe Sieg

(Februar bis Juni 1794)

»Ich habe es erst zweimal erlebt, daß David vom Krieg auf See heimkehrte«, berichtete Britta ihrer Mutter, »aber beide Male war er völlig erschöpft. Nach der Flucht in dieser Nußschale über den Kanal war es körperliche Erschöpfung, und jeder hat es verstanden. Diesmal aber war er seelisch wie abgestorben. Du kannst es dir kaum vorstellen. Wenn er sich unbeobachtet glaubte, saß er da und starrte aus dem Fenster und nahm doch nichts wahr. Er unternahm lange Spaziergänge mit mir, wir haben ja glücklicherweise ein mildes Klima auf Wight, und wenn ich müde war, lief er allein weiter. Ich habe den Verwalter und seine alten Schiffsgefährten, die jetzt auf dem Gut arbeiten, zu seiner Begleitung geschickt, und allmählich löste sich die Erstarrung, und er interessierte sich für die Feldwirtschaft, für die Tiere, besonders für die Merinoschafe, die sich unter Elias' Pflege so gut entwickeln.«

»War er uninteressiert an dir, liebe Britta? Hast du ihn wegen deiner Schwangerschaft zurückgewiesen? Verzeih, daß ich so direkt frage, mein Kind.«

»Aber nein, Mama. Im fünften Monat besteht dazu kein Grund. Wenn David an das Kind denkt, dann ist er ein anderer Mensch. Auch zu mir war er immer lieb und zärtlich. Aber sobald er allein war, versank er in diese Erstarrung. Es ist jetzt fast überwunden, seit ich weiß, daß ihn die Grausamkeit des Bürgerkriegs in Frankreich und seine durch die Apathie der britischen Regierung erzwungene Hilflosigkeit so sehr belasteten, und seit ich mit ihm darüber sprechen kann. Es ist, so erklärte er es mir einmal, als ob Straßenräuber Familien vor deinen Augen abschlachten, und du bist an einer Mauer festgekettet und mußt hilflos zusehen.«

»Es ist schlimm genug, wenn wir davon in den Zeitungen lesen«, bestätigte Brittas Mutter, »aber wenn ein so aktiver Mensch wie David das unmittelbar miterleben muß, dann ist das ein furchtbarer Schock. Aber es wird vorübergehen. Die menschliche Natur ist so robust, nach allem, was wir wissen, und David hat schon manches überwunden. Er ist ja ein beliebtes Objekt für die Zeitungen geworden. Seine Flucht über den Kanal und seine Düpierung der französischen Linienschiffe in dem Nachtgefecht waren tagelang Thema vor allem im London Chronicle.«

Britta lächelte, und man sah ihr an, daß sie stolz auf ihren Mann war. »Aber der Erste Lord der Admiralität, der Premier und Mr. Dundas sind ihm nicht so gewogen. Er hat in seinen Berichten die Kritik an den versäumten Chancen zur Unterstützung der Vendée nicht verschwiegen. Mal sehen, was er heute zu hören kriegt, wenn er den Herzog von Chandos in der Admiralität aufsucht.«

»Natürlich beurteile ich die Versäumnisse und die Unentschlossenheit unserer Regierung so negativ wie Sie, David. Aber ich habe gelernt, daß ich mehr Erfolg habe, wenn ich meine Kritik den Leuten nicht so ins Gesicht schleudere. Pitts älterer Bruder John, Earl of Chatham, unser Erster Lord der Admiralität, ist ein fauler Nichtsnutz, und das wissen alle. Ein Glück für Sie, mein Lieber, daß er die meisten Briefe und Depeschen nicht einmal öffnet. Ihre Stellungnahme nach dem gescheiterten Angriff auf Granville war so deutlich, daß es Sie Ihr Kommando hätte kosten können. So hat sie sein Schreiber mir zum Öffnen gegeben, und ich habe sie Middleton und andere lesen lassen, die den Verstand dafür haben. Aber auch sonst war der Tenor Ihrer Berichte so, daß sich bei Mr. Dundas die Haare sträuben, wenn er nur Ihren Namen hört.« Martin, Herzog von Chandos, hielt inne und blickte David forschend an.

Der schien nicht zerknirscht. »Es ist doch eher eine Ehre, wenn dieser skrupellose Machtmensch so über mich denkt«, sagte er mit leichtem Lächeln.

Der Herzog von Chandos schüttelte den Kopf. »David, auch Ihre Gegner geben zu, daß Sie ein einfallsreicher und tüchtiger Kommandant sind. Aber das entbindet Sie nicht davon, die politischen Realitäten zur Kenntnis zu nehmen. Es ist nicht nur Einseitigkeit und mangelnde Weitsicht, die das Dreigestirn Pitt, Grenville und Dundas vom Engagement in Frankreich abhält, es ist auch der unbestreitbare Mangel an Truppen. England hatte nie eine große Armee. Als Frankreich uns den Krieg erklärte, hatten wir etwa fünftausend Soldaten im Land unter Waffen. Die sollen unser Land verteidigen, sie sollen die französischen Inseln in der Karibik besetzen, worauf die Zuckerbarone drängen, deren Einfluß Sie ja etwas kennen, David. Sie sollen außerdem in Flandern an der Seite unserer Alliierten kämpfen, sie mußten bereits in Toulon das Rückgrat der Besatzung bilden, und sie sollten nach Ihrem Wunsch in der Vendée eingreifen. Als man glaubte, die Aufständischen könnten einen Hafen gewinnen, hat man von dem für Westindien bestimmten Korps einige Bataillone abgezweigt und sie Lord Moira für sein Frankreichkorps gegeben. Wir zerren die Truppendecke dauernd hin und her, aber sie bleibt zu kurz.«

David beugte sich vor. »Das will ich nicht bestreiten. Aber man muß von der Führung erwarten, daß sie die

Kräfte nicht verzettelt, sondern konzentriert. Und der Aufstand in der Vendée hätte viel an Kraft gewonnen, hätten wir rechtzeitig Waffen und Berater geschickt. Erst als die Große Armee über die Loire geflüchtet war, erreichten sie die Briefe mit den Hilfszusagen von Pitt und dem König. Wir haben doch kanadische Offiziere mit Rangererfahrung. Fünfzig ausgesuchte Berater, Waffen und Finanzen hätten die Vendée wahrscheinlich unbesiegbar gemacht. Unsere Regierung handelte zu spät und zu schwächlich. Toulon haben wir doch auch nicht halten können, und sogar ein großer Teil der französischen Flotte fiel wieder in die Hand der Revolution.«

Martin seufzte. »Ja, Toulon war eine schwere Niederlage. Das Hinterland hat sich nicht mit uns verbündet, und die Differenzen zwischen Spaniern, Neapolitanern und uns im Kommando haben das Desaster beschleunigt. Und Sie kennen vielleicht noch gar nicht die andere Hiobsbotschaft. Anfang Januar haben die Republikaner Noirmoutier zurückerobert. Elbée wurde auf einem Stuhl sitzend erschossen. Rachekolonnen der Blauen brennen und morden allenthalben in der Vendée.«

David seufzte und bedeckte die Hand mit den Augen. »Und ich wette, kein britisches Kriegsschiff stand zur Verfügung, um die Verteidiger zu unterstützen. Wir schicken ihnen Worte und lassen sie im Stich, wenn sie uns brauchen. Sie werden uns hassen, wenn sie erfahren, wie heuchlerisch unsere Versprechungen waren.«

»Wir unternehmen jetzt einen neuen Versuch an anderer Stelle, und wir glauben, daß wir den richtigen Mann dafür haben, einen Flottenkapitän, den Prinzen von Bouillon.«

David war erstaunt. »Ein französischer Prinz als britischer Flottenoffizier?«

Martin lächelte. »Eine romantische Geschichte. Philippe d'Auvergne stammt von einem lange auf Jersey ansässigen Geschlecht. Er trat anno siebzig in die Flotte ein, wurde anno neunundsiebzig von den Franzosen gefangen, erregte die Aufmerksamkeit des kinderlosen

Prinzen von Bouillon, dessen Familienname ›de la Tour d'Auvergne‹ lautet. Eine entfernte Verwandtschaft wurde konstatiert, der Brite gewann das Herz des alten Prinzen, wurde adoptiert und könnte jetzt sein Herzogtum, das in der Nähe von Luxemburg liegt, genießen, wenn nicht die Revolution alles besetzt und beschlagnahmt hätte.«

»Wahrlich eine romantische Geschichte«, bestätigte David. »Aber ein glückliches Ende ist nicht in Sicht.«

»Nein«, bestätigte Martin. »Aber Kapitän d'Auvergne kennt sich auf den Kanalinseln und in den französischen Angelegenheiten gut aus. Seitdem der Wohlfahrtsausschuß in Paris kürzlich die Eroberung der Kanalinseln befohlen hat, liegen uns die Inselbehörden im Ohr, die Flottenpräsenz zu verstärken. Es wird noch Monate dauern, aber wir werden mit d'Auvergne die Möglichkeiten einer zweckmäßigen Verstärkung ebenso prüfen wie die Unterstützung der Chouannerie über die Kanalinseln. Und da kommen Sie ins Spiel, David. D'Auvergne möchte Sie kennenlernen. Kann man einen jungen Ehemann zum Essen in meinen Klub einladen, denn unsere Gespräche sind nicht für bezaubernde Frauenohren bestimmt?«

»Britta wird mich sicher einen Abend entbehren. Dann kann sie mit ihrer Mutter über die Babyausstattung reden, und das ist weniger für meine Ohren.«

»Was, ein Baby wird erwartet! Welche Freude für die Baronesse und für Sie, lieber David. Alles Gute! Und sagen Sie Ihrer Gattin meine besten Wünsche und Grüße. Ich werde mich mit Theaterkarten für dieses Dienstgespräch entschuldigen.«

D'Auvergne erwies sich als gewinnender Gesprächspartner, der jede Anredeformel wie ›Hoheit‹ unter Kameraden zurückwies, aufmerksam zuhören und auf die Gedanken seiner Partner eingehen konnte. Er hatte ein rundliches, gutmütiges Gesicht und wurde lebhaft, als sich ergab, daß er mit David im amerikanischen Krieg zur selben Zeit in Boston und New York war.

»Wir müssen uns gesehen haben, lieber Mr. Winter. Wenn ich als diensttuender Leutnant damals Truppen mit meinen Booten transportierte, bin ich oft an der *Shannon* vorbeigesteuert und habe zu den Offizieren und Midshipmen an Deck gewinkt. Nun, da wir uns vorgestellt sind, werden wir Begegnungen besser registrieren, und ich hoffe sehr, daß ich die *Shannon* bei den Kanalinseln sehen kann.«

David war über die letzte Andeutung nicht so glücklich. Wenn d'Auvergne von den Kanalinseln aus die Unterstützung des Aufstandes betreiben sollte, dann sah er für diese Bemühungen ein ähnliches Ende voraus wie für die Vendée. Die britischen Truppen würden sich ja nicht so vermehren, und die Bereitschaft Pitts, sie in Frankreich einzusetzen, würde nicht größer werden. Und so wehrte David vorsichtig ab und betonte, daß er in der Admiralität den Wunsch geäußert habe, mehr auf offener See als an der Küste eingesetzt zu werden.

D'Auvergne lächelte. »Ich habe schon gehört, daß Sie sich sehr kritisch über unsere Politik gegenüber der Vendée geäußert haben. Ich möchte gern aus Ihren Erfahrungen lernen. Bitte, sagen Sie mir, was Ihrer Ansicht nach falsch gemacht wurde.«

David blickte erst kurz zu Martin, aber der nickte ihm zu, und dann gab er d'Auvergne einen Überblick über das Verbot rechtzeitiger Waffen- und Materialunterstützung, die fehlenden Kontaktaufnahmen, die unverbindlichen und nicht eingehaltenen Unterstützungserklärungen, den Verzicht auf Entsendung von Offizieren und Beratern und die fehlende Führung durch bourbonische Prinzen.

D'Auvergne erläuterte, wie er durch ein enges Agentennetz die Abstimmungen verbessern, durch Lieferung von Waffen und Material sowie Geld die Chouans stärken und sie durch Emigrantenoffiziere schulen lassen wolle. Es war eine lebhafte, interessante Unterhaltung, bei der auch Anekdoten eingestreut wurden. Schließlich erinnerte sich David an seine junge Frau, die auf ihn wartete, und drängte auf ein Ende des Gesprächs. Und kurz vor dem

Abschied ergab sich durch Zufall, daß d'Auvergne und David auch navigatorische und mathematische Interessen gemeinsam hatten. »Wir müssen uns unbedingt wiedersehen, lieber Mr. Winter, und Sie müssen Ihr kritisches Auge auf meine Berechnungen werfen. Ich bin sicher, auch dort wird mir Ihr Rat sehr wertvoll sein«, fügte der Prinz in seiner charmanten Art hinzu.

Als David in der dänischen Gesandtschaft Britta noch im Gespräch mit ihren Eltern antraf, berichtete er sehr angeregt von dem Prinzen mit der romantischen Geschichte, und Britta wartete mit der Neuigkeit auf, daß ein Bote des Herzogs von Chandos zwei Theaterkarten mit einigen Zeilen der Entschuldigung überbracht habe. »Und hier ist noch ein Billett von Lady Bentrow, wahrscheinlich die Antwort auf deine Anfrage, wann ihr unser Besuch willkommen sei.«

Susan, Lady Bentrow, schlug morgen vormittag vor, und die Theaterkarten waren für den morgigen Abend. »Verplant nur nicht jeden Tag, denn in drei Tagen müßt ihr ja schon wieder zurück nach Portsmouth«, mahnte die Mutter.

»Wir müssen dankbar sein, daß wir überhaupt kommen konnten, liebe Mama«, warf Britta ein. »Wenn bei Davids Schiff nicht ein Schaden an irgendwelchen Knien und Planken festgestellt worden wäre, müßte er schon wieder auf See sein.«

Als David mit Britta im Bett lag, fühlte er wieder mit seiner Hand nach den Bewegungen ihres Kindes in ihrem Leib. Britta hatte ihm erzählt, was für ein wundersames Glücksgefühl die Regungen des wachsenden Lebens für die Mutter seien, und David konnte etwas von dem Zauber nachempfinden, wenn er abends bei ihr lag und zum ersten Mal fühlte, wie sein Kind sein Lebensrecht anmeldete.

Ihre Liebe war erfüllter geworden, reifer, bewußter. Sie ertappten sich, wie sie oft das gleiche dachten, bevor es einer aussprach. Auch jetzt, als Britta die Sprache auf den Besuch bei Susan brachte, hatte David gerade daran gedacht, ob er seinen Sohn sehen und was das für Britta bedeuten würde.

Er war als einer der in der Gesellschaft üblichen Höflichkeitsbesuche geplant und sollte doch eine tiefere Bedeutung erhalten. Susan empfing sie sehr freundlich und aufmerksam. Sie sah gut und gepflegt aus mit ihren zweiunddreißig Jahren und kokettierte ein wenig mit ihrem Alter gegenüber der so viel jüngeren Britta.

John, der in drei Monaten dreizehn Jahre alt werden würde, kam herein, ganz junger Gentleman. Er küßte Britta die Hand, begrüßte den ›Onkel‹ David mit herzlicher Freude. Während er über seine Hauslehrer und über seine Leidenschaften, Segeln und Reiten, plauderte, beobachtete Susan Britta, wie diese sehr wohl bemerkte.

»Onkel David!« sagte John schließlich voller Freude, »Mama hat jetzt nichts mehr dagegen, daß ich Midshipman werde. Hast du eine Stelle frei?«

Susan griff ein. »Darüber muß ich mit David noch sprechen, lieber John. Vielleicht zeigst du der Baronesse inzwischen die Sammlung der Marinemalereien, die dir so gefällt.«

Das war eine Wendung, die David nicht recht war. »Susan, Britta ist über alles orientiert. Mir ist lieber, sie ist bei wichtigen Gesprächen anwesend. Sie muß so oft während meiner Abwesenheit die gesamte Verantwortung für mich mit tragen und Entscheidungen treffen.«

»Wie du meinst, David«, sagte Susan mit etwas erzwungener Gelassenheit. »John, dann laß uns doch bitte einen Moment allein.«

Als John gegangen war, begann Susan: »Baronesse, mein Vorschlag richtete sich nicht gegen Sie. Aber ich wußte nicht, wie sehr Sie David eingeweiht hatte, und habe kein Recht, ihm vorzugreifen. Wenn Sie hören, was ich zu sagen habe, können Sie als Frau meine Position vielleicht stützen.«

David war beunruhigt. »Hast du Sorgen, Susan?«

»Ja«, antwortete sie einfach. »Die Fehler meiner Vergangenheit holen mich ein. Ich bin in dieser Ehe verblieben, um John die Vorteile des Adelsgeschlechtes zukommen zu lassen. Ich hatte dir schon gesagt, David, und Sie wissen es vielleicht auch, Baronesse, daß mein Mann ein sehr gebildeter, charmanter und angenehmer Gatte ist, der eben nur diese schreckliche Neigung der Homosexualität hat. Er hat es immer sehr diskret verborgen, aber jetzt hat er einen verhängnisvollen Fehler begangen. Er hat den jetzigen jungen Freund nicht aus dem Milieu der Burschen und Dienstboten geholt, wo er mit Geld Schweigen erkaufen konnte, sondern seine Leidenschaft richtete sich auf einen jungen Mann aus dem Hause eines Landedelmannes. Der Vater hat das entdeckt und bezichtigt meinen Mann der Verführung. Duell und Skandal drohen. Ich will nicht, daß John das miterlebt. Darum bitte ich dich herzlich, David, gib deine Bedenken auf und nimm John als Midshipman auf dein Schiff. Wenn es zum Skandal kommt, wird er es irgendwann aus Zeitungen und Briefen erfahren, aber dann ist es schon vorbei, und er ist nicht Beleidigungen und Anwürfen ausgesetzt. Bis er wieder an Land kann, haben die Zeitungen längst andere Skandale.«

»Warum wolltest du deinen Sohn nicht als Midshipman zu dir nehmen, David?« fragte Britta.

»Ich müßte ihm wie allen anderen und wie mir selbst Befehle geben, die in den Tod führen können. Ich glaube, beim eigenen Sohn könnte ich das nicht ertragen.«

Britta sah David liebevoll an. »Ich habe es von alten Schiffsgefährten gehört, die auf dem Gut arbeiten, auch von Hassan, Gregor und anderen, David, daß du ein Kapitän bist, der mit dem Leben seiner Besatzungen geizt. Der Hafenadmiral sagte auf unserem Basar zugunsten der invaliden Seeleute zu mir: ›Die Admiralität und die Zeitungen wollen blutige Schlachten. Manchmal glaubt man, eine blutige Niederlage sei ihnen lieber als ein unblutiger Erfolg. Ihr Mann aber strebt den Erfolg ohne Verluste an. Wie will er da die Admiralität überzeugen, daß ihm der Erfolg nicht in den Schoß gefallen ist?‹ Keine Mutter könnte einen besorgteren Kapitän für ihren Sohn finden.«

Susan sah David fest an. »Davon bin ich überzeugt, David. Ich weiß jetzt, daß ich das Leben meines Sohnes nicht formen kann, wie ich es will. Im Beisein deiner Frau versichere ich dir, daß ich dir nie Schuld geben werde, was John auch zustoßen möge.«

David atmete tief. »Gut, ich werde John nehmen, aber die Verantwortung lastet schwer auf mir. In etwa drei Wochen laufen wir aus. Willst du ihm hier alles besorgen, was er als Midshipman braucht, oder sollen wir das in Portsmouth tun?«

»Du weißt es besser, David.«

David sah sie an. »John kommt weder als mein Sohn noch als mein Neffe an Bord, sondern als Sohn von Lord Bentrow. Er muß wissen, daß er mir wie einem fremden Kapitän gegenübertreten muß. Darum kann ich ihm die Sachen nicht besorgen, aber William wird es für mich tun. Er kann dort auch für einige Tage wohnen. In zwei Wochen soll er sich dort melden. Jetzt würde ich ihm gern noch etwas sagen.«

John trat ein und sah David fragend an. Der winkte ihn heran und sagte. »John, ich werde dich als Midshipman auf die *Shannon* nehmen. Es ist ein harter Dienst, und du wirst manchmal weinen, wie ich es in deinem Alter getan habe. Aber es ist ein nützlicher Dienst für das Vaterland, in dem man zum Mann reifen kann. Ich werde dich behandeln wie einen Fremden. Ich bin dort nicht ›Onkel David‹, sondern der Kapitän. Du solltest dich auch den anderen gegenüber nicht darauf berufen, daß wir uns so lange kennen. Das weckt nur Neid und Eifersüchtelei. Verschaffe dir Respekt, weil du ein tüchtiger Bursche bist, nicht weil du zum Kapitän privat ›Onkel‹ sagst!«

»Aye, aye, Sir!« antwortete John, und die Frauen lächelten. David sagte: »Donnerwetter, Mr. Bentrow, Sie sind ja fast ein alter Seebär. Dann nehmen Sie sich mal etwas zum Schreiben und notieren Sie, daß Sie sich drei Bücher besorgen und schon jetzt die Nase hineinstecken: 1. Robertsons ›Elements of Navigation‹, 2. Hutchinsons ›A treatise on practical seamanship‹ und 3. Falconers ›An universal dictionary of the marine‹.«

John verzog etwas das Gesicht: »Da habe ich meinem Hauslehrer wohl zu schnell gesagt, daß für mich jetzt mit Büchern Schluß ist.«

Der Abend im Theater war kein großer Erfolg. Garrick spielte zwar überzeugend wie immer, aber das Publikum war so undiszipliniert, wie David es schon früher erlebt hatte. Ungeniert rief man sich während der Aufführung seine Beobachtungen zu, wechselte die Plätze und warf von den Rängen Orangenschalen und sonstige Speisereste ins Parkett.

»Laß uns gehen, David!« sagte Britta nach dem ersten Akt. »Man hat mehr davon, wenn man Shakespeare liest. Die Londoner sind das schlechteste Publikum, das ich mir denken kann.«

Die Jensens waren noch nicht zu Bett gegangen, als Britta und David nach Hause kamen. Britta erklärte ihre frühe Heimkehr, und sie saßen noch einen Moment beieinander.

»Ich freue mich, wenn ich ab März bei dir bin, Britta, und die Ankunft unseres Enkelkindes erwarte. In London werde ich nicht heimisch.«

Britta bestätigte, daß sie auch gerne nach Portsmouth zurückkehre, aber da müsse sie wieder so oft auf David verzichten, der den ganzen Tag auf dem Schiff sei und ja dann auch bald wieder auslaufe.

»Ihr habt euch keine schöne Zeit für ein junges Ehepaar ausgesucht«, sagte Baron Jensen. »Im Frieden hättet ihr eine Reise durch Europa unternommen und danach eurem Glück gelebt. David hat so viel für sein Vaterland und seinen Reichtum getan, daß es für ein Leben reicht.

Nun aber ist ein Ende des Krieges nicht in Sicht. Einerseits ist dieser Robespierre so verrückt, daß seine Herrschaft nicht lange vorhalten kann. Er hat Gott durch ein sogenanntes ›Höchstes Wesen‹ ersetzt, die Sonntage abgeschafft und die Tage in Dekaden eingeteilt, die Guillotine wütet, Angst und Schrecken regieren, die Wirtschaft ist ruiniert. Aber andererseits hat er auch wieder tüchtige Helfer, besonders seinen Kriegsminister Carnot, und die Gegner sind uneins und passiv. Ich glaube, der Krieg wird euer Leben noch lange stören.«

»Und ein Friede kann keinen Bestand haben, wenn er nicht bewacht wird. Also kann England nie auf eine Flotte verzichten«, warf David ein.

Britta legte David die Hand auf den Arm, als die Kutsche am Mill Pond entlangratterte. »Wieder daheim, ein schönes Gefühl. Und morgen werden wir ganz daheim sein in Whitechurch Hill. Kolja wird sich wieder umbringen vor Freude, wenn er dich sieht.«

David antwortete nicht. Er hatte einen Blick auf den Hafen erhascht. »Sieh doch nur, Britta! Dort liegen zwei Schiffe der Reederei Borgmann und Co. Das eine gehört William und fährt während des Krieges unter amerikanischer Flagge, wie du weißt. Ob Borgmann mit dem anderen selbst gekommen ist? Du erinnerst dich, ich habe dir erzählt, wie uns die spanische Fregatte damals beschoß, als wir gestrandet waren.«

»Das war doch, bevor du Leutnant wurdest, nicht wahr?«

»Ja, es muß Anfang anno achtzig gewesen sein, und Borgmann hieß George, wenn ich mich recht erinnere. Er hat mit William enge Geschäftsbeziehungen.«

Sie wurden im Hause der Barwells und Hansens herzlich begrüßt und bezogen das Gastzimmer, das immer für sie bereitstand. David wollte sofort auf sein Schiff, aber alle bestanden darauf, daß er erst mit ihnen Kaffee trank. Onkel Barwell kümmerte sich nur noch um seine Firma als

Schiffsausrüster, mit der er angefangen hatte. Die Reederei überließ er ganz William und Julie.

Er war alt geworden und etwas herzkrank, aber immer noch rüstiger als Tante Sally, die viel kränkelte, häufig Gliederschmerzen hatte und immer mehr vergaß. Aber für David war sie die Pflegemutter, die ihn immer mit Liebe umsorgt und die Stelle ihrer toten Schwester mehr als ausgefüllt hatte. Er schloß sie gerührt in seine Arme und wußte, wie sehr sie sich auf Brittas Kind freute.

Henry, sein Cousin, lebte mit seiner jungen Frau in Sheerness, wo er auf der Werft seine Studien vervollständigte, die ihn zum Schiffsbaumeister machen sollten. Aber außer ihm waren sie wieder einmal alle beisammen.

William sagte zu David: »Wetten, daß du nicht errätst, wer heute abend zum Dinner zu uns eingeladen ist?«

David antwortete gelassen. »Ich wette um eine Guinee.«

William war verdutzt. »Einverstanden! Wer ist es?«

»George Borgmann«, sagte David.

»Verdammt! Woher hast du das gewußt, du gemeiner Kerl?«

»Bitte flucht nicht in unserem Haus!« mahnte Tante Sally. »Aber woher wußtest du es denn, David?«

»Ich sah sein Schiff im Hafen liegen.«

William gab ihm die Guinee. »Nun mußt du mir auch einen Gefallen tun, David. Ein guter Geschäftspartner möchte seinen Sohn zu dir als Captain's Servant an Bord geben. Ich kann mich für den dreizehnjährigen Burschen verbürgen. Er ist aufgeweckt, kräftig und hat in der Schule gelernt, was er braucht. Du hast doch noch Stellen frei. Nimmst du ihn als Servant?«

»Nein«, antwortete David knapp.

William schien fassungslos und sah seine Frau an. Auch Britta schaute etwas ratlos, und Onkel Barwell schien ärgerlich.

Julie nahm einen neuen Anlauf. »David, für die guten Beziehungen, an denen du als stiller Partner beteiligt bist, wäre es aber sehr gut, wenn du den Jungen nehmen würdest. Alle wissen, daß du Stellen frei hast. Stellst du ihn bitte als Captain's Servant ein?«

»Nein!«

Jetzt schlug Onkel Barwell mit der Faust auf den Tisch, und William machte ein ärgerliches Gesicht und öffnete den Mund.

»Halt!« rief David. »Laßt mich doch erst einmal erklären. Ich will den Burschen ja nehmen, aber die Admiralität hat von diesem Jahr ab die Laufbahn neu geordnet. Der künftige Midshipman fängt nicht mehr als Captain's Servant an, sondern heißt ab sofort ›Freiwilliger Erster Klasse‹. Wenn ihr damit einverstanden seid, ist es mir recht.«

»Du bist ein Schlitzohr, David, uns alle so zum Narren zu halten. Warte nur, ich zahle es dir heim, und dann wird dir Britta auch nicht helfen können«, drohte Julie mit lachendem Gesicht.

Als David am Abend von der *Shannon* zurückkam, war George Borgmann schon im Haus der Barwells. »Der allmächtige Fregattenkapitän läßt uns warten. Wußten Sie nicht, wie ich dem Wiedersehen entgegenfiebere, lieber David? Es ist jetzt fast genau vierzehn Jahre her, daß uns dieser wahnsinnige Spanier beschoß und meinen Neffen und Ihren Freund tötete.« Borgmann streckte ihm beide Hände entgegen.

»Es tut mir leid, daß ich mich verspätet habe. Je größer die Schiffe werden, die wir kommandieren, desto mehr Papierkram halst uns die Admiralität auf. Da haben Sie es als Ihr eigener Herr besser, George. Erzählen Sie, wie es Ihnen geht. Daß Sie an Körperumfang zugenommen haben, sehe ich und bin erleichtert, daß es mir nicht allein so geht.«

William mischte sich ein. »Das wäre ja noch schöner, daß wir als gereifte Männer immer noch solche Strohhalme sein sollten wie als junge Burschen.«

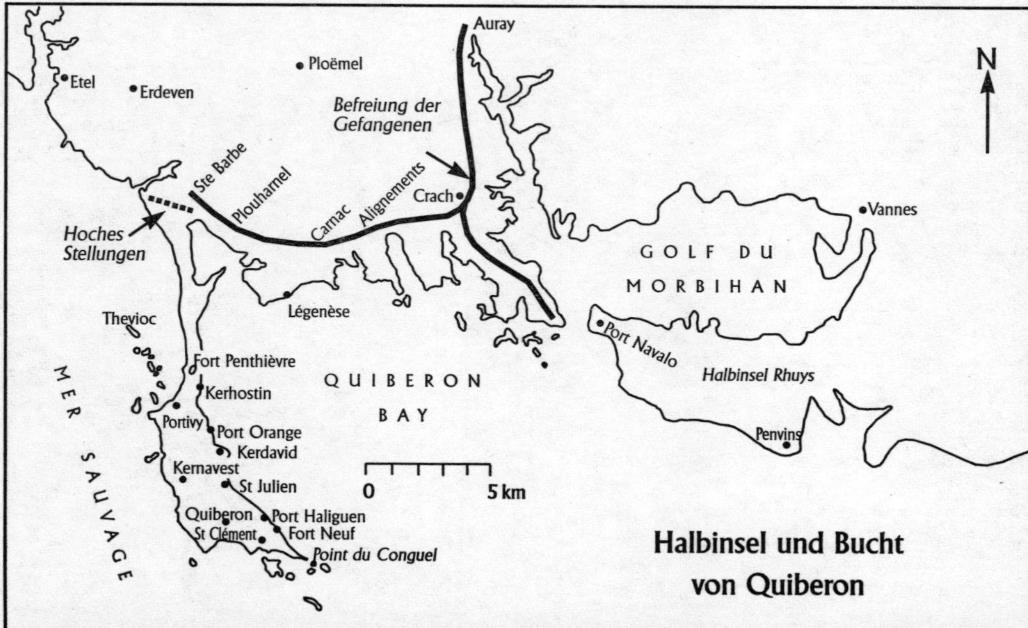

Halbinsel und Bucht von Quiberon

Alle lachten, und Borgmann erzählte kurz von seiner Reederei in Wilmington. Und dann kamen Julie und Britta, und Julie sagte: »Wie schön, daß sich ehemalige Feinde so freundschaftlich begegnen. Könnte man nicht auf die Feindschaft verzichten und gleich zur Freundschaft übergehen?«

Borgmann nickte. »Wissen Sie, Mrs. Hansen, zwischen David und mir bestand nie Feindschaft. Sein Schiff hatte uns gekapert, gewiß, aber er ist fair mit uns umgegangen und wir mit ihm, so glaube ich. Und als der mörderische Spanier auf unser gestrandetes Schiff schoß, wurden wir Verbündete, ob unsere Staaten noch Krieg führten oder nicht.«

David nickte. »Es gibt Feinde, mit denen wird man nie Freundschaft schließen, weil sie sich unmenschlich verhalten haben. Aber Gegner, die anständig und fair miteinander umgehen, werden oft die besten Freunde.«

Britta war es, die nach dem Essen die Frage stellte, wie Borgmann nun mit seinem und dem Barwellschen Schiff bei allen Behinderungen durch Gesetze der kriegführenden Staaten, durch Kaper oder Kriegsschiffe noch handeln könne. »Wenn Ihre Papiere England als Bestimmungsland ausweisen, kapern Sie die Franzosen. Wenn Frankreich dort vermerkt ist, kapern Sie David und seine Kameraden. Ist das Risiko nicht zu groß?«

Borgmann blickte etwas ratlos zu William, aber der meinte: »Packen Sie nur aus, George. Wir sind unter uns.«

»Ja wissen Sie, Baronesse, wir haben da noch ein paar Tricks im Ärmel. Wir könnten uns ja auch als Dänen ausgeben, die nach Hamburg oder Bremen segeln. Neutraler ginge es ja kaum.«

»Aber, Mr. Borgmann, dann müßten sie doch auch die Papiere besitzen und dänisch sprechen.«

Borgmann lächelte in sich hinein. »Haben wir alles, Baronesse, und noch viel mehr. Die französischen Königsmörder brauchen Getreide und nehmen es von überall her. Für andere Waren verlangen sie, daß sie aus französischen

Kolonien stammen. Wir sind jetzt mit Weizen, Zucker und Baumwolle gelandet. Falls uns ein französischer Kaper angehalten hätte, hätten wir Papiere vorgelegt, in denen uns der französische Konsul in Savannah bestätigt, daß der Zucker von französischen Karibikinseln stammt und die gesamte Ladung für Nantes bestimmt ist. Falls uns ein Brite anhalten würde, könnte er die Bescheinigung des englischen Konsuls lesen, daß alles für Portsmouth vorgesehen ist.«

»Das müssen doch zum Teil Fälschungen sein, Mr. Borgmann.«

»Das ist ein hartes Wort, Baronesse. Wir sind friedliche Händler und müssen in einer verrückten Welt Waren transportieren, die die Menschen doch brauchen. Da gibt es dann Beamte, die für eine kleine Nebeneinnahme Bescheinigungen ausstellen, die das Leben ein wenig normaler gestalten. Da finden sich auch Drucker, die drucken Formulare jedes Staates so gut nach, daß sie niemand von den echten unterscheiden kann. Dadurch wird viel Unsinn verhindert, Baronesse.«

David interessierte sich jetzt für das Thema und wollte wissen, wie ein Franzose sich als Holländer oder Däne tarnen könne.

»Ganz einfach«, erklärte Borgmann. »Er braucht einen holländischen oder dänischen Maat, der die Rolle des Kapitäns spielen kann. Ein paar Matrosen aus dem Land wären gut, sind aber nicht unbedingt notwendig, denn die Besatzungen sind doch aus aller Herren Länder zusammengewürfelt. Dann muß er Papiere vom holländischen Gouverneur z. B. in Curaçao oder vom dänischen in St. Croix vorweisen, die einen neutralen Hafen als Bestimmungsort angeben. Mit den Papieren lehnt jedes britische Prisengericht die Anerkennung als rechtmäßige Prise ab, lieber David, und Sie müßten dem Schiffseigner noch eine saftige Entschädigung zahlen.«

»Da habe ich aber sehr schlechte Karten, wenn ich das Schiff nicht erwische, sobald es einen französischen Hafen anläuft«, sagte David.

»Genau!« bestätigte Borgmann. »Sie könnten allerdings auch zu Tricks greifen. Die Papiere sind natürlich Falschdrucke und die Unterschriften unecht. Wenn Sie dem sogenannten Kapitän eine ebenso falsche Anweisung der Admiralität vorlegen, daß nach diesem Datum alle Formulare dieses Gouverneurs gemäß Vereinbarung der Regierungen eine bestimmte Schlußformel enthalten müssen und daß nur noch diese und jene Unterschriften echt sind, dann können Sie den Mann in Verlegenheit bringen. Wenn Ihnen dann noch etwas einfällt, daß meinetwegen alle Kapitäne mit falschen Papieren als Agenten zu betrachten und zur Hinrichtung zu überstellen sind, dann bricht er vielleicht zusammen und gesteht die Wahrheit.«

»Mich erinnert das an die Schummeleien meines Vaters und Onkels beim Kartenspiel, dem ich als kleines Mädchen zusah. Aber in den Erzählungen unserer Männer wird das alles zum fairen und ritterlichen Kampf aufrichtiger Gegner«, bemerkte Britta sarkastisch, und alle lachten.

William ergriff Borgmanns Partei. »Liebe Britta, das ist die unvermeidbare Folge, daß unsere Regierungen den Privatmann immer stärker in ihre Kriege hineinziehen. Solange sie den Handel unbehelligt ließen, sofern nicht Waffen gehandelt wurden, brauchte doch kein Mensch diese Tricks. Unsere Reederei hat jetzt fünf Schiffe. Eines segelt unter Mr. Borgmanns Flagge, auch schon ein Trick! Eines haben wir dem Transportamt verchartert, das bringt geringen, aber sicheren Gewinn, und wir haben nichts weiter zu tun. Zwei segeln auf unsere Rechnung in Konvois. Das erfordert auch keine Tricks. Aber das fünfte Schiff, ein schneller Segler, läuft allein als sogenannter ›Renner‹ und auf unser Risiko. Das bringt höheren Gewinn, da die Frachten fast doppelt so schnell am Ort sind wie mit den langsamen Konvois. Es kostet auch höhere Versicherungsprämien, und wir sichern uns mit den Falschpapieren ab, die George erwähnte. Was sollen wir sonst tun?«

»Dafür sorgen, daß wir zu vernünftigen Preisen unser

französisches Parfüm erhalten«, sagte Julie. »Ich habe gestern den doppelten Preis wie vor dem Krieg zahlen müssen.«

»Jetzt will sie uns noch ins Schmuggelgeschäft drängen«, lachte William. »Das sind nicht nur Tricks! Das wären Verstöße gegen britische Gesetze, und dafür könntest du deinen Mann im Gefängnis besuchen.«

»Vielleicht möchte Julie ein Weilchen ohne dich sein, William. Bist du so ein Familientyrann?« scherzte David, und sie wandten sich anderen Themen zu.

David hatte in den nächsten Tagen wenig Zeit für Britta. Die Reparaturen, die Ausrüstung des Schiffes, die Anmusterung neuer Freiwilliger, die sich durch Davids Ruf als Prisenkapitän immer noch anlocken ließen, das alles kostete viel Zeit. Gott sei Dank war O'Byrne das Ideal eines Ersten Leutnants, erfahren, selbständig und loyal.

Als David dem Hafenadmiral Bericht über die Bereitschaft seiner Fregatte erstattete, berichtete ihm dieser, daß die englische Regierung jetzt an der Küste Signalstationen errichte, die die Schiffe im Kanal warnen sollten, sobald französische Schiffe gesichtet seien.

»Das Netz soll ausgebaut werden. Im Augenblick werden in unserer Nähe Stationen bei Cumberland Fort und auf Wight bei Ashley und St. Catherine's errichtet. Jede Station ist mit vier Mann besetzt: Ein Leutnant und ein Deckoffizier auf Halbsold und zwei Vollmatrosen, die für den Seedienst nicht mehr tauglich sind.« Der Admiral sah David bedeutungsvoll an.

David kam sofort der Gedanke an die Männer seines Schiffes, die durch Verletzung oder Krankheit ausgemustert werden mußten. Jene, die keine Familie hatten, müßten betteln, es sei denn, er könnte sie auf einer Signalstation unterbringen.

»Sir, denken Sie noch an den unglücklichen Ersten der *Shannon*, als ich sie übernahm?« fragte David. Der Admiral nickte. »Wäre es möglich, ihm und sechs meiner Männer, die dienstunfähig wurden, Posten auf Signalstationen zuzuweisen?«

»Ich glaube, das könnte ich arrangieren, Mr. Winter. Nun lassen Sie mir Zeit, auch eine Bitte zu äußern. Ich weiß, daß Sie noch Plätze für Freiwillige Erster Klasse haben, wie das wieder neumodisch heißt. Ich habe einen Neffen, ein guter Junge von zwölf Jahren, aufgeweckt, ehrlich und willig. Können Sie ihn auf die *Shannon* nehmen?«

Schau an, du altes Schlitzohr, dachte David. Da ködert er mich mit den Signalstationen an, um seinen Neffen unterzubringen. Laut sagte er: »Selbstverständlich, Sir. Gute Ausrüstung, Taschengeld, drei Pfund im Monat für die Ausbildung und ein Deposit von dreißig Pfund für unerwartete Ausgaben wären doch sicher akzeptabel für Sie, Sir.«

»Das sind die üblichen Konditionen, Mr. Winter. Sie werden gern akzeptiert. Der Junge wird sich in zwei Tagen an Bord melden. Nochmals vielen Dank!«

David lächelte. »Ich hätte ihn auch ohne die Signalstationen genommen, Sir.«

»Ich weiß, aber manchmal bin ich auch vorsichtig und ein wenig tricky, wie man es Ihnen nachsagt. Kommen Sie, trinken wir noch einen Port auf unsere Gesundheit!«

Die *Shannon* lief unter vollen Segeln mit nördlichem Kurs durch eine mäßig bewegte See. Es war wolkenverhangen, aber trocken. Hin und wieder blinzelte die Sonne durch die Wolken. Die Fregatte patrouillierte etwa auf dem zehnten Grad westlicher Länge zwischen der Südspitze Irlands und La Coruña auf und ab.

Auf dem Achterdeck der *Shannon* stiefelte David Winter hin und her, um sich nach dem Lunch die nötige Bewegung zu verschaffen. Seine Gedanken beschäftigten sich damit, was zur Erhöhung der Gefechtsbereitschaft noch getan werden müßte, aber sie schweiften auch immer wieder zu Britta ab. Wie würde die Schwangerschaft verlaufen? Als David sah, daß Mr. O'Byrne das Achterdeck betrat, ergriff er die Gelegenheit zu einem kleinen Plausch.

»Wie sind Sie mit den neuen Midshipmen zufrieden, Mr. O'Byrne?«

»Recht gut, Sir. Sie haben sich schon etwas eingewöhnt. Mr. Osgood, das ist der Rotschopf, den uns Mr. Hansen empfohlen hat, ist sehr geschickt in der Takelage. Mr. Wilson, der Neffe des Hafenadmirals, scheint eine Leidenschaft für Kanonen zu haben, und Mr. Bentrow zeigt sich mit Handwaffen sehr geschickt. Aber mit der Schiffskost haben alle noch einige Probleme. Ihre Mütter haben wohl etwas anders gekocht.« O'Byrne grinste.

David lächelte zurück. »Das will ich hoffen. Der Schulmeister, den ich eingestellt habe, wirkt sich nach meinem Eindruck günstig auch auf die schriftlichen Ausarbeitungen der älteren Midshipmen aus. Die Ausbildung wird doch systematischer, wenn so ein Schulmeister sie in die Hand nimmt.«

»Das will ich meinen, Sir. Er triezt sie auch ganz schön. Mathematik, Geographie, Französisch, englische Schriftsprache, da könnte mancher noch etwas lernen.«

»Ich habe bei Geographie zugehört, Mr. O'Byrne. Dieser Mr. Ballaine gestaltete seine Lektion sehr interessant, schilderte auch Menschen und Tiere der Region. Er soll ja auf Gefechtsstation als Musketenschütze so gut sein. Da können wir ihm nach einiger Zeit das Kommando im Masttopp vom Vormast geben.«

»Ich werde daran denken, Sir.«

Ballaine war erst kurz vor dem Auslaufen der *Shannon* buchstäblich zu ihnen geflüchtet. Mr. Bell, Davids Geographielehrer aus seiner Schulzeit in Portsmouth, hatte ihn begleitet und David angefleht, Ballaine zu nehmen. Er sei ein guter Lehrer, leider in schlechte Gesellschaft geraten, habe bei Hundekämpfen viel Geld verwettet, mit Trinken angefangen. Nun drohe ihm das Schuldgefängnis.

David wollte zuerst ablehnen, aber dann hatte ihn in Ballaines Ausdruck etwas angerührt. Vielleicht heile ihn die See. Und ein Schulmeister wäre nicht schlecht. Er müßte natürlich auch dem Sekretär und dem Zahlmeister zur Hand gehen. »Gut, Mr. Ballaine!« entschied David. »Ein Schulmeister wird allein vom Kapitän eingestellt und entlassen. Erwische ich Sie betrunken oder pflichtvergessen, setze ich Sie im nächsten Hafen an Land, und wenn es an der Berberküste ist. Sie werden wie ein Midshipman eingestuft und bezahlt und erhalten für jeden Zögling ein Zusatzgeld. Über Einzelheiten reden wir später.«

O'Byrne unterbrach Davids Abschweifung. »In der Offiziersmesse stehen die Wetten eins zu fünf, Sir, daß wir in den nächsten drei Tagen ein Segel sichten.«

»Worum wetten die Herren denn, Mr. O'Byrne?«

»Nur um Pennies, Sir.«

»Passen Sie gut auf, daß die Herren nicht aufs Glücksspiel verfallen, Mr. O'Byrne! Das kann furchtbar enden. Ich gebe ja zu, etwas Abwechslung könnte nach drei Wochen Wellengang und Wind nicht schaden. Obwohl ich auch glücklich bin, daß ich die französische Küste nicht sehen und immer daran denken muß, was dort für Leid geschieht.«

»Da denkt mancher wie Sie, Sir. Aber nun ist die Besatzung gut eingespielt und könnte es mal wieder beweisen.«

Die Kanoniere waren trotz des frischen und kühlen Windes ins Schwitzen geraten. Geschützdrill war angesagt, und David hatte allen Midshipmen eine Karronade zugewiesen, damit sie selbst auch die Handgriffe immer wieder übten. Er sah, wie sein Sohn als Ladekanonier kräftig an den Tauen riß, um die Karronade auszurennen oder einzuholen. Er verzog dabei schmerzlich sein Gesicht. Das tut weh, mein Sohn, bis die Schwielen an den Händen wachsen, dachte David. Aber es muß sein.

»Deck! Segel aus Süd-Südwest, drei Meilen!«

»Mr. Henderson, nehmen Sie sich ein Teleskop und sehen Sie nach. Mr. Bentrow soll Sie begleiten. Weisen Sie ihn ein!«

Nach kurzer Zeit meldete Henderson, daß sich eine

Sloop nähere, wahrscheinlich britisch. David rief zurück: »Mr. Bentrow soll weiter beobachten! Geheimsignal und unsere Nummer setzen. Geschützdrill fortsetzen!«

Nach etwa zehn Minuten erscholl John Bentrows helle Stimme. »Sloop setzt Geheimsignal für diesen Monat und die Nummer zwei-sechs-acht.«

»Abentern!« befahl David, und der Signal-Midshipman, der nachgeschlagen hatte, meldete ihm: »Sloop *Aurelia,* Sir, Commander Payly.«

David befahl, daß das Signal gesetzt werde, der Kommandant solle sich an Bord melden, und wandte sich zu John: »Mr. Bentrow, woher kannten Sie das Geheimsignal für diesen Monat?«

»Ich habe mir gedacht, daß das wichtig werden könne, und mich von Mr. Penrose orientieren lassen, Sir.«

»Sehr gut vorausgedacht, Mr. Bentrow!« lobte David und merkte, wie ein Gefühl der Freude in ihm wuchs und er stolz diesen schmalen, eifrigen Jungen betrachtete. »Machen Sie so weiter, Mr. Bentrow, und vergessen Sie nicht, an Ihre Mutter zu schreiben. Vielleicht können wir heute schon Post mitgeben.«

Der Commander war ein betont schneidiger junger Mann etwa Anfang Zwanzig. Nein, er heiße nicht Payly. Commander Payly sei an Gelbfieber gestorben, und er habe vor einem Monat das Kommando übernommen. Er heiße Gage.

»Nun, das konnte noch nicht im Verzeichnis der Admiralität stehen. Sind Sie verwandt mit dem früheren Admiral der Nordamerika-Station, Kapitän Gage?« fragte David.

»Jawohl, Sir. Er ist mein Großvater.«

So, so, dachte David. Hohe Beziehungen und das Gelbfieber als Beförderungsbeschleuniger. Laut fragte er: »Was gibt es Neues in der Karibik?«

»St. Domingo hat sich unseren Truppen ergeben, Sir.«

Da wird sich Mr. Dundas aber freuen, schoß es David durch den Kopf. Wieder eine Zuckerinsel mehr. Dann aber meldete Commander Gage noch, daß allenthalben berichtet werde, daß sich ein großer Konvoi in Amerika mit Getreide für Frankreich sammele und von einer starken französischen Eskorte geleitet werde.

»Darüber wurde auch in Portsmouth schon spekuliert«, bestätigte David. »Die Republikaner brauchen dringend Getreide, sonst verhungert das Land. Aber man erwartet den Konvoi nach unseren Informationen erst im April.«

Als sich die Nacht senkte, die Segel gekürzt und die Ausgucke eingezogen wurden, wandte sich Leutnant Scott in der Offiziersmesse an die Leutnants Neale und Rossano. »Ihr schuldet mir jeder zehn Pence. Wir haben drei Tage kein Segel gesichtet. Rückt das Geld raus!«

»Langsam, Basil. Wie lange bist du auf See?« wehrte Leutnant Neale ab. »Wir haben um zwei Glasen der Nachmittagswache gewettet, und ein Tag auf See, ein nautischer Tag, beginnt um zwölf Uhr mittags und endet am nächsten Tag um zwölf Uhr mittags. Das weiß der kleinste Pulverjunge nach drei Tagen. Unsere Wette endet also erst morgen mittag.«

»Ihr seid doch Haarspalter und Wortverdreher. Aber wartet nur! Auch morgen werden wir kein Segel sichten!«

Leutnant Scott sollte die Wette nicht gewinnen. Noch bevor sich die Dämmerung hob, begann Kolja auf dem Achterdeck sein Knurren. Leutnant Neale, immer noch ängstlich gegenüber dem großen Wolfshund, hörte es mit Freude. »Kolja«, flüsterte er, »wenn du ein Schiff entdeckt hast, kriegst du morgen von mir ein Stück Fleisch.« Und etwas lauter zischte er. »Nachtausguck, nimm das Nachtglas, aber dalli!«

Ein schwarzer Schatten, mehr war nicht auszumachen, aber dann trieb der Wind einen Gestank zu ihnen hinüber, daß Neale leise fluchte. »Das stinkt ja, als ob dort eine Latrine segelt. Verdammt noch einmal!« Der Rudergänger grinste, verzog aber auch die Nase.

»Sir«, meldete sich der Midshipman der Wache, »man sagt doch immer, daß Sklavenschiffe so stinken.«

»Und was soll ein Sklavenschiff so weit nördlich, Mr. Cox?«

Sie mußten bis zur Dämmerung warten und sahen dann eine kleine, recht verwahrloste Brigg, die auf ihr Signal hin die portugiesische Flagge hißte. »Mr. Rossano, überprüfen Sie den Portugiesen, aber ich fürchte, es wird keine Prise werden!«

»Aye, aye, Sir! Das macht nichts, Sir!« antwortete Rossano gutgelaunt und lief zum Kutter.

David wunderte sich kurz über die gute Stimmung des Dritten Leutnants, setzte dann aber seine Wanderung auf dem Achterdeck fort.

Als Rossano zurückkehrte, konnte er melden, daß es sich zweifelsfrei um eine portugiesische Brigg handele, die mit ungegerbten Rinder- und Schafsfellen von den Azoren nach Oporto segele und durch einen Sturm etwas nach Norden abgekommen sei.

Mr. Ballaine, der Schulmeister, hatte mit den anderen die Abwechslung beobachtet und fragte nun die umstehenden Midshipmen: »Wer kann mir sagen, warum sie die Felle nicht auf den Azoren gerben, sondern nach Oporto bringen?«

Die Midshipmen sahen sich an, bis Mr. Osgood, der aus einer Kaufmannsfamilie stammte, seine Vermutung äußerte. »Auf dem Festland ist viel mehr Bedarf für Felle, und daher gibt es große Gerbereien. Die Preise sind besser.«

»Gut, Mr. Osgood. Es schadet nie etwas, wenn ein Offizier des Königs auch etwas über wirtschaftliche Zusammenhänge weiß.«

Wenn der Abend mild und trocken war, standen die Seeleute der Freiwache oft in Grüppchen auf dem Vordeck und schnackten noch ein wenig. In einer Dreiergruppe schien es eine Meinungsverschiedenheit zu geben. Der große, schwarzhaarige Abraham hatte etwas gesagt, wozu der blonde Greg den Kopf schüttelte und der alte Ben nur ungläubig schaute.

»Ihr könnt es mir glauben«, wiederholte Abraham mit Nachdruck, »die beiden sind schwul. Das sind verdammte Bugger. Ich hab es doch gehört, wie sie in der Hängematte schubbern und stöhnen.«

»In der Hängematte, wo alle dicht an dicht liegen, sollen die es treiben?« fragte Ben ungläubig. »Außerdem, was geht es uns an?«

»Na hör mal!« ereiferte sich Abraham. »Artikel 24 der Kriegsgesetze sagt, daß Bugger gehängt werden. Oder hörst du nicht zu, wenn der Kapitän die Kriegsartikel verliest? Und ich will mit solchen Kerlen nicht auf einem Schiff leben. Wer weiß, wann die einen Pulverjungen verführen?«

Der blonde Greg blickte Abraham zweifelnd an. War der nicht selbst einmal verdächtigt worden, einem Pulverjungen an den Schritt gefaßt zu haben, und hatte sich dann herausreden können? Trieb ihn Eifersucht? Aber wie dem auch sei, Schwule an Bord, das wollte auch er nicht. »Und was sollen wir tun? Die streiten doch alles ab.«

Abraham winkte ihnen, daß sie die Köpfe zusammenstecken sollten. Dann erläuterte er seinen Plan. »Wenn wir die Hängematte so festhalten, daß sie sich nicht mehr bewegen und die Hosen hochziehen können, und wenn wir gleich laut nach der Wache schreien, dann können sie sich nicht mehr rausreden. Und ich geb für jeden von euch meinen Grog aus.«

»Und du bleibst wach und lauerst, bis sie es wieder treiben und holst uns dann? Ich brauche meinen Schlaf«, brabbelte der alte Ben.

In einer der nächsten Nächte rüttelte Abraham leise Ben und Greg wach und flüsterte: »Kommt!« Er führte sie unter den im Rhythmus der Schiffsbewegungen schwingenden Hängematten hindurch in die Nähe des Niedergangs, wo eine Öllampe etwas Licht spendete. Dort zeigte er auf eine Hängematte, stellte sich etwa in Brusthöhe der

Schläfer hin, dirigierte mit Handbewegungen Greg zur Mitte und Ben an das Fußende. Dann brüllte er laut: »Wache!«, und alle drei griffen zu und hielten die Hängematte fest umklammert.

Ben stieß hervor: »Da liegt nur einer drin!« Aber Abraham hörte es gar nicht, so laut brüllte er immer wieder nach der Wache. Ringsumher wachten die Schläfer auf und fragten, was los sei. Zwischen seinem Geschrei nach der Wache stieß Abraham hervor: »Wir haben verdammte Bugger erwischt.«

»Du bist ja blöd!« rief einer von nebenan. »Da liegt doch bloß der Oliver drin.«

»Was ist hier los?« wollte der Offizier vom Dienst wissen, der die Stufen des Niedergangs hinabstiefelte, gefolgt von einem Seesoldaten, der eine helle Laterne trug.

Abraham meldete stolz: »Wir haben Bugger auf frischer Tat ertappt, Sir.«

»Leuchte hierher!« befahl Leutnant Rossano. Und zu den anderen sagte er: »Laßt los und schlagt die Decke zurück!«

In der Hängematte lag ein blasser, schmächtiger Matrose, jener Oliver eben, und wollte sich verlegen die Hose hochziehen.

»Hände weg!« rief Rossano und zog dem verdutzten Oliver mit einem Ruck die Hose wieder herunter. »Verdammt!« stammelte er ungläubig. »Das ist ja ein Weib!« Oliver schlug die Hände vors Gesicht.

»Nimm die Lampe zur Seite!« befahl Rossano, nun wieder gefaßt. »Du ziehst dir die Hosen hoch und kommst mit!«

Als Rossano wieder den Niedergang emporstieg, fuhr Greg den Abraham an: »Du bist ein dämlicher Kerl. Kannst ein Weib nicht von einem Schwulen unterscheiden. Mit dem Weib hätten wir eine Menge Spaß haben können, aber nun hast du alles verpatzt. Den Grog will ich aber trotzdem haben.«

»Was seid ihr bloß für Dreckskerle!« schimpfte ein Matrose, der aus der nächstgelegenen Hängematte starrte.

»Spioniert Kameraden hinterher und verpetzt sie. Pfui Teufel!« Ringsum murmelten andere Beifall, und Abraham zog sich mit seinen Kumpels schnell zurück, bevor sie auf ihn einschlagen konnten.

David wollte gerade an Deck gehen, um die Wachen zu inspizieren, als Rossano ihm den Vorfall meldete. »Eine Frau hat sich unter die Matrosen gemischt?« fragte er ungläubig. Rossano bestätigte. »Bringen Sie sie bitte herein. Lassen Sie dann die Frau des Stückmeistermaats holen. Ich möchte nicht allein mit dem Weib reden, aber ein Mann wäre als Zeuge auch nicht gut.«

Während er auf die Frau des Stückmeistermaats wartete, sah er sich ›Oliver‹ an. Eine schmale Gestalt mit kurzem hellbraunen Haar, saubere Kleidung, nichts Ungewöhnliches. »Bist du nicht Toppgast am Fockmast?«

»Aye, Sir!« antwortete eine helle Stimme.

»Und wie heißt du wirklich?«

»Olivia Handle, Sir.«

Der Posten an der Tür meldete: »Mrs. Bredfine, Sir.«

Eine Frau in langem schwarzen Kleid und mit schwarzer Kappe, die kaum etwas vom Gesicht sehen ließ, trat ein und knickste. »Sir.«

David erhob sich. »Es tut mir leid, daß ich Sie um diese Zeit belästigen muß, Mrs. Bredfine. Kann ich Ihnen Kaffee, Tee oder Claret anbieten?«

»Ein Tee wäre sehr angenehm, Sir.«

Während der Steward den Tee holte, sagte David zu Mrs. Bredfine: »Wir haben eine Frau unter den Matrosen entdeckt. Da Sie sie dann sowieso unter Ihre Fittiche nehmen müssen, dachte ich, sie sollten dabei sein, wenn ich mit ihr spreche. Männer sind dafür wohl nicht so nützlich.«

Die Frau des Stückmeistermaats neigte zustimmend den Kopf. Sie sieht eigentlich geschlechtslos aus, diese Mrs. Bredfine, dachte David. Wenn mir William, der sie zufällig bei einer Dorfhochzeit gesehen hatte, nicht erzählt hätte, daß sie eine gutaussehende Frau mit allen weiblichen Attributen sei, ich wäre nie darauf gekommen, so, wie sie sich an Bord verhüllt. Da Mr. Duff, der Stückmeister, ein alter Junggeselle war und die Frau des Stückmeisters traditionell in der Navy die einzige offiziell an Bord geduldete Frau war, die die Wäsche der Midshipmen in Ordnung hielt, hatte an Bord der *Shannon* der älteste Maat von Mr. Duff das Privileg, seine Frau mit an Bord zu nehmen.

Mrs. Bredfine nahm einen Schluck Tee, und David sagte zu dem weiblichen Matrosen: »Olivia, du mußt uns jetzt ehrlich und genau sagen, wann und warum du an Bord gekommen bist und wer dir dabei geholfen hat. Nur wenn du ehrlich bist, kommst du ohne schlimme Strafe davon.«

Olivia knetete ihre Hände und öffnete wiederholt den Mund, ohne etwas zu sagen. »Nun sprich schon, Kind!« redete ihr Mrs. Bredfine zu. »Der Kapitän ist kein Unmensch, das solltest du doch wissen.«

Endlich brachte Olivia heraus: »In Portsmouth, beim letzten Anlegen, da kam ich, Sir. Wußte nicht mehr, wohin. Meine Mutter hatte wieder geheiratet, und der Mann trieb mich auf die Straße zum Anschaffen. Er schlug mich, weil ich's nicht konnte. Und dann wollte er mich ›einreiten‹, wie er sagte. Da bin ich gerannt, Sir.« Tränen liefen ihr über die Wangen.

»Aber wie kamst du darauf, ausgerechnet auf ein Kriegsschiff zu fliehen? Und wie hast du es geschafft, alle Untersuchungen und die Duschen an Deck unentdeckt zu überstehen?« fragte David.

Olivia schaute auf den Boden und antwortete nicht.

»Du mußt die Wahrheit sagen, Olivia, sonst kann dir der Kapitän nicht helfen. Er muß sonst glauben, daß du an Bord Hurengeld verdienen wolltest. Dann landest du im Gefängnis.« Mrs. Bredfine hatte ruhig und mit Nachdruck gesprochen.

Olivia war kaum zu verstehen, so leise sprach sie. »John Milton, mein Jugendfreund, hatte doch auf der *Shannon* angemustert. Er war sehr zufrieden. Und ich habe so lange gebettelt, bis er mich an Bord brachte und mir half, unentdeckt zu bleiben.«

»War er dein Geliebter?« fragte Mrs. Bredfine.

»Nein, Madame, wir haben uns schon vorher mit den Händen betatscht, wie es junge Leute so tun, und geknutscht. Aber ich bin Jungfrau.« Olivia sagte es mit Stolz.

David räusperte sich. »Mrs. Bredfine, Sie müssen das Mädchen in Ihre Obhut nehmen. Es soll Ihnen helfen und sich sonst nützlich machen, wo Sie es für richtig halten. Der Arzt wird sie untersuchen, ob ihre Behauptungen stimmen. Und ich werde ein ernstes Wort mit John Milton reden müssen. Aber das hat Zeit bis morgen. Jetzt will ich Sie entlassen und mich für die Unbequemlichkeit entschuldigen.«

Die Entdeckung der Olivia Handle war die Sensation des nächsten Tages. Während des Vormittags konnten weder Mannschaften noch Offiziere ausreichend darüber reden, weil Kanonendrill und Scharfschießen angesetzt waren, aber beim Mittagessen gab es kein anderes Thema.

In der Offiziersmesse war Mr. Cotton, der Schiffsarzt, Zielscheibe des Spotts. Ob man ihm einmal den Unterschied zwischen den Geschlechtern erklären solle, wurde er gefragt, damit er das Wissen bei seinen ärztlichen Untersuchungen der Mannschaften berücksichtigen könne. Ob er gegen das Versprechen kleiner Liebesdienste bei der Tarnung mitgeholfen habe? Schließlich platzte ihm der Kragen. »Verdammt noch mal! Wir haben über zweihundert Mann an Bord. Soll ich mir jedes Gesicht merken, wenn sie neu an Bord kommen? Wenn einer sein Haar anders trägt und kommt an Stelle eines anderen zur Untersuchung, dann fällt das doch nicht auf, bevor ich die Kerle nicht besser kenne. Wie lange dauert es denn bei den Herren Leutnants, bis sie alle Namen in ihrer Division kennen?«

»Ist ja gut, James«, beruhigte der Erste. »Ein bißchen Spaß muß sein. Und so selten ist es ja gar nicht, daß Frauen an Bord geschmuggelt werden.«

»Aber doch meist als Huren für die Mannschaft«, wandte Leutnant Scott ein. »Und die werden entdeckt, wenn der Bootsmann die unteren Decks gründlich kontrolliert.«

»Nein, nein«, entgegnete O'Byrne. »Es gibt immer wieder welche, die sich als Pulverjungen oder Seeleute maskieren und jahrelang unentdeckt bleiben. Ein Kamerad von mir hat die berühmte Hannah Snell erlebt, die fünf Jahre als Mann durchging und sich bei einer Verwundung selbst eine Kugel herausoperierte, um nicht als Frau entdeckt zu werden.«

Mr. Ballaine, der Schulmeister räusperte sich und sang:

»Sie zog sich Matrosenkluft an,
schwärzte die Hände mit Teer
und segelte über den Ozean,
ein Jahr auf Fregatten und mehr.«

»Das kenne ich!« rief der Zahlmeister. »Das ist aus der Romanze der ›tollen Susanne‹. Das war einmal sehr populär.«

Im Mannschaftsdeck war der Ton rauher. Abraham wurde von allen Seiten beschimpft. »Du bist nicht nur zu dämlich, 'n Weib von einem Bugger zu unterscheiden, du bist auch ein ganz linkes Aas, das rumspioniert, wie es Kameraden verpfeifen kann«, rief ihm ein rothaariger Maat nach, als er sein Essen empfing.

»Der ist doch selbst ein Bugger, der bloß keinen findet, weil er zu grob und geizig ist. Den sollte man über Bord werfen, den falschen Hund!« krakeelte ein anderer. Nur in seiner Backschaft blieb Abraham geduldet, weil er allen seinen Grog für die nächste Woche verpfändet hatte.

John Milton dagegen, der Olivia an Bord geschmuggelt und sie bei den Untersuchungen ›vertreten‹ hatte, war je nach Einstellung Gegenstand der Bewunderung oder des gutmütigen Spottes. »Hättest was verdienen können, wenn du mit uns geteilt hättest«, sagten die einen. »Die hätte auch einen richtigen Rammler verdient und nicht so ein dünnes Kerlchen wie dich«, stänkerte ein anderer.

»Haltet euer Schandmaul, ihr Schweine. Ich habe Olivia nicht gevögelt. Wir waren Jugendfreunde und haben nur geknutscht. Sie ist ein anständiges Mädchen und war in Not. Wir wußten nicht, wo sie sonst hinsollte.«

»Du dämlicher Kerl. Nun spürst du die Peitsche und hast nicht einmal das Tor betreten«, spottete der Sanitäter.

John wollte sich auf ihn stürzen, da schrillten die Pfeifen der Bootsmannsmaate, und die Trommel rief zu den Waffen. »Klarschiff!« scholl es von den Niedergängen, und alle hasteten auf ihre Stationen.

»Was können Sie ausmachen, Mr. Woodfine?« rief David zum Ausguck.

»Ein Handelsschiff, schwer beladen, noch keine Flagge gesetzt, Sir!« rief der Midshipman zurück.

Die *Shannon* hielt mit allen Segeln auf das fremde Schiff zu. »Lassen Sie bitte unsere Flagge setzen, und geben Sie ihm einen Schuß vor den Bug, Mr. O'Byrne«, sagte David. »Die müssen endlich Farbe bekennen.«

Der Schuß dröhnte hinaus. »Schiff zeigt dänische Flagge!« hallte es vom Ausguck.

»Das seh ich auch schon«, murmelte O'Byrne und sah David fragend an.

David ging ein paar Schritte hin und her. »Na, dann wollen wir mal sehen, ob sie echt sind. Rufen Sie sofort alle Leute, die Dänisch sprechen, zu mir. Ich inspiziere mit ihnen den Segler, denn, wie Sie wissen, habe ich Beziehungen zu Dänemark und kenne Kopenhagen ganz gut.«

Acht Männer der *Shannon* sprachen Dänisch. Vier von ihnen hatten noch dänische Papiere. Zwei Maate waren darunter, und einer konnte Dänisch lesen und schreiben.

»Wir nehmen den Zahlmeister mit, Mr. Peters. Er soll Ihnen sagen, worauf Sie in den Ladepapieren zu achten haben. Sie, Mr. Johnsen, untersuchen mit zwei Mann alle

Räume des Schiffes und achten auf Dinge, die an Bord eines dänischen Schiffes fremd wären. Die anderen bleiben bei mir.«

An Deck des Handelsschiffes wurden David und seine Männer von einem kräftigen Mann im dunkelblauen Jackett empfangen. Er trug die Haare hinten in einem geteerten Zopf, aber an dieser Sitte der Matrosen hielten auch Kapitäne manchmal fest.

»Ich bin Kapitän Dahlerup«, sagte er in hartem Englisch und streckte David die Hand entgegen.

David ergriff sie und stellte sich seinerseits vor. Die Hand fühlte sich hart und schwielig an, und David blickte schnell hinunter. In den Hautrissen und unter den Fingernägeln war Teer zu erkennen. Das sind die Hände eines Matrosen, dachte David, aber er sagte nichts und folgte dem Kapitän in die Kajüte.

»Mein Zahlmeister hat die Papiere bereitgelegt. Er spricht sehr gut Englisch, denn er hat lange dort gelebt. Sie können die Papiere einsehen.«

David antwortete, das werde sein Maat mit dem Zahlmeister tun, und gab seinen Leuten einen Wink. »Wenn Sie erlauben, Herr Kapitän, können wir uns inzwischen ein wenig unterhalten. Wann waren Sie zuletzt in Kopenhagen?«

»Bevor wir nach Savannah segelten, um unsere Fracht zu laden. Jetzt sind wir auf dem Rückweg nach Kopenhagen.«

»Wie schön für Sie, Kapitän. Ich war vor Jahren in Kopenhagen, als ich in der russischen Flotte diente. Haben Sie vielleicht sogar erlebt, wie das Frederikshospital abgebrannt ist? Ich bin dort kuriert worden, und ein Freund schrieb mir von dem furchtbaren Feuer.«

Nein, er selbst habe den Brand nicht erlebt, bekannte der dänische Kapitän.

Ob es denn schon wieder aufgebaut werde, dieses wichtige Hospital, wollte David wissen.

»Aber ja. Der König selbst läßt die Arbeiten überwachen. Das erste Stockwerk ist schon wieder hochgezogen.«

David wußte, daß das Frederikshospital völlig unversehrt war, weil ein Verwandter seines Schwiegervaters kürzlich dort behandelt wurde. Aber zur Überführung, daß das Schiff mit falschen Papieren und verbotener Ladung nach Frankreich wolle, reichte dieses Wissen noch nicht aus.

Der Zahlmeister der *Shannon* räusperte sich, und auf Davids fragenden Blick erläuterte er: »Das Schiff hat Weizen und Zucker geladen, Sir. Die Hafenbehörde von Savannah bescheinigt, daß es sich um in den Vereinigten Staaten hergestellte Waren handelt. Der dänische Konsul bestätigt, daß die Waren für eine Firma in Dänemark bestimmt sind. Aber die Unterlagen entsprechen nicht den Kriterien der Admiralität. Sie sind gefälscht, Sir.«

Der dänische Kapitän hatte wohl nicht alles verstanden, denn der Zahlmeister hatte starken Waliser Akzent, und David befahl seinem dänisch sprechenden Maat: »Erklären Sie ihm alles genau.«

Dem Kapitän wurde mit Hilfe der gefälschten Schreiben der Admiralität erklärt, daß mit den amerikanischen Hafenmeistereien und den Konsulaten neutraler Staaten schon vor acht Monaten bestimmte Formeln in den Bescheinigungen vereinbart worden seien, um sie von Fälschungen unterscheiden zu können. »Sehen Sie hier«, sagte der Maat zum Kapitän, »diese Formulierungen hätte ein echter dänischer Konsul verwenden müssen, und hier, in Ihrer Fälschung steht es so.«

Der dänische Kapitän war dieser Überrumpelung nicht gewachsen. Er stotterte hilflos vor sich hin, und David war sich immer sicherer, daß dies ein Matrose sei, der für seine Rolle nur oberflächlich vorbereitet war. David zog ein anderes Papier aus seinem Rockumschlag und hielt es dem Kapitän als angeblichen Befehl der Admiralität unter die Nase. »Glauben Sie nicht, daß das als einfacher Betrug durchgeht. Sehen Sie hier! Die Admiralität stuft das als Sabotage und Revolte gegen die Regierung ein und verhängt darauf die Todesstrafe. Ich bin gezwungen, Sie durch Erhängen zu vollstrecken!«

Der ›dänische Kapitän‹ starrte verstört auf das ›Dokument‹ und stammelte nur: »Das habe ich nicht gewußt. Ich revoltiere doch nicht gegen die englische Regierung.«

David mußte sich ein Schmunzeln verbeißen, daß dieser ungebildete Bursche auf so plumpe Drohungen hereinfiel. Äußerlich gab er sich ganz mitfühlend, legte dem Mann die Hand auf den Arm und sagte: »He, Mann, du bist doch kein Kapitän, sondern eine ehrliche Teerjacke, die ihre Heuer vor dem Mast verdient. Warum willst du dich für Leute hängen lassen, die mit illegalen Fahrten das große Geld verdienen? Sag die Wahrheit, dann giltst du als normaler Gefangener und wirst bei nächster Gelegenheit ausgetauscht.«

Nun packte der ›Kapitän‹ aus und gab an, daß das Schiff einer französischen Reederei gehöre, mit vorwiegend amerikanischer Besatzung nach Nantes segele und daß die echten Papiere in der Bilge versteckt seien. Der wahre Kapitän wurde identifiziert, die Papiere gefunden, und unter den wachsamen Blicken der britischen Matrosen wurden alle Waffen konfisziert. Der Kapitän und seine Maate mußten mit auf die *Shannon*.

»Gratuliere, Sir, daß alles so geklappt hat. Das ist eine schöne Prise. Werden Sie die Olivia mit der Prise nach England schicken, Sir?« fragte O'Byrne.

»Ich habe auch schon daran gedacht, aber dann hat unser Prisenkommandant nicht nur auf die fremde Besatzung aufzupassen, sondern auch noch auf die eigenen Leute. Bei Alkohol und Weibern an Bord kann man für keinen Seemann die Hand ins Feuer legen. Das kann ich Mr. Morgan nicht zumuten. Ich will ihm zwölf Mann mitgeben, das sollte reichen.«

Als das falsche dänische Segelschiff Richtung England unter dem Horizont verschwand, stand die Besatzung der *Shannon* an Deck, um den Bestrafungen beizuwohnen.

Diese Zeremonie war meist kurz, denn David hielt viel davon, die meisten Verstöße formlos durch Extradienste wie Latrinenreinigen, durch Grogentzug oder durch Sperrung von Landgang zu ahnden. Aber diesmal stand neben drei Diebstählen auch John Milton zur Bestrafung an.

O'Byrne als Erster Leutnant meldete seine Missetat, die Einschmugglung einer weiblichen Person, und damit einen Verstoß gegen Artikel 31 und 36.

David sah, wie einige Deckoffiziere die Augenbrauen hochzogen und dachte wie sie, daß der Artikel 31, der falsche Angaben in der Musterrolle betraf, hier kaum anwendbar sei. Aber Artikel 36, der ›Artikel des Kapitäns‹ traf immer zu, denn er stellte alle Vergehen, die in den Kriegsartikeln nicht genannt waren, unter Strafe ›in Übereinstimmung mit den Sitten und Gebräuchen in der Flotte‹.

Mr. Neale, der Divisionsoffizier Miltons, sprach nun zu Gunsten des Angeklagten und hob hervor, daß er ein unbescholtener, stets zuverlässiger und eifriger Matrose sei, der nur gefehlt habe, weil er einer Freundin in der Not beistehen wollte.

Und nun warteten alle auf Davids Urteilsspruch. Er mußte eine Strafe verhängen, sonst hätten es alle als Freibrief aufgefaßt, Freundinnen an Bord zu schmuggeln. David verkündete: »John Milton, ich bestrafe dich wegen Verstoß gegen Artikel 36 mit einem halben Dutzend Peitschenhieben und einem Monat Grogentzug. Bootsmann, walten Sie Ihres Amtes!«

Die Matrosen blickten sich aus den Augenwinkeln an. Sechs Peitschenhiebe, das war ein Klacks für alte Seeleute, aber Neulingen an Bord jagte es Schauer über den Rücken. Ein Monat Grogentzug, der Gedanke allein ließ dagegen den alten Teerjacken den Hals trocken werden, während das für die Neulinge nicht so schrecklich schien.

»Ein ausgewogenes Urteil, Sir, wenn Sie mir die Feststellung erlauben«, faßte Mr. Cotton später die allgemeine Auffassung zusammen. David nickte und dachte, wenn es nur immer so leicht wäre, das rechte Maß zu finden. Dann ging er in seine Kabine, um unter Brittas Bild, das über seinem Schreibtisch hing, einen neuen Brief an seine Frau zu beginnen.

Das Hochgefühl, das die Kaperung der Prise ausgelöst hatte, war längst vergessen. Tage und Wochen einsamer Kreuzfahrt ließen Langeweile aufkommen. Die Wettbewerbe im Waffendrill, im Segelsetzen, Knoten und Spleißen verloren ihren Reiz. Die immer wiederkehrende Routine konnte auch durch Darbietungen des Schiffs-Chores, durch Aufführungen von Zauberkünstlern, Stimmenimitatoren, Moritatensängern und was sonst eine Besatzung an Talenten aufzuweisen hatte, kaum erträglicher gestaltet werden. Schlägereien wurden häufiger. Ein Matrose mußte zwei Dutzend Peitschenhiebe hinnehmen, weil er ein Messer gegen einen Kameraden gezogen hatte.

»Wenn sich doch bloß einmal ein Segel zeigen würde«, klagte Mr. Neale zu O'Byrne.

»Und wenn es ein paar große französische Fregatten wären, würden Sie sich dann immer noch freuen, James?« fragte O'Byrne lächelnd.

»Ach, Paul, dann würden wir denen wegsegeln, und dem Kapitän fiele schon etwas ein, um sie zu täuschen. Dann hätten wir doch Abwechslung.«

»James, der Kapitän kann auch nicht zaubern, und die *Shannon* ist nicht das schnellste Schiff auf dem Ozean. Also, mir wäre nicht jedes Segel unbedingt willkommen.«

Aber sie konnten es sich nicht aussuchen. Als am nächsten Tag um drei Glasen der Vormittagswache (9 Uhr 30) der Ausguck mehrere Segel in fünf Meilen Distanz meldete, blickte O'Byrne skeptisch zum Kapitän, während Neale leise sagte: »Endlich!«

David schickte Mr. Penrose, den ältesten Midshipman, mit dem Teleskop zum Ausguck und wartete ungeduldig auf genauere Meldungen. Die fremden Segel hatten den Windvorteil, und er mußte sich bald entscheiden, ob er entgegenkreuzen oder fortsegeln sollte.

»Deck!« rief Penrose. »Elf Segel, die meisten Zweimaster. Näheres noch nicht zu erkennen.«

»Mr. O'Byrne«, sagte David, »wir segeln einen langen Schlag nach steuerbord, und wenn wir mehr wissen, können wir dann direkt auf den Konvoi zurückkreuzen oder flüchten.«

Nach zwei Stunden war Mr. Penrose sicher, daß es sich um einen Konvoi von Briggs unter Geleit einer Korvette handele. Die *Shannon* nahm Kurs auf die fremden Segel, bereitete ihre Kanonen vor und setzte Erkennungszeichen.

Der Konvoi drehte ab und löste sich auf. Die Begleitkorvette floh mit allen Segeln, die sie setzen konnte. »Lassen wir sie laufen«, sagte David, »sie scheint ein sehr schneller Segler zu sein. Holen wir uns die Handelsschiffe. Die sehen mir ziemlich britisch aus.«

Sie hatten die ersten Handelsschiffe bald eingeholt. Ihr Kutter meldete, daß es Schiffe des britischen Neufundlandkonvois seien, gekapert durch die Franzosen und jedes mit einem kleinen Prisenkommando. David befahl, die Prisenkommandos zu entwaffnen, den britischen Besatzungen die Schiffe zu überlassen, die der *Shannon* langsam folgen sollten. Er jagte hinter den anderen Handelsschiffen her, deren britische Besatzungen alles taten, um die Befehle des Prisenkommandos zu sabotieren und die Rückeroberung zu erleichtern. Bald hatte die *Shannon* die zehn Segler ›eingesammelt‹.

David ließ die Kapitäne in seine Kajüte bringen und erfuhr, daß eine französische Schwadron unter Konteradmiral Nielly vor fünf Tagen die britische Fregatte *Castor* und einen großen Teil des Neufundlandkonvois gekapert hatte. Die Schwadron sei Teil des Brest-Geschwaders unter Admiral Villaret-Joyeuse und solle den Getreidekonvoi aus Amerika nach Frankreich geleiten.

Der berühmte Getreidekonvoi, dachte David. Von ihm hängt das Überleben der Revolutionsregierung in Frankreich ab. Wenn er nicht durchkommt, muß Frankreich hungern, und Aufstände sind so gut wie sicher. David erklärte den Kapitänen, daß er sein Aufklärungsgebiet nicht verlassen und sie nicht nach England geleiten könne, solange noch Chancen bestünden, den Getreidekonvoi zu entdecken und ihn der britischen Flotte zu melden. Die Kapitäne entschieden sich dafür, im Schutz der *Shannon* zu bleiben und abzuwarten. »Mit Ihnen haben wir etwas Schutz, Sir. Allein sind wir ein leichtes Opfer für franzöische Kaper und für ihre Schwadronen, die hier umhersegeln.«

Die *Shannon* hatte die beiden schnellsten Handelsschiffe jeweils fünf Meilen nach backbord und steuerbord postiert und ihnen Signalgasten gegeben, die jedes fremde Segel sofort melden sollten. Die anderen Handelsschiffe segelten in zwei Kolonnen achtern von der *Shannon*.

Nach einigen Tagen schien auch das schon wieder ermüdende Routine. Unter der Besatzung hatte sich herumgesprochen, daß ein Getreidekonvoi aus Amerika unterwegs war. »Mensch, da können wir doch fette Prisen machen«, sagte ein Matrose.

»Du bist ganz schön naiv. Es heißt doch, daß zwei Linienschiffe und mehrere Fregatten den Konvoi geleiten und daß er mehr als hundert Segel hat. Da würdest sogar du dir den Magen verderben«, antwortete ihm ein anderer.

Davids Sohn fragte nach dem Mathematikunterricht, der wegen des schönen Wetters an Deck abgehalten wurde, den Schulmeister: »Mr. Ballaine, warum segeln die Handelsschiffe nicht allein nach England? Wenn wir den Getreidekonvoi oder eine französische Schwadron sichten, kann der Kapitän sie doch nicht schützen und muß nur an unser Schiff denken.«

»Da haben Sie recht, Mr. Bentrow. Aber wir bieten Schutz vor französischen Kaperschiffen oder einzelnen Kriegsschiffen, und vor allem erhalten sie nur dann ihre Versicherung ausgezahlt, wenn sie im Konvoi segeln. Als Einzelsegler hätten sie sich viel höher versichern müssen.«

Zwei Wochen segelte Davids Konvoi nun schon hin und her und wußte nicht mehr über den Getreidekonvoi als zuvor. Ein Handelsschiff signalisierte, daß sein Kapitän an Bord der *Shannon* kommen wolle. »Lassen Sie bitte die Segel kürzen, Mr. O'Byrne. Ich erwarte den Kapitän dann in meiner Kajüte. Ich nehme an, er ist des Wartens müde.«

So war es. Der Kapitän erklärte im Namen der anderen, daß sie keine Hoffnung mehr hätten, ein stärkeres Geleit zu erhalten, daß ein Teil ihrer Waren verderbe oder an Wert verliere, wenn er nicht bald in England angelandet werde. David setzte an, um sein Verständnis zu äußern, als es an der Tür pochte und der Midshipman der Wache erschien. »Mr. O'Byrne läßt melden, Sir, daß steuerbord vier Meilen ein Segel gesichtet ist. Wahrscheinlich eine Fregatte, Sir.«

David fragte seinen Gast: »Kommen Sie mit an Deck, Kapitän? Das kann unserer Unterhaltung neue Perspektiven eröffnen.«

Das fremde Segel hielt auf sie zu. Ihr Ausguck auf einem der Handelsschiffe signalisierte, es sei die *Castor*. »Unsere Geleitfregatte, die die Franzosen kaperten«, sagte der Handelskapitän in einem Ton, als könne er es gar nicht glauben.

»Bitte begeben Sie sich an Bord Ihres Schiffes zurück. Ich werde die Fregatte angreifen und dem Konvoi signalisieren, daß er sich gut in Lee von uns aufhält«, erklärte David.

»Aber die *Castor* ist doch stärker als Ihre Fregatte, Sir«, wandte der Kapitän ein.

»Sie mag vier Geschütze mehr haben, Kapitän. Stärker ist sie deswegen noch lange nicht. Und nun entschuldigen Sie mich bitte.« David griff ein Teleskop und stieg die Wanten empor zur Mastplattform und mit Überwindung weiter bis zur Bramsaling, wo der Ausguck mit den Knöcheln grüßend an den Kopf tippte und zur Seite rückte.

David atmete einige Male tief durch, um seinen Puls zu beruhigen, schlang den Arm um den Mast und führte das Teleskop ans Auge. Er fuhr den Horizont entlang, und dann hatte er sie im Blickfeld, die *Castor*. Aber sie hatte ein Schiff im Tau, anscheinend ein Handelsschiff. Jetzt lösten sie das Schlepptau, und die *Castor* setzte Segel, um auf die *Shannon* zuzulaufen. David studierte sorgfältig jedes Manöver der *Castor*.

Ihre Segel wurden langsam gesetzt und getrimmt. Der Rudergänger steuerte nicht so, daß der Wind optimal genutzt wurde. Für David war klar, daß die neue Besatzung die Beutefregatte noch nicht im Griff hatte. Er schob sein Teleskop zusammen und enterte ab.

»Die Franzosen kommen mit der *Castor* noch nicht zurecht, Mr. O'Byrne«, sagte er. »Wir werden sie ausmanövrieren und zusammenschießen. Ich denke nicht daran, mich längs zu legen und mit ihr Breitseiten auszutauschen. Lassen Sie die Mannschaft noch Verpflegung fassen und dann Klarschiff ausrufen.«

David befahl die Midshipmen aufs Achterdeck und erklärte ihnen, warum sich ein Kapitän vor einem Kampf mit einem gleich starken Gegner selbst von dessen Segelqualitäten überzeugen müsse. »Wenn die Chance besteht, das eigene Schiff durch bessere Segelmanöver in gute Schußposition zu bringen, dann muß man das ausnutzen. Es ist phantasielos und eine Verschwendung von Menschen und Material, wenn man nur breitseits auf den Gegner einhämmert. Die *Castor* segelt schlechter als wir, weil ihre Besatzung noch nicht genug trainiert ist. Achten Sie darauf, wie wir sie ausmanövrieren! Und nun begeben Sie sich auf Ihre Gefechtsstationen, und tun Sie Ihre Pflicht. Gott sei mit Ihnen!«

»Und mit Ihnen, Sir!« antworteten sie im Chor und eilten davon.

Mr. Neale lief auf dem Geschützdeck hin und her und prüfte, ob alle Kanonen feuerbereit waren. Ein wenig aufgeregt war er schon. So ein Einzelgefecht mit einem leicht überlegenen Gegner war kein Zuckerschlecken. Er lehnte sich aus einer Geschützluke und versuchte, sich einen

Überblick zu verschaffen. Die *Shannon* hatte die Windseite und nutzte es weidlich aus.

Ein Melder kam gerannt. »Befehl vom Kapitän: Backbordseite feuert zuerst. Einzelfeuer nach Zielauffassung!«

Neale nickte, und der Melder rannte davon. Die Kanoniere streiften sich die Tücher über die Ohren und spuckten in die Hände. Gleich war es soweit. Die *Shannon* legte Ruder, wie sie an der Neigung des Decks merkten. »Der Kapitän kreuzt vor ihren Bug!« rief Neale. »Entfernung dreihundert Meter. Feuer frei nach Zielauffassung!«

Verdammt weit, dachte Midshipman Henderson. Der Kapitän vertraut auf unsere Zielgenauigkeit und will die *Castor* beschädigen, bevor sie überhaupt feuern kann.

Donnernd entluden sich ihre Kanonen. Wieder kam der Melder angerannt. »Feuer lag gut! Steuerbordseite feuert als nächste.«

Eine Kugel rollte über das Deck, als die *Shannon* sich über den anderen Bug legte. »Verdammt!« tobte Neale. »Staut das Zeug richtig bei! Ziel auffassen! Feuer frei!«

»Mr. Neale, wir passieren. Noch einmal Steuerbordseite. Zwei Kugeln! Salve!« Der Melder rief es Neale zu, und der und seine Maate gaben die Kommandos weiter. Die Kanoniere arbeiteten schnell, aber nicht überhastet, um die Geschütze neu zu laden.

Neale blickte aus der Geschützluke. »Entfernung achtzig! Feuerbereitschaft melden!«

Die Geschützführer hoben die Arme.

»Feuerbereit, Sir«, meldete der Midshipman.

Neale peilte. Jetzt kam der Gegner auf Gegenkurs ins Blickfeld. Nun waren sie genau gegenüber. »Feuer!« brüllten Neale und fast gleichzeitig seine Maate. Die Salve donnerte hinaus. Die hatten ja noch nicht einmal die Geschützluken geöffnet da drüben, dachte Neale noch und schrie schon wieder, daß sie nachladen sollten.

Und dann krachten doch noch ein paar Einschüsse vom Gegner ins Deck. Aber nur zwei Mann mußten mit leichten Splitterwunden ausgetauscht werden.

Schon wieder kam der Melder angelaufen und stieß fast

mit einem Pulverjungen zusammen, der neue Kartuschen brachte. »Sir, wir kreuzen hinter ihrem Heck. Wieder Steuerbordseite zwei Kugeln. Diesmal Einzelfeuer!«

Der Kapitän tanzt mit denen wohl Menuett, dachte Neale und hielt sich fest, denn die *Shannon* legte sich hart über. Als sie wieder auf ebenem Kiel lag, sah Neale das Heck der *Castor* näher kommen. »Entfernung dreißig!« schrie er. »Feuer frei!«

Bevor ihre Schüsse das Heck des Gegners zerfetzen konnten, feuerten dessen Heckkanonen. Vom Achterdeck hörten sie Einschläge und Schreie, aber dann waren sie dran. Wenn nur der Pulverdampf nicht so in den Augen beißen würde, dachte Neale noch, aber dann fiel ihm ein, wie es wohl beim Gegner aussehen mochte, den ihre Kugeln von Heck bis zum Bug durchpflügten.

Mr. O'Byrne kam einige Stufen den Niedergang herunter und rief: »Gut gemacht! Ihr habt ihm die Marsstenge weggeschossen.«

Einige Kanoniere brüllten »Hurra«, aber die Geschützführer trieben sie an nachzuladen. Der Gegner mußte auch seinen Kurs geändert haben, denn die *Shannon* legte sich wieder hart über, und der Melder rief: »Backbordseite. Einzelfeuer!«

Neale sah hinaus. Diesmal war die Entfernung größer, aber sie kreuzten wieder hinter das Heck des Gegners. Wie lange halten die das noch aus? dachte er. Eine halbe Stunde dauerte das Gefecht schon, und das Heck der *Castor* war schwer beschädigt. »Entfernung hundertzwanzig!« rief er. »Feuer frei!«, und wieder schossen die Kanonen, wenn die Geschützführer das Ziel im Visier hatten.

Jetzt dauerte es länger, bis sie wieder in Schußposition waren. Mr. Henderson brachte den Befehl. »Der Kapitän denkt, daß wir sie jetzt niederkämpfen können. Wir werden längsseits segeln. Laufendes Gefecht mit Backbordbatterien, Sir. Wenn wir näher herangehen, auch mit Traubengeschossen.«

»Ist gut!« bestätigte Neale und erteilte Anweisungen. Er hatte sich für Einzelfeuer entschieden. Die Kanoniere eilten an die Backbordseite und machten sich bereit. Als die *Castor* ins Blickfeld geriet, krachten die ersten Schüsse hinaus. »Zielt genau! Verdammt!« brüllte Neale, als er sah, daß einige Kugeln vor dem Feind ins Meer fuhren.

Ein laufendes Gefecht bedeutete, daß die Gegner nebeneinander hersegelten und sich breitseits beschossen. Das macht der Kapitän doch nur, wenn der Feind uns nicht mehr viel anhaben kann, dachte Neale noch. Und wirklich: Die *Castor* feuerte langsam und ungenau. Nach einigen Runden rannte O'Byrne den Niedergang herunter und rief triumphierend: »Feuer einstellen! Die *Castor* hat die Flagge gestrichen.« Nun schrien alle ihr Hurra hinaus, klopften sich auf die Schultern und lachten mit pulververschmierten Gesichtern.

Neale brüllte noch: »Entladen, Geschütze sichern!«, dann lief er zum Niedergang, stieg hinauf zu O'Byrne, umarmte ihn und stammelte vor Freude: »Welch ein Sieg, Paul! Das bringt dem Kapitän die Baronie und dir den Commander!« Leutnant Scott lief zu ihnen, faßte sie beide um und jubelte: »Der Kapitän hat sie in Grund und Boden gesegelt. So etwas habe ich noch nicht gesehen!« Um sie herum standen Maate und Matrosen, warfen Hüte in die Luft, lachten und klopften sich auf die Schultern.

David stand einige Schritte abseits und allein. Er hatte die Hand über die Augen gelegt und atmete tief. Dann nahm er die Hand herunter, schien erst jetzt zu bemerken, welche Freude um ihn herum herrschte. Er lächelte, aber dann sagte er laut und deutlich: »Meine Herren, es bleibt noch viel zu tun. Mr. O'Byrne, nehmen Sie bitte mit zwei Kuttern und Mr. Penrose die Prise in Besitz. Kapitän und Offiziere der *Castor* setzen zu uns über. Mr. Neale, lassen Sie bitte alle Kanonen sichern und den Munitionsverbrauch feststellen. Mr. Brown, bitte ermitteln Sie alle Schäden an Rumpf und Takelage. Der Zimmermann soll unverzüglich mit den Reparaturen beginnen. Mr. Woodfine, signalisieren Sie dem Konvoi, er solle zu uns aufschließen. Mr. Osgood, erkundigen Sie sich beim Schiffsarzt nach den Verwundeten.« Dann trat er an die

Barrikade, die das Achterschiff vom Vordeck trennte, nahm die Sprechtrompete und rief: »Ihr habt wunderbar gekämpft, Shannons. England kann stolz auf euch sein. Ein Grog für alle und ein Hurra auf den König!«

Auf der *Castor* stand Kapitän L'Huillier und blickte schweigend auf die jubelnde *Shannon* und die zwei Kutter, die sich näherten. Er wandte sich zu seinen Offizieren: »Sie haben Ihre Pflicht getan, aber wir hatten keine Chance. Ich danke Ihnen.« Aus den Niedergängen stürmten jubelnde Matrosen hervor. Es waren zwanzig britische Gefangene, die nicht wie die anderen auf das französische Flaggschiff gebracht worden waren. Als O'Byrne an Deck erschien, machte der Kapitän Anstalten, seinen Degen abzuschnallen und zu übergeben, aber O'Byrne wehrte ab. »Monsieur Kapitän, mein Kommandant bittet Sie, Ihren Degen in Anerkennung Ihres tapferen Widerstandes zu behalten.«

»Ich danke Ihnen und Ihrem Kapitän. Was ist das nur für ein Mann? Er hat uns in Grund und Boden gesegelt und uns getroffen, wo er wollte. Ist er mit dem Teufel im Bunde?«

O'Byrne lächelte mit dem Überlegenheitsgefühl des Siegers: »Aber nein, Monsieur. Er ist ein hervorragender Seemann und ein Kampfkommandant, wie wir sagen. Schnell entschlossen, vorausschauend und voller Ideen.«

David hatte in seiner Kajüte die Meldungen studiert und dachte noch über die Worte des Schiffsarztes nach. »Was für ein Triumph, Sir, wenn wir in Portsmouth einlaufen, die eroberte Fregatte und den Konvoi der Handelsschiffe im Geleit. Die Stadt wird toben.« Ja, es wäre wunderbar, aber es ging nicht. Irgendwo segelte der Getreidekonvoi, der Nahrung für das revolutionäre Frankreich brachte. Er durfte seinen Posten nicht verlassen und mußte weiter patrouillieren, um vielleicht den Konvoi der Flotte zu melden. »Mr. Marsh«, sagte er zu seinem Sekretär. »Man möge signalisieren, daß Mr. O'Byrne an Bord zurückkehrt. Wenn er da ist, möchte ich ihn und die anderen Offizieren sprechen.«

O'Byrne und die anderen Offiziere starrten David verwundert an, als er ihnen seine Pläne erörterte. Mr. O'Byrne sollte mit Mr. Penrose als diensttuendem Leutnant und vierzig Mann die *Castor* und den Geleitzug nach Hause bringen. Jedes Handelsschiff müsse noch zwei Mann auf die *Castor* abstellen. Das müsse reichen. Alle französischen Mannschaften würde er mit dem beschädigten Holländer, den die *Castor* im Tau hatte, zur spanischen Küste schicken. Die *Shannon* würde auf Posten bleiben.

»Da können wir aber den Handelsschiffen nicht viel Schutz bieten, wenn wir eine französische Fregatte treffen, Sir«, gab O'Byrne zu bedenken.

»Wenn sie wirklich kämpfen will und sich nicht einschüchtern läßt, können Sie nicht lange Widerstand leisten. Schonen Sie die Mannschaften, stellen Sie das Feuer ein und versenken Sie das Schiff. Aber warum wollen wir das Schlimmste annehmen? Denken Sie lieber daran, wie man Sie feiern wird. Ich gebe Ihnen Post mit, und die Olivia Handle können Sie auch nach England bringen. Es gibt ja genügend sicheren Raum ohne die Franzosen an Bord.«

Während der nächsten 24 Stunden konnten nur wenige schlafen. Die *Shannon* lag neben der *Castor* und neben dem holländischen Handelsschiff, das die Gefangenen nach Spanien segeln sollte. Alle Zimmerleute, auch die Franzosen und die vom Neufundlandkonvoi, arbeiteten wie die Wilden, um die Schäden auf der *Castor* und auf dem Holländer zu beseitigen. Der Großmast der *Castor* erhielt eine stabile Manschette aus Balken, eine neue Stenge wurde eingezogen und die vielen Taue neu gespleißt.

Auf dem Holländer konnte nur eine Notbesegelung errichtet werden. Kapitän L'Huillier protestierte, daß seine Leute auf diesem Schiff nicht sicher seien. Aber David machte ihm klar, daß die spanische Küste in drei Tagen zu erreichen sei und daß weder Barometer noch Wolken auf Sturm hindeuteten. Er sagte ihm nicht, daß er keinesfalls das Schiff so weit reparieren wollte, daß es auf dem Ozean kreuzen und ihre Pläne stören konnte. Sie sollten sicher nach Spanien gelangen, mehr nicht.

Die besten Segler des Konvois waren wieder nach außen gestaffelt und hielten scharf Ausguck. Nur kurz wurde die Arbeit unterbrochen, als auf der *Castor* 16 Tote dem Meer übergeben wurden, auf der *Shannon* einer. »Ich glaube, das bereitet ihm die größte Freude, daß er mit minimalen Verlusten so viel erreichte«, sagte Gregor zu Hassan, und der nickte.

Als der Holländer mit den französischen Mannschaften Kurs auf Spanien nahm, segelte die *Shannon* noch mit der *Castor* und dem Konvoi gemeinsam. Erst als der Holländer unter der Kimm verschwunden war, trennte sich die *Shannon* von den anderen.

Signale flatterten, Hüte wurden geschwenkt, aber die Stimmung war miserabel. Ein Maat spuckte über Bord. »Er riskiert all unsere Prisengelder. Wenn nur eine große Fregatte der Froschfresser auftaucht, kann die *Castor* mit ihren paar Mann doch nur die Hosen runterlassen. Und wir sehen keinen Penny. Der Alte hat ja genug, und die Ehre des Sieges bleibt ihm. Aber wir?«

»Wir werden bald auf halbe Rationen gesetzt, und das Wasser schmeckt schon so faulig. Du kannst es kaum noch trinken«, pflichtete ihm ein älterer Matrose bei. John Milton, der der *Castor* nachgestarrt hatte, auf der Olivia davonsegelte, sagte gar nichts. Aber er wunderte sich, wie schnell die Männer, die den Kapitän noch vorgestern in den Himmel hoben, ihn jetzt verdammten.

David ahnte, wie die Stimmung war. Er ließ die Offiziere und Deckoffiziere rufen, erklärte ihnen, wie wichtig das Abfangen des Getreidekonvois für die Beendigung des Krieges sei, und daß daher die *Shannon* auf ihrem Posten bleiben müsse, so lange es gehe. »Erklären Sie das den Mannschaften und lassen Sie keinen Müßiggang aufkommen!«

Schon der übernächste Morgen brachte eine neue Überraschung. »Deck: Segel sechs Meilen drei Punkt steuerbord.«

David schickte Midshipman Woodfine mit dem Teleskop in den Ausguck. Der meldete bald, das Segel sei ein Kutter. Das ist wahrscheinlich einer unsere Depeschensegler, sagte sich David und ließ auf den Kutter zuhalten und das Geheimsignal und die Nummer der *Shannon* hissen. »Unterstützen Sie das Signal bitte mit einem Schuß, Mr. Rossano, damit die merken, daß wir etwas wollen.«

Der Kutter hielt vorsichtig Distanz, bis er die Flaggen eindeutig identifiziert hatte. Dann setzte auch er seine Nummer und das Geheimsignal für Juni. Die *Shannon* hißte die Signalflaggen: »Kommandant an Bord!«

Nun flog der Kutter mit vollen Segeln auf sie zu. David mußte wieder an seine Zeit als Kommandant des Kutters *Hunter* denken. Damals hatte er von einem Fregattenkommando nicht zu träumen gewagt. Heute wußte er, welche Bürden und Einschränkungen damit verbunden waren, von denen dieser junge blonde Leutnant, der jetzt in der Gig zur *Shannon* übersetzte, noch nichts ahnte.

Der Kutterkommandant eilte das Fallreep hinauf und wurde von Leutnant Rossano in die Kapitänskajüte geführt. Die Ruderer seiner Gig nahmen das Tau, das ihnen zugeworfen wurde, befestigten die Gig und pflaumten die Matrosen der *Shannon* an. »Na, ihr auf eurem Kanonenprahm mit Segeln. Wachsen eure Bärte schon vor Langeweile durch die Planken?«

»Ihr Postkutscher!« rief einer der Shannons zurück. »Wißt ihr überhaupt, wie Kugeln pfeifen?«

»Ha!« triumphierten die Kutterleute. »Wir waren gerade in einer glorreichen Schlacht dabei. Lord Howe hat die französische Flotte geschlagen. Sechs Linienschiffe hat er als Prisen erbeutet und andere versenkt.«

Jetzt wurden auch die Maate aufmerksam, die die Leute gerade wieder an die Arbeit treiben wollten. »Wann hat er sie geschlagen und wo? Erzählt schon!«

In der Kapitänskajüte wurde der Bericht systematischer

erstattet. »Wir haben am 21. Mai zehn Handelsschiffe des Lissabon-Konvois zurückerobert und dabei erfahren, wo die französische Flotte stand. Lord Howe hat die zehn Schiffe verbrennen lassen, um keine Prisencrews opfern zu müssen. Am achtundzwanzigsten sichteten wir dann die gegnerische Flotte. Gegen Abend gerieten wir mit der Nachhut ins Gefecht und haben ihr Hundertvierzehn-Kanonen-Schiff *Révolutionnaire* so zerschossen, daß es abgeschleppt werden mußte. Die Franzosen hatten auch am nächsten Tag den Windvorteil, aber Lord Howe hat ihre Linie durchbrochen und drei Schiffe ihrer Nachhut zu Krüppeln geschossen. Die Franzosen mußten ihren Windvorteil aufgeben, und als sich am ersten Juni morgens der Nebel hob, führte Lord Howe seine Schiffe gegen das Zentrum des Gegners, durchstieß es, entmastete neun Schiffe, versenkte andere und nahm sechs Linienschiffe als Prisen. Ein glorreicher Sieg, Sir.«

»Lord Howe hat ihre Linie durchbrochen, Kapitän Crow?«

»Jawohl, Sir. Und in dem Nahgefecht, das sich dann entwickelte, konnte sich die Feuerüberlegenheit unsrer Schiffe voll auswirken, obwohl die Franzosen so tapfer gekämpft haben, wie es niemand von den wenig geschulten Besatzungen erwartet hatte.«

»Hat sich die französische Flotte zurückziehen können? Was weiß man vom Getreidekonvoi?« fragte David nach.

»Die Franzosen sind abgesegelt, Sir, aber vom Getreidekonvoi fehlt jede Spur. Admiral Montagu sucht ihn mit einem Geschwader. Lord Howe ist nach Portsmouth zurückgesegelt.«

David ließ sich vom Kutterkommandanten auf der Karte die Positionen zeigen. Die Schlacht fand auf 47 Grad 48 Minuten Nord und 18 Grad 30 Minuten West statt. Leutnant Crow zeichnete ein, wie die Flotten an den drei Tagen operiert hatten. Dann merkte David ihm an, daß er wieder auf seinen Kutter und weiter nach Gibraltar segeln wollte.

Als er den Kutterkommandanten verabschiedet hatte,

ging David zurück zur Karte, nahm Winkelmesser und Lineal, zeichnete Windrichtungen ein und fuhr sich immer wieder nachdenklich mit der Hand übers Kinn. Warum war nur der französische Admiral so gesegelt? Er hatte den Windvorteil und gar keinen Grund, nach dem ersten Gefechtstag auf diesem Kurs abzusegeln. Das brachte ihm am nächsten Tag Nachteile und kostete ihn letztendlich den Windvorteil.

Wieder legte David das Lineal an. Ach was, Villaret de Joyeuse hatte ja noch nie als Admiral ein Geschwader geführt. Daher hatte er so unverständlich taktiert. David warf das Lineal auf die Karte und wollte sich abwenden, als ihm ein Gedanke ins Hirn schoß, daß er abrupt in der Bewegung innehielt, das Lineal griff und wieder auf die Karte starrte.

Natürlich, das mußte es sein! Der Franzose wußte, wo der Getreidekonvoi stand. Er tat alles, um Lord Howe von dessen Kurs abzulenken. So ergab alles einen Sinn. Dann mußte aber der Konvoi hier den Kampfplatz des ersten Tages passiert haben. Er nahm den Winkelmesser, schätzte Geschwindigkeiten, berücksichtigte die Windrichtung und richtete sich dann auf. »Posten!« rief er. »Leutnant Neale möchte kommen.«

Er erklärte ihm seine Theorie, und Neale schien sie nach einigem Nachdenken einzuleuchten. »Der Konvoi muß inzwischen mit Nordostkurs auf dem Weg in die Bucht von Biskaya sein. Wir segeln Nord-Nordost, um ihn aufzuspüren. Geben Sie bitte die nötigen Kommandos, Mr. Neale. Und doppelte Ausgucke ab sofort!«

»Sir, erlauben Sie mir eine Bemerkung?« David nickte, und Neale fuhr fort: »Die Stimmung in der Mannschaft ist schlecht, Sir, weil sie um das Schicksal der Prisen bangen. Jetzt haben sie von dem Sieg Lord Howes gehört und denken nur noch daran, daß wir endlich nach England segeln. Das Wasser ist kaum genießbar. Frische Früchte und Gemüse fehlen seit Wochen. Es würde die Stimmung sehr heben, wenn Sie ansagen würden, daß wir heimwärts segeln. Der Kurs würde ja dazu passen.«

»Aber ich würde meine eigene Mannschaft anlügen. Das tue ich nicht! Sie müssen einsehen, daß wir alle zuerst an unsere Pflicht zu denken haben. Lassen Sie alle Mann an Deck antreten. Ich will zu ihnen sprechen.«

David sah vom Achterdeck auf die Seeleute hinab. Ihre Gesichter waren ausdruckslos. Keine Freude, keine Neugier, keine Feindschaft, nur Distanz. Er sprach über ihren Auftrag, erinnerte an ihre Erfolge und erläuterte dann, wie der Getreidekonvoi über Krieg und Frieden entscheiden könne. Wenn das Getreide die Scheuern Frankreichs fülle, könne die Revolution weiter morden, wie sie es an der Küste der Vendée erlebt hätten und wie es auch an Englands Küsten geschehen könne. »Wenn wir den Getreidekonvoi finden und der Flotte melden, dann erst ist der wichtigste Sieg errungen. Und wer es vor Sehnsucht nach seiner Liebsten nicht aushalten kann, der soll daran denken, daß Brest, das Ziel des Konvois, nicht weit von England entfernt ist. Und nun geht und tut eure Pflicht, wie ihr es beschworen habt!« Sie gingen, aber sie waren teilnahmslos wie zuvor. David seufzte, ging in seine Kajüte und rief Kolja zu sich und kraulte lange und versunken sein Fell.

Drei Tage hatte die *Shannon* mit einer übelgelaunten Besatzung Kurs gehalten und kein Segel gesehen. Wieder war die Morgensonne aufgegangen, und die täglichen Waffenübungen begannen. Wieder nichts! Aber dann brüllte der vordere Ausguck: »Viele Segel, acht Meilen voraus!«

Wie ein Schock fuhr es durch die Mannschaft. Nach kurzer Erstarrung bewegten sich alle schneller. David rannte im Hemd vom Frühstückstisch an Deck und schickte Mr. Woodfine mit dem Teleskop in den Ausguck. »Sie setzen Segel!« rief der bald. »Ein Riesenkonvoi. Achteraus eine Fregatte!«

David sah die auf dem Achterdeck stehenden Midshipmen an. »Was sollen wir jetzt tun, meine Herren?«

»Angreifen, Sir!« rief der rotschopfige Mr. Osgood.

John Bentrow schüttelte den Kopf.

»Warum nicht, Mr. Bentrow?« fragte David.

»Wir wissen, Sir, daß der Konvoi von einem halben Dutzend Linienschiffen und noch mehr Fregatten gesichert wird. Da wäre Angriff Wahnsinn.«

»Das stimmt«, bestätigte David. »Aber was tun wir nun?«

»Fühlung halten, Sir«, schlug Mr. Osgood vor.

»Aber wem sollen wir den Konvoi melden, Mr. Osgood?«

»Unserer Flotte, Sir, natürlich.«

»Und segelt die hinter uns her, oder wo vermuten Sie sie?«

»Sie wird am Eingang zur Bucht von Biskaya warten, Sir«, warf Davids Sohn ein, und Mr. Henderson ergänzte: »Wir müssen uns vor den Konvoi setzen, Sir, und sehen, daß wir unsere Flotte finden.«

»Das ist es, Herr Admiral! Befehlen Sie sofort einen nördlichen Kurs, der uns außer Sicht um den langsamen Konvoi herumführt, und dann lassen wir uns zurückfallen, bis er uns einholt. Einverstanden, meine Herren?« Sie lachten fröhlich, und es schien die Mannschaft anzustecken. Mit Eifer und Freude änderten sie den Kurs und scherzten wieder miteinander.

Tag für Tag lief dasselbe Spiel ab, vier lange Tage schon. Die *Shannon* erwartete den Morgen auf nordöstlichem Kurs, die oberen Segel angeschlagen, damit sie schwerer zu erkennen war. Dann meldete ihr Ausguck die aufklärenden Fregatten des Konvois fern am Horizont. Die *Shannon* wartete etwas, bis der Wald der Segel mehr zu ahnen als zu sehen war, dann setzte sie Zug um Zug die oberen Segel und lief in weiten Schlägen vor dem Konvoi her.

»Irgendwann müssen wir doch ein Schiff unserer Flotte finden«, klagte David. »Wenn sie nicht hier am Eingang zum Kanal ist, wo ist sie sonst?«

Sie hatten einen Postsegler aus Falmouth getroffen, der

berichtete, daß Admiral Montagues Geschwader am 30. Mai Plymouth angelaufen habe, inzwischen aber wieder in See sein solle. Auch ein Handelsschiff mit Kurs auf Liverpool hatten sie angehalten und die Nachricht über den Konvoi weitergegeben. Aber kein Schiff der Flotte war zu sehen.

»Verdammt, wir sind doch nicht im Pazifik. Wir sind zwei Tage vor Brest. Da müssen doch unsere Schiffe patrouillieren«, schimpfte David.

»Die sitzen im Hafen und feiern den Sieg«, murmelte der Master.

Die Stimmung war wieder auf dem Tiefpunkt. Alles war umsonst gewesen. Sie hatten ihre Prisen aufs Spiel gesetzt, tranken faulendes Wasser, aßen gekürzte Rationen und hatten keine Chance, den Getreidekonvoi noch aufzuhalten.

Am nächsten Morgen sichteten sie zwei Segel voraus. Voller Erwartung liefen sie darauf zu, setzten das Geheimzeichen, ihre Nummer und das Signal: ›Feind in Sicht!‹ Aber dann rief Mr. Woodfine vom Ausguck: »Es sind zwei Franzosen. Aufklärungsfregatten aus Brest.«

Die *Shannon* wich mit vollen Segeln nach Norden aus, änderte dann wieder Kurs in Richtung Brest. Dort sichteten sie zwei Linienschiffe und wichen erneut aus. Am nächsten Tag erlebten sie aus der Ferne, wie der Wald von Segeln die Einfahrt nach Brest passierte. Als sie am Abend mit Kurs nach Portsmouth abliefen, sahen sie hinter sich das Feuerwerk, hörten die Böllerschüsse und kniffen die Lippen zusammen, wenn sie an das Freudenfest dachten, das die Franzosen nun feierten.

Am übernächsten Vormittag steuerte die *Shannon* Spithead, den Ankergrund vor Portsmouth, an. Endlich wieder in England! schienen die meisten zu denken und sahen wieder fröhlicher drein. »Deck! Sechs französische Linienschiffe mit der britischen Flagge über der französischen.«

David blickte durchs Teleskop. Da lag Lord Howes Flotte mit ihren Prisen. Sie schien vor kurzem erst eingelaufen zu sein. Und dahinter sah er noch eine britische Flagge über der französischen. »Die *Castor* liegt auch dort!« rief er, und nun wanderte der Jubel vom Achterdeck durch alle Decks. Und dann sahen sie auch ›ihren‹ Neufundlandkonvoi.

Sie lagen sich in den Armen und hörten kaum noch auf die Kommandos. Nun war wieder alles im Lot. »Und er hatte wieder Recht, der Kapitän. Wenn die anderen seinen Verstand hätten, wäre uns auch der Getreidekonvoi nicht entwischt.« John Milton glaubte nicht richtig zu hören. War das derselbe Kerl, der in den letzten Tagen kein gutes Haar am Kapitän gelassen hatte?

David hatte seine Berichte zusammengepackt und Befehl gegeben, sein Boot auszusetzen. Da wurde ihm gemeldet, daß ein Boot von der *Castor* auf sie zurudere. »Warte noch etwas!« befahl er Gregor. »Das wird Leutnant O'Byrne sein.«

O'Byrne rief schon von weitem seinen Willkommensgruß, stieg auf Davids Bitte in sein Boot und begleitete ihn auf der Fahrt zum Hafenadmiral. »Wie ich mich freue, Sie gesund wiederzusehen, Sir, können Sie sich kaum denken. Wir hatten Sie schon längst erwartet, nachdem der Sieg bekannt wurde. Das hat Ihren Ruhm in Portsmouth ein wenig zurückgedrängt. Man nannte Sie nur noch Kapitän Midas, Sir.«

»Wie furchtbar«, wehrte David ab. »Ich möchte manches anfassen, was nicht zu Gold werden soll, vor allem meine Frau. Und meine Gedanken kreisen nicht um Ruhm und Erfolg, sondern um Versagen und Versäumnis. Ich habe vor zwei Tagen erlebt, wie der Getreidekonvoi in Brest einlief und wie dort die Freudenfeste begannen. Wir haben eine große Chance verpaßt, den Krieg entscheidend zu verkürzen. Was wiegen dagegen die sechs Prisen und der Sieg Lord Howes?«

O'Byrne schwieg betreten. Als David ihn von der Seite ansah, räusperte er sich und sagte: »Sie haben ja recht, Sir.

Es ist ein schwerer Schlag, daß wir den Getreidekonvoi nicht erwischt haben. Aber von ihm redet in Portsmouth im Augenblick kein Mensch. Alle sind glücklich, daß die französische Flotte am ›Glorreichen Ersten Juni‹, so nennt man die Schlacht inzwischen, so schwer geschlagen wurde, daß sie vorläufig Englands Küsten nicht gefährden wird. In wenigen Tagen kommt der König mit seiner Familie hierher, um Lord Howe und die Flotte zu ehren. Und man ist stolz, daß Sie, ein Sohn der Stadt, eine Fregatte niederrangen und reiche Beute machten. Bitte freuen Sie sich auch, Sir. Sehen Sie nicht nur die großen Ziele. Genießen Sie auch das Erreichen der mittleren Erfolge. Bitte, Sir, man würde Sie sonst nicht verstehen.«

David legte ihm die Hand auf den Arm: »Ist gut, Paul. Ich werde mir Mühe geben.«

Vorposten vor der Bretagne

(Juli bis Dezember 1794)

David erwartete seinen Gast auf der Freitreppe des Gutshauses. Martin, Herzog von Chandos, stieg aus der Kutsche und trat mit schnellen Schritten auf David zu. »Was für ein herrlicher Besitz, David. Alles sieht so gepflegt aus, und die Felder stehen voller Weizen.«

»Willkommen, Martin. Britta und unser Verwalter halten alles gut im Schuß. Und sie pachtet Land dazu, wo sie nur kann.«

»Wo ist sie denn?«

»Sie stillt gerade unsere Tochter. Die junge Dame hat großen Appetit. Aber kommen Sie doch hinein, Martin!«

Martin winkte zwei Dienern, die sein Gepäck und einige schön verpackte Kartons hinter ihm her trugen. Sein Gepäck übergaben sie Davids Diener, der es auf das Gästezimmer schaffte. Die Kartons stellten sie am Eingang ab.

»Kommen Sie, Martin, wir gehen in die Bibliothek, die Britta für mich eingerichtet hat, obwohl ich kaum zum Lesen komme. Aber wir sind dort ungestört und können einen Schluck zur Begrüßung trinken.«

Sie tranken sich zu, und Martin sagte mit leichtem Vorwurf in der Stimme: »Sie waren nicht zum Besuch des Königs in Portsmouth, David. Sind Sie immer noch der Meinung, daß der Sieg am ›Glorreichen Ersten Juni‹ wenig wiegt im Vergleich zum Durchkommen des Getreidekonvois?«

»Nein, Martin. Unsere Tochter war gerade wenige Tage alt, und Britta hatte eine Magenverstimmung. Für mich ist das alles neu, und ich machte mir unnötige Sorgen. Außerdem waren nur die Kapitäne zum Empfang beim König eingeladen, die an der Schlacht teilgenommen hatten. Natürlich meine ich, daß wir auf den Sieg gut verzichten könnten, wenn wir den Getreidekonvoi gekapert hätten, aber ich sehe auch ein, daß Lord Howes Taktik, die feindliche Linie zu durchbrechen, ein großer Fortschritt ist. Und mein Erster hat mir nachdrücklich gesagt, ich solle nicht immer unzufrieden sein, wenn nicht alles erreicht wurde, sondern mich an dem freuen, was gelungen ist.«

»Das muß ein kluger Mann sein, der das vorwegnahm, was ich Ihnen sagen wollte. Fast alle Flottenoffiziere beneiden Sie wegen Ihrer Erfolge, aber wenn ich an Ihren Brief denke, den ich in Portsmouth erhielt, sollte man meinen, wir hätten völlig versagt.«

»Ja, er war in der ersten Enttäuschung geschrieben, nachdem wir tagelang vor dem Getreidekonvoi hergesegelt waren, und keine unserer Flotten auf Posten war«, gab David zu. »Aber dieser kluge Mann wurde nicht zum Commander befördert, weil unsere Admiralität die *Castor* nicht als Schiff der regulären französischen Flotte anerkennt.«

Martin nickte bekümmert und erklärte David, daß einige Beamte einen alten Parlamentsbeschluß ausgegraben hätten, wonach ein gekapertes Schiff erst in einem Hafen durch gerichtlich verbindlichen Entscheid rechtmäßig Teil der neuen Flotte werden könne. Die *Castor* sei aber auf See in die französische Flotte aufgenommen worden. Das habe Lord Chatham in seinem Ärger über Davids Kritik natürlich gern aufgegriffen und die Anerkennung als Sieg über ein stärkeres Kriegsschiff verweigert, was bedeutete, daß die *Castor* wie ein erbeuteter Kaper behandelt werde, ohne die besonderen Ehrungen, die mit dem Sieg über ein feindliches Flottenschiff verbunden seien. »Wollen Sie wirklich gegen diesen Beschluß klagen, David?«

»Das bin ich schon meinem Ersten schuldig, Martin. Der französische Kapitän hat vor dem Hafenadmiral beschworen, daß sein Admiral Vollmacht besessen hätte, erbeutete Schiffe in die Flotte der Republik aufzunehmen und daß er mit allen Formalitäten als Fregattenkapitän der Flotte eingesetzt sei. Wir werden sehen, wie Sir James Marriot, der Richter des höchsten Admiralitätsgerichtes, entscheidet.«

»David, David, Sie sind ein halsstarriger Bursche! Vor kurzem wäre ich noch sicher gewesen, daß eine Klage gegen die Admiralität das Ende Ihrer Karriere bedeutet hätte. Pitt reagiert sehr allergisch gegen Kritik. Haben Sie erfahren, daß er im Mai die Habeas-Corpus-Akte aufgehoben hat? Jetzt kann man in Haft behalten werden, ohne innerhalb von zwei Tagen einem Richter vorgeführt zu werden. Pitt begründet es mit revolutionären Umsturzplänen. Natürlich ein Vorwand. Aber nachdem er jetzt gerade eine Koalition mit den konservativen Whigs unter dem Herzog von Portland eingehen mußte, sind die Tage seines Bruders als Erster Lord der Admiralität gezählt. Außerdem ist Dundas' Macht begrenzt und William Windham, der engste Vertraute von Burke, Staatssekretär geworden. Das sind die Leute, für die Ihre Kritik Wasser auf die Mühlen ist. Also bleibt Ihre Klage gegen die Admiralität vielleicht ohne schlimme Konsequenzen.«

»Das hört sich an, Martin, als hielten Sie meine Kritik für unbegründet.«

»Nein, das sollte es nicht, aber manchmal war sie für mein Gefühl schon etwas rigoros.«

David wollte antworten, aber da öffnete sich die Tür, und Britta trat ein, das Baby im weißen Steckkissen auf dem Arm. Beide Männer sprangen auf, David, um Britta zu stützen, Martin, um sie zu begrüßen.

»Baronesse, welche Freude, Sie so gesund mit dem Kind zu sehen. Meine herzlichsten Glückwünsche und alles Gute für Mutter und Kind. Ich habe Ihnen eine Kleinigkeit mitgebracht.« Und Martin machte Anstalten, die Pakete aus der Diele zu holen.

»Lassen Sie nur, Martin. Wir setzen uns dort hin. Britta ist viel zu leichtsinnig und mutet sich zuviel zu.«

Britta lächelte und schüttelte den Kopf. »Er ist schlimmer als eine Gouvernante«, sagte sie zu Martin. »Immer will er mich in Watte packen, obwohl ihm unser Arzt schon mehrmals erklärt hat, daß man heute anders darüber denkt.«

Nun ließ sich Martin aber nicht länger zurückhalten und holte die Geschenke, für die Tochter ein Babybesteck aus Sterlingsilber, für die Mutter den neuesten Gesellschaftsroman aus London sowie ein wertvoll eingebundenes Bändchen für die Tagebuchnotizen über das junge Leben und für David Heinrich Zimmermanns »Reise um die Welt mit Capitaine Cook«, verlegt in Mannheim 1781. »Die Reisebeschreibung eines deutschen Matrosen, die nicht in englischer Sprache vorliegt. Aber sie können sie ja lesen, David.«

Die Winters bedankten sich herzlich, aber dann mußte Martin erst einmal die kleine Christina Margreta bewundern, die gesättigt vor sich hinschlummerte. Er war ein wenig ratlos, was er zu dem winzigen verschrumpelten Wesen sagen sollte, aber als er Davids stolzes und zugleich fragendes Gesicht sah, rang er sich einige bewundernde Worte ab und hob auch den schon beachtlichen schwarzen Haarschopf hervor.

Damit hatte er wohl ins Schwarze getroffen, denn David bestätigte, das habe sie von ihm. Auch er solle kein Glatzkopfbaby gewesen sein, sondern schon eine dunkle Behaarung aufgewiesen haben. Britta lächelte und erzählte Martin, wie David Arzt und Hebamme während der Geburt mehr beschäftigt habe als Baby und Mutter zusammen.

Martin mußte laut lachen. »Ja, der David. Immer ist er voll engagiert. Nie erlebt er etwas aus ruhiger Distanz.«

»Stimmt nicht!« protestierte David. »Den Feldzug meiner Frau und ihres Verwalters zur Anerkennung der Kartoffel als gutes Nahrungsmittel beobachte ich sehr gelassen.«

»Ja«, bestätigte Britta, »Pflanzen und Blumen lassen ihn ziemlich kalt. Dafür hat mein Herr Gemahl keine Ader.«

Als Martin am Abend mit David noch zu einem Schlummertrunk beisammensaß, gab er zu, daß ein Tag bei den Winters ihm schon ein wenig Appetit auf Familienleben wecke. David riet ihm nachdrücklich zu, sein Junggesellendasein schleunigst aufzugeben.

Aber dann sprachen sie doch noch über Flottenfragen. Martin berichtete, daß Kapitän d'Auvergne mit dem alten Linienschiff *Nonsuch* und einigen Kanonenbooten auf die Kanalinseln verlegt worden sei und den Auftrag erhalten habe, von dort die Unterstützung der Chouannerie zu verstärken. »Und er hat mir schon angedeutet, daß er Sie mit der *Shannon* anfordern will, David.«

David sah ihn nachdenklich an. »Darüber bin ich nicht glücklich, Martin. Ich bin ein gebranntes Kind und glaube nicht, daß unsere Regierung Aufstände auf dem Festland so nachhaltig unterstützt, daß mehr herauskommt als eine zeitweilige Bindung französischer Truppen, für die die Aufständischen nachher eine bittere Zeche bezahlen müssen.«

»Unsere Regierung hat die Pflicht, zunächst an den Vorteil Britanniens zu denken, David. Aber vielleicht läßt sich das mit den Zielen der Chouans verbinden. Und Sie sind im Kriegs- und Innenministerium durch Ihre Kritik an unserer Politik gegenüber der Vendée bekanntgeworden und gelten als Kenner der Szene. Man wird d'Auvergnes Anforderung unterstützen.«

»Und ich hatte gehofft, von dieser Küste fortzukommen und frei im Atlantik zu kreuzen.«

Nach Martins Abreise kehrte wieder die gewohnte Ruhe in Whitechurch Hill ein, die David sehr genoß. Die *Shannon* war im Dock, weil sich große Partien der Kupferplatten am Rumpf gelockert hatten, und er brauchte sich nicht um das Schiff zu kümmern. David lernte besser reiten, unternahm Kutschfahrten und kleine Spaziergänge mit Britta, nahm durch die Unterhaltungen mit dem Verwalter zunehmend mehr Anteil an der Landwirtschaft und war unermüdlich, wenn er seine Tochter betrachten konnte.

Nein, er war nicht enttäuscht, daß es kein Sohn war. Christina würde nicht in den Krieg ziehen. David hatte in den letzten Monaten zu oft Sorgen um seinen Sohn John gehabt und freute sich, daß er das mit einer Tochter nicht befürchten mußte. Immer wenn Schüsse auf die *Shannon* abgefeuert worden waren, hatte er zuerst geschaut, ob John unversehrt war.

Glücklicherweise war die Affäre Lord Bentrows nicht an die Öffentlichkeit gelangt. Der Lord hatte sich mit dem Vater des verführten Jungen duelliert, eine leichte Wunde davongetragen und war nach Gibraltar versetzen worden. Susan hatte geschrieben, daß John während der Hafenzeit der *Shannon* unbesorgt zu ihr reisen könne.

Die Ruhe des Landlebens war nur selten unterbrochen worden. Olivia Handle war auf dem Gut heimisch geworden und bewährte sich als Zimmermädchen wie vorher als Matrose. Christina war getauft worden, Besuche und Gegenbesuche in der Nachbarschaft wurden unternommen, Besuche der Barwells und Hansens. Hassan kehrte aus London zurück, wo er die Prüfung als Master vor der Kommission des Trinity House bestanden hatte, und schließlich traf Martins Brief ein, der David als erster mitteilen wollte, daß das höchste Gericht der Admiralität die *Castor* als reguläres Schiff der französischen Flotte anerkannt hatte.

»Damit ist Ihr Sieg als Sieg über ein Kriegsschiff anerkannt worden, lieber David, und die Beförderung des Ersten Leutnants O'Byrne zum Commander wird gerade ausgefertigt. Aber

Ihnen wird man die verdiente Baronie nicht zubilligen. Zu sehr ist Lord Chatham über Sie verärgert. Aber er hat nicht mehr den Einfluß, um zu verhindern, daß Sie Ihr Kommando behalten und im Kanal mit dem besonderen Auftrag bleiben, d'Auvergne und seine Operationen von den Kanalinseln aus zu unterstützen.«

Die Baronie könnt ihr euch an den Hut stecken, dachte David. Wenn ich scharf darauf bin, kann ich sie mir kaufen. Aber was brächte mir der ›Sir David‹? Britta ist auch nicht erpicht, ›Lady Britta‹ genannt zu werden. Sie wird ja aus Höflichkeit immer noch mit ›Baronesse‹ angeredet. Aber für O'Byrne freut es mich. Er suchte Britta, um ihr die Neuigkeiten mitzuteilen.

Und dann kam eines Tages ein Bote von William Hansen mit den neuesten Zeitungen. Robespierre, der berüchtigte Führer der Jakobiner, war von seinen eigenen Republikanern am 27. Juli abgesetzt und getötet worden. William schrieb, daß die Stadt von Gerüchten schwirre. Ein Heer der Emigranten solle auf Paris ziehen, die Nationalgarde solle meutern, Friedensverhandlungen seien aufgenommen.

Nichts davon bestätigte sich in den nächsten Wochen. Der Konvent, die Führungstruppe der Revolution, regierte weiter mit anderen Leuten. Es wurde weiterhin Krieg geführt, und Pitt stritt jedes Friedensgespräch ab.

Aber mit der ländlichen Ruhe war es sowieso vorbei. Das Schiff war aus dem Dock heraus und mußte für den Einsatz ausgerüstet werden. Ein mittelgroßer, blonder Jüngling stellte sich als Henry Brenton, Dritter Leutnant, auf die *Shannon* kommandiert, vor. Er hatte schon ein halbes Jahr Erfahrung auf einem 74er, und ein gütiges Schicksal oder ein einflußreicher Verwandter hatten ihm nun ein Fregattenkommando verschafft.

O'Byrne war selig über die Beförderung und lud alle Offiziere der *Shannon* zu einer Feier ins ›George‹ ein. Eine Kanonenbrigg, mit der er nach Korsika auslaufen sollte, war sein Kommando. »Sie bringen Ihren Freunden Glück, Sir«, hatte er David gedankt. David hatte in diesem Kreis zum ersten Mal die neue Ausgehuniform an, bei der Manschetten und Taschen mit zwei Goldbändern statt des bisherigen einen verziert waren und ihn als Kapitän mit mehr als drei Dienstjahren auswiesen.

Britta hatte aufgehört zu stillen, und eine Amme hatte es übernommen, Christinas Durst zu befriedigen. Die knappen Stunden, die David jetzt noch bei der Familie war, erlebte er ganz intensiv. Er studierte Christinas Entwicklung, verfolgte, wie ihre nun braunen Augen schon kurze Zeit einen Gegenstand festhielten, und sah in jedem zufälligen Grimassieren ein bewußtes Lächeln.

»Du würdest sie hoffnungslos verwöhnen, lieber David, wenn du immer bei uns wärst. Und alle sagen doch, du seist ein strenger Kapitän mit hohen Anforderungen«, scherzte Britta.

»Gönn mir nur die kleinen Inkonsequenzen, Liebste. Ich weiß ja, daß du schon dafür sorgen wirst, daß Christina mit beiden Füßen auf dem Boden bleibt und nicht verwöhnt wird. Und sie muß ich ja nicht auf Kampf und Stürme vorbereiten.«

Britta hatte in dem knappen Ehejahr sehr an Selbständigkeit gewonnen. Sie war gleichmäßiger in ihrer Liebe geworden. Sie hungerte nicht mehr so nach Davids Leidenschaft wie in den Tagen in Falmouth. Sie genoß die körperliche Liebe, der sie sich nach dem Abstillen wieder hingaben, voller Temperament und Glück, aber sie wuchs schnell aus der Rolle der unerfahren hinnehmenden Jungfrau hinaus. David war sich manchmal nicht sicher, ob er Brittas Eigenständigkeit begrüßen sollte. Immer häufiger hatte er den Eindruck, daß Britta auch dies und jenes an ihm zwar liebevoll, aber doch nicht ohne Kritik registrierte. Die indischen Frauen geben dem Mann stärker das Gefühl, immer der Herr zu bleiben, dachte er und machte sich dann erneut Vorwürfe, daß er wieder verglich.

Im Dachgeschoß des Seitenflügels hatte David ein kleines Zimmer mit großem Fenster ausbauen lassen. Ein Teleskop rückte die Reede von Spithead in greifbare Nähe. Durch dieses Teleskop blickte nun auch Britta dem Kutter

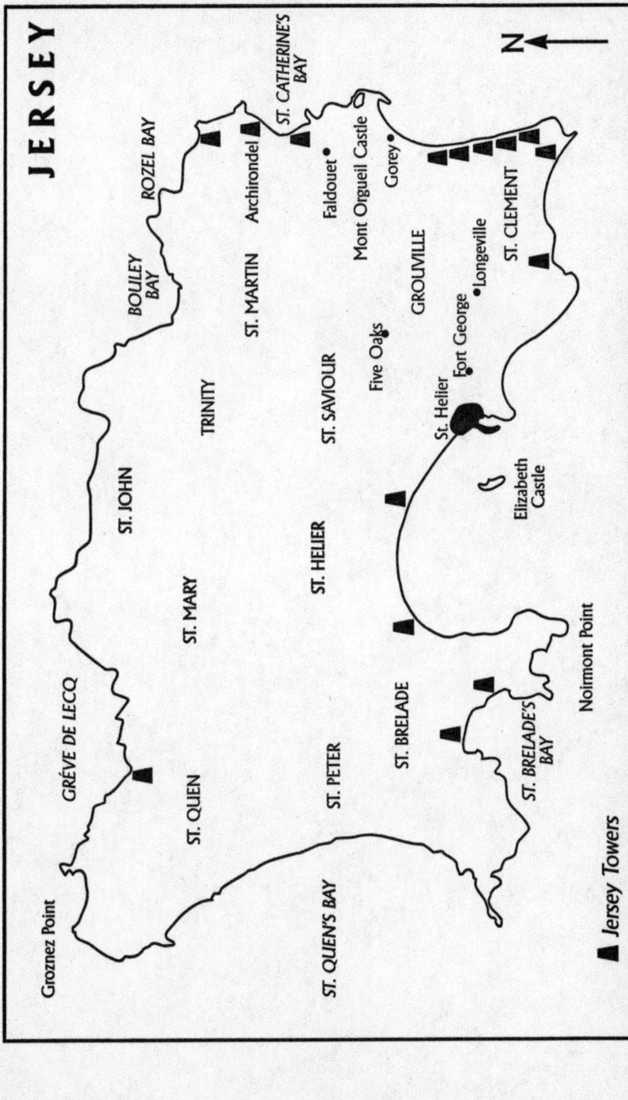
JERSEY
N
ROZEL BAY
BOULEY BAY
ST. CATHERINE'S BAY
Archirondel
Faldouet
Mont Orgueil Castle
Gorey
ST. MARTIN
TRINITY
ST. JOHN
ST. SAVIOUR
Five Oaks
GROUVILLE
Longeville
ST. CLEMENT
Fort George
St. Helier
Elizabeth Castle
ST. HELIER
ST. MARY
GRÉVE DE LECQ
ST. QUEN
ST. PETER
ST. BRELADE
ST. BRELADE'S BAY
Noirmont Point
Groznez Point
ST. QUEN'S BAY
Jersey Towers

nach, der David zur *Shannon* brachte. Neben ihr stand Idina, Hassans Frau und ihre Freundin und Vertraute. Idinas Sohn war ein Jahr älter als Christina, und sie sahen beide schon als künftige Spielgefährten.

»Da ziehen sie nach acht schönen Wochen wieder in den Krieg, und wir müssen warten und bangen«, sagte Britta zu Idina.

»Ich werde von Trennung zu Trennung ängstlicher«, bestätigte Idina. »Ich habe Hassan schon gebeten, den Flottendienst aufzugeben und mit uns in seine und meine Heimat zu ziehen. Wir haben doch Ersparnisse für einen guten Anfang. Aber er sagt nur, daß er den Kapitän nie verlassen würde.«

»Ja, die beiden und immer mehr auch der Gregor sind unzertrennlich. Das ist auch ein Trost, daß einer so auf den anderen achtgibt. Aber wenn es dich und Hassan nach Borneo zieht, dann wird mein Mann auch einwilligen. Hassan ist für ihn ja kein Sklave, sondern ein Freund. Natürlich müssen wir beide ihn langsam darauf vorbereiten. Aber wir haben ja noch Zeit. Ich bin sicher, sie kommen gesund wieder. Und ich erinnere dich, als ich es dir in Kopenhagen sagte, habe ich auch recht behalten.«

Die *Shannon* lief mit gekürzten Segeln in die Royal Bay of Grouville ein. David hatte durch das Teleskop die liebliche Küste Jerseys mit der hoch aufragenden Festung Mont Orgueil betrachtet und kurz der Erinnerung an die Zeit als junger Leutnant nachgehangen, als er erstmals die Kanalinseln angelaufen hatte. Jetzt starrte er unbehaglich auf die vielen dunkelbraunen Felsen, die bei Niedrigwasser aus dem Meer ragten.

Er blickte unauffällig zu Perceval Ryland, dem Master, der nicht einmal die Karte konsultierte. David bezweifelte, ob er sie sich vorher so sorgfältig eingeprägt hatte, wie er selbst es mit Hassan getan hatte. »Lassen Sie bitte ankern, Mr. Ryland!« ordnete er schließlich an.

Mr. Ryland gab Befehl, die Segel einzuholen und den

Buganker auszubringen. Hassan sah David bedeutungsvoll an, und der wußte, was er meinte.

»Haben Sie sich über die Gezeitenunterschiede an Jerseys Küste informiert, Mr. Ryland?« fragte er.

»Nein, Sir, was soll daran besonders sein?«

In David stieg der Ärger hoch. Dieser arrogante, dumme Kerl brachte das Schiff in Gefahr, wenn man ihm nicht über die Schulter sah. »Mr. Ryland, die Gezeitenunterschiede betragen hier bis zu zwölf Meter. Das ist mehr, als wir sonst auf der Welt kennen. Die Flut kommt in der zweiten Hälfte mit solcher Macht, daß sie uns auf die Felsen dort wirft, wenn wir nicht mindestens zwei Anker gut ausgebracht haben und eine ständige Ankerwache aufstellen. Veranlassen Sie das, und informieren Sie sich vorher über diese Dinge!«

David wandte sich dann an Mr. Neale, der jetzt ›Erster‹ war. »Ich suche jetzt den Prinzen von Bouillon auf. Je nachdem, wieviel Zeit er für mich hat, werde ich die Gig zurücksenden oder nicht. Wenn ich sie zurückschicke, werde ich Ihnen ausrichten lassen, auf welches Signal hin sie mich abholen soll. Dienst wie üblich, aber doppelte Ankerwachen!«

David war vorher noch nie auf Mont Orgueil gewesen, dieser alten Festung, die über dem kleinen Ort Gorey aufragte. Der Flaggleutnant von d'Auvergne hatte ihn am Landungsplatz empfangen und führte ihn nun den steilen Weg empor zum Königin-Elisabeth-Tor. Die Midshipmen Woodfine und Bentrow begleiteten ihn.

Als sie jetzt den schmalen Weg zum Somerset-Turm emporstiegen, pfiff der Wind zwischen den hohen Festungsmauern dahin, daß David sich vornüberlehnen und seinen Dreispitz festhalten mußte. »Das ist eine sehr zugige Ecke, Sir, aber wir sind gleich da«, erklärte der Flaggleutnant.

Am Eingang zum Wohnteil, ›Keep‹ genannt, stand lächelnd und mit ausgestreckter Hand d'Auvergne. »Willkommen, Kapitän Winter. Ich freue mich so, daß wir uns hier wiedersehen, wo ich Ihre Hilfe so dringend brauche.«

»Hoheit«, setzte David an, aber d'Auvergne unterbrach ihn. »Unter Kameraden bin ich Philippe d'Auvergne, Mr. Winter.«

»Es ist mir eine große Ehre, Mr. d'Auvergne, unter Ihrem Kommando dienen zu dürfen. Darf ich Ihnen die Midshipmen Woodfine und Bentrow vorstellen?«

D'Auvergne in seiner zuvorkommenden Art begrüßte auch die beiden jungen Burschen sehr freundlich und schlug vor, daß er ihnen ein wenig von der alten Festung zeige, bevor er sich mit David zurückziehen wolle. »Und Sie müssen zum Dinner bei mir bleiben, Mr. Winter. Es gibt so viel zu berichten.«

David war wie die beiden Midshipmen von den großen, dunkelgrauen Bastionen der Festung beeindruckt, über deren lange Geschichte d'Auvergne ein wenig erzählte. Und dann zeigte er auf das tief unter ihnen liegende Meer, wo die *Shannon* wie ein Spielzeug ankerte. Sein Arm wies nun von links nach rechts auf die ferne, aber deutlich sichtbare Küste: »Dort liegt Frankreich, jetzt unser gefährlichster Feind. An dieser Küste werden Sie operieren, Mr. Winter, und hoffentlich viele Erfolge und Siege verbuchen, aber wahrscheinlich auch einige Niederlagen. Möge Gott Sie und die Bretonen, die sich uns anvertrauen, beschützen.«

Er war ein wenig pathetisch, dieser Prinz, aber die Midshipmen waren beeindruckt, und auch David konnte sich der Stimmung nicht ganz entziehen. Aber dann war d'Auvergne wieder ganz nüchtern. »Von diesem Turm aus können wir Ihrer Gig das Signal geben, Sie abzuholen, Mr. Winter, zweimal lang, zweimal kurz.«

David nickte den Midshipmen zu, und diese verabschiedeten sich respektvoll.

Als d'Auvergne David dann in seine Räume führte, zeigte er ein wenig seine Enttäuschung. »Sie ahnen nicht, mit welch kleinlichen Schwierigkeiten ich hier kämpfen muß, lieber Mr. Winter. Zwei Räume in dieser großen Festung hat mir Gouverneur Fall – übrigens ein Cousin von mir, aber wir konnten uns nie leiden – schließlich zur Verfügung gestellt. Vorher schlief ich oft im Gasthaus. Aber ich kämpfe noch vergebens um Räume, um die Waffen unterzubringen, die ich den Chouans weitergeben soll. Der Gouverneur sieht es als Beeinträchtigung seiner Position, daß mir die Spionage in Frankreich, die Unterstützung der Chouans und der Emigranten auf den Kanalinseln anvertraut wurden, neben der maritimen Verteidigung der Inseln natürlich.«

»Große und verantwortungsvolle Aufgaben, Sir«, bekräftigte David, »und wahrscheinlich hat man Ihnen dafür wieder nicht genügend Mittel zugeteilt.«

»Ach Gott, Mr. Winter, Sie werden nicht glauben, was ich da erlebt habe. Sechs Kanonenboote wurden mir zugeteilt, aber ohne Mannschaft. Ich konnte sie nur bemannen, nachdem Freiwillige von den Kanalinseln neben dem Handgeld die Zusicherung erhielten, daß ihre Dienstpflicht nur in diesen Gewässern gilt und daß sie abmustern können, falls die Schiffe woanders hinkommandiert werden. Haben Sie so etwas schon in der britischen Flotte erlebt?«

David verneinte, und d'Auvergne fuhr fort: »Nun waren die Boote bemannt, aber als sie ausliefen, zeigte sich, daß eins sofort wieder ins Trockendock mußtc, und die anderen taugen auch nicht viel mehr. Mir wurde Ersatz versprochen, und ich kann Lugger in Dienst stellen und ausrüsten. Man lernt, zu improvisieren.«

Sie kosteten beide von dem französischen Rotwein, den d'Auvergne hatte einschenken lassen, und David mußte zugeben, daß er ausgezeichnet war. »Sie erhalten ihn wohl immer mit den Nachrichten aus Frankreich, Sir. Kann man Bestellungen aufgeben?«

D'Auvergne lachte. »Das ist vielleicht die interessanteste Seite meines Auftrages. Unser Agentennetz, La Correspondence, existiert schon länger, und ich muß es nur ausbauen. Unsere Agenten kaufen in verschiedenen Orten auch französische Zeitungen, den *Moniteur*, *L'Egalitaire*,

L'Ami du Peuple und andere, bringen sie hierher, und wir senden Sie zur Auswertung nach London. So sind wir immer recht gut informiert. Wir haben einen wöchentlichen Postdienst zum Festland und zurück. Die eine Linie geht über die Minquiers-Felsen zu den Chausey-Inseln vor Granville, wo ein bretonischer Fischer Nachrichten abholt und an Land einem Mädchen zur Beförderung übergibt. Frauen spielen eine große Rolle bei der Nachrichtenübermittlung. Sie sind weniger verdächtig und auch begabter für diese Tätigkeit. Sie werden noch mehr über unsere Agenten erfahren, wenn Sie hier stationiert sind, aber Sie verstehen, daß ich mit Namen sehr vorsichtig bin.«

D'Auvergne bat David dann in das andere Zimmer, wo das Dinner serviert wurde. Er gab seine Anweisungen an das Personal nur in französischer Sprache, und David konnte nicht immer folgen. D'Auvergne bat um Verständnis, aber Französisch sei nun einmal die Sprache auf den Kanalinseln. Er sei praktisch mit zwei Sprachen aufgewachsen, da sein Vater im britischen Militär gedient habe. »Aber wenn ich mit Agenten aus der Bretagne sprechen muß, hilft mir das alles nicht viel. Bretonisch ist eine eigene Sprache, und es ist ein besonderer Menschenschlag, der sie spricht.«

David nutzte die Gelegenheit, um sich nach dem Stand der Chouannerie zu erkundigen. »Das ist eine völlig andere Erhebung, als Sie sie aus der Vendée kennen, Mr. Winter«, begann d'Auvergne und berichtete dann, daß es in der Bretagne keine aufständischen Heere gebe, sondern nur kleine Gruppen von Kämpfern, die den Republikanern auflauerten, ihre Posten, ihre Transporte, ihre Kuriere überfielen, aber nur ausnahmsweise Ortschaften besetzten. »Es ist ein Heckenkrieg, Mr. Winter, der aber den Blauen sehr zusetzt.«

David erzählte von den Anfängen in der Vendée, wo der Graf Lejeune auch den Kleinkrieg befürwortete, wo sich dann aber für kurze Zeit jeweils große Heere bildeten, die jedoch mangels militärischer Schulung nur lokal einsetzbar waren.

»Ja, die militärische Schulung und Führung«, seufzte d'Auvergne. »Mit dem Problem muß ich mich auch herumschlagen. Es gibt zwei herausragende Führer in der Chouannerie, Georges Cadoudal, ein Bauer, und den Grafen von Puisaye. Cadoudal ist ein Bretone mit Riesenkräften und einer angeborenen Begabung für den Kleinkrieg, aber ihm fehlt militärische Schulung. Puisaye ist kein gebürtiger Bretone, hat eine Militärlaufbahn bis zum Hauptmann durchlaufen, absolvierte als Oberstleutnant nur Bürodienst und hat sich als Befehlshaber einer föderalistischen Truppe in einem Gefecht gegen Jakobiner furchtbar blamiert. Er war Delegierter der Generalversammlung in Paris und stand den Anhängern der Konstitution nahe. Die meisten Emigranten, die ich hier auf den Inseln sprach, mißtrauen ihm, aber ich muß mit ihm zusammenarbeiten und versuchen, ihn mit Offizieren und Waffen zu unterstützen.«

David wurde unbehaglich. Hier entwickelte sich ja wieder die Situation, wo man nicht wußte, wem man trauen konnte. Wer war Freund, wer war Verräter? Als er d'Auvergne schilderte, wie in der Vendée sogar der Bräutigam die Braut verriet, nickte dieser und sagte: »Damit muß man in Bürgerkriegen leben, Mr. Winter, wie Sie auch aus Amerika wissen. Unter den Emigranten hier sind mit Sicherheit viele Agenten der Revolution. Der Neffe verrät den Onkel, und ich kenne Familien, in denen Vater und Sohn gegeneinander kämpfen. In St. Helier treffen Sie bestimmt an jeder Ecke einen Agenten der Revolution. Das ist auch ein Grund, warum ich hier in Mont Orgueil mein Hauptquartier aufgeschlagen habe.«

Als sie spät am Abend Davids Gig riefen und er sich zur *Shannon* zurückrudern ließ, war David vollgestopft mit Informationen, die aber kein klares Bild ergaben. Er war nun in einen Kampf verwickelt, in dem der Befehlshaber keine unbestrittenen Kompetenzen und Mittel besaß, in dem man nicht wußte, mit wem man als Verbündetem rechnen konnte, und in dem der Feind nicht nur aus jeder Küstenbucht, sondern an Land auch an jeder Straßenecke auftauchen konnte. Nun, er würde erst einmal sehen, wie sich die Dinge entwickelten.

Am Morgen lief die *Shannon* aus, um ihr neues Revier zu erkunden. D'Auvergne hatte David den Steuermannsmaat Carrier zugeteilt, der als Lotse diente. Sie segelten erst in Richtung St. Malo, das als Heimat berühmter französischer Kaper bekannt war. Zwischen Jersey und der Küste sah man erst, wie nahe die Inseln an der Küste lagen.

»Ja, Sir«, sagte der Lotse auf Davids Frage, »von Jersey nach Kap Carteret sind es nur dreiundzwanzig Kilometer, von Alderney zur Küste sogar nur fünfzehn Kilometer, aber bis England brauchen Sie von Alderney aus achtundachtzig Kilometer und von Jersey sogar hundertzweiundvierzig Kilometer. Eigentlich sind wir ein Teil Frankreichs. Nur weil wir um 1200 König Johann ohne Land treu blieben, der die Normandie an Frankreich verloren hatte, sind die englischen Könige weiterhin unsere Lehnsherren. Aber mit England, dem Parlament und allem anderen haben wir nichts zu tun, nur mit dem König.«

David hatte schon genug englische Verfassungseigenarten kennengelernt, um sich darüber zu wundern. Er rief die Midshipmen zu sich und ließ sie jede Einzelheit der Küste durch Teleskope studieren. Immer wieder wurden sie auch anhand der Karte vom Lotsen auf Untiefen hingewiesen. Vor Carteret und vor Diélette suchten Segelschiffe bei ihrer Annäherung schnell den Schutz von Küstenbatterien, aber sonst war an der Küste außer Fischerbooten nichts zu sehen.

Steuerbord voraus tauchte das Kap de la Hague auf, backbord voraus die kleine Insel Alderney. »Das ist ja nun wirklich nur ein Katzensprung vom Festland zur Insel. Wieso ist sie nicht längst französisch besetzt?« fragte Neale den Lotsen.

»Von den paar hundert Leuten ist ja nicht viel zu holen, und vor allem haben wir zwischen Festland und Insel eine gefährliche Strömung, le Raz, und im Norden der Insel noch die Wirbelströmung, The Swinge, Mr. Neale. Das ist kein Gewässer, in dem man gerne segelt, und ich schlage vor, Sir, daß wir Alderney westlich passieren.«

David gab sein Einverständnis, und sie änderten den Kurs. Die steile Südwestküste der Insel grüßte zu ihnen herüber, und der Lotse erklärte ihnen, daß der einzige Ort, La Ville (St. Anne), auf dem Plateau liege.

Da nur Säuberungsdienst angesetzt war, hatten auch die Mannschaften genügend Zeit, nach der Insel zu schauen. »Möchtest du hier leben?« fragte Stückmeister Duff seinen Maat.

»Ach, weißt du, Henry, schön ist es schon, und der Golfstrom macht das Klima mild. Aber die Froschfresser vor der Haustür, das würde mich stören.«

Im Morgengrauen näherte sich die *Shannon* St. Peter Port, dem Hafen der Insel Guernsey. Hier wollte David einige Tage ankern, um etwas mehr von der Insel kennenzulernen. Später würde er sich an diese Tage als die friedvollsten seiner Kanalzeit erinnern. Das lag auch daran, daß im Hafen die Kanonenbrigg *Scout* seines alten Freundes Stephen Church lag.

Die *Shannon* hatte noch nicht Anker geworfen, da legte von der *Scout* schon die Gig ab, und Commander Church ließ sich zur *Shannon* übersetzen. Stephen Church kannte die Insel durch seine Dienstzeit auf den Kanalinseln und liebte sie.

»Ich habe schon eine Kutsche bestellt, die fährt uns erst zum Gouverneur, damit du dich melden kannst, David, und dann zeige ich dir die Insel. Auch für die Midshipmen sollten wir zwei oder drei Kutschwagen mieten. Mein Master, ein Guernseymann, kann ihnen alles zeigen, was wissenswert ist. Und heute abend ist ein Empfang zugunsten notleidender Emigranten. Da gehen wir beide hin, nicht wahr?«

Es wurde ein Tag, der so übervoll mit neuen Eindrücken gefüllt war, daß David am Abend wie betäubt war. Die Kutsche schaukelte auf den schmalen Straßen, die oft als Hohlwege tief eingeschnitten waren, durch eine ständig wechselnde Blumenfülle. In feuchteren Tälern ragte der braune Moorkolben neben dem Reetgras meterhoch empor, den Boden deckten Wasserminze und Hahnenfuß. An geschützten Stellen standen sogar Palmen, und überall sprossen Hortensien, Fuchsien, Hyazinthen und Rosen.

Stephen zeigte ihm die Steilküsten im Süden und die flachen Strände mit den vielen vorgelagerten tückischen Riffen im Westen und Norden. »Hier, zwischen Fort Doyle und diesen tückischen Riffen, du kannst sie jetzt bei Niedrigwasser gut sehen, ist Kapitän Saumarez mit seiner Fregatte *Crescent* im Juni durchgesegelt und hat so ein ganzes französisches Geschwader genarrt.«

David starrte Stephen ungläubig an. »Hier soll jemand mit einer Fregatte durchgesegelt sein?«

Stephen bestätigte und erzählte, wie Saumarez, ein Sohn der Insel, mit einem Fregattengeschwader vor Jersey auf stark überlegene französische Kräfte traf und sich nach Guernsey zurückzog. Da eine seiner Fregatten ein schlechter Segler war, sandte er sie voraus nach St. Peter Port und segelte mit den beiden anderen immer wieder Scheinangriffe gegen die Franzosen. Schließlich, an der Küste Guernseys, detachierte er auch die andere Fregatte und hielt allein die Franzosen auf.

»Als sie glaubten, ihn zusammenschießen zu können, segelte er auf die Klippen los, als wollte er sein Schiff zerstören. Aber mit Hilfe seines erfahrenen Lotsen John Breton steuerte er sicher durch diesen Kanal, den vorher nie ein Schiff dieser Größe durchquert hatte.«

»Das ist eine unglaubliche seemännische Meisterleistung«, erkannte David an.

Der abendliche Empfang zugunsten der französischen Emigranten brachte wieder neue Eindrücke. Viele tausend Franzosen waren vor der Revolution auf die Kanalinseln geflüchtet, weil sie so nahe lagen und weil sie französisches Sprachgebiet waren. Die Inseln konnten nicht alle ernähren, und so zogen manche weiter nach England. Andere blieben und hielten sich durch Verkauf geretteten Schmucks, durch Handarbeiten, Unterricht als Tanz- oder Fechtmeister und anderes über Wasser.

Nicht alle wurden von den Einwohnern gern gesehen. Da gab es die Priester, die mit ihren Geliebten offen protzten, die Adligen, die mit viel gerettetem Geld die Preise verdarben, und die Spieler und Radaubrüder. Aber die Einwohner veranstalteten immer wieder diesen Empfang zugunsten notleidender Emigranten.

Es gab einen Basar, in dem Handarbeiten, Bilder, Schnitzereien und anderes mehr dargeboten wurden. David kaufte ein Aquarell von St. Peter Port, das er Britta schicken wollte. Eine bildschöne Französin mit schwarzem Lockenhaar und ungemein sprechenden Augen nahm sein Geld entgegen und dankte ihm im Namen ihrer Landsleute.

»Wer war das?« fragte er Stephen.

»David, du bist verheiratet und hast eine Tochter. Und dennoch schaust du schon wieder nach der schönsten Frau weit und breit. Sie ist die Witwe eines Barons, den Namen habe ich vergessen. Er kämpfte für die Chouans, wurde ergriffen und erschossen. Sie ging ein ganzes Jahr nur tief verschleiert, obwohl viele Männer ihr gern den Hof gemacht hätten.«

Die Emigranten führten einige Szenen aus einem Schauspiel auf, mit dem das Royal Theatre in St. Peter Port eröffnet werden sollte, und dann wurde noch getanzt. David fühlte sich verpflichtet, mit der Frau des Gouverneurs und der des Truppenkommandanten zu tanzen, aber dann bat er doch noch die schwarzhaarige Schönheit um einen Tanz.

Sie tanzte leicht und geschmeidig, plauderte mit reizendem Akzent und sah David immer wieder mit diesen lebhaften, sprechenden Augen an. Er ertappte sich bei dem Gedanken, daß er diese Augen voller Begehren sehen, diesen Mund vor Lust stöhnen hören möchte, und dann war ihm, als hörte er seine Tochter Christina krähen, und das schlechte Gewissen stieg in ihm hoch. Was bin ich doch für ein lüsterner Schürzenjäger, schimpfte er mit sich. Kann ich nicht einmal einer so wunderbaren Frau wie Britta treu sein? Und er verabschiedete sich relativ brüsk von seiner Tänzerin.

Am nächsten Tag ließ er sich von den Midshipmen bei seinem Besuch in Castle Cornet begleiten, das den Hafen von St. Peter Port bewachte, in seiner militärischen Bedeutung aber von Fort George auf dem Festland abgelöst werden sollte, das seit einem Dutzend Jahren in Bau war.

Danach schickte er die Midshipmen mit Leutnant Brenton, Hassan und einem anderen Steuermannsmaat im kleinen Kutter zu einer Tour rund um die Insel. »Das sind ja bei Ebbe nur maximal fünfzig Kilometer«, sagte er zu Brenton. »Aber nehmen Sie auch für Notfälle Verpflegung und Wasser mit und studieren Sie mit den jungen Herren alle Untiefen und Landeplätze.«

Die jungen Leute sahen das mehr als Vergnügungsfahrt, wenn man in ihre verschmitzten, erwartungsfrohen Gesichter blickte, aber ein wenig würden sie wohl doch über die Küste von Guernsey lernen. Hassan war darin ja sehr gewissenhaft. Und mit leichtem Seufzen setzte sich David an die Arbeit, die ihm jeder Hafenaufenthalt auf den Schreibtisch spülte.

Tage später segelte die *Shannon* in der nebligen Morgendämmerung vor Granville. Die Mannschaft stand gefechtsbereit an den Geschützen, und David spähte hinüber zu den Mauern von Granville, vor denen das furchtbare Schicksal der Vendée-Armee begonnen hatte. Einige Handelsschiffe lagen im Hafen, ein oder zwei Lugger mochten Kaperschiffe sein, sonst war nichts von Bedeutung zu sehen. Die *Shannon* nahm Kurs auf die Felsengruppen von Chausey und Minquiers.

Bei den Minquiers ließ David die Segel einholen und schickte wieder den kleinen Kutter mit Steuermannsmaaten und Midshipmen zur Gruppe der kargen Felseninseln. »Sehen Sie sich die Felsen genau an. Man weiß nie, ob man sie nicht als Versteck brauchen kann. Mr. Kudat kann Ihnen darüber eine Geschichte erzählen. Und nehmen Sie immer Waffen mit. «

Die Mannschaften begannen gerade mit dem Kanonendrill, als bei den Felsen ein Schuß krachte. Die Offiziere auf dem Achterdeck rissen die Teleskope ans Auge, aber sie konnten nichts sehen. »Ausguck!« rief David. »Was ist los, verdammt noch mal!«

»Fischerboot segelt in Richtung Küste, unser Kutter folgt.«

David rief durch die Sprechtrompete: »Klar zum Segelsetzen«, und die Pfeifen der Maate trillerten. Kommandos folgten, die Segel füllten sich, und die *Shannon* nahm Kurs auf das Fischerboot.

Sie holten schnell auf. »Lassen Sie bitte einen Schuß vor den Bug feuern, Mr. Neale!« ordnete David an. Bald darauf krachte das Buggeschütz, und das Fischerboot holte die Segel ein. Ihr Kutter war im Nu heran, und man sah, wie einige Midshipmen mit vorgehaltenen Waffen auf das Fischerboot sprangen.

Als die *Shannon* backbraßte und Kutter und Fischerboot längsseits kamen, sah David neben vier Männern in Fischerkluft auch zwei in bürgerlicher Kleidung. Sie wurden an Bord gebracht, und David ließ Fischer und die beiden anderen außer Hörweite getrennt voneinander aufstellen.

»Was wollten Sie hier, und warum sind Sie geflohen?« fragte er die beiden.

»Wir sind Ornithologen und wollten die Vögel beobachten«, antworteten sie mit starkem Akzent. »Als plötzlich der Kutter auftauchte, dachten wir, es sei ein Kaper von St. Malo.«

»Und dann flohen Sie in Richtung St. Malo?« fragte David sarkastisch.

»Sie haben etwas in Meer geworfen, Sir«, meldete Leutnant Brenton.

Als David die beiden fragend ansah, sagte einer: »Reste unseres Frühstücks. Das dürfen wir doch wohl.«

David wußte, daß sein Sekretär, Mr. Marsh, ein Vogelliebhaber war, und ließ ihn rufen. »Mr. Marsh, dort an den Felsen sehe ich zahlreiche Vögel. Suchen Sie doch zwei oder drei seltene Arten aus, die örtlich leicht zu identifizieren sind, und fragen Sie die Herren nach den Namen.«

Mr. Marsh deutete auf einen schwarzweißen Vogel mit einem dickeren Schnabel, der leicht erkennbar auf einem kleinen Felsen hockte. Er fragte die beiden, und einer gab Antwort. Dann deutete er noch auf zwei andere Vögel und ließ sich wiederum die Namen sagen. Danach trat er zu David und flüsterte leise in sein Ohr: »Die beiden haben keine Ahnung. Sie haben den Tordalken mit einem Kormoran verwechselt und erkannten auch den Baßtölpel und die Seeschwalbe nicht.«

David wandte sich zu den beiden. »Sie sind keine Ornithologen. Was sind Sie dann?«

Aufgeregt protestierten die beiden. Sie seien Emigranten aus dem Innern des Landes und würden sich bei Seevögeln noch nicht so auskennen. David befahl Leutnant Scott, die beiden in der Kartenkammer zu durchsuchen und dann mit einem Posten in und einem vor der Kammer zu bewachen. »Wir werden Sie in Jersey den Behörden übergeben.«

Dann ging er zu den Fischern. Aber die taten völlig ahnungslos. Die beiden Herren hätten sie bezahlt, um bei den Minquiers Vögel zu beobachten. Nein, von anderem wüßten sie nichts. Sie wollten auch nicht an die Küste, sondern Untiefen ausweichen und dann Kurs auf Jersey nehmen. »Bewacht sie an Deck!« befahl David.

D'Auvergne konnte den Männern auch nichts nachweisen. »Die Fischer sind ortsbekannte Schmuggler, die für Geld alles transportieren. Die beiden anderen wohnen als

Emigranten in Five Oaks, das liegt landeinwärts von St. Helier. Es ist noch nichts über sie bekannt. Ich werde die Behörden des Gouverneurs benachrichtigen, daß man ein Auge auf sie hat und sie nicht an militärische Einrichtungen heranläßt. Im übrigen muß ich sie laufenlassen.«

David war enttäuscht, aber er sah ein, daß sie keine Handhabe gegen die Burschen hatten. D'Auvergne ging mit ihm an die Karte. »Entweder wollten die beiden beobachten, wo unsere Agenten Nachrichten zum Abholen deponieren, oder sie wollten sich mit französischen Agenten oder Boten treffen. Wie dem auch sei, zunächst einmal müssen sie sich ruhig verhalten. Aber nun muß ich mit Ihnen über Ihren ersten Einsatz sprechen, Mr. Winter.«

D'Auvergne erzählte David, daß er einen Transport mit Waffen für die Chouans anlanden wolle. Dafür seien drei Lugger vorgesehen, die durch die Kanonenbrigg *Scout* gedeckt würden. David solle einige Stunden vorher einen Scheinangriff bei Plougrescant durchführen, um Küstenwachen abzulenken. Auch ihm würden einige Lugger beigeordnet, um den Eindruck einer Anlandung zu verstärken. »Rechnen Sie in einer Woche damit. Das genaue Datum teile ich Ihnen mit, wenn mein Agent vom Grafen Puisaye eintrifft.«

Es war nicht ein Agent, es war der Graf Puisaye selbst, der die Nachricht brachte, daß zweihundert Chouans bereitstünden, die Waffen in Empfang zu nehmen. Puisaye war auf dem Weg nach London. Der Rat der Chouans hatte beschlossen, daß er selbst bei der englischen Regierung vorstellig werden und für die Sache der Chouans werben solle.

David lernte Puisaye an einem Nachmittag bei d'Auvergne kennen. Er war ein großer, stattlicher Mann von etwa vierzig Jahren, der sein volles eigenes Haar gelockt trug. Er sprach nur französisch, gestikulierte lebhaft und wirkte beeindruckend. Er war voller Optimismus, sprach von vielen tausend Chouans, die sich erheben würden. Man müsse ihnen nur Waffen und Offiziere geben.

Während dieses kurzen Treffens, und das war wohl nicht beabsichtigt, sah David zwei Agenten, Tinténiac, von dem er schon in der Vendée gehört hatte, und Prigent. Sie sprachen nur wenige Worte, aber David hatte nicht den Eindruck, daß sie einander vertrauten.

Am Abend trennten sich die beiden kleinen Konvois mit der *Shannon* und der *Scout* als Begleitschiffen. David würde im frühesten Morgengrauen eine Batterie bei Plougrescant beschießen und eine Landung vortäuschen. Commander Church wollte eine Stunde später in einer kleinen Bucht östlich von Port-Blanc die Waffen landen, falls die Chouans die Signale geben und ein Agent mit ihnen Kontakt aufnehmen könne.

Die *Shannon* hatte die Segel auf ein Minimum gekürzt und näherte sich in der Dunkelheit ganz vorsichtig der Küste. Einige Lichter zeigten, daß sie am richtigen Ort waren, aber David hatte großen Respekt vor unbekannten Riffs an dieser felsigen Küste.

Die Seeleute kauerten an den Kanonen und rieben sich warm, denn es war schon ziemlich kühl so früh am Morgen. Endlich rief der Ausguck: »Batterie zwei Meilen drei Strich steuerbord voraus.«

Die Lugger schlossen auf. Die *Shannon* nahm Kurs auf die Batterie. Ausgucke spähten am Bug nach Anzeichen von Felsen. David studierte die Batterie durch sein Teleskop. Vier Geschütze hinter gemauerten Verschanzungen konnte er erkennen. Der Karte nach durfte er bis knapp vierhundert Meter heransegeln und hatte immer noch genügend Wassertiefe. Er ließ ansagen, daß die Backbordbatterie feuern würde.

Für die erfahrenen Seeleute auf der *Shannon* war die lautlose Annäherung an den Feind nichts Neues. Aber einigen jüngeren Männern war doch etwas flau im Magen. Die Batterieoffiziere riefen die Entfernungen aus. Die Richtkanoniere peilten über das Rohr, und dann donnerte die Salve hinaus. Die *Shannon* legte sich ein wenig über.

Die Kanoniere luden und rannten die Kanonen erneut aus und feuerten jetzt einzeln.

Die Einschläge lagen gut, aber David wußte, daß sie bei einer so geschützten Batterie nicht viel Schaden anrichten konnten. Immerhin erkannte er durch sein Teleskop, daß am Strand große Aufregung herrschte. Reiter verließen die Batterie in unterschiedlichen Richtungen. Meldet nur die bevorstehende Landung, dachte David.

Inzwischen hatte auch die Batterie das Feuer eröffnet. Die ersten Einschläge lagen zu kurz, aber nur die unerfahrenen Seeleute freuten sich darüber. Die erfahrenen Kanoniere wußten, daß eine Landbatterie sich bald einschießen und dann genauer treffen konnte als eine bewegliche Schiffsbatterie. Sie hatten Zwölfpfünder an Land, wie die Beobachter auf dem Achterdeck nach den Einschlägen vermuteten.

David ließ alle möglichen Signale hissen, um Aktivität vorzutäuschen. Die Lugger setzten Boote aus, und am Strand marschierte eine Truppenkolonne in Richtung Batterie. Die *Shannon* war für einen neuen Anlauf zurückgekreuzt, und nun bekam sie auch die feindlichen Kugeln zu spüren.

Am Vordeck schlug eine Kugel ein und mähte durch den Hagel von Holzsplittern Männer zu Boden. Sie schrien vor Schmerz, und die Sanitäter eilten herbei. Eine andere Kugel krachte mittschiffs in den Rumpf. Dann stiegen Rauchsäulen bei der Batterie auf. Sie erhitzten ihre Geschosse und würden mit glühenden Kugeln schießen, eine böse Gefahr für ein hölzernes Schiff.

David beschloß, höchstens noch zwei Anläufe zu segeln, um die *Shannon* nicht zu großer Gefahr auszusetzen. Die Küste war ja schon alarmiert. Auch die *Shannon* konnte wirksame Treffer verbuchen. Eine Explosion zeigte an, daß bei einem Geschütz durch einen glücklichen Treffer die Reservekartuschen entzündet waren. Vorübergehend schossen nur noch drei Kanonen. Aber sie trafen noch einmal eine Rah und ein anderes Mal die Reling am Achterdeck.

David verspürte einen Schlag am linken Unterarm und sah einen Holzsplitter aus der Rockmanschette ragen. Aber Schmerz fühlte er nicht, und so erteilte er die Befehle, das Gefecht abzubrechen und seewärts zu steuern. Sie hatten die Franzosen eine Stunde beschäftigt, das müßte reichen.

Dann schob er den Arm seines Jacketts hoch, konnte aber kein Blut sehen und riß nun am Splitter. Er ließ sich herausziehen, ohne daß David etwas spürte, und dann entdeckte er, daß er von seiner ledernen Armmanschette mit den Wurfmessern aufgehalten war, die er ganz routinemäßig umgeschnallt hatte. Er freute sich, daß ihm Schmerzen beim Herausschneiden des Splitters erspart blieben, und beschloß, unverzüglich nach denen zu sehen, die weniger glücklich waren.

Im Lazarett hatte Mr. Cotton wenig Arbeit. »Drei mittlere Splitterwunden, zwei leichte, Sir«, meldete er David. »Ich bin froh, daß unsere Schiffe nicht aus Teakholz sind wie die meisten der Bombay-Marine.«

»Warum?« fragte David, der immer für Teakholz wegen seiner Haltbarkeit plädiert hatte.

»Splitter aus Teakholz führen fast immer zu Entzündungen und schweren Komplikationen, Splitter aus Eichenholz fast nie. Meine Erfahrungen sah ich erst kürzlich durch einen Artikel im medizinischen Journal bestätigt, Sir.«

»So, so«, murmelte David und sagte einige aufmunternde Worte zu den Verletzten.

Zwei Stunden später kam die Kanonenbrigg *Scout* mit ihren Luggern in Sicht. »Die haben nicht alles ausgeladen, Sir«, meldete Neale. »Die Lugger liegen noch ziemlich tief im Wasser.«

Als Commander Church an Bord der *Shannon* aufenterte, bestätigte er die Vermutung. »Wir erhielten die richtigen Signale vom Strand. Eine Gruppe Chouans winkte, und wir sandten den ersten Kutter an Land, die anderen wurden beladen. Als der erste Kutter kaum entladen war, stürmten auf einmal Nationalgardisten von rechts und links auf die Landestelle zu. Die Chouans schossen, wurden beschossen, und wir donnerten mit unseren Geschützen in die Reihen der Nationalgardisten. Mit Mühe und Not konnte sich unsere Kutterbesatzung retten. Wie viele der Chouans fliehen und wie viele der Waffen sie retten konnten, weiß ich nicht. Landepunkt und -zeit waren ohne Zweifel verraten worden. Wenn die ›Blauen‹ nicht so ungeduldig gewesen wären, hätte es schlimm ausgehen können.«

Als David in seiner Kajüte Stephen Church mit einem Glas Wein bewirtete, fragte er ihn, ob er schon öfter solche Pannen erlebt habe.

»Von zehn Versuchen, Waffen oder Agenten anzulanden, gelingen zwei bis drei. Zum Teil können wir durch widriges Wetter nicht zur rechten Zeit dort sein, zum Teil werden die Chouans durch Patrouillen der ›Blauen‹ am Treffen gehindert, aber immer wieder tappen wir durch Verrat auch in Fallen. Man kann nicht vorsichtig genug sein und sich nicht auf Signale allein verlassen.«

Die *Shannon* ankerte vor St. Helier, und die Mannschaften hatten wachweise Landgang. Mr. Marsh, Davids Schreiber, hatte auch um Landgang gebeten und wanderte nun an der St. Helier Parish Church vorbei zum Place du Marché. Er wollte dort einen Schneider aufsuchen, um an seinem guten Rock einen neuen Kragen annähen zu lassen, und dann noch etwas bummeln und gut essen.

Er merkte nicht, wie ihm ein Mann folgte, seit er den Kutter verlassen hatte. Mr. Marsh hielt in einer kleinen Gasse an einem Buchladen an und studierte die Auslagen, als er Hilferufe hörte. Eine junge, gutgekleidete Frau hielt ihre Handtasche fest, die ihr ein Halbwüchsiger entreißen wollte. Mr. Marsh, sonst gewiß kein tapferer Krieger, fühlte sich stark genug, um einzugreifen, und rannte drohend und schreiend auf den Jüngling zu. Der nahm Reißaus, und die junge Dame lehnte sich an Mr. Marsh und schien einer Ohnmacht nahe. Er hielt sie fest, spürte ihren jungen festen Körper, roch ihr Parfüm, sah ihr hübsches Gesicht und war verzaubert.

Mr. Marsh, ein fleißiger Schreiber mit gefälliger Handschrift, war ein eher introvertierter Junggeselle. Seine Erfahrungen mit Frauen beschränkten sich auf die Tätscheleien der Knabenzeit und einige Erlebnisse mit Dirnen im Bordell oder in schmutzigen Hausfluren. Noch nie hatte er eine so hübsche, gutgekleidete Frau in seinen Armen gehalten. Und jetzt sah sie ihn aus schwarzen Augen dankbar und verheißungsvoll an.

»Sie sind mein Retter, Monsieur, mein Held«, stammelte sie mit reizvollem Akzent. »Ich bin noch ganz schwach. Bitte begleiten Sie mich zu meinem kleinen Haus ganz in der Nähe. Sie werden noch eine Tasse Tee mit mir trinken können.«

Sie nahm seinen Arm und führte ihn um zwei Ecken herum zu einem kleinen, efeubewachsenen Häuschen. »Hier wohne ich ganz allein nach dem frühen Tod meiner Eltern. Nur einmal in der Woche kann ich mir eine Aufwartung leisten. Wie gut, daß meine Eltern bei unserer Flucht genug Schmuck mitnehmen konnten, um dieses Haus zu kaufen und mir etwas zum Leben zu hinterlassen.«

Mr. Marsh war gerührt von ihrem Vertrauen und sah mit Wohlgefallen, wie elegant sie den Tee servierte. Sie schien ihn zu bewundern, wie anders sollte er ihre Blicke deuten? Ihm wurde richtig warm, war es nun der Tee, waren es ihre Blicke oder die gelegentlichen Berührungen ihrer Hände?

»Sie müssen mich wieder besuchen, Monsieur. Es ist ein Genuß, mit einem Mann von Ihrer Kultur, Ihrem Verstand und«, sie fügte es mit einer gewissen Verlegenheit hinzu, »Ihrem Aussehen zu plaudern. Und ich muß mich noch mit einem kleinen Imbiß bei Ihnen bedanken. Könnten Sie heute abend um sechs Uhr kommen?«

Mr. Marsh wußte nicht, ob er wieder Landgang bekäme, aber er sagte mit dem Mut der Verzweiflung zu und begab sich an Bord der *Shannon* sofort zu David, wo er fragte, ob er ihn heute abend entbehren könne. Er würde auch jetzt sofort und morgen früh alle Schreibarbeit erledigen. David war überrascht von Mr. Marshs drängendem Ton, er, der doch sonst so schüchtern und leise war. Der alte Stockfisch wird doch nicht die Liebe entdeckt haben, dachte er noch, aber er gewährte den Landgang und bezeichnete die Schreiben, die gleich ausgefertigt werden sollten, und jene, die bis morgen warten konnten.

Mr. Marsh hatte seinen besten Anzug an, und das Herz klopfte ihm bis zum Hals, als er am Abend an der Tür des kleinen Hauses klopfte. Er hatte ein Schächtelchen Konfekt besorgt und eine Flasche Wein mitgebracht, die aus einem Beuteschiff stammte. Sie, er wußte inzwischen, daß sie Bissot hieß, öffnete mit einer kleinen Schürze über dem eleganten Kleid und entschuldigte sich, daß sie noch bei der Zubereitung sei.

Er durfte ihr dies und jenes zureichen und bewunderte wieder, wie geschickt und reizvoll sie war. Es schmeckte auch noch ausgezeichnet. Sie steckte ihm kokett als Nachtisch ein Stück von seinen Pralinen in den Mund. Sie stießen an und tranken seinen Rotwein, denn sie hatte keinen Alkohol im Hause. Und dann faßte er sich ein Herz und hielt ihre Hand. Sie strahlte ihn an, und er hauchte einen Kuß auf ihren Unterarm.

Aber da entzog sie ihm die Hand und sagte: »Aber, aber, Mr. Marsh!« Das stürzte ihn in die größte Verlegenheit, und es kostete sie einige Mühe, seinen Unternehmungsgeist wieder zu entfachen. Sie bewunderte ihn, daß er zur See fuhr und den Feinden und den Wellen trotzte. Als er von seiner Arbeit erzählte, schien es ihr unfaßbar, daß er die Zierbuchstaben malen konnte, mit denen die Urkunden geschmückt wurden. Sie bat ihn, ob er die Kommission des Kapitäns nicht abmalen und ihr als Zeichen seiner Kunstfertigkeit zeigen könne. Darin sah er kein Problem, denn eine Ernennungsurkunde war kein Geheimnis. Als er sich nach zwei Stunden verabschiedete, beugte er sich vor und wollte sie küssen, aber sie entwand sich mit einem gehauchten Kuß auf seine Wange. »Bitte,

Mr. Marsh, nutzen Sie die Schwäche einer unerfahrenen Jungfrau für einen Mann von Welt nicht aus.«

Er ging nicht zum Hafen zurück, er schwebte. Er zwickte sich in den Arm, um sicher zu sein, daß er nicht träume. Eine so bezaubernde junge Dame hatte eine Schwäche für ihn, bewunderte ihn, vielleicht noch mehr. Was konnte sich alles ergeben? Er würde sie um ihre Hand bitten, eine Anstellung bei der Inselverwaltung suchen. Er würde sie küssen, ihren Mund, ihren Hals. Er hielt inne, als seine Gedanken zu verwegen schienen. Aber morgen würde die *Shannon* schon wieder auslaufen.

David war verwundert, als Mr. Marsh ihn bat, ihm sein Kapitänspatent für kalligraphische Übungen zur Verfügung zu stellen. Er erinnerte sich, daß Mr. Marsh ja auch so geschickt war, als es galt, Befehle der Admiralität zu fälschen, um vermeintlich neutrale Schiffe zu überführen. »Sie wollen doch nicht etwa einem Freund zu einem Kommando verhelfen?« fragte er scherzend.

Mr. Marsh errötete: »Aber, Sir, das würde ja wohl sofort herauskommen, denn in der Flotte lesen doch alle Offiziere in der Navy-Liste, wer Kapitän geworden ist.«

»Es war ja nur ein Scherz, Mr. Marsh. Nehmen Sie die Kommission nur aus dem Schrank, aber gehen Sie sorgsam damit um.«

In den nächsten Tagen saß Mr. Marsh vor seinem Pult und zeichnete und schrieb unermüdlich. Davids Steward zeigte er von Zeit zu Zeit seine Fortschritte, und der bewunderte sie ebenso wie David das fertige Produkt. Aber die Frage, wen er damit erfreuen wolle, stürzte Mr. Marsh in Verlegenheit. »Nein, Sir, nur so, für mich, Sir, mehr eine Geschicklichkeitsübung.« David begann, sich über Mr. Marsh ein wenig zu wundern.

Mademoiselle Bissot war hingerissen vor Begeisterung, als sie die wunderschön ausgemalten Großbuchstaben mit ihren Schnörkeln, ihren goldfarbenen Rundungen nachfuhr und das Gleichmaß der Schrift aufnahm. »Sie sind ein Künstler, Mr. Marsh. Ich bewundere sie ja so.«

Mr. Marsh hatte Kuchenstückchen vom Konditor, Pralinen und Wein mitgebracht, und Mademoiselle Bissot kochte den Kaffee, und sie aßen, tranken und plauderten. Ein Beobachter hätte kaum sagen können, wer mehr an den Lippen des anderen hing.

Sie saßen dann nebeneinander auf dem kleinen Sofa, und er faßte sich ein Herz und nahm ihre Hand in seine beiden Hände und hielt sie zärtlich, schaute ihr tief in die Augen und flüsterte: »Ich habe noch nie so schöne Augenblicke erlebt und ...« Er zögerte, fuhr dann aber beherzt fort: »...eine so tiefe Zuneigung empfunden.«

»Sie machen mich verlegen und glücklich, Mr. Marsh«, antwortete sie leise und lehnte ihr Haupt an seine Schulter. Mr. Marsh wagte nicht, sich zu bewegen. Vor innerer Erregung konnte er kaum atmen. Da wandte sie ihm ihr Gesicht zu, blickte ihn verlangend an und hob ihre leicht geöffneten Lippen.

Langsam neigte er sich ihr zu, und als er keinen Widerstand in ihren Augen sah, küßte er sie leicht auf den Mund. Sie schien vor Wonne zu erschauern, und er wurde fast besinnungslos vor Glück und schloß die Augen.

Sie war unsicher. »Liebster, bereust du, was mich so unendlich glücklich machte?«

Ihre Worte belebten ihn nicht nur, sie verzauberten ihn, sie rissen ihn fort, und mit einer Leidenschaft, durch die er sich selbst fremd wurde, küßte er sie wieder.

»Geliebter!« hauchte sie. »Wie darf ich dich nennen? Sag du Janine zu mir.«

»Ich heiße Nathaniel«, gab er etwas zögernd zu. »Nicht so schön wie Janine.« Er ließ ihren Namen nachschwingen.

»Sag so etwas nicht. Der Name wird schön, wenn du ihn trägst.« Sie küßten sich wieder. Sie flüsterten sich die kleinen verliebten Nichtigkeiten zu, die einen scheuen, unsicheren Mann wie Nathaniel Marsh in höchste Seligkeit versetzten.

»Als dein Schiff heute einlief, sicher war ich ja nicht, hätte ich zu gern gewußt, was die Flaggen bedeuten, und woran ich dein Schiff erkennen kann. Du mußt mir eure Flaggensignale aufzeichnen und erklären, so geschickt wie du bist, damit ich immer weiß, wann du kommst und was du erlebt hast.«

Er stutzte einen Moment, aber dann sah er wieder ihre bewundernden schönen Augen und versprach ihr alles.

Mr. Marsh betrat die *Shannon* wie in Trance. Er konnte es nicht fassen, daß dieses wunderbare Geschöpf ihn liebte. Noch nie hatte er eine so wunderbare, feine Frau umarmt.

»Träumen Sie, Nathaniel, oder haben Sie den Teufel gesehen?« fragte ihn Mr. Robins, der Zahlmeister.

»Nein, einen Engel«, antwortete Mr. Marsh automatisch, wurde sich dann der Antwort bewußt, räusperte sich und fügte hinzu: »Was soll der Unsinn mit Teufel oder Engel? Ich war in Gedanken, Timothy.«

»Wenn Sie nicht so ein Hagestolz wären, Nathaniel, würde ich wetten, Sie seien verliebt«, antwortete der Zahlmeister. David hatte den Wortwechsel gehört und rieb nachdenklich mit der Hand an seinem Kinn. Mr. Marsh und verliebt? Warum nicht.

Am nächsten Morgen, David verhandelte mit einem Sekretär des Hafenkapitäns, bat Mr. Marsh um den Schlüssel für seinen Schreibtisch, weil er das Logbuch kopieren müsse. David händigte ihn aus und dachte erst wieder daran, als Mr. Marsh in die Kajüte kam und das Logbuch wieder in den Schreibtisch schloß. Komisch, ich hätte geschworen, daß er noch mehr zurückgelegt hat, dachte David und sah nach, als Mr. Marsh die Kajüte wieder verlassen hatte. Aber dort lag das Logbuch und darunter das Verzeichnis der allgemeinen Signale bei Auslaufen und Anlaufen von Häfen. Es schien alles in Ordnung, aber irgendwo in Davids Kopf wurde ein Warnsignal ausgelöst.

Davids Sohn brachte ein wenig mehr Licht in Mr. Marshs Geheimnis. Er hatte durch Zufall beim Landgang mit Mr. Osgood gesehen, wie Mademoiselle Bissot Mr. Marsh in der Tür ihres kleinen Hauses verabschiedete. In der Messe der Midshipmen löste die Nachricht Gelächter und Spekulationen aus. Über Mr. Penrose gelangte die Neuigkeit zu Mr. Neale und über diesen zu David. Dieser mußte schmunzeln. Anscheinend hatte es auch diesen steifen Junggesellen erwischt.

Die *Shannon* hatte einen Agenten in der Nähe von Granville abgesetzt und kreuzte jetzt vor der Küste der Normandie. Leutnant Scott überwachte an Deck das Exerzieren seiner Seesoldaten, als der Schiffsarzt an Deck erschien, um Luft zu schnappen.

»Nun, Basil«, redete er Mr. Scott an. »Wir haben lange keine Prise gesehen.«

»Was erwartest du in diesen Gewässern? Was hier an der Küste langschleicht, versteckt sich unter den Röcken der Küstenbatterien, sobald unsere Segel in Sicht kommen.«

»Aber sie müssen doch Cherbourg versorgen, und dann und wann werden sie doch auch Schiffe nach St. Malo bringen, die sie gekapert haben, Basil.«

»Ja, James, da mußt du den Herren Schiffsoffizieren Beine machen. Ich bin ja nur ein kleiner Seesoldat.«

David saß inzwischen mit Leutnant Neale in seiner Kajüte vor der ausgebreiteten Karte. »Nach allem, was wir beobachtet und von Fischern und Agenten erfahren haben, schicken sie immer drei bis vier Schiffe gleichzeitig nach Cherbourg. Sie segeln dicht an der Küste entlang und suchen Schutz unter den Küstenbatterien, sobald sich ein Segel zeigt. Sie segeln vor Beginn der Morgendämmerung los, weil sie annehmen, daß sich kein englisches Schiff ohne ausreichendes Tageslicht an die Küste wagen wird.«

»Das könnten auch wir nicht ohne einen erfahrenen einheimischen Lotsen, Sir.«

»Nicht so voreilig, Mr. Neale. Wir können uns nicht schon vor der Abenddämmerung dicht vor der Küste auf

Lauerstellung legen, weil die Dragonerpatrouillen am Strand das bemerken und melden würden. Aber sehen Sie hier«, er deutete auf die Karte, »hier in der Nähe von Agon ist diese kleine Bucht mit ausreichender Wassertiefe. Rechts und links befinden sich diese kleinen Felsen. Wenn in der Abenddämmerung zwei oder drei Mann mit dem Dingi auf den Felsen gebracht werden, können sie uns mit Laternen, die nach den Seiten sorgfältig abgeschirmt sind, den Weg weisen. Und wenn der Konvoi vor der Morgendämmerung in Granville absegelt, erwarten wir ihn hier, ohne daß er unsere Annäherung bemerkt, und wenn er seitab steht, setzen wir Segel und schnappen ihn uns.«

»Das ist die Lösung, Sir!« Neale sah David bewundernd an.

David lächelte ein wenig. Neale hatte viel dazugelernt in den letzten beiden Jahren. Er war ein brauchbarer Erster Leutnant. Aber seine Phantasie war noch nicht sehr ausgeprägt. Es gab bei dem Plan noch viel zu berücksichtigen. Wie konnten sie vermeiden, daß ein starkes französisches Geleit sie überraschte und an der Küste ›festnagelte‹? Er würde einen Kutter drei Kilometer vor ihrem Ankergrund auf Lauer legen. Er könnte bei Gefahr durch Leuchtraketen warnen und ansonsten hinter dem Konvoi segeln und beim Entern eingreifen.

Der Plan gelang. Die drei plumpen, schwer beladenen Küstensegler holten die Segel ein, als ihnen die Salve aus der Bucht entgegenkrachte. Die Enterbesatzungen nahmen die Schiffe ohne Widerstand in Besitz und segelten sie sofort mit Kurs auf Jersey aus der Bucht hinaus. Die *Shannon* folgte und sicherte sie.

Noch bevor sie St. Helier erreichten, hatte David die Meldungen über die Fracht auf seinem Schreibtisch. »Kommen Sie, Mr. Marsh! Fertigen Sie gleich die Aufstellung für den Bericht an die Admiralität an. Weizen, gepökeltes Fleisch, Kognak, Wein, Gewehre und Pulver, alles gut verkäufliche Waren. Das wird uns allen wieder etwas die Taschen füllen«, sagte David.

»Sehr wohl, Sir«, bestätigte Mr. Marsh und beschloß,

Janine von seinem Anteil ein Schmuckstück zu kaufen. Die Vorfreude verlieh seinem Gesicht einen strahlenden Ausdruck, und David beobachtete ihn verwundert.

Als Mr. Marsh vor Janines kleinem Haus stand, öffnete sich die Tür, bevor er anklopfte. Janine stürzte heraus und umarmte ihn. »Ich habe so auf dich gewartet, Nathaniel, seit ich eure kleine Flotte einlaufen sah. Und durch deine Liste konnte ich die Flaggen deuten. Es sind Prisen, nicht wahr, keine englischen Schiffe, die ihr geleiten mußtet?«

»Ja, es sind Prisen«, bestätigte Mr. Marsh, nachdem er die Tür hinter sich geschlossen und Janine innig geküßt hatte. »Sieh, was ich dir von meinem Vorschuß mitgebracht habe.« Und er legte ihr die schmale Goldkette mit dem Korallenanhänger um den Hals.

»Du bist so lieb zu mir«, flüsterte Janine zärtlich, betrachtete sich vor dem Spiegel und umschlang ihn dann voller Leidenschaft.

Nathaniel schwebte auf einer Woge des Glücks und wurde mutig wie sonst nie. Er griff an Janines Busen und nestelte an den Knöpfen ihrer Bluse.

»O, Nathaniel, ich schäme mich so, weil ich meine Leidenschaft nicht beherrschen kann und mich so sehne, dir ganz zu gehören«, flüsterte sie und half ihm bei seinen ungeschickten Bemühungen, sie zu entkleiden.

»Liebste, du brauchst dich nicht zu schämen. Ich will für immer dein sein, dich heiraten und mit dir leben, wenn nicht hier, dann in Amerika.«

Janine hörte einen kleinen Moment auf, seine Leidenschaft anzufachen. Er liebt mich ja wirklich, dachte sie, sucht nicht nur ein Abenteuer. Ungeschickt und linkisch ist er schon, aber bemüht und lieb. Schade! Und sie öffnete seine Hose und zog ihn auf ihr Bett.

Nathaniel hatte so etwas noch nie erlebt. Janine umschlang ihn zärtlich, half ihm, sein Glied einzuführen, flüsterte ihm Koseworte ins Ohr, atmete immer wilder und schrie dann ihre Lust hinaus. Und als er seine Erfüllung gefunden hatte, rollte sie sich nicht weg und herrschte ihn an, er solle sich trollen, wie es die Dirnen getan hatten, nein, sie schmiegte sich an ihn und flüsterte leise, wie unendlich glücklich er sie mache, er, der starke und liebe Mann.

Nathaniel stiegen vor Rührung die Tränen in die Augen, und Janine bemerkte es voll Erstaunen und wurde nachdenklich. Und als sie dann begann, seinen Körper zu küssen, tat sie es etwas weniger spektakulär als sonst. Er bemerkte keine Unterschiede. Er fühlte sich begehrt, erwiderte ihre Küsse und merkte, wie sein Glied wieder steif wurde.

Auch sie merkte es, seufzte wohlig, setzte sich auf ihn und ritt auf ihm, seine Bewegungen mit kleinen Schreien anfeuernd. Er griff mit beiden Händen nach ihren Brüsten, und als er sich ergoß, wurde er fast ohnmächtig, so überwältigend war die Erfüllung. Nie hatte das eine Frau mit ihm getan, nie war es nur annähernd so schön gewesen. Er streichelte Janine noch lange, küßte sie und schmiegte sich an sie.

Als sie dann am Abendbrottisch saßen, kannte er nur ein Thema: ihre Heirat und wie und wo sie ihr gemeinsames Leben gestalten könnten. Als er gehen mußte, fragte sie ihn, ob er nicht einmal über Nacht Urlaub erhielte, und er sagte, er wolle es versuchen.

Kaum hatte Mr. Marsh die kleine Gasse verlassen und war um die Ecke gebogen, da huschte ein Mann an Janines Haustür und klopfte zweimal kurz und dreimal lang. Sie öffnete. »Hast du ihn nun endlich im Bett gehabt?« fragte der Mann herrisch. Sie nickte.

»Na bitte«, sagte er. »Dann können wir ja die Daumenschrauben anziehen. Du weißt, was du sagen mußt. Und mach deine Sache gut, sonst fliegt dein Leben hier auf, und du kannst im Bordell deinen Unterhalt verdienen.«

Sie nickte und bat dann leise: »Aber ihr tut ihm nichts, bitte. Er ist ein guter Mensch.«

»Er ist uns völlig gleichgültig. Wir wollen nur die geheimen Erkennungssignale für die nächsten beiden Monate.

Wenn er weiter für uns arbeiten will, werden wir ihn gut bezahlen. Wenn nicht, lassen wir ihn in Ruhe.« Für die nächsten zwei Monate, setzte er in Gedanken hinzu.

Als Mr. Marsh glückselig am nächsten Tag an Janines Tür klopfte, öffnete sie ihm mit verweinten Augen. Er bemerkte es nicht sofort, sondern rief ihr entgegen, daß er Nachturlaub habe. Erst dann erkannte er, wie verzweifelt sie war, und fragte ängstlich: »Liebste, was hast du? Bitte, ich werde alles tun, damit dein Kummer verschwindet.«

Sie nahm seine Hand, führte ihn auf das kleine Sofa, hielt sich ein Taschentuch an die Augen und sagte mit tonloser Stimme. »Sie haben von deinen Flaggensignalen erfahren und fordern nun, daß du ihnen die geheimen Erkennungssignale kopierst, sonst werden sie dich als Spion verraten und mich umbringen. Wenn du es tust, wollen sie uns Geld geben, damit wir nach Amerika können.«

Mr. Marsh verstand überhaupt nicht, worum es ging. Er hatte zunächst nur ein unbestimmtes Gefühl der Angst und fragte hilflos: »Wer sind ›sie‹? Wie wollen sie uns zwingen? Wir gehen zum Gouverneur und melden das.«

Sie setzte ihm auseinander, daß ›sie‹ Agenten der Revolution seien, daß seine Kopie der Flaggensignale von ihnen als Spionage angezeigt werden könne und daß niemand sie schützen könne, wenn die Agenten sie ermorden wollten. »Die haben ihre Leute überall, selbst unter alteingesessenen Inselbewohnern.«

Mr. Marsh war völlig verzweifelt. »Aber ich kann die Geheimsignale nicht kopieren. Sie sind in einer eigenen Box verschlossen, die bei Gefahr sofort über Bord geworfen wird und versinkt, weil sie mit Eisen beschwert ist. Nur der Kapitän hat den Schlüssel, und er gibt ihn nur für kurze Momente aus der Hand, wenn er zugegen ist. Ich kann das nicht, und ich bin kein Spion.«

Janine weinte lautlos. Er streichelte sie und fragte schließlich. »Was soll ich denn tun? Ich weiß keinen Ausweg.«

»Warte!« sagte sie. »Ich suche den Agenten und sage

ihm, daß es nicht geht. Vielleicht läßt er uns dann in Ruhe.«

Während Janine fort war, saß Mr. Marsh verzweifelt da und drückte sich die Fäuste in die Augen. Er konnte doch seinen Kapitän und seine Kameraden nicht verraten. Aber wenn es Janines Leben rettete, und wenn sie beide fortreisen könnten, weit weg und für immer beieinander.

Janine huschte wieder ins Haus. »Hier, das ist ein Stück Seife, in der Mitte aufgeschnitten. Du sollst den Schlüssel einen Augenblick entleihen, ihn hier hineinlegen und gut zusammendrücken. Dann kannst du ihn wieder herausnehmen und zurücklegen. Das Stück Seife gibst du einem Jungen, der immer am Kai warten wird. Er trägt eine grüne Jacke und einen gelben Schal, und wenn du nach seinem Namen fragst, sagt er: Nathaniel.«

Es war ein trauriger Abend. Nathaniel quälte sich mit dem Gedanken an den Verrat. Janine hatte seine Fürsorge und Güte schätzen gelernt. Er tat ihr leid, und sie hatte Angst, daß es nicht gelingen könnte. Sie würden ihr die Schuld geben, diese unbarmherzigen Kerle.

Aber Angst und Sorge ließen sie sich aneinanderschmiegen. Sie umklammerten sich, um sich gegenseitig Halt zu geben. Dann liebten sie sich voller Hingabe, als sei es vor ihrem Tode. In dieser Nacht empfing sie seinen Sohn.

David bemerkte am nächsten Morgen die Veränderung von Mr. Marsh. Sein Gesicht, das vorher von Freude und Wonne warm war, sah kalt, grau und verhärmt aus. »Sind Sie krank, Mr. Marsh?« fragte er.

Aber Mr. Marsh verneinte und lächelte gequält.

»Haben Sie Kummer, Mr. Marsh? Brauchen Sie Hilfe?«

Wieder diese gequälte Verneinung. David gab es zunächst auf und nahm sich vor, Mr. Marsh zu beobachten. Als er die Post abarbeitete, geriet er an ein Schreiben der Admiralität, das eine Änderung in den geheimen Erkennungssignalen für den drittnächsten Monat beinhaltete.

»Mr. Marsh, ich brauche die geheimen Erkennungssignale. Hier ist der Schlüssel.«

Mr. Marsh stand wie versteinert, konnte nichts sagen und sich nicht bewegen. Jetzt war der Augenblick da. Sollte er es tun?

David fiel schließlich auf, daß Mr. Marsh unbeweglich dastand, den Schlüssel in der Hand. »Nun, was ist?« fragte er. »Haben Sie nicht verstanden?«

Mr. Marsh konnte erst nach mehrmaligem Räuspern herausbringen: »Doch, Sir. Sofort, Sir.« David war aufmerksam geworden und beobachtete ihn unauffällig. Er sah, wie er ihm die Signale gab und dann den Schlüssel in die andere Hand nahm und irgend etwas befingerte. David trug die Änderung schnell ein, sah zu, wie Mr. Marsh die Signale wieder verschloß und ihm den Schlüssel zurückgab. Aber der fühlte sich am Bart klebrig an. David legte ihn auf den Tisch und wartete, bis Mr. Marsh das Zimmer verlassen hatte.

Dann rief er seinen Steward und bat ihn, den Stückmeistersmaat in die Kartenkammer zu holen. Der war früher Schlüsselmacher gewesen, und David legte den Schlüssel auf ein Stück Papier und zeigte ihn dem Maat.

»Irgend jemand hat etwas mit den Schlüssel gemacht. Ich fühlte etwas Klebriges. Können Sie erkennen, was los ist?«

Der Maat fragte: »Darf ich die Kartenlupe dort nehmen, Sir?« Als David zustimmte, faßte er den Schlüssel am Griff und untersuchte vorsichtig den Bart. »Er ist in Seife gepreßt worden, Sir. Winzige Spuren sind noch am Bart. Man tut das, wenn man eine Kopie anfertigen will, Sir.«

»Ist das so einfach?« fragte David.

»Für einen geschickten Schlosser schon, Sir. Der Schlüssel ist nicht allzu kompliziert.«

David entließ den Maat und saß sinnend am Kartentisch. Mr. Marsh wollte an die Geheimpapiere, kein Zweifel. Wenn man die Veränderungen seines Verhaltens bedachte, blieb nur die Erklärung, daß ihm Liebe vorgetäuscht und er nun erpreßt wurde. Von allein würde Mr. Marsh nicht zum Verräter werden. David seufzte tief. Es hatte keinen Sinn, Mr. Marsh jetzt zur Rede zu stellen. Man mußte erfahren, wer dahinter steckte.

David ließ Hassan und Gregor in die Kartenkammer rufen und erklärte ihnen seine Befürchtung. »Wir müssen ihn ständig unter Beobachtung halten, wenn er das Schiff verläßt. Wir müssen erfahren, wer ihn anstiftet oder zwingt.«

»Aber er hat eben das Schiff verlassen, Sir«, warf Gregor ein.

David eilte in seine Tageskammer und sah aus dem Seitenfenster. Dort war Mr. Marsh. Er hatte mit einem Jungen gesprochen, der nun fortging. Mr. Marsh kehrte an Bord zurück. »Er läßt den Nachschlüssel anfertigen. Jetzt wird es ernst. Welche zwei Leute können sich mit euch abwechseln, wenn er an Land geht?«

»Wir nehmen Josef und Henry, Sir. Die waren auch dabei, als wir Sie mit der Gig rausholten, Sir.«

»Gut, haltet euch bereit! Ich werde Mr. Neale sagen, daß ihr vom normalen Dienst befreit seid, um für mich als Kuriere zum Gouverneur und zum Prinzen zu gehen.«

Am nächsten Tag wurde von einer Bäckerei ein Päckchen für Mr. Marsh abgegeben. Das ist kein Kuchen, sagte sich David. Er klebte vorsichtig ein Haar über die Klappe der Geheimbox, so daß er merken mußte, wenn sie unbefugt geöffnet wurde. Er verließ die Kajüte mehrfach für längere Zeit, und am Nachmittag merkte er, daß das Haar abgerissen war.

Mr. Marsh fragte, ob ihm Nachturlaub gewährt werden könne. David stimmte zu und rief die vier Vertrauten. Sie verabredeten, was sie mitnehmen würden, um sich notfalls während der Nacht abzulösen, und dann hielten die vier sich bereit.

Als Mr. Marsh das Schiff verließ, merkte er nicht, daß ihm Josef und Henry und wenig später auch Hassan und Gregor folgten. Er klopfte an Janines Haustür, und sie öffnete ihm sofort. Sie umarmte ihn und fragte: »Hast du es?« Er nickte bejahend. »Hoffentlich lassen Sie uns dann gehen, weit weg.«

Als Mr. Marsh eingetreten war, öffnete sich die Küchentür, und einer der Agenten trat heraus. »Sie kenne ich doch!« rief Mr. Marsh erstaunt. »Sie waren doch bei diesen Felsen und gaben an, Vogelliebhaber zu sein.«

Der Agent griente. »Ja, einmal habt ihr mir die Suppe versalzen, aber erwischt habt ihr mich doch nicht. Jetzt her mit den Geheimsignalen!«

»Erst will ich wissen, ob Sie Janine und mich nach Amerika reisen lassen und uns das Geld dafür geben. Sonst erhalten Sie nichts«, rief Mr. Marsh entschlossen.

»Haben Sie das Zeug überhaupt?« fragte der Agent.

»Ja, hier!« zeigte Mr. Marsh ein Päckchen, das er aus der Rocktasche zog. Er war völlig überrascht, als der Agent ein kurzes Bleirohr aus dem Ärmel zog und ihm auf den Arm schlug, daß das Päckchen auf den Boden fiel, wo der Agent es schnell aufhob.

Mr. Marsh schrie vor Schmerz, Janine weinte auf und umklammerte ihn. Der Agent öffnete das Päckchen und sagte nach kurzer Inspektion. »Na, es scheint in Ordnung zu sein. Wenn ich jetzt weg bin, könnt ihr gehen, wohin ihr wollt.«

»Und das Geld für Amerika?« rief Janine.

»Blöde Kuh! Hast du daran geglaubt? Es war doch nicht dein erster Auftrag«, antwortete der Agent höhnisch.

Mr. Marsh stürzte auf ihn zu, griff nach dem Päckchen. »Her damit. Ich schreie die ganze Gegend zusammen. Hilfe!«

Der Agent zog ein Stilett aus der Jacke und stach es Mr. Marsh ins Herz. Gurgelnd brach sein Schrei ab. »Du Bestie!« schrie Janine und trommelte mit ihren Fäusten an die Brust des Mörders. Der Agent schleuderte sie zu Boden. »Verdammte Idioten. Nun haben wir den Kadaver am Hals.« Er öffnete ein Fenster und pfiff laut einmal lang, zweimal kurz.

»Gib die Wolldecke her, die auf deinem Bett liegt!« herrschte er Janine an. Sie gehorchte. Der Agent leerte Mr. Marshs Taschen und rollte die Leiche dann in die Decke ein. Als es an der Tür klopfte, öffnete Janine, und der zweite Agent trat ein. Die beiden schulterten das Bündel, und der erste Agent sagte: »Mach hier alles sauber und halt den Mund, sonst geht es dir wie ihm.«

Hassan und die drei anderen waren Mr. Marsh bis zu dem Haus gefolgt. »Das ist also sein Liebesnest«, flüsterte Gregor, und Hassan sagte, Josef und Henry sollten vor dem Haus bleiben und aufpassen. Er würde mit Gregor in der Kneipe um die Ecke warten und sie dann ablösen. »Zuerst mal wird er wohl mit seiner Freundin beschäftigt sein. Aber wenn einer weggeht, folgt ihm einer von euch.«

Josef und Henry sahen den zweiten Agenten ins Haus gehen und bald darauf zwei Männer mit dem Bündel auf den Schultern hinauskommen. »Da war ja noch ein anderer«, stellte Harry erstaunt fest. »Was sollen wir nun machen?«

»Ich folge ihnen, und du paßt hier auf, was sonst«, meinte Josef, und so geschah es. Henry behielt das Haus im Auge, aber niemand verließ es mehr. Als nach einer halben Stunde Hassan nach ihm sah, erzählte er ihm, was sich ereignet hatte.

»Du blöder Kerl!« fluchte Hassan leise, aber eindringlich. »Die haben Mr. Marsh entführt oder seine Leiche abtransportiert. Renne, so schnell du kannst, schick Gregor her und lauf dann zum Kapitän. Er soll sofort mit Mr. Scott kommen, aber bewaffnet. Schnell, oder du spürst die neunschwänzige Katze.«

Henry rannte wie gehetzt und schimpfte dabei vor sich hin. In wenigen Minuten war Gregor bei Hassan, und der orientierte ihn. »Wir können nicht warten. Sie haben zuviel Vorsprung. Komm, wir gehen erst beide rein. Halt deine Pistole bereit.«

Sie klopften, und als Janine fragte, wer da sei, sagte Hassan barsch: »Konstabler des Gouverneurs. Öffnen Sie sofort.« Als die Tür geöffnet wurde, stürmten sie hinein und untersuchten alle Zimmer. Dann gingen sie zurück und sahen, daß Janine ein von Tränen verquollenes Gesicht hatte. »Wo ist Mr. Marsh?« fragte Hassan drohend.

»Ich weiß es nicht. Sie haben ihn getötet und weggeschleppt.«

Hassan befahl ihr, sich auf einen Stuhl zu setzen, und zog einen kleinen Kupferflacon aus der Tasche. »Sehen Sie hier, Lady. Das ist ein malaiisches Gift. Es lähmt alle Muskeln, aber Sie bleiben bei Bewußtsein und erleben, wie Sie verfaulen. Wenn Sie mir nicht sofort alles erzählen, vergifte ich Sie.«

Janine sah ihn fest an. »Sie brauchen mir nicht zu drohen. Ich habe Mr. Marsh zuletzt geliebt. Er war ein gütiger Mann. Ich hasse die, die ihn töteten und werde alles sagen, was ich weiß.« Und sie berichtete, was sich zugetragen hatte, fügte hinzu, daß die Agenten in der St. Catherines Bay einen Fischer kannten, der sie immer transportiere. Sie seien sicher zu ihm unterwegs. Ja, ein Päckchen hätten sie Mr. Marsh abgenommen.

Sie hatte ihren Bericht kaum beendet, als David und Mr. Scott eintrafen. Hassan unterrichtete David schnell. Dann kam von der anderen Seite auch Josef und sagte, die beiden Männer hätten das Bündel in eine Grube unterhalb des neuen Forts geworfen und seien dann weitergegangen in Richtung Longueville.

»Das ist der Weg nach Grouville und dann weiter nach St. Catherines Bay«, sagte David. Er wandte sich an Janine. »Wo wohnt der nächste Kommandant der Militia?«

»An der Pierstraße, unterhalb vom Neubau von Fort Regent, ein großes blaues Haus.«

»Josef und Henry, ihr sucht, ob in der Grube Mr. Marshs Leiche liegt. Wenn ja, bleibt einer da, der andere läuft zur Hafenkommandantur. Wir gehen zum Militiakommandanten. Hassan rennt zur *Shannon* und sagt Mr. Neale, daß die Pinasse mit zehn Scharfschützen zur St. Catherines Bay auslaufen und die Agenten stoppen soll. Sie kommandieren, Mr. Kudat.« Und schon rannte er davon.

Der Major der Militia verstand sehr schnell, worum es

ging, und war erfreut über das Abenteuer. Er ließ nicht nur seine Pferde satteln, sondern alarmierte über das Geläut der Pfarrkirche auch die anderen Reiter in der Nachbarschaft. Bald trabte ein Pulk von etwa einem Dutzend Männern los. Zwei Reiter schickte der Major voraus. »Einer soll die Militia von Faldouet alarmieren, daß sie den Strand absuchen. Der andere alarmiert die Tower von Archirondel und St. Catherines, daß sie jedes auslaufende Boot unter Feuer nehmen«, erklärte er David.

»Sind das diese runden Türme, wie sie an vielen Stellen an der Küste stehen?«

»Ja«, antwortete der Major. »General Conway, unser Gouverneur, ließ sie seit 1779 zur Inselverteidigung bauen. Sie haben zehn Mann Besatzung, einen Offizier und meist oben einen Zwölfpfünder auf Pivotlafette, so daß er in alle Richtungen feuern kann.«

Sie ritten schweigend und konzentriert. David machte sich Vorwürfe, daß er nicht mit Mr. Marsh gesprochen und ihn besser beschützt habe. Die dunkle Masse von Mont Orgueil blieb rechts von ihnen liegen. Dann ritten sie auf die Anhöhe von La Crête und blickten auf die Bucht von St. Catherine hinunter. Es war halbe Flut. Die Felsen ragten noch aus dem Wasser. Eine Meile vor der Küste war eine Ketsch vor dem blassen Streifen der beginnenden Dämmerung zu ahnen.

»Weiter!« rief der Major, und sie trabten hinunter zum Strand. Dann hörten sie vor sich Schüsse und Geschrei. »Das muß bei den Felsen von La Malade sein«, sagte der Major. »Galopp!«

Und nun sahen sie das Ruderboot im Wasser. Militiamänner standen am Ufer und schossen, aber zwei Mann rissen die Riemen durch das Wasser, und zwei andere saßen auf der Ruderbank.

»Verdammt! Sie entkommen!« schrie David. Einer der Männer, die auf der Ruderbank saßen, winkte höhnisch. Dann krachte der Kanonenschuß vom nahelegenen Archirondel-Turm und zerschmetterte das Boot und seine Besatzung in Fetzen.

»Was für ein glücklicher Schuß«, staunte der Major. »Dann haben wir es ja doch noch geschafft.«

Vor La Crête sichteten sie die Pinasse der *Shannon,* und vom Tower wurde eine Leiter hinabgelassen, und ein Kanonier rannte auf sie zu. »Leutnant Bonan bittet um die Ehre Ihrer Besichtigung«, meldete er.

»Kommen Sie, Mr. Winter«, sagte der Major. »Sie haben vorzüglich geschossen und außer dem ermüdenden Wachdienst kaum eine Abwechslung. Schauen wir kurz vorbei.«

Sie kletterten die Leiter hoch, die zum Eingang im zweiten Stock führte. »Der erste Stock hat keinen Zugang, dort lagern Munition und Verpflegung«, sagte der Major.

Der Leutnant empfing sie am Eingang, zeigte ihnen die Unterkunftsräume im zweiten Stock, und dann kletterten sie empor auf die Kanonenplattform im obersten Stock, wo der Zwölfpfünder auf einer Lafette ruhte, die auf runden Eisenschienen in jede Richtung gedreht werden konnte. Der Blick auf die Bucht aus etwa zehn Metern Höhe war gut, und David spähte, ob von Ruderboot und Besatzung etwas zu sehen war.

»Es war ein glücklicher Treffer«, gab der Kommandant des Turms zu. »Aber mit dem dritten Schuß hätten wir sie auf jeden Fall erwischt. Die Fischer holen schon ein Boot, um übriggebliebene Teile aufzufischen.« David sprach ihm sein Kompliment aus über die Treffsicherheit seiner Kanone, und war dann bestrebt, von den Fischern zu hören, ob sie ein Päckchen mit Aufzeichnungen gefunden hätten.

Nein, sie hatten nichts gefunden, nur Trümmer des Bootes und einige Leichenteile. »Die Strömung zieht alles weg, Sir«, sagte einer. »Da ist nicht zu machen.« Die Pinasse legte am Ufer an. Es war Zeit, sich vom Major zu verabschieden, für seine Unterstützung zu danken und mit Mr. Scott und Gregor zur *Shannon* zurückzukehren.

Aber von Mont Orgueil wehte das Flaggensignal: »Kommandant zum Rapport!«, und David ließ in Gorey anlegen und ging hinauf, um sich beim Prinzen von Bouillon zu melden.

»Ich hörte, daß Sie hier seien, Mr. Winter«, begrüßte ihn d'Auvergne freundlich. »Ich habe einen Auftrag für Sie, aber zunächst berichten Sie mir doch bitte, was sich bei St. Catherine zugetragen hat.«

David erzählte. D'Auvergne bat darum, daß ihm die Frau zur Vernehmung gebracht werde, und David hob ihre Hilfe bei der Vereitelung der Flucht hervor. »Ich werde sie nicht anklagen«, versicherte d'Auvergne. »Aber nun lassen Sie mich Ihnen erklären, wo Sie die nächste Anlandung von Emigranten und Waffen decken sollen.«

Diese Landung wurde ein Erfolg, aber bei zwei weiteren Landungen wußte David nicht, ob sie durch Verrat oder Zufall vereitelt wurden. Er schrieb an Britta:

Wir kreuzen hier zwischen den Kanalinseln und der Küste, versuchen Landungen, von denen zwei Drittel verraten oder vorzeitig entdeckt werden, während, wie ich der Gazette entnehme, andere bewundernswerte Erfolge erringen, wie erst am 21. Oktober Kapitän Nagle, der mit seiner Artois die überlegene französische Fregatte Révolutionnaire niederkämpfte. D'Auvergne lebt auf in der Führung der Agenten, aber ich bin Flottenoffizier und kein Agentenchef. Er hat übrigens Mademoiselle Bissot eine Stelle in einem Mädcheninternat verschafft und einen Emigrantenpriester bewogen, sie nachträglich mit dem ermordeten Mr. Marsh zu trauen, als klar wurde, daß sie ein Kind erwartet. So haben diese Irregularitäten auch einmal etwas Gutes. Aber ich bin sie leid, diese Tricks, Täuschungen und Maskeraden, wie sie zu dieser Unterstützung der Correspondance gehören. Es geht das Gerücht, daß es bald zu einer größeren Aktion kommen soll. Hoffentlich! Mehr kann ich nicht schreiben.

Landung in den Tod

(Februar bis Juli 1795)

Der letzte Zwölfpfünder der Backbordbatterie schoß, und die zerfetzte Schießscheibe wurde endgültig zertrümmert. »Wir haben unseren alten Standard fast wieder erreicht. Meinen Sie nicht auch, Sir?« fragte Mr. Neale David.

Der nickte und sagte lächelnd: »Das ist das Verdienst unserer Herren Leutnants, Mr. Neale. Das scheint mir eine gute Gelegenheit, Sie und die Herren Rossano und Brenton zum Dinner einzuladen. Bitte entscheiden Sie selbst, welche beiden Midshipmen Sie begleiten sollten.«

Neale bedankte sich für die Ehre und entschied sich, die Midshipmen Wilson und Bentrow mitzunehmen, die Rossano sehr beim Geschützdrill geholfen hatten.

Im Cockpit der Midshipmen löste die Einladung einige Verwirrung aus. Geoffrey Wilson fragte, wer ihm saubere weiße Strümpfe leihen könne, und John Bentrow lief zur Frau des Stückmeistermaats und bat, ob sie die Paspelierung an seinem guten Rock ausbessern könne.

David mußte sich ein Lächeln verbeißen, als er die beiden jungen Burschen mit streng an den Kopf gezogenen

Haaren und festem Zopf erblickte. John, sein Sohn, war kräftiger und größer geworden, seitdem er zur See fuhr, und wirkte so ganz anders als früher der behütete Junge im Salon seiner Mutter. Susan hatte David auch ein wenig bedauernd geschrieben, daß John nun so männlich werde und sich innerlich von ihr entferne und immer mehr an sein Schiff und den verehrten ›Onkel‹ David denke.

Auf der *Shannon* erhielten die Midshipmen unter fünfzehn Jahren keinen Anteil an den großen Alkoholrationen, die den Seeleuten täglich zustanden. David stimmte dem Schiffsarzt weitgehend zu, der gegen diesen Alkoholmißbrauch wetterte und ihm die Schuld an mancher Erkrankung und manchem Sturz aus der Takelage gab. Aber genauso wenig wie ein anderer Flottenoffizier konnte David an diesem ›heiligen‹ Anrecht der Seeleute auf ihren Viertelliter hochprozentigen Rum etwas ändern. Das hätte zur Meuterei geführt. Aber er konnte dafür sorgen, daß die jungen Burschen nur verdünntes Bier oder Weinschorle erhielten, wie eben jetzt.

Für die Midshipmen waren zwei Dinge bei solchen Einladungen besonders wichtig. Zunächst galt es, von den köstlichen Sachen auf des Kapitäns Tafel soviel zu essen, wie man nur hineinbringen konnte. Und dann mußte man die Ohren spitzen, ob man aus den Gesprächen der Vorgesetzten etwas erfuhr, was für die Kameraden wichtig war, z.B. Ziele der Reise, geplante Landgänge in Häfen, bevorstehende Inspektionen und ähnliches.

Wilson war der jüngste und mußte den Toast auf den König ausbringen. Und dann hatte er freie Bahn zu den Schüsseln und Platten. Er hörte, wie sich die Offiziere über die Aktionen der Kanalflotte und über den schlechten Gesundheitszustand Lord Howes unterhielten, der wohl bald abgelöst werden würde. Genug für sein Land habe er ja geleistet.

»Wen wohl der neue Erste Lord der Admiralität, Lord Spencer, dafür auswählen wird, Sir?« fragte Leutnant Brenton mit Blick auf David. Aber Rossano mischte sich ein. »In den Kneipen von Portsmouth wurde immer wieder der Name Lord Bridports genannt.«

David zuckte mit den Schultern. »Mehr weiß ich auch nicht, meine Herren.« Und er erinnerte sich, wie froh er darüber war, daß Lord Chatham, Pitts älterer Bruder, als Erster Lord der Admiralität endlich abgelöst worden war. Chatham hätte Davids Kritik nie vergessen und immer versucht, ihm Steine in den Weg zu legen.

»Was erzählt man denn sonst in den Londoner Salons, Mr. Bentrow?« fragte er scherzend seinen Sohn. Aber der hatte sich wohl auf eine ähnliche Frage vorbereitet und antwortete: »Man sprach viel über die Amnestie der französischen Regierung für die Chouans. Die Leute meinen, daß der Aufstand zum Sterben verurteilt ist, wo den reuigen Chouans Freiheit vom Wehrdienst und Steuervergünstigungen zugestanden werden. Es gibt nicht mehr viele, die auf Burkes Mahnung, wir sollten die Aufstände unterstützen, etwas geben, Sir.«

Der junge Leutnant Brenton schaute John Bentrow ganz erstaunt an. Mit solchen politischen Finessen hatte er sich wohl noch nicht befaßt, und nun hielt der junge Midshipman einen Vortrag.

David nahm Johns Bemerkung ernst und sagte: »Ich bin gespannt, was der Prinz von Bouillon für Nachrichten hat. Ich habe gehört, daß einige Chouans das Angebot angenommen und ehemalige Kameraden verraten haben. Unsere Aufgabe würde sich dadurch ändern, und ich wäre froh, wenn wir nicht mehr an dieser Küste herumpirschen müßten.«

»Ja, Sir, ein Gefecht gegen eine französische Fregatte, das wäre wieder einmal etwas«, bestätigte Neale mit Begeisterung.

»Ach, Mr. Neale, Sie denken dabei wohl an die Beförderung, die dem Ersten Offizier nach einem solchen siegreichen Gefecht zusteht«, wandte Rossano scherzend, aber in Beachtung formeller Anredefloskeln für seinen Freund ein, den er sonst duzte.

Nun hatte jeder etwas von großen Fregattenkämpfen

zu erzählen. David konnte, indem er nur halb hinhörte, an die Weihnachtsliegezeit in Portsmouth denken. Was hatte seine Tochter, nun über ein halbes Jahr alt, doch für Fortschritte gemacht. Sie erkannte ihn und strahlte ihn an. Und er hatte sie umhergetragen, bis Mutter und Amme über seine Verwöhnung schimpften, denn Christina schrie, wenn sie wieder hingelegt wurde. Was würde werden, wenn er ein Kommando in fernen Gewässern erhielt, vielleicht gar in Indien, und Jahre abwesend war?

Zwei Tage später sichtete die *Shannon* die unter Hamburger Flagge segelnde Bark *Störtebeker*. »Neutral, Sir, da wird nicht viel zu holen sein«, bemerkte Neale.

»Nun, wir können es ja wieder einmal probieren. Ich gehe mit Mr. Rossano an Bord. Stellen Sie ein Kommando mit findigen Leuten zusammen.«

Die Bark war in gutem Zustand, sauber und ordentlich. Der Kapitän in dunkelblauem Anzug mit Zylinder empfing David freundlich und gelassen an Deck und sicherte jede Unterstützung bei den erforderlichen Kontrollen zu. Er gab die nötigen Kommandos in einwandfreiem Deutsch, und David hatte den Eindruck, das sei auch der Kapitän und nicht nur ein vorgeschobener Matrose.

Der Kapitän legte David in seiner Kajüte die Papiere vor. Die Bark war von Hamburg nach Plymouth unterwegs, hatte Hafer, Teerprodukte für den Werftbau, Salzfleisch und Sauerkraut in Fässern für Flottenverpflegung geladen. Für Plymouth lagen Bestellungen einer Firma vor, die David dem Namen nach kannte. Da war nichts einzuwenden.

David sah keinen Grund, seine Deutschkenntnisse zu verschweigen, und unterhielt sich mit dem Kapitän über seine alte Heimat. »Warten Sie, Kapitän«, sagte dieser, »wo Sie Stade erwähnen, wo meine Mutter her stammt, dort lebte ein Arztsohn, früh Vollwaise geworden, in England bei Verwandten aufgewachsen, Kapitän in der britischen Flotte und schließlich reicher Nabob in Indien. Sind Sie das?«

David lachte. »Ich bin kein Nabob, obwohl es stimmt, daß ich in Indien in der Bombay-Marine diente. Aber es ist sicher meine Person, um die sich diese Phantasien ranken. Nun können Sie es richtigstellen. Ein ganz normaler britischer Flottenkapitän ist aus diesem Stader Arztsohn geworden.«

Kein Zweifel, der Kapitän war echt. Er weckte auch kein Mißtrauen in seiner Selbstsicherheit, wenn da nicht dieser kalte Blick gewesen wäre, wenn er sich unbeobachtet glaubte. Aber ich muß einem Kapitän feindliche Absichten nachweisen, nicht er mir ein freundliches und sympathisches Wesen, dachte sich David. Auch Davids Leute hatten nichts Verdächtiges gefunden, und so verabschiedete sich das Durchsuchungskommando bald wieder.

»Diesmal war nichts zu machen«, bestätigte David gegenüber Neale. Papiere, Ladung und Eindruck stimmten überein. Das ist einer von denen, die man beim Einlaufen in einen französischen Hafen schnappen muß, wenn man ihm etwas anhaben will.«

Auf dem anderen Teil des Achterdecks, das nicht für den Kapitän freigehalten wurde, sobald er an Deck war, steckten die Midshipmen Bentrow, Osgood und Wilson die Köpfe zusammen. David sah es aus den Augenwinkeln mit Amüsement und fragte sich, wann wohl Mr. Neale sie mit einem Donnerwetter anfahren würde, ob sie nichts Besseres zu tun hätten. Aber da bauten sich die drei schon in Habachtstellung nebeneinander auf, zupften ihre Dreispitze und ihre Jacketts zurecht und suchten anscheinend die Aufmerksamkeit des Kapitäns.

Hab ich als junger Midshipman auch so pinguinähnlich gewirkt, dachte David und fragte wohlwollend: »Nun, meine Herren. Haben Sie mir etwas vorzutragen?«

John Bentrow, sein Sohn, war wie gewöhnlich ihr Wortführer. »Sir, der Name der Bark, *Störtebeker*, hat uns an die Rundschreiben der Admiralität erinnert, die wir nach Ihrer Empfehlung lesen sollten, Sir. Wir haben mit Mr. Ballaine darüber gesprochen, und er hat uns im Unterricht von dem Seeräuber Störtebeker erzählt. Wir wissen aber leider nicht mehr, Sir, was die Admiralität zu der Bark geschrieben hatte. Dürfen wir die alten Rundschreiben noch einmal einsehen, Sir?«

David freute sich. Die jungen Burschen dachten sich etwas bei der Ausübung ihrer Pflichten. »Sehr gut, meine Herren, daß Sie mitdenken. Lassen Sie sich bitte von Mr. Ballaine die Rundschreiben noch einmal aushändigen und melden Sie sich, sobald Sie etwas gefunden hatten.«

Mr. Ballaine hatte nach Mr. Marshs tragischem Tod auch die Aufgaben des Sekretärs übernommen, um sein karges Salär aufzubessern. Ein junger Bursche unterstützte ihn bei den reinen Schreibarbeiten.

Nach einer halben Stunde, die *Störtebeker* war noch nicht unter dem Horizont verschwunden, erschien Mr. Bentrow aufgeregt. »Wir haben die Stellen gefunden, Sir, und im Kartenzimmer aufgeschlagen. Könnten Sie bitte selbst sehen, Sir? Uns scheint es schon etwas merkwürdig.«

David ging in den Kartenraum und las die Rundschreiben der Admiralität, in denen Informationen aus verschiedenen Quellen zusammengestellt wurden. Da wurde 1793 von dem unerklärlichen Verlust des Flottenkutters *Habicht* berichtet, obwohl kein Unwetter herrschte. Unter den Schiffen, die zu dieser Zeit im Seegebiet bei Boulogne waren, wurden drei englische Briggs angeführt, und dann die Hamburger Bark *Störtebeker*.

Na ja, dachte David, aber da meldete sich Gilbert Osgood schon aufgeregt: »Hier taucht sie das nächste Mal auf, Sir.« David starrte auf den pummeligen Zeigefinger mit dem Dreckrand unter dem Fingernagel und beschloß, Mr. Penrose, dem ältesten Midshipman, einen Hinweis zu geben. Aber dann las er mit Erstaunen, daß zwei Monate später das Wrack der britischen Kaperbrigg *Jason*, acht Vierpfünder, verlassen treibend etwas weiter südlich im Kanal gefunden worden war. Die Bordwand hatte schwere Schäden aufgewiesen, wie sie durch große Kaliber aus nächster Nähe erzielt werden. Schiffe in der Nähe seien der Flottenkutter *Iris*, der auch kurzen Geschützdonner aus unbestimmter Richtung gehört hatte, ein portugiesischer Frachter, zwei britische Briggs und wieder die Bark *Störtebeker* gewesen.

Nun tickten in Davids Kopf die Gedanken, und ungeduldig trat er zu Mr. Wilson, der, mit sauberem Zeigefinger, auf die nächste Eintragung wies. Ein kleiner Flottenkutter mit der gleichen Bewaffnung wie die *Jason* war als treibendes Wrack in der Strömung bei Alderney entdeckt worden. Wieder war die Bordwand von schweren Kalibern zerschmettert worden. Wiederum war kein Überlebender an Bord, und wiederum war unter den Schiffen im Seegebiet der Name *Störtebeker* angeführt.

David schlug mit der Hand auf den Tisch und grunzte in sich hinein. Dann erblickte er die erwartungsvollen Augen der jungen Burschen und sagte: »Sie sind vielleicht auf etwas sehr Wichtiges gestoßen, meine Herren. Ich danke Ihnen für Ihre Aufmerksamkeit. Sie haben einen Extra-Landgang gut.« Nun strahlten sie ihn an und verschwanden mit ihren Dankesäußerungen.

David notierte sich die Seeräume und die Daten und setzte sich dann in seiner Kajüte auf den Sessel und grübelte. Es hatte sich alles auf dem Kurs von Norden nach Plymouth oder aber auch St. Malo, Brest oder Le Havre abgespielt. Doch die *Störtebeker* hatte nur eine Breitseite von drei Vierpfündern, die übliche Selbstverteidigung. Damit konnte sie keine Bordwände zerschmettern.

David schüttelte den Kopf. Dann schloß er die Augen und konzentrierte sich noch einmal auf das Deck der *Störtebeker*. Da war kein anderes Geschütz gewesen, nur die drei Holzkästen an jeder Bordwand, in der sie anscheinend Segel und Taue stauten, denn so etwas hing oben heraus, erinnerte er sich. Komischer Ort, so etwas zu stauen, dachte er noch, und dann schoß ihm der Gedanke in den Kopf: Und wenn es maskierte Karronaden waren, Vierundzwanzigpfünder? Dann wären das eiskalte Piraten, scheinheilig und harmlos bei einer Kontrolle durch schwere Schiffe, und heimtückisch und tödlich für kleine Vorposten.

David ging an Deck und befahl Mr. Neale, daß die obersten Segel eingeholt werden sollten und daß der *Störtebeker* so zu folgen sei, daß man gerade außerhalb ihrer Sichtweite bliebe. Er möge die besten Leute mit Teleskopen in den Ausguck senden. Auch auf Neales fragenden Blick verriet er noch nichts, sondern wanderte immer schweigend auf dem Achterdeck auf und ab.

Den ganzen Tag behielt die *Störtebeker* einen Kurs bei, der sie gut durch die Mitte des Kanals führte. Nach Plymouth hätte sie sich weiter an die englische Küste halten können, aber nicht müssen. Wenn sie einen französischen Hafen anlaufen wollte, müßte sie aber bei Dunkelheit sofort mit allen Segeln auf Südkurs gehen. David lehnte sich über die Karte und hantierte eine Weile mit Winkel und Lineal. Dann ließ er seine Offiziere und die wichtigsten Deckoffiziere in seine Kajüte rufen.

Alles, was in der Nacht möglicherweise gebraucht wurde, mußte vor Anbruch der Dunkelheit bereitgelegt werden. Das galt für die Bewaffnung der Entermannschaften in fünf Kuttern, für die Leuchtraketen, aber auch für das Brotstück, das der Matrose während der langen Wachen kauen wollte. Kein einziges Licht an und unter Deck war während der Nacht erlaubt, von der Kompaßleuchte abgesehen.

Alles, was vorgeplant werden konnte, war nach Davids Devise geplant worden, denn Ungeplantes trat sowieso noch ein. Sobald sie die Segel der *Störtebeker* in der Abenddämmerung aus der Sicht verloren, setzte die *Shannon* alle Segel und steuerte einen Kurs, der sich mit dem der *Störtebeker* kreuzen mußte, sofern diese auf die französische Küste zuhielt. Sie mußten sie mit Zickzackkurs dann bald erwischen, denn ob die *Störtebeker* nach St. Malo, St. Brieuc oder Brest steuern würde, führte zu Kursdifferenzen, daß es leichter gewesen wäre, eine Nadel im Heuhaufen zu finden.

Völlige Dunkelheit, absolute Stille, nur das Knarren des Schimpfsrumpfes, das Ächzen der Segel und das Klatschen der Bugwelle. An jeder Seite des Schiffes hockten die besten Nachtausgucke mit Nachtgläsern, und die schärfsten Lauscher hielten die Sprechtrompeten ans Ohr. Gregor ging leise mit Kolja an Deck umher und ließ ihn in diese und jene Richtung schnüffeln und lauschen.

Und dann begann Kolja zu knurren und schnüffelte immer wieder in eine Richtung. Gregor brachte Kolja zur Ruhe, und die Ausgucke konzentrierten sich. »Ein kleiner Lugger auf Gegenkurs, nähert sich schnell«, meldete einer.

»Kurs zurück. Um diese kleinen Kognakschmuggler können wir uns heute nicht kümmern!« befahl David, und die Routine begann von neuem.

Fast eine Stunde suchten sie schon. Wenn wir ihn nicht bald finden, ist der Pirat weg, sagte sich David und zermarterte seinen Kopf, ob sie etwas hätten anders vorausschätzen müssen. Ihm fiel nichts ein, und er konnte seine Enttäuschung kaum zurückhalten.

Aber dann knurrte Kolja wieder. Diesmal erkannten sie Schiffslaternen und den Schatten eines großen Schiffes. »Das könnte die *Störtebeker* sein«, flüsterte David zu Neale. »Jetzt nur dranbleiben und Abstand halten.« Sie waren noch viel zu weit im Kanal, um irgendwelche Sicherheit zu haben.

Wieder folgte Stunde auf Stunde. Die Wachen wechselten lautlos. Der Kurs ging jetzt eindeutig auf St.-Brieuc. Sie würden es noch vor Morgengrauen erreichen. Und dort, vor dem Einlaufen, mußten sie den Piraten überwältigen.

Es war soweit. Die *Störtebeker* hatte Segel gekürzt und lief nur noch mit weniger als einem Knoten dem Land entgegen. Die *Shannon* hatte sich seitlich abgesetzt. Ihre Gig hatte mit dem Lateinersegel Kurs auf das Land genommen, um dann ein Licht zu setzen und der *Störtebeker* entgegenzukreuzen. Die Kutter begaben sich auf Positionen, von wo aus sie ihr Angriffsziel leicht erreichen konnten.

Hassan kommandierte die Gig. In ihr saßen die Leute, die französisch sprachen, und der Maat des Stückmeisters mit seiner Handgranate. Sie hatten das Bootslicht gesetzt und näherten sich der *Störtebeker*.

»Hallo *Störtebeker*!« riefen sie französisch. »Wieder einmal hier? Wie geht es? Sollen wir euch lotsen?« Sie lachten und alberten wie angetrunkene Seeleute.

»Was wollt ihr? Wir brauchen euch nicht. Wir finden den Weg auch allein. Oder hat Monsieur Poitre solche Sehnsucht nach uns?« scholl es ihnen entgegen.

»Die Huren sehnen sich auch nach euch und eurer Heuer«, scherzten die aus der Gig. »Wir haben einen kleinen Vorgeschmack für euch. Laßt die Jakobsleiter hinunter.«

Aber dazu war auf der *Störtebeker* noch niemand bereit. Sie brachten zwei Schiffsleuchten und beleuchteten die sich nähernde Gig. In ihr balancierten Seeleute mit Weinflaschen. »Hallo! Fangt auf!« rief einer und warf eine Weinflasche die etwa zwei Meter noch oben.

»Seid ihr verrückt«, schrien sie zurück, nachdem sie die Flasche im letzten Moment greifen konnten. »Seid doch vorsichtig! Ihr müßt ja die Flaschen nicht kaputtschmeißen und uns das Deck versauen.«

»Gut, gut!« Die Franzosen schienen besänftigt und warfen die nächste Flasche vorsichtiger. »Laßt doch die Leiter herunter!«

»Noch eine Flasche«, flüsterte Hassan, »und dann!« Er nickte dem Stückmeistersmaat zu. Die Kutter würden jetzt auf Position gehen. Die Leiter kam herunter. Die nächste Flasche flog, und dann drehte der Stückmeistersmaat sich um, zündete die ganz kurze Lunte und flüsterte: »Einundzwanzig, zweiundzwanzig und Wurf!« Eine Flasche flog nach oben, gleichzeitig folgte die Handgranate. In der Gig zogen sie die Köpfe ein. An Deck fetzte es krachend, und dann war der Teufel los.

Die *Shannon* schoß ihre Leuchtraketen, die alles erhellten. Am Bug, am Heck und an der anderen Bordseite der *Störtebeker* stürmten die Entermannschaften an Deck, schrien »*Shannon*« und schossen auf alles, was nicht weiße Kopfbinden trug. Es dauerte weniger als eine Minute, dann war alles vorbei.

Sie zündeten Fackeln an Deck der *Störtebeker* an. Mr. Neale schickte Trupps unter Deck, um aufzustöbern, wer sich versteckt haben mochte. Sie trieben die Unverwundeten am Vordeck zusammen, legten die Toten und Verwundeten auf dem Achterdeck ab. Mr. Neale wußte, was David zuerst fragen würde, und ließ die Holzkästen an den Bordwänden aufbrechen. Und da starrten sie in das Licht der Fackeln und des grauenden Morgens: dicke, plumpe, schwarze Vierundzwanzigpfünder-Karronaden.

Die *Shannon* kam näher. Ein Kutter ruderte ihr entgegen, nahm den Arzt und seine Leute sowie David auf. Neale rief David schon entgegen: »Vierundzwanzigpfünder, wie Sie vermuteten, Sir.« David fiel ein Stein vom Herzen. Gewiß, er hatte jedes Recht, ein Schiff dicht vor einem französischen Hafen abzufangen, das falsche Angaben gemacht hatte. Aber Handgranaten und ein solcher Gewalteinsatz waren nur bei einem verdeckten Piraten zu verantworten, um eigene Leben zu schonen.

Der Hamburger Kapitän, dem ein Handgranatensplitter einen Teil der Kopfhaut abgefetzt hatte, rief David laut entgegen: »Ich protestiere gegen diesen Akt der Piraterie gegen ein wehrloses Handelsschiff!«

»Halten Sie Ihren Mund, sonst lasse ich Ihnen einen Knebel verpassen. Ihre Scherze heben Sie sich für den Henker auf!« fuhr ihn David an und ging zu den unverletzten Gefangenen.

»Wir wissen, daß ihr heimtückisch kleine britische Schiffe zusammengeschossen habt. Auf diese Piraterie steht die Todesstrafe. Nur der kann sich vielleicht vor dem Galgen retten, der als Zeuge der Krone auftritt und ein volles Geständnis ablegt. Ihr habt zwei Minuten Zeit, euch das zu überlegen. Keiner darf mit dem anderen sprechen. Die Seesoldaten erhalten Befehl, sofort zu schießen.« Er rief den Seesoldaten die entsprechenden Befehle zu und wandte sich um, ob an Deck noch etwas zu ordnen sei.

Mr. Neale schlug vor, die Toten zu durchsuchen und dann über Bord zu werfen.

»Nein, das würde unseren Leuten nicht gefallen. Wir nehmen Kurs auf Jersey und lassen ihnen unterwegs ein Seebegräbnis zukommen.«

Dann wandte sich David an die Überlebenden. »Wer aussagen will, trete einen Schritt vor.«

Drei Mann lösten sich aus der Gruppe, aber die anderen griffen nach ihnen, wollten sie würgen, schlagen und beißen. Die Seesoldaten hatten damit gerechnet und stießen mit ihren Bajonetten rücksichtslos zu. Die drei Zeugen konnten befreit werden. Die anderen wurden gefesselt.

Mr. Neale kommandierte die *Störtebeker* als Prise. David ging zurück an Bord der *Shannon*, und sie nahmen Kurs auf Jersey.

D'Auvergne hatte die Tonpfeife aus dem Mund genommen und fuhr mit dem Finger unter seine Perücke, die ihn drückte. »Unglaublich, Mr. Winter. Wir hatten in den letzten zwei Jahren fünf völlig unerklärliche Verluste, drei Kanonenboote und zwei Patrouillenlugger. Die kommen wahrscheinlich auf das Konto dieser Piraten. Aber warum taten sie das? Reiche Beute war doch kaum zu erwarten.«

»Sir, ich übergebe Ihnen zunächst eine Liste mit den Opfern des Piraten. Sie wurde nach den Aussagen der Kronzeugen angefertigt. Zum Motiv kann ich darauf verweisen, daß der Kapitän und ein Großteil der Besatzung überzeugte ›Freunde der Revolution‹ waren. Das ist eine Verbindung in den deutschen Staaten, die vor allem mit den Jakobinern zusammenarbeitet und die Ausbreitung der Revolution fördern will. Mit der Vernichtung kleinerer britischer Patrouillenschiffe wollten sie unser Bewachungsnetz durchlöchern und den eigenen Schmuggel erleichtern. Und die Franzosen zahlten ihnen gutes Kopfgeld.«

»Und die Aufmerksamkeit der jungen Midshipmen hat Sie auf die Spur gebracht, Mr. Winter? Was halten Sie davon, wenn ich sie auf dem nächsten Ball oder Empfang in St. Helier öffentlich belobe?«

David erinnerte sich an eine ähnliche Belobigung, die ihm als jungem Spunt in Barbados zuteil geworden war, und sagte lächelnd: »Das wäre sehr gütig, Sir, und sicher überaus motivierend. Bei jedem der Offiziere, mich eingeschlossen, hätten die Alarmklingeln läuten müssen. Die jungen Burschen haben uns alle beschämt.«

D'Auvergne schmunzelte. »Angesichts Ihrer sonstigen Verdienste können wir von einer Bestrafung absehen, lieber Mr. Winter. Aber nun müssen wir über die künftigen Operationen sprechen! Agenten und Offiziere müssen gelandet, Waffen und Munition in größeren Mengen an die Küste gebracht werden, und das alles dient der Vorbereitung des großen Schlages. Ich sage es Ihnen heute im strengsten Vertrauen: Nach vielen Verschiebungen ist die Landung nun für Mitte des Jahres definitiv vorgesehen, und zwar im Raum Quiberon.«

David war nicht sonderlich überrascht. Zuviel wurde schon in Portsmouth und anderen Orten gemunkelt. Zu oft waren Operationen angekündigt und wieder abgesagt worden. »Hoffentlich ist nicht alles zu spät, Sir, und hoffentlich können die Chouans die Massen mobilisieren, die damals in der Vendée auf uns vergeblich warteten.«

D'Auvergne war optimistisch und las David aus Briefen des Grafen Puisaye vor, dem seine Gewährsleute nach London geschrieben hatten, daß die gesamte Bretagne auf sein Zeichen zur Erhebung warte. David war keineswegs überzeugt, aber er gab sich Mühe, nicht als Schwarzseher zu erscheinen, sondern diskutierte mit d'Auvergne, was die *Shannon* helfen könne.

Aber in den nächsten Wochen erfüllte sich kaum eine der hochfliegenden Erwartungen. Es waren endlose Tage und Nächte, in denen die *Shannon* vor der Küste patrouillierte, ständig nach Signalen der Chouans Ausschau haltend. Sie beschossen hier eine Batterie, setzten dort bei Nacht und Nebel Agenten an Land, warteten andere Tage vergeblich im Nebel, landeten an einer einsamen Küste Waffen, um dann zu beobachten, wie Dragoner der Revolution die Abholer überwältigten. Es war eine ermüdende Kette von Kleinaktionen, und die Stimmung an Bord war eher gedrückt. David erinnerte sich genau, wie erlöst er den Befehl entgegennahm, zum Geschwader unter Sir

John Warren zu stoßen, das die Emigrantenregimenter bei Quiberon an Land setzen sollte.

Die Stimmung an Bord stieg schlagartig, als die Masse der Segel aus dem Meere wuchs und sie an den Signalen ablasen, daß neben Sir Warrens Flaggschiff, der großen Fregatte *Pomone,* auch drei Linienschiffe und vier weitere Fregatten die rund fünfzig Transportschiffe begleiteten. David trank am Abend mit seinen Offizieren auf den Erfolg und hoffte so sehr, es möge nicht wieder alles in Blut und Verwirrung enden.

Die *Shannon* steuerte im frühen Morgengrauen die flache Küste bei Légenèse an. Tinténiac, d'Auvergnes Agent, stand neben David auf dem Achterdeck und spähte voraus. Er sollte die Chouans am Ort der Landung sammeln. Immer wieder ließ David loten, obwohl nach den Handbüchern die Küste als sandig und ungefährlich gekennzeichnet war.

Tinténiac war ruhig und gelassen. Er war schon so oft an der Küste gelandet, daß ihn dieses Abenteuer weniger beunruhigte als manchen, der ihn an die Küste brachte. David wandte sich ihm zu und sagte: »Es ist soweit, Monsieur. Näher heran können wir nicht.«

Tinténiac nickte, reichte David die Hand und ließ sich mit seinem Diener ans Ufer bringen. An Bord der *Shannon* horchten sie noch eine Weile, ob Geräusche auf eine Entdeckung hindeuteten, dann setzte die *Shannon* wieder Segel und nahm Kurs auf Houat, wo sie das Geschwader treffen würde.

Am nächsten Tag, dem 26. Juli, lief das Geschwader mit allen Transportschiffen in die Bay von Quiberon ein. David erwartete, daß unverzüglich die Signale gehißt würden, um die Truppen zu landen, aber nichts geschah. Nach einer Stunde hißte die *Pomone* die Nummer der *Shannon* und das Signal: »Kommandant zum Report!«

Warren begrüßte David in seiner Kajüte und sagte: »Ich werde jetzt an Land gehen. Sie begleiten mich bitte. Vorher will ich Sie noch kurz über die Situation informieren. Sie haben gesehen, daß sich Chouans in immer größerer Zahl am Strand versammeln. Das stimmt mit Tinténiacs Bericht überein. Oberst d'Hervilly will vor einer Zustimmung zur Landung der Regimenter aber selbst noch die Situation erkunden. Darum geht er mit uns an Land.«

»Hat nicht Graf Puisaye den Oberbefehl über die Truppen, Sir John?« fragte David erstaunt.

»Das ist ein wenig komplizierter, wie alles, was London ausheckt. D'Hervilly ist Oberst in britischen Diensten und befehligt die Emigrantenregimenter. Er entscheidet, ob eine Landung angebracht ist. Danach hat Graf Puisaye mit seinem französischen Generalspatent den Oberbefehl über die vereinigten Chouans und Emigranten.«

David mußte wohl etwas konsterniert geguckt haben, denn Warren fügte hinzu: »Wir sind nur die Transporteure, und nachdem ich gemerkt habe, daß sich Puisaye und d'Hervilly gegenseitig nicht ausstehen können, bin ich froh, daß ich nicht mehr Verantwortung trage. Sie werden mein Verbindungsoffizier zu Puisaye sein, denn Sie haben am meisten Erfahrung mit diesen französischen Angelegenheiten. Informieren Sie mich bitte täglich, was dort im Hauptquartier vorgeht. Und nun wollen wir uns die Lage am Strand ansehen!«

Die Seesoldaten sprangen aus ihrem Kutter, wateten ans Ufer und nahmen dort Stellung ein, wie sie es zum Schutz von Landungen gelernt hatten. Aber hier brauchten sie niemanden zu schützen, und Warren, beeindruckt von den Hochrufen der Männer, Frauen und Kinder, die sich herandrängten, gab Befehl, die Leute passieren zu lassen.

Die Chouans, zerlumpter, als David die Leute aus der Vendée in Erinnerung hatte, bestaunten die rotberockten Seesoldaten und die Flottenoffiziere in Blau, Weiß und Gold wie exotische Tiere, lachten und strahlten, als ob etwas völlig Unerwartetes wahr geworden sei. Nur wenige trugen Waffen. Irgendeine Ordnung war nicht erkennbar. Es schien weder Kommandeure noch unterscheidbare Einheiten zu geben.

D'Hervilly war von dem begeisterten Empfang nicht berührt. David bemerkte, wie sich sein Gesicht zunehmend verschloß. Dann rief er laut, ob sich irgendein Offizier oder Befehlshaber in der Nähe befände. Er möge sich melden.

Ein Mann von etwa vierzig Jahren mit leuchtend rotem Bart, einem Ziegenfell als Jacke, eine Muskete in der Hand, trat heran und sagte, er sei der Chef der Chouans von Erdeven. D'Hervilly sah ihn konsterniert an und wollte wissen, wieviel Mann am Strand versammelt seien, wieviel erwartet würden und wer den Oberbefehl habe.

Der Chouan zuckte mit den Schultern und antwortete, man müsse das abwarten. D'Hervilly schüttelte fassungslos den Kopf. Warren zog David am Ärmel und wollte wissen, was die beiden hätten. Aber David hatte selbst nicht alles verstanden und konnte nur interpretieren, daß d'Hervilly als strikter Soldat mit der Unordnung unter den Chouans wohl überhaupt nicht zufrieden war.

»Sie sind wie die indianischen Hilfstruppen im amerikanischen Krieg, wild und disziplinlos. Aber wenn man sie bewaffnet und entschieden führt, haben sie ihren Nutzen«, kommentierte Warren und fügte hinzu: »Sagen Sie bitte Oberst d'Hervilly, daß ich bereit bin, zum frühesten Termin mit der Verteilung der Waffen zu beginnen.« Warren ging weiter in die Menge hinein, schüttelte Hände, nahm Obst, das ihm gereicht wurde, und wirkte auf David wie ein Entdecker, der sich von den Eingeborenen an einer bislang unbekannten Küste bestaunen läßt.

Puisayes Stimmung war völlig anders als die von d'Hervilly. Als David sich bei ihm als Verbindungsoffizier meldete, explodierte er förmlich vor Begeisterung über die Ansammlung der Chouans am Strand. »In wenigen Tagen werden es dreißigtausend sein, Kapitän Winter, und die ganze Bretagne wird sich erheben, die Blauen erschlagen und sich uns anschließen. Wann können die Waffen verteilt werden, Kapitän?«

David berichtete ihm, daß der Kommodore bereit sei, und Puisaye bat ihn, Sir John zu melden, daß er morgen früh selbst die Chouans zum Empfang der Waffen kommandieren werde. »Sagen Sie bitte Sir John, daß wir drei Kolonnen unter den Kommandeuren Tinténiac, Vauban und Boisberthelot bilden und landeinwärts vorrücken werden. Die Vendée unter den Herren Charette und Stofflet wird sich auch erheben, und dann sind wir unbesiegbar. Ich erwarte, daß sich die Regimenter unter Graf d'Hervilly unserem Vormarsch anschließen werden.«

Seine Erwartung sollte sich nicht erfüllen. Zwar landeten die Emigrantenregimenter am Strand und sicherten die Landungsstelle weiträumig, aber d'Hervilly weigerte sich entschieden, landeinwärts vorzustoßen. Als David dem Kommodore über Puisayes Verärgerung berichtete, sagte der nur, daß er d'Hervillys Vorgehensweise richtiger finde. »Wir müssen erst die Landungsstelle sichern und dann die Halbinsel Quiberon einnehmen. Nur dann haben wir eine Position, die wir auch halten können.«

Am Strand war von den Differenzen der Kommandeure nichts zu bemerken. Unaufhörlich fuhren die Boote hin und her und landeten Menschen und Material. Die Stellen zur Verteilung der Waffen wurden von britischen Seesoldaten bewacht, und David sah einen älteren Leutnant, der verwirrt und verständnislos dem Geschehen zusah.

»Sir«, sprach er David an, als ob er Hilfe erwarte, »wenn Sie bitte bemerken wollen, Sir, es ist völlig unmöglich, eine Liste zu führen, wer Waffen erhält. Wer gibt mir eine Quittung? Das ist hier wie bei der Armenspeisung zu Weihnachten. Wer vorspricht, erhält etwas. Ein Offizier des Generals Puisaye erklärte mir, das sei in Ordnung. Aber hier weiß doch niemand, ob die mit den Waffen umgehen können und wofür sie verwendet werden.«

David war weniger starr als der Leutnant, aber er mußte sich eingestehen, daß er bei der Vendée doch etwas mehr Ordnung erlebt hatte. Dort konnte man sich an die Pfarrhauptleute wenden, aber hier wußte man nicht, wer Chef war und wer nicht.

Die Offiziere der Emigrantenregimenter beurteilten das Treiben ähnlich wie der Leutnant der Seesoldaten. David hörte verächtliche Kommentare über die Chouans, und diese schienen die geschniegelten Offiziere auch nicht zu mögen. Worte flogen hin und her, entarteten zu Schimpfworten, und dann zog ein Offizier seinen Degen, der Chouan hob seinen Kolben, und David, der dazwischentrat, war froh, als Tinténiac erschien und Frieden stiftete. »Die Chouans sind vor allem Bauern und manchmal gar nicht gut auf die adligen Offiziere zu sprechen«, erklärte er David.

Als David gehen wollte, fiel ihm ein bekanntes Gesicht in der Menge auf. Der Mann trug Leutnantsuniform, und David zerbrach sich den Kopf, woher er ihn kannte. Dann fiel es ihm ein. Das war der Marineleutnant, den er nach der Nachtaktion gegen die beiden Linienschiffe vor Brest aufgenommen und dem er damals nicht recht getraut hatte. Jetzt diente er also bei den Emigranten.

Am nächsten Tag wurde in Puisayes Hauptquartier vermerkt, daß sechzehntausend Gewehre mit Munition ausgegeben seien, aber Puisaye ließ seinen Schreiber sofort eine Anforderung nach London aufsetzen, daß viel mehr Waffen und vor allem auch Truppen gebraucht würden. »Viel mehr Chouans werden zu uns strömen«, erklärte er David, »aber ohne Linienregimenter zur Verstärkung können sie keine Schlachten schlagen. Die knapp dreieinhalbtausend Mann, die unter d'Hervilly gelandet sind, reichen doch nicht hin und nicht her.«

Der Kommodore war der gleichen Meinung. Auch er überschüttete London mit Anforderungen und klagte zu David über die Unfähigkeit des Transportamtes. »Sie haben Emigrantenregimenter in Deutschland zusammengezogen und über Bremerlehe verschifft. Auf den Kanalinseln stehen Regimenter, aber dieses Amt ist nicht in der Lage, sie rechtzeitig hierher zu transportieren. Von Zelten, nach denen Puisaye schreit, und Offizierskadern für die Chouans will ich gar nicht erst reden.«

Auf der *Shannon* kommandierte jetzt praktisch der Erste Leutnant, denn der umtriebige Puisaye hielt David oft genug in Atem. Er mußte anwesend sein, als die Chouans aufbrachen, um landeinwärts vorzustoßen. Puisaye hielt eine flammende Ansprache an jede der drei Kolonnen, und die Chouans jubelten. Aber sie sehen kein bißchen militärischer aus, dachte David, und fragte sich, was wohl geschehen werde, wenn sie einer disziplinierten Truppe gegenüberstünden.

Aber dann rief ihn ein Melder zurück zu einer Besprechung der Kapitäne beim Kommodore. Jetzt sollte der Angriff auf die Halbinsel beginnen. Die Fregatten erhielten die Plätze zugewiesen, von denen aus sie Fort Neuf, Fort Sans-Culotte und andere Stellungen bombardieren sollten. Die Stellungen der Revolutionäre waren schwach, und Warren meinte, am Tag nach der Beschießung müßte d'Hervilly die Stellungen im Spaziergang einnehmen.

Die Kanonade nahm ihren planmäßigen Verlauf. Die Blauen konnten nicht viel gegen die schwere Schiffsartillerie ausrichten, aber dann setzte der Nebel ein. Die Fregatten konnten nicht mehr schießen und die Regimenter ihren Angriff nicht beginnen. Warren barst förmlich vor Ungeduld. Der einzige, der in diesen Nebeltagen von Fortschritten berichtete, war Puisaye. Die Chouans waren in Auray eingerückt, und aus den landeinwärts gelegenen Gebieten der Bretagne trafen neue Nachrichten über Erhebungen und neue Forderungen nach Waffen ein.

Schon in der Nacht zum 3. Juli wußten sie, daß der nächste Morgen klare Sicht bringen würde. Die Sterne funkelten, und das Barometer war gestiegen. Auf der *Shannon* war alles bereit. Sie würde die Landung einer Truppe aus Emigranten, Chouans und Seesoldaten bei Port Orange decken, während d'Hervilly vom Festland aus die Halbinsel aufrollen würde.

Aber die Republikaner ergaben sich fast kampflos. Im Fort Sans-Culotte, das sofort wieder in Fort Penthièvre zurückbenannt wurde, waren nur sechshundert Mann Besatzung, und ihr Kommandant hatte eingesehen, daß Widerstand zwecklos war.

Der junge, schwarzlockige Flaggoffizier Puisayes sagte später lachend zu David: »Dafür wird er die Guillotine küssen, wenn er den Blauen in die Hände gerät.«

»Wo sind denn die Gefangenen verwahrt?« fragte David nach.

»Na, im Fort«, antwortete der Flaggoffizier. »Sie wurden unseren Regimentern eingereiht.«

»Sie stecken die ehemaligen Blauen einfach in Ihre Regimenter?« David konnte es nicht fassen.

»Aber ja«, entgegnete der Flaggoffizier. »Sie sind Franzosen und haben sich bereit erklärt. Sie werden schon für uns kämpfen, denn sie müssen ja die Rache der Revolution fürchten. Wir haben in unseren Regimentern bereits tausendsechshundert ehemalige Blaue, die in den Niederlanden gefangengenommen wurden. Wo sollten wir sonst die einfachen Soldaten herholen? Emigriert sind doch fast nur Leute mit Vermögen.«

Er hat ja recht, dachte David. Wie sollten die einfachen Leute auch emigrieren? Aber daß aus ehemaligen Kriegsgefangenen loyale königstreue Soldaten geworden sein sollten, wollte ihm nicht in den Kopf. Und warum sollten sie so große Angst vor der Revolution haben? General Hoche hatte doch mehrmals schon bewiesen, daß er denen Amnestie gewährte, die nicht mehr gegen ihn kämpften.

Als David auf die *Shannon* zurückkehrte, berichtete ihm Leutnant Neale: »Graf Lejeune wartet in Ihrer Kajüte, Sir.«

»Wer?« fragte David ungläubig. »Der Graf Lejeune aus der Vendée?«

Neale bestätigte, und David eilte in seine Kajüte. Lejeune erhob sich, sie schüttelten sich beide herzlich die Hände und freuten sich, daß sie sich gesund wiedersahen. »Es tut mir so leid, Kapitän Winter, daß unser Wiedersehen mit einer Nachricht verbunden ist, die Sie und Ihren

Kommodore nicht erfreuen wird. Die Vendée erhebt sich nicht, zumindest nicht Charettes Leute, aber Stofflet ruft auch nicht zu den Waffen, soweit ich orientiert bin.«

»Aber warum nicht, Graf? Jetzt sind wir doch gelandet. Jetzt wäre doch die richtige Zeit.«

Lejeune seufzte und sah David traurig an. »Sie waren immer ein guter Freund der Vendée, und Sie haben meine Familie gerettet. Ihnen gegenüber kann ich offener sein als zu Ihrem Kommodore. Charette hat eine Landung in der Vendée erwartet, und er ist äußerst skeptisch, daß das hier ein ernstgemeintes Unternehmen ist. Bis jetzt sind nur wenige Emigrantenregimenter gelandet, aber keine englischen Truppen. Er mißtraut auch Graf Puisaye, der dem König nicht die Treue hielt. Und es ist zu spät für die Bretagne. Die Amnestie und der Friede haben viele Chefs der Chouans zu Gehilfen der Revolution gemacht. Sie haben ihre alten Gefährten verraten. Keiner traut mehr dem andern. Hier kommt es nicht zu einem Volksaufstand wie seinerzeit in der Vendée. Ihre Regimenter sind mit kriegsgefangenen Blauen gefüllt, Kapitän Winter. Wer soll sich auf die verlassen? Die Chance, die vor drei Jahren bestand, ist vorbei. Ich habe keine Hoffnung mehr.«

»Aber Graf Puisaye spricht von vielen tausend Menschen, die sich in der Bretagne erhoben haben, Graf.«

»Puisaye war schon immer ein Schönredner. Haben Sie diese Horden gesehen, Kapitän? Ich kam heute nacht durch Auray. Dort sind die Blauen mit einer einzigen kleinen Kanone vorgerückt. Und die Chouans sind in wilder Flucht gerannt. Sie werden bald wieder den Strand hier füllen und um Hilfe betteln. Das ist nicht die Katholische und Königliche Armee der Vendée, Kapitän Winter.«

David bedeckte die Hand mit den Augen. Lejeune sprach nur aus, was er sich nicht eingestehen wollte. Verzweiflung erfüllte ihn. Sollte alles wieder zu spät gewesen sein und in einem Hinschlachten der Menschen enden, die England vertraut hatten? »Ich diene jetzt seit zweiundzwanzig Jahren in der Flotte, Graf, aber ich habe mich noch nie so hilflos und elend gefühlt wie in diesem Kommando an dieser unglücklichen Küste.«

»Sie leiden mit uns, Kapitän Winter, und das ehrt Sie. Wir müssen unseren Weg gehen, wohin er auch führt. Ich werde jetzt dem Kommodore über Charettes Weigerung berichten. Glauben Sie, daß er mich an die Küste bei Noirmoutier zurückbringen lassen kann?«

»Ich begleite Sie zum Flaggschiff, Graf, und werde den Kommodore selbst darum bitten.«

Lejeunes Vorhersage erfüllte sich nur zu bald. Am nächsten und übernächsten Tag strömten die Chouans in Scharen vor den anrückenden Republikanern auf die Halbinsel. Jede Hoffnung, das Hinterland zu erobern, war zerstoben. David erwartete, daß Puisaye und seine Offiziere ihn niedergeschlagen empfangen würden.

Aber Puisaye strömte über vor neuen Plänen. »Wir werden die Chouans jetzt in schlagkräftigen Einheiten organisieren. Ich habe schon nach London geschrieben, daß man mir endlich die Offizierskader schickt, die ich dafür brauche. Wir werden die Halbinsel zu einem zweiten Gibraltar machen. Hier wird sich Hoche die Zähne ausbeißen. Bitte melden Sie dem Kommodore, daß wir schwere Geschütze zur Verstärkung des Forts brauchen und Zelte für die Truppen.«

Warren ließ Geschütze anlanden, und als David sie begleitete, sah er am 6. Juni zum ersten Mal die Truppen General Hoches. Sie hatten die Hügel bei Ste. Barbe erreicht und begannen, dort eine Blockadestellung quer über den Anfang der Halbinsel zu errichten. Er konnte durchs Teleskop erkennen, wie sie schaufelten und Faschinen schleppten. Und er sah auch Offiziere zu Pferde, die die Linien abritten.

Puisaye war zu ihm getreten. »Wir werden sie dort vertreiben!«

David hielt das für eine der üblichen optimistischen, aber weitgehend unverbindlichen Ankündigungen, die er von Puisaye oft genug gehört hatte. Aber als er vor dem Morgengrauen an Bord der *Shannon* geweckt wurde, weil bei Ste. Barbe heftiges Gewehr- und auch Kanonenfeuer zu hören war, ahnte er, daß Puisaye angegriffen hatte, ohne sich mit der Flotte abzustimmen.

Er ließ sich sofort an Land rudern und eilte ins Fort Penthièvre. Verwundete wurden an ihm vorbeigeschleppt, Emigranten und Chouans strömten vom Vorfeld hinein, und Puisaye war auf den Wällen und befahl die Verstärkung der Befestigungen.

»Man muß mit einem Gegenangriff rechnen«, sagte ihm Puisayes Adjutant.

»Was ist denn überhaupt geschehen?« fragte David.

»D'Hervilly hat einfach den Rückzug befohlen«, erklärte der Adjutant aufgebracht. Erst durch Rückfragen erfuhr David, daß anscheinend niemand mit Vorposten der Republikaner gerechnet hatte, die den Vormarsch der Chouans rechtzeitig entdeckten und auf sie feuerten. Ein erstes Zurückweichen der Chouans konnte aufgehalten werden, aber als Hoche seine Kanonen feuern ließ, gab es kein Halten mehr. Puisaye sei das Pferd unter dem Leib getötet worden.

»Da gab es wohl kaum eine Alternative zum Rückzug«, stellte David fest, und der Adjutant zuckte mit den Schultern. David ging zu Puisaye und bat ihn, Angriffe mit der Flotte abzustimmen. Man könne ihn dann eventuell mit den Kanonen unterstützen. Aber Puisaye sah ihn nur groß an und wandte sich ab.

Für die meisten Schiffe von Warrens Geschwader und ihre Kommandanten war die Ankerzeit in der Bucht von Quiberon eine tatenlose Zeit. Nicht so für David und die *Shannon*. Für den Kommodore war David Fachmann für Aufstände in Frankreich und für Landungen an dieser Küste. Er zog ihn häufig zu Besprechungen hinzu, und David war auch häufig bei Puisaye und d'Hervilly. Dabei begleiteten ihn immer Matrosen oder Seesoldaten der *Shannon*.

Auch jetzt nahm David an einer Besprechung bei Warren teil. Thema war, wie man gleichzeitig die Aufstände im

Hinterland fördern und den Druck General Hoches auf die Halbinsel schwächen könne. David merkte bald, daß Warren und d'Hervilly ein Interesse hatten, die Massen der Chouans auf der Halbinsel zu verringern. Keiner der beiden schien noch zu glauben, daß aus diesen Scharen in absehbarer Zeit für Landschlachten geeignete Soldaten zu formen seien. Das aber war unvermeidbar, wenn man Hoches Linien durchbrechen wollte. Auf der Halbinsel aßen die Chouans nur die schwierig anzuliefernde Nahrung auf.

So lag bald der Vorschlag auf dem Tisch, weiträumig rechts und links von der Halbinsel größere Scharen der Chouans anzulanden und ins Inland vorstoßen zu lassen. Die eine Kolonne sollte auf der Halbinsel bei Rhuys landen und südlich an Vannes vorbei bis zum Golf von St. Malo vorstoßen und sich dort mit den aus Jersey anzulandenden Emigrantenregimentern vereinigen. Die andere Kolonne sollte auf Quimper vorstoßen, wo neunhundert britische Kriegsgefangene kaserniert waren.

Die *Shannon* sollte mit einer anderen Fregatte die Landung bei Rhuys decken. Tinténiac führte diese Gruppe von etwa dreitausend Mann. Er lächelte und sagte: »Nun, Monsieur Winter, da werde ich mich wieder einmal Ihrem bewährten Schutz anvertrauen.«

Der Kapitän der anderen älteren und kleineren Fregatte mit achtundzwanzig Kanonen, Sir Reginald Fetcher-Brown, feist und rotgesichtig, etwa fünfundvierzig Jahre alt, räusperte sich und sagte: »Da ich das ältere Patent habe, ist es an mir, die Landung zu kommandieren. Sie werden sich meinem Schutz anvertrauen müssen, General Tinténiac.«

Tinténiac sah Warren erstaunt an, und der lächelte etwas und bemerkte: »Ich werde in meinen Befehlen die Aufgaben für beide Fregatten festlegen, so daß kein Kommodore gebraucht wird, Mr. Fetcher-Brown, aber natürlich haben Sie als dienstälterer Kapitän die Entscheidungsgewalt für unvorhergesehene Fälle. Da Mr. Winter an dieser Küste mehr Erfahrungen als Sie hat, bin ich sicher, daß Sie auf seinen Rat nicht verzichten werden.«

David verzog keine Miene, aber er amüsierte sich über Fetcher-Brown, bei dem nur der Weinkonsum über schlichtes Mittelmaß hinausreichte. Wäre er nicht ein entfernter Verwandter der Pitts, würde er nicht einmal diese kleine, alte Fregatte kommandieren. Aber er war dienstälter. Das war nicht zu ändern.

Fetcher-Brown segelte mit seiner Fregatte, der *Circe*, vor der *Shannon* und dem Pulk der Transporter auf Penvins mit den vorgelagerten Inseln zu. Sie sollten dort in der Bucht die Chouans anlanden und hatten nur noch eine bewaldete Landspitze zu passieren.

Etwa drei Kilometer davor löste sich ein kleines Boot mit zwei Ruderern und einem Gast auf der Sternbank vom Ufer und ruderte schnell auf die *Shannon* zu. David betrachtete die Annäherung mit dem Teleskop und rief dann Mr. Neale zu: »Das ist der Agent Meunier. Lassen Sie bitte die Jakobsleiter auslegen und alles zum kurzfristigen Backbrassen vorbereiten!«

Mr. Meunier kletterte so leichtfüßig die Strickleiter empor, wie es niemand einem Buckligen zugetraut hätte. Aber David kannte das Geheimnis des ›Buckels‹ und wunderte sich nicht. Er trat auf Meunier zu und sagte: »Herzlich willkommen!«

Aber Meunier hielt sich nicht mit der Begrüßung auf, sondern sagte hastig: »Dort an der Landspitze lauert eine maskierte Batterie, vier Vierundzwanzigpfünder.«

»Welche Schußrichtung?«

»Geradeaus auf Penerf«, antwortete Meunier genauso kurz.

Die Mannschaften der *Shannon* warteten bereits auf Gefechtsstationen, so daß David nur befahl: »Signal an *Circe*: Maskierte Batterie voraus. Greife an!« Dann rief er sich kurz die Karte in Erinnerung. »Ruder hart backbord«, lautete das nächste Kommando. Dann gab er noch an, daß die Steuerbordbatterie in Kürze feuern werde, und fragte Mr. Ryland: »Sehen Sie nach, wie dicht wir ans Ufer können! Lassen Sie ab sofort loten!«

Der Ausguck konnte noch keine Kanonen entdecken,

aber Mr. Rossano wurde von Mr. Meunier über ihren Standort informiert und rannte zu seinen Geschützführern. David blickte zur *Circe*. Sie hielt den Kurs bei und lief direkt ins Schußfeld der Batterie. Jetzt signalisierte sie noch: »Kurs beibehalten!« Ist der alte Säufer verrückt, dachte David, dann befahl er: »Feuer frei!«

Diesmal ließ Rossano eine Salve feuern. Die Kugeln rissen einen Teil der Deckung beiseite, die die Batterie maskiert hatte. Jetzt konnte man ein Geschütz sehen. Aber der Master meldete, daß sie abdrehen müßten, da es zu flach werde.

Die *Shannon* wendete und griff nun mit der Backbordbatterie an. Die *Circe* behielt noch Kurs bei. Und jetzt schoß die Batterie auf sie. Ein Schuß fegte den Bugspriet der kleinen Fregatte fort, ein anderer schlug mittschiffs ein. Die *Circe* feuerte zurück, und auch die *Shannon* schoß wieder auf die Batterie. Eine Explosion und eine Rauchsäule zeigten, daß sie Treffer erzielt hatten.

David ließ die Segel einholen und einen Anker ausbringen. Er hatte jetzt die ideale Position. Nahe genug, um die Batterie wirkungsvoll zu treffen, aber seitwärts versetzt, so daß sie ihm nichts anhaben konnte. Nur die *Circe* hielt den direkten Schlagabtausch weiter bei. Und jetzt neigte sich ihr Vormast zur Seite und riß das Schiff herum.

David schüttelte den Kopf über soviel Dummheit und trieb seine Bedienungen an, noch schneller zu schießen. Da nichts von Infanterie zu sehen war, die die Batterie deckte, rief er Leutnant Scott zu sich, erklärte ihm die Situation und sagte: »Wie denken Sie darüber, mit zwei Kuttern und vierzig Mann anzugreifen, die Batterie zu stürmen und die Kanonen zu vernageln?«

»Sofort, Sir«, war dessen kurze Antwort, und er rief seine Leute zusammen. Die Kutter ruderten seitlich vom Schußfeld der *Shannon*, und als die Seesoldaten den Strand emporstürmten, stellten die Kanonen das Feuer ein. Einige Schüsse krachten, dann war Stille. Auf der *Circe* hatten sie die überhängenden Mastteile abgehackt und wieder den alten Kurs aufgenommen.

In David stieg plötzlich die Angst auf: Der Saufkopp würde doch nicht wieder auf die Batterie schießen. »Signal: Batterie genommen!« befahl er, aber auf der *Circe* krachten schon Schüsse hinaus. Mein Gott, können die nicht sehen? fragte sich David. Die müssen doch unsere Kutter bemerkt haben!

Aber da liefen die Seesoldaten schon wieder ans Ufer und booteten ein. David wartete ungeduldig, bis er Leutnant Scott nach Verlusten fragen konnte. »Zwei Verwundete durch die kurze Gegenwehr der Kanoniere und drei Verletzte durch den Beschuß der *Circe*, Sir.«

»Schwer?« fragte David zurück.

»Ach nein, die schießen zu schlecht, Sir. Die trafen nur die Bäume, aber da flogen Splitter«, lachte Scott.

Tinténiac hatte seine Chouans ohne Zwischenfälle gelandet. Mr. Meunier begleitete ihn landeinwärts. Die Schiffe liefen zurück in die Quiberon-Bucht. Auf dem Flaggschiff des Kommodore trafen sich Fetcher-Brown und David. Fetcher-Brown übersah David mit wütendem Gesicht. In der Kajüte des Kommodore sprudelte er sofort seine Vorwürfe hinaus. Die *Shannon* habe eigenmächtig ihren Platz in der Kiellinie verlassen und ihn im Kampf gegen die Batterie nicht unterstützt. Er verlange die Einberufung eines Kriegsgerichts.

Warren wies sie mit einer Handbewegung zum Tisch und sagte: »Ihre Stellungnahme, Mr. Winter!«

David schilderte, wie der Agent von Dundas, Mr. Meunier, den er kannte, an Bord gekommen sei und ihn vor der maskierten Batterie gewarnt habe. »Ich habe sofort die entsprechenden Signale für die *Circe* gesetzt, Kurs geändert und die Batterie aus der Flanke angegriffen, da es schwachsinnig gewesen wäre, sich unnötig ihrem Feuer auszusetzen. Wir haben sechs Runden mit Erfolg verfeuert und dann die Seesoldaten unter Leutnant Scott die Batterie stürmen und die Kanonen vernageln lassen. Hier ist sein Bericht, Sir John. Nachdem er die Batterie zum Schweigen gebracht hatte, wurden er und seine Leute von der *Circe* beschossen, die das Landungsmanöver beobachtet haben mußte.«

Warren las Scotts Bericht und fragte dann Fechter-Brown: »Warum haben Sie Kurs beibehalten, nachdem Sie vor der Batterie gewarnt wurden?«

»Ich hatte einen Auftrag, Sir John. Da stand nichts von Kursänderung. Ich hatte die Batterie auch noch nicht gesichtet.«

»Aber Sie sahen doch, wohin die *Shannon* feuerte?«

»Kapitän Winter hat eigenmächtig gehandelt. Das konnte ich nicht noch unterstützen. Ich beschloß, die Batterie frontal anzugreifen, und erwartete Mr. Winters Unterstützung.«

Warren fragte. »Haben Sie ihm das signalisiert?«

Fetcher-Brown verneinte, und David dachte, daß er ein solches Signal auch nicht befolgt hätte und dann wohl in Schwierigkeiten geraten wäre.

Warren entschied: »Mr. Winter hat im Rahmen seiner Vollmachten flexibel und angemessen auf eine neue Situation reagiert. Er hat Verluste vermieden und die feindliche Batterie ausgeschaltet. Ich sehe nicht den geringsten Grund, ein Verfahren gegen ihn zu beantragen. Und Sie, Mr. Fetcher-Brown, sollten in Ihrem eigenen Interesse nicht mehr davon reden, sonst fragt Sie jemand, ob auch Sie auf die neue Situation flexibel und erfolgreich reagiert und Verluste vermieden haben. So, wie Ihr Schiff jetzt zugerichtet ist, muß ich Sie nach England zur Reparatur schicken. Und als Erfolg haben Sie nur ein paar Luftlöcher zu verbuchen.«

David wurde in der Nacht zum 16. Juli unsanft geweckt. »Eilige Nachricht vom Kommodore, Sir. Die Emigranten stellen sich zum Angriff auf Hoches Stellungen bereit. Sie möchten sich mit Ihren Seesoldaten sofort zu General Puisaye begeben.«

David konnte es nicht fassen und fragte zurück, aber der Midshipman blieb bei seiner Meldung. Warum haben sie mir gestern nichts davon gesagt, als ich in ihrem Hauptquartier war? fragte sich David. Warum starten sie heute einen Angriff, wo die Transportschiffe mit neuen Emigrantenregimentern zur Verstärkung schon vor der Bucht liegen? Was soll das alles?

Er trank hastig einen Becher Kaffee und aß einen Zwieback. Dann ging er an Deck, wo die Seesoldaten schon einbooteten. Gregor und Hassan gesellten sich wie selbstverständlich zu ihm. An Land eilte David sofort zum Hauptquartier, wo er den Adjutanten Puisayes traf.

»Was soll dieser plötzliche Angriff?« fragte er ungehalten.

Auch der Adjutant schien ärgerlich und fuhr sich mit der Hand durch seine schwarzen Locken. »Oberst d'Hervilly besteht darauf. Entweder will er Oberst Sombreuil, der mit seinen Regimentern in die Bucht eingelaufen ist, ein Schauspiel bieten, oder er hat Angst, daß Sombreuil an seiner Stelle künftig unsere Regimenter kommandieren wird.«

»Und General Puisaye als Oberbefehlshaber?« fragte David.

Nun wurde der Adjutant richtig wütend: »Der nimmt doch alles hin, was d'Hervilly über Truppenführung im Kampf sagt. D'Hervilly ist der Kampferfahrene, und er ist der Salongeneral, der sich nicht traut, dem alten Haudegen in die Parade zu fahren. Dabei ist dieser Haudegen nur ein sturer alter Kommißkopf.«

David war überrascht. Noch nie hatte dieser Adjutant ein Wort des Tadels über französische Kommandeure gefunden und nun dieser Ausbruch. Nun, er würde mit seinem Kontingent Seesoldaten bei d'Hervilly bleiben, wenn dieser das Kommando führte, aber wohl fühlte er sich bei diesem Unternehmen nicht.

Der Trommlerbube der *Shannon* hielt krampfhaft die Trommel fest, als er in der Dunkelheit durch den Sand stapfte und noch nicht erkennen konnte, wo Holz und Steine seinen Weg hemmten. Und wenn er hinfiel und die Trommel dabei dröhnte oder gar kaputtging? Der Kapitän hatte sie zu strengstem Schweigen verdonnert. Jetzt ging er irgendwo unmittelbar vor ihm durch den Sand, begleitet von seinen beiden Gefährten. Das tödliche Trio, so wurden sie genannt, der Kapitän, der Messer werfen konnte und im Kampf wie ein Teufel raste, der Riese, der alles zerschmetterte, was sich ihm in den Weg stellte, und der Malaie, der lautlos tötete.

Langsam graute der Morgen, und man konnte schon erkennen, wo die Bucht begann. Dort waren auch die Ankerlaternen von Schiffen zu erkennen. Rechts sollten mit Booten Chouans gelandet werden, um ihre rechte Flanke zu schützen, aber das bedeutete dem Trommlerbuben nicht viel. Schwerer wog, daß Jim, der Pfeiferbube, nicht bei ihm war, weil er sich beim Borddienst die Hand so gequetscht hatte, daß sie dick verbunden war und er nicht pfeifen konnte.

Jetzt sah er schon deutlich den Sergeanten mit seinem Schnauzbart. Der lächelte ihm Mut zu. Er war ein guter Mann und schob die Jungen im Gefecht immer hinter den Mast. »Sie hören euch auch von hier, wenn ihr ›Herzen aus Eiche‹ spielt, und hier seid ihr jungen Kerle etwas geschützt.«

Jetzt krachten vorn Schüsse. Das waren wohl die Vorposten der Blauen, dieser Königsmörder. Leutnant Scott kommandierte: »Vorrücken in Linie!« Der Trommler schob die Trommel nach vorn, nahm die Schlegel aus seinem Schulterband aus weißem Leder und schlug das Signal zum Vorrücken in Linie. Unwillkürlich marschierten jetzt alle im Takt, den er angab, auch der Kapitän.

Direkt vor ihnen waren die Franzosenregimenter. Die älteren Seesoldaten sprachen abfällig über sie. »Kostümierte Affen«, spotteten sie. »Gut zum Verführen der Weiber, diese Froschfresser, aber wenn es knallt, dann scheißen sie sich in die Hosen.« Jetzt knallte es, aber die Franzosen marschierten weiter, auch wenn einzelne liegenblieben.

Der Reiter dort, der an die Spitze ritt, mußte wohl der Kommandeur sein. Der Kapitän rief zu Leutnant Scott: »D'Hervilly selbst führt dort!«

Die Franzosen waren langsamer geworden oder sie selbst schneller. Jetzt schossen die Blauen auch mit Kanonen. Eine Kugel pfiff über ihre Köpfe, und der Trommlerbube duckte sich unwillkürlich. Ein Seesoldat neben ihm lachte. Aber jetzt riß eine Kugel eine blutige Bahn in die Reihen dicht vor ihnen, und niemand lachte mehr. Der Reiter war zum Regiment vor ihnen geritten und schrie die Franzosen an, schneller vorzurücken. Der Leutnant, der die Franzosen vor ihnen kommandierte, riß jetzt die Pistole heraus und schoß dem Pferd in den Kopf. Es stürzte, und die Soldaten ringsum griffen nach dem Reiter und schossen auf die anderen französischen Offiziere in der Nähe.

Der Trommlerbube verstand nicht, was vor sich ging, aber der Kapitän schrie laut: »Verrat! Die Hunde meutern. Shannons, eine Salve in diese meuterische Bande, dann auf sie mit dem Bajonett!« Und nun gab Scott die Kommandos. Die Salve krachte, der Trommlerbube trommelte: ›Angriff mit Bajonett‹. Vor ihnen rannte der Kapitän, in einer Hand die Pistole, in der anderen seinen Säbel. Neben ihm stampfte der Riese voran, die Keule seiner Rifle hoch mit einer Hand erhoben.

Jetzt war der Kapitän beim französischen Leutnant. Den haben wir doch einmal vor Brest aus einem Boot geborgen, dachte der Trommlerbube noch, dann sah er, wie der Kapitän ihn über den Haufen schoß und wie rasend mit dem Säbel auf die umstehenden Franzosen einschlug. Neben ihm mähte der Riese alle nieder, und auf der anderen Seite kämpfte der Malaie.

Jetzt stachen auch die Seesoldaten mit ihren Bajonetten dazwischen, und die französischen Soldaten rannten weg, geradewegs auf die Linien der Blauen zu. Und dort lag halb unter seinem Pferd der Reiter, blutbedeckt.

»Angriff einstellen! Rückzug!«, schrie der Kapitän und rief zu Leutnant Scott: »Für diese Verräter sollen unsere Männer nicht verbluten!« Der Riese nahm den Reiter auf. Der Trommlerbube schlug das Signal zum Rückzug, und die Linie der Shannons bewegte sich rückwärts. Die Seesoldaten luden im Gehen ihre Gewehre. Und dann spürte der Trommlerbube den Schlag in seinem Oberschenkel und sank zusammen.

Mein Gott, was wird Jim denken, fuhr ihm durch den Kopf, dann beugte sich der Kapitän über ihn. Er schnitt die Hose auf, riß sein eigenes Hemd entzwei, band ihm fest das Bein ab und nahm ihn auf die Schulter, ehe der Trommlerbube richtig erfaßte, was ihm geschah. »Meine Trommel!« rief er, denn die lag noch dort, wo er zusammengesunken war.

»Kriegst eine neue«, rief der Kapitän. »Jetzt geht es ums Leben, nicht um Trommeln!« Und er hastete vorwärts, um den Anschluß an die Seesoldaten zu gewinnen. Einer wollte ihm den Trommler abnehmen, aber er wehrte ab. »Ihr braucht eure Hände zum Schießen.«

Rechts und links wichen die Emigrantenregimenter zurück. Dort ritt auch die Kavallerie der Blauen heran, aber die Seesoldaten knieten nieder und vertrieben sie durch eine Salve. Dann waren sie zurück im Fort. David übergab den Trommlerbuben einem Seesoldaten. »Bring ihn zu Mr. Cotton!« Und dem Jungen fuhr er mit der Hand übers Haar und sagte: »Keine Angst! In zwei Monaten springst du wieder.«

Als der Kommodore hörte, daß die Soldaten aus den Emigrantenregimentern nicht nur desertiert seien wie schon vorher, sondern daß sie die Waffen gegen die Offiziere erhoben hatten, fluchte er: »Wir können ihnen nicht trauen. Wir brauchen britische Regimenter. Dauernd schreibt man mir, daß sie bei nächster Gelegenheit verschifft würden. General Doyle versammle sie schon. Aber dann hat das Transportamt wieder keine Schiffe, oder der Wind verhindert ein Auslaufen. Wir müssen hier aushalten, bis die britischen Truppen landen. Und statt ihre Befestigungen zu verstärken, unternehmen die Franzosen so einen unsinnigen Angriff. An meinen Berichten wird es nicht liegen, wenn noch einmal eine Landung stattfindet, bei der nicht ein britischer General das Landkommando hat.«

David wurden die Aufenthalte in Puisayes Hauptquartier in Kerdavid immer mehr zur Qual. Der General hielt sich fast nur in seinem Hauptquartier auf, schrieb unzählige Briefe nach London, beklagte sich bei David ständig über die mangelnde Unterstützung und Verstärkung, um dann wieder von den Erfolgen der Chouans zu schwärmen. Tinténiac sei weit ins Hinterland vorgestoßen, habe Baud umgangen und marschiere auf den Golf von St. Malo zu. Die Blauen hätten ihr Hinterland entblößt und alle Kräfte vor Quiberon massiert.

»Um so wichtiger, mon general«, trug David Warrens Auftrag vor, »daß wir die Halbinsel halten, bis die Verstärkungen landen. Der Kommodore bittet Sie nachdrücklich, die Befestigungen von Fort Penthièvre zu kontrollieren. Man hat ihm berichtet, daß dort noch nicht einmal alle Geschütze aufgestellt sind, die er Ihnen gesandt hat.«

Puisaye war empört, das sei unmöglich. Sofort werde er sich überzeugen. David solle ihn begleiten. Und er rief nach den Pferden.

Wieder erwies sich, daß Puisaye keine Ahnung hatte, was an der Front geschah. Drei Kanonen waren noch nicht montiert, die Palisaden immer noch nicht ausgebessert. Puisaye schrie und schimpfte herum, aber niemand kümmerte sich sonderlich darum. Ein Hauptmann sagte so, daß David es hören konnte: »Wenn er weiter so schreit, laufen uns noch alle Soldaten über. Hoche lockt sie mit allen möglichen Versprechungen.«

Puisaye drohte, er werde morgen wiederkommen. Wenn dann nicht alle Kanonen montiert seien, werde das Kriegsgericht Arbeit bekommen.

David mußte ihn an diesem 20. Juli erneut begleiten, und von der *Shannon* war ein Kommando mit zwanzig Seesoldaten unter Leutnant Scott wieder an der Reihe, die Garnison des Forts zu verstärken. Zu Davids Überraschung sah er Midshipman Bentrow bei diesem Kontingent. »Was tun Sie hier, Mr. Bentrow?« fragte er ihn.

»Ich bin als Signal-Midshipman dran, Sir. Alle anderen

waren schon vor mir im Fort, Sir«, antwortete er fast vorwurfsvoll.

»Welches Signal ist denn gültig, wenn heute nacht das Fort angegriffen wird, Mr. Bentrow?«

»Drei Signallaternen, rot über weiß über grün, Sir, und drei Signalkanonen.«

»Dann passen Sie gut auf sich auf, Mr. Bentrow«, sagte David und ging zu Puisaye, der die Kanonen montiert fand, aber anscheinend nicht einmal bemerkte, daß keine Lager für Kartuschen und Munition vorbereitet waren.

John Bentrow mußte in der Nacht auf einem Strohsack unter freiem Himmel schlafen, und die Wanzen kamen schon bei Tageslicht aus dem Stroh. Aber Leutnant Scott erging es nicht besser. Die Shannons lagen alle beisammen. Links vor ihnen waren Posten des Regiments Royal-Louis, und davor lagen die Chouans im Vorfeld.

Mitten in der Nacht wachte John auf, hörte um sich Geschrei und Schüsse. »A nous les patriotes!« brüllten unzählige Kehlen. Eine Menschenmenge überschwemmte sie. Leutnant Scott riß seinen Degen heraus. John sah noch, wie ihn viele Bajonette durchbohrten, dann wurde er zu Boden geworfen und merkte nichts mehr.

David Winter stand am Strand bei Port Haliguen auf drei aufeinandergetürmten Munitionskisten, um einen besseren Überblick zu haben, und spähte in der Morgendämmerung in Richtung St. Julien, von wo sich immer neue Scharen dem Strand näherten. Es waren fast nur Chouans. Manche hatten ihre Waffen bei sich, andere hatten alles weggeworfen, was sie an der Flucht hinderte, einige schleppten Verwundete mit sich, wieder andere beschützten Frauen und Kinder.

David hatte eine Abteilung Seesoldaten mit aufgepflanztem Bajonett und einen Trupp Maate mit Tauenden bei sich, die für Ordnung sorgen sollten. Er hob immer wieder seine Sprechtrompete, dirigierte Frauen, Kinder und Verwundete zu dem kleinen Kai, wo unaufhörlich Kutter anlegten, gefüllt wurden und wieder zurückruderten zu den Transportschiffen. Die unverwundeten Männer mußten ins Wasser waten und dort auf Kutter warten, die sie in Sicherheit brachten.

Immer wieder schlugen Maate dazwischen, wenn sich einige vordrängen wollten, und die Seesoldaten mit ihren vorgestreckten Bajonetten erstickten Proteste. Nur vereinzelt trafen britische Seesoldaten ein, öfter schon uniformierte Angehörige der Emigrantenregimenter. Die anderen waren sicher noch dort, wo Gefechtslärm tobte.

Britische Kriegsschiffe hatten längs der Halbinsel geankert und griffen nun, da es hell wurde, in die Kämpfe ein, sofern sie Freund und Feind unterscheiden konnten.

David konnte vor Sorge kaum noch atmen. Er hatte nichts von John, seinem Sohn, gesehen, der gestern Leutnant Scott mit einer Abteilung Seesoldaten in das Fort Penthièvre begleitet hatte. Und kurz darauf mußte das Fort von den Blauen überrannt worden sein, die im Schutz der Dunkelheit die ganze Halbinsel aufrollten. Nicht einmal die Signallaternen hatten sie im Fort noch hissen können und auch nur zwei Signalkanonen abgefeuert. Dadurch hatten die rückwärtigen Verteidiger zu spät bemerkt, was geschah.

General Puisaye hatte als einer der ersten Schutz auf britischen Schiffen gesucht und um Rettung der geschlagenen Invasionsarmee gebeten. »Mr. Winter soll die Einschiffung leiten. Er kennt die Kerle am besten«, hatte der Kommodore angeordnet. David war es recht, und nun wartete er auf einen der Shannons.

Der Gefechtslärm rückte näher. David sah sich um, wo vor dem Strand eines ihrer Kanonenboote lag, um sie zu decken. Auch die Kutter hatten Drehbassen an Bord. Er gab den Seesoldaten Befehl, sich aus den umgestürzten Karren, den weggeworfenen Kisten und anderem eine Brustwehr zu bauen, um dem Angriff der Blauen noch etwas länger standzuhalten.

Wieder kam ein Trupp uniformierter Emigranten.

»Alles verloren!« riefen einige. »Wir konnten Kernavest nicht halten. Sie kommen von allen Seiten. Unsere Soldaten sind einfach übergelaufen.«

Was habt ihr denn erwartet, wenn ihr Kriegsgefangene in eure Regimenter preßt und sie wie Dreck behandelt, dachte David und wandte sich ab, um nach Briten auszuschauen.

Dort führte ein Sergeant einen Trupp Seesoldaten in guter Ordnung zurück. Vor David baute er sich auf und meldete: »Seesoldaten der *Pomone* befehlsgemäß zurückgezogen. Bitten um neue Verwendung, Sir.«

David dankte, ließ rühren und fragte nach den Seesoldaten der *Shannon*.

»Wir lagerten neben ihnen, als die Verräter die Tore öffneten. Der Leutnant ist getötet worden, und einige andere auch. Aber die meisten wurden von der Masse überrannt und gefangen, Sir. Tut mir leid, Sir, aber wir konnten nichts tun, auch unser Major und ein großer Teil unserer Abteilung wurden gefangen.«

»Haben Sie einen jungen Midshipman bei den Shannons gesehen, Sergeant?«

»Aye, Sir. Er wurde gefangen.«

David atmete auf, aber dann kam wieder die Angst. Gefangen, was hieß das schon bei diesen Mörderbanden? Musketeneinschläge rissen ihn aus seinen Gedanken. Ein Trupp der Revolutionäre erschien auf der nächsten Anhöhe und schoß auf die Landestelle. David schickte einen Maat, damit das Kanonenboot das Feuer eröffne. Den Sergeanten befahl er mit seinen Männer hinter die Brustwehr. Dann wandte er sich wieder den Flüchtenden zu, die in noch größerer Hast heraneilten.

Die Trupps, die sich noch zu ihnen durchschlugen, wurden immer seltener. Dafür rückten die Blauen ständig näher. Schon schossen sich die Seesoldaten mit ihnen herum. Da trieb plötzlich ein Reiter sein Pferd durch die Linien und hielt vor ihrer Brustwehr. Es war ein Offizier der Emigranten. »Hier kommt niemand mehr, Kapitän«, sagte er in holprigem Englisch. »Die anderen sind abgedrängt worden und wollen sich bei St. Clement und beim Point du Conguel retten.«

David sah sich um und befahl, daß die Hälfte der Seesoldaten einbooten und zu den Schiffen zurückkehren solle. Mit den anderen wartete er noch eine Weile, dann rannten sie zum Kutter und verließen Port Haliguen. Die Blauen wollten jubelnd zum Strand stürmen, aber ein Kutter hielt sie mit Drehbassen und den Musketen der Seesoldaten auf Distanz. Das Kanonenboot half mit Traubengeschossen.

David meldete sich bei Kommodore Warren und hörte den Bericht, den der Leutnant eines Kutters gab, der an der Küste vor Carnac aufgeklärt hatte. »Sie haben viele hundert Gefangene zusammengetrieben, Sir John. Oberst Sombreuil soll sich gegen Zusicherung einer ehrenvollen Kriegsgefangenschaft mit seinen Emigrantenregimentern ergeben haben. Aber auch deren Offiziere wurden entwaffnet und, soweit ich durchs Teleskop erkennen konnte, geschlagen. Britische Gefangene halten sie abgesondert, wie ich nach der Mehrzahl der roten Röcke vermute. Es sind etwas über hundert, schätze ich, Sir John. Alles deutet darauf hin, daß sie die Gefangenen auf der Straße nach Auray in Marsch setzen wollen.«

David hatte die Karte im Kopf. Gab es noch eine Chance für seinen Sohn und seine Leute? »Sir John«, sagte er ruhig und entschieden. »Ich bitte um die Erlaubnis, die Gefangenen zu befreien. Darf ich Ihnen meinen Plan an der Karte erläutern?«

Der Kommodore sah ihn erstaunt an und schritt dann ohne ein Wort zum Kartentisch. David zeigte auf den Fuhrweg, der von Carnac über Alignements nach Auray führte. Der Weg näherte sich an zwei Stellen bis auf kurze Entfernung der Bucht, die sich bis fast nach Auray erstreckte. David zeigte, wo er mit zwanzig Mann dem Gefangenenzug auflauern und wo die Kutter warten sollten. Er bat darum, ein Kanonenboot in der Bucht und eine Fregatte am Eingang zur Bucht zu postieren.

Der Kommodore stellte Fragen, schien mit den Antworten zufrieden und sagte schließlich: »Sie haben ja einige Erfahrung in solchen Unternehmungen, Mr. Winter. Ich erlaube es Ihnen unter der Bedingung, daß nicht mehr als zwanzig Leute zur Straße vorrücken, daß die Kutter gut gedeckt am Ufer warten und sofort zurückkehren, wenn etwas schiefgeht. Ich will nicht noch mehr Leute bei diesem Unternehmen verlieren. Seien Sie vorsichtig, Mr. Winter!«

Zwei mit Seesoldaten und Matrosen bemannte Kutter der *Shannon* näherten sich der Einfahrt zur Bucht. Hinter ihnen segelte das Kanonenboot, das ihnen Deckung geben sollte, falls sie sich durchkämpfen mußten. Aber die Ufer waren menschenleer, und die Kutter und das Kanonenboot fuhren in die Bucht ein. Hinter ihnen folgten in einigem Abstand fünf Kutter, die nur je acht Ruderer an Bord hatten. Sie sollten Befreite aufnehmen.

Sie hatten etwa sieben Kilometer bis zu der Stelle zurückzulegen, an der der Fuhrweg fast am Ufer verlief. Die Kutter hielten sich dicht am westlichen Ufer, das mit seinem Schilfgürtel guten Schutz bot. Das Kanonenboot segelte mehr in der Mitte der Bucht.

Als sie die seitliche Ausbuchtung erreichten, ging David mit Hassan und Gregor an Land, während sich die Kutter im Schilf verbargen. Gestrüpp und kleines Gehölz zogen sich etwa fünfzig Meter in Richtung Fuhrweg, dann blieben noch zwanzig Meter Wiese. Ein Hase setzte sich auf die Hinterpfoten und sah zu ihnen hin. Fast gewohnheitsmäßig nahm Gregor eine der Eisenkugeln und erlegte ihn mit einem Wurf. David sah ihn vorwurfsvoll an und schüttelte den Kopf. Gregor nahm die Eisenkugel schuldbewußt wieder auf.

Dicht an der Straße stand ein Baum, und David ließ sich hinaufhelfen, nachdem sie niemanden in der Nähe entdeckt hatten. Das Klettern war schwieriger als in den Wanten eines Schiffes, aber David konnte sich schließlich rittlings auf einen großen Ast setzen und die Zweige abbrechen, die seine Sicht auf Alignements hinderten. Dann zog er sein Taschenteleskop heraus und spähte den Weg entlang. Nichts! Er konnte anderthalb Kilometer einsehen, dann machte der Fuhrweg eine Biegung.

Aber jetzt gerieten drei Reiter in sein Blickfeld. Und dahinter schlurften in Dreierreihen Gefangene heran. Gott sei Dank, sie hatten die Briten an die Spitze gesetzt. Vorn in der ersten Reihe marschierte barhäuptig der Major der Seesoldaten, den David oft beim Kommodore gesehen hatte. Und neben der Kolonne gingen in gewissen Abständen Soldaten mit aufgepflanztem Bajonett, um einzelne Fluchtversuche zu verhindern. Dann wieder drei Reiter, und danach folgten Emigranten. Bei ihnen waren die seitlichen Wachen zahlreicher.

David stieg schnell den Baum hinab, zog sich in das Gestrüpp zurück und ließ die zwanzig Männer holen, die ihn bei der direkten Befreiung unterstützen sollten. Neben Gregor mit seiner Rifle hatte er zehn Scharfschützen mit Musketen. Er postierte sie vor der Straße und auf beiden Seiten. Dann rief er Gregor zu: »Hol deinen Hasen und schneid ihm die Kehle auf!« Er zog seine Jacke aus, riß das Hemd auf, verwuschelte seine Haare und ließ sich dann von Gregor Hasenblut über Kopf, Hals und Schulter träufeln.

»Ich liege dort vorne als Toter am Straßenrand. Wenn die Reiter vorbei sind, schleiche ich mich in den Trupp und sage allen, daß sie sich auf die Posten stürzen und ihnen die Waffen wegnehmen sollen, wenn die ersten Schüsse gefallen sind. Dann müssen alle schnell nach steuerbord zum Ufer rennen. Sie ordnen die Einschiffung«, sagte er zu einem Sergeanten der Seesoldaten.

Sie rannten auf ihre Posten. David suchte sich eine Stelle, wo das Gras hoch stand und legt sich dort so hin, daß sein blutverschmierter Kopf und Hals zu sehen waren, er aber noch zur Seite schmulen konnte. Eines seiner Wurfmesser legte er griffbereit unter die rechte Hand. Die ersten Fliegen summten heran, und er hielt krampfhaft still. Sein Herz pochte dumpf. Wenn nun ein Reiter aus Übermut auf den ›Toten‹ schoß? Dann das Getrappel von Pferdehufen.

Doch die Reiter nahmen keine Notiz von einem Toten mehr am Wegesrand. Der erste Posten stapfte vorbei. Und jetzt spähte David zum nächsten, der gerade einen Gefangenen anschrie. Schnell hinein in die Kolonne. Überraschte Gesichter starrten ihm entgegen. Sie blieben stehen. »Geht weiter! Kein Aufsehen! Ich bin Kapitän Winter von der *Shannon*. Wir befreien euch. Durchsagen: Sobald Schüsse fallen, stürzt ihr euch auf die noch lebenden Posten, schlagt sie nieder und nehmt ihre Gewehre. Alle rennen dann wie der Teufel nach steuerbord zum Ufer, wo die Kutter warten. Es sind nicht einmal hundert Meter. Durchsagen!«

Dann ließ er sich in der Kolonne nach hinten sacken und informierte immer neue Gefangene. Und wo waren die Shannons? Dann eine helle, leise Stimme: »Onkel David, Sir.« John, sein Sohn. David wäre vor Erregung fast ohnmächtig geworden. John sah verschmutzt und erschöpft aus, aber er strahlte ihn voller Zuversicht an. Und da waren auch die restlichen Seesoldaten der *Shannon*.

David hatte sie kaum informiert, da krachten die Schüsse. Der Posten rechts von ihnen war nicht getroffen. David warf ihm sein Wurfmesser in die Brust und schrie so laut er konnte: »Greift die Waffen! Rennt zum Ufer! Schnell nach steuerbord! Schnell!« Fast alle rannten los wie eine Herde Schafe, die der Hund jagt, und die wenigen Begriffsstutzigen trieb David mit Geschrei voran.

Hinter ihnen hörte er Rufe und Schüsse, und dann trabten die drei Reiter heran, die die nächste Kolonne anführten. Aber nun waren Gregor und die Scharfschützen bereit und schossen sie von den Pferden. »Lauft!« schrien David und die anderen Männer der *Shannon*. Am Ufer legte der erste Kutter vollbeladen ab. Die anderen stürzten in den nächsten Kutter. Wer Kraft hatte, unterstützte die Ruderer. Der Sergeant brüllte, und so füllte sich Kutter um Kutter, bis nur noch die beiden der *Shannon* am Ufer warteten. John saß in einem.

»Hassan, Gregor, sind alle da?« Schüsse knallten. Dann rief Hassan. »Ja. Wir kommen jetzt, und dann nichts wie weg!« Ein Kutter ruderte schon zwanzig Meter hinaus, und die Schützen hielten ihre Gewehre bereit. Dann sprangen Hassan und Gregor in den letzten Kutter, und dieser legte ab. Ein junger Seesoldat stieß ihn mit einem Riemen vom Ufer fort und riß den Riemen dann so ungeschickt aus dem Schlamm, daß er David mit dem Griffende voll am Kopf traf. Der sackte auf der Ruderbank zusammen.

»Du blöder Affe, du dämlicher!« brüllte Gregor. »Schlägst uns den Kapitän ohnmächtig.« Aber Hassan rief unbeirrt die Kommandos zum Ablegen und Anrudern. Seesoldaten schossen auf sich nähernde Posten. Dann verbarg der Schilfgürtel sie vor ihren Verfolgern.

John kühlte Davids Kopf mit Wasser. David schlug schon wieder die Augen auf und fragte matt: »Was war denn los?« John erklärte es ihm, und David wurde wieder ohnmächtig.

»Kühlen und ein Schluck Rum, Sir!« empfahl Gregor und gab John eine kleine Taschenflasche.

Der Ausguck auf der *Pomone* rief: »Kutter in Sicht an der Mündung der Bucht!« Die Wachoffiziere starrten durchs Teleskop und ließen dann den Kommodore benachrichtigen. Als er an Deck erschien, meldete der Flaggleutnant: »Alle Kutter und das Kanonenboot haben die Bucht verlassen, Sir John. Im ersten Kutter ist Major Hershy zu erkennen.«

»Geben Sie mir ein Teleskop!« forderte der Kommodore und spähte zu den Kuttern, die mit gleichmäßigen Schlägen herankamen. »Hat der Teufelskerl es doch geschafft!« murmelte er und befahl dann laut: »Der Schiffsarzt soll sich fertigmachen. Ich habe Verwundete gesehen! Lassen Sie das auch den anderen Schiffen signalisieren!«

Der erste Kutter näherte sich dem Flaggschiff. Der Major der Seesoldaten winkte und stieg als erster die

Strickleiter empor, als der Kutter anlegte. »Melde mich zurück, Sir John. Wir konnten das Fort nicht halten und wurden überwältigt. Die französischen Regimenter haben uns verraten oder sind desertiert. Aber was Kapitän Winter und seine Leute geleistet haben, um uns doch noch herauszuhauen, übertrifft alles, was ich bisher erlebt habe, Sir John. Ich bitte um Erlaubnis, die Seesoldaten präsentieren zu lassen.«

»Ist Mr. Winter denn da? Ich sehe ihn nicht.«

»Im letzten Kutter, Sir John. Aber er ist blutverschmiert und liegt fast auf der Ruderbank«, antwortete der Flaggleutnant.

Ein zweiter Kutter hatte am Flaggschiff angelegt. Die Befreiten stiegen unter dem Jubel der Besatzung an Bord. Die anderen Kutter steuerten ihre Schiffe an.

»Rufen Sie den Kutter an, ob Kapitän Winter schwer verwundet ist!« befahl der Kommodore.

Hassan rief laut zurück. »Nur eine vorübergehende Bewußtlosigkeit!«

»Gott sei Dank!« murmelte der Major. Dann, als der Kutter sich näherte, befahl er: »Seesoldaten in Linie postieren. Achtung! Das Gewehr über! Präsentiert das Gewehr!« Der Trommlerbube schlug das Fell, und nicht nur dem Major standen Tränen in den Augen. Auf dem Achterdeck hob der Kommodore seinen Dreispitz und hielt ihn grüßend zur Seite. Die Offiziere taten es ihm gleich.

»Sir!« sprach John in Davids Ohr. »Die Seesoldaten präsentieren, und der Kommodore mit seinen Offizieren entbietet Ihnen seinen Gruß.«

»Richtet mich auf!« sagte David leise, aber fest. John und Gregor richteten ihn auf. David hatte keinen Dreispitz, aber er vollführte die Handbewegung, als ob er ihn abnehme und grüßend zur Seite hielte. Er sah den Kommodore nicht deutlich, aber er neigte grüßend sein Haupt.

»Wenn ich noch einmal an diesem verdammten Strand landen soll, Sir John, dann hätte ich ihn gern in der Nähe, diesen Kapitän Winter«, sagte Major Hershy.

»Das bringt ihm weder die Baronie noch Prisengeld«,

murmelte der Flaggleutnant, und der Kommodore hörte es.

»Das nicht, mein Lieber. Aber vielleicht wiegen die Dankgebete der Befreiten, ihrer Frauen und Mütter irgendwann einmal schwerer. Für mich ist diese Befreiung das einzige an diesem Desaster, an das ich mich mit Stolz erinnern werde.«

ENDE

Nachwort

Oberst Graf Sombreuil, der betagte Bischof von Dol und über siebenhundert andere Emigranten wurden von Militärgerichten der Revolution zum Tode verurteilt und innerhalb der nächsten Woche erschossen. Oberst Graf d'Hervilly erlag am 12. November 1795 in britischer Pflege seinen Verwundungen.

Graf Puisaye verblieb zunächst im Geschwader von Kommodore Warren, der die vor Quiberon gelegenen Inseln Hoedic und Houat besetzte, um über Stützpunkte für eine neue Landung zu verfügen. Die englische Regierung hatte die Landungspläne noch nicht aufgegeben, verlegte ihr Ziel aber zur Vendée.

Da die Halbinsel Noirmoutier britische Kapitulationsaufforderungen ausschlug, wurden die kleine Insel Dieu (d'Yeu) besetzt und Kontakte mit Charette aufgenommen. Die Landung von Waffen und Munition gelang am 11./12. August 1795. Dann wurde Charette wieder von den Revolutionären zurückgedrängt. viertausend englische Soldaten unter Generalmajor Doyle und im Beisein des Grafen von Artois warteten vergeblich, daß Charette mit seiner Armee das Ufer weiträumig freikämpfen könnte. Die Revolutionäre massierten Truppen an der Küste, sobald sie Charettes Marschrichtung erkannten. Es wäre also richtig gewesen, die Republikaner durch Charette von einem Küstenabschnitt weglocken zu lassen und dann zu landen. Aber das schien den Briten zu riskant, und der Graf von Artois lehnte es ab, sich mit kleinen Kontingenten zu Charette durchzukämpfen. Charette gelang der Durchbruch zur Küste am 4. Dezember, aber da war der Rückzug der Briten von der Insel Dieu fast abgeschlossen.

Puisaye ging zunächst im September 1795 zurück in die Bretagne, um die Chouannerie wieder zu beleben. Erneut berichtete er der englischen Regierung optimistisch über große Anhängerscharen und forderte Waffen, Geld und Offiziere. Als die Revolutionäre die Chouannerie zunehmend besser unter Kontrolle bekamen, emigrierte er nach England und starb dort 1827.

Stofflet, einer der Führer der Vendée, der sich wieder erhoben hatte, wurde nach Verrat am 25. Februar 1796 hingerichtet. Charette wurde gefangen, nachdem seine Anhänger zersprengt wurden, und am 29. März 1796 in Nantes erschossen.

D'Auvergnes leitender Agent, Prigent, wurde im Juni 1808 verraten und gefangen. Nach einer Nacht im Gefängnis offenbarte er alle Einzelheiten über die ›Correspondance‹. Das war das Ende dieses britischen Agentendienstes.

Unruhen in der Bretagne und in der Vendée flackerten immer wieder auf. Die Gebiete wurden erst während Napoleons Kaiserzeit gänzlich unterworfen. Nach Schätzungen haben die Aufstände in diesen Gebieten etwa hundertdreißigtausend Menschenleben gefordert.

Glossar

abfallen: Vom Wind wegdrehen, so daß er mehr von achtern einfällt
Achterdeck: Hinterer Teil des Decks, auf größeren Schiffen erhöhter Aufbau. Dem Kapitän und den kommissionierten Offizieren vorbehalten
achtern: achterlich, achteraus hinten, von hinten, nach hinten. ›Achter‹ (engl. after) deutet in verschiedenen Zusammensetzungen auf Schiffsteile hinter dem Großmast hin, z. B. Achterschiff
am Wind segeln: Der Wind kommt mehr vorn als von der Seite. Das Schiff segelt in spitzem Winkel zum Wind
Ankerspill: siehe ›Gangspill‹
anluven: Gegenteil von abfallen. Zum Wind hindrehen, so daß er mehr von vorn einfällt
aufgeien: Aufholen eines Rahsegels an die Rah mit Hilfe der Geitaue
aufschießen: Zusammenlegen von Leinen oder Tauen in Form eines Kreises oder einer Acht
ausrennen: Schiffsgeschütze mit Hilfe der Taljen nach vorn rollen, so daß die Mündung aus der Stückpforte ragt
ausschießen: siehe Wind
Back: 1. Erhöhter Decksaufbau über dem Vorschiff. 2. Hölzerne Schüssel für das Mannschaftsessen. 3. Meist hängender Tisch zum Essen für die Backschaft (Gruppe, die zu diesem Tisch gehört). Der Backschafter (Tischdienst) tischt auf (aufbacken) oder räumt ab (abbacken). Mit ›Backen und Banken‹ wurde zum Essen gerufen
Backbord: Die linke Schiffsseite, von achtern (hinten) gesehen
backbrassen: Die Rahen mit den Brassen so drehen, daß der Wind von vorn einfällt und die Segel gegen den Mast drückt. Dadurch wird das Schiff gebremst
Bark: Segelschiff mit mindestens drei Masten, von denen die vorderen Rahsegel tragen, während am (hinteren) Besanmast nur ein Gaffelsegel gefahren wird
Barkasse: Größtes Beiboot eines Segelkriegsschiffes, etwa 12 m lang
belegen: 1. Leine festmachen. 2. Befehl widerrufen
Belegnagel: Großer Holz-(oder Eisen-)stab mit Handgriff, der zum Festmachen der Leinen diente. Er wurde in der Nagelbank an der Reling aufbewahrt und diente auch als Waffe im Nahkampf
Besan: 1. Der hintere, nicht vollgetakelte Mast eines Schiffes mit - mindestens drei Masten. 2. Das Gaffelsegel an diesem Mast

Besteck nehmen: Ermittlung des geographischen Ortes eines Schiffes

Bilge: Der tiefste Raum im Schiff zwischen Kiel und Bodenplanken, in dem sich Wasser ansammelt

Blindesegel: siehe Schemazeichnung Segel

Block: Rolle in Holzgehäuse, über die Tauwerk läuft

Blunderbüchse: (blunderbuss) auch Donnerbüchse: großkalibrige, kurzläufige Muskete mit trichterförmig endendem Lauf, aus der Grobschrot u. ä. auf kurze Entfernung verschossen wurde

Bootsgast: Mitglied der Besatzung eines Beibootes

Bramstange: siehe Schemazeichnung: Masten

Brassen: 1. Hauptwort: Taue zum waagerechten Schwenken der Rahen. 2. Tätigkeitswort: Die Rahen um die Mastachse drehen. Vollbrassen = ein Segel so stellen, daß der Wind es ganz füllt; lebend brassen = das Segel so stellen, daß es dem Wind keinen Widerstand bietet, also längs zum Wind steht; backbrassen = siehe dort

Brigantine: Zweimaster, dessen vorderer Mast vollgetakelt ist, während der hintere Gaffelsegel trägt

Brigg: Schiff mit zwei vollgetakelten Masten

Brooktau: Tau, das den Rücklauf einer Kanone nach dem Schuß abstoppt

Bug: Vorderer Teil des Schiffes

Claret: In der Navy üblicher Ausdruck für Rotwein

Cockpit: (hier) Teil des Orlop- oder Zwischendecks am achteren Ende, das in Linienschiffen den Midshipmen als Wohnraum und während des Gefechts als Lazarett diente

Commander: Kapitän eines Kriegsschiffes unterhalb der Fregattengröße mit mindestens einem Leutnant

Corneta: Spanische Bezeichnung für Fähnrich, übertragen auch für Midshipman

Davit: Kranartige Vorrichtung zum Aus- und Einsetzen von Booten

Deckoffiziere: (warrant officers) 1. Master, Proviant- und Zahlmeister, Schiffsarzt mit Zugang zur Offiziersmesse. 2. Stück-(Geschütz-)Meister, Bootsmann, Schiffszimmermann, Segelmacher u. a. ohne Zugang zur Offiziersmesse

Dingi: Kleinstes Beiboot

dog watch: siehe Wacheinteilung

Dollbord: Obere, verstärkte Planke von Beibooten, in die die Dollen (Holzpflöcke oder Metallgabeln) für die Riemen eingesetzt werden

Draggen: Leichter, vierarmiger Bootsanker ohne Stock, der auch als Wurfanker benutzt wurde, um Leinen am feindlichen Schiff festzumachen

Drehbassen: (swivel gun) Kleine, auf drehbaren Zapfen fest angebrachte Geschütze mit einem halben bis zwei Pfund Geschoßgewicht

dwars: Quer, rechtwinklig zur Kielrichtung

Ende: Kürzeres Taustück, dessen beide Enden Tampen heißen

Entermesser: Schwerer Säbel mit rund 70 cm langer Klinge

entern: Besteigen eines Mastes oder eines feindlichen Schiffes

Faden: siehe Längenmaße

Fall: Tau zum Heißen oder Fieren von Rahen oder Segeln

Fallreep: Treppe, früher Jakobsleiter, die an der Bordwand heruntergelassen wird

Fallreepspforte: Aufklappbare Pforte in einem unteren Deck zum Einstieg vom Fallreep

Fender: Puffer, früher aus geflochtenem Tauwerk

fieren: Ein Tau lose geben (lockern), etwas absenken, hinunterlassen

Finknetze: Kästen am Schanzkleid zur Aufnahme der Hängematten, meist aus Eisengeflecht

Fock: siehe Schemazeichnung: Segel eines Zweideckers

Fockmast: Vorderster Mast

Fregatte: Kriegsschiff der 5. und 6. Klasse mit 550–900 Brit. Tonnen, 24–44 Kanonen und 160–320 Mann Besatzung

Fuß: siehe Längenmaße

Fußpferd: Das unter einer Rah laufende Tau, auf dem die Matrosen stehen, wenn sie die Segel los- oder festmachen oder reffen

Gaffel: Der obere Baum eines Gaffelsegels

Gaffelsegel: Längsschiffs stehendes viereckiges Segel, z. B. Besan

Gangspill: Winde, die um eine senkrechte Achse mit Spill-(= Winde) oder Handspaken (= kräftigen Steckhölzern) gedreht wird, um den Anker zu hieven oder Trossen einzuholen

Gangway: 1. Laufbrücke an beiden Schiffsseiten zwischen Back- und Achterdeck. 2. bewegliche Laufplanke zwischen Schiff und Pier

gecobt: Strafe bei Offiziersanwärtern. Schläge mit einem schmalen Sandsack

Geitau: Tau zum Aufgeien (Emporziehen) eines Segels

gieren: Unbeabsichtigtes Abweichen vom Kurs durch Wind, Seegang oder ungenaues Steuern

Gig: Beiboot für Kommandanten

gissen: Möglichst genaues Schätzen des Schiffsortes durch Koppeln

Glasen: Anschlagen der Schiffsglocke, nachdem die Sanduhr (Glas) in 30 Minuten abgelaufen ist. 8 Glasen = 4 Stunden = 1 volle Wache

Godrings: Taue, mit denen ein Segel zur Rah aufgeholt wird

Gräting: Hölzernes Gitterwerk, mit dem Luken bei gutem Wetter

abgedeckt waren. Zum Auspeitschen wurden Grätings aufgestellt und die Verurteilten daran festgeschnallt
Großsegel: siehe Schemazeichnung: Segel eines Zweideckers
halsen: Mit dem Heck durch den Wind auf den anderen Bug gehen
Heck: hinterster Teil des Schiffes, in der damaligen Zeit bei Linienschiffen mit verzierten Galerien ausgestattet
heißen (hissen): Hochziehen eines Segels, einer Flagge
Helling: Schräge Holzkonstruktion am Ufer, auf der Schiffe heraufgezogen oder hinuntergelassen werden
Helm: Auf kleineren Schiffen das Steuer oder Ruder selbst, auf größeren Schiffen die Ruderpinne
Heuer: Lohn des Seemanns
Monatliche Heuer für Offiziere und Mannschaften um 1785:

Kapitän, 100-Kanonen-Schiff	28 £
Kapitän, Fregatte	8 £ 8 s
Leutnant	5£ 12 s
Master, Fregatte	4 £
Midshipman	1 £ 10 s
Segelmacher	1 £ 10 s
Vollmatrose	1 £ 4 s
Leichtmatrose	19 s

Durchschnittspreise für einige Waren und Dienstleistungen:

1 Pfund Schweinefleisch	6 p
1 Pfund Butter	2 s
1 Pfund Zucker	1 s
1 Pfund Tee	10 s
1 Liter Cognac	4 s 6 p
Anzug für Büroangestellte	5 £
Hemd, Anfertigung	12 s
Postkutschenfahrt von London nach Carlisle (500 km, 3 Tage)	
Innenplatz	3 £ 4 s 9 p
Außenplatz	2 £ 2 s

1 Pfund Sterling (£) = 20 Shilling (s) = 240 Pence (p)
hieven: Hochziehen einer Last, meist mit Takel und Geien
Hulk: altes Schiff, abgetakelt, meist als Wohn- oder Gefangenenschiff benutzt
Hundewache: siehe Wacheinteilung
Hütte: Aufbau auf dem Achterschiff, auch Poop oder Kampanje
Inch: siehe Längenmaße
Jagdgeschütze: Lange Kanonen im Bug, die einen verfolgten Gegner beschießen konnten
Jakobsleiter: Leichte Tauwerksleiter mit runden Holzsprossen

Jakobsstab: Altes Navigationsinstrument zur Messung der Breite
John Comany: Spitzname der britischen ostindischen Handelsgesellschaft
Jurymast: Behelfsmast
Kabelgatt: Lagerraum für Tauwerk
Kabel: 1. dickes Tau. 2. Längenmaß (185,3 m)
kalfatern: Dichten der Ritzen zwischen den Planken mit Teer und Werg
Kanonenboot: Häufig mit Riemen angetriebenes Boot mit einem schweren Geschütz im Bug
kappen: Ab-, durchschneiden, z. B. Anker kappen = Ankertau mit der Axt durchschlagen
Kartätschen: Zylinderförmige Kanonenmunition, gefüllt mit Musketenkugeln oder Eisennägeln, vornehmlich zur Abwehr von Enterern
kentern: 1. ›Umkippen‹ eines Schiffes. 2. Umschlagen des Windes. 3. Wechsel der Strömungsrichtung zwischen Ebbe und Flut
Kettenkugeln: Zwei Voll- oder Halbkugeln waren durch Ketten oder Stangen verbunden, die sich während des Fluges spreizten, um die feindliche Takelage zu zerfetzen
Kiel: In Längsrichtung des Schiffes verlaufender, starker Grundbalken, auf dem Vor- und Achtersteven und seitlich die Spanten aufgesetzt sind
Kielschwein: Auf den Kiel zur Verstärkung aufgesetzter Balken
kielholen: 1. Ein Schiff am Sandufer so krängen (neigen), daß der Schiffsrumpf ausgebessert bzw. gesäubert werden kann. 2. Einen Menschen mit einem Tau von einer Schiffsseite unter dem Kiel zur anderen durchziehen. Diese lebensgefährliche Strafe war in der englischen Kriegsmarine nicht üblich
killen: Das Schlagen oder Flattern der Segel, weil sie ungünstig zum Wind stehen
Klampen: Profilhölzer zur Lagerung von Beibooten an Deck
Klarschiff: Gefechtsbereitschaft eines Schiffes (klar Schiff zum Gefecht)
Klüse: Öffnung in der Bordwand für Taue
Klüver: siehe Schemazeichnung: Segel eines Zweideckers
Klüverbaum: Spiere zur Verlängerung des Bugspriets
Knoten: 1. Zeitweilige Verknüpfung von Tauenden.
2. Geschwindigkeitsangabe für Seemeilen pro Stunde
koppeln: Ermittlung des Schiffsortes durch Einzeichnen der Kurse und Distanzen in die Karte (= mitkoppeln)
Krängung: Seitliche Neigung des Schiffsrumpfes
kreuzen: Auf Zickzackkurs im spitzen Winkel zum Wind abwechselnd über Back- und Steuerbordbug segeln

Kreuzmast: siehe Schemazeichnung: Segel eines Zweideckers
krimpen: siehe Wind
Kuhl: Offener Teil des obersten Kanonendecks zwischen Vor- und Achterdeck
Kutter: 1. einmastiges Schiff mit Gaffelsegel und mehreren Vorsegeln. 2. Beiboot
Landfall: Erste Sichtung von Land nach längerer Seefahrt
Längenmaße: Britische nautische Meile = 1,853 km, Kabel = 185,3 m, Faden = 1,853 m, Seemeile = 1,852 km, Yard = 91,44 cm, Fuß = 30,48 cm, Inch = 2,54 cm, 1 Knoten = 1 Seemeile pro Stunde
längsseits holen, kommen, liegen: Seite an Seite mit einem Schiff, Kai, Steg u. a. zu liegen kommen
laschen: Zusammenbinden, festbinden (-zurren)
Last: Vorrats- oder Stauraum
Laudanum: Opiumtinktur zur Betäubung der Verwundeten
Lee: Die dem Wind abgewandte Seite
Legerwall: Küste in Lee, auf die der Wind weht; das Schiff ist hier in Gefahr zu stranden, wenn es sich nicht freisegeln oder Anker werfen kann
Leinen: Allgemeiner Begriff für Tauwerk
lenzen: Leer pumpen
Log: Gerät zur Messung der Fahrt des Schiffes durchs Wasser (loggen)
Lot: Gerät zur Messung der Wassertiefe
Lugger: Küstensegler mit zwei oder drei Masten und viereckigen, längsschiffs stehenden Segeln. Schnelle Lugger waren bei den Franzosen als Kaperschiffe häufig
Luv: Die dem Wind zugewandte Seite
Manntaue: Bei schwerem Wetter an Deck zum Festhalten gespannte Taue
Mars: Plattform am Fuß der Marsstenge, an den Salings. Gefechtsplatz von Scharfschützen
Marsstenge: siehe Schemazeichnung: Masten
Mastgarten: Einrichtung am Mast zum Belegen von laufendem Gut
Master: Ranghöchster Deckoffizier (siehe dort), der nur dem Kapitän unterstand und für die Navigation, die Verstauung der Ladung und den Trimm verantwortlich war
Messe: Speiseraum der Offiziere, von dem meist auch die Schlafplätze abgingen
Navy Board: Der Admiralität nachgeordnete Behörde, die für den technischen und finanziellen Bedarf der Flotte zuständig war
Niedergang: Treppe zu den unteren Decks
Nock: Ende eines Rundholzes
Oberlicht: Fenster im Oberdeck zur Beleuchtung darunterliegender Räume

Ölzeug: Schlechtwetterkleidung aus dichtem, mit Leinöl getränktem Stoff

ösen: Ausschöpfen des Wassers aus einem Boot

Orlop: Niedriges Zwischendeck über dem Laderaum

Pardunen: siehe Schemazeichnung: Masten

peilen: 1. Flüssigkeitsstand im Schiff messen. 2. Richtung zu einem anderen Objekt feststellen

Penterbalken, Penterhaken: Teile der aus Balken, Seilzügen und Haken bestehenden Vorrichtung, um große Anker einzuholen

Pinasse: 1. größeres Beiboot, 2. kleiner Küstensegler mit Schratsegel

Poop: siehe Hütte

Poopdeck: Über das mittlere Deck, die Kuhl, hinausragender Aufbau am Heck des Schiffes

preien: Anrufen

pressen, Preßkommandos: In Kriegszeiten erlaubte das Gesetz, in Küstenstädten Seeleute aufzugreifen und zum Dienst in der Flotte zu zwingen = zu pressen

Prise: Legale Beute, meist ein feindliches Schiff, dessen legale Aufbringung durch ein Prisengericht bestätigt wurde

Profos: Meist Maat des Bootsmanns, der für Bestrafungen und Arrest zuständig war

Pütz: Eimer

pullen: 1. Ziehen an einem Tau, 2. Rudern (Riemen durchs Wasser ziehen)

Rack: 1. Vorrichtung zur Befestigung der Rahen am Mast. 2. Holzkasten mit schalenförmigen Vertiefungen zur Aufnahme der Kanonenkugeln in der Nähe des Geschützes

Rah: Holzspiere, die horizontal und drehbar am Mast befestigt ist und an der Segel angeschlagen werden

Rahnock: Äußere Enden der Rah

Rahsegel: Rechteckige Segel, die quer zur Längsachse des Schiffes an seitlich schwenkbaren Rahen befestigt sind

Rammer: Holzstange mit Aufsatz etwa in Kaliberdurchmesser. Mit dem Rammer wird die Kartusche fest ins Kanonenrohr gestoßen

raumer Wind: Wind aus achterlichen Richtungen, für Rahsegler günstig

Reede: Geschützter Ankerplatz außerhalb des Hafens

Reff, Reef: Teil des Segels, der bei starkem Wind durch Reffbändsel zusammengebunden wird, um die Segelfläche zu verkleinern (Segel reffen)

Riemen: Rundholz mit Blatt, das zum Pullen oder Wriggen benutzt wird

Rigg: Sammelbezeichnung für die gesamte Takelage mit Rahen

riggen: Auftakeln eines Schiffes

rollen: Seitliches Schwingen des Schiffes um seine Längsachse (s. a. schlingern und stampfen)

Ruder: 1. Ruderblatt im Wasser, 2. allgemeiner: Steueranlage

Saling: Gerüst am Topp der Masten und Stengen zum Ausspreizen der Wanten

schalken: Abdichten der Schiffsluken

Schaluppe: 1. Einmastiges Küstenfrachtschiff mit Gaffelsegel, 2. Großes Beiboot (s. aber Sloop)

Schanzkleid: Erhöhung der Außenplanken des Rumpfes über das oberste Deck hinaus zum Schutz der Besatzung. Das Schanzkleid ist im Unterschied zur Reling geschlossen, hat aber Speigatten zum Abfluß übergekommenen Wassers

Schebecke, Xebeke: Dreimastiges Segelschiff mit Lateinersegeln (= Schratsegel), vor allem im Mittelmeer gebräuchlich

scheren: Taue durch Block oder Öse ziehen

schlingern: Gleichzeitige Bewegung des Schiffes um Längs- und Querachse

Schnau: Meist zweimastige Schiffe, die hinter den Masten noch zusätzliche dünnere Masten haben, an denen Gaffelsegel befestigt sind

Schoner: Zwei- oder mehrmastiges Schiff mit Schratsegeln

Schratsegel: Sammelbegriff für alle Segel, deren Unterkante in Längsrichtung des Schiffes steht, z. B. Stag-, Gaffel-, Besansegel

schwoien, schwojen: Das Schiff bewegt sich um den Anker

schwabbern: Reinigung des Deckes

Seite pfeifen: Auf Pfeifsignal des Bootsmannes versammeln sich Offiziere und Seesoldaten an der Fallreepspforte, um von und an Bord gehenden Kommandanten und Flaggoffizieren eine Ehrenbezeigung zu erweisen

Sextant: Winkelmeßgerät für terrestrische und astronomische Navigation. Vor allem zur Messung der Gestirnhöhen über der Kimm benutzt

Sloop: Engl. Bezeichnung für vollgetakeltes kleineres Kriegsschiff mit im allgemeinen bis zu 20 Kanonen (französisch: Korvette). Die Übersetzungen Schaluppe oder Slup sind irreführend, da damit vor allem einmastige Segelschiffe bezeichnet werden, während die Sloop drei Masten hatte

Speigatt: Öffnung in Fußreling oder Schanzkleid, durch die eingenommenes Wasser abfließen kann

Stage: Dicke, nicht bewegliche Taue, die die Masten gegen Druck von vorn sichern

Stern: Bezeichnung für Heck

Stropp: Tau, das als Ring gespleißt ist. Dient meist zur Lastaufnahme

Stückmeister: Für die Kanonen (die Stücke) und Munition zuständiger Deckoffizier. Im Gefecht gab er Kartuschen in der Pulverkammer aus.

stütz!: Befehl an den Rudergänger, eine Schiffsdrehung durch Gegenruderlegen abzufangen

Takelage: Gesamtheit der Masten, Segel, des stehenden und laufenden Guts

Takelung: Art (Typ) der Takelage

Taljen: Flaschenzug aus Tauen und zwei Blöcken

Tamp: Kurzes Ende eines Taus, auch Tampen

Tender: Bewaffnetes Begleitschiff eines größeren Kriegsschiffes. Tender wurden im allgemeinen von Offizieren der Linienschiffe finanziert, um Prisengeld einzubringen

Tonne: Maß für die Masse von Schiffen. 1 brit. Tonne entspricht 1016,05 kg

Topp: 1. Mastspitze. 2. Mast mit Takelage

Toppgast: Seemann, der im Topp die Segel bedient

Toppsegel: siehe Schemazeichnung: Segel eines Zweideckers Nr. 12 und 21

Toppsegelschoner: Schoner mit ein oder zwei Rahsegeln am oberen Mast zusätzlich zu den Schratsegeln

Traubengeschosse: Eine Art sehr grober Kartätsche. 900 g schwere Kugeln wurden in Segeltuch in Kalibergröße verschnürt

Trosse: Sehr starkes Tau

verholen: Schiff über geringe Entfernung an einen anderen Liegeplatz bringen

Verklicker: Windrichtungszeiger an der Luvseite des Steuerrades. Er bestand aus einem Stab, an dessen Spitze ein Faden befestigt war, auf den kleine Federkreise auf Korkscheiben gezogen wurden

versetzen: Durch Strömung oder Wind aus dem Kurs bringen

Vortopp: 1. Die Spitze des Fockmastes (vorderster Mast). 2. der Fockmast mit seiner Takelage

Wacheinteilung: Der nautische Tag beginnt um 12 Uhr mittags, wenn der Standort des Schiffes gemessen wird. 12–16 Uhr: Nachmittagswache. 16–20 Uhr: Dog watch (Verstümmelung von ›docked‹ oder verkürzt), da hier zwei verkürzte Wachen von 16–18 und 18–20 Uhr dauerten, damit die Mannschaft nicht alle Tage die gleiche Wachzeit hatte. 20–24 Uhr: Erste Wache (Abendwache). 0–4 Uhr: Hundewache. 4–8 Uhr Morgenwache. 8–12 Uhr Vormittagswache (siehe auch glasen)

warpen: Ein Schiff bei Flaute bewegen, indem der Anker mit einem Beiboot in Fahrtrichtung ausgebracht und das Schiff mit dem Ankerspill an den Anker herangezogen wird

wenden: Mit dem Bug durch den Wind auf einen anderen Kurs gehen

Wind: ausschießen = der Wind dreht auf den Kompaß bezogen nach rechts; krimpen = der Wind dreht auf den Kompaß bezogen nach links; raumen = der Wind dreht so, daß er mehr von achtern einfällt; schralen = der Wind dreht so, daß er mehr von vorn kommt

Wischer: Stange mit feuchtem Wischer – meist aus Schaffell, mit der nach Entfernung von Rückständen das Kanonenrohr ausgewischt wurde

Wurm: Stange mit ein oder zwei Eisenspiralen an der Spitze. Mit ihr wurden nach dem Abfeuern einer Kanone Rückstände im Rohr gelöst und entfernt

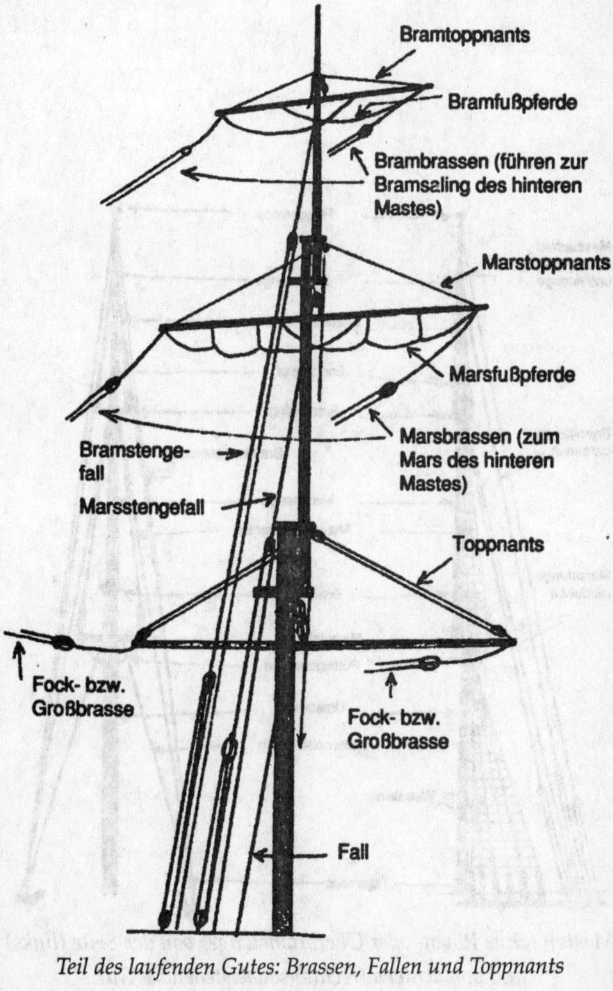

Teil des laufenden Gutes: Brassen, Fallen und Toppnants

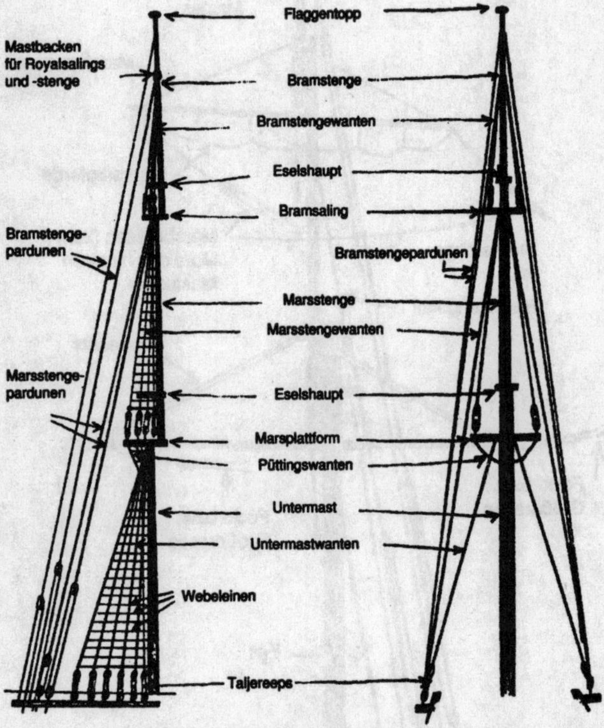

Masten (ohne Royal- oder Oberbramstenge) von der Seite (links) und von achtern (rechts) sowie stehendes Gut.

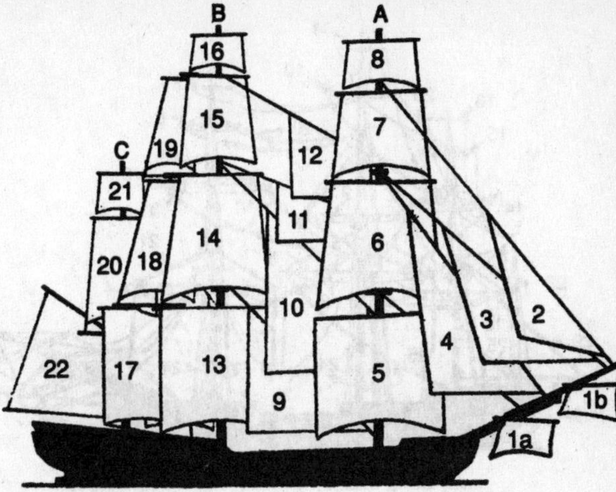

Segel eines Zweideckers

1a Blinde (spritsail)
1b Schiebblinde (fore spritsail)
2 Außenklüver (outer oder flying jib)
3 Klüver (jib)
4 Vorstengestagsegel (fore topmast staysail)
5 Fock (foresail oder fore course)
6 Vormarssegel (fore topsail)
7 Vorbramsegel (fore topgallant sail)
8 Vorroyalsegel (fore royal)
9 Großstagsegel (main staysail)
10 Großstengestagsegel (main topmast staysail)
11 Mittelstagsegel (middle staysail)
12 Großbramstagsegel (main topgallant staysail)
13 Großsegel (main sail oder main course)
14 Großmarssegel (main topsail)
15 Großbramsegel (main topgallant sail)
16 Großroyalsegel (main royal)
17 Großleesegel (main studding sail)
18 Großmarsleesegel (main topmast studding sail)
19 Großbramleesegel (main topgallant studding sail)
20 Kreuzmarssegel (mizzen topsail)
21 Kreuzbramsegel (mizzen topgallant sail)
22 Besan (driver)
A Fockmast
B Großmast
C Kreuzmast

(Für Royalsegel ist im Deutschen auch die Bezeichnung Oberbramsegel gebräuchlich. Leesegel wurden bei schwachem Wind an allen Masten geführt, hier aber der Übersichtlichkeit wegen nur beim Großmast eingezeichnet).

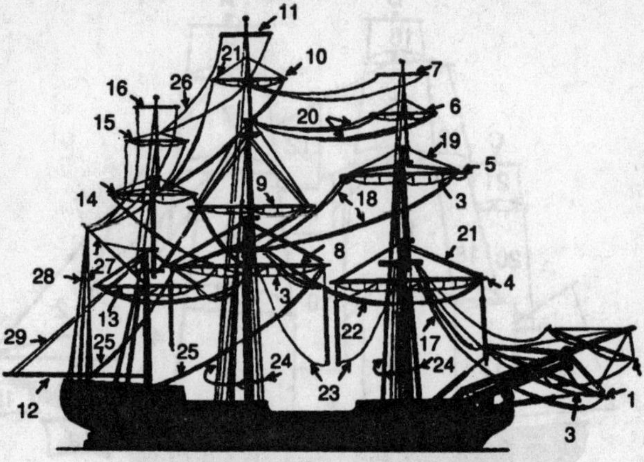

Rahen und Tauwerk

1 Blinde Rah (spritsail yard)
2 Oberblindenrah (sprit topsail yard)
3 Fußpferde (horses): Taue, auf denen die Matrosen beim Setzen und Bergen der Segel standen.
4 Fockrah (fore yard)
5 Vormarsrah (fore topsail yard)
6 Vorbramrah (fore topgallant yard)
7 Vorroyalrah (fore royal yard)
8 Großrah (main yard)
9 Großmarsrah (main topsail yard)
10 Großbramrah (main topgallant yard)
11 Großroyalrah (main royal yard)
12 Besambaum (spanker boom)
13 Kreuzrah (crossjack)
14 Kreuzmarsrah (mizzen topsail yard)
15 Kreuzbramrah (mizzen top-gallant yard)
16 Kreuzroyalrah (mizzen royal yard)
17 Blindenbrassen (spritsail braces)
18 Vormarsbrassen (fore topsail braces)
19 Toppnants (lifts)
20 Vorbrambrassen (fore topgallant braces)
21 Toppnants (lifts)
22 Fockbrassen (fore sail braces)
23 Taljen zum Einholen von Booten usw. (tackles)
24 Wanten und Fallen (rigging and halyards)
25 Großbrassen (main braces)
26 Großroyalbrasse (main royal brace)
27 Besamgaffel (gaff)
28 Piekfallen (peak halyards)
29 Besandirk (boom topping lift)